Ullstein Krimi

Ullstein Krimi
Lektorat: Martin Compart
Ullstein Buch Nr. 10319
im Verlag Ullstein GmbH,
Frankfurt/M – Berlin – Wien

Neuauflage der Ullstein Krimis
1884, 1909, 1923
im Verlag Ullstein GmbH,
Frankfurt/M – Berlin – Wien

Umschlaggestaltung & Fotorealisation:
Welfhard Kraiker & Karin Szekessy

Printed in Germany 1985
Druck und Verarbeitung:
Ebner Ulm
ISBN 3 548 10319 7

April 1985

CIP-Kurztitelaufnahme der
Deutschen Bibliothek

Allbeury, Ted:
Agenten sind treue Feinde = (A choice of enemies, 1973) / Ted Allbeury. Dt. von Michael K. Georgi. – Neuaufl. d. Ullstein-Krimis 1884, 1909, 1923. – Frankfurt/M; Berlin; Wien: Ullstein, 1985.
(Ullstein-Buch; Nr. 10319: Ullstein-Krimi)
Einheitssacht.: A choice of enemies ‹dt.›
Enth. außerdem u. a.: Operation Schneeball
[Einheitssacht.: Snowball ‹dt.›]
ISBN 3-548-10319-7
NE: GT

Vom selben Autor
in der Reihe der
Ullstein Bücher:

Die Alpha-Liste (10053)
In der Hand des Kreml (10067)
Die Saat der Angst (10083)
Die andere Seite des Schweigens (10150)
Seitenwechsel (10192)
Im Schatten der Spione (10216)
Jeder Spion hat seinen Preis (10287)
Am Rande der Einsamkeit (10303)

Ted Allbeury

Agenten sind treue Feinde

(A Choice of Enemies, 1973)

Deutsch von
Michael K. Georgi

Ullstein Krimi

1

Juni 1945. Meine Nachrichtendienst-Einheit war seit gut drei Monaten in Hildesheim stationiert, wo wir vollauf damit beschäftigt waren, Schlüsselfiguren der SS, der Gestapo, der Abwehr und ähnliche unsympathische Typen aufzuspüren und zu verhaften.

Eines Tages rief mich Major Howe von der Militärregierung an. Er wollte von mir eine Clearance für ein deutsches Mädchen, das als »Sekretärin« für den Militärgouverneur arbeiten sollte. Als Anreiz für meine kupplerischen Tätigkeiten offerierte er mir einen Satz Mercedesreifen und einen neuen Mann für meine Einheit, einen ehemaligen Sergeanten der amerikanischen CIC, der in Deutschland demobilisiert worden war und nach einem neuen Job suchte.

Da ich knapp mit Personal war, interessierte mich der zweite Teil seines Angebots ganz besonders, und so unterhielt ich mich bereits am nächsten Tag mit Louis Berger, der sich als ein erfahrener Geheimdienstprofi herausstellte und eine erstklassige Empfehlung von den Amerikanern mitbrachte. Ich versorgte ihn mit Geld, einer Blankovollmacht und setzte ihn getarnt auf eine deutsche Untergrundzelle im Süden von Alfeld an.

Wie viele Geheimdienstler habe auch ich eine Art weiblicher Intuition. Diesmal dauerte es fast eine Woche, bis die kleinen Alarmglöckchen läuteten und mir einige Ungereimtheiten an Bergers Lebenslauf auffielen. Eine rasche Überprüfung ergab, daß die Amerikaner ihm ebenfalls aufgesessen waren – er schien ein ehemaliger deutscher Krimineller zu sein, der sich durch seine guten Sprachkenntnisse beim CIC eingeschlichen hatte.

Als ich Berger verhaftete, genoß er gerade die überschäumende Dankbarkeit einer üppigen Blondine, die sich offenbar sehr über Nylonstrümpfe, Whisky und Schokolade freute. Meine weiteren Nachforschungen und Verhöre ergaben so gut wie nichts, Berger schwieg wie ein Grab. Er schien ein kleiner Fisch zu sein, und da wir an einer »deutschen« Vergangenheit sowieso herzlich wenig interessiert waren, stellten wir ihn nur wegen Verwendung falscher Papiere vor ein Zivilgericht der britischen Militärregierung.

Als Berger hörte, daß er dafür zwischen sechs und neun Monaten bekommen konnte, bot er mir 5000 Pfund, seinen Buick und seine blonde Freundin an. Da das Geld aber bereits beschlagnahmt war, mein Fahrer den Buick schon auf meinen Namen zugelassen hatte und die Blondine sich mit unserem Quartermaster-Sergeant tröstete, fand ich das Angebot nicht sonderlich attraktiv – ganz abgesehen von prinzipiellen Einwänden.

Berger wurde von dem Gericht als deutscher Staatsangehöriger zu sechs Monaten Freiheitsentzug verurteilt, daraufhin stand er auf und behauptete, das Gericht sei gar nicht zuständig für ihn, er sei Belgier. Inzwischen hatten wir alle die Nase voll von dieser Sache und waren froh, ihn den belgischen Sicherheitsbehörden überstellen zu können. Die Belgier versuchten, ihm eine Anklage wegen Kollaboration anzuhängen, paßten aber offenbar nicht besonders gut auf ihn auf, denn es gelang ihm einige Wochen später, sich unbemerkt und spurlos abzusetzen.

Kurz darauf rief mich mein alter Freund David Law an und offerierte mir einen Spezialjob für den MI 6. Ich sollte ein neues Agentennetz aufbauen, das militärische Informationen in der sowjetisch besetzten Zone zu sammeln hatte. Da man mir freie Hand ließ und mich außerdem zum Major beförderte, überlegte ich nicht lange und schlug ein.

In den ersten Monaten lief es ausgezeichnet, wir beschäftigten eine ganze Anzahl von Kurieren, die regelmäßig die Zonengrenze überschritten und nach und nach eine Menge wertvoller Informationen zusammentrugen. Aus Sicherheitsgründen hatte ich darauf bestanden, daß die Operation absolut geheimgehalten wurde; neben dem Militärgouverneur war ich nur David Law gegenüber verantwortlich und einem ehemaligen Geheimdienstkollegen, Joe Steiner, der inzwischen beim MI 6 Karriere gemacht hatte. Nichts bereitete mich daher auf den Schock vor, als ich wieder einmal selbst die Grenze überschritt, um mich mit einem unserer ostdeutschen Kontaktleute persönlich zu unterhalten.

Ich hatte die Grenze an der üblichen Stelle überquert und wartete auf einer taufeuchten Wiese auf unseren Kontaktmann. Als ich mich niederbeugte und meine nassen Hosenaufschläge inspizierte, wurde plötzlich alles rot, dann schwarz.

Beim Aufwachen stand ein Colonel vom NKWD über mir, der sich mit einigen Grenzpolizisten auf deutsch unterhielt. Ohne ein weiteres Wort wurde ich auf die Füße gestellt, in einen Armeelaster verfrachtet und nach Magdeburg gebracht. Man führte mich in einen Kellerraum der ehemaligen Gestapozentrale, und der Colonel nahm mir gegenüber Platz. Er betrachtete mich eine Zeitlang und sagte dann in ausgezeichnetem Englisch:

»Major Ted Bailey, welche Freude!«

Er wußte Bescheid! So gut ich konnte, überspielte ich meinen Schock, antwortete ihm auf deutsch, zeigte ihm meine deutschen Papiere und erzählte ihm meine vorbereitete Geschichte. Er spielte das Spiel eine halbe Stunde lang mit, verhörte mich auf deutsch und verfiel dann plötzlich wieder in Englisch.

»Major Bailey, es ist doch nur eine Frage der Zeit, bis Sie auspacken. Heute morgen haben wir Ihren deutschen Funker Otto Sander mitsamt seinem Codebuch verhaftet. Wir wissen von Joe Steiner und David Law. Geben Sie uns die Frequenzen und die Sendezeiten, dann sorge ich persönlich dafür, daß Sie wieder zurück über die Grenze gebracht werden.«

Ich schwieg. Er blickte mich eine lange Zeit an, zuckte dann mit den Achseln und ließ mich in eine Zelle bringen. An die nächsten vierundzwanzig Stunden erinnere ich mich nur höchst ungern. Ein erfahrenes Schlägerkommando des NKWD drehte mich durch die Mangel und versuchte mich zum Reden zu bringen.

Sechs Stunden länger – und sie hätten es wohl auch geschafft. Glücklicherweise ließen sie mich aber einen Tag lang in Ruhe – irgendwelche militärischen Feiern, wie ich hinterher erfuhr –, und mir gelang die Flucht. Mehr tot als lebendig kroch ich über die Grenze.

Man schaffte mich in ein Krankenhaus, währenddessen eine illustre Gruppe von Geheimdiensfleuten über mich zu »Gericht« saß. Man wollte zu einer Entscheidung gelangen, ob ich bei den Russen ausgepackt hatte oder gar umgedreht worden war. David Law und Joe Steiner hielten das für ausgeschlossen und überzeugten die anderen Konferenzteilnehmer nach langen Diskussionen ebenfalls davon.

Ohne konkretes Ergebnis spekulierte man darüber, wo die undichte Stelle gelegen haben konnte, die zu meiner Festnahme führte. Otto Sander, der deutsche Funker, war übrigens nicht verhaftet worden, wie der NKWD-Colonel behauptet hatte. Um jedes Risiko zu vermeiden, beschloß man jedoch, mich auf keinen Fall mehr in Deutschland einzusetzen, sondern mir einen Schreibtisch-Job in England anzubieten.

Der stellvertretende Direktor des militärischen Nachrichtendienstes regte dann noch an, Major Bailey als Lohn und Dank einen Orden zu verleihen; gegen den Einspruch des Vertreters des Außenministeriums einigte man sich auf die DSO-Tapferkeitsmedaille.

Ich blieb etwa drei Wochen in einem Spezial-Krankenhaus in Paris und wohnte anschließend eine Weile bei Freunden. Man bot mir an, weiterhin für die »Firma« zu arbeiten, aber ich hatte inzwischen auch die Nase voll, lehnte dankend ab und wurde in Hull demobilisiert.

Das Zivilleben empfing mich nicht gerade mit offenen Armen, und ich hatte am Anfang mit erheblichen Schwierigkeiten zu kämpfen. Schließlich war ich bereits seit November 1939 beim militärischen Geheimdienst; damals hatte mich ein Colonel – hauptsächlich wegen meiner guten Sprachkenntnisse – dazu überredet. Anschließend gratulierte er mir zu meinem Glück.

»Sie werden schon noch feststellen, daß Sie sich da einem sehr feinen Klub angeschlossen haben, Bailey. Bringen Sie Ihre Sportausrüstung und Ihren Wagen mit – wir besorgen Ihnen schon Benzincoupons –, und wir werden Ihnen eine Menge beibringen – ist Ihnen nach dem Krieg bestimmt eine große Hilfe.«

Während der verschiedenen Interviews hatte man den Eindruck erweckt, daß mein Vorleben gründlich durchleuchtet worden sei, ich war allerdings nicht sehr beeindruckt davon, denn 1939 besaßen Zwanzigjährige aus dem Arbeiterviertel von Birmingham ganz bestimmt kein Auto. Ich selbst hatte gerade mein erstes Fahrrad gekauft, gebraucht, für ein Pfund Sterling. Aber ansonsten hatte der alte Knabe recht, es war eine Art exklusiver Klub, und ich paßte ganz gut hinein. Die meisten anderen Typen waren Akademiker, aber ich fand bald heraus, daß es einen Unterschied zwischen Schulbildung und Intelligenz gab: mit freudiger Verblüffung stellte ich fest, ich konnte besser denken als sie. Durch ihre akademische Ausbildung schien sich ihr Denken nur in festen, vorgezeichneten Bahnen bewegen zu können, während meine Unkenntnis mir notfalls eine völlige Kehrtwendung erlaubte. Außerdem besaß ich eine stark ausgeprägte Gabe weiblicher Intuition, die meine Überlebenschancen kräftig erhöhte. Jedenfalls gefiel mir der Verein – ich lernte eine Menge praktischer Dinge und schulte meine Beobachtungsgabe.

Nach dem Krieg brauchte ich also eine Weile, bis ich mich dem zivilen Leben wieder angepaßt hatte; nach Tätigkeiten in Vertrieb und Management landete ich schließlich in der Werbebranche.

Kurz nach meiner Entlassung heiratete ich den »Schatz, der auf mich gewartet hatte«. Ich kannte sie zwar seit über fünf Jahren, während dieser Zeit hatten wir uns aber höchstens zehnmal gesehen. Keiner von uns tat eigentlich irgend etwas Falsches, und sie war eine ausgezeichnete Ehefrau, nur wenn ich sie küßte, hielt sie mir immer ihre Wange hin. Sie war sehr hübsch, es ging zwei Jahre lang gut, und das Ende war ganz allein meine Schuld. Ich lernte Sally kennen, sie küßte mich auf den Mund, und zum erstenmal in meinem Leben wußte ich, was es bedeutet, geliebt zu werden. Scheidungen dauerten damals ziemlich lange, in meinem Fall fast achtzehn Monate; Sally und ich lebten währenddessen zusammen in unserer warmen und sonnigen Welt. An meinem Scheidungsprozeß war an sich nichts Ungewöhnliches, bis auf die Tatsache, daß der vor Gericht benannte »Scheidungsgrund« an diesem Tage seit sechs Wochen tot war. In den letzten zwanzig Jahren muß es wohl mindestens einen Tag gegeben haben, an dem ich nicht an Sally dachte, ich kann mich jedoch an keinen erinnern.

Meine Ausbildung während des Kriegs hatte mich gelehrt, die Gedanken anderer Menschen zu durchschauen und mir einen sicheren Instinkt für Lügen vermittelt. In der Werbebranche wirkte sich das recht vorteilhaft aus, in meinem geselligen und gesellschaftlichen Leben jedoch nicht, und ich versuchte diesen Instinkt bei meinen Bekanntschaften und Freundschaften so weit wie möglich zu unterdrücken. Die Alarmglöckchen läuteten nach wie vor bei Lügen, ich ignorierte sie jedoch bewußt und verfiel nach einer Weile sogar ins andere Extrem, wo ich gewisse Dinge überhaupt nicht mehr registrierte, die jedem normalen Menschen aufgefallen wären.

Etwa drei Jahre nach Sallys Tod gewann ich einen Marketing-Preis, der nicht nur meinen beruflichen Status und mein Gehalt verbesserte, sondern mir auch ein Interview mit einer der Wirtschaftszeitungen bescherte. Als ich dafür meine Zustimmung gab, hätte ich genausogut nach Moskau fliegen und an der kleinen grüngestrichenen Tür in der zweiten Querstraße rechts von der Kalinina-Allee anklopfen können – dem Sitz der Sektion 4 des KGB. Die Erlebnisse in Magdeburg erschienen mir danach wie ein Sonntagsspaziergang. Es hatte nichts mit Agenten und Spionen zu tun – oder nur sehr wenig; aber auf eine gewisse Art hing es doch mit beiden zusammen, weil offenbar niemand begreift, daß auch Agenten und Spione nicht immer nur mit ihrem Auftrag beschäftigt sind, sie haben ein Heim, sie lieben, sie finden eine zivile Beschäftigung – denn wenn man einmal die Vierzig erreicht hat, ist meist alles vorbei. Und einige von ihnen begreifen das, andere aber nicht.

2

Das Interview sollte beim Mittagessen in meinem Klub stattfinden. Der *Special Forces Club* befindet sich in einer kleinen Gasse am oberen Ende der Sloane Street, er ist ruhig und gepflegt, und seine Mitglieder stammen alle aus dem SOE, dem SAS und den anderen exklusiven Privatarmeen. Wenn es nicht bald einen neuen Krieg gibt, muß der Klub aus Mangel an neuen Mitgliedern dichtmachen.

Das Mädchen war etwa Dreißig, eine nicht besonders erfolgreiche freiberufliche Journalistin, die vorwiegend für die Provinzblätter kurze Artikel über die Tate Gallery und sonstige kulturelle Londoner Ereignisse schrieb. Wir sprachen über meine berufliche Karriere, über meine Aktivitäten während des Krieges und über meinen Marketing-Preis. All das füllte kaum die Zeit bis zur Suppe aus, und so unterhielten wir uns während der Vorspeise über Scott Fitzgerald, den wir, wie sich herausstellte, beide sehr mochten. Bei der »Seezunge nach Art des Hauses« sprachen wir über sie. Ihr Daddy war ein Diamantenhändler aus einem der südamerikanischen Bananenstaaten, und die Familie hatte in so ziemlich jeder europäischen Großstadt gewohnt. Die Kinder wurden von Gouvernanten großgezogen und sahen ihre Eltern meist nur beim Schlafengehen, wenn Mama im großen Abendkleid ihnen einen flüchtigen Kuß gab. Sie besaß zwei Sprachdiplome und hatte einen erfolgversprechenden Politiker aus dem Bananenstaat geheiratet, und ihr Name war Lara. Vor einem Jahr hatte sie ihren Mann und ihre beiden Töchter verlassen. Er war offenbar ein Haustyrann, und sie hatte sich gerade noch rechtzeitig absetzen können, als ihr Vater, der zufällig auch Justizminister war, ihr einen längeren Aufenthalt in einer Nervenklinik nahelegte.

Sie war keine ausgesprochene Schönheit, aber doch recht attraktiv und sexy – zumindest, wenn sie sich entspannte. Die graublauen Augen trugen einen gehetzten Blick, und sie hatte offensichtlich Schweres durchgemacht. Wir besaßen eine Menge Gemeinsamkeiten – Sprachen, Literatur –, und als sie mir von ihrem Leben in der kleinen südamerikanischen Hauptstadt erzählte, war ich von ihrer Offenheit beeindruckt. Offenheit und Ehrlichkeit bedeuten mir sehr viel, vielleicht zu viel, und dieses Mädchen beschönigte in keiner Weise. Ihre Ehe war die Hölle gewesen, und nach einer langen Reihe von Affären und einer Menge Alkohol hatte sie alles hingeworfen, um noch einmal von vorne anzufangen.

Der Erfolg bestand bis jetzt nur in einer weiteren tristen Affäre mit einem Werbetexter, der glücklich verheiratet war und drei Kinder hatte. Am gleichen Abend führte ich sie ins Grosvenor House zum Essen. Während der nächsten drei Wochen wurde aus Sympathie und Zuneigung rasch Liebe. Die Sache mit dem Werbetexter wurde erledigt, als ich für zwei Tage nach Los Angeles flog. Offenbar führte es zu Tränen und Szenen, wie sie die Berkley Buttery schon seit Menschengedenken nicht mehr erlebt hatte. Dann tauchte die Frage der Heirat auf. Sie hatte bereits die Scheidung eingereicht, aber er wollte unbedingt, daß sie zu ihm zurückkehrte. Sie machte einen letzten Besuch bei ihm und wollte sich danach endgültig entscheiden. Drei Wochen später läutete mitten in der Nacht das Telefon, sie hatte mit ihm gesprochen und sich entschieden. Sie wollte nicht zurückkehren, er benahm sich so unmöglich wie eh und je. Ich fuhr sofort in ihre kleine Wohnung, und in dieser Nacht ereigneten sich zum erstenmal mehr als nur Küsse; als ich sagte, daß wir vorsichtig sein müßten, verlieh sie mir das Eichenlaub zu meiner Tapferkeitsmedaille und flüsterte, während sie die Arme um mich schlang: »Ich würde nie etwas dagegen unternehmen, ein Kind von dir zu bekommen.«

Ich glaube nicht, daß Samantha an diesem Abend gezeugt wurde, aber sie erblickte kaum neun Monate später das Licht der Welt, und ich liebte sie von ganzem Herzen.

Daddy war überhaupt nicht begeistert von dieser Entwicklung und ließ mir von seinen Anwälten böse Briefe schreiben. Lara durfte ihre beiden Töchter nicht sehen, sie habe ihnen bereits genug Schaden zugefügt, wie die Rechtsverdreher sich ausdrückten.

Trotzdem lebten wir drei Jahre lang glücklich und zufrieden. Dann kam eine freudige Überraschung – Mama wollte uns besuchen. Daddy hatte ihr strikt verboten, bei uns zu wohnen, also inszenierten wir eine große Schau mit Hotel und so weiter. Mama war eine sehr charmante Frau, die von morgens bis abends soff und sich trotzdem nie etwas anmerken ließ. Mit großem erzählerischem Talent schilderte sie uns, wie Daddy ihr einen Schlag in den Magen versetzt hatte und sie darauf einen Arzt forderte; um einen Skandal zu vermeiden, erlaubte ihr Daddy statt dessen den Besuch bei ihrer Tochter. Mama erzählte stundenlang, und während der Millionen von Worten klingelten zweimal die Alarmglöckchen, aber ich hatte mir beigebracht, nicht mehr darauf zu achten. Mama sagte: »Wie schade, daß Lara nie ihr Diplom geschafft hat«, und sie sprach von einem Kleidchen, das sie für eine von Laras Puppen geschneidert hatte.

Drei Monate später bekam Lara eine Einladung nach Paris von einer alten Schulfreundin. Ich hatte an einer saftigen Steuernachzahlung zu schlucken, wir waren ziemlich pleite, daher fuhr Lara allein. Als ich vom Flughafen Heathrow zurückkam, ging ich ins Kinderzimmer und gab Samantha einen Gute-Nacht-Kuß. Auf dem Rückweg durch unser eigenes Schlafzimmer klingelten plötzlich wieder die Alarmglöckchen. In dem Papierkorb befanden sich Papierschnitzel. Lara zerriß nie Papier, sondern zerknüllte es nur; ich klebte also die Schnitzel wieder zusammen und erhielt einen Namen und eine Liste von Telefonnummern. Der Name war identisch mit dem des Werbetexters, und die Telefonnummern markierten die einzelnen Stationen seines Lebens während der letzten drei Jahre. Eine diskrete Überprüfung ergab, daß er auch nach Paris gefahren war. Lara kehrte am Dienstag zurück, und als ich zwei Wochen später abends nach Hause kam, gab es keine Lara mehr und keine Samantha. Keine Kleider und kein Schmuck. Und ich fühlte mich nach Magdeburg zurückversetzt. Sechs Wochen später kehrte sie zurück.

Sechs Wochen hören sich nicht lang an, aber ich hatte fünfundzwanzig Pfund abgenommen und mein seelisches Gleichgewicht verloren. Der Gedanke an diese zwei Wochen, in denen sie gelebt, geliebt und gesprochen hatte, während sie in Wahrheit ihre Flucht plante, machte mich ganz krank. Keine Klagen, kein Streit, nur dieser heimliche Auszug. Nach einer Woche traf ein Brief von einem Anwalt ein, ich »möge Mrs. Baileys Sachen bei einem Lagerhaus in Verwahrung geben«. Es gab keine Sachen; als ich Lara übernahm, besaß sie nichts als Schulden, ein paar Kleider und eine Menge leerer Whiskyflaschen. Also schrieb ich ihr einen Liebesbrief und bat sie zurückzukommen. Auch die Antwort war liebevoll – sie wolle nichts lieber als das, ich brauche es nur zu sagen. Ich sagte es ihr schriftlich. Im nächsten Brief erzählte sie mir, wie sehr sie sich darüber gefreut hätte, sie sei aber krank und befände sich in ärztlicher Behandlung. Ich stand kurz vor einer Panik, vergaß meinen Stolz und rief die Leute an, bei denen sie offenbar wohnte. Die waren höchst belustigt darüber und versicherten mir, daß Lara quicklebendig war, sich ausgezeichnet amüsierte, an diesem Abend ausgegangen war und erst am nächsten Morgen zurückkommen wollte. Ich schickte ihr ein bitterböses Telegramm; drei Wochen später rief sie an und kam zurück. Man hätte nicht meine sechs Jahre Geheimdiensterfahrung gebraucht, um die Anzeichen zu verstehen; jeder normale Mann würde den Tatsachen ins Auge geblickt haben. Ich jedoch nicht. Ich liebte sie. Ich liebte Samantha, und ich hatte den Punkt überschritten, an dem man noch auf die Alarmglöckchen hörte.

Lara fing wieder an zu trinken und benahm sich in Gesellschaft unmöglich. Ihr Mann weigerte sich, einer Scheidung zuzustimmen; Samantha war und blieb also ein uneheliches Kind, auch das sprach sich herum, und unser Bekanntenkreis wurde kleiner und kleiner. Zwei Jahre lang ging es einigermaßen gut, dann fand ich eines Abends wieder leere Schränke vor. Kleider und Schmuck waren verschwunden, aber Samanthas Spielsachen befanden sich noch in der Wohnung. Also war Sammy, vier Jahre alt, offenbar auf eine lange Reise mitgenommen worden. Das Gericht sprach mir das Sorgerecht zu, aber südamerikanische Staaten scheren sich gewöhnlich einen Dreck um britische Gerichtsentscheidungen. Ich schrieb an Laras Mutter, schließlich sogar an ihren Vater – ohne jede Antwort. Monatelang verfolgte mich der Gedanke, was Samantha alles zustoßen mochte. Eine Mutter, die mit ihrem eigenen Leben nicht fertig wurde und erst recht nicht mit einem Kind, eine Mutter, die bereits zwei Töchter im Stich gelassen hatte.

Vier Jahre später starb Lara, ich selbst erfuhr es erst ein Jahr darauf. Die kleine Sammy hatte sie schon lange vorher im Stich gelassen, und es gab keine Hinweise, wo sie stecken mochte. Ich gab meinen letzten Penny für Hunderte von falschen Spuren aus, aber ohne jeden Erfolg.

3

Die Kabinenbeleuchtung der 707 blinkte aus und wieder ein. Mit einem dumpfen Schlag wurde das Fahrwerk ausgefahren, und die Stimme des Kapitäns plärrte aus den Lautsprechern: »Dies ist Trans World Airlines Flug Nummer 405, hier spricht Flugkapitän O'Casey. In wenigen Minuten landen wir auf dem Kennedy International Airport. Die Temperatur auf dem Flughafen ist einige Grade unter Null ...«

Es war tatsächlich ziemlich kalt. Es hatte heftige Schneefälle gegeben, und an dem Taxistand drängten sich die Passagiere. Aus irgendeinem Grund gelang es mir trotzdem ein Taxi zu bekommen, das mich rasch nach Manhattan ins Waldorf-Hotel brachte. Jedesmal, wenn ich das tue, schaue ich das Barclay an und seine verzweifelten Bemühungen, möglichst traditionell britisch auszusehen und fühle mich beinahe wie ein Verräter, aber die beste heiße Schokolade auf der ganzen Welt läßt doch das Waldorf den Sieg davontragen.

Im siebzehnten Stock gibt es eine spezielle Suite für verarmte, devisengeplagte Engländer, und dort stieg ich ab. Ich hatte schon früher dort gewohnt, und die wohlvertrauten Räume gaben mir ein jungenhaftes Gefühl der Befriedigung als ein weitgereister Mann.

Nachdem ich mich rasiert hatte, bemerkte ich das kleine rote Licht an dem Telefon. Ich erkundigte mich bei der Telefonzentrale, bei der Anrufer Nachrichten hinterlassen konnten. Offenbar hatte ein Mr. Railton vor einer Stunde angerufen und wollte mich besuchen; jetzt wartete er in der Lobby und ließ mir ausrichten, ich möge mich mit ihm in der Carousel-Bar treffen.

Meine Reise nach New York diente einer Serie von Konferenzen mit Jack Tinker & Partners und den anderen Knaben von Interpublic; zweifellos war Mr. Railton ihr Frühstücksdirektor, also ließ ich ihm Grüße und die erfreuliche Neuigkeit ausrichten, daß ich in zehn Minuten hinunterkommen wollte. Während dieser zehn Minuten genoß ich die ersten beiden Tassen heißer Schokolade, Spezialität Waldorf-Hotel.

Das Foyer war ziemlich leer, aber nach wenigen Minuten kam ein Page und richtete mir aus, Mr. Railton bitte mich, ihn in seiner Suite zu besuchen.

Die Zimmerflucht befand sich im 38. Stock, und nach der Ausstattung des Korridors zu schließen, war dieses Stockwerk ganz bestimmt nicht für englische Touristen reserviert. Der Page klopfte an eine Tür, worauf eine Stimme mit britischem Akzent »Herein!« rief.

Ein Mann in einem braunen Anzug stand von einem herrlichen Bergère-Sofa auf und trat mit ausgestreckter Hand auf mich zu. »Hallo, Edward, alter Junge.«

Dieser Mann war ganz bestimmt nicht Mr. Railton, den ich das letztemal 1947 in London gesehen hatte, in einem dieser exklusiven holzgetäfelten Büros am Queen Anne's Gate, wo der MI 6 in alter Frische seine Fäden spinnt. Dieser Mann hier war Bill Righton, der in Cambridge Germanistik und Romanistik mit Prädikatsexamen abgeschlossen hatte, aber in keiner der beiden Sprachen ein Mädchen zu einem Drink einladen konnte. Als ich ihn das letztemal sah, wollte er mich mit allen Mitteln überreden, weiter für den alten Verein zu arbeiten, wobei er nicht zu erwähnen vergaß, daß die Gehälter beim MI 6 steuerfrei waren. Wir hatten gemeinsam unsere Ausbildung in Winchester und Matlock absolviert und kannten einander recht gut, aber das bedeutete lediglich, daß wir einen gewissen Respekt voreinander besaßen, ohne daß sich das zu einer großen Freundschaft entwickelt hätte.

Kurz nachdem wir uns gesetzt hatten und uns gegenseitig vorsichtig mit Worten abtasteten, kam ein Kellner ins Zimmer, und es war typisch für die alte »Firma«, daß er ein Tablett mit einer Flasche Whisky und zwei Tassen heißer Schokolade brachte. Ich sagte nichts, nahm aber den versteckten Hinweis sehr wohl zur Kenntnis.

»Jim Railton bittet um deinen Rat bei einem kleinen Problem, mit dem wir uns herumschlagen«, meinte Bill Righton schließlich.

»Arbeitet Jim Railton jetzt in New York?«

»O nein, immer noch in London, aber wir hielten es für besser, uns hier mit dir zu unterhalten.«

»Willst du damit sagen, du bist mit Jim extra von London nach New York gekommen, nur um dich mit mir zu unterhalten?«

Es stellte sich heraus, daß es sich um weit mehr als nur eine Unterhaltung handelte und daß man die Reise als durchaus notwendig betrachtete. Kaum hatte ich angedeutet, daß ich Jim Railton sehr gerne einen Rat geben würde, wenn er nach so langer Zeit noch Wert darauf legte, als er auch schon nach dem Telefon griff, eine Nummer wählte, einige Sekunden wartete und dann ohne ein Wort wieder auflegte. Er warf mir einen ziemlich verlegenen Blick wegen dieser Geheimniskrämerei zu und fragte mich dann, wie es mir beruflich ginge. Mein Instinkt sagte mir, daß ich ihm absolut nichts Neues erzählte. Nach etwa fünf Minuten kam James Railton hereinmarschiert, charmant wie immer und keinen Tag älter aussehend. Er war inzwischen ein so hohes Tier, daß er sich nicht mit langen Vorreden aufhielt, sondern sofort zum Thema kam.

»Freut mich ehrlich, dich wiederzusehen, Edward. Ich bin dir sehr dankbar, daß du uns helfen willst.«

Er zog einen Umschlag aus seiner Jackentasche, aus dem ein Flugticket hervorlugte.

»Es ist eigentlich eine ziemlich einfache Sache und wird im schlimmsten Fall drei Tage dauern.«

»Ich kann mich nicht einmal für einen Tag freimachen. Ab morgen früh habe ich Konferenzen bis zum Wochenende.«

»Ja, natürlich«, erwiderte er. »Aber ich kenne zufällig einige der Leute von Interpublic recht gut, und sie sind gerne bereit, die Termine ganz nach deinen Wünschen zu verschieben.«

»Freut mich für Interpublic, aber ich arbeite nicht für sie, und meine eigene Firma wird ganz bestimmt nicht begeistert davon sein, wenn ich auf ihre Kosten tagelang in den Staaten herumfliege.«

»Wer sagt denn, daß du tagelang in den Staaten herumfliegst?«

»Das Ticket in dem Umschlag.«

James lächelte. »Nun ja, wir haben noch einen kleinen Trostpreis für dich. So weit ich weiß, hast du dich in letzter Zeit sehr um den Werbeetat von Cunard bemüht. Im *Traveller Club* wurde davon gesprochen, und ich habe hier einen Brief für dich von den Leuten. Vom nächsten Monatsersten gehört der Etat dir.«

Ich war überglücklich, begriff aber sofort, daß die Sache seit mindestens zwei Monaten geplant sein mußte, wenn sie so erfolgreich ihre Beziehungen spielen lassen konnten. Und das schmeckte mir überhaupt nicht.

»Wir möchten gern, daß du mit einem unserer amerikanischen Freunde morgen nach Dallas fliegst und dir die Passagiere eines Inlandflugs von San Antonio betrachtest. Sieh zu, ob du einen von ihnen erkennst – das ist alles.«

Ich grinste ihn an. »Ich soll also dreitausend Meilen hin und dreitausend Meilen wieder zurück fliegen, nur um mir ein paar Passagiere anzusehen, die aus einem Flugzeug steigen? Ihr habt wirklich Nerven. Wer ist denn eigentlich dieser amerikanische Freund? Kenne ich ihn?«

»Nein, du kennst ihn nicht, aber er ist ein Profi, hat früher für den SOE gearbeitet und ist jetzt beim CIA. Er heißt Bill Autenowski, ein Typ, auf den man sich verlassen kann. Er kommt später auf einen Drink mit dir und Bill vorbei.«

Railton überreichte mir den Umschlag, der, wie ich auf den ersten Blick feststellte, ein Ticket und ein dickes Bündel Hundertdollarscheine enthielt: alle schön abgegriffen und echt aussehend. Er stand auf: »Wie wär's, wenn du mich zum Ausgang bringst?«

Wir gingen durch das Foyer, und während der Portier ein Taxi rief, legte er den Arm um meine Schultern und sagte in seiner normalen, nicht-offiziellen Stimme: »Die Sache mit Sally tut mir wirklich leid«, und nach all den Jahren saß mir plötzlich ein Kloß am Hals, und ich konnte nichts darauf erwidern. Er klopfte mir verständnisvoll auf die Schulter und trat durch die Tür auf die Park Avenue hinaus. Ich fuhr wieder zu der Suite im 38. Stock hinauf. Amerikanische Fahrstühle sind sehr schnell und sehr leise, es dauerte wohl keine vierzig Sekunden von meinem Knopfdruck bis in den 38. Stock. Ich fühlte mich sehr einsam, denn sie stand wieder vor mir, das lange blonde Haar im Wind flatternd, sie hatte die Arme ausgebreitet und lief auf mich zu. Sie erinnerte mich an ein schlankes, graziles Füllen, aber ein Füllen hat keinen weichen Mund, groß und rot wie Klatschmohn, und es sagt auch nicht: »Schatz, du kommst früh.«

Der Mann, der sich bei Bill Righton befand, war groß und häßlich und sympathisch, seine Riesenpranke, sein strahlendes Lächeln und sein »Hallo, Ted, wie geht's?« taten mir gut. Ich schere mich den Teufel drum, ob Amerikaner es ehrlich meinen, ich genieße es und freue mich darüber. Wir schwatzten über gemeinsame Freunde, und dann sagte ich zu Bill Autenowski: »Wo wollen wir uns morgen treffen?«

»Ich hole Sie morgen früh um sieben im Hotel ab, Ted.«

Obwohl es schrecklich gegen die ungeschriebenen Regeln verstieß, konnte ich mir doch die Frage nicht verkneifen: »Halte ich morgen nach einem Mann oder einer Frau Ausschau, oder wissen wir das nicht?«

Autenowski blickte Bill Righton an, der seine Brille auf die Nase schob und sein geheimnisvolles Lächeln aufsetzte.

»Dies soll kein Mißtrauen sein, Ted, aber ich halte es für besser, wenn du das nicht weißt.«

4

Als wir in Dallas aus dem Flugzeug stiegen, verschlug mir die Hitze den Atem; ich war nie zuvor in Texas gewesen, und man hatte zu meinem Empfang das Thermostat offenbar auf »Grillen« gestellt. Bill Autenowski schien ein wichtiger Mann zu sein, denn es gab keine Diskussionen, und wir waren fünf Minuten später in einem Raum mit Klimaanlage und Spiegeln, die von unserer Seite her durchsichtig waren. Auf einem Tisch befanden sich zwei Feldstecher, eine Nikon mit Teleobjektiv, Getränke, Eis und alles, was dazugehört. Bill blickte auf seine Armbanduhr und lächelte. »Der Flug hat anderthalb Stunden Verspätung, wir haben also noch Zeit.«

Er quetschte seine massige Gestalt auf einen der Stühle und sah mich dann an. »Das ist eine ziemlich wichtige Sache für uns, Ted, ich halte deshalb nichts von dieser blöden Versteckspielerei – wir suchen nach einem Typ – das heißt, Sie suchen nach ihm.«

»Wer ist es?«

Er zuckte die Achseln. »Soweit bin ich nicht eingeweiht, ich weiß nur, daß meine Leute glauben, Sie würden unter Umständen einen bestimmten Kerl erkennen, der sich auf diesem Flug von San Antonio befinden soll.«

Knapp zwei Stunden später klingelte das Telefon, Bill lauschte einen Moment, sagte »Okay, danke«, legte wieder auf und blickte mich an.

»Die Maschine ist gelandet, die Passagiere kommen in zehn Minuten hier vorbei, und man wird dafür sorgen, daß sie möglichst langsam an uns vorbeimarschieren.«

Und elf Minuten später kamen die ersten. Man hatte uns die Passagierliste gegeben, aber keiner der Namen war mir bekannt. Es gab insgesamt vierunddreißig Fluggäste und fünf Besatzungsmitglieder. Sie alle passierten langsam den Schalter vor unserem Spiegel, und ich erkannte absolut niemand. Als die Passagiere von einer Hosteß zusammengetrieben wurden, sah ich einen hochgewachsenen Mann gähnen und dann langsam zu Boden sinken, und ich hörte Bills erschrecktes Keuchen. Ich sagte: »Dem Kerl ist wohl die Hitze nicht bekommen«, worauf Bill erwiderte: »Diese gottverdammten Idioten.«

Er legte das Fernglas auf den Tisch und setzt sich. Nach einigen Augenblicken hob er den Kopf und sah mich an. »Ich muß Sie ins Leichenschauhaus mitnehmen, damit Sie sich den Mann genau anschauen können.«

»Hab ihn nie im Leben gesehen, Bill.«

»Trotzdem, wir kommen nicht drum herum.«

Über Leichenschauhallen läßt sich nicht viel Positives sagen, außer daß die in Dallas herrlich kühl war. Man schlug das Tuch zurück, und ich sah ein schmales, hageres Gesicht, das einen leicht indianischen Einschlag aufwies. In der Nähe trieb sich ein Mann herum, der wie ein Polizist in Zivil aussah.

»Er wurde von dem Steward, dem Captain und von zwei uns bekannten Passagieren überprüft.«

Ich fragte: »Überprüft – weswegen?«

Der Polizist blickte Bill an, der daraufhin nickte.

»Überprüft, daß er der Kerl ist, der auf dem Flughafen erschossen wurde – ausgeschlossen, daß die Leichen vertauscht worden sind.«

Und erst da bemerkte ich die Wunde. Der Tod mußte sofort eingetreten sein, die Kugel war ihm direkt ins Herz gedrungen.

»Ich habe nicht mal einen Schuß gehört.«

»Konnten Sie auch schlecht«, erwiderte Bill. »Außerdem haben die einen Schalldämpfer verwendet.«

Ich warf ihm einen Blick zu. »Woher, zum Teufel, wissen Sie, daß sie einen Schalldämpfer verwendeten, wenn wir den Schuß überhaupt nicht hören konnten?«

Er wurde etwas verlegen. »Jetzt machen Sie sich mal keine Gedanken, Ted, ich weiß es einfach.«

»Soll ich mir die anderen Passagiere noch einmal anschauen?«

Er zuckte die Achseln. »Nein, das hier war der Kerl.«

»Ich denke, ihr wußtet nicht, wer es war?«

Bill nickte dem Polizisten zu und sagte: »Danke, Joe«, dann packte seine große Pranke meinen Arm, und er meinte: »Wir fahren in die Stadt, Ted, trinken einen und unterhalten uns.«

Bill schleppte mich in einen ziemlich tristen Laden, der sich »Captain's Bar« nannte und Go-go-Girls versprach. In einer Art Bambuskäfig saß tatsächlich ein gelangweilt aussehendes Mädchen, das alle paar Takte der überlauten Musik mit dem wenigen, was sie zu bieten hatte, wackelte. Dafür waren die Drinks einwandfrei.

Bill betrachtete mich nachdenklich und begann dann: »Ted, dieser Typ war vom KGB, wir brauchen ihm also keine Träne nachzuweinen. Wir haben das Ganze so arrangiert, damit Sie ihn vielleicht identifizieren konnten. Ihr Verein und meiner sucht nach einem Burschen namens Berger, und nach unseren Unterlagen kennen Sie ihn. Wir wissen, daß er einer von drei bestimmten Männern sein muß, wissen aber nicht welcher von den dreien, da wir kein Foto von Berger haben, und alle drei Kerle falsche Namen verwenden. Außerdem wissen wir noch, daß Berger vom KGB sehr geschätzt wird. Nachdem Sie ihn identifiziert hatten, wollten wir uns ganz auf ihn konzentrieren. Wir wissen, daß Berger in einer ganz großen Sache drinsteckt – haben aber keinen Schimmer, um was es geht. Vor kurzem hielten wir ein großes britisch-amerikanisches Geheimdienstpalaver ab, und meine Leute wollten alle drei Kerle unauffällig beseitigen. Die Engländer legten ihr Veto ein mit der Begründung, daß wir zuerst einmal herausfinden mußten, was dieser Berger eigentlich plant, bevor wir ihn verschwinden lassen.«

Er spielte mit seinem Whiskyglas. »Sieht so aus, als hätte es der CIA doch auf seine Art erledigt. Ich muß unbedingt feststellen, ob sie die beiden anderen Verdächtigen ebenfalls umgelegt haben. Wir übernachten heute im Hilton. Sobald ich mit den Brüdern gesprochen habe, melde ich mich wieder bei Ihnen.«

Diese Sache mit Berger erklärte manches, was mir damals merkwürdig vorgekommen war, ich wurde jedoch das dumpfe Gefühl nicht los, daß eine weitere wichtige Erkenntnis direkt vor meiner Nase lag, ich sie im Augenblick jedoch noch nicht greifen konnte.

Bill brachte mich ins Hilton und verschwand dann für eine Weile. Ich vertrieb mir die Zeit im »Trader Vic's« – einer Bar, die man in jedem Hilton findet – und diskutierte die verschiedenen Vorzüge von Dimple Haig mit dem Barmixer. Bills massige Gestalt tauchte plötzlich wie ein Flugzeugträger neben mir auf, und er sagte – mit frischgestärktem Vertrauen in das System des amerikanischen Nachrichtendienstes: »Die beiden anderen Kerle leben noch. Gehen wir auf mein Zimmer.«

Offenbar lag es nicht an einer Meinungsdifferenz zwischen Washington und London, sondern an den stolzen Texanern, die mal wieder ihre Unabhängigkeit beweisen wollten. Wenn KGB-Schurken es wagten, durch Texas zu spazieren, dann konnten sich Washington, Foggy Bottom, London und St. James zum Teufel scheren; man pumpte die Kerle voll Blei, und damit basta. Die beiden übrigen Verdächtigen waren noch quicklebendig, der eine arbeitete als Verwaltungsangestellter bei der UN, der andere hatte etwas mit Finanzierungen oder Exportgeschäften in der Londoner City zu tun. Wir setzten beide unsere Silberdollars auf den UN-Angestellten.

5

Wir verloren beide; der Typ bei der UN war für Berger mindestens zehn Jahre zu jung. Und auch der beste Moskauer Chirurg hätte Bergers faltiges Gesicht nicht in den strahlenden Vollmond verwandeln können, den der Verdächtige statt eines Gesichts trug.

Am gleichen Tag flogen Bill und ich nach London zurück. Am nächsten Morgen trafen wir uns in dem »sicheren Haus« in der Ebury Street. Dort gab es eine dünne Akte der Special Branch und eine etwas dickere vom MI 5 über den dritten Mann. Die Fotos zeigten unzweifelhaft Berger. Er hatte sich besser gehalten als ich, aber laut seinem Dossier war er nicht verheiratet, und vielleicht lag es daran. Er hatte das übliche KGB-Tarnunternehmen aufgezogen – Im- und Export von Waren aller Art –, aber er trieb mit keinem der kommunistischen Länder Handel, sondern hauptsächlich mit den Vereinigten Staaten und Lateinamerika. Die Produkte reichten von Spielsachen über Bürobedarf bis zu peripheren Geräten für Großrechenanlagen, was sich als die verschiedenen Zusatzgeräte herausstellte, die man an einen Computer anbauen oder anschließen kann. Keine Vorstrafen, aber einen Bußgeldbescheid wegen Überfahrens einer roten Ampel. Keine engen Freunde, weder männliche noch weibliche, er holte sich jedoch regelmäßig zwei exklusive Callgirls – allerdings nie auf einmal. Er wohnte in Putney in einem modernen Wohnblock; den anderen Hausbewohnern war er nur aufgefallen, weil er gelegentlich »Guten Tag« sagte, man schrieb es jedoch der Tatsache zu, daß er Ausländer war. Er besaß drei Pässe – einen amerikanischen, einen englischen und einen kanadischen –, die alle gefälscht waren. Keiner enthielt Visa irgendwelcher kommunistischer Länder.

Das Unternehmen war eine Gesellschaft mit beschränkter Haftung, mit einem volleingezahlten Kapital von 2000 Pfund, er besaß drei Bankkonten, die ein durchschnittliches Guthaben von je 70 000 Pfund aufwiesen. Seinem örtlichen Polizeirevier hatte er drei Wohnungseinbrüche gemeldet. Zwei davon waren echt, der dritte Pfuscharbeit der Brüder von der Special Branch. Sie hatten seine Kamera und einige belichtete Filme mitgenommen. Berger gab das der Polizei gegenüber nicht an, aber als das Labor der Special Branch die Filme entwickelte, stellten sie sich als ziemlich harmlos heraus. Wenn man Großaufnahmen von sehr attraktiven nackten Blondinen als harmlos bezeichnen kann.

Jim Railton steckte den Kopf durch die Tür und sagte: »Wenn ihr fertig seid, gehen wir in das andere Büro zu einer Konferenz.«

Das andere Büro lag im Gebäude der Paßstelle in Petty France. Und dort saß Joe Steiner mit inzwischen weißgrauem Haar und vier Männer in den Dreißigern, die ich nicht kannte. James Railton setzte sich ans Kopfende des großen Tischs, beugte sich vor und richtete ohne große Vorreden das Wort an mich.

»Ted, was ich dir jetzt sage, wird dir wahrscheinlich nicht sehr gefallen, aber es muß sein, und ich bringe es lieber hinter mich. Wir möchten, daß du für uns arbeitest – es kann vier oder fünf Monate dauern, auf keinen Fall aber länger als ein Jahr.«

»Du meinst eine Vollzeitbeschäftigung?«

Kein Zögern. »Ja.«

»Was ist mit meinem Job?«

Er lächelte schwach. »Das ist so ungefähr das einzig Nette, was ich dir sagen kann. Wir haben mit deiner Firma gesprochen, und wenn diese Sache vorbei ist, bekommst du einen Sitz in der

Geschäftsleitung und zwanzig Prozent der Anteile. Du erhältst ein Jahr lang ein garantiert steuerfreies Gehalt von 4000 Pfund im Monat plus allen Spesen, und selbst wenn es früher zu Ende ist, bezahlen wir dir das volle Jahr. Du stehst dann also mit einem Kapital von 50 000 Pfund da und mit einer Beteiligung an deiner Werbeagentur, die wir ebenfalls bezahlen.«

»Und wenn ich ablehne?«

Die braunen Augen waren zu ehrlich, um meinem Blick auszuweichen, aber er hatte wenigstens den Anstand, einen leisen Seufzer auszustoßen. »Dann ist dein Job futsch, und einen neuen bekommst du auch nicht.«

Ich war erschüttert. »Aber James, das ist ja glatte Erpressung – das kannst du doch nicht machen!«

Er schwieg einen Augenblick. »Ja, Ted, das ist es – aber wir können es machen – wir möchten es nur nicht gerne.«

»Aber kann denn nicht jemand anderes den Auftrag übernehmen? Wenn es um Berger geht – den habe ich doch bereits für euch identifiziert. Ich arbeite gern einen anderen Mann ein.«

»Es gibt zwei Gründe, warum du es sein mußt, Ted – den einen kann ich dir sagen, den anderen nicht. Der erste Grund ist folgender: Wir wissen einfach zu wenig, was Berger im Schilde führt, und es gibt eine reale Möglichkeit, daß irgend etwas von früher dir einen wichtigen Hinweis gibt. Du bist der einzige, der jemals etwas mit ihm zu tun hatte.«

»Woher weißt du denn, daß die Sache so schrecklich wichtig ist?«

»Wir wissen es, Ted, mehr möchte ich dazu nicht sagen – der KGB hat Berger vor fünfzehn Jahren hierher verpflanzt, unseres Wissens war er in der ganzen Welt nie aktiv, aber jetzt soll er die Früchte einheimsen, und bei solch einer langfristigen und teuren Investition muß das eine ganz schöne Ernte sein.«

»Was ist der andere Grund, den du mir nicht sagen kannst?«

»Ich kann ihn dir nicht sagen, basta, aber wenn du ihn wüßtest, würdest du meinen Vorschlag sofort annehmen.«

Ich betrachtete die gesenkten Köpfe der anderen Konferenzteilnehmer, nur Joe Steiner hatte den Anstand, meinen Blick zu erwidern, er sprach jedoch nicht.

»Kann ich mein Büro anrufen?«

»Natürlich.«

Ich wählte und wollte den Präsidenten sprechen – er war unabkömmlich, die beiden anderen Direktoren waren ebenfalls unabkömmlich, meine Sekretärin hatte gestern fristlos gekündigt. Ich kapierte. Es gab eigentlich nicht viel zu überlegen. Ich besaß die Wohnung in der King's Road, die Yacht in Marlow, meine Bücher und meinen Job, oder hatte meinen Job besessen. Keine Bindungen, niemand, der überredet werden mußte – genau gesagt, überhaupt niemand, der sich auch nur Gedanken um mich machte. Ich erkannte plötzlich, wie sinnlos doch eigentlich mein Leben war.

Ich dankte ihnen nicht für diese Selbsterkenntnis, wußte jedoch genau, daß sie sich das Ganze schon vor Monaten zurechtgelegt hatten, als ich noch glaubte, zu dieser Welt zu gehören. Ich wußte, ich würde Sally und Samantha nie überwinden, würde einfach mein hohles Leben weiterführen, bis ich starb, und es würde keine Rolle spielen, wie ich dieses Leben führte. Es war eine sorgfältig vorbereitete Grausamkeit, und ich fragte mich nur, wieviele Stunden sie zu der Planung und Ausarbeitung gebraucht hatten. Ich kehrte auf meinen Stuhl an dem Konferenztisch zurück und schaute auf die beiden Dossiers hinunter, obwohl ich sie gar nicht richtig erkennen konnte, weil meine Augen feucht waren, eine Träne tropfte auf den Plastikschnellhefter, und es klang wie eine kleine Explosion. Der Lärm des Verkehrs drang nur gedämpft in das Zimmer, aber es war ein Teil der heilen Welt, der normalen Welt. Ohne aufzublicken sagte ich: »Okay, James, bringen wir es hinter uns.« Und er erwiderte leise: »Ted, das alles mag viel besser ausgehen, als du dir im Moment noch vorstellen kannst – und das sind keine leeren Worte.«

Ich blickte ihn an. »Ich bin 48, James, viel zu alt für solche Abenteuer, und du weißt das ganz genau. Ihr müßt bis zu den Ohren in der Tinte stecken, wenn ihr solch einen Tattergreis wie mich wieder mit Gewalt in den Dienst preßt.«

Joe Steiner lächelte. »Wir wollen dich zurückhaben, weil wir dich brauchen, weil wir deinen genialen Querkopf brauchen, wie wir auch schon im Krieg nicht auf ihn verzichten konnten.« Er warf James Railton einen Blick zu und fuhr dann fort: »Ich möchte dich in unserer Branche erst mal wieder aufs laufende bringen, Ted. Wir geben heute sehr wenig für 1 (a) aus – Dinge wie Bewaffnung, Truppenstärke, Truppenbewegungen, Satelliten, elektronische Überwachung und das einfache Lesen von technischen Journalen liefern uns ein ausgezeichnetes Bild, das bis auf eine halbe Stunde up to date ist. Es gibt einige Gebiete, die uns noch interessieren, wie zum Beispiel bakterielle und chemische Kriegführung, Geheimwaffen – kleine, keine bedeutende Entwicklungen, politische Ziele und so weiter. Das meiste unseres Geldes und unserer Zeit geht für Spionage drauf, was sich innerhalb der UdSSR abspielt – Industrie, Politik und Wirtschaft. Militärisch sind beide Seiten so ausgeglichen, daß nach unserer Überzeugung ein Krieg zwischen den USA und der UdSSR praktisch ausgeschlossen ist.«

Er lächelte grimmig und fuhr fort: »Wir geben sogar eine Menge Geld für strategische Planspiele aus, wie es Europa ergehen wird, wenn die beiden Großen sich miteinander verbünden. China ist ein heißes Eisen, und keine Seite wird sich ernsthaft daran wagen – sie haben sich beide bei entsprechenden Versuchen schon genug die Finger verbrannt. So wie es im Moment aussieht, können wir davon ausgehen, daß Berger nur in England und nur für die UdSSR arbeitet. In seiner Anfangszeit wurde er für alle möglichen Aufträge eingesetzt, sobald jedoch irgendein Verdacht auf ihn fiel, hat man ihn sehr rasch zurückgepfiffen. Aber seit gut drei Monaten halten sich vier KGB-Typen in seiner Nähe auf, die entweder für ihn arbeiten, oder ihn beschützen sollen, oder beides. Wir haben eine komplette Akte für dich über diese Knaben, mit Fotos, Filmaufnahmen und sonstigen interessanten Einzelheiten. Diese Zelle ist eindeutig aktiviert worden; es riecht unmißverständlich nach einem entscheidenden Coup.«

»Auf welchen Gebieten betätigt sich Berger?«

Joe lehnte sich zurück und zuckte hilflos mit den Achseln. »Wir haben keine Ahnung – es sind alles nur Vermutungen, winzige Hinweise und ein ungutes Gefühl.«

Er deutete auf die Unbekannten rund um den Konferenztisch. »Diese Leute werden dich in ihren jeweiligen Spezialgebieten aufs laufende bringen, und danach hängt dann alles von dir ab – du bekommst von uns jede gewünschte Hilfe. Wir rechnen zwar nicht mit Komplikationen dieser Art, haben aber trotzdem einen Waffen- und Selbstverteidigungs-Kursus für dich eingeplant, um deine eingerosteten Fähigkeiten wieder aufzufrischen. Allerdings solltest du dir zuerst einmal anhören, was diese Männer dir zu sagen haben.«

James Railton blickte auf die Uhr und mischte sich ein. »Hör zu, wir machen um halb drei weiter. Bill, Joe, Ted und ich gehen in den *Traveller Club* zum Essen, ich habe einen Tisch reserviert, und wir sind bereits spät dran.«

Bei den Drinks vor dem Mittagessen zog James mich zu einem der großen Fenster und sagte: »Damit du keine falsche Meinung über unsere Demokratie bekommst, Ted, möchte ich dir nur sagen, daß wir erst zum Außen- und zum Innenminister gehen mußten, bevor wir dich unter Druck setzen durften, und ich kann dir versichern, es war alles andere als einfach – beide zeigten sich nicht sehr begeistert von der Idee und haben das auch unmißverständlich ausgedrückt, beide bestanden darauf, einmal in der Woche ausführlich über alle Entwicklungen informiert zu werden.«

Nach dem Essen fühlte ich mich so kaputt, daß ich darum bat, die Konferenz auf den nächsten Tag zu verschieben. Man war damit einverstanden, und Bill Autenowski half mir, mein Gepäck einzusammeln und mit einem Taxi in meine Wohnung in der King's Road zu bringen. Bill war jünger als ich, aber allein durch seine Größe und durch seine sympathische Art wirkte er wie ein Anregungsmittel auf mich. Ich ließ ihn von meinem 12 Jahre alten Glenfiddich kosten, wir tranken Brüderschaft und sahen von meinem Wohnzimmerfenster aus den Mädchen in Miniröcken nach.

Meine Wohnung hatte zwei Schlafzimmer und ein großes Wohnzimmer, dessen drei Wände mit Bücherregalen vollgestellt waren. Es handelte sich vorwiegend um Taschenbücher, und Bill legte den Kopf auf die Seite und studierte die Titel. Es heißt, man kann sehr viel über einen Menschen herausfinden, wenn man sich seine Bücher betrachtet; bei mir mußte er den Eindruck gewinnen, daß er einen Mann vor sich hatte, der nicht recht wußte, was er eigentlich wollte, sich aber sehr bemühte, es herauszufinden. Und dieser Eindruck war wohl gar nicht so falsch.

Ich nahm ein Bad, spielte dann Bill das Violinkonzert von Glazinoff vor und Tschaikowskis »Variationen über ein Rokoko-Thema«. Musikalisch hatten sie wohl das gleiche Niveau wie »Moon River« und »Gigi«, dauerten aber eine halbe Stunde länger. Ich wußte, nach seinem Gehen würde ich Mendelssohns Streicherkonzert auflegen, aber es trug eine Widmung auf der Plattentasche: »Mein Schatz, das empfinde ich für dich – Sally.« Irgendwo lag ein goldener Ring mit einer Inschrift von Lara herum: »Je t'aime infiniment« – ich wußte jedoch genau, welche der beiden Widmungen wirklich von Herzen kam. Warum finden eigentlich Schauspieler immer bessere Worte, ihre Liebe auszudrücken als wirklich Liebende? Und da klingelten plötzlich meine Alarmglöckchen, und ich wandte mich an Bill.

»Bill – wie kann ich James Railton erreichen?«

Er stellte sein Glas ab. »Ich rufe ihn an.«

Er wählte. »Jim – Ted verlangt nach dir.« Er blickte mich fragend an. »Willst du mit ihm sprechen, oder soll er hierher kommen?«

»Frag ihn, ob er mit Joe Steiner hierher kommen kann.«

Er sprach noch kurz, legte dann auf und sagte: »Sie kommen in ungefähr zwanzig Minuten.« Er war professionell und geduldig, fragte mich nicht, was ich eigentlich wollte, und legte statt dessen eine neue Platte auf. Bald darauf klingelte es.

»Ich mache auf.« Sein Fuß blockierte automatisch die halbgeöffnete Tür, aber es waren unsere eigenen Burschen. James trug ein Dinner-Jackett und Joe ausgebeulte Hosen und ein kariertes Hemd. Beide nahmen unaufgefordert Platz.

»Joe, versetz dich in die Zeit zurück, als ich zum erstenmal mit Berger zu tun hatte.«

»Okay, Ted, aber er fiel damals nicht in meinen Verantwortungsbereich; wenn ich mich recht erinnere, warst du und David Law für ihn zuständig.«

»Richtig, aber du hast nach meiner Magdeburger Pleite mein Agentennetz übernommen.«

»Stimmt, ich löste es jedoch verdammt rasch auf.«

»Aber die Russen sagten mir, sie hätten unseren Funker Otto Sander geschnappt, was nicht stimmte.«

»Okay.«

»Und sie kannten David Laws Namen, deinen und meinen.«

»Richtig.«

»Gab es jemals einen Hinweis darauf, daß sie mehr als das wußten?«

»Nein – ich bin ziemlich sicher«, erwiderte Joe, »das war alles, was sie wußten.«

»Schön – bevor wir Otto Sander überredeten, für uns zu arbeiten, saß er in Hildesheim in der Zelle neben Berger.«

»Okay.«

»Ich selbst hatte sie dort hineingesteckt.«

»Okay.«

»Es gab also nichts, was die beiden und mich mit dir und David in Verbindung bringen konnte«, fuhr ich fort.

»Würde ich auch sagen.«

»Niemand wußte von meinen Aktivitäten, außer dem Militärgouverneur und dem Außenministerium?«

Joe nickte.

»Man kann also davon ausgehen, daß der NKWD zwar von euch beiden, nicht aber von meinem speziellen Auftrag gehört hatte.«

»Warum nicht von deinem Auftrag?«

»Weil ich an das Außenministerium ausgeliehen worden war.«

»Interessant. Weiter.«

»Jemand im Außenministerium wußte also Bescheid – über meine Operation, aber nicht nur das, er wußte auch von dir und David, was ihn an sich gar nichts anging.«

Joe lächelte. »Willst du dem Militärgouverneur unterstellen, daß er dem NKWD einen Tip gab?«

»Nein.«

»Oder vielleicht gar James und mir?«

»Nein.«

»Um Himmels willen, sag endlich, was du meinst.«

»Wer war damals im Außenministerium Verbindungsoffizier zum MI 6?«

»Keine Ahnung.«

»Kannst du das herausfinden?«

»Jetzt gleich?«

Ich nickte. Joe wirkte wie ein beleidigter Spencer Tracy, als er zum Telefon ging und wählte. Nach zehn Minuten kam er zurück und sagte: »Volltreffer, alter Junge, aber was es zu bedeuten hat, wissen die Götter – Meisterspion Kim Philby leitete damals diese Abteilung.« Und plötzlich paßte alles zusammen.

»Deshalb wollte Berger so ungern in den Knast gehen – und sei es auch nur für ein paar Monate –, er arbeitete damals schon für den NKWD. Sie wollten ihn offenbar auf die Amerikaner ansetzen, aber die demobilisierten ihn, und so wurde er uns auf den Hals gehetzt. Daher wußten also die Russen von dir und David und mir durch Philby, und von Otto Sander durch Berger; Philby mußte ihnen diese beiden Teile der Geschichte geben, aber nicht das Mittelstück – sie hatten keine Ahnung, womit wir uns eigentlich beschäftigten – nur ein paar Namen.« James Railton, der bis dahin geschwiegen hatte, sagte rasch: »Wieso kommst du jetzt plötzlich darauf, Ted?«

Ich setzte zu einer Antwort an, wußte aber nicht, was ich sagen sollte. Wie soll man schließlich anderen Leuten seine inneren Denk- und Kombinationsvorträge erklären?

»Ich weiß es nicht, James; ich dachte über eine Menge anderer Dinge nach, die nichts mit dieser Sache zu tun hatten, und es kam mir einfach in den Sinn.«

Joe schüttelte den Kopf. »Eine merkwürdige Denkweise, es scheint jedoch bei dir zu funktionieren, Ted. Allerdings weiß ich nicht recht, wie uns das weiterhelfen soll.«

»Wenn Berger damals für Philby arbeitete, tut er das jetzt vielleicht auch noch.«

Joe warf mir einen verblüfften Blick zu. »Eine interessante Überlegung, Ted – was macht also Philby jetzt?«

Ich zeigte mich überrascht. »Kannst du das nicht herausfinden, Joe?«

Er grinste. »Natürlich, aber nicht per Telefon. Wir sehen uns ja morgen. Es kann allerdings etwas länger dauern – ich sage dir dann Bescheid.«

Es dauerte tatsächlich länger. Den nächsten Tag verbrachte ich im Keller des St. Alphage House auf dem Schießstand des *Marylebone Pistol Clubs,* wo ein Typ von der Special Branch mich stundenlang mit einer automatischen 22er auf dem 25-Meter-Stand üben ließ. Am späten Nachmittag rückten die Treffer immer näher aneinander, und er zeigte sich zufrieden. Man hatte mir einen 9-mm-Browning verpaßt, und wir übten Laden, Entladen und das Zerlegen der Waffe. Am darauffolgenden Tag bekam ich ein passendes Schulterhalfter, und wir wußten beide, wenn der Gegner nicht allzu gut war und mich mit den ersten beiden Schüssen verfehlte, dann hatte ich eine reelle Überlebenschance.

In der Duke of Wellington-Kaserne in Chelsea frischten wir die waffenlose Selbstverteidigung wieder auf. Es gab nicht viel Neues zu lernen, und wie Fahrradfahren ist das eine Fertigkeit, die man nicht mehr vergißt, wenn man sie einmal erworben hat. Der Polizeisergeant war nicht an Schüler gewöhnt, die sich wie in einem Ernstfall zur Wehr setzten. Es ist ein automatischer Reflex, der im Zivilleben einigen Ärger bringen kann. Mit leichtem Groll in der Stimme sagte der Sergeant: »Vielleicht sollten Sie etwas weniger rauchen, Sir.«

Also machte ich ein todernstes Gesicht und erwiderte: »Na schön, dann machen Sie jetzt lieber Schluß und lassen sich Ihren Daumen von dem Arzt wieder einrenken, bevor er Dienstschluß hat.«

Erst nach drei Tagen sah ich Bill und James und Joe wieder. Joe machte ein etwas verwirrtes Gesicht. »Ted, Philby scheint sich im Augenblick ausschließlich um Handelsmissionen und Handelsdelegationen zu kümmern, und zwar nur um solche in England.«

»Welche Delegationen schicken die Russen denn hierher?«

»Der junge Maclean – du hast ihn neulich auf unserer Konferenz kennengelernt – kann dir einen ausführlichen Vortrag halten, wenn du willst.«

»Okay, am besten gleich.«

Joe stand auf. »Wir gehen lieber nach Petty France, dort ist es sicherer. Wir haben übrigens dein Telefon angezapft, die Special Branch läßt dich beschatten, und in deiner Wohnung befinden sich mindestens drei Wanzen, von denen du höchstens eine findest.«

»Oh, herzlichen Dank, Joe – wann habt ihr das gemacht?«

»Als du in New York warst.« Er grinste und stieß mich in die Rippen. »Gehört alles zum Geschäft, alter Junge, wir müssen schließlich unsere Investition absichern.«

6

Jock Maclean war etwa Fünfunddreißig, nahm seinen Job todernst und hatte ungefähr zwei Kubikmeter Akten vor sich auf dem Tisch liegen. Er rückte seine Brille zurecht und begann seinen Vortrag.

»Ich habe alle Handelsdelegationen des Ostblocks in einer Akte zusammengestellt, es handelt sich um zwei verschiedene Arten von Anfragen, Konsumgüter und Investitionsgüter. Bei den Konsumgütern gibt es ein paar Dinge, die sie tatsächlich kaufen wollen, hauptsächlich möchten sie aber Fabriken besuchen und die übliche Industriespionage betreiben. Aber auf dem Sektor Anlagenbau sind sie meist wirklich interessiert – sie suchen nach schlüsselfertigen Fabriken. Wir stellen dann ein Konsortium zusammen, wählen den Standort aus und liefern ihnen zum Beispiel ein komplettes Walzwerk, einschließlich Fach- und Trainingspersonal. Finanziell ist das meist recht attraktiv für uns, und wir arbeiten auch ziemlich gut mit den Leuten zusammen.«

Ich unterbrach seinen Redefluß. »Wie werden wir bezahlt?«

»Gold, Dollars und eine Menge Kompensationsgeschäfte – Weizen, Leder und so weiter.«

»Was war der letzte Großauftrag?«

»Eine ICL-Computerinstallation im Wert von drei Millionen Pfund für eine Autofabrik.«

»Mit peripheren Geräten?«

Er sah mich überrascht an. »Sie verstehen etwas von Computern, Sir?«

»Nein.«

»Warum dann die Frage über periphere Geräte?«

»Wie lautet die Antwort, Maclean?«

»Nein, auf diesem Sektor bekommen wir nicht viele Aufträge, weil die DDR selbst sehr gute periphere Geräte herstellt.«

»An was sind die Burschen im Augenblick interessiert?«

Er zögerte. »Das ist eine gute Frage, Sir, denn in den letzten zwei Monaten haben sie sich aus fast allen Projekten zurückgezogen, über die wir verhandelten oder an denen sie Interesse zeigten.«

»Welche Art von Projekten?«

»Ein ziemlich breites Spektrum, Sir, eine Kugellagerfabrik, eine Großbäckerei, ein Blechwalzwerk, eine Gießerei und Computer-Software.«

»Software – sind das die Computerausdrucke?«

Er lächelte. »Nein, Sir, das ist fachchinesisch – es bedeutet die Programmierung und das Erstellen von Anwendersystemen für die Computerbenutzung.«

Wir unterhielten uns dann noch ungefähr eine Stunde, und als niemand mehr Fragen hatte, verbeugte er sich und überließ uns unseren eigenen Gedanken.

Joe Steiner machte ein skeptisches Gesicht. »Ich kann mir nicht vorstellen, daß ein Top-Mann wie Berger auf solche primitiven Sachen wie Handelsdelegationen angesetzt wird – oder was meinst du, Ted?«

»Unwahrscheinlich, aber vielleicht führt uns das auf eine Spur, und wenn der KGB sich um Industriespionage kümmert, ist Berger vielleicht die zentrale Sammelstelle.«

»Das kann jeder Attaché ihrer Botschaft besser machen«, erwiderte Joe geringschätzig. »Nein Ted, dieser Typ ist ein hochkarätiger Spion.«

»Joe, gibt es viel geheimen Funkverkehr hier aus England?«

»Keine Ahnung, fragen wir mal die Funküberwachung.« Er wählte und sagte dann: »Martin, hier ist Steiner. Gab es in den letzten zwei Monaten ungewöhnlich viel Radioverkehr?« Er lauschte gespannt. »Okay – und warum hat das bis jetzt noch niemand herausgefunden? . . . Ja natürlich, kümmert euch darum – ihr braucht wohl ein verdammtes Kindermädchen?« Er knallte den Hörer auf die Gabel. »Kein ungewöhnlicher Verkehr auf den normalen Frequenzen, aber es gab eine Menge kurze und starke hochfrequente Oszillationen – was immer das auch ist –, und sie wissen nicht, was das zu bedeuten hat. Sie spielen die Aufnahmen langsam und schnell ab und lassen Chiffrier-Experten daran arbeiten – bis jetzt ohne Erfolg. Das könnte eine Spur sein.«

7

Ich beschloß, zwei Tage auf meinem Boot in Marlow zu verbringen. Ich besitze einen Fjord Ambassador mit zwei Volvo-Maschinen, kann sechs Leute unterbringen und habe einen herrlichen Liegeplatz an der Temple-Schleuse. Auf den Themseufern blühten wilde Veilchen, Orchideen und »frais des bois«, und man stolperte fast über Eichhörnchen und Hasen, weil sie dort so selten menschliche Wesen sahen. Ich habe meinen eigenen kleinen Anlegesteg mit Steckdosen für Strom und Telefon. Das Cockpit der *Samantha* war knochentrocken, und auch in der Bilge gab es kaum Wasser. Ich vernachlässigte die Yacht abscheulich, aber wenn ich kam, sah sie immer gastlich und freundlich aus. Ich drehte die Zündschlüssel auf der Kontrollkonsole, und die beiden Volvos erwachten zum Leben, als wären sie erst vor einer Stunde noch gelaufen. Manche Schiffe sind wie Teufel und manche wie Engel – *Samantha* war ein Engel.

Ich überprüfte, die Instrumente und hatte gerade das Echolot eingeschaltet, als das Telefon läutete. Was völlig unmöglich war, weil ich es nicht eingesteckt hatte. Ich stieg in die Hauptkajüte hinunter, und dort stand es, die Anschlußschnur feinsäuberlich darumgewickelt. Es hörte nicht auf zu klingeln, und ich nahm schließlich den Hörer ab, meldete mich aber nicht. Sofort sagte eine Stimme: »Ist dort Hurley 461? Ich habe ein Gespräch für Sie.«

Verblüfft erwiderte ich: »Von wem?«

»Ein Mr. Steiner.« Dann knackte es ein paarmal, und Joe war am anderen Ende.

»Joe, mein Telefon ist nicht eingesteckt – ist mit überhaupt keiner Leitung verbunden.«

Joe lachte glucksend. »Kein Grund zur Aufregung, alter Junge, unsere Leute haben deinen Apparat ein bißchen umgebaut. Es ist jetzt eine Art Funktelefon und wird bei einem Anruf automatisch eingeschaltet – ich glaube, Fernaktivator heißt diese neue Erfindung.« Ich mußte mich erst wieder an diese typischen Geheimdiensttricks gewöhnen.

»Was kann ich für dich tun, Joe?«

»Oh, nichts Besonderes, wir wollten nur wissen, ob du gut angekommen bist – ruf mich oder James an, wenn du irgend etwas brauchst. Wir haben übrigens ein Konto für dich in Zürich eröffnet und dein erstes Monatsgehalt bereits eingezahlt. Im Schrank in der Vorschiffskajüte liegen ein paar Fünfer für dich. Mach keine

Dummheiten.« Er legte auf.

In dem Schrank fand ich in einem Segeltuchsäckchen tatsächlich dreihundert Pfund. Einem Problem rücke ich am besten zu Leibe, wenn ich es einen Tag lang völlig ignoriert habe, also verbrachte ich den nächsten Tag damit, Scharniere zu ölen, Pumpen zu überprüfen und eine Spritzfahrt nach Harleyford und wieder zurück nach Marlow zu machen, wo ich im »Compleat Angler« gepflegt zu Abend aß. Am nächsten Morgen rief ich James an und bat ihn um eine Liste aller Kunden unseres Freundes Berger, sowie eine Liste der Firmen, die von russischen Handelsdelegationen besucht worden waren. Etwa drei Stunden später tauchte ein weißer Mini auf, aus dem ein Sergeant der Militärpolizei kletterte und salutierte. »Dokumente für Sie, Sir.«

Ich öffnete das Päckchen und fand einen ganzen Stapel Listen mit Namen und Adressen und einen langen Report über Handelsdelegationen – und eine handgeschriebene Notiz von Joe: »Falls du es noch nicht wußtest, unser Freund besitzt ein Boot, Liegeplatz Temple Island, direkt vor Henley, die Insel gehört ihm. Die Yacht ist eine 44-Fuß-Meakes ›Sea Lion‹ mit zwei Volvo-Maschinen. Er fährt nie mit ihr herum, benutzt sie nur zu geschäftlichen und sonstigen Treffen. Verbringt regelmäßig seine Wochenenden dort.«

Ich beschloß, mir an diesem Abend das Schiff anzusehen. Temple Island kannte ich nicht näher, nach meiner Karte mußte die Insel etwa dreihundert mal hundert Meter messen.

8

Die Schleusen an der Themse stellen im Sommer um zwanzig Uhr den Betrieb ein, und als ich die Schleuse in Hurley passierte, beschloß ich, weiter stromauf nach Henley zu fahren, wobei ich mir die Insel auf der Vorbeifahrt ansehen konnte. Falls erforderlich, konnte ich mich dann später mit gestoppten Maschinen von der Strömung zurücktreiben lassen. Ich unterhielt mich mit dem Schleusenwärter in Hurley bis kurz nach acht, womit ich sicherstellte, daß danach bis zum nächsten Morgen keine Schiffe mehr durch die Schleuse in Hurley oder durch die Marsh-Schleuse oberhalb von Henley kamen.

Temple Island war mit Kastanien und Pappeln bestanden, außerdem entdeckte ich einen kleinen Pavillon mit Chintzvorhängen an den Fenstern. Die »Sea Lion« lag festvertäut an einem kurzen Anlegesteg.

Zwanzig Minuten später war ich in Henley, wo ich bei Hobb's Marina tankte und anschließend herumkreuzte und bis zur Marsh-Schleuse fuhr. Keine anderen Schiffe waren mehr unterwegs.

Nach Einbruch der Dunkelheit richtete ich den Bug stromabwärts, stellte die Maschinen ab und ließ *Samantha* treiben. Die Yacht machte noch immer gut zwei Knoten, ich band daher einen Eimer an eine Nylonleine und schleppte ihn wie einen Treibanker hinterher, worauf sich die Fahrt stark verlangsamte. Kurz darauf konnte ich die Insel und die Umrisse des kleinen weißen Pavillons darauf erkennen. Mit einem Bootshaken steuerte ich *Samantha* auf die Rückseite der Insel, wo ich sie leicht auf Grund laufen ließ und dann an einem überhängenden Baum vertäute. Rasch watete ich ans Ufer und beschloß, zuerst den Pavillon zu untersuchen. Fünf Minuten später gab das einfache Schloß meinen Überredungskünsten nach, und ich trat ein.

Drinnen war es dunkel, statt der Deckenbeleuchtung benutzte ich jedoch vorsichtshalber nur meine Taschenlampe. Der Pavillon bestand nur aus einem einzigen großen Raum mit einem riesigen Divan in einem Alkoven und einem modernen Schreibtisch an der rechten Wand. Ich zog alle Schubladen auf und durchsuchte sie gründlich.

Es befanden sich lediglich private Rechnungen darin, Korrespondenz mit einer Bootswerft, die das Schiff betraf, und einige Visitenkarten auf den Namen Louis Barault, den Tarnnahmen von Berger. Mehrere Schubladen waren leer, und eine enthielt lediglich eine Taschenbuchausgabe von Solschenizyns »Der erste Kreis der Hölle«, was für einen KGB-Mann eine nostalgische Lektüre sein mußte.

Neben dem Telefon lag ein kleiner Notizblock. Ich ließ den Strahl meiner Taschenlampe schräg über das oberste Blatt fallen und sah die schwachen Abdrücke von einigen Buchstaben. Ich riß das Blatt ab und steckte es in meine Tasche.

Weiterhin gab es eine wohlgefüllte Hausbar, aber ansonsten fand ich nichts von Interesse. Als ich die Tür des Pavillons hinter mir schloß, klingelte innen drin das Telefon. Es läutete nur dreimal, offenbar war es also kein besonders dringender Anruf. Ich stand im Schatten des kleinen Vordachs und betrachtete Bergers Yacht. Auf dem anderen Flußufer konnte ich die schwachen Umrisse eines kleinen, weißen, umgedrehten Dingis erkennen.

Zum Öffnen der Luke in den Salon brauchte ich eine Zange und einen Dietrich, aber das Schiff war offenbar gut gepflegt. Die Türluke öffnete und schloß sich ohne einen Laut. Das war mein vierter Fehler seit meiner Landung auf der Insel. Ich kannte die Innenausstattung der »Sea Lion« von früher her, und dies war ein besonders schönes Exemplar. Es gab ein Radiotelefon, einen Pye-Radar-Scanner, einen Sestrel-Kompaß, ein Seafarer-Echolot und die üblichen kleineren Instrumente. Nichts Ungewöhnliches, und nicht mehr, als man für eine normale Kanalüberquerung gebraucht hätte.

Im Hauptsalon schlug ich den Teppich zurück und klappte die Bodenluke auf. Die eiserne Treppenleiter führte fast senkrecht in den Maschinenraum hinunter. »Sea Lions« sind normalerweise mit zwei großen Perkins-Dieseln ausgerüstet, eingebaut auf der Backbord- und der Steuerbordseite, mit einem schmalen Laufsteg dazwischen. Berger kümmerte sich offenbar um seine Yacht, denn beide Motoren waren mit grüngestrichenen Aluminiumhauben bedeckt, die die üblichen Entlüftungsschlitze enthielten. Das Heckende der Maschinen erreichte man nur auf Händen und Knien, und als ich dort meine Taschenlampe aufblinken ließ, bemerkte ich massive Bänke von Akkumulatoren. Es gab insgesamt zehn davon; zwei Paare führten zu den Anlassern der Diesel, aber sechs waren in Serie geschaltet, das Verbindungskabel führte an der Wand entlang und verschwand ganz oben in der Abdekkung der Backbordmaschine. Ich versuchte die Welle der Steuerbordmaschine zu drehen, es überstieg jedoch meine Kräfte. Dafür ließ sich die Welle des Backbordmotors ganz leicht drehen, und ich hatte schon so eine Ahnung, was ich finden würde.

Zehn Flügelmuttern später konnte ich die Motorhaube abnehmen. Man brauchte kein Radio-Experte zu sein, um zu erkennen, daß all diese grauen Metallgehäuse mit ihren Skalen und Knöpfen und Schaltern vermutlich die modernste Sendeeinrichtung auf dieser Seite des Eisernen Vorhangs war. Selbst die »Voice of America« würden darüber nicht die Nase gerümpft haben. Ich verstand nicht genug von Funkgeräten, um mir brauchbare Notizen darüber machen zu können, also schob ich die Abdeckung wieder an ihren Platz und begann die Muttern anzuziehen. Mit einem leicht blechernen Dröhnen, gefolgt von einem Echo, das vom Rumpf zu kommen schien, klappte die Haube zu. Daß ich das Echo überhörte, war Fehler Nummer fünf.

Ich sah mich weiter um und fand einen hochmodernen teleskopischen Antennenmast. Die Burschen der Funküberwachung würden ihre Freude daran haben, aber ich persönlich hatte das

Gefühl, daß es für mich Zeit zum Gehen war.

Ich war die Leiter hinaufgeklettert, hatte die Bodenluke zugeklappt und den Teppich wieder darübergeschlagen, bevor ich den Mann bemerkte, der auf dem Navigatorstuhl auf der Steuerbordseite saß. Er trug einen Bürstenschnitt, war aber kein Amerikaner. Sein Gesicht hatte ich bereits auf Filmen und Dias gesehen. Es gab zum Beispiel einen kurzen Filmausschnitt, in dem er die Enten im St. James Park fütterte – der Dritte Sekretär der russischen Botschaft half ihm dabei.

Sein Name war Kowalski, und ich glaube, daß er nicht einmal seiner Mutter gefallen hätte, so wie er jetzt aussah. Er trug eine große häßliche Narbe auf der rechten Backe und saß so still, daß ich ihn nicht einmal atmen sehen konnte – wenn allerdings jemand die Luft anhielt, dann war ich es.

Es dauerte knapp eine Sekunde, bis mir die fünf Fehler klar vor Augen standen. Fehler Nummer eins war, daß ich nicht gleich am Anfang die ganze Insel erkundet hatte. Nummer zwei – das Klingeln des Telefons war ein Signal. Drittens hatte ich nicht erkannt, daß das weiße Dingi am Ufer als Beiboot für die »Sea Lion« diente. Um eine Yacht dieser Größe in solch einem gepflegten Zustand zu halten, hatte ich viertens übersehen, daß dafür jeden Tag ein Bootsmann sich darum kümmern mußte. Daß ich den leichten Aufprall an der Bordwand nicht mit dem Dingi in Verbindung gebracht hatte, war Fehler Nummer fünf. Und es gab noch eine Nummer sechs – daß ich mich überhaupt hier befand, ohne Joe Steiner davon informiert zu haben.

»Frisch gewagt ist halb gewonnen«, dachte ich mir, heuchelte Überraschung und sagte fröhlich und so dialektfrei, wie es meine Birminghamer Kindheit nur zuließ: »Na, so eine Überraschung, alter Junge, Sie nehmen es mir doch hoffentlich nicht übel, daß ich mir Ihren Kahn mal angeschaut habe. Wie ich hörte, ist er zu verkaufen.«

Kowalski war von meinem vornehm-nasalen Versuch offenbar nicht beeindruckt. Ich hatte die Hände in die Hüften gestemmt, was schön entspannt aussieht, es aber keineswegs ist. Er schoß von seinem Sitz hoch und auf mich zu, brachte den Trick aber durch einen raschen Blick auf meine Kniescheiben um seine Wirkung. Bei solch einem Angriff ist die Versuchung groß, zwei Schritte zurückzutreten und den Kerl auf die Nase fallen zu lassen, aber manchmal sind seine Arme länger als erwartet, und dann wirkt sich die eigene Rückwärtsbewegung höchst negativ aus. Außerdem lassen sich alte Gewohnheiten schwer ablegen, ich ließ ihn also herankommen und knallte ihm mein Knie unter das Kinn auf den Hals. Ich traf ihn sauber, und während er noch nach Atem rang, brachte ich meine Schuhspitze in unsanfte Berührung mit seinem Gesicht, worauf es knirschte und er ein paar Zähne spuckte. Als er einen Moment lang ausgestreckt und auf dem Boden lag, erinnerte ich mich an das zweite aerodynamische Gesetz, so wie es mit Erfolg von dem SOE praktiziert wird, nämlich daß es weit wirkungsvoller ist, sich auf den Unterleib eines Mannes zu stellen, statt ihm zwischen die Beine zu treten. Und genau das tat ich. Entweder war dieser Knabe aus dem Training, oder aber seine Befehle schlossen ein Abmursken nicht ein. Da ich mir meine Befehle selbst erteilte, so wie ich es für nötig hielt, entschloß ich zu einer sauberen Lösung, bohrte meinen Daumen tief in den Druckpunkt unter seinem Ohr, und nach ein paar wilden Zuckungen war alles vorbei.

Es gab fast kein Blut, aber das Risiko einer zufälligen Entdekkung seiner Leiche war zu groß, als daß ich ihn herumliegen lassen konnte, und ich war weder in der Stimmung noch in der körperlichen Verfassung, solch ein großes Grab auszuheben. Ich ging an Deck und sah mir das Dingi an. Es gab keine Anzeichen, daß außer Kowalski noch weitere Wächter in der Gegend waren. Ich lief also quer über die Insel und watete zur *Samantha* hinaus.

Joe Steiner klang sehr verschlafen am Telefon, und ich hatte ihm schon fast die ganze Geschichte erzählt, bevor er die naheliegende Frage stellte, ob ich auch nicht verletzt worden sei. Er rief mich dann zehn Minuten später zurück und gab mir genaue Anweisungen. Ich brachte *Samantha* längsseits von Bergers Yacht und schleppte den schweren Polen mit einiger Mühe in mein Cockpit.

Als ich zu der geschlossenen Schleuse bei Hurley tuckerte, stand dort der örtliche Bobby mit seinem Fahrrad und betrachtete sich im Schein seiner Taschenlampe den Namen meiner Yacht und mein Gesicht.

»Kann ich an Bord kommen, Sir?«

Er richtete mir aus, daß die Temple-Schleuse mich durchlassen würde und daß ich bis zur Marlow-Brücke fahren sollte. Zwei Stunden später wurden dann Kowalski im Krematorium von High Wycombe die letzten Ehren erwiesen. Es war höchst erstaunlich, wie wenig Asche doch zurückblieb und daß man zwanzig Minuten warten mußte, bis sie sich abgekühlt hatte. Der Direktor fand nach all den Direktiven von höchster Stelle und dem ganzen Trubel endlich die Sprache wieder und war auf seine entsprechende Frage sehr enttäuscht, als ich darauf bestand, die Urne mit der Asche mitzunehmen. Um seinen beruflichen Stolz nicht zu verletzen, wartete ich, bis wir außer Sichtweite waren, bevor ich die Urne in einen Mülleimer versenkte.

Man sorgte dafür, daß ich anschließend zu meinem Anlegesteg bei Temple zurückkehren konnte, worüber es vier Uhr wurde, und obwohl meine Koje lockte, braute ich mir zuerst eine gute Tasse Tee. Dabei fiel mir das Blatt Papier ein, das ich in dem Pavillon von dem Notizblock abgerissen hatte. Ich suchte es hervor, hielt es schräg gegen das Kajütlicht und konnte das Folgende entziffern:

Plan 1900
Cobol
Fortran

Anscheinend ein Code, wovon ich sowieso nicht viel verstehe, ich versteckte also das Papier in einem Wandschrank und kletterte in meine Koje.

9

Am nächsten Morgen fuhr ich zu Meakes' Bootswerft in Marlow, füllte Benzin und Öl auf und beehrte den örtlichen Krämerladen mit meinem Besuch. Als ich zu meinem Liegeplatz zurückkam, war es schon fast Mittag, ich streckte mich im Ruderhaus aus und beschloß, den restlichen Tag mit Nichtstun zu verbringen.

Etwa eine halbe Stunde später erstarb das Vogelgezwitscher plötzlich, und ich hörte eine Herde weißer Nashörner durch das Unterholz krachen. Es waren aber nur Joe Steiner und Bill Autenowski, die grinsend an Bord kletterten und sich zu mir setzten.

»Und wie geht es dem Helden der Schlacht von Temple Island?« fragte Joe.

»Danke, bestens.«

»Eine etwas drastische Lösung, meinst du nicht?«

»Was hättest du denn mit ihm gemacht?«

Joe lachte. »Wahrscheinlich das gleiche. Falls er mich nicht abgemurkst hätte. Übrigens waren die Burschen von der Funküberwachung schon dort und sind hellauf begeistert. Zweifellos stammt der größte Teil des geheimen Funkverkehrs während der letzten paar Monate von diesem Sender. Was noch sehr interessant ist – sie fanden eine Abspielvorrichtung für große Magnetbandspulen und vermuten, daß die meisten Sendungen direkt von diesen Bändern kommen.«

»Wurden die Signale schon dechiffriert?«

»Noch nicht richtig. Sie wissen nur, daß es in Englisch ist und Klartext zu sein scheint. Die Buchstabenfolge ist normal, es gibt keine Interpunktion, und das Ganze ergibt keinen Sinn. Wir wollen jetzt ein paar von unseren Eierköpfen daransetzen. Und wie sieht's bei dir aus? Können wir etwas für dich tun?«

»Ja, ich möchte mich mit einem cleveren Computerfachmann unterhalten. Jemand, der alles über diese peripheren Geräte weiß, die Berger verkauft. Außerdem solltest du der Polizei Bescheid sagen, daß ich einen kleinen Einbruch in Bergers Büro in der City und in sein Lagerhaus an der Putney Bridge machen werde.«

Joe verzog gequält das Gesicht. »Um Himmels willen, Ted, warum willst du das denn selbst machen? Du hast wohl zu viele 007-Filme gesehen. Wir können dir alles besorgen, was du brauchst.«

»Okay, Joe«, lachte ich, »einverstanden. Ich möchte Kopien aller Rechnungen und aller Bankauszüge vom letzten Jahr. Was ist mit dem Computerfachmann?«

»Muß erst mal herumfragen«, erwiderte Joe. »Ich sage dir heute abend Bescheid. Wie wär's jetzt mit Mittagessen?«

Ich führte die beiden ins »La Chandelle« in Marlow, wo Joe uns alle schrecklich blamierte, indem er Spiegeleier und Schinken bestellte. Der Chefkoch erschien persönlich in der Küchentür, der Kellner deutete auf Joe und mit einem Schwall sehr vernehmlicher Marseiller Schimpfworte zog sich der Koch wieder in sein Heiligtum zurück.

Die beiden fuhren gegen halb drei weg. Um fünf Uhr rief mich Joe an: »Dein Computerfachmann heißt Claude Biggs. Er ist ein Software-Spezialist und arbeitet für einen Verein namens Computer-Überwachung Limited, der, wie ich hinzufügen möchte, nichts mit uns zu tun hat. Der Mann ist überprüft und absolut zuverlässig, du kannst ihn so weit einweihen, wie du es für richtig hältst. Er steht dir Tag und Nacht, so lange du willst, zur Verfügung, aber er kostet uns acht Pfund pro Stunde, denk also an unsere Finanzen. Wenn du übrigens mal wieder in dieses komische Restaurant kommst, bestell dem Chefkoch viele Grüße. Seine gebackenen Eier waren nicht schlecht. Laß wieder von dir hören«, womit er abrupt auflegte.

Ich rief Claude Biggs an und lud ihn ein, zum Abendessen auf meine Yacht zu kommen und über Nacht zu bleiben. Danach schlich ich mich nach Marlow und kaufte ein Lehrbuch für Kinder *Alles über Computer (geeignet für 8- bis 12jährige).* Ich hielt es für ein untrügliches Anzeichen nahender Vergreisung, daß ich über das dritte Kapitel eines technischen Lehrbuchs für Schulkinder nicht hinauskam. Als Claude Biggs eintraf, hatte ich bereits aufgegeben und beschlossen, es direkt vom Fachmann zu lernen.

Wir verstauten sein Gepäck in der Vorschiffskajüte, setzten uns mit einer Flasche und zwei Gläsern in den Salon, und er erzählte mir den üblichen Schmus, daß Computer an sich ganz primitive Geräte seien, die nur »Ja« oder »Nein« sagen könnten, allerdings ein paar Millionen mal pro Sekunde. Er erklärte mir, wie sie Daten speichern und innerhalb von Nanosekunden wieder abrufen konnten.

»Was sind diese peripheren Geräte, die Berger verkauft?«

»Periphere Geräte sind Zusatzeinrichtungen und -geräte, mit denen man die Anwendungsbereiche eines Computers erweitert. Zum Beispiel Terminals; man kann sie an ein normales Telefon anschließen und dadurch mit einem Computer hundert Meilen oder auch tausend Meilen entfernt verbinden. Dann gibt es Magnetplattenspeicher, die die Rechengeschwindigkeit beträchtlich erhöhen; visuelle Displays, bei denen man auf einem Bildschirm die Rechenoperationen verfolgen kann oder die Daten bekommt, die man dem Computer abgefordert hat: Schnelldrucker, die den Datenausdruck beschleunigen – hunderttausend Dinge, die man an einen Computer anschließen kann, damit er schneller oder genauer arbeitet oder um die Speicherkapazität zu erhöhen.«

Ich schob ihm eine Liste aller peripheren Geräte, die Berger verkaufte, über den Tisch. »Können Sie sich das einmal ansehen und mir sagen, ob Ihnen daran etwas Ungewöhnliches auffällt?«

Schweigend studierte er die Liste, gab sie mir dann wieder zurück und schüttelte den Kopf. »Nein, das sind alles altbekannte Geräte. Vielleicht lohnt sich allerdings eine Überprüfung, ob diese Dinger auch das sind, wofür sie hier ausgegeben werden. Es sind teilweise sehr moderne und komplizierte Geräte, alle in der DDR hergestellt.«

»Können Sie die Dinger überprüfen, wenn Sie sie in einem Lagerhaus sehen?«

»Die meisten davon, bis auf die komplizierten Geräte, die ich im Labor untersuchen muß. Bei mindestens zweien ist die Elektronik so komplex, daß ich dazu Meßinstrumente brauche.«

Ich schob ihm die Liste wieder hinüber. »Können Sie mir die Sachen ankreuzen, die Sie im Labor brauchen?«

Er strich drei Positionen an. Ich verstaute die Papiere wieder in meinem Aktenkoffer, machte uns dann etwas zu essen, und gegen zehn Uhr zogen wir uns in unsere Kojen zurück.

Ich lag auf meinem Bett und konnte nicht einschlafen, weil mir zuviel im Kopf herumging. Und plötzlich fiel mir ein, was ich ihn vergessen hatte zu fragen. Ich öffnete gerade meine Kajüttür, als Claude die Salontür aufmachte, und wir trafen uns im Ruderhaus. Flüchtig bemerkte ich, daß wir beide blaugestreifte Unterhosen von Marks & Spencer bevorzugten, und dann sagten wir gleichzeitig: »Mir ist gerade eingefallen –«, worauf wir beide lachten und ich ihn in den Salon zog, weil es dort wärmer war. Wir setzten uns wieder an den Tisch, und ich sagte: »Sie zuerst, Claude.«

»Mir ist gerade eingefallen, daß es eine Position auf der Liste gibt, die ich überhaupt nicht identifizieren konnte. Es ist nur eine Modellbezeichnung angegeben – R 11 – keine nähere Beschreibung, und ich habe nicht den leisesten Schimmer, für was das Ding gut ist. Nie im Leben gehört.«

»Okay, Claude, wir beschaffen Ihnen ein R 11. Vielleicht sind Sie tatsächlich auf etwas gestoßen. Jetzt meine Frage. Ich verstehe in etwa, was Computer machen und auch ungefähr, was am anderen Ende auf all dem bedruckten Papier herauskommt. Aber das Mittelteil begreife ich nicht. Woher weiß der Computer, was er eigentlich zu tun hat?«

»Oh, das ist einfach. Sie schreiben ein Programm, in dem Sie dem Computer genau sagen, was er zu tun hat.«

»Man sagt ihm also einfach ›Mach jetzt die Lohnabrechnung‹ oder irgend so etwas?«

Claude lächelte. »Nein, ganz so einfach ist es nicht. Für eine Lohnabrechnung zum Beispiel weist das Programm den Computer an, den ersten Namen in alphabetischer Reihenfolge herauszusuchen, dann die Stammdaten dieses Namens in das Rechenwerk zu übernehmen, und so weiter, Schritt für Schritt. Es ist an sich nicht besonders kompliziert, aber man muß Tausende von genauen Programmbefehlen schreiben, und sie müssen alle in der richtigen und logischen Reihenfolge stehen, und an den entsprechenden Stellen muß der Computer wissen, in welchem Speicher und mit welchen Zugriffsbefehlen er die jeweiligen Daten findet und abrufen kann. Wenn zum Beispiel Akkordarbeit abgerechnet werden soll, muß man dem Computer sagen, wieviel Stunden der Mann gearbeitet hat, welche Art von Arbeit er gemacht und wieviele Einheiten er geschafft hat, dann muß die Maschine wissen, wo sie in ihrem Speicher die jeweiligen Akkordsätze, Zuschläge und so weiter findet und was sie rechnerisch mit all diesen Daten anfangen soll.

»Ein Programm ist praktisch das Steuergehirn eines Computers, wenn es einmal geschrieben ist, kann er nicht mehr davon abweichen. Wenn alte Damen zum Beispiel Gasrechnungen über 10 000 Pfund bekommen, spinnt nicht etwa der Computer, sondern es wurde ein Fehler bei der Programmierung oder bei den Eingabedaten gemacht. Beantwortet das ungefähr Ihre Frage?«

»Mehr oder weniger. Wie werden diese Programme oder Befehle, oder wie das Zeug auch immer heißt, hergestellt? Sie sagten geschrieben, wie schreibt man so etwas?«

»Nun ja, Programme werden in einer Computersprache geschrieben. Es gibt eine ganze Menge davon, zum Beispiel für kaufmännische Anwendung, für technische Bereiche, dann eine Kombination von beiden, außerdem gibt es wieder Unterschiede zwischen den einzelnen Herstellern. IBM verwendet hauptsächlich drei Standardsprachen, während ICL für seine Maschinen eine speziell dafür entwickelte Programmiersprache benutzt. Wenn man eine IBM-Sprache bei einem ICL-Computer verwenden will, braucht man eine Art Übersetzungsgerät, ein sogenanntes Interface. Habe ich mich verständlich ausgedrückt?«

»So einigermaßen – wenn Sie ›Sprachen‹ sagen, meinen Sie damit, daß EDV-Leute in einer Sprache miteinander reden können, die andere Menschen nicht verstehen?«

Claude lachte. »Nein, es ist in dem Sinn eigentlich keine richtige Sprache. In Amerika und Europa zum Beispiel werden für Computersprachen Wörter aus dem Englischen verwendet, trotzdem ergeben sie für den Laien keinen Sinn, und auch ein Fachmann muß einen Programmschritt nach dem anderen betrachten, wenn er wissen will, um was es sich eigentlich handelt.«

»Könnten Sie mir mal zwei Zeilen einer typischen Programmierung aufschreiben?«

Claude zögerte einen Moment. »Ja, warum eigentlich nicht. Möchten Sie es in einer bestimmten Programmiersprache?«

Ich lachte. »Was hätten Sie denn anzubieten?«

»Okay, nehmen wir die bekannteste, Cobol.«

Plötzlich war ich hellwach. »Buchstabieren Sie mal!« und Claude begann: »C – O – B –«

Ich unterbrach ihn aufgeregt. »Einen Moment, Claude.« Ich rannte in meine Kajüte und suchte das Blatt Papier heraus, das ich von Bergers Notizblock abgerissen hatte. Als ich mich im Salon wieder an den Tisch setzte und den Zettel schräg gegen das Licht hielt, sah Claude mich ziemlich entgeistert an und zweifelte wohl an meinem Verstand. Dann sagte ich: »Claude, was ist Fortran?«

»Eine IBM-Sprache, hauptsächlich für technische und wissenschaftliche Anwendungen«, worauf ich mein Glück noch einmal strapazierte und fragte: »Sagt Ihnen ›Plan 1900‹ etwas?«

»Allerdings. Plan ist die ICL-Sprache, von der ich Ihnen erzählt habe, und 1900 bezeichnet die Computerserie, für die sie verwendet wird.«

»Eine letzte Frage, Claude. Wenn Sie diese peripheren Geräte verkaufen würden, müßten Sie dann etwas über Programme oder Programmiersprachen wissen?«

»Nein, eigentlich nicht. Sie müssen nur wissen, um welche Computer es sich dreht und ob Ihre Geräte dazu passen oder nicht. Welche Programmiersprache benutzt wird, interessiert Sie dabei überhaupt nicht.«

Hochbefriedigt über diesen erfolgreichen Abend lehnte ich mich zurück. »Claude, Sie haben sich gerade einen Orden verdient. Gehen wir zu Bett.«

Zehn Minuten später war ich fest eingeschlafen.

10

Ich wachte bereits um sechs Uhr auf und zog ein Hemd, ein paar alte Jeans und Gummistiefel an. Es sah nach einem heißen Tag aus, und der Nebel war so dicht, daß man das andere Ufer nicht erkennen konnte. Ich wusch mich unter dem Wasserhahn am Ufer, und als ich mich mit einer Klopapierrolle abtrocknete, brachte mich das auf eine Idee. Durch das taufeuchte Gras schlurfte ich zu dem kleinen roten Backsteinhäuschen, das die Marina für die Mieter ihrer teuren Liegeplätze zur Verfügung gestellt hatte.

Bei dieser Beschäftigung kommen mir manchmal die besten Einfälle, diesmal dauerte es jedoch gute zehn Minuten, bis sich die Zahnrädchen in meinem Kopf zu drehen begannen. Nach meiner Rückkehr rief ich sofort Joe Steiner an.

»Joe, diese Liste der peripheren Geräte, die Berger vertreibt – wie wurde die zusammengestellt?«

»Ich bin mir nicht ganz sicher, glaube aber, daß wir sie Rechnungen entnommen haben.«

»Danke, Joe. Waren die Burschen schon in Bergers Büro oder in seinem Lagerhaus?«

»Nein, wir wollen es in der gleichen Nacht ablaufen lassen, und es ist erst in zwei Tagen geplant.«

»Okay, fein. Unter Umständen können wir die Sache wieder abblasen, aber würdest du in der Zwischenzeit die Rechnungen durchsehen und mir aufschreiben, welche Firmen ein Gerät mit der Bezeichnung R 11 gekauft haben? Suche mir mindestens vier davon heraus, die den Mund halten und mitspielen.«

»In Ordnung, Ted. Bis wann willst du das Zeug?«

»Kannst du es bis heute nachmittag zusammenstellen?«

»Stets zu Diensten, alter Junge. Soll ich es dir bringen lassen?«

»Nein. Ich fahre nach Chelsea in meine Wohnung zurück und möchte es dort mit Claude durcharbeiten. Ich bin jetzt überzeugt, daß diese Computersache eine heiße Spur ist, und dieses R 11 spielt garantiert eine wichtige Rolle.«

Um 15.15 Uhr überbrachte mir ein Kurier des Außenministeriums einen dicken Umschlag. Es war eine Liste von zweiundzwanzig Firmen und sechs Behörden; drei Firmen waren angekreuzt worden. Es gab fotokopierte Rechnungen an diese Firmen über einen Zeitraum von zwölf Monaten. Ich gab Claude einen Stoß Fotokopien und behielt die andere Hälfte.

»Claude, es muß etwas geben, das allen diesen Firmen gemeinsam ist. Sie haben alle ein R 11 bekommen, aber es muß außerdem noch etwas geben. Blättern Sie bitte Ihren Stapel durch und sehen Sie, ob Ihnen etwas auffällt – ich werde das gleiche tun.«

Nach zehn Minuten Blättern sagte Claude aufgeregt: »Ted, ich hab's. In meinem Stoß ist keines der R 11 berechnet worden, überall steht o/B dahinter, ohne Berechnung.«

»Richtig, bei mir auch. Claude, jetzt müssen Sie den Schnüffler spielen.« Ich deutete auf die drei angekreuzten Firmen. »Diese drei Unternehmen wollen uns behilflich sein. Rufen Sie an, machen Sie einen Termin aus und schauen Sie sich ein R 11 an. An wen wendet man sich am besten?«

»An den EDV-Manager. Er hat die Computeranlage unter sich, erteilt die Aufträge und muß wissen, ob ein R 11 Müll zerkleinert oder Tee kocht.«

»Okay, mein Lieber, dann drehen Sie mal die Scheibe mit den

Löchern drin.«

Er ging zum Telefon und sprach längere Zeit. Als er auflegte, sagte er: »Fehlanzeige, Ted. Die Leute schwören, sie hätten weder ein R 11 bestellt, noch eines bekommen und wissen auch nicht, was es ist. Ich probiere mal die anderen beiden.«

Er telefonierte noch zweimal mit dem gleichen negativen Ergebnis und sagte dann verdrießlich: »Eine ganz schöne Pleite, Ted.«

»Wieso?«

»Na ja, die Spur ist doch offenbar falsch.«

»Nie im Leben, Claude. Nichts interessiert mich mehr als ein Gerät, das auf achtundsiebzig Rechnungen erscheint, das niemand kennt, niemand bestellt und niemand geliefert bekommen hat. Mir erscheint das wie eine brandheiße Spur.«

Er wurde sichtlich besserer Laune. »Sie haben natürlich recht, nur bin ich einfach nicht auf diesen Aspekt gekommen.«

»Ausgleichende Gerechtigkeit, dafür kann ich nicht mit einem Computer umgehen«, und als ich das sagte, klingelten die Glöckchen wieder. »Claude, Ihre Firma heißt Computer-Überwachung Limited, was bedeutet das, und was macht ihr genau?«

»Es gibt zwei Bereiche bei EDV-Anlagen, die wir überwachen. Der eine heißt technische Überwachung. Ein Computer-Zentrum gehört mit zu den teuersten Investitionen in den meisten Firmen, und ein Brand, ein Wassereinbruch oder auch nur zu viel Staub kann den ganzen Laden zusammenbrechen lassen. Zigarettenasche auf einem Magnetband kann die gesamte Lohnabrechnung durcheinanderbringen, und das kann wiederum einen Streik bei den Ford-Werken in Dagenham zur Folge haben. Es ist zwar ein wichtiger Bereich, für uns aber mehr oder weniger Routine. Die zweite Sache heißt bei uns Software-Überwachung, und das reicht von Kontrollen, daß sich ein Programmierer nicht jeden Monat zehn Pfund zusätzlich auf sein Konto überweisen läßt, bis zu hochkomplizierten Betrügereien, für die Banken und Versicherungen wie geschaffen sind. Dann gibt es noch die Sabotage, wenn zum Beispiel ein verärgerter Angestellter den gesamten Datenbestand seiner Firma in fünf Minuten zerstört, indem er einfach mit einem Magneten über die Datenbänder fährt. Außerdem geht es noch um den eigentlichen Datenschutz. Jeder Verkaufsleiter würde seinen kleinen Finger dafür hergeben, die neuesten Verkaufsstatistiken seines schärfsten Konkurrenten zu Gesicht zu bekommen. Selbst aus einer Lohn- und Gehaltsabrechnung kann man verdammt viel herauslesen. Es ist fast eine ähnliche Sache, wie ihr sie in eurem

Verein auch macht.«

Und als er das sagte, wußte ich, daß mein Instinkt mich nicht getrogen hatte. Ich hielt die Lösung schon fast in der Hand, konnte sie zwar noch nicht buchstabieren, näherte mich ihr aber mit Riesenschritten. Ich war so begeistert, daß ich kaum sprechen konnte.

»Danke, Claude. Ich werde jetzt eine Abkürzung versuchen, weil die Zeit offenbar drängt. Wir suchen nach einer Gemeinsamkeit in allen diesen Rechnungen, und Sie waren so schlau und haben diese R 11 gefunden, die nie berechnet wurden. Das ist zwar auch wichtig, aber es muß noch etwas anderes geben. Tauschen wir die Stapel aus und gehen wir noch einmal jede Rechnung durch. Egal, wie verrückt es klingen mag. Irgendeine Sache, die allen gemeinsam ist.«

Eine Stunde und mehrere Whiskys später hatten wir noch immer nichts gefunden, und ich wurde langsam nervös, aber diesmal erwies sich Claude als der Experte.

»Ted, wir verschwenden nur unsere Zeit. Wenn Sie einverstanden sind, nehme ich die Rechnungen mit in unser Büro. Ich lasse ein Mädchen jede einzelne Information auf diesen Rechnungen auf Lochkarten stanzen – die Branche, für was sie ihren Computer verwenden, Firmensitz und die ganzen sonstigen Angaben. Das wird ungefähr zwei Stunden dauern. Ich mache einen einfachen Sortierlauf, und wenn irgendeine Gemeinsamkeit besteht, spuckt sie der Computer in zwei Minuten aus.«

Ich gab ihm meinen Stapel. »Okay, Claude, einverstanden. Ich warte hier auf Sie. Rufen Sie nicht an, kommen Sie selbst vorbei, auch wenn Sie nichts finden.«

Es wurde neun Uhr abends, bevor er mir fast die Tür zertrümmerte und über das ganze Gesicht strahlte. Er gab mir die Fotokopien und einen dicken Packen Lochkarten.

»Kein Wunder, daß wir es übersehen haben, Ted. Alle Firmen kauften Terminals von Berger. Es waren unterschiedliche Modelle und auch verschiedene Hersteller, deshalb fiel uns das beim einfachen Durchblättern nicht auf. Zuviel für das unvollkommene menschliche Gehirn.«

»Ausgezeichnet. Jetzt erzählen Sie mir schnell noch mal, was Terminals machen. Sind das die Apparate, die man an ein Telefon anschließen kann, so daß man Zugang zu einem Computer bekommt?«

»Ganz genau. Wenn eine Firma keine eigene EDV-Anlage

besitzt, kann sie sich von anderen Leuten Computerzeit mieten und über ihr Terminal den jeweiligen Computer benutzen. Meist außerhalb der Hauptbetriebszeit, also irgendwann nach Mitternacht.«

Ich war mir ziemlich sicher, daß ich jetzt wußte, um was es ging, aber ich wollte noch die letzten Unklarheiten beseitigen.

»Verstehen Sie etwas von Terminals, Claude?«

»Ja.«

»Ich meine, vom Aufbau und der Technik her.«

»Natürlich, ich kenne die Dinger wie meine Westentasche.«

»Okay. Gehen Sie zu einer der drei Firmen, klauen Sie sich das Terminal und untersuchen Sie es mit dem Mikroskop. Ich spreche mit Joe Steiner, damit die Firma mitspielt. Sie kann dafür jedes andere gewünschte Terminal bekommen, und wenn die Leute trotzdem noch jammern, tun Sie bitte alles, um sie zufriedenzustellen. Onkel Joe bezahlt. Rufen Sie mich bitte sofort an, sobald Sie etwas gefunden haben.«

»Können Sie mir wenigstens einen Hinweis geben, nach was ich eigentlich suche?«

»Ja, ich könnte Ihnen sogar drei Hinweise geben, werde es aber nicht tun. Sie sollen völlig unbelastet an die Sache herangehen. Sie suchen einfach nach etwas, das Ihnen ungewöhnlich vorkommt, oder anders, oder das Sie sich nicht erklären können.«

Er nannte mir den Namen der Firma, bei der er es versuchen wollte, und nach seinem Weggehen rief ich bei Joe an, daß er sanften Druck auf den Lord oder sonstwie blaublütigen Knaben ausüben sollte, den Präsidenten einer großen Bank.

11

Ich hatte mit Claude vereinbart, daß ich in meiner Wohnung auf ihn warten wollte, wie lange es auch dauern mochte. Um acht machte ich daher eine Dose gebackene Bohnen auf und aß sie direkt aus dem Kochtopf. Vom Stil und vom Geschmack her befriedigte mich das Menü nicht so ganz, ich entschied mich daher für ein sehr exotisches Dessert, häufte einige Löffel Corn-flakes über zwei Büchsen Erdbeeren und fügte als besondere Delikatesse eine halbe Tube gesüßte Kondensmilch dazu. Das ganze erinnerte mich stark an die Kraftnahrung, die man Rennpferden vor einem Derby gibt, es schmeckte aber ausgezeichnet.

Ich setzte mich vor den Fernseher, betrachtete mir das gesamte

Abendprogramm und schlief irgendwann während des Spätfilms ein – wahrscheinlich weil ich »Casablanca« schon ungefähr sechsunddreißigmal gesehen hatte. Gegen zwei wachte ich wieder auf, sah nur noch Schneegestöber auf dem Bildschirm, gab die Hoffnung auf, in dieser Nacht noch von Claude zu hören, und ging zu Bett. Es war fast Mittag, als das Telefon klingelte und die kurvenreiche Blondine in meinen Armen in ein ganz gewöhnliches Kopfkissen verwandelte. Es war Claude.

»Ted, ich brauche Hilfe.«

»Welcher Art?«

»Ich brauche einen Funk-Experten.«

»Okay, sagen Sie jetzt nichts mehr am Telefon. Ich kümmere mich darum.«

Ich rief den wachhabenden Offizier der Funküberwachung an und erhielt nach langem Hin und Her und der Drohung, Joe Steiner einzuschalten, sein Versprechen, sofort einen Mann zu Claude zu schicken.

Zwanzig Minuten später telefonierte ich mit Joe und bat ihn, mir ein typisches Beispiel des abgehörten Funkverkehrs vorbeizuschicken. Eine Stunde später lieferte ein Kurier den Umschlag ab. Es war in Englisch und ergab tatsächlich keinen Sinn, ich war jedoch ziemlich überzeugt, daß Claude Biggs sehr wohl etwas damit anfangen konnte.

Um zehn Uhr abends riß mir einfach die Geduld, und ich suchte mir die Adresse der Computer-Überwachung Limited heraus, die in einer kleinen Gasse hinter der Kensington High Street ihre Büros hatte. Ich nahm ein Taxi bis zur Angus-Steak-Bar und ging das letzte Stück zu Fuß. Auf mein Klingeln öffnete Claude die Tür. »Habe mich schon gewundert, wann Sie endlich vorbeikommen«, brummte er ungnädig.

»Haben Sie etwas entdeckt?«

Er gab mir keine Antwort, und so folgte ich ihm in einen Raum, der wie eine Fernsehwerkstatt aussah. An einer Wandtafel stand ein blonder Zivilist, der an einer Gleichung voll von unbekannten Symbolen und Buchstaben herumkritzelte. Daneben war in verschiedenen Farben ein komplizierter Schaltplan aufgezeichnet. Auf einer Werkbank neben ihm lagen die Überreste eines Geräts, das wie eine große elektrische Schreibmaschine aussah.

Claude sah erschöpft und übernächtigt aus, und als ich ihn noch einmal fragte, ob er etwas gefunden hätte, erwartete ich eine verneinende Antwort, aber er blickte mich an und sagte: »Ja, ich habe gefunden, wonach Sie suchten, aber seit ich von Ihnen weggegangen bin, habe ich nicht mehr geschlafen und bin zu verdammt müde, um Ihnen die ganzen technischen Einzelheiten zu erklären. Wenn es recht ist, gebe ich Ihnen jetzt nur eine kurze Zusammenfassung.«

Ich setzte mich und blickte ihn gespannt an. Claude seufzte, als sei das Problem, die ganze Sache einem blutigen Laien zu erklären, zu viel für ihn, und sagte dann ohne große Hoffnung: »Was ein Fern-Aktivator ist, wissen Sie wohl nicht?« Meine Antwort verblüffte ihn einigermaßen und gab ihm frischen Mut. »Natürlich, das ist so ein Ding, das mein Telefon klingeln läßt, auch wenn es nicht eingesteckt ist.«

»Ganz genau, Ted, ganz genau, verdammt noch mal. In diesem Terminal ist ein hochmoderner ferngesteuerter Sender eingebaut. Er ist so raffiniert in die Elektronik des Geräts integriert, daß man ihn nicht entdeckt, wenn man nicht speziell danach sucht. Das Ding funktioniert folgendermaßen . . .«

Ich unterbrach ihn. »Jeder, der weiß, wie man das Ding aktiviert, kann damit das Terminal anzapfen und hat dadurch Zugang zu dem Computer. Über einen Empfänger kann er sich alles aufzeichnen, was der Rechner so ausspuckt.«

Claude wurde rot vor Ärger. »Hören Sie mal, wenn Sie das alles schon so verdammt genau wissen . . .«

Ich schüttelte den Kopf. »Ich wußte überhaupt nichts, Claude. Es war nur eine Vermutung, und ich habe eben zwei und zwei addiert. Sie haben diese Vermutung in eine Tatsache verwandelt. Beim nächsten Geburtstag der Königin bekommen Sie bestimmt einen Hosenbandorden oder etwas ähnlich Hübsches, wahrscheinlich mit der Urkunde ›Für Verdienste um die britische Industrie‹. Und ich kann Ihnen versichern, Claude, ich nehme Sie nicht auf den Arm.«

Claude schien sehr beeindruckt zu sein, ich nutzte das gleich aus und sagte: »Ich möchte gerne noch eine weitere Viertelstunde Ihrer Zeit in Anspruch nehmen.« Dann wandte ich mich an den blonden Zivilisten, der noch immer unermüdlich an der Tafel kritzelte. »Ihren Namen kenne ich leider nicht. Vielen Dank für Ihre Hilfe, aber jetzt lassen Sie uns bitte allein. Ich darf Sie noch einmal an Ihre Geheimhaltungsverpflichtung erinnern, sprechen Sie also mit niemand über das, was Sie hier gehört, gesehen oder getan haben. Wenn Sie gefragt werden, verweisen Sie die Leute an mich.«

Claude führte ihn hinaus, und als er zurückkam, gab ich ihm die Aufzeichnungen über den abgehörten Funkverkehr. »Können Sie mir sagen, was das ist?«

Er betrachtete sich eingehend die Blätter, schüttelte aber nach fünf Minuten den Kopf und meinte: »Nein, damit kann ich nichts anfangen.«

Ich wartete schweigend, aber er hatte nichts weiter zu sagen, also drückte ich inbrünstig beide Daumen und fragte: »Könnte es ein Computerprogramm sein?«

Er konzentrierte sich noch einmal für ein paar Sekunden auf die Papiere, dann schoß er aus seinem Stuhl hoch. »Aber natürlich, Ted, ich bin ja wirklich ein Idiot. Moment, das haben wir gleich!«

Er holte sich ein paar Fachbücher, Formblätter und Millimeterpapier und begann wie wild zu kritzeln. Nach fünf Minuten warf er den Bleistift auf den Tisch. »Jawohl, das ist ein in Fortran geschriebenes Programm zur Produktionsüberwachung. Irgendeine Fabrik.«

»Könnte es für ein Walzwerk sein?«

»Ja, durchaus.«

»Besten Dank, Claude. Können Sie mir bitte einen kurzen schriftlichen Bericht über diesen fern-aktivierten Sender schreiben und eine kurze Anweisung, wie man diese Funksignale mit den Programmen dechiffriert?«

»Darf ich erst mal eine Runde schlafen?«

»Natürlich. Wie wäre es, wenn Sie gegen zwei Uhr heute nachmittag zu meiner Yacht kommen? Sie machen dann einen Tag Urlaub auf unsere Kosten, und wir schippern gemütlich ein Stück die Themse hinunter.«

Ich ging den ganzen Weg zu meiner Wohnung zu Fuß, und in meinem Kopf wirbelten die Gedanken nur so. Aber ein höchst befriedigender Wirbel, denn ich kannte nun Bergers Absichten genau. Wir konnten den ganzen Spuk in achtundvierzig Stunden beenden, und danach mochten die Bosse entscheiden, was mit Berger geschehen sollte.

In meiner Wohnung stopfte ich Unterwäsche, ein paar Hemden und ein paar alte Jeans in meine Reisetasche, telefonierte nach einem Mietwagen und ließ mich von dem Fahrer nach Marlow bringen. Bevor wir noch die M 4 erreichten, war ich bereits fest eingeschlafen, und als ich wieder aufwachte, fuhren wir schon durch Marlow, und es war sechs Uhr morgens.

Ich bezahlte den Fahrer und marschierte zu Fuß nach Temple.

Gerade als ich die Marlow Bridge überquerte, brach die Sonne durch den Morgennebel. Auf meiner Seite der Brücke sah ich bei Meakes' Bootswerft ein halbes Dutzend Schiffe, die zum Verkauf standen, und sie schienen wie auf einer Glasscheibe zu sitzen. Das Wasser war völlig unbewegt bis auf die konzentrischen Ringe von luftschnappenden Karpfen und Barschen. Ein Schwanenpaar mit seiner Nachkommenschaft posierte für ein Kalenderbild im nächsten Jahr. Meine Kalenderuhr zeigte den 31. Juli an, und es schien ganz so, als sollten die Wetterfrösche mit ihrer optimistischen Vorhersage diesmal recht behalten.

Ich brauchte fast eine Stunde, bis ich die Yacht erreichte. Ich legte meinen Schlafsack auf das Dach der Heckkajüte und war in zwei Minuten eingeschlafen.

Beim Aufwachen hatte ich das ungute Gefühl, daß mich jemand beobachtete. Vorsichtig zog ich den Reißverschluß meines Schlafsacks auf und schaute auf die Uhr. Es war zehn Minuten nach zehn. Auf dem weißen Kajütdach gab ich in dem hellen Sonnenlicht zweifellos eine prächtige Zielscheibe ab. Ich beschloß, ein langsames und durch nichts beunruhigtes Erwachen zu simulieren. Als ich mich mit dem Rücken zum Ufer aufsetzte und die Arme reckte, wußte ich genau, daß ich beobachtet wurde. Ein kleines Loch in meinem Rückgrat sagte mir das deutlich. Und ich hatte das dumpfe Gefühl, daß dieses Loch blutige Realität werden könnte, wenn ich nicht etwas dagegen unternahm. Nur wenig gepolstert durch den Schlafsack wälzte ich mich über den Rand des Kajütdachs und ließ mich ins Cockpit fallen. Es war zwar etwas schmerzhaft, aber gebrochen hatte ich mir nichts. Ich schlüpfte aus dem Schlafsack, kroch ins Ruderhaus und spähte durch das Bullauge auf der Backbordseite. Es war niemand zu sehen, aber zwischen diesen Bäumen und Sträuchern hätte sich ein ganzes Regiment verstecken können. Wenn sich jemand dort befand, würde ich die Leute nie sehen, falls sie sich nicht selbst zeigten. Es sah ganz so aus, als wäre ich bis um zwei Uhr festgenagelt, falls Claude pünktlich kam, also noch vier Stunden. Dann hörte ich von Steuerbord her eine gepflegte Maschine aus der Schleuse kommen, die in Richtung auf meinen Liegeplatz tuckerte.

Mein unbekannter Beobachter würde bestimmt vor Zuschauern nichts unternehmen, daher stand ich auf und sah ein Boot der Wasserschutzpolizei längsseits kommen. Die beiden Polizisten blickten freundlich, aber mißtrauisch, und es stellte sich heraus, daß jemand einen verdächtigen Mann in der Nähe der Liegeplätze gesehen hatte, und da in letzter Zeit in dieser Gegend viel eingebrochen worden war, wollten sie gerne meine Papiere sehen. Mein Führerschein und mein Automobilklub-Ausweis schien sie zu überzeugen, und um die Zeit herumzubringen, lud ich sie zu einer Tasse Tee an Bord ein. Wir unterhielten uns über die empfehlenswerten und weniger empfehlenswerten Themse-Kneipen zwischen Maidenhead und Oxford, und sie kletterten gerade wieder über die Reling in ihr Patrouillenboot, als der ältere von ihnen sagte: »Übrigens, Sir, wie ich sehe, haben Sie eine Seetoilette eingebaut, und die dürfen Sie hier auf dem Fluß nicht benutzen. Sie haben doch sicher nichts dagegen, wenn wir sie verplomben. Unterhalb der Teddington-Schleuse können Sie ja die Plombe wieder entfernen«, und plötzlich schien die Welt wieder in Ordnung zu sein, wenn die illegale Benutzung einer Seetoilette die einzige Sorge eines Polizisten war.

Wenn mein Beobachter verschwunden war, so hatte ich ihn nicht weggehen hören, aber ich fühlte mich wieder entspannt, und es blieb nur noch eine Stunde, bevor Claude um zwei Uhr kommen wollte. Ich wählte seine Nummer, aber es meldete sich niemand, und ich nahm an, daß er bereits unterwegs war. Ich setzte mich ins Ruderhaus und begann, die einzelnen Stücke des Puzzles zusammenzubauen.

Bergers raffinierter Apparat bedeutete, daß er laufenden Zugang zu Daten und technischem Know-how von Dutzenden von Firmen hatte, alles automatisch auf Band speicherte, und es dann mit dem starken Sender auf seiner Yacht in Richtung Osten funkte. Es bedeutete auch, daß er über Behörden- und Regierungscomputer an persönliche Daten von praktisch allen Leuten herankam, die für den KGB interessant sein mochten. Sie brauchten sich nicht einmal mehr Gedanken über Erpressungsversuche zu machen, denn sie hatten sogar Zugang zu dem Datenspeicher von New Scotland Yard. Kein Wunder, daß ihre Handelsmissionen nicht mehr an der Zusammenarbeit mit uns interessiert waren; sie bekamen tägliche Informationen aus allen Bereichen, die ihnen wichtig erschienen, mit einem ganz minimalen Risiko der Entdeckung. Für die Kosten von ein paar hundert Terminals konnte Berger seine Herren und Meister mit allen gewünschten Daten versorgen. Ich freute mich schon auf sein Gesicht, wenn ich ihm gegenüberstehen würde.

Ich hatte mir die Sechs-Uhr-Nachrichten im Radio angehört und wählte gerade noch einmal Claudes Nummer, als ich bemerkte, daß mit der Yacht irgend etwas nicht stimmte. Ich rannte an Deck und sah, wie ihr Bug nach Steuerbord in den Fluß trieb, und als ich nach der Bugleine spähte, hörte ich einen Motor aufheulen, sah Scheinwerfer aufleuchten, und dann raste ein großer dunkler Kombi den Feldweg von den Liegeplätzen zur Hauptstraße entlang. Ich ging zum Vorschiff und bemerkte, daß die Bugleine im Wasser hing. Jenand hatte die Knoten gelöst, mit denen ich die Leine an einem Baumstamm am Ufer befestigt hatte. Es war eine völlig sinnlose Tat; es konnte nicht mehr passieren, als daß mein Bug den Rumpf des nächstgelegenen Boots verkratzte.

Ich sprang auf den Anlegesteg und ging zu dem Baum hinüber. Die Knoten waren gelöst, die Leine hing jedoch noch lose um den Baum und führte von dort ins Wasser. Ich zog daran, sie hatte sich aber anscheinend irgendwo unter Wasser verfangen. Ich sicherte die Leine an einem Ast und zwängte mich die letzten Meter durch das dichte Gebüsch zum Flußufer. Das Tau endete mit einem Palstek an den Knöchel eines Mannes. Claude. Und ich brauchte ihn nicht umzudrehen um zu wissen, daß er tot war.

Ich brauchte fünfzehn Minuten, um ihn aus dem Wasser und ein Stück aufs Ufer hinaufzuziehen. Er war seit mindestens drei Stunden tot und keineswegs ertrunken, sondern aus nächster Nähe erschossen worden. Daß man ihn an meiner Bugleine befestigt ins Wasser warf, war offenbar nur auf mich gemünzt. Wahrscheinlich sollte es eine Warnung sein.

Es gab nichts mehr, was ich für Claude tun konnte, außer vielleicht herauszufinden, ob er posthum noch einen Orden bekommen konnte, aber dafür konnte ich Berger in die Mangel nehmen, und es war allerhöchste Zeit. Ich ging den Feldweg entlang zur Hauptstraße, bestellte von einer Telefonzelle aus einen Mietwagen und ließ mich von dort in meine Wohnung in der King's Road zurückbringen.

12

Trotz der Pistole in meiner Hand sah Berger völlig gelassen aus, und, als sei es nicht meine Wohnung und mein Sessel, auf dem er saß, hatte er auch noch die Stirn, mir freundlich einen Platz anzubieten. Ein Mann muß wirklich Selbstvertrauen besitzen, um so etwas zu tun – Berger war ein Musterbeispiel dafür. Verzweifelt suchte ich nach dem Grund. Es war kein Bluff, er rechnete nicht damit, erschossen zu werden, ich würde nicht auf ihn schießen – er hatte das entschieden, nicht ich. Trotz des gleichen faltenreichen

Gesichts sah er wesentlich eleganter aus als damals im Militärgefängnis, bevor ich ihn an die Belgier abschob. Ein mittelblauer, maßgeschneiderter Anzug aus einem teuren Stoff, der höchstwahrscheinlich aus der Bond Street oder der Savile Row stammte. Die Beine lässig übereinandergeschlagen, warf er mir ein kaltes Lächeln zu und sagte: »Ein langer Weg vom Knast in Hildesheim«, und es hörte sich wie der Titel eines Blues an – vielleicht dachte ich auch an Allentown. Ich schwieg und hielt die Automatik auf ihn gerichtet. Er betrachtete sie, nickte nachdenklich und brummte: »Wenn ich Ihnen den guten Rat gebe, das Ding wegzustecken, nehmen Sie ihn vermutlich nicht an?«

Ich schüttelte den Kopf. Er zuckte die Achseln, schlug die Jacke auf und deutete auf die Innentasche. »Keine Waffe hier drin, nur eine Postkarte, die ich Ihnen gerne zeigen möchte.«

»Ich bin nicht an Postkarten interessiert, Berger.«

»An dieser schon.«

»Hören Sie zu – Sie lassen Ihre Hände schön ruhig auf den Armlehnen liegen. Wenn Sie sich einen Millimeter bewegen, schieße ich Ihnen zwölf Löcher in den schönen teuren Anzug. Ich werde jetzt telefonieren.«

Berger schwieg und rührte sich nicht, als ich den Hörer abnahm. Ein Freizeichen gab es nicht, und auch die Anschlußschnur war verschwunden.

»Lassen wir die Spielchen, Bailey«, sagte Berger kalt. »Diese Wohnung wurde von Experten auseinandergenommen, alle Wanzen befinden sich jetzt in unserem eigenen Zoo. Es ist nur zu Ihrem Besten – wenn Sie diese Postkarte gesehen haben, werden Sie nicht mehr mit Joe Steiner sprechen wollen, sondern mit mir. Darf ich sie Ihnen jetzt vielleicht zeigen, dann können wir endlich zum Thema kommen.«

»Mein lieber Berger, ich weiß alles über Ihre nette kleine Operation, und wir werden sie in weniger als achtundvierzig Stunden aufgerollt haben. Mir und meinen Leuten ist es völlig egal, ob Sie im Wormwood-Scrubs-Gefängnis landen oder Ihr Leben hier auf meinem Teppich aushauchen. Sie haben ausgespielt und sind eine völlig nebensächliche Figur geworden.«

Berger sah mich einen Augenblick lang an und sagte dann mit haßerfüllter Stimme: »Ich kann Ihnen versichern, Bailey, wenn Sie mich umlegen und dann die Postkarte in meiner Tasche sehen, werden Sie es für den Rest Ihres Lebens bereuen; ich bekam ganz spezifische Befehle, sonst hätte ich Sie heute morgen leicht abknallen können, und wenn ich jetzt freie Hand hätte, würde ich Ihnen die Postkarte zeigen und Sie für den Rest Ihrer Tage im eigenen Saft schmoren lassen.«

Die kalte Wut in Bergers Gesicht ließ mich befürchten, daß er die Wahrheit sprach und die Karte tatsächlich etwas zu bedeuten hatte. Wenn der KGB meinte, daß eine Postkarte stärker war als eine Pistole, dann mußte es schon eine heiße Kartoffel sein. Untergeordnete Diplomaten, die unter kompromittierenden Umständen mit Besatzungsmitgliedern des Panzerkreuzers *Potemkin* fotografiert wurden – oder was auch immer die russische Flotte heute zu bieten hatte – waren die üblichen Opfer. Das gleiche galt für die Teilnehmer von Handelsdelegationen, die man mit willigen jungen Damen von Intourist fotografiert hatte, aber ich fiel in keine der beiden Kategorien. Ich mochte nicht einmal die britische Navy, ganz zu schweigen von der sowjetischen Flotte, und die talentlosen Ballettmädchen, die man als Köder für westliche Geschäftsleute an Intourist ausgeliehen hatte, waren mir sowieso viel zu mager. Und außerdem hatte man mir nie solche Sachen offeriert. Offensichtlich war es keine Postkarte, die das Grab von Karl Marx in Highgate oder die Hafenbefestigungen von La Valette zeigte, und während mir diese Gedanken durch den Sinn gingen, beobachtete Berger mein Gesicht und wußte, daß ich angebissen hatte.

Bergers Lächeln beschränkte sich nur auf seinen Mund, und ich bemerkte, daß Moskau inzwischen wesentlich besseres Porzellan verwendete, und gerade als ich das dachte, sagte Berger leise: »Ich denke an jemand«, und als ich beinahe erwiderte: »Tot oder lebendig?«, begriff ich plötzlich, daß sie sogar von diesem Spiel wissen mußten, das Sammy und ich immer gespielt hatten, obwohl es meines Wissens immer im Freien gewesen war. Wenn der andere Kerl unbewaffnet und körperlich längst nicht so fit wie man selbst ist, wenn man eine 9-mm-Automatik mit zwölf Patronen darin auf ihn gerichtet hält, sollte man ein flaues Gefühl in der Magengegend eigentlich für unmöglich halten, trotzdem war es deutlich zu spüren.

Berger und ich starrten uns eine Ewigkeit an, und dann wußte ich, daß er gewonnen hatte, und ich wußte auch, daß er es wußte. Alle Trümpfe waren ausgespielt, und trotzdem würde er mein As überstechen. Ich streckte die Hand aus und sagte: »Geben Sie mir die Postkarte.« Er griff in die Innentasche seines Jacketts und reichte mir ein Farbfoto.

Es zeigte ein etwa achtzehnjähriges Mädchen – um genau zu

sein, siebzehn Jahre, zehn Monate und vier Tage. Sie hatte langes blondes Haar, eine kecke Stupsnase, strahlend blaue Augen, und als ich sie das letztemal sah, war sie vier Jahre und eine Woche alt. Auf der Rückseite stand in kindlicher Handschrift: »Lieber Vati, man hat mir gesagt, ein Mr. Berger würde dafür sorgen, daß du mich besuchen kommen kannst. In Liebe, Samantha.«

Im Krieg war ich in Nordafrika einmal aus Versehen auf eine Tellermine geraten, glücklicherweise passierte nicht viel, da sie zwar prächtig bemalt, aber ein italienisches Fabrikat war; die Tellermine, die ich jetzt unter meinen Füßen spürte, war deutsche Qualitätsarbeit – Größe 4, panzerbrechend.

Obwohl Berger gewußt haben mußte, daß ich einen Schock bekommen würde – was ja der Sinn der Sache war – klang seine Stimme beinahe sanft. »Wir haben sie in Brasilien aufgelesen. Sie wurde gut versorgt, bekam eine erstklassige Ausbildung in Moskau und arbeitet jetzt als Regieassistentin im Filmcenter in Krakau. Wir haben alles arrangiert, damit Sie sich mit ihr in Warschau treffen können, und wenn Sie mitspielen, steht Ihre Tochter in zwei Tagen vor Ihnen.«

Irgend jemand hat irgendwann einmal gesagt: »Wenn ich vor die Wahl gestellt werde, mein Land oder einen Freund zu verraten, dann hoffe ich nur, daß ich mein Land verrate«, und ich wußte wohl sofort, daß ich genau das tun würde.

»Wie sehen Ihre Bedingungen aus, Berger?«

Er sah jetzt kalt und geschäftsmäßig aus. »Wir brauchen hier noch vier Wochen. Wir bringen Sie nach Warschau und geben Ihnen und Ihrer Tochter sicheres Geleit in jedes gewünschte Land und eine kleine Pension.«

»Und für diese kleine Staatspension soll ich für den KGB arbeiten?«

Berger grinste. »Mein lieber Bailey, Sie sind raffiniert und clever und haben einen guten Instinkt – was in unserer Branche sehr wichtig ist –, aber wir würden Sie keine fünf Minuten lang für den KGB arbeiten lassen – das Schlimme bei Ihnen ist, Sie denken zu viel – wenn es hart auf hart geht, zählt nur noch das absolute Pflichtbewußtsein. Sie müssen gedanklich von einer Sache überzeugt sein – wir erfüllen einfach unsere Pflicht. Ich habe weder *Das Kapital*, noch Lenin gelesen, nicht einmal Dostojewski. Ich tue, was man mir sagt – wie jetzt zum Beispiel.«

»Wie habt ihr damals Samantha gefunden?«

»Keine Ahnung, aber wenn es wichtig für Sie ist, werde ich

mich erkundigen. Seit Sie die Armee verließen, haben wir Ihre Karriere mit Interesse verfolgt – wenn ich einmal enttarnt werden sollte, war es ganz klar, daß wir Sie in irgendeiner Weise verwenden würden. Also haben wir uns abgesichert.«

»Ich nehme an, Sie wollen mich nach Warschau schaffen, und von dort aus kann ich mit Samantha hingehen, wo ich will?«

Berger warf einen Blick auf meine Automatik, aber als ich sie weiter auf ihn gerichtet hielt, erwiderte er achselzuckend: »Es ist Ihnen natürlich klar, daß Sie in diesem Land vorerst mit niemand mehr Verbindung aufnehmen dürfen. Wenn Sie mit meinem Vorschlag einverstanden sind, bringen wir Sie heute nacht noch auf einen Flugplatz, und Sie sind morgen in Warschau. Wir werden Sie nicht verhören, weil Sie sowieso nichts Interessantes wissen. Wir können Ihnen Asyl in Argentinien, Kuba oder Ägypten besorgen, diese Länder haben kein Auslieferungsabkommen mit England. Ihre Pension entspricht etwa 2000 Pfund pro Jahr, und wir zahlen Ihnen weitere 4000 Pfund für die Sachen, die Sie hier zurücklassen müssen. Vermutlich werden Sie nach wie vor überwacht, aber wenn Sie keine Dummheiten machen, passiert Ihnen auch nichts. Wir haben in allen diesen Ländern ein Stillhalteabkommen mit dem CIA und dem SIS, so daß diese Leute Sie auch in Frieden lassen werden.«

Ich begriff plötzlich, daß mein bisheriges Leben zu Ende war. Kein London mehr, keine Themse, keine Yacht, keine King's Road und kein England mehr. Alle diese berühmten Verräter wie Philby und Burgess und MacLean vermißten angeblich ihr England, aber zumindest glaubten sie an den Kommunismus, und das war nun absolut nichts für mich. Ich würde also mit einer Tochter im Exil leben, die sicher ihr eigenes Leben führen wollte und ihren Vater höchstwahrscheinlich gar nicht mehr kannte. Aber die gekritzelten Worte auf der Rückseite des Fotos brachten mir all die Erinnerungen an das kleine blonde vierjährige Mädchen zurück, das mir eines Morgens zum Abschied zuwinkte und nicht wußte, daß ich ihm an diesem Abend nicht die versprochene Geschichte von dem Kaninchen und der Erdbeermarmelade erzählen würde, und auch an keinem anderen Abend mehr.

Es war keine logische und durchdachte Entscheidung, aber ich sah keine andere Möglichkeit. Ab und zu muß man nicht nur für seine eigenen Fehler bezahlen, sondern auch für die anderer Menschen, und dies war solch ein Fall.

Ich blickte Berger an und beobachtete genau seinen Gesichtsausdruck. »Warum dieser komplizierte Handel, oder macht es euch mehr Spaß, mich im Kanal zu ersäufen statt in der Themse?«

Er begriff sofort, was ich meinte und erwiderte rasch: »Sie wissen so gut wie ich, daß ich Sie leicht in Marlow hätte umlegen können, wenn das mein Befehl gewesen wäre. Falls Sie meinem Vorschlag nicht zustimmen, hilft es Ihnen auch nichts, wenn Sie mich jetzt umbringen. Es dauert vielleicht einen Monat oder ein Jahr, aber wir kriegen Sie. Und außerdem haben wir Ihre Tochter. Diesen Handel schlage ich Ihnen auf Anweisung von Moskau vor, und die würden sich bestimmt nicht solche Mühe geben, nur um Sie hinterher in die Nordsee oder in die Moskwa zu werfen.«

Ich versuchte mich verzweifelt an einen Exil-Engländer zu erinnern, der es geschafft hatte. Ich war kein Oscar Wilde oder gar ein Byron, und der einzige, der mir einfiel, war P. G. Wodehouse, der in Amerika eine zufriedenstellende Aufnahme gefunden hatte.

Was sie mir in Magdeburg angetan hatten, war nichts im Vergleich zu dem, was sie in ihrem ureigenen Land mit mir machen konnten, und es mußte eine Menge Dinge geben, die sie gerne von mir wissen wollten. Aber diese Art von Vereinbarungen hatte es schon früher gegeben, und meistens hielten sich die Russen auch daran. Sie besaßen Sammy – sie hatten sie als Trumpfkarte betrachtet und spielten sie jetzt aus, sie mußten irgend etwas von mir wollen, sonst hätten sie mich ja gleich umlegen können – vielleicht war es auch wieder einmal eines dieser komplizierten KGB-Komplotts, das ich in meiner gegenwärtigen Verfassung absolut nicht durchschaute.

Ich hatte zu lange und zu tief um dieses kleine blonde Mädchen getrauert, um diese auch noch so schwache Chance auf ein Wiedersehen von mir zu weisen; diese Burschen wußten es, und ich wußte es ebenfalls.

Ich legte die Automatik auf den Tisch und stand auf. »Okay, Berger, gehen wir.«

Aber er winkte mich wieder zurück, klappte seine Aktentasche auf und gab mir meinen eigenen Paß. Dann nahm er ein kleines Sprechfunkgerät aus der Tasche, zog die Teleskopantenne aus, und sofort fing es an zu piepsen, so ähnlich wie bei dem BBC-Zeitsignal. Er drückte auf die Sprechtaste, sagte nur »Da«, und schob die Antenne wieder zusammen.

Ich griff gerade nach der Flasche »Glenfiddich«, als es klingelte. Berger winkte mir zu, daß ich aufmachen sollte. Es war einer der Polen – Jaworski –, und er trug die Uniform eines Chauffeurs, die Standarduniform der unteren KGB-Chargen im Ausland.

Es gab eine kurze Unterhaltung auf Russisch, dann gingen wir die Treppe hinunter. Damit ich auf der Straße nicht auf dumme Gedanken kam, rammte mir der Chauffeur die Pistole in seiner Jackentasche in die Nieren, und wir gingen wie friedliche Spaziergänger die King's Road entlang bis zu Sainsbury's, wo im Parkverbot ein Ford Capri stand.

Die Ford-Leute in Dagenham hätten sich über die Motorleistung bestimmt sehr gewundert. Der schneidige Start renkte mir fast den Hals aus und ließ den staunenden Passanten das Strafmandat unter dem Scheibenwischer vor die Füße flattern.

13

Wir verließen die M 1 an der Abfahrt nach Bedford, umfuhren aber die Stadt, und als wir anschließend in nördlicher Richtung davonrasten, hatte ich keine Ahnung, wo wir uns befanden. Nach etwa zwanzig Minuten bog der Capri scharf nach links ab und kam mit quietschenden Reifen vor einem großen Tor zum Stehen, das mit Maschendraht bespannt und mit Stacheldraht gekrönt war. Obwohl es fast unter Efeu und Unkraut verschwand, erkannte ich es sofort wieder und konnte es kaum fassen.

Ich blickte Berger an, der sich mir bereits zugewandt hatte und amüsiert lächelte. »Erinnerungsträchtig, Bailey, nicht wahr?«

Als ich dieses Tor zuletzt gesehen hatte, wurde es von höflichen RAF- und Militärpolizisten bewacht, alle in schmucker Uniform, aber nicht besonders auf Sicherheit bedacht, weil es sich nur um einen Gedenkgottesdienst für die Piloten und die Fallschirmspringer handelte, die nicht zurückgekommen waren. Das erstemal sah ich es, als ich selbst mit dem Fallschirm über Frankreich abgesetzt wurde, sinnigerweise von einer polnischen Besatzung, denn dies war der Militärflugplatz bei Tempsford, gehaßt oder geliebt von den Angehörigen der Special Operations Executive während des Krieges, je nach dem ob sie gingen oder zurückkehrten.

Eine halbe Meile weiter erreichten wir die Startbahn, auf der mit bereits laufenden Motoren eine kleine viersitzige Cessna stand. Keine zollfreien Zigaretten oder Whisky, keine Bordkarte, kein Ärger mit Übergepäck – es gab überhaupt kein Gepäck. Wir waren rasch angeschnallt, und ich fühlte mich wieder wie im Krieg, nur daß es drunten auf dem Boden Lichter gab. Lichter in Häusern, wo Frauen auf ihre Männer warteten, und Lichter von

Autos, deren Fahrer sich lediglich Sorgen darum machten, ob der Lippenstiftfleck am Hemd zu sehen war, oder ob sie sich die neue Waschmaschine wirklich leisten konnten.

Aber die Lichter verschwanden rasch, und wir waren über der Nordsee, und die Reise dauerte so lange, daß ich einmal glaubte, wir würden direkt nach Stettin oder gar nach Warschau fliegen, aber als wir landeten, war es der russische Militärflugplatz am Rande von Ostberlin. Wie bei fast allen Militärs auf der ganzen Welt nahm kaum jemand Notiz von den vier übernächtigten Zivilisten. Ein KGB-Verbindungsoffizier brachte uns direkt zu einem Zimmer, und wenn er mich auch mit einiger Neugier betrachtete, so war er doch vorwiegend daran interessiert, uns so rasch wie möglich auf den Weg zu bringen.

Es war wirklich wie in alten Zeiten, als wir schließlich vor einem hübschen Holzhaus mitten im Wald hielten. Man führte mich in ein ausreichend großes Zimmer ohne Fenster, und die Tür wurde diskret hinter mir versperrt. Es mußte irgendein wichtiges internationales Durchgangslager des KGB sein, denn die Bücher in den Regalen waren in mindestens einem Dutzend verschiedener Sprachen geschrieben, und die meisten davon wären nicht einmal dem Herrscher aller Reußen akzeptabel erschienen, ganz zu schweigen von den heutigen Mächtigen in Rußland. Die Zeitungen auf dem Tisch stammten aus ganz Europa und waren von heute. Sogar das *Wall Street Journal* und die *Washington Post* waren nur einen Tag alt.

Ich studierte gerade den *New Statesman*, als Berger ins Zimmer kam, gefolgt von einem Mädchen, das einen Servierwagen hereinschob. Sie war sehr blond, sehr hübsch, sagte in fast akzentfreiem Englisch: »Sagen Sie bitte Bescheid, wenn Sie sonst noch etwas wünschen, Sir«, deutete einen altmodischen Knicks an und ging wieder hinaus.

Berger genoß eine dicke Zigarre, und nach dem hervorragenden Geruch zu schließen, war sie offenbar mit einem der Raketentransporter aus Kuba zurückgebracht worden. Er bedeutete mir, daß die kurvenreiche Blondine mir gerne die einsame Nacht ersparen würde und bot mir als Alternative an, einige Partien Schach mit mir zu spielen. Aus prinzipiellen Gründen entschied ich mich für Schach, und wir begannen, während ich mit erstaunlichem Appetit das vorzügliche Essen vertilgte. Trotz seines ziemlich frechen Königs-Gambits und einigen Fehlern mitten im Spiel schlug er mich ohne große Schwierigkeiten. Er schien es nicht besonders eilig zu haben, und ich fragte ihn daher, wie das Programm für morgen aussah. »Wir fliegen um elf nach Warschau ab, Sie wohnen im Grand Hotel und werden Ihre Tochter gegen vier Uhr sehen. Wir nahmen an, daß Sie gerne zwei oder drei Tage in Warschau verbringen wollten, danach hängt es von Ihnen ab. Die gesamte Reiseplanung wird von Intourist gemacht.«

Ich brachte ein verunglücktes Lächeln zustande: »Mit ein wenig Unterstützung vom KGB, nehme ich an.«

Er hatte offenbar seinen Winston Churchill gelesen, zeigte sich als großmütiger Sieger und sagte mit einem freundlichen Grinsen: »Wir sind jederzeit bereit, einer staatlichen Behörde zu helfen.«

Als das Grinsen wieder verschwand, sahen wir uns einen langen Moment in die Augen, und für den schrecklichen Bruchteil einer Sekunde sah ich Mitleid darin. An Mitleid war ich nicht gewöhnt, ich haßte es, bemitleidet zu werden, und ich haßte noch mehr diese Situation, die es solchen Dreckskerlen wie Berger erlaubte, mich zu bemitleiden. Mein Ärger stand mir wohl deutlich auf dem Gesicht geschrieben, denn er stand auf, winkte mir ein letztes Mal mit seiner Zigarre zu und verließ den Raum. Hinter ihm wurde wieder abgeschlossen.

Alle Geheimdienste scheinen einen Tick mit Genauigkeit und Detailfreude zu haben, denn auf dem Nachttisch stand eine Flasche »Glenfiddich« und eine Thermoskanne, die hervorragende heiße Schokolade enthielt. Da ich nur die Kleider besaß, die ich auf dem Leib trug, überwand ich meinen üblichen Hang zur Unordnung und ging zum Kleiderschrank, um meine Hose und mein Jackett aufzuhängen. In dem Schrank lagen auf einem Regal sechs Oberhemden von Marks & Spencer, in meiner Größe und noch originalverpackt. Es gab zwei Sommeranzüge, brandneu, beide mit Etiketten von Daks, ebenfalls in der korrekten Größe. Als ich meine Krawatte abnahm und sie an einen Haken hängte, fiel mein Blick auf das Fallschirmmotiv, und die Widersinnigkeit der ganzen Situation kam mir plötzlich zu Bewußtsein. Es mußte das erstemal sein, daß eine Krawatte mit dem Klubabzeichen der Special Forces in einem Kleiderschrank eines Durchgangslagers des KGB hing. Eton-Krawatten, ja; Harrow-Krawatten, vielleicht; aber *Special Forces Club*-Krawatten – das konnte ich mir beim besten Willen nicht vorstellen.

Die gesamte Welt der Spione und Agenten, die dem Nichteingeweihten so übermächtig erscheint, besteht im Grunde genommen auch nur aus Männern und Frauen, die andere Menschen hassen oder lieben, die Elgar oder Tschaikowski oder Chris Barber gut finden oder weniger gut finden, je nach ihrer Veranlagung und ihrer Nationalität, aber am Ende war doch jeder allein und auf sich gestellt. Nicht nur körperlich, sondern auch geistig allein. Kleine triviale Dinge bewegen den Geist viel stärker als Revolutionen, Erdbeben und Attentate, und die SOE-Krawatte schien mir ein Sinnbild für die auch so pathetischen Anstrengungen der westlichen Zivilisation zu sein, wo ehemalige Agenten und Spione ihre freundlichen kleinen Klubs besaßen, in denen sie vorgeben konnten, ganz normale Menschen zu sein und die Vergangenheit zu vergessen.

Ich war mir ziemlich sicher, daß es in Moskau keinen Klub für ehemalige KGB-Angehörige gab, es sei denn auf dem Friedhof hinter der Pokrowsi-Kathedrale, und ich hoffte ohne große Überzeugung, daß irgendein KGB-Überläufer in einem Zimmer in London, oder, was wahrscheinlicher war, in Oxford saß, seinen Lenin-Orden betrachtete und das vermißte, was immer die Russen vermissen.

In dem Wagen und im Flugzeug hatte sich genug ereignet, um meine Gedanken abzulenken, aber als ich unter die Bettdecke schlüpfte, war es mit dem Gefühl, daß ich in dieser Nacht nicht viel Schlaf finden würde.

Ich irrte mich natürlich, denn die Fähigkeit, in jeder Lage schlafen zu können, gehörte einfach zu meinem früheren – und jetzigen – Job; aber bevor ich die Augen schloß, malte ich mir noch aus, wie es sein würde, wenn ich morgen Sammy traf und wo sie gerne mit mir leben wollte. Ich legte mir ein Dutzend verschiedener Begrüßungssätze zurecht, und an diesem Punkt muß ich wohl eingeschlafen sein.

14

Dem Gefangenen wurde am nächsten Morgen ein schmackhaftes englisches Frühstück angeboten, aber bis auf den starken schwarzen Kaffee ließ ich alles stehen. Ich zog meinen mitgebrachten Anzug wieder an, und das blonde Mädchen packte den Rest der Kleider in einen kleinen Lederkoffer. Etwa eine Stunde später bestiegen wir eine Linienmaschine der staatlichen polnischen Luftfahrtgesellschaft LOT. Zwei Stunden später kreisten wir über dem Okiencie-Flughafen in den Außenbezirken von Warschau. Ein schwarzer Mercedes und zwei Männer in Zivil – offensichtlich KGB – erwarteten uns. Die beiden waren ganz eindeutig Vorgesetzte von Berger.

Er wurde mit einem begeisterten Wortschwall auf Russisch, viel Schulterklopfen und freundlichem Gelächter empfangen, ähnlich wie nach einem Fußballsieg von England über Schottland. Jedermann schien höchst zufrieden zu sein, nur ich nicht.

Sogar die Straße nach Warschau hinein kam mir kommunistisch vor; endlos, gerade, langweilig und berechenbar. Die Weizenfelder auf beiden Seiten wurden rasch durch moderne Wohnblocks ersetzt, und knapp zwanzig Minuten später bogen wir in die Ulica Krucza ein und hielten vor dem Haupteingang des Grand Hotels. Es gab keine Formalitäten, ich brauchte mich nicht einzutragen, und alles war viel moderner, als ich es erwartet hatte. Wir fuhren in den vierten Stock hoch, niemand zeigte uns den Weg, und als wir einen teppichbedeckten Korridor entlangmarschierten, bemühte ich mich immerhin noch, nicht in Gleichschritt mit den anderen Burschen zu fallen. Eine große Tür führte in das Wohnzimmer einer sehr hübschen Suite, und nun waren wir wirklich in Polen, denn die Einrichtung stammte direkt aus der Dekoration des Films *Maria Walewska*.

Kein Bariton oder Tenor war zu sehen, aber auf einem herrlichen stickereiverzierten Stuhl saß Audrey Hepburn oder zumindest ihre Zwillingsschwester, und ich empfand es als einen ziemlichen Schock, als Berger sie mir vorstellte und ich den Namen Grazyna Kujawska hörte. Er erklärte mir, daß Miss Kujawska in der benachbarten Suite wohnte und eine Vertreterin von Intourist war. Sie sprach ausgezeichnet Englisch, kannte bereits Samantha, wußte alles über unsere Vereinbarungen und würde sich um unsere Weiterreise kümmern, fuhr er fort. Was er nicht erwähnte, wofür ich aber den letzten Penny meiner KGB-Pension verwettet hätte, war die Tatsache, daß sie auf fünfundzwanzig Meter garantiert nie weniger als 98 Ringe schoß und daß jeder Mann außerhalb des KGB, der eine unsittliche Annäherung wagte, mit der größten Selbstverständlichkeit durch die Luft segeln und auf dem Rücken landen würde, und bis zu seinem Lebensende davon überzeugt war, daß diese zarten Hände und nur 275 Stunden Training dafür verantwortlich sein mußten.

Alle machten es sich gemütlich, nur ich war ein schlechter Gastgeber, bis Miss Kujawska mir zu Hilfe kam und auf den Sessel neben ihr deutete. Ich nahm Platz, Zigarren und Zigaretten wurden herumgereicht, dann sagte Berger, indem er auf den größeren der beiden KGB-Leute wies: »Ich möchte Ihnen Oberst Petrow vorstellen.«

Als englischer Major mußte ich mich wohl geehrt fühlen, von einem russischen Oberst interviewt zu werden. Berger erklärte, daß Petrow das Magdalen College in Oxford besucht hätte. Nach seinem Lächeln zu schließen, war Oberst Petrow ein Konservativer – ich konnte drei oder vier sehr hübsch gearbeitete Zähne aus Edelstahl erkennen, als er sagte: »Und wie geht es meinem alten Freund Joe Steiner?«

Sein massiger Körper war völlig entspannt, und sein Lächeln veränderte sich nicht, als ich keine Antwort gab. Zu Berger gewandt meinte er: »Aha, unser Freund ist ein Mann der alten Garde – er erinnert sich an den ganzen Käse mit Name, Dienstgrad und Dienstnummer«, dann tippte er mir auf die Brust und sagte: »Keine Sorge, wir halten uns an die Vereinbarung und werden Ihnen keine Fragen stellen. Wie ich von unserem Freund Berger höre, führten Sie Ihren Auftrag beinahe erfolgreich aus – genau gesagt«, fügte er großmütig hinzu, »ohne Ihre Tochter hätten Sie ihn bestimmt auch erfolgreich zu Ende geführt.« Er lehnte sich zurück, senkte die Lider und fuhr fort: »Hat nicht Oscar Wilde gesagt: ›Er, der alleine reitet, reitet am schnellsten.‹?«

Ich kreuzte vorsichtig die Klinge mit ihm und erwiderte: »Genau lautet das Zitat: ›Wer alleine reist, kommt am schnellsten voran.‹«

»Ja, richtig«, meinte er, »Sie haben völlig recht.«

Ich wußte nicht genau, warum sie hier mit dem Magdalen College protzten, aber eines war mir klar – trotz seines ausgezeichneten Englischs und seines BBC-Akzents gab es bestimmt nicht viele ehemalige Studenten des Magdalen College, die Oscar Wilde einen Vers von Rudyard Kipling zuschrieben; beide Dichter hätten sich wahrscheinlich im Grabe herumgedreht.

Petrow stellte sein Wodkaglas ab. »Wenn Sie und Ihre Tochter sich entschieden haben, wo Sie leben wollen, wird Sie einer unserer Leute besuchen – nur zu einer Unterhaltung.«

»Sie verschwenden Ihre Zeit, Oberst. Ich bin kein Verräter.«

Ungerührt erwiderte er: »Bailey – Sie sind doch nicht dumm. Berger hätte Sie schon vor Tagen umlegen können, wenn ich das gewollt hätte. Wir erwarten nicht von Ihnen, daß Sie für uns arbeiten, wir wollen es nicht einmal. Es gibt jedoch eine Kleinigkeit, die Sie für uns tun sollen – hat nichts mit Spionage zu tun, ist ganz im Gegenteil im Interesse sowohl meines, als auch Ihres Vaterlandes – Sie können sich immer noch entscheiden, ob Sie mitspielen wollen, wenn es soweit ist.« Er blickte auf seine Armbanduhr und stand auf.

Darauf erhoben sich auch alle anderen, einschließlich Miss Kujawska, Berger klopfte mir auf die Schulter und sagte: »Vielleicht sehen wir uns noch einmal vor meiner oder vor Ihrer Abreise. Wenn Sie mich sprechen wollen, wenden Sie sich an Miss Kujawska. Wir behalten Sie im Auge, werden Sie aber nicht belästigen; allerdings würde es die Sache erleichtern, wenn Sie sich an Miss Kujawskas Anweisungen halten. Ich kann Ihnen versichern, sie will nur Ihr Bestes«, und Miss Kujawska sah tatsächlich so aus, als wenn sie wirklich daran glaubte.

Die ganze Truppe marschierte zur Tür hinaus, die Lady von Intourist schloß sie hinter ihnen, drehte sich um und sagte dann zu mir: »Männer denken einfach nicht an solche Dinge – darf ich Sie in Polen herzlich willkommen heißen?«

Ich musterte sie eingehend. Sie sah tatsächlich aus wie Eliza Doolittle in der Verfilmung von *My Fair Lady*. Die Frisur, die kecke kleine Nase, der volle Mund und die großen sanften Augen, die sich mit der Energie eines Laserstrahls in meine bohrten, waren so zart und so weiblich, daß ich einen Moment tatsächlich glauben konnte, sie wollte nur mein Bestes. Vorsichtshalber wandte ich meinen Blick von ihrem Gesicht ab.

»Wie geht es Sammy?«

Die großen grünen Augen sahen mich an. »Aus Ihrer Akte geht hervor, daß Sie eine Menge Zeit und Geld aufgewandt haben, um nach Samantha zu suchen. Sie müssen sie sehr geliebt haben.«

»Ja, ich liebte sie sehr, liebe sie immer noch. Ein Teil davon war Egoismus, ich habe sie schrecklich vermißt. Wo werde ich mich mit ihr treffen?«

»Ich hielt es für das Beste, wenn es hier im Hotel stattfindet.«

»Warum meinen Sie das?«

»Na ja, als Sie Sammy das letztemal sahen, war sie noch ein kleines Mädchen, gerade vier Jahre alt, nun ist sie eine junge Frau mit einem Beruf und einem Platz im Leben; Sie wissen das zwar alles, trotzdem dürfte es ein kleiner Schock für Sie werden, wenn Sie Sammy von Angesicht zu Angesicht gegenüberstehen.«

Ich warf Miss Kujawska einen Blick zu. »Sie haben sich offenbar eine Menge Gedanken darüber gemacht.«

Sie sah mir einen Moment in die Augen und senkte dann den Blick, und zum erstenmal – und keineswegs zum letztenmal – bemerkte ich, wie ruhig und sanft ihr Gesicht war, und ich spürte, daß sie meinen Blick fühlen mußte.

»Zur Vorbereitung auf dieses Zusammentreffen habe ich Ihre

Akte einen Monat lang studiert, es gehört mit zu meinen Aufgaben, es Ihnen so leicht wie möglich zu machen. Sehen wir doch den Dingen ins Auge – es wird für Sie beide nicht einfach sein. Einer unserer Psychologen hat sich mit Ihnen befaßt und in seinem Bericht gesagt, sowohl bei Ihrer Arbeit, als auch in Ihrem Gefühlsleben seien Sie von einer starken femininen Intuition beeinflußt, die Ihnen bei Ihrem Job sehr, in Ihrem Privatleben aber überhaupt nicht genutzt hätte, und ich möchte alles tun, um Ihr Privatleben von jetzt an zufriedenstellend zu gestalten.«

»Danach muß ich so eine Art Kreuzung zwischen Bing Crosby und Shirley Temple sein.«

»Ihre Militärakte sagt aber etwas ganz anderes«, erwiderte sie lächelnd.

Ich bemerkte einen kleinen Opalring an ihrer linken Hand. »Sind Sie ein Skorpion?«

Sie sah mich verständnislos an. »Was ist ein Skorpion?«

»Es ist das Tierkreiszeichen der Menschen, die zwischen dem 24. Oktober und dem 23. November geboren sind.«

Sie lachte und klatschte in die Hände. »In unserem modernen Polen gibt es so etwas nicht mehr, aber ich erinnere mich jetzt, daß mir meine Großmutter davon erzählte, als ich noch ein Kind war. Mein Geburtstag ist der 18. April, aber meine Großmutter gab mir diesen Ring, und sie hatte am gleichen Tag Geburtstag wie Sie.«

»Nämlich?«

»Am 24. Oktober.«

»Sie haben ein gutes Gedächtnis. Wo wohnt eigentlich Sammy?«

»Ulica Wczasowa Nummer 17. Sie hat zwei Zimmer in einem Wohnblock.«

»Muß eine wichtige Persönlichkeit sein, um zwei Zimmer zu bekommen.«

»Nein, für Polen ist das nicht ungewöhnlich, nicht einmal in Warschau.«

»Dann müssen Sie ein besseres Wohnungsministerium haben als die Russen.«

Sie warf unwillkürlich einen Blick auf den Blumentopf zwischen uns auf einem kleinen Beistelltisch, ich begriff den Wink und war neugierig, wie sie antworten mochte, und es ernüchterte mich ziemlich, als sie sagte: »Vielleicht bedeutet dies ein Opfer der Sowjetunion zugunsten von Polen.«

Ich verfolgte das Thema nicht weiter, und nach einem kurzen Schweigen erklärte sie: »Sie können sich ruhig noch zwei Stunden hinlegen, bevor Sammy kommt. Ich werde Sie jetzt allein lassen, aber wenn Sie mich brauchen, können Sie mich mit diesem grünen Telefon direkt erreichen. Mit dem roten können Sie nach draußen telefonieren.«

Ich lachte. »Außer Ihnen, Berger und Sammy kenne ich keinen Menschen in Warschau, außerdem spreche ich kein Wort Polnisch.«

Nachdem sie gegangen war, zog ich meine Jacke aus, legte mich auf das Bett und schlief sofort ein.

15

Ich hatte mir mindestens ein Dutzend verschiedener Begrüßungen für Sammy zurechtgelegt, und sie begannen alle mit mir, frisch rasiert, mit einem sauberen Hemd und frischgebügeltem Anzug, so wie sich eben alle Mädchen ihren Daddy erträumen. Doch es sollte ganz anders kommen.

Als ich aufwachte, blickte ich rasch auf meine Uhr – ich hatte volle vier Stunden geschlafen, und als ich mir mit der rechten Hand die Haare aus dem Gesicht streichen wollte, konnte ich sie nicht bewegen. Meine alten Reflexe ließen mich eine rasche Abwehrbewegung machen, und als ich mich herumrollte, sagte eine Stimme: »Keine Angst, Vati, ich bin's nur.«

Sammy hielt meine Hand fest, und während ich ihr ins Gesicht sah, konnte ich an nichts anderes denken, als wie schrecklich ungepflegt ich aussehen mußte. Mein Gehirn wollte einfach nicht funktionieren, und mir fiel absolut nichts ein. Ich sagte nicht einmal »Hallo«, und dann küßte sie mich plötzlich, und das lange blonde Haar brachte eine Flut von Erinnerungen zurück, und ich weinte und drückte sie ganz fest an mich.

Dann schob ich sie sanft von mir, stützte mich auf einen Ellbogen auf, und wir sahen einander nur an. Nach einer Weile sagte ich: »Ich habe dich wirklich vermißt, Sammy.«

Sie öffnete den Mund, und ich wußte genau, sie wollte sagen, daß sie mich auch vermißt hätte, und plötzlich war ich wieder ein Mann. Ich legte ihr den Finger auf die weichen Lippen und sagte rasch: »Sammy, ich weiß, du kannst mich nicht vermißt haben. Wir brauchen uns nichts vorzumachen; wir wissen beide, was geschehen ist, und ich bin nur einfach froh, daß du jetzt hier bei mir bist. Ich werde mich umziehen und uns etwas zu essen bestellen. Dann unterhalten wir uns.«

Sie nickte, stellte sich an die Badezimmertür und sah mir beim Rasieren zu. Sie war hochgewachsen, noch genauso blond wie damals als kleines Mädchen, bildhübsch und sehr fraulich.

»Wie lange hast du denn auf dem Bett gesessen?«

»Eine gute Stunde.« Dann sagte sie: »Ich kann mich trotzdem noch an ein paar Dinge von damals erinnern.«

»Erzähl mir, an was du dich noch erinnerst.«

»Wie du mich einmal aufgeweckt und mit vors Haus genommen hast, damit ich mir den Mond betrachten sollte. Ich erinnere mich an eine Geschichte über ein Kaninchen und Erdbeermarmelade, die du mir erzählt hast. Einmal zeigtest du mir Goldfische in einem Teich in der Nähe unseres Hauses, dann erinnere ich mich an eine Bootspartie mit dir – viele kleine Dinge sind mir im Gedächtnis geblieben.«

Ich rasierte mich weiter, weil ich kein Wort hervorbringen konnte, und nach einer Weile fragte ich: »Haben sie dir gesagt, warum ich hier bin, und um was es eigentlich geht?«

»Vermutlich haben sie mir nicht alles gesagt, aber es hängt irgendwie mit dem KGB zusammen, und daß du deine Meinung geändert hättest – politisch gesehen – und daß du jetzt der Sowjetunion hilfst.«

Ich wirbelte herum und fuchtelte mit dem Rasierapparat.

»Sammy, wenn sie das gesagt haben, lügen sie. Meine politische Einstellung kann ich nicht ändern, weil ich mich einen Dreck um Politik kümmere. Nur die Menschen zählen, und egal, in was für einem Land du lebst, du mußt dich mit dem jeweiligen System abfinden. Ich würde auch nicht den Finger krumm machen, um diesen sogenannten Kommunisten zu helfen. Und ich sage dir es lieber gleich, ich wette meinen letzten Dollar, daß hier mindestens zehn Abhörmikrophone im Zimmer sind, du brauchst mir also nicht das offizielle Parteiprogramm zu erzählen, sag am besten gar nichts, und lassen wir es dabei.«

Ich wurde mir bewußt, daß ich sie erregt und ärgerlich anstarrte, und sie machte plötzlich ein Gesicht wie ein kleines Mädchen. Ich legte ihr die Hand auf die Schulter. »Tut mir leid, Sammy, wir sind kaum fünf Minuten zusammen, und schon spiele ich den Haustyrannen. Ich habe kein Recht dazu und möchte es auch nicht. Politisch bin ich sehr tolerant eingestellt, aber ich schlage doch vor, wir lassen das ganze Thema fallen. Reden wir lieber über uns und was wir tun wollen. Haben sie dir gesagt, in welchen Ländern wir leben können?«

»Ja.«

»Dann kann ich mir schon vorstellen, welches du dir auswählst.«

Sie lächelte. »Sag mir's«, und ich lächelte zurück, während ich mir den Rasierschaum abwischte.

»Du willst sicher nach Kuba zu all diesen dunkelhäutigen und attraktiven Männern mit Castrobärten gehen.«

Sie lachte schallend. »Vati, du bist wie alle Männer. Du glaubst, wir Frauen denken an nichts als an männliche Wesen, besonders, wenn sie blitzende Augen und lockige Haare haben. Weißt du, wir werden hier nicht auf diese Art erzogen. Wir denken an unsere Mitmenschen, an unsere Arbeit und ob sie dem Staat nutzt . . .«

»Um Himmels willen, Sammy«, unterbrach ich sie, »hören wir doch mit den gegenseitigen Vorträgen auf. Komm, wir bestellen etwas zu essen und, falls sie es haben, eine Flasche richtigen Champagner. Meinst du, wir könnten Champagner bekommen?«

Sie drückte meinen Arm und erwiderte: »Soweit ich gehört habe, bist du ein so wichtiger Mann, daß du bestimmt auch Champagner bekommst.«

Wir erhielten tatsächlich eine Flasche, für Sammy war es das erstemal, daß sie ihn trank, ind offenbar war sie nicht sonderlich beeindruckt, aber das Essen schmeckte ausgezeichnet, und sie griff mit ganz undamenhaftem Appetit zu. Während des Essens erzählte sie mir von ihrer Arbeit im Filmcenter, und es war offenkundig, daß sie etwas davon verstand und ihren Job liebte.

»Welche Art von Filme machst du denn?«

»Ich habe das Drehbuch für zwei kurze Dokumentarfilme geschrieben; einer über die Stahlindustrie, und einer über den Wiederaufbau von Polen. Dann war ich Regieassistentin bei einer Komödie, die sogar einen Preis in Cannes gewonnen hat, und im Augenblick verfilmen wir eine richtig schöne, altmodische Liebesgeschichte. Ich habe mit dem Kamerateam gearbeitet, um auch diese Seite kennenzulernen.«

»Weißt du was, Sammy? Ich weiß nicht mal, was für einen Tag wir heute haben.«

Sie lachte und sagte: »Es ist Sonntag.«

»Was würdest du an einem Sonntagabend machen, wenn ich nicht hier wäre?«

»Dann wäre ich vermutlich nicht einmal in Warschau, aber hier würde ich einen Spaziergang im Park machen.«

»Ist es ein schöner Park?«

»Ja, ich glaube schon. Er ist ziemlich altmodisch und ein bißchen romantisch, und er würde dir bestimmt gefallen.«

»Also – gehen wir.«

Nach einem Fußmarsch von zwanzig Minuten erreichten wir den Lazienki-Park. Die riesigen Palmen waren aus den Treibhäusern ins Freie gebracht worden und standen jetzt in ihren Töpfen im Gras. Wir spazierten an einem See vorbei, an dessen Ende sich ein verfallenes Palais befand. Sammy erzählte mir, es sei für einen der letzten polnischen Könige erbaut und während des Krieges teilweise zerstört worden. Ein Stück von dem See entfernt stand ein Chopin-Denkmal unter einer Trauerweide. Wir setzten uns dort auf eine Bank, beobachteten die Eichhörnchen, und trotz allem, was ich vorher gesagt hatte, stellte ich ihr eine Frage, weil ich es einfach wissen mußte.

»Sammy, könntest du dich an den Gedanken gewöhnen, in einem nicht-kommunistischen Land zu leben?«

Sie betrachtete lange Zeit ein Eichhörnchen, bevor sie mich ansah und sagte: »Darf ich dich erst etwas fragen, bevor ich antworte?«

»Natürlich.«

»Sag mir, was du wirklich vom Kommunismus hältst.«

Ich grinste ihr zu und meinte: »Du wärst bestimmt schockiert.«

»Was Ausländer über den Kommunismus denken, schockiert uns nie«, erwiderte sie, und ich stellte fest, daß sie »wir« und »Ausländer« gesagt hatte.

»Na schön, du bist nicht zu schockieren und hast danach gefragt – ich glaube nach wie vor, daß der Kommunismus funktionieren kann. Das Dumme ist nur, niemand hat es bis jetzt versucht, niemand hatte wirklich den Mut zu einem Versuch.«

Sie sah mich verwirrt an. »Aber in der Sowjetunion . . .«

»Die haben es nicht einmal versucht«, unterbrach ich sie. »Die radierten nur eine Monarchie aus, liquidierten alle Intellektuelle, und dann übernahmen die Proleten die Macht.«

»Du redest wie ein typischer Kapitalist.«

»Ganz bestimmt nicht, denn ich bin keiner. Ich besitze kein Kapital, und ich beschäftige niemanden. Genau wie du bin ich auch nur ein Arbeiter. Ich lebe in einer sogenannten kapitalistischen Gesellschaft, die eine ganze Menge Fehler und Schwächen hat, aber dafür einen großen Vorteil: Wenn es um zwei Uhr morgens bei mir an der Haustür klingelt, sind es meine Nachbarn, die sich über meine Stereoanlage beschweren, und nicht der KGB.«

»Klingelt der CIA nie um diese Zeit?«

»Unter Umständen schon, aber dann mit einem Haftbefehl in der Hand, der ordnungsgemäß von einem Richter und nicht von einem Politiker unterschrieben ist. Du kannst dir fünfundzwanzig Verteidiger nehmen, wenn du willst, und jede Zeitung achtet mit Argusaugen auf irgendwelche Rechtsverletzungen – wenn so etwas vorkommt, ist die Presse deine wirksamste Verteidigung.«

Sammy schwieg, und schließlich fragte ich: »Warum sagst du denn nichts?«

Sie lächelte. »Was ich dir jetzt sage, wird *dich* wahrscheinlich schockieren.«

»Nur zu.«

»Ich lerne eine Menge Amerikaner kennen, zugegeben, fast alle aus der Filmbranche und vielleicht nicht typisch für Amerika, aber ich finde, sie sind den Russen sehr ähnlich. Sie lieben Kinder, sie geben ihnen eine gute Erziehung und Ausbildung, alles muß größer oder besser oder schneller oder teurer als beim Nachbarn sein, und das einzige, was sie unterscheidet, ist ihre felsenfeste Überzeugung, daß das Gesellschaftssystem des anderen falsch ist.«

Ich lachte. »Seit Jahren sage ich schon, daß es nicht mehr lange dauern wird, bis die Russen und die Amerikaner sich verbünden. Sie haben so vieles gemeinsam – es ist einfach unausweichlich.«

Sammy sah mich forschend an. »Du bist wirklich sehr tolerant, Vati, nicht wahr?«

»Nein, ich möchte nicht lügen. Das kommunistische System gefällt mir nicht und wird mir nie gefallen. Es beutet den Menschen aus, und ich halte es für ein Greuel; und niemand wird mich je davon überzeugen, daß der Zweck die Mittel heiligt.«

Ich drückte Sammy die Hand. »Wohnst du weit von hier?«

»Nein, ungefähr zehn Minuten zu Fuß.«

»Wie wär's denn, wenn du deinen alten Vater mitnimmst und ihm eine Tasse Kaffee kochst?«

»Gute Idee. Gehen wir.«

Der Wohnblock in der Ulica Wczasowa zeigte die gleiche seelenlose Architektur, wie man sie auch in jeder westlichen Großstadt findet. Aber Sammys zwei Zimmer waren hell und freundlich und sehr feminin eingerichtet. Ich setzte mich auf den Bettrand, während sie den Kaffee zubereitete. An der Wand hingen einige Urkunden, aber da sie in kyrillischen Buchstaben geschrieben waren, konnte ich nicht entziffern, was sie bedeuteten. Auf einem Wandregal standen ein Dutzend Bücher, soweit ich sehen konnte, alles Fachliteratur. Auf der Fensterbank war eine Vase mit Chrysanthemen und ein Handschuh – ein Herrenhandschuh. Dann drehte Sammy sich um und strahlte mich an, und als ich auf das

Tablett schaute, wußte ich warum. Zwei Becher mit heißer Schokolade standen darauf.

Ich grinste ihr zu. »Manchmal sind diese Burschen auch zu etwas nutze, nicht wahr?«

Nachdem wir ausgetrunken hatten, erklärte sie mir den Weg zurück ins Hotel, und wir vereinbarten, uns am nächsten Tag zum Mittagessen im »Bristol« zu treffen. An der Haustür gab ich ihr einen Gute-Nacht-Kuß und ging dann fort.

Ich war höchstens hundert Meter weit gekommen, als ich rasche Schritte hinter mir hörte. Ich drehte mich um, und es war Sammy, die zu mir gelaufen kam und mir mit Tränen in den Augen um den Hals fiel.

»Ach, Vati, ich kann nicht schlafen gehen, bevor ich dich nicht etwas gefragt habe!«

Ich zog ein Taschentuch hervor und sagte: »Egal, was es ist, du brauchst doch nicht zu weinen«, und ich wischte ihr die Tränen ab, so wie ich es manchmal getan hatte, als sie noch ein kleines Mädchen war. »So, nun sag mir, was du auf dem Herzen hast.«

Sie sah mich gespannt und beinahe ängstlich an. »Würdest du unter Umständen hier in Polen bleiben?«

Ich zögerte mit der Antwort. »Meinst du, sie erlauben uns das?«

Sie nickte. »Ich glaube schon. Du warst lange Zeit ihr Gegner, trotzdem habe ich irgendwie den Eindruck, daß sie dich respektieren.«

Ich hakte mich bei ihr unter und brachte sie zur Haustür zurück. Dort nahm ich ihren Kopf in beide Hände, gab ihr einen Kuß und sagte: »Ich werde darüber nachdenken, und wir sprechen dann morgen weiter.«

16

In meinem Hotelzimmer fand ich eine Karte auf dem Nachttisch: »Hoffe, es hat mit Sammy alles geklappt. Love, Grazyna«, und auf dem Bett einen Morgenmantel und Pyjamas.

Ich zog mich aus und saß in dem Morgenmantel rauchend in einem der bequemen Sessel, als es leise klopfte.

Es war Miss Kujawska. Sie trug einen schwarzen Wollpullover und schwarze Hosen. »Ich wollte nur nachsehen, ob bei Ihnen alles in Ordnung ist.«

Ich revanchierte mich für ihre frühere Einladung und deutete auf den Sessel neben mir. Ohne viel Aufhebens kam sie ins Zimmer und setzte sich.

»In Ihrer Suite sind übrigens keine zehn Mikrophone. Es gibt nur eines, und das wird von niemand außer mir abgehört. Ich habe keine Anweisung, Ihre Gespräche in allen Einzelheiten zu berichten, es steht in meinem eigenen Ermessen.«

Ich warf ihr einen lächelnden Blick zu. »Und wie weit geht Ihr Ermessen, Miss Kujawska?«

»Oh, sehr weit. Es liegt mir viel an Ihnen und Ihrer Tochter.«

»Bei einer Tochter kann ich das ja noch verstehen, aber warum liegt Ihnen viel an mir?«

Nachdenklich erwiderte sie: »Na ja, ich habe viel über Sie gelesen, bevor Sie hierher kamen, ich lernte Sie recht gut kennen, fast so, als ob wir alte Bekannte wären, und dann habe ich mich gefragt, ob Sie auch dem Bild entsprechen würden, das ich mir von Ihnen gemacht hatte.«

»Und, habe ich das?«

»Ja, Sie sind sogar noch netter.«

Irgendwie gefiel mir das. Wenn sie mich jetzt für noch netter hielt, mußte sie mich von Anfang an für mindestens nett gehalten haben.

»Kann ich Sie etwas über Sammy fragen?«

»Natürlich.«

»Ist sie Parteimitglied?«

»Nein. Sie hat zwar die sowjetische Staatsbürgerschaft, darf aber nicht in die Partei eintreten, und ich glaube auch nicht, daß ihr viel daran liegt«.

»Wer ist der Mann?«

Sie sah mich verständnislos an. »Welcher Mann?«

»In Sammys Wohnung lag ein Herrenhandschuh herum.«

»Ach so. Hat sie ihn nicht erwähnt?«

»Nein, aber ich möchte gern wissen, wer er ist.«

»Finden Sie es für richtig, wenn wir uns hier über ihr Privatleben unterhalten? Wenn sie es gewollt hätte, würde Sie Ihnen doch sicher von dem Mann erzählt haben, oder meinen Sie nicht?«

»Nicht unbedingt. Vielleicht spricht sie ja auch noch darüber. Das war unser allererstes Zusammentreffen, und es gibt noch eine ganze Menge, was ich nicht von ihr weiß; aber sie hat mich heute abend gefragt, ob ich mit ihr in Polen bleiben wollte. Und da ich vermute, daß der Grund dafür in diesem Mann liegt, möchte ich eben Näheres über ihn erfahren.«

»Würden Sie denn in Polen bleiben?«

Ich schüttelte den Kopf. »Nein, nie.«

»Aber Sie hätten doch Verständnis, wenn Sammy hierbleiben wollte?«

»Natürlich; sie ist meine Tochter, und ich liebe sie.«

Ihre kleine Hand legte sich auf meinen Arm. »Der Mann heißt Yuri, Yuri Gregorow. Er ist ein Schriftsteller, ein Russe aus Moskau.«

»Was macht er hier in Polen?«

»Er schreibt Drehbücher.«

»Vermutlich einer dieser blonden sportlichen Typen, aber mit einer Datscha in der Nähe von Moskau.«

Sie drückte meinen Arm und lächelte. »Nein, leider falsch geraten. Sein Haar ist so grau wie Ihres. Besonders sportlich ist er auch nicht. Beim Ministerium für Kultur fiel er vor einiger Zeit in Ungnade, und hier bei unserem Filminstitut zu arbeiten, ist für ihn ungefähr das gleiche, als wenn sie ihn in die Fremdenlegion gesteckt hätten. Er ist nicht viel jünger als Sie, fünfundvierzig oder sechsundvierzig. An dem Gymnasium, wo Sammy ausgebildet wurde, lehrte er russische Literatur.«

»Leben sie zusammen?«

Sie nickte. »Ich glaube schon.«

»Liebt sie ihn?«

»Ja, sie liebt ihn sehr, und er sie ebenfalls.«

Ich zündete mir eine neue Zigarette an und hielt ihr das Päckchen hin, sie lehnte jedoch ab. Wenige Minuten später sagte sie gute Nacht und überließ mich meinen Gedanken.

Der Krieg hatte Warschau grau und seelenlos zurückgelassen. Nur eine Ansammlung von Häusern, ohne jede Atmosphäre. Ich haßte die Stadt mit jedem Tag mehr, und obwohl wir erst August hatten, verschlechterte sich das Wetter passend zu meiner Stimmung, und der Wind fegte die ersten Blätter von den Bäumen.

Während der nächsten drei Tage waren Sammy und ich fast die ganze Zeit zusammen. Ich erwähnte Yuri nicht, und Sammy tat es ebenfalls nicht, aber es wurde immer offensichtlicher, daß der Gedanke, gemeinsam mit ihr wegzugehen, nicht zu verwirklichen war. Sie führte ein Leben, das sie völlig ausfüllte. Sie hatte einen Mann, den sie liebte, und es würde sinnlos und egoistisch sein, wenn ich ihr all das wegnahm. Ich war nicht einmal mehr so überzeugt, daß sie überhaupt mitkommen würde, aber wenn sie es tat, dann nur aus falschverstandenem Pflichtbewußtsein heraus. Der kranke Haß, der sie mir damals wegnahm, hatte sein Ziel erreicht.

Das kleine und schutzlose Mädchen hatte sich ihre eigenen Schutzwälle errichten müssen, und es schien ihr gelungen zu sein. Wenn sie mit mir wegzog, würde das alles wieder zusammenbrechen. Als ich damals ihre Spur verloren hatte, mußte ich der Tatsache ins Auge blicken, daß ich nichts mehr tun konnte – weder für sie, noch für mich; und jetzt drängte sich mir das gleiche Gefühl auf. Damals brauchte ich sie, und sie brauchte mich. Aber jetzt waren ganz andere Dinge wichtig für sie. Ich war nur ein Stück Vergangenheit, eine Erinnerung an eine frühere unglückliche Zeit, und während wir uns fröhlich und unbeschwert miteinander unterhielten, war uns doch beiden bewußt, daß die Sanduhr sehr bald ablief.

Jeden Abend, wenn ich ins Hotel zurückkehrte, gab es einen Zettel von Miss Kujawska und einen kurzen Besuch. Ich brachte es nicht über mich, ihr viel von meinen Gefühlen für Sammy zu erzählen, aber vermutlich hatte sie selbst mit ihr gesprochen, denn sie schien über alles, was vorging, gut unterrichtet zu sein. Ich spürte, wie sie verzweifelt nach einem Trost für mich suchte, es gelang ihr jedoch nicht. Und doch brauchte ich einen verständnisvollen Zuhörer, denn ich fühlte, wie mir die ganze Sache immer mehr entglitt, ohne daß ich etwas daran ändern konnte. Ich mußte einen Schlußstrich ziehen, und allein hätte ich das nicht gekonnt. Ich wäre von Tag zu Tag deprimierter geworden, bis nur noch Scherben übrig waren, und ich hätte damit Sammy einen Teil ihrer Selbstsicherheit genommen.

Am vierten Abend hatte Sammy eine Verabredung, und wir vereinbarten, uns am nächsten Tag im Hotel »Bristol« zum Mittagessen zu treffen. Als ich abends in mein Zimmer zurückkehrte, klopfte es und die treue Miss Kujawska trat ein. Ich bemerkte ihren mißbilligenden Blick auf meinen überquellenden Aschenbecher. Sie ging zu dem Barschrank und kam mit einem Glas Whisky zurück. Ich lächelte. »Des Engländers Medizin bei Depressionen.«

»Wie beim Russen auch, nur trinkt er eben Wodka.«

Sie trug einen blaß-blauen Hosenanzug im Mao-Look, der aber sehr elegant geschnitten war. Nachdenklich sah sie mir zu, wie ich den Whisky hinunterkippte, und meinte dann: »Wollen Sie nicht mit mir darüber reden?«

Ich schüttelte den Kopf, weil ich kein Wort hervorbrachte, und sofort legte sie ihre Hand auf meine und sagte leise: »Ich weiß, es ist schrecklich für Sie, aber seien Sie bitte nicht unglücklich, sonst wird es Sammy auch sein. Selbst wenn Sie nicht zusammenbleiben, muß sie doch wissen, daß sie einen Vater besitzt und daß er stark ist. Mehr können Sie nicht für Sammy tun.« Dann wandte ich mich um und sah ihr ins Gesicht. Sie war so schön und so viel offener, als eine Frau in westlichen Ländern. Sie hielt gelassen meinem Blick stand, und obwohl ich innerlich meine Dummheit verfluchte, fragte ich: »Am ersten Abend, als wir miteinander sprachen, sagten Sie, es läge Ihnen viel an mir. Meinten Sie das wirklich im Ernst?«

Ihre Antwort war fast nur ein Flüstern. »Ja, das habe ich ernstgemeint. Mir liegt wirklich viel an Ihnen.«

»Warum?«

»Weil Sie nicht so wie die anderen Männer sind, die ich kenne. Weil ich durch Ihre Akte mehr über Sie weiß, als die meisten Ehefrauen je über ihre Männer erfahren, und wenn es auch einige Dinge gibt, die mir nicht so gefallen, halte ich Sie doch für einen ehrlichen und liebenswerten Mann. Meiner Ansicht nach waren Sie eine zu lange Zeit unglücklich, und ich halte es für äußerst unfair, daß man Sie wieder in den Geheimdienst gepreßt hat; ich bin traurig, daß Sie wegen der Liebe zu Ihrer Tochter Ihre Heimat verlassen mußten, und es tut mir leid, daß Sie wegen Ihrer Tochter erneut leiden müssen.«

Ich ergriff ihre andere Hand, die Hand mit dem Ring am Finger. »Sind Sie verlobt?«

Sie schüttelte den Kopf. »Nein; warum fragen Sie?«

»Weil Sie einen Ring am Ringfinger Ihrer linken Hand tragen, und in meinem Heimatland bedeutet das, daß Sie verlobt sind.«

»Nein, ich bin nicht verlobt, und hier in Polen tragen wir Ehe- und Verlobungsringe an der rechten Hand.«

Die meisten Frauen hätten sich dumm gestellt und wären meiner eigentlichen Frage zuerst einmal ausgewichen. Ich spürte, daß sie Bescheid wußte, und freute mich über ihre Ehrlichkeit. Ich wandte meinen Blick ab und sagte: »Darf ich Sie noch etwas fragen?«

»Über Sammy?«

»Nein, über Sie.«

»Natürlich.«

Mit gepreßter Stimme sagte ich: »Auf dieser Karte neulich haben Sie geschrieben, ›Love, Grazyna‹ – war das nur die übliche englische Grußformel, oder meinten Sie es wirklich?«

Sie nickte. »Ja.«

»Ehrlich?«

Sie nickte noch einmal. Dann lag sie in meinen Armen, und meine Lippen berührten ihren Mund, und ihre Hand streichelte meinen Nacken. Nach einer langen Weile blickten wir uns wieder an, und ich gestand: »Ich glaube, schon vom ersten Moment an habe ich dich gemocht.«

Sie lachte. »Den Eindruck hast du aber gar nicht gemacht. Du sahst sehr einsam, ein bißchen wütend und sehr abweisend aus.«

Ich grinste. »Das waren die KGB-Leute, nicht du«, und ich küßte sie erneut und hielt dann ihre Hand und meinte: »Was, um Himmels willen, sollen wir denn nur tun?«

Sie lehnte sich in den Sessel zurück und blickte zur Decke hinauf. »Was möchtest du denn tun?«

»Ich möchte bei dir sein.«

Sie nickte, schwieg aber, obwohl sie wußte, daß dies keine Antwort war, und ich wußte es ebenfalls und war so feige, ihr den Schwarzen Peter wieder zuzuschieben. »Und wo möchtest du gerne mit mir leben?«

Den Kopf noch immer in den Nacken gelegt, wandte sie sich zu mir um und erwiderte: »Wo immer du hingehen möchtest.«

»Du meinst Ägypten, Kuba, Argentinien – oder Polen.«

Ihre vollen Lippen zitterten. »Nein, ich komme mit, wohin du willst – du mußt noch lernen, mir zu vertrauen.«

Wenn du weißt, du liebst Deine Frau, und wenn diese Frau dir dann sagt, daß sie dich liebt, ohne daß du es zuerst ausgesprochen hättest, dann steht für einen Augenblick die Welt still, als ob eine riesenhafte Bombe explodiert wäre, die Schockwelle dich aber noch nicht erreicht hätte. Deine Liebe kennt keine Vergangenheit – keine Schmerzen und keine Freuden, keine Namen von anderen Männern, die dich vielleicht quälen; aber wenn du achtundvierzig bist, weißt du, daß es sehr schwierig und unter Umständen für beide Teile sehr schmerzhaft ist, dein bisheriges Leben zu entwirren und neu zu gestalten. Ich spürte eine Notwendigkeit, die Wassertemperatur zu testen; eine Notwendigkeit, die Bereiche herauszufinden, über die ich mir in Zukunft Sorgen machen mußte. Sie sah mich noch immer an, und ich beugte mich zu ihr hinüber und brachte mein Gesicht dicht vor das ihre.

»Grazyna, ich liebe dich. Willst du mich heiraten?«

Die großen sanften Augen hielten meinem Blick stand. Kein koketter Augenaufschlag, kein schüchternes Zittern ihrer langen schwarzen Wimpern, kein betont einladendes Lächeln. Sie sagte nur einfach: »Selbstverständlich.« Es gab keine Bedingungen, kein

Wenn und Aber.

»Und was ist mit deinem Leben, deinen Freunden, deinem Beruf und so weiter?«

Ich fühlte mich beschämt über ihre Antwort. »Meine Eltern sind beide tot, ich habe sehr wenige Freunde, und mein Beruf ist nur ein Job. All das spielt keine Rolle mehr nach deinem ersten Kuß.«

»Warum?«

»Als ich dich zum erstenmal sah, hatte dein Selbstvertrauen offenbar einen Tiefpunkt erreicht; ich erkannte jedoch sofort, daß du zwar voll Haß über das warst, wozu sie dich gezwungen hatten, du dich aber ohne Zögern dafür entschieden hattest. Und obwohl du der Verlierer warst, bist du mir als ein besserer Mann, ein stärkerer Mann als deine Meister erschienen. Du sahst so aus wie ein Mann, der erkannt hatte, was er war, und der wußte, was er wollte. Ich spürte dann, daß ich mich bei dir sicher fühlen könnte.«

Wie jeder andere Mann in solch einer Situation fühlte ich mich geschmeichelt und konnte der Versuchung nicht widerstehen, mein Glück noch einmal zu versuchen.

»Du hast gesagt, ich müsse lernen, dir zu vertrauen – faß es bitte nicht als eine Beleidigung auf, wenn ich das nicht so einfach kann. Es hat nichts mit meinen Gefühlen für dich zu tun, es sind alte, tiefverwurzelte Reflexe. Man drillte mich jahrelang auf Mißtrauen, und in Verbindung mit meinem bereits vorhandenen Instinkt wußte ich nach diesen sechs Jahren, wenn Leute mir Lügen erzählen wollten – noch bevor sie sich überhaupt dazu entschlossen hatten, es bei mir zu versuchen. Es ist mehr als nur Mißtrauen; es ist Gewißheit – eine Art Telepathie. Frauen besitzen diese Gabe bei Männern, die sie lieben, und bei mir funktionierte es bei allen Menschen.

Dann als Zivilist mußte ich versuchen, all das zu vergessen, und natürlich kann man das nicht. Man versucht also, die Lügen einfach zu ignorieren. Aber du hast mir nichts vorgemacht, also will ich dir auch nichts vormachen. Als Geheimdienstmann kann ich nicht übersehen, daß du Polin bist, wahrscheinlich Kommunistin, wahrscheinlich für den KGB arbeitest, und daß es alles ein abgekartetes Spiel sein kann.« In ihren Augen standen Tränen, trotzdem fuhr ich unerbittlich fort: »Und als Mann muß ich dir mißtrauen, weil ich so viel älter bin als du. Ich weiß wirklich nicht, was du an mir findest. Du bist jung und schön, und ich kann einfach nicht glauben, daß mir so spät im Leben das Glück noch lächeln sollte.«

Kein spitzenbesetztes Taschentuch trat in Aktion, es gab nur ein vernehmliches und richtig polnisches Schniefen, dann hatte sie sich wieder gefaßt und sagte: »Na schön, du westlicher Barbar. Zuerst zum Geheimdienst. Ich bin Polin, das stimmt, aber ich bin auch eine Frau, und das ist viel wichtiger. Ich bin keine Kommunistin aus dem gleichen Grund, aus dem du auch kein Kapitalist bist – mir ist es im Grunde genommen egal, solange man mich in Frieden leben läßt. Ich arbeite nicht für den KGB, aber für die polnische Geheimpolizei, die PZPR, und für dich ist das vermutlich ein und dasselbe. Nach deinen Unterlagen hast du für den MI 5 und den SOE gearbeitet und bist jetzt für den SIS tätig, du hast aber nicht gesagt, daß deine Liebe für mich ein Teil eines englischen Geheimdienstkomplotts ist. Ich verstehe deine Bedenken, daß es sich um ein abgekartetes Spiel handeln könnte, aber das wäre völlig witzlos. Du bist bereits hier, bist kaltgestellt, ob du mich nun liebst oder nicht, es bringt dem KGB oder der PZPR keinen Vorteil. Wahrscheinlich bringt es uns beiden nur Schwierigkeiten. Im besten Fall lassen sie uns in Ruhe, im schlimmsten werden sie versuchen, unsere Liebe zu mißbrauchen.

Dein Mißtrauen als Mann ist etwas zwiespältig. Du hast mir auch geglaubt, daß deine Tochter Yuri liebt, und der Altersunterschied ist fast der gleiche. Ich kann nur sagen, ich liebe dich, und dein Alter und die Farbe deiner Augen hat nichts damit zu tun.«

»Wenn Sammy hier in Polen bleiben will, würdest du dann mit mir nach England kommen?«

»Sie würden uns nie lassen.«

Ich lachte. »Ich hatte auch nicht vor, sie um Erlaubnis zu bitten.«

Sie wurde blaß. »Sie bringen uns um, wenn sie uns erwischen.«

Ich nickte. »Wie lautet also deine Antwort?«

»In der Bibel heißt es irgendwo, ›Wohin du auch gehst, ich werde dir folgen‹.«

Ich ergriff ihre Hände und blickte ihr tief in die Augen. »Du meinst es wirklich ernst?«

Sie küßte mich. »Ich liebe dich und werde nie etwas sagen, was ich nicht ernstmeine.«

»Und wenn ich Sammy überreden kann, mit mir in eines der genannten Länder zu gehen, würdest du dann mitkommen?«

Sie wiegte den Kopf. »Es wird dir nicht leichtfallen, aber du mußt dich nun einmal daran gewöhnen. Du wirst mich nicht mehr los.«

»Es wird aber ein paar Tage dauern, bis ich mit Sammy ins Reine gekommen bin.«

»Das spielt keine Rolle.«

Es war zwei Uhr morgens, und es schien völlig normal und natürlich zu sein, daß ich um drei Uhr, als meine Hand nach dem Schalter der Nachttischlampe griff, diesen kleinen Kopf mit seiner Fülle schwarzen Haars an meiner Schulter betrachtete und daß ein langes schlankes Bein quer über meinem lag.

17

Beim Aufwachen war ich einen Moment lang schrecklich unglücklich, weil Grazyna nicht mehr neben mir lag, aber auf dem Nachttisch war eine weiße Rose und eine Ansichtskarte mit der Chopin-Statue im Lazienki-Park auf der einen und einer Botschaft auf der anderen Seite: »Edward, ich liebe dich und werde dich immer lieben. Eine schöne Zeit mit Sammy wünsche ich dir. Ich warte auf dich, wenn du zurückkommst. Deine Grazyna.«

Ich kam etwas zu früh ins »Bristol«, aber Sammy war bereits dort. Sie saß in dem altmodischen Foyer auf einem riesigen altmodischen Sofa. Ich setzte mich neben sie und gab ihr einen Kuß.

Im Foyer befand sich eine Anzahl von polnischen Armeeoffizieren, die ihr interessierte Blicke zuwarfen, aber sie zeigte sich völlig blind für die Aufmerksamkeit, die sie erregte. Sie schwatzte fünf Minuten lang über das Wetter, über einen Spaziergang, den sie an diesem Morgen gemacht hatte, über die Schwierigkeit, frische Milch zu bekommen, und ich wußte, es war ihre Art, einer Diskussion über unsere Lage auszuweichen. Ich hielt es für das beste, das Thema selbst anzuschneiden, und unterbrach sie mit der Frage: »Wie heißt ›Ich liebe dich› auf polnisch?«, und mit einem leichten Stirnrunzeln erwiderte sie: »Ja cibie kocham.«

Wir übten es ein paarmal, dann fiel plötzlich der Groschen, und sie sagte: »Das willst du zu Grazyna sagen, stimmt's?«

»Wie kommst du darauf?«

»Na ja, ich wäre wohl nicht darauf gekommen, wenn du mich nicht nach ›Ja cibie kocham‹ gefragt hättest. Dann erkannte ich plötzlich, wie ähnlich ihr euch doch seid. Ihr gebt ein schönes Paar ab.«

»Du meinst, ein Abenteuer mit ihr würde mir Spaß machen?«

Sie lächelte. »Absolut nicht. Sie ist nicht der Typ für ein Abenteuer und du auch nicht.«

»Woher weißt du das?«

»Ich weiß es einfach. Ich bin nicht häßlich, also weiß ich eine

Menge über die Männer. Ich kann die Schürzenjäger schon eine Meile gegen den Wind riechen, und ich verwette meinen letzten Rubel, daß du ein monogamer Typ bist.«

Ich lachte. »Bist du auch ein monogames Mädchen?«

Sie wurde ernst. »Grazyna hat mir erzählt, daß du dich über Yuri erkundigt hast. Bist du mir jetzt böse?«

»Nein, natürlich nicht.«

»Ich wollte dir sowieso davon erzählen. Und es war egoistisch von mir, dich zu bitten, hier in Polen zu bleiben.«

»Hat Grazyna dir sonst noch etwas gesagt?«

»Nein, nichts Wichtiges.«

»Erzähl mir von Yuri. Was für ein Mensch ist er?«

Sie errötete. »Ich kann dir nur sagen, was alle Mädchen ihren Vätern erzählen. Ich liebe ihn, und er liebt mich. Er ist nett und sympathisch und klug. Ich vertraue ihm und interessiere mich für keinen anderen.«

»Wirst du ihn heiraten?«

»Wenn wir hier in Polen bleiben, wollen wir bald heiraten, aber wenn sie uns nach Moskau zurückholen, müssen wir aus politischen Gründen mindestens ein Jahr lang warten.«

Wir ließen uns das Essen ins Foyer bringen, und obwohl ich sie heute wahrscheinlich zum letztenmal sah, fühlte ich mich nicht traurig, weil sie so glücklich, zufrieden und selbstsicher war. Nach dem Essen sagte ich: »Es war wirklich eine Überraschung, dich nach all den Jahren wiederzusehen.«

»Wieso?«

»Ich glaube, du bist mir sehr ähnlich. Was du brauchst, und was du jetzt gefunden hast, ist deine Liebe zu Yuri. Du hast einen Job, bist ein kluges Köpfchen und hast dich – im Gegensatz zu mir – daran gewöhnt, in einem kommunistischen Land zu leben. Und all das möchte ich dir nicht wegnehmen.«

In ihren blauen Augen standen Tränen. »Ist das eine große Enttäuschung für dich, Vati?«

»In gewisser Weise schon, aber ich werde dafür sorgen, daß du überall Verbindung mit mir aufnehmen kannst, wenn du mich brauchst.«

Sie warf mir einen beunruhigten Blick zu. »Und was wirst du tun? Wohin willst du mit Grazyna gehen?«

Ich lächelte ihr zu, wußte aber, daß ich sie nicht einweihen konnte. »In irgendein Land, wo die Sonne scheint. Ich stelle keine großen Ansprüche. Wir wär's, wenn wir wieder einen Spaziergang im Lazienki-Park machten?«

Leise erwiderte sie: »Das wäre sehr nett«, und ich wußte, auch sie hatte begriffen, daß wir dort Abschied nehmen würden.

Wir saßen eine Stunde lang auf der gleichen Parkbank neben dem Chopin-Denkmal, dann küßten wir uns, mehr wie Liebende, als wie Vater und Tochter, und sie sagte: »Vergiß nicht, es auch richtig auszusprechen. Es heißt ›Ja cibie kocham‹; und denk daran, es gibt zwei Mädchen, die dich sehr lieben«, und damit erhob sie sich und lief rasch davon.

Ich blieb noch fast zwanzig Minuten auf der Bank sitzen und dachte daran, was ich getan hatte und was ich tun mußte, dann stand ich auf und schlenderte ins Hotel zurück.

Ich ging nicht auf mein Zimmer, sondern klopfte an Grazynas Tür, und dann stand sie vor mir, die ganzen hundertsiebzig Zentimeter, schloß die Augen und öffnete erwartungsvoll den Mund, und ich blickte auf das zarte Gesicht hinab und sagte: »Ja cibie kocham.« Sie schlug die Augen auf und erwiderte: »Es klingt süß, wie du das sagst. Wo hast du es gelernt?«

»Von Sammy«, und dann küßte ich sie, und wir gingen in ihr Zimmer. Ich legte warnend den Finger auf die Lippen und sagte: »Ich war gerade mit Sammy wieder im Park. Wollen wir auch einen Spaziergang machen?«

Sie begriff sofort, und ich bedeutete ihr, Mantel und Handtasche mitzunehmen. Draußen auf dem Flur fragte ich: »Kannst du in diesen Schuhen ein größeres Stück laufen?« Sie nickte. Ich ging in mein eigenes Zimmer, nahm meine Toilettentasche mit und ließ alles andere liegen. Niemand hielt uns an, und auf der Ulica Krusza schlug ich vor: »Gehen wir irgendwo hin, wo wir uns ungestört unterhalten können.« Grazyna hielt ein Taxi an, und zehn Minuten später stiegen wir bei einer Brücke über die Wisla aus. Wir setzten uns an die Uferböschung.

»Willst du noch immer mit mir kommen, Grazyna?«

»Ja, natürlich.«

»Okay, das bedeutet, wir gehen nicht ins Hotel zurück. Von diesem Moment an sind wir auf der Flucht. Wenn sie uns erwischen, kommen wir bestenfalls in ein Straflager in der Sowjetunion, schlimmstenfalls bringen sie uns um. Egal was geschieht, ich möchte bei dir sein, und das bedeutet, wir können entweder hier in Polen bleiben, oder in eines der angegebenen Länder gehen, und es gäbe keine Schwierigkeiten. Sie würden dich als eine Art Versicherung betrachten, daß ich mich ruhig und vernünftig verhalte.

Aber das will ich nicht. Dafür müßte ich meinen Stolz opfern, so daß ich nur noch ein halber Mann wäre, außerdem könnte ich es nicht ertragen, von der Gnade und Barmherzigkeit des KGB abhängig zu sein.«

Sie legte mir ihre kleine Hand auf die Lippen. »Du brauchst dich nicht zu rechtfertigen und brauchst mir nichts zu erklären. Du bist der Boss, also was sollen wir tun?«

»Wir brauchen Geld, einen Unterschlupf, ein Transportmittel und eine Karte. Ich habe ungefähr zweiundzwanzig Pfund Sterling bei mir. Wieviel bekomme ich dafür auf dem schwarzen Markt?«

»Etwa neuntausend Zloty.«

»Ist das viel oder wenig?«

»Na ja, soviel verdiene ich ungefähr in sechs Monaten.«

»Weißt du, wo du es auf dem Schwarzmarkt umtauschen kannst?«

»Ja, das ist sehr einfach, aber wir müssen dafür in die Innenstadt zurück.«

»Kannst du mir Karten besorgen – ein Schulatlas würde genügen?«

»Ja, das ist kein Problem, du wirst aber nicht viele Details darauf finden.«

»Das macht nichts. Ich brauche nur Straßen und Eisenbahnen und Flüsse.«

Ich gab ihr mein gesamtes Bargeld. »Du mußt allein gehen, Grazyna. Ich bin zu auffällig; englische Kleider, englischer Haarschnitt, ich wäre viel zu leicht zu erkennen. Ich warte hier auf dich. Bleib nicht länger, als es unbedingt nötig ist.«

Sie blickte auf ihre Armbanduhr. »In anderthalb Stunden dürfte ich wieder hier sein.«

Etwa eine halbe Stunde später ging die Sonne unter, und es wurde recht kühl. Ich wünschte jetzt, ich hätte sie gebeten, mir einen Mantel mitzubringen. Er würde meine englischen Kleider verdecken, und außerdem brauchte ich einen, um mich warmzuhalten. Nach einer weiteren halben Stunde fror ich jämmerlich; vom Fluß her stieg Nebel auf, und ich fühlte mich schrecklich niedergeschlagen. Ich hatte mich so darauf gefreut, Sammy wiederzusehen und ein neues Leben mit ihr zu beginnen, und dann verbrachten wir nur eine solch kurze Zeit miteinander, und nun hatte ich sie wahrscheinlich zum letztenmal gesehen. War es dumm von mir gewesen, ihr nachzugeben und nicht darauf zu bestehen, daß sie mit mir kam? Würde sie tatsächlich glücklich sein? Wußte sie denn mit ihren achtzehn Jahren, was sie eigentlich tat? Was für ein Vater gibt denn so rasch auf! Eine tolerante Haltung ist sehr einfach, aber vielleicht waren gerade diejenigen die besseren Väter, die sanft aber entschieden ihren Willen durchsetzten und das taten, was sie für richtig hielten. Wie sehr war meine Nachgiebigkeit durch die Liebe zu Grazyna beeinflußt worden? Ich hatte nicht die leiseste Ahnung, wie ich aus Polen herauskommen sollte, und selbst wenn ich es schaffte, würden in England wahrscheinlich dreißig Jahre auf mich warten. Die »Firma« liebte keine Verräter, und sie würden meine Gefühle für Sammy nicht als Entschuldigung gelten lassen.

Nach zwei Stunden sehnte ich mich verzweifelt nach Grazyna. Es hatte nichts mit der Flucht zu tun; ich brauchte meine vierundzwanzig Jahre alte Mutter und die Sicherheit, die sie mir gab. Am Flußufer standen Angler, und hinter mir auf dem Fußweg spazierten Liebespaare entlang. Die ganze Welt hatte etwas zu tun, nur ich wartete auf ein Mädchen, das meiner Ansicht nach ganz bestimmt verhaftet worden war.

Es vergingen fast drei Stunden, bis ich sie schon von Weitem kommen sah. »Tut mir leid, daß ich mich verspätet habe«, sagte sie atemlos. »Du mußt dir schreckliche Sorgen gemacht haben, aber ich bekam Schwierigkeiten mit dem Geldumtausch, weil mich einer der ›Stilyagi‹ erkannte und ich in einen anderen Stadtteil gehen mußte. Sie dachten, ich wollte ihnen eine Falle für die PZPR stellen. Dann habe ich dir noch einen Mantel gekauft, weil es dir heute abend bestimmt kalt werden wird, und außerdem eine Taschenlampe. Die Lampe war einfach, aber nach einem Laden, der Batterien hatte, mußte ich stundenlang suchen.«

Der Mantel sah sehr russisch aus, mit einem kleinen weißen Pelzkragen und war sehr warm; ich küßte sie und fühlte mich wie eine Figur aus *Dr. Schiwago*; aber es gab keinen Schnee, und im Hintergrund spielte kein fünfzigköpfiges Streichorchester, außerdem waren meine Hosenaufschläge naß, und seit Magdeburg mochte ich dieses Gefühl überhaupt nicht mehr.

Wir setzten uns in den Schutz des Brückenbogens, und als ich die Karte von Polen entfaltete, fühlte ich mich ein bißchen wie Eisenhower, wie er die Invasion in der Normandie plante. Sie legte einen Arm um mich und deutete mit einem langen, schlanken Finger auf einen großen schwarzen Fleck. »Das ist Warschau.«

»Ich weiß«, lachte ich. »Okay, leider muß ich dir eröffnen, daß ihr hier in Polen einen schrecklichen Fehler gemacht habt. Sieh dir das an«, und ich zeichnete mit dem Finger die Linien nach, »praktisch jede Eisenbahn, jeder Fluß und die meisten Straßen verlaufen in nord-südlicher Richtung. Es gibt kaum etwas, das von Osten nach Westen führt. Okay, wohin würdest du fahren, wenn du zu entscheiden hättest?«

»Die naheliegenden Ziele sind Stettin, Danzig oder Berlin – ich nehme an, wir wollen nach England.«

»Ja, das hatte ich allerdings im Sinn. Schön, du sagst, Stettin, Danzig oder Berlin wären naheliegend, damit scheiden sie von vorneherein aus. Ich glaube, wir sollten in Richtung auf die DDR-Grenze flüchten, aber nicht nach Berlin. Sobald sie unsere Flucht entdeckt haben, werden sie alle wichtigen Bahnhöfe überwachen, aber noch mehr werden sie die Fernstraßen kontrollieren, weil das der leichteste Weg in den Westen ist. Außerdem wissen sie genausogut wie ich, daß man mit einem Auto viel einfacher Kontrollen und Fallen umgehen kann, als bei einem Zug oder einem Schiff.

Ich vermute also, sie tippen auf Danzig, Stettin und die Straßen, die in den Westen führen. Die Eisenbahnlinie in den Westen hier berührt Lodz, wo sie sich mit den Strecken von Jaroslaw und Ostrowiec vereinigt. Wir müssen es also auf die westliche Seite von Lodz schaffen, um diesen Knotenpunkt zu umgehen. Von dort könnten wir natürlich direkt einen Zug nach Cottbus in der DDR nehmen und von dort aus nach Leipzig, aber jeder grenzüberquerende Zug wird garantiert wochenlang überwacht; wir fahren also lieber in Richtung auf diesen Ort hier, Glogow, und versuchen von dort aus zu Fuß oder mit einem Fahrzeug über die Grenze bei Görlitz zu gelangen. Von da aus dann weiter nach Magdeburg.«

Sie sagte leise: »War es nicht in Magdeburg, wo dich damals der NKWD verhört hat?«

»Ja, das stimmt, aber es spielt keine Rolle, ich kenne mich in der Gegend noch gut aus. Wieviel Geld hast du denn auf dem schwarzen Markt bekommen?« Sie kramte in ihrer Handtasche herum und brachte ein dickes Bündel Banknoten zum Vorschein. »Hier sind 30 000 Zloty.«

»Aber du sagtest doch, wir würden nur ungefähr 9000 erhalten?«

»Na ja, ich habe eben noch meine Armbanduhr verkauft.«

»Das war aber wirklich nicht nötig. So eine schöne Uhr, und außerdem gehörte sie dir.«

»Sie gehörte nicht mir, sondern uns, und es war nötig.«

»Warum?«

»Sie wissen bereits, daß wir weg sind.«

»Wieso? Wir sind doch erst seit ein paar Stunden verschwunden.«

»Es ist beinahe elf. Du hast das Hotel vor dem Mittagessen verlassen und bist dann nur für etwa zehn Minuten zurückgekommen. Du hast deinen Rasierapparat eingesteckt, und danach werden sie in deinem Zimmer zuerst suchen. Wir sind beide seit insgesamt fünf Stunden aus dem Hotel. Sie hatten keinen Bericht von mir, und niemand geht ans Telefon. Außerdem hörte ich eine Durchsage bei den Neun-Uhr-Nachrichten, als ich gerade deinen Mantel kaufte.«

»Und?«

»Es hieß, ein englischer Spion sei zusammen mit einem deutsch-polnischen Mädchen aus dem Gefängnis entwichen. Schaffner, Hotelpersonal, Ladenbesitzer wurden gebeten, die Augen offenzuhalten und alle verdächtigen Ausländer der Polizei zu melden. Der englische Spion sei bewaffnet und gefährlich, und es gab eine recht genaue Beschreibung von uns.«

»Bist du deutsch-polnisch?«

»Nein, polnisch-polnisch.«

»Das müssen sie doch wissen. Warum also dieser Käse über deine deutsche Abstammung?«

»Na ja, die Polen können die Deutschen nicht besonders gut leiden, und wenn jemand als polnisch-deutsch beschrieben wird, erweckt das den Eindruck, daß die Mutter vermutlich mit den Deutschen fraternisierte, und das schafft natürlich entsprechende Emotionen. Hat nichts mit Politik zu tun; man kann den Deutschen eins auswischen und fühlt sich gleichzeitig patriotisch und rechtschaffen. Unsere Namen wurden nicht genannt, aber das ist üblich, weil sie dann nicht ihr Gesicht verlieren, wenn sie uns nicht erwischen – sie können immer noch eine Geschichte erfinden, wie die Leute bei dem Versuch, über die Grenze oder aus einem Hafen zu kommen, erschossen wurden.«

Um zwei Uhr zitterte sie vor Kälte, und mein Gehirn war völlig betäubt. Ich konnte einfach nicht denken. Ich versuchte meinen Denkapparat auf Touren zu bringen, aber er war total überarbeitet und streikte. Doch plötzlich kam mir eine Idee. »Kennst du irgendeinen CIA-Mann in Warschau?«

Sie überlegte einen Augenblick und erwiderte dann: »Ich kenne einen Mann, der im Verdacht steht, mit dem CIA in Verbindung zu stehen. Nach dem Krieg kam er aus Amerika hierher – aus Philadelphia, glaube ich. Er heißt Grabowski und spricht fließend Polnisch, aber mit einem amerikanischen Akzent. Ich glaube, er kann auch fließend Deutsch. Seine Eltern, die beide aus Lodz stammten, wanderten kurz vor dem Krieg nach Amerika aus. Ich weiß nicht genau, ob er mit ihnen ging oder erst später nachkam. Die PZPR verdächtigt ihn schon seit einiger Zeit, sie sind sich aber nicht ganz sicher, für wen er arbeitet: Es mag der CIA sein, oder auch einer der westdeutschen Nachrichtendienste.«

»Hat er einen richtigen Job?«

»Er streicht immer um ausländische Journalisten herum und bietet sich ihnen als Fahrer oder Fremdenführer oder Berater an. Er tut jede Arbeit, die sie für ihn haben.«

»Können wir ihn telefonisch erreichen?«

»Anzunehmen.«

»Okay, wo ist die nächste Telefonzelle?«

»Drüben an der Hauptstraße, wo uns das Taxi abgesetzt hat.«

In der Zelle gab es kein Telefonbuch, und Grazyna brauchte fünf Minuten und einige Notlügen, um der Auskunft die Nummer zu entlocken. Danach brauchte ich nur noch zu wählen, aber da gab es eine kleine Schwierigkeit. Was, zum Teufel, sagt man um halb drei morgens zu einem Unbekannten, wenn man herausfinden will, ob er für den CIA arbeitet? Ich hielt es für das beste, nicht Englisch, sondern Deutsch mit ihm zu reden.

Grazyna wählte für mich, dann klingelte das Telefon mehrere Minuten lang, bis sich schließlich eine mürrische Stimme meldete. »Grabowski mowi, kto to jest?«

»Ich möchte Herrn Grabowski sprechen«, sagte ich auf Deutsch.

»Wer sind Sie?«

»Ich brauche Ihre Hilfe.«

»Was für Hilfe?«

»Beratung.«

Als ich ihm dann sagte, daß ich keine telefonische, sondern persönliche Beratung brauchte, wurde er sowohl mißtrauisch als auch gierig.

»Hören Sie, mein Lieber«, meinte er, »mein Rat ist nicht billig, und um drei Uhr morgens müssen Sie schon einiges hinblättern.«

»Keine Angst, Herr Grabowski, Sie werden bezahlt.«

»Fein, dann kommen Sie am besten gleich vorbei.«

»Das ist leider nicht möglich. Sie müssen zu uns kommen.«

In seiner Stimme schwang wieder Mißtrauen mit. »Wenn ich Sie besuchen soll, dann kostet das noch extra. Wo sind Sie denn überhaupt?«

»Wir warten auf Sie an der Telefonzelle kurz vor der großen Straßenbrücke über die Wisla.«

»Wie sehen Sie aus? Geben Sie mir lieber eine Beschreibung.«

»Das wird nicht nötig sein, Herr Grabowski; wir halten nach Ihnen Ausschau, und ich erwarte, daß Sie mir die ersten Zeilen des Vaterunsers auf Englisch zitieren.«

Er wurde plötzlich sehr vorsichtig, und seine Stimme klang gepreßt. »Was soll denn das, verdammt noch mal! Ist das vielleicht irgendein . . .?«, aber an diesem Punkt legte ich den Hörer auf. Seine Neugier und seine Geldgier würden bestimmt die Oberhand gewinnen. Diese Art von Männern waren die Schmarotzer auf der Geheimdienstbühne. Sie fingen für eine Seite an, wurden geschnappt, umgedreht, mauserten sich dann zu Doppel- und Dreifachagenten, und am Schluß wußte keiner mehr, wer ihm eigentlich die gelegentlichen fünfzig Dollar im Monat bezahlte. Es gab kein regelmäßiges Honorar, nur Zahlungen von Fall zu Fall. Sie lebten meist nicht schlecht, aber dafür meist auch nicht lang; deswegen stürzten sie sich gierig auf jeden lohnenden Auftrag, solange sie noch am Leben waren.

Grazyna und ich blieben in der Telefonzelle stehen, und ich rauchte eine Zigarette. Kaum eine Viertelstunde später fuhr langsam eine schwarze Warszawa-Limousine vorbei und hielt an, als wir aus dem Häuschen traten. Der Fahrer machte keine Anstalten, aus dem Wagen zu steigen, und ich blieb ebenfalls stehen. Nach fünf Minuten kletterte ein Mann aus dem Wagen, steckte die Hände in die Manteltaschen und kam langsam auf uns zu. Als er unsere Gesichter erkennen konnte, schien er überrascht zu sein, neben einem Mann auch ein Mädchen vorzufinden.

Er zündete sich eine Zigarette an, betrachtete mich und sagte dann laut und deutlich auf Deutsch: »Vater unser, der Du bist im Himmel, geheiligt werde Dein Name.« Ich schwieg.

Nach zwei weiteren Zügen an seiner Zigarette fuhr er fort: »Our Father, which art in Heaven hallowed be Thy name.«

Vielleicht wußte er nicht mehr, aber mir reichte das. Er war der Mann, den wir erwartet hatten. Das höfliche »Herr« und »Mister« konnte ich mir jetzt sparen, und so sagte ich nur: »Grabowski?«

»Henryk Grabowski. Wer sind Sie, und wer ist diese Puppe?«

»Sie ist keine Puppe, Grabowski, sondern eine Lady, und wer sie ist, geht Sie nichts an. Ich möchte Ihren Rat, vielleicht auch Ihre Unterstützung, und wenn ich damit zufrieden bin, werden Sie bezahlt.«

»Was bieten Sie?«

»Ich biete überhaupt nichts. Wenn wir nur Ihren Rat annehmen, zahlen wir Ihnen 10 000 Zloty. Wenn wir Ihre Hilfe brauchen, bekommen Sie 10 000 Dollar, oder jede andere gewünschte Währung.«

»Setzen wir uns in meinen Wagen.«

Grazyna und ich zwängten uns auf den Rücksitz. »Können wir irgendwo hingehen und uns unterhalten, Grabowski? Und Ihre Wohnung meine ich dabei nicht.«

»Natürlich. Ich habe noch ein Zimmer in der Ulica Bolecha.«

Ich sah Grazyna an, und sie nickte, dann sagte ich auf englisch: »Okay, fahren wir.«

Er wandte den Kopf, musterte mich forschend und sagte auf deutsch: »Sind Sie Auslandsdeutscher?« Und diese wenigen Worte sagten mir genug. Sein Haar mußte eigentlich so grau wie meines sein, und ich hatte kaum Zweifel, daß er während des Krieges in einem der polnischen Bataillone für die deutsche Wehrmacht gekämpft hatte.

»Nein, ich bin kein Deutscher, Grabowski.«

»Nach Ihrem Deutsch hätte ich auf die Gegend von Hannover getippt.«

»Ein guter Tip, aber leider falsch.«

»Ihr englischer Akzent stammt schätzungsweise aus den Midlands?«

»Hören Sie, mein Lieber, ich spiele rasend gern bei einem Quiz mit, aber nicht um diese späte Stunde. Fahren wir zu Ihrer Bude, dort können Sie weiterraten.«

Nach fünf Minuten bogen wir in eine schmale Seitenstraße ab, wo der Wagen vor einem älteren kleinen Reihenhaus hielt. Grabowski wählte einen Schlüssel aus seinem dicken Bund aus und schloß die Haustür auf. Der gleiche Schlüssel paßte auch für die erste Zimmertür auf der rechten Seite. Es war ein kleiner Raum mit zwei Sesseln, einem Doppelbett, Kleiderschrank und einer Kommode, und es stank nach billigem Parfüm.

Grazyna und ich setzten uns auf den Bettrand, und wir mußten wohl ein wenig wie Hänsel und Gretel ausgesehen haben. Grabowskis Haare waren nicht grau, sondern tiefschwarz, und ich hielt sie für gefärbt. Die Bartstoppeln an seinem Kinn waren eindeutig grau. Er mußte einmal ein attraktiver Mann gewesen sein, der Typ, der einsamen Hausfrauen Staubsauger verkauft. Der Typ, der immer saubere Hemden und Anzüge nach der neuesten Mode besaß, der kleine Verkäuferinnen und Barmädchen verführte, der das Blaue vom Himmel herunterlog und einem das linke Ohr abschwatzen konnte.

Es würde einfach sein, aber bei diesen Typen mußte man zuerst einmal ihr Ego aufbauen und sie dann rasch am Boden zerstören, denn auf der Talfahrt würden sie alles tun, was man von ihnen verlangte. Deshalb fragte ich ihn zuerst einmal, womit er seinen Lebensunterhalt verdiente und hing meinen eigenen Gedanken nach, während er uns die uralte Geschichte erzählte, welche unbezahlbaren Dienste er diesem und jenem weltberühmten Reporter erwiesen hätte. Eines war mehr als offensichtlich – für diese 10 000 Dollar würde er seine eigene Mutter verkaufen. Ich versuchte, ihm geduldig bis zum bitteren Ende zuzuhören, aber dann dauerte es mir doch zu lange und ich unterbrach ihn. »Grabowski, sind Sie an den zehntausend Dollar interessiert?« Er schenkte mir ein strahlendes Kukident-Lächeln, das mindestens tausend Staubsauger verkauft hätte, und machte einen schwachen Versuch, gerissen zu erscheinen. »Kommt darauf an, was für eine Art Hilfe Sie erwarten. Ich bin ein angesehener Bürger und muß auf meinen Ruf achten, aber wir können bestimmt miteinander ins Geschäft kommen.«

Ich erwiderte sein Lächeln. »Woher weiß ich, ob ich Ihnen vertrauen kann, Mr. Grabowski?«

Der »Mister« tat ihm sichtlich wohl, und mit erhobenen Händen und einem Blick vollendeter Unschuld sagte er: »Verlangen Sie von mir, was Sie wollen.«

»Okay, Grabowski, dann ziehen Sie Ihr Hemd aus.«

»He, was soll denn der Quatsch!«

Ich starrte ihn einen Moment lang an. »Kein Hemd aus, keine 10 000 Dollar, Grabowski.«

»Großer Gott«, brummte er, »ich habe ja schon viel erlebt«, aber er schlüpfte aus seiner Jacke und knöpfte sein weißes Hemd auf. Darunter trug er ein ärmelloses Unterhemd; ich beobachtete sein Gesicht um zu sehen, wann der Groschen fiel, und sagte: »Heben Sie die Arme.« Er grinste und streckte sie in die Luft. Sie blieben beinahe dreißig Sekunden lang oben, bis er endlich kapierte, aber mir hatte es gereicht, um die kleine Tätowierung unter seiner linken Achsel zu erkennen. Für die SS-Angehörigen war es von großem Vorteil, wenn man jederzeit ihre Blutgruppe feststellen konnte – solange sie zu den Siegern gehörten. Nach dem Krieg brachte es viele in große Schwierigkeiten, und Grabowski war ein spätes Beispiel dafür. Bevor er den Empörten spielen konnte, sagte ich rasch: »Okay, Grabowski, jetzt können wir uns unterhalten.«

Mit zitternden Händen zog er Hemd und Jacke an und hatte sich einigermaßen gefangen, als er sich wieder setzte. Ich fragte rasch: »Bei welcher SS-Division waren Sie denn?«

»Bei der Division Hermann Göring.«

»Schön, dann wollen wir Ihre Story mal aufs laufende bringen.«

Er fummelte mit seinen modischen Manschettenknöpfen herum und lehnte sich in den Sessel zurück.

»Haben Sie Verbindung zu dem CIA?«

Auf seinem Gesicht kämpfte das Verlangen, wichtig genommen zu werden, mit der Angst vor einer Falle. »Durchaus möglich«, sagte er vorsichtig.

Ich stand auf und zog Grazyna ebenfalls auf die Beine. »Mein lieber Grabowski, es ist vier Uhr nachts, ich bin ziemlich müde, muß eine Menge mit Ihnen besprechen, und Sie werden eine Menge zu tun bekommen. Wenn Sie keinen Kontakt mit dem CIA haben, sind Sie für mich völlig uninteressant, und wir verschwenden nur unsere Zeit. Diese Lady hier arbeitete früher für die PZPR. Genau gesagt, hat sie erst heute damit aufgehört. Sie bestätigte mir, daß Sie im Verdacht stehen, ein CIA-Mann zu sein. Mir langt es, wenn Sie einen wirklichen Draht zu den Brüdern besitzen; dann können wir ins Geschäft kommen.«

Er winkte uns aufs Bett zurück und sagte: »Ich glaube, ich kann Ihnen helfen. Um was geht es?«

»Wo sitzt Ihr CIA-Kontaktmann?«

»In Frankfurt.«

»Wie nehmen Sie mit ihm Verbindung auf?«

»Per Funk.«

»Welche Sendezeiten?«

»Ihre Empfangsanlage ist rund um die Uhr besetzt. Ich kann jederzeit senden, brauche aber zwanzig Minuten, bis mein Apparat einsatzbereit ist.«

»Welchen Code benutzen Sie?«

»Den diplomatischen Code Nr. 2.«

»Wie oft wird er geändert?«

»Zweimal am Tag, jeweils um zwölf Uhr MEZ.«

»Auf welchem Schlüssel beruht die Änderung?«

»Auf dem dritten Wort der ersten Nachrichtenmeldung der *Stimme Amerikas* jeden Morgen um neun Uhr.«

»Wer ist Ihr Führungsoffizier?«

»Ich habe keinen.«
»Wie bekommen Sie Ihre Anweisungen?«
»Schriftlich.«
»Wie werden sie übermittelt?«
»Das Zeug wird hinter einen Toilettenspülkasten im Hotel ›Bristol‹ geklebt.«
»Wie werden Sie bezahlt?«
»Durch Amerikaner, die nach Warschau kommen. Meist Journalisten.«
»Welche Währung? Dollars, Zlotys?«
»Ich werde in Pfund bezahlt, bekomme aber auch einen Teil auf mein Schweizer Bankkonto.«
»Wie lautet die Kontonummer?« Ohne Zögern antwortete er: »10350556.«
»Was war Ihre Nummer bei der Armee?«
»974659.«
Es gibt nur zwei längere Zahlen, an die ein Mann sich sein ganzes Leben lang erinnert; seine Militärnummer und sein Konto in der Schweiz – wenn er eines besitzt. Langsam hatte ich den Eindruck, daß Grabowski uns helfen konnte. »Was war die letzte Information, die Sie nach Frankfurt sendeten, und wann war das?«
»Um zweiundzwanzig Uhr heute abend, und es ging um ein flüchtiges Mädchen und einen Mann ...« Verblüfft starrte er mich an. »Um Gottes willen, das müssen Sie sein. Hören Sie, damit will ich nichts zu tun haben. Verschwinden Sie! Ich bringe Sie in die Stadt zurück und setze Sie irgendwo ab.«
Er zitterte so heftig, und ich ließ ihn einen Moment in seinem eigenen Saft schmoren. »Wenn man uns schnappt, gehen Sie mit hoch, Grabowski. Im Augenblick hat die PZPR nur einen Verdacht, weiß aber nicht genau, für wen Sie arbeiten. Wahrscheinlich für jeden, der nur zahlen kann; aber wenn Sie sich mit mir anlegen, sind Sie erledigt – dafür sorge ich schon. Bevor Sie noch Ihr Vaterunser sagen können, hat die PZPR Sie schon an die Wand gestellt – denken Sie an die kleine Tätowierung unter Ihrer linken Achsel.«
Er zitterte jetzt unkontrolliert. Den Schakal spielte er gerne, im Löwenkäfig wurde es ihm jedoch unheimlich. Da aber zitternde Männer schlechte Helfer sind, fand ich es an der Zeit, ihn moralisch wieder etwas aufzurüsten.
»Hätten Sie Lust, aus Polen zu verschwinden, Grabowski?«
Er lächelte kläglich. »Keine Chance, Mister.«

Ich sah ihn an wie ein Vater, obwohl er höchstens ein paar Jahre jünger war als ich. »Wenn Sie genau tun, was ich Ihnen sage, und sich an meine Anweisungen halten, sorge ich dafür, daß Sie in jedes gewünschte Land gehen können. Wir verschaffen Ihnen einen Job und können wahrscheinlich noch etwas mehr als die 10 000 Dollar zusammenkratzen; aber ich warne Sie, Sie müssen exakt meine Befehle befolgen, und wenn Sie irgendwelche Spielchen versuchen oder sich bei der Konkurrenz absichern wollen, dann sind Sie erledigt. Also – spielen Sie mit?«

Er nickte heftig.

»Schön, dann schicken Sie jetzt eine Nachricht an Ihre CIA-Freunde in Frankfurt. Holen Sie sich Bleistift und Papier.«

Er nahm sich einen Zettel und wartete mit gezücktem Kugelschreiber. »Schreiben Sie: ›Ted Bailey möchte Bericht über Fall Berger an den CIA London c/o Onkel Joe schicken. Erbittet außerdem Unterstützung für Rückkehr von drei Personen in die Ebury Street.‹«

Er blickte auf. »Ist das alles?«

Ich grinste ihn an. »Das reicht, auch wenn Sie's nicht verstehen. Sind wir hier sicher? Und wie schnell können Sie wieder zurück sein?«

Mit all der Raffinesse einer Pensionswirtin antwortete er: »Ja, Sie können hier bleiben, aber ich muß das mit dem eigentlichen Mieter arrangieren.«

Ich zückte meine Brieftasche und gab ihm 10 000 Zloty. Er zählte zweimal nach und steckte dann die Scheine in seine Gesäßtasche. »Ich bin in zwei, höchstens drei Stunden zurück. Dort im Schrank ist Kaffee und etwas zu essen. Mein Freund hat nichts dagegen, wenn Sie sich bedienen.« Ich nickte und sagte beiläufig: »Wenn Sie in drei Stunden nicht zurück sind, werden wir die PZPR anrufen, bevor wir gehen.«

Er schüttelte den Kopf. »Das wird nicht nötig sein, ich komme zurück.«

18

Grazyna kochte uns eine Tasse Kaffee, und wir aßen jeder eine Scheibe Brot. Ich haßte es, mit ihr in diesem billigen, stinkenden Zimmer zu sein. Sie paßte überhaupt nicht hierher, aber wir mußten ein paar Stunden herumbringen, und so schlug ich vor: »Leg du dich aufs Bett, ich versuche, in dem Sessel ein wenig zu schlafen.«

Sie schlang mir die Arme um den Hals und sagte: »Legen wir uns doch beide aufs Bett.«

Ich gab ihr einen langen Kuß und einen Klaps auf den Hintern. »Du weißt so gut wie ich, daß wir ganz bestimmt nicht schlafen, wenn wir uns zusammen aufs Bett legen, und während der nächsten Tage brauchen wir so viel Schlaf, wie wir nur bekommen können.«

Sie streichelte meine Wange. »So gefällst du mir schon besser, Major Bailey, und ich tue wohl lieber, was du sagst«, und zwei Minuten später schlief sie bereits. Als nach einiger Zeit das Telefon klingelte, schreckte ich aus meinem Sessel hoch und hätte beinahe den Hörer abgenommen, bevor ich richtig zur Besinnung kam. Grazyna gab unbekümmerte polnische Schnarchlaute von sich, aber der volle, zarte Mund sah auch im Schlaf noch attraktiv aus, und so küßte ich sie wach.

»Das Telefon«, sagte ich, »keine Ahnung, wer es ist. Sei vorsichtig und sprich Polnisch.«

Sie führte eine kurze Unterhaltung, legte auf und erklärte gähnend: »Das war Grabowski. Er wollte nur sicherstellen, daß wir nicht die PZPR anrufen. Er hat sich verspätet und macht sich jetzt auf den Weg hierher.« Womit sie sich umdrehte und weiterschnarchte.

Eine halbe Stunde später kam Grabowski zurück. »Ich mußte erst auf Antwort warten«, sagte er. »Ich habe Ihnen hier die Nachricht aufgeschrieben.« Der Funkspruch lautete: »Erwarten umgehend kurze Zusammenfassung Berger-Report stop Unterstützung wird arrangiert über großen Polen aus dem ›Waldorf Astoria‹ stop Wird nach Absendung des Reports Kontakt mit Ihnen aufnehmen stop Ende.«

»Haben Sie Schreibpapier für mich, Grabowski?« Er reichte mir einen Notizblock und seinen Kugelschreiber. »Wie lange können Sie ununterbrochen senden?«

»Ungefähr achtzig Gruppen.«

»Fünfergruppen?«

»Ja.«

Für meine Zusammenfassung von Bergers Aktivitäten brauchte ich zweiundsiebzig Gruppen und bat in den letzten acht um einen Beweis für die Echtheit der Funksprüche. Ich ging es dreimal mit Grabowski durch und freute mich, daß er kein Wort davon kapierte, aber langsam schien er doch zu fühlen, daß er auf der Seite des Siegers stand.

Sehr diensteifrig sagte er: »Ich schicke es sofort ab, aber wenn ich auf eine Antwort warten und sie dann noch dechiffrieren muß, kann es schon eine Weile dauern. Ich komme zurück, so schnell es irgend geht.« Dann griff er in die Tasche und brachte einen Riegel Schokolade zum Vorschein. »Für das Mädchen«, erklärte er.

»Grabowski, ich sehe schon, wir werden gut miteinander auskommen. Und jetzt marsch!«

Grabowski würde mindestens drei Stunden brauchen, und als ich mich neben Grazyna auf dem Bett ausstreckte, versuchsweise die Hand unter ihre Bluse schob und noch zwischen Pflicht und Neigung hin und her gerissen war, nahm sie mir die Entscheidung ab und murmelte: »Das wurde auch langsam Zeit.« Dann drückte sich ihr herrlicher Mund auf meinen, und ich kann mich an keine anderen drei Stunden erinnern, die so rasch vergangen wären.

Jemand schüttelte mich wach. Es war Grabowski.

»Bailey, ich habe hier die Antwort. Als Beweis für die Echtheit soll ich Ihnen ›heiße Schokolade‹ ausrichten. Keine Ahnung, was das bedeutet, aber Sie wissen es wahrscheinlich. Jemand von der amerikanischen Botschaft kommt hierher; ich schätze, er hat eine Nachricht und weitere Instruktionen für Sie.«

Ich borgte mir ein Handtuch von Grabowski und rasierte mich, während Grazyna ruhig weiterschlief. Zehn Minuten später klopfte es, und ein Mann in mittleren Jahren trat ein, der eher so aussah, als hätte er sein Leben lang in Kanada Bäume gefällt statt in einer Botschaft zu arbeiten. Der Händedruck war wohl freundschaftlich gemeint, es fühlte sich jedoch eher an wie eine altmodische Wäschemangel.

»So, so, Mr. Bailey«, sagte er, »wie ich höre, brauchen Sie Hilfe. Mr. Grabowski hat bestimmt einige Dinge zu erledigen und wird sicher so freundlich sein, uns für zwanzig Minuten allein zu lassen.«

Grabowski war offenbar enttäuscht, beugte sich aber der Autorität dieses Mannes und bemerkte beim Hinausgehen: »Ich komme in einer halben Stunde wieder.«

Der Mann von der amerikanischen Botschaft setzte sich vorsichtig in einen Sessel, wies auf Grazyna und meinte: »Das ist wohl die junge Dame.« Es hörte sich an wie ein Privatdetektiv, der Beweise für eine Scheidungsklage sammelte.

»Mein Name ist Tom McLaughlin. Wir bekamen eine Nachricht aus London, Ihnen auf jede nur mögliche Weise zu helfen. Der Botschafter ist nicht sehr begeistert davon, in solch eine Sache verwickelt zu werden, hat aber mir alles Weitere überlassen. Washington autorisierte uns, die Wünsche der Londoner so weit wie möglich zu erfüllen, aber wenn etwas schiefgeht, wissen wir von nichts und haben Sie nie gesehen. Viel können wir nicht für Sie tun, aber ich spiele gerne den Kurier für Sie.«

»Ich bin froh über jede Hilfe, Mr. McLaughlin.«

Er drehte sich eine Zigarette, und er war einer dieser Experten, die es mit einer Hand tun konnten. »Ich sage am besten Ted zu Ihnen, und bevor wir anfangen, Ted, haben Sie etwas als Beweis für Ihre Identität? Paß, Briefe oder so etwas?«

Ich schüttelte den Kopf. »Überhaupt nichts, Tom, aber diese junge Dame auf dem Bett war bis gestern bei der polnischen Geheimpolizei beschäftigt. Sie gehörte zu meinem Empfangskomitee und kann bestätigen, daß ich Bailey bin. Sie haben wohl in den Nachrichten gehört, daß sie mit mir geflüchtet ist; ich will sie mit nach England nehmen.«

Er runzelte die Stirn. »So einfach ist das nicht, mein Lieber. Sie können nicht einfach eine Fahrkarte nach London kaufen und in den nächstbesten Zug steigen; außerdem sind die Polen über die Flucht einer PZPR-Angehörigen mehr als sauer und haben vermutlich auch noch die Russen im Nacken. Vor der britischen Botschaft gab es Demonstrationen. Künstlich arrangiert natürlich, aber sie konnten dadurch eine kleine Armee von Polizisten aufmarschieren lassen, und Ihr Botschafter hat uns wissen lassen, daß man sich auf keinen Fall kompromittieren lassen wolle. Der Botschafter wurde zweimal während der letzten zehn Stunden ins Außenministerium zitiert, das erstemal um zwei Uhr nachts, woraus Sie schließen können, daß Ihre Leute es im Augenblick bei den Polen verschissen haben.

»Aber vergessen wir einmal diese diplomatischen Verwicklungen. Ich bin hier, um zu helfen. Sie kennen ja Bill Autenowski; er kommt nach Polen und soll Sie herausholen. Mit solch einem Namen wird es Sie nicht besonders überraschen, daß er polnischer Abstammung ist. Über Ihre junge Lady sind sie nicht sehr begeistert, und ich bezweifele, ob man ihr helfen wird . . .«

Ich unterbrach ihn: »Tom, richten Sie ihnen bitte aus, daß Bill Autenowski überhaupt nicht zu kommen braucht, wenn das Mädchen nicht ebenfalls aus Polen herausgebracht wird. Außerdem habe ich Grabowski versprochen, daß er mitkommen kann.«

Tom McLaughlin verzog den Mund. »Sie sind ziemlich freigiebig mit Ihren Versprechungen umgegangen, mein Lieber. Ich fürchte, Sie müssen sich mächtig anstrengen, bevor die versuchen, *Sie* herauszuholen, ganz zu schweigen von zwei polnischen Staatsbürgern.«

Er merkte, daß ich kurz vor einem Ausbruch stand, und hob beide Hände. »Okay, warten wir ab. Bill Autenowski hat mich gebeten, Sie aus Warschau wegzubringen. Heute abend gegen acht Uhr holt Sie ein Wagen ab. Er bringt Sie zu einer kleinen Stadt namens Görlitz direkt an der tschechischen Grenze. Freunde von mir haben dort einen Bauernhof, und Sie und Ihre junge Begleiterin können sich dort ein paar Tage ausruhen, bis Autenowski hier eintrifft. Er besucht zuerst mich und wird sich dann mit Ihnen in Verbindung setzen.«

Er musterte mich kritisch. »Ich schicke Ihnen heute abend mit dem Fahrer ein paar Kleider, und wenn Sie oder die junge Dame sonst noch etwas brauchen, werden sich meine Freunde auf dem Bauernhof darum kümmern. Machen Sie sich keine Sorgen wegen Geld, wir erledigen das schon.«

Grabowski stand draußen auf dem Flur und rauchte eine Zigarette. Ich sah, wie er mit Tom McLaughlin in dessen Wagen stieg.

19

Nach einer knappen Stunde kam Grabowski zurück. Er sah höchst zufrieden aus und gab mir einen Umschlag, der auf der Rückseite mit dem Botschaftssiegel versehen war. Die Nachricht darin lautete: WIR HABEN UNS MIT GRABOWSKI GEEINIGT, MACHEN SIE SICH ALSO KEINE GEDANKEN UM IHN, ER IST ZUFRIEDEN. UM ACHT UHR HEUTE ABEND WERDEN SIE UND DAS MÄDCHEN MIT EINEM WAGEN ABGEHOLT. GRABOWSKI FÄHRT MIT IHNEN, BLEIBT ABER NICHT AUF DEM BAUERNHOF. WENN ER TROTZDEM BLEIBEN WILL, SCHMEISSEN SIE IHN MIT GEWALT RAUS. VIEL GLÜCK. Ich verbrannte Brief und Umschlag im Waschbecken und spülte die Asche weg. Dann sagte ich zu Grabowski: »Wie ich höre, haben Sie eine zufriedenstellende Vereinbarung mit McLaughlin getroffen.«

Er nickte eifrig. »Ja, Mr. Bailey, ich bin sehr zufrieden, und Sie brauchen sich keine Gedanken zu machen. Der Wagen wird in einer Stunde hier sein, vielleicht möchten Sie und die gnä' Frau sich vor der Fahrt noch etwas frisch machen.«

Ich blickte über die Schulter und sah Grazyna auf dem Bettrand sitzen. Sie grinste; offenbar war ihr Englisch gut genug, um die »gnä' Frau« auch wirklich zu würdigen.

Um fünf nach acht hörten wir das Quietschen von Bremsen,

Grabowski spähte durch einen Vorhangspalt und sagte aufgeregt: »Sie sind da, sie sind da. Gehen wir!«

Vorsichtig öffnete er die Tür, aber der Flur war leer. Auf der Straße bemerkte ich dann, daß meine Vorstellung von einer angenehmen Fahrt in einer bequemen Limousine ein Wunschtraum bleiben sollte. Vor der Tür stand ein uralter Lastwagen mit Planverdeck. Fast entschuldigend sagte Grabowski: »Sie müssen beide leider hinten einsteigen.« Ich stemmte Grazyna hoch und kletterte dann selbst über die Heckklappe. Der Wagen war bis fast unter die Plane mit Strohballen beladen, aber es gab einen schmalen Durchgang nach vorne, und direkt hinter der Fahrerkabine lagen die Ballen nur zwei Schichten hoch, so daß wir uns bequem ausstrecken konnten.

Ich hörte Grabowski heiseres Flüstern: »Alles in Ordnung?« und erwiderte: »Ja, alles okay, aber wie lange sind wir unterwegs?« Seine Antwort: »Wir werden um sieben Uhr morgens ankommen«, schockierte mich dann doch etwas. Glücklicherweise war das Stroh einigermaßen weich, und Grazyna und ich kuschelten uns aneinander.

Ich fragte sie, ob sie Görlitz kannte. »Görlitz ist der alte deutsche Name«, erklärte sie. »Es gehörte früher zu Sachsen. Die Stadt liegt an der Neiße, wurde 1945 polnisch und heißt jetzt Zgorzelice. Sonst weiß ich nicht viel. Ungefähr hunderttausend Einwohner, einige Industrie, vorwiegend Landwirtschaft.«

»Hat die PZPR dort ein Büro?«

»Ja, sogar ein ziemlich großes, weil es so nahe zu der Grenze ist. Genau gesagt sind es zwei Grenzen, die tschechische und die mitteldeutsche.«

»Kennst du PZPR-Leute in Görlitz?«

»Ja, mehrere. Der Chef dort, Jan Borowski, ist ein sehr erfahrener Mann. Ich glaube, er hat während des Kriegs für die deutsche Abwehr gearbeitet.«

»Kennt er dich vom Sehen?«

Sie zögerte. »Ich habe ihn auf verschiedenen Konferenzen getroffen.«

20

Als ich aufwachte, war Grazyna verschwunden. Ich rief nach ihr, und ihre Stimme erklang über mir.

»Hier ist ein Loch in der Plane«, sagte sie, »durch das ich hinaussehen kann. Es wird gerade hell, und das Dorf, durch das wir gerade kamen, liegt nur noch dreißig Kilometer von Zgorzelice entfernt.«

Nach weiteren zwanzig Minuten verließen wir die Hauptstraße und rumpelten einen kaum ausgebauten Feldweg entlang. Es dauerte noch einmal fast eine Stunde, bis der Lastwagen scharf nach rechts abbog und zum Halten kam. Wenige Augenblicke später erschien Grabowski am Heck und rief: »Alles in Ordnung. Sie können aussteigen.«

Neben dem Lkw stand ein wettergegerbter Mann, der etwa mein Alter und meine Figur hatte. Langsam ging er auf Grazyna zu. Bedächtig legte er ihr die Hand auf die Schulter und blickte ihr aufmerksam ins Gesicht. »Wie ich höre, meine Tochter, wollen Sie den Engländer heiraten und haben Schwierigkeiten mit der Hochzeit. Was ist los?«

»Ich glaube, Sie kennen unsere Schwierigkeiten«, erwiderte Grazyna vorsichtig.

Bevor sie noch mehr sagen konnte, wandte ich mich an Grabowski und unterbrach sie: »Stellen Sie mir doch bitte den Herrn vor, bevor wir uns weiter unterhalten.«

Grabowski sah etwas überrascht aus. »Entschuldigung«, sagte er, »Mr. Bailey, Miss Grazyna Kujawska, und das ist Mr. Tadeusz Czarny.«

Czarny wandte sich zu mir um und streckte die Hand aus. Er hatte einen festen, ehrlichen Händedruck, und ich mochte den Mann auf Anhieb.

»Mr. Czarny, Sie haben bestimmt Verständnis für meine Bitte, diese Dinge zuerst einmal mit mir zu besprechen, bis wir uns gegenseitig etwas besser kennen.«

Sein Lächeln war warm und verständnisvoll. »Ich bin ein schlechter Gastgeber, Mr. Bailey. Was sollen Sie nur von uns Polen denken! Kommen Sie bitte ins Haus, ich habe Kaffee und Frühstück vorbereitet.«

Er ging über den gepflasterten Hof und durch eine große, offenstehende Tür in ein hübsches, aber schon etwas verfallenes altes Backsteingebäude, das im Licht der Morgensonne rot erglühte. Er winkte uns an einen großen Holztisch und brachte wenige Minuten später eine dampfende Kaffeekanne und ein großes Tablett. Er lud uns ein zuzugreifen und setzte sich zu uns.

Mit aufgestützten Armen musterte er mich forschend und sagte dann: »Ich glaube, wir sind beide alte Soldaten, Mr. Bailey, und brauchen daher keine Spielchen miteinander zu spielen. Ich habe vier Jahre lang bei der RAF gedient. Mit den Engländern verstand ich mich nicht besonders gut, habe sie jedoch immer geachtet und bewundert. Sie kämpften für unser Land, und wir schulden Ihnen daher jede Hilfe, die wir Ihnen nur geben können. Man hat mich gebeten, Sie und das Mädchen hier aufzunehmen, und das werde ich selbstverständlich tun. Wenn Sie wollen, biete ich Ihnen auch meine Freundschaft an. So sieht es also aus.«

»Das ist sehr freundlich von Ihnen, Mr. Czarny. Ich habe mich schon gewundert, wieso Sie so gut Englisch sprechen. Ich weiß zwar nicht genau, was wir hier tun oder wie lange wir hier bleiben sollen, trotzdem weiß ich Ihre Hilfe außerordentlich zu schätzen.«

Er nickte und fuhr fort: »So weit ich weiß, sollen Sie und die junge Dame mindestens zwei oder drei Tage, möglicherweise sogar eine Woche lang hierbleiben.« Seine Augen zwinkerten. »Wir Polen sind, wie Sie wissen, ein sehr moralisches Volk, aber ich habe Ihnen das beste Schlafzimmer mit einem hübschen altmodischen Doppelbett reserviert und würde mich freuen, wenn Sie die Zeit hier als Ihre Flitterwochen betrachten. Ich habe einen in Polen geschneiderten Anzug für Sie, der Ihnen passen müßte, und wenn Sie mit der jungen Dame spazierengehen, schlage ich vor, daß sie nur Polnisch mit Ihnen spricht. Sie brauchen nur zu nicken, als wenn Sie jedes Wort davon verstünden.« Er zwinkerte erneut. »Miss Kujawska sagt bestimmt nur solche Dinge, zu denen jeder Mann begeistert nicken würde.«

Als er sah, daß wir sein Frühstück in Rekordzeit vertilgt hatten, schlug er sich auf den Schenkel und sagte: »Okay, gehen Sie jetzt nach oben. Es gibt genügend heißes Wasser. Nehmen Sie ein Bad und schlafen Sie sich aus, und ich werde Sie dann am Nachmittag wecken. Anschließend zeige ich Ihnen das Gehöft, damit Sie sich mit der Lage vertraut machen können. Ihr Fenster geht auf das Stauwehr hinaus, aber das Wasserrauschen wird Sie kaum stören. Meine Frau hielt es immer für wirkungsvoller als eine Schlaftablette.«

Grazyna sagte etwas auf Polnisch, und Czarny antwortete in der gleichen Sprache. Sie unterhielten sich eine Weile, und die ganze Zeit starrte Czarny auf die Tischplatte. Er blickte kein einziges Mal auf. Dann gab es ein kurzes Schweigen, bis Grazyna meine Hand nahm, im Vorbeigehen Czarny freundlich die Hand auf die Schulter legte und mich durch eine Tür zu einer alten hölzernen Stiege führte; sie hätte hier aufgewachsen sein können. Das Schlafzimmer war einfach, aber blitzsauber und mit herrlichen, handgeschnitzten Möbeln eingerichtet, die mehrere hundert Jahre alt sein mußten. Durch das offenstehende Fenster drang der Duft von frischgemähtem Heu.

Als ich die Tür hinter uns geschlossen hatte, fragte ich: »Über was habt ihr euch unterhalten?«

Sie hatte ihn nach seiner Frau gefragt, und er erklärte ihr, daß der Hof und die Mühle seinem Schwiegervater, einem Deutschen gehörte. Das Gut hatten sie nur behalten dürfen wegen Czarnys Verdienste während des Krieges, und weil er ein erstklassiger Landwirt war. Zwei Jahre nach seiner Rückkehr wurde seine Frau fälschlich der Kollaboration mit den Deutschen verdächtigt und in die KGB-Zentrale in Poznan gebracht. Als man sie nach sechs Monaten wieder freiließ, war sie so schlimm mißhandelt worden, daß sie wenige Wochen später unter großen Schmerzen starb. Er hatte Grazyna noch eine Menge anderer Dinge erzählt, und es ging klar daraus hervor, daß er sehr einsam war. Mit den Russen und den Deutschen hatte er eine alte Rechnung zu begleichen, und seine Unterstützung für uns war ein Teil davon.

Es wurde beinahe vier Uhr, bis Czarny an die Tür klopfte und uns aufweckte. Er brachte ein Tablett mit Tomaten, dunklem Brot und einer frischen Kanne dampfendem Kaffee.

Während wir aßen, saß er auf dem Bettrand, und zum erstenmal klang seine Stimme jung. »Dieses Gut hieß früher ›Zwei-Brücken-Mühle', jetzt wird es ›Mlyn dwóch mostów‹ genannt, was auf Polnisch das gleiche bedeutet. Es ist nicht eigentlich eine Mühle, sondern in ein normales Hofgut verwandelt, aber wir mahlen noch immer unser Getreide in der alten Mühle. Die beiden Brücken über den Fluß gibt es noch immer, und da er einen großen Bogen um das Haus macht, sind sie der einzige leichte Zugang. Aus jeder anderen Richtung muß man einen Umweg von mindestens drei Meilen über Nebenstraßen und Feldwege machen, deshalb kommen die meisten unserer Besucher über eine der beiden Brücken.

Ich habe zehn Arbeiter hier auf dem Hof. Es ist ein ziemlich großes Gut, ungefähr dreihundert Hektar. Vier von den Männern würde ich mein Leben anvertrauen, bei drei anderen bin ich ziemlich sicher, den letzten drei möchte ich nicht im Mondschein begegnen. Die vier vertrauenswürdigen wissen bereits über euch Bescheid, sie werden jedoch kein Wort sagen. Ich habe ihnen Arbeiten in der Nähe der beiden Brücken gegeben, so daß sie uns als eine Art vorgezogene Wache dienen. Grabowski ist wieder nach Hause gefahren, es gibt also nichts, was auf eure Anwesenheit hier hinweist, und ihr dürftet ziemlich sicher sein, aber trotzdem treffe ich alle nur möglichen Vorsichtsmaßnahmen. Wir haben hier vorwiegend Ackerland – fast zweihundert Hektar Weizen und Gerste – auf dem Rest halte ich ungefähr 150 Milchkühe. Die gesamten Erträge gehen an den Staat. Ich bekomme ein anständiges Gehalt und brauche nicht zu hungern. Bauern leiden nie Hunger. Jetzt zeige ich euch den Hof.«

Eine Stunde später kamen wir zurück, und da er die meiste Zeit Polnisch gesprochen hatte – vor allem, wenn wir in die Nähe der Landarbeiter kamen – ließ ich mir von Grazyna noch einige Einzelheiten erklären und zeichnete mir eine grobe Karte des Geländes. Die Gebäude bildeten ein Rechteck, abgeschlossen von einer Mauer mit einem großen steinernen Torbogen, wo sich die beiden Straßen von den Brücken vereinigten. Das war auf der Nordseite, und der Rest der Mauer bildete einen offenen Schuppen für landwirtschaftliche Maschinen. Auf der Ostseite stand das eigentliche Bauernhaus, von dem aus man die Mühle erreichte, die halb über den Fluß gebaut war. Neben der Mühle führte ein schmaler Plankensteg auf die andere Flußseite. Zu beiden Seiten des Gehöfts beschrieb der Fluß eine Biegung, bis er jeweils eine halbe Meile entfernt im Norden von einer Steinbrücke mit zwei Bögen und im Süden von einer häßlichen, modernen Stahlkonstruktion überspannt wurde.

Die Westseite des gepflasterten Hofs wurde von drei Hütten für die Landarbeiter abgeschlossen, die Südseite zur Hälfte von einem großen Heuschober. Der Rest wurde von einem Melkstall und einem weiteren Tor zu dem Feldweg eingenommen, der zu den Wiesen mit weidenden Kühen führte. Etwas weiter entfernt konnte man die ersten Getreidefelder erkennen, bevor der Grund etwa eine Meile weiter plötzlich steil abfiel. Die Vorderfront des Bauernhauses war mit wildem Wein und Efeu bewachsen, und einige kleine Pfirsichbäume bogen sich unter der Last der Früchte. Ich hatte an diesem Tag eine Menge über das Gut und seinen Besitzer gelernt und plante, die beiden Brücken und die Straße auf der anderen Seite des Flusses am nächsten Tag zu erkunden. Nach einer gehaltvollen Suppe zum Abendessen gingen Grazyna und ich zu Bett.

Czarny hatte, wie wir entdeckten, in der polnischen Staffel eine Hurricane geflogen. Er war Sergeant-Pilot gewesen und besaß mehrere Auszeichnungen. Ich mochte ihn gut leiden. Im Krieg mußte er ein guter Kamerad und ein tapferer Kämpfer gewesen sein, denn er besaß Mut und war entschlußfreudig. Aber ich hoffte nur, daß wir ihn nicht in Schwierigkeiten brachten, denn er war nicht der richtige Mann, um sich mit dem KGB oder der PZPR anzulegen. Man muß ein erfolgreicher Feigling sein, so wie ich, um bei ihnen zu überleben. Mein Vater hatte sein Leben im Ersten Weltkrieg verloren, wo er dafür kämpfte, daß in diesem Land Helden leben konnten, und ich hatte einen Krieg mitgemacht, damit Feiglinge in dem Land leben konnten, denn das gab allen eine faire Chance.

Das Geräusch eines Autos und das Quietschen des großen Tors weckten mich auf, und als ich auf die Uhr schaute, war es erst zwei Uhr morgens. Ich hörte Czarny unten im Erdgeschoß mit jemand sprechen. Nach einer halben Stunde weckte ich Grazyna und bat sie, der Unterhaltung zuzuhören. Sie konnte mir nur sagen, daß sie vereinzelte Worte verstand und daß der Fremde Polnisch, aber mit einem ausländischen Akzent sprach.

Ich zog meine Hosen an und schlich die Holztreppe hinab, und obwohl er Polnisch sprach, waren die Stimme und der Akzent unverkennbar – Bill Autenowski.

Ich spazierte in das Zimmer, und beide Männer, die an dem großen Holztisch saßen, drehten rasch die Köpfe. Einen Augenblick lang erkannte mich Bill in dem echt polnischen Anzug nicht, dann verzog sich sein häßliches, sympathisches Gesicht zu einem freundlichen Grinsen, und ich fühlte mich wie an Weihnachten, als er sagte: »Hallo, Ted, wie fühlt man sich denn bei den Roten?«

Ich setzte mich zu ihnen an den Tisch. »Vielen Dank, daß du gekommen bist, Bill.«

Der Pole stand auf und sagte: »Ich lasse euch beide am besten allein. Ihr habt euch bestimmt viel zu sagen.«

Funkenstiebend fielen ein paar Holzscheite im Kamin zusammen, und dann waren wir allein. Ich fühlte mich nervös und kam direkt zum Thema.

»Ihr habt hoffentlich meine Nachricht über McLaughlin bekommen, daß ich mit dem Mädchen zurückkehre und sicheres Geleit für sie erwarte, oder ich komme überhaupt nicht zurück.«

Bill betrachtete die Tischplatte. »Sei nicht so kratzbürstig, Ted, das zahlt sich nicht aus. Joe Steiner sendet dir Grüße und Jim Railton ebenfalls, und damit wir uns von Anfang an nicht mißverstehen, sage ich dir lieber gleich, daß ich für diese Operation vom CIA an euren Verein ausgeliehen wurde, so daß alle Anweisungen und Befehle von SIS kommen, nicht von Washington.«

Er hob die mächtigen Schultern. »London möchte alles über

diese Berger-Sache wissen. Bevor wir also über dich sprechen und darüber, wie wir dich hier herausbekommen, solltest du mich zuerst einmal aufs laufende bringen.«

Ich brauchte zwei Stunden für meinen Bericht. Anschließend meinte er: »Da gibt es einige Punkte, die unsere Freunde in London sofort wissen müssen, ich hänge mich also besser ans Telefon. Wir haben einen Kontaktmann in Poznan.«

Das Telefon war ein altmodischer Wandapparat, und Bills Polnisch schien ausreichend zu sein, aber als er endlich eine Verbindung zu dem unbekannten Teilnehmer hergestellt hatte, war die Sprache, die er verwendete, ganz bestimmt nicht Polnisch. Er konferierte etwa zehn Minuten lang, und als er schließlich aufhängte, sah er zufrieden aus und lächelte wieder. Er kam an den Tisch zurück und setzte sich mir gegenüber.

»Das war aber kein Polnisch, Bill.«

Er lachte und erwiderte: »Nein, das war echt Amerikanisch.« Als er mein ungläubiges Gesicht sah, fuhr er grinsend fort: »Tatsächlich, Ted. Ein Erbe meiner verworrenen Kindheit. Ich komme ganz gut mit dem Navajo-Dialekt zurecht. An der Universität von Poznan hat ein nettes kleines Indianermädchen einen Kurs in Biometrie belegt – Kulturaustausch mit der Sowjetunion –, und sie hilft uns von Zeit zu Zeit.«

Es war so amerikanisch, so gut funktionierend, so verrückt, daß ich gerne noch mehr darüber erfahren hätte, aber Bill winkte ab. »Hör zu, reden wir lieber über dein Problem. Verlangst du wirklich von uns, daß wir eine polnische Staatsangehörige, eine ehemalige Agentin der PZPR, gegen den Willen der polnischen Regierung illegal aus Polen herausschaffen?«

»Du weißt verdammt gut, daß ich das verlange. Wenn es ein freies Land wäre, würde es nicht illegal sein. Die polnische Regierung interessiert dich genauso einen Dreck wie mich, und ich möchte dazu noch bemerken, daß wir für Polen in den Krieg gezogen sind, ohne daß die Japaner vorher den Hafen von Portsmouth bombardiert hätten. Und während wir um unser Leben kämpften, habt ihr unser gesamtes Vermögen kassiert für Waffenlieferungen, damit wir allein diesen Krieg führten, der sowohl eurer als auch unserer war.«

Die meisten Amerikaner wären entweder gegangen oder hätten mir auf die Nase geschlagen, weil ich es todernst meinte und man mir das auch ansah, aber in diesem großen Fleischklumpen steckten mehr Qualitäten, als nur mit Spionen fertigzuwerden, und es brauchte mehr als nur eine säuerliche Bemerkung, um das Grinsen von seinem großen runden Gesicht fortzuwischen. Er warf mir nicht einmal einen beleidigten Blick zu, sondern lachte nur schallend. »Mit deiner wüsten Hetzrede willst du mir bestimmt zu verstehen geben, daß du das Mädchen wirklich liebst.«

»Ja, das tue ich«, erwiderte ich leise.

Bill blickte mich mit großem Ernst an. »Wie schnell nach eurem Kennenlernen wußtest du, daß du sie liebtest?«

»Ich weiß nicht genau. Es war entweder eine Minute oder vierundzwanzig Stunden, und ich brauche mindestens ein Jahr, um das endgültig herauszufinden.«

»Glaubst du wirklich, Ted, du wüßtest nach vierundzwanzig Stunden genug von einem Mädchen, um dich Hals über Kopf in sie zu verlieben?«

»Bill, ich bin zu alt, um mir noch groß Gedanken über die Auslösemechanismen und die Metaphysik der Liebe zu machen. Ich begreife deinen Vorbehalt, weiß genau, wie die Brüder in London darüber denken werden, und es ist mir klar, daß sich ihre Sorge vielleicht zu einem Prozent auf mich als Person bezieht. Daß ich nicht bei Sammy bleiben konnte, hätte ohne weiteres das Ende für mich bedeuten können. Es gab keinen Grund mehr zum Weiterleben. Aber durch Grazyna konnte ich Sammy das zurückgeben, was ich ihr sowieso nicht nehmen durfte, und fühle mich trotzdem glücklich und habe einen guten Grund weiterzuleben.«

»Ted, jetzt hör doch mal zu. Du hast ganz offensichtlich den Fall Berger gelöst. Den Rest können die Burschen in London erledigen. Du hast einen schönen Batzen Geld, und dich erwartet ein guter Job.«

Ich blickte ihn an. »Bill, bist du verheiratet?«

Er nickte. »Ja. Wir haben drei Kinder. Leben in Austin, Texas. Sie ist Chinesin, und wir kennen uns, seit sie vierzehn und ich zwanzig war, und wir haben an dem Tag geheiratet, als sie einundzwanzig wurde. Ihre alte Dame mochte mich nicht, deshalb mußten wir warten, aber wir wußten eine ganze Menge voneinander, bevor wir heirateten.«

Ich seufzte. »Bill, das ist prima, und ich freue mich für dich, aber nicht bei jedem läuft das so ab. Über Grazyna kann ich dir nur sagen, wenn sie nicht die Richtige für mich ist, dann ist es keine und wird es nie eine sein. So einfach ist das.«

Bill trommelte mit den Fingern auf den Tisch. »Du weißt, daß sie eine vollausgebildete PZPR-Agentin ist. Wir haben eine dicke

Akte über sie, und wenn sie auch keine Feldeinsätze macht, so sind wir doch verdammt sicher, daß sowohl der CIA, als auch der SIS wegen ihr einige wirklich gute Leute verloren hat.«

»Bill, die PZPR kann dem KGB nicht das Wasser reichen, und jedesmal, wenn ein KGB-Agent überläuft, brechen alle in Triumphgeheul aus. Er wird in dieses hübsche kleine Haus in Oxford gesteckt. Er bekommt seine Pension und läßt es sich gut gehen, und bei der Hälfte aller Fälle seid ihr sowieso nicht sicher, ob der Kerl nicht nur sein Spielchen mit euch treibt. Warum also dieses ganze Theater um ein Mädchen, das nur ein kleines Rad in der PZPR ist?«

Bill sah mich unter gesenkten Lidern hervor an. »Meinst du, sie kooperiert, Ted – wird sie reden?«

»Keine Ahnung. Ich habe sie nicht gefragt und werde sie auch nicht fragen. Sie desertiert vielleicht, aber sie kommt nicht als Verräterin. Sie kommt mit, weil wir heiraten werden. So einfach ist das.«

Bill schüttelte bedächtig den Kopf. »Nein, so einfach ist das nicht.«

»Okay, dann will ich noch etwas anderes klarstellen, weil ich das nämlich für den springenden Punkt halte. CIA und SIS waren beide an Berger interessiert. Der eingesetzte SIS-Mann – ich – verduftet nach Polen, weil man ihn wegen seiner Tochter unter Druck setzt. Sagt zu niemand ein Wort, informiert niemand über seinen bisherigen Stand der Ermittlungen – ich bin überzeugt, daß der CIA keine Freudensprünge macht. Der SIS ebenfalls nicht, um so weniger, weil der CIA darüber Bescheid weiß. Wie stehe ich also da? Ich würde es meinem und auch deinem Verein zutrauen, daß sie mich an die Wand stellen, nachdem sie jetzt wissen, was sie wissen wollten. Ich werde mich nicht beklagen. Wir werden versuchen, uns nach Westdeutschland durchzuschlagen und fahren von dort aus in Richtung Irland.«

Bill schob mit seinem Finger Brotkrumen auf dem Tisch herum und sagte dann: »Du hast recht, Ted. Dein Instinkt ist phantastisch, aber nicht, wenn es dich persönlich betrifft. Hättest du deinen Verstand benutzt, wäre dir diese ganze Sache inzwischen schon klar. Jim Railton erzählte dir, es gäbe einen Grund, den er dir aber nicht sagen konnte, warum er dich auf Berger ansetzte, und du hast dir nie die Mühe gemacht, zwei und zwei zusammenzuzählen. Deine Leute wußten seit etwa vier Jahren von Sammy. Es war eine der Informationen, die sie von Petrow bekamen, als er damals in Australien desertierte. Nach einiger Zeit kam es dann in deine

Akte. Jeder sah es als selbstverständlich an, daß du deine Tochter auf jede nur mögliche Weise schützen würdest, deshalb ist auch niemand entsetzt darüber. Ich habe den Auftrag, dich wohlbehalten und sicher zurückzubringen, und es wurde mir jede Unterstützung zugesagt, solange es keinen neuen Krieg auslöst. Ich meine das im Ernst, das Mädchen ist das Problem, nicht du. Und darüber müssen wir uns unterhalten.«

»Soweit es mich betrifft, brauchen wir uns nicht weiter zu unterhalten. Wir gehen entweder mit deiner Hilfe nach England, oder wir versuchen allein unser Glück.«

Bill starrte mich an, seufzte und starrte weiter. »Ted, was ich dir jetzt sage, wird dir nicht gefallen, aber es muß gesagt werden. Mein Auftrag lautet, dich zurückzubringen und außerdem, dich zu überreden, das Mädchen nicht mitzunehmen. Du weißt so gut wie ich, daß der KGB vor Wut schäumt, weil wegen dir die Operation Berger gescheitert ist.« Er ließ das einige Sekunden lang wirken und fuhr dann fort: »Die ganzen R 11-Geräte wurden bereits entfernt, und wenn ich dir noch sage, daß man bereits fünfundzwanzig davon in Computerzentren in den USA entdeckt hat, wirst du begreifen, wie blutdürstig der KGB hinter dir her ist. Es wird nicht so einfach sein, dich hier herauszuschaffen, denn diesmal hätten sie dich lieber tot als lebendig. Der britische Botschafter und sein Personal stehen bereits in der Botschaft unter Hausarrest. Truppen haben einen dreifachen Ring um das ganze Gelände gelegt. Die Grenzpolizei ist alarmiert, eine Urlaubssperre auf unbestimmte Zeit wurde verhängt, und das gilt ebenfalls für die Polizei. Durch unsere Kanäle haben wir gehört, daß die ehemaligen Arbeitgeber deiner Freundin die ganze Sache so aufpolieren wollen, damit jeder Pole im Land mithilft, dich zu erwischen. Sammy und Yuri wurden bereits nach Moskau zurückgeschickt. Die Sache hat solche Wellen geschlagen, daß niemand hier das Gesicht verlieren kann. Du hast es jetzt mit den Russen zu tun, nicht mehr mit den Polen. Grazyna sehen sie nicht einfach als ein Mädchen an, das abgehauen ist und einen englischen Spion heiraten will, sondern sie sind überzeugt, daß sie von Anfang an mit der Berger-Sache zu tun hatte und wollen jetzt ein Exempel an ihr statuieren. Selbst wenn du sie nach Irland bringst, gebe ich am Ende dieses Jahres keinen Pfifferling mehr für ihre Überlebenschancen. Du kannst es mir glauben – der KGB beseitigt sie schon aus reinem Prinzip.«

»Bill, bei unserer Ausbildung wurde uns erzählt, daß es auf lange Sicht keinen großen Sinn hat, jemand unter Gewaltanwendung zu verhören. Ich habe das nie richtig geglaubt, bis sie mich mit Gewalt verhörten. Hätten sie vernünftig mit mir gesprochen, würden sie früher oder später den Kontakt hergestellt haben, und von da an wäre es nur noch eine Frage der Zeit gewesen, bis sie mich zum Reden gekriegt hätten. Aber sobald diese Schweine mich durch die Mangel drehten, wurde es zu einer persönlichen Sache – ich gegen sie – und was du gerade über das Mädchen sagtest, war das gleiche, was sie mir damals in Magdeburg antaten – ich spiele nicht mit. Sie hat sich mir auf Gedeih und Verderb anvertraut. Also, was ist – planen wir für uns beide, oder verabschieden wir uns als Freunde?«

Bill hatte die Ellbogen auf den Tisch gestützt, die Hände verschränkt und bohrte geistesabwesend in der Nase. Seine Augen blickten auf etwas in weiter Ferne, und es dauerte drei oder vier Minuten, bevor er wieder sprach. Als er den Kopf wandte und mich anblickte, war ich entsetzt darüber, wie gequält er aussah. Sein Gesicht war bleich und eingefallen. In seinen Augen lag Niedergeschlagenheit, und auf seiner Stirn standen feine Schweißperlen.

»Ted, wenn ich offen mit dir bin, möchte ich dein Versprechen, daß du mir zuhörst – daß du zu verstehen versuchst und dich mit mir um eine Lösung bemühst, egal was passiert.«

Ich hatte eine schreckliche Vorahnung, aber die Wirklichkeit übertraf meine Erwartung bei weitem. »Nur zu, Bill. Ich drehe schon nicht durch.«

»Ehrenwort?«

»Ehrenwort.«

»Ich hatte strikten Befehl, dich zurückzubringen und das Mädchen hierzulassen.«

Er zitterte, sagte aber nichts weiter.

»Das hast du mir doch bereits gesagt, Bill.«

Er schüttelte sich, als wenn ihm kalt wäre, und sagte dann sehr leise: »Das Mädchen sollte hierbleiben – tot oder lebendig – und wenn du nicht mitspielen wolltest – hierbleiben oder auf eigene Faust etwas unternehmen –, sollte ich euch beide erledigen.«

Es schmerzte, die Lippen zu bewegen, aber ich hörte mich sagen: »Mein Gott, Bill, das sind ja entsetzliche Menschen. Sie geben sich so wohlerzogen und gebildet, und im Grunde genommen sind es wilde Tiere.«

Er stand auf, kniete sich vor den Kamin und wärmte sich die Hände.

»Nein, Ted, so einfach ist das nicht. Du hast nicht lange gebraucht, um diese Sache zu knacken, aber es hätte Monate, vielleicht Jahre dauern können. Eine erhebliche Menge geheimer und vertraulicher Informationen wäre ihnen in die Hände gefallen. Es sieht nicht so wichtig aus, weil es sich nur um Industrie, Banken, Versicherungen und persönliche Daten handelt. Da gibt es keine Geheimwaffen, nichts, was wertvoll erscheint, aber wenn es noch einige Wochen oder Monate so weitergegangen wäre, hätten sie dein Land und meines wirtschaftlich ruinieren können. Die Wirtschaftskrise in den Dreißigern würde wie eine Hochkonjunktur ausgesehen haben. Es gäbe Millionen von Arbeitslosen, praktisch keinen Handel mehr, und niemand hätte etwas daran ändern können. Und dann wären die alten Sprüche wieder aus der Mottenkiste geholt worden – ›Lieber Rot als Tot‹ –, und wir hätten eine kommunistische Regierung ohne jede Revolution – sie wäre einfach nicht nötig. Für die Russen wäre es ein Riesenerfolg gewesen – und du hast ihn vereitelt. Dein Verein wählte dich aus, weil sie sich Vorteile davon versprachen, daß du Berger persönlich kanntest. Ich weiß nicht, ob es dir dabei half, jedenfalls hast du ihn wie eine Nuß geknackt, und du kannst dir wahrscheinlich vorstellen, was es für einen Aufruhr im Unterhaus und in den Zeitungen gibt, wenn es herauskommt, daß der SIS bewußt einen Mann einsetzte, dessen Tochter russische Staatsangehörige ist, und der bekanntermaßen labil und damit jedem Erpressungsversuch über seine Tochter ausgeliefert war. Ich würde dem KGB ohne weiteres zutrauen, daß er diese Information den westlichen Zeitungen zuspielt. Es paßt ihnen gut ins Spiel und würde ein ausgezeichnetes letztes Mittel abgeben.«

Als er geendet hatte, fragte ich ihn: »Hältst du mich für labil?«

Er lächelte. »Ich hätte mein letztes Hemd darauf verwettet, daß du aus allem, was ich sagte, genau diesen Punkt herauspicken würdest.«

»Also, was meinst du?«

»Ja, ich glaube, daß du labil bist. Genau deshalb mag ich dich, außerdem kommt daher dein Talent und dein phantastischer Instinkt für diesen Job. Und wenn ich Oscar Wilde mißbrauchen darf, mir ist ein Mann mit einem hitzigen Laster lieber als einer mit zehn kalten Tugenden. Ohne dein Temperament wäre dein Privatleben viel unkomplizierter, aber es wäre auch nicht so leicht, dich zu mögen.«

»Hört sich wie ein Nachruf an, aber ich verstehe nicht ganz, was das Mädchen damit zu tun hat.«

Bill holte tief Atem. »Okay, reden wir lieber über das Mädchen. Ich habe ein Foto von ihr gesehen, und ich kann dich wirklich verstehen, aber da gibt es etwas, was du nicht weißt und was ich dir auch nicht sagen kann.«

Ich fühlte, wie mein Temperament mit mir durchging, und ärgerte mich, daß man meiner Stimme die unterdrückte Wut anhörte. »Um Himmels willen, Bill, es ist zu spät für so einen Käse. Erzähl mir nicht, daß sie Stalins uneheliche Tochter ist oder irgendso einen Schwachsinn. Mir ist das völlig egal.«

In Bills Augen zeigte sich ein leichter Anflug von Ärger, als er mich ansah. »Es ist kein Schwachsinn, Ted, es ist bitter ernst. Wenn dieses Mädchen Polen verläßt, dann werden eine Menge Leute, die jetzt noch eine Chance haben, ganz bestimmt sterben.« Und als er das sagte, flog die Tür auf und Grazyna stürzte ins Zimmer. Ich hatte sie noch nie so gesehen. Sie schäumte offensichtlich vor Wut, und ihr Gesicht sah völlig verändert aus, erwachsener, und überhaupt nicht mehr sanft und weich. Die Hände in die Hüften gestemmt, keifte sie mit Bill wie ein Fischweib, und da sie Polnisch sprachen, hatte ich auch nicht den leisesten Schimmer, um was es eigentlich ging.

Der Streit dauerte über zehn Minuten, schließlich fuhr sich Bill nervös durch die Haare und sagte: »Zuerst einmal muß ich dir herzlich gratulieren. Das ist tatsächlich ein prachtvolles Mädchen, was du dir da aufgegabelt hast, und ich beneide dich wirklich. Du wirst es wahrscheinlich nicht glauben, aber mit dem ganzen Zirkus wollte sie mich nur überreden, dir nicht zu sagen, was ich dir laut strikter Anweisung sowieso nicht sagen darf. Und das alles, weil sie sagt, du hättest bereits genug Sorgen.« Er zögerte einen Moment und brach dann in Gelächter aus. »Weißt du, was sie gesagt hat? ›Das arme Lamm hat schon genug durchgemacht.‹ Jeder, der dich als Lamm bezeichnen kann, muß dich wirklich lieben. Aber ich verstehe, daß du Sammy zurücklassen mußtest; du weißt nicht, welchen Empfang dir deine Leute in London bereiten werden – und ich weiß es auch nicht genau.«

Er warf Grazyna ein Lächeln zu und wurde mit einem sehr unterkühlten Blick belohnt. »Grazyna Kujawska, Ihr Benehmen macht Sie zu einer erwachsenen Frau, und ich kann Ihnen versichern, daß Ted ein erwachsener Mann ist. Deshalb werde ich gegen den ausdrücklichen Befehl handeln und es ihm sagen.« Er wandte sich mir zu. »Grazyna arbeitet schon seit zwei Jahren für den MI 6 und den SIS. Sie ist der Eckpfeiler eines kleinen Agentennetzes hier in Polen, nicht sehr bedeutend, nicht besonders erfolgreich, aber wenn sie geht, können die Burschen aus verschiedenen Gründen den Rest des Netzes leicht enttarnen. Sie werden sie alle an die Wand stellen.«

Ich öffnete den Mund, aber er hob abwehrend die Hände. »Nein, hör zu, was ich dir zu sagen habe. Ich schlage dir einen Handel vor. Wenn Grazyna und ich einen Plan ausarbeiten können, wie wir innerhalb von vierundzwanzig Stunden das Netz untertauchen lassen, nehme ich euch beide mit. Wenn es nicht klappt, gehe ich allein zurück und lasse euch beide euer Glück versuchen.« Es war ein großzügiger Vorschlag, der aber einen Haken hatte.

»Danke, Bill, das ist eine verlockende Idee, aber wenn ihr beide es nicht schafft, haben wir vierundzwanzig Stunden verloren, die wir mehr als dringend brauchen. Und wenn es soweit ist, hält dich nichts davon ab, uns beide umzulegen, bevor du selbst verschwindest.«

Bill klappte den Deckel seines Lederkoffers auf. Als er sich aufrichtete, hielt er eine schwere Automatik mit angeschraubtem Schalldämpfer in der Hand. Die Mündung deutete auf meinen Magen, während Bill durch das Zimmer auf mich zukam. Er setzte sich wieder auf den Stuhl und schob mir dann die Waffe über den Tisch.

»Bist du jetzt überzeugt?«

Mein Mißtrauen ließ mich trotzdem die Automatik in die Hand nehmen, und als ich das Magazin herauszog und feststellte, daß es voll geladen war, schob er mir eine Schachtel mit fünfzig Bleimantelgeschossen über den Tisch. Schließlich verloren wir nur vierundzwanzig Stunden, und ich hatte mir bereits ausgerechnet, daß jeder Tag uns helfen würde, weil mit jedem Tag ihre Wachsamkeit ein bißchen nachlassen mußte. Ich blickte Grazyna an, sie nickte lächelnd.

»Okay, Bill, abgemacht.«

22

Bill warf noch ein paar Scheite Holz in den Kamin, und Grazyna besorgte aus der Küche heiße Milch, Honig, Käse und Brot. Die beiden schienen wieder recht gelassen zu sein, weil sie sich darauf konzentrieren konnten, wie sie am besten das Netz auflösten, und ich fühlte mich etwas überflüssig. Außerdem sprachen sie Polnisch, aber Grazyna hielt die ganze Zeit meine Hand. Nach einer Viertelstunde sagte Bill zu mir: »Wir haben uns entschlossen, Grabowski als Kurier einzusetzen. Jetzt ist nur die Frage – wie lange hält er dicht, wenn sie ihn schnappen? Wir brauchen achtundvierzig bis zweiundsiebzig Stunden, bis das Netz untergetaucht ist, danach spielt es keine Rolle mehr.«

Ich dachte einen Moment nach. »Falls wir Grabowski begreiflich machen können, daß er ein Held ist, wenn er eine Woche lang seinen Mund hält, wird das vermutlich wirken, und er hält es vielleicht zwei Tage lang aus.«

»Ja, so hätte ich ihn auch eingeschätzt«, bestätigte Grazyna. »Außerdem sehe ich keine andere Lösung. Ich hoffe nur, daß sie ihn nicht schnappen.«

Bill blickte auf seine Uhr. »Es ist jetzt fünf, und ich muß unbedingt Warschau benachrichtigen. Ferngespräche werden hier noch handvermittelt, und Bauern rufen um fünf Uhr morgens einfach nicht in Warschau an. Ich nehme also lieber das Funkgerät. Grazyna, sprechen Sie am besten. Vielleicht hört man uns ab, und dann entdecken die am Ende noch einen ausländischen Akzent.«

Er ging zu seinem Koffer und kam mit einem kleinen Gerät zurück, kaum größer als eine Zigarrenkiste. »Welche Reichweite hat denn das Ding?« fragte ich neugierig.

»Etwa vierhundert Meilen bei Sprechfunk und gut sechshundert bei Telegrafieverkehr.«

Er öffnete eine kleine Klappe an der Seite und zog einen dünnen Antennendraht heraus, den er mit einem Stück Plastilin an der Zimmerdecke festklebte. Dann setzten Grazyna und er Kopfhörer und Kehlkopfmikrophone auf, und sie schienen auch sofort Verbindung zu bekommen. Nach einer Serie von Erkennungsworten nickte Bill Grazyna zu, und sie wiederholte Satz für Satz, was er ihr vorsprach. Sie sendeten knapp fünfundzwanzig Minuten lang, dann rollte Bill die Antenne wieder ein und verstaute den Sender in seinem Koffer.

Grazyna und ich gingen zu Bett, und Bill streckte sich in einem Sessel neben dem Kamin aus. Es war schon Mittag, als Grazyna und ich wieder nach unten gingen. Bill grinste über das ganze Gesicht. »Grabowski hat zugestimmt. Der Appell an seinen Heldenmut ging ihm wie Öl hinunter, und wir hoffen, daß das Netz bis heute um Mitternacht außer Gefahr ist. Ich habe mit Frankfurt Kontakt aufgenommen; sie werden uns einen Helikopter zur Verfügung stellen. Sie können uns nur bei Tageslicht aufnehmen, und wir müssen ein paar Bettücher als Markierung auslegen. Der Hubschrauber kommt aus Wien. Braucht etwa anderthalb Stunden Flugzeit. Sie kennen bereits die genaue Position des Bauernhofs und machen gerade einen Flugplan.«

»Wann wollen sie uns abholen?«

»Morgen ziemlich früh. Kurz nach Tagesanbruch, vermute ich.«

»Warum kommen sie denn nicht schon heute?«

Bill grinste. »Sie müssen sich erst ein Ablenkungsmanöver ausdenken, denn wie es scheint, haben die Russen die Flugzeuge des halben Warschauer Pakts zusammengezogen, um den Luftraum an der Grenze zu überwachen. Okiencie-Airport bei Warschau ist für den gesamten Luftverkehr geschlossen, und wegen der scharfen Kontrollen brauchen Züge fünf Stunden an der Grenze. Sie haben alle Straßenübergänge blockiert, und überall herrscht das reinste Chaos.«

Um sechs Uhr kam Czarny und schaltete sein altes Radio ein; die drei hörten gespannt zu, und nach ihren Gesichtern zu schließen, waren die Nachrichten nicht erfreulich. Bill rieb sich nachdenklich die Nase und sagte dann zu mir: »Unsere Sache kam schon ganz zu Beginn der Nachrichten. Die Polen haben zweiundvierzig Angehörige der britischen Botschaft heute ausgewiesen, das müssen außer dem Botschafter selbst so ziemlich alle sein. Alle zivilen Flüge sind bis auf weiteres gesperrt. Die Sowjetunion hat bei der britischen Regierung formellen Protest eingelegt wegen Spionagetätigkeit in einem der Warschauer-Pakt-Länder und strich einen Besuch des Bolschoitheaters. Das Chelsea-Fußballteam wartet in Moskau auf einen Flug nach London, statt heute abend gegen Dynamo Moskau zu spielen. Obendrein wurde noch eine Belohnung ausgesetzt, eine halbe Million Zloty, ein Urlaub für zwei Personen in Jelenia Gora, ein Warszawa-Wagen und Benzin für ein Jahr, für jeden, der einen Hinweis für eure Ergreifung liefert, Behördenangestellte eingeschlossen.«

Seit langer Zeit konnte ich wieder einmal richtig lachen. Bill lächelte nur. »Was ist daran so lustig?«

»Oh, nur das Geld, die Urlaubsreise, der Wagen. Du kannst mehr als das jede Woche im Preisausschreiben des *Sunday Mirror* gewinnen.«

Bill grinste. »Du bist eben ein unverbesserlicher Kapitalist, Ted. Sei nur froh, daß sie nicht tausend Singer-Nähmaschinen als Trostpreise für jeden aussetzten, der während der letzten Tage ein fremdes Gesicht in seiner Gegend gesehen hat.«

Grazyna und ich gingen um zehn Uhr zu Bett, und es war zehn

Minuten nach zwölf, als Bill in unser Zimmer stürzte und mich wachschüttelte. »Ted, ich habe mir gerade die Spätnachrichten angehört. Grabowski wurde geschnappt. Sie haben sogar seinen Namen genannt.«

Er ließ den Strahl seiner Taschenlampe auf mein Gesicht fallen. »Wann kann der Helikopter uns abholen?«

»Nicht vor morgen früh – und ich meine morgen, nicht heute. Es ist bereits nach Mitternacht. Sie haben noch immer kein wirksames Ablenkungsmanöver gefunden, und sie glauben nicht, daß sie durchkommen, ohne einen Teil der Luftüberwachung abzulenken. Offenbar können sie nicht während der Nacht kommen, weil sie ohne irgendein Peilsignal den Hof nicht finden, und das wäre so gut wie eine Postkarte an die PZPR.«

Ich blinzelte in die Taschenlampe. »Schlafen wir noch eine Runde und unterhalten wir uns beim Frühstück darüber.«

»Okay, Ted. Wir können vermutlich nichts weiter tun, als zu hoffen, daß Grabowski den Mund hält.«

Das Frühstück verlief ziemlich gedrückt. Bill hatte noch einmal mit Frankfurt gesprochen, aber die USAF in Wien konnte noch keine Ankunftszeit nennen, obwohl sie sich inzwischen eine wirksame Ablenkung ausgedacht hatten. Grazyna wollte einen Spaziergang zu der alten Steinbrücke machen, und ich schloß mich ihr nach dem Rasieren an.

Als ich wenig später durch die Küche kam, stand dort ein Fremder und unterhielt sich mit Czarny. Ich nickte ihnen zu und traf mich dann an der Brücke mit Grazyna. Die Sonne strahlte herrlich warm, das grasbewachsene Flußufer gab ein wunderbares Kissen ab, und so legten wir uns hin, und ich erzählte Grazyna Märchen über polnische Prinzessinnen und englische Ritter. Als Grazyna sich umdrehte und eine besonders große Butterblume pflücken wollte, erstarrte sie plötzlich und begann anschließend unkontrolliert zu zittern. Ich richtete mich auf und sah vier Meter entfernt von uns einen Mann in einem schwarzen Ledermantel stehen. Es war der gleiche Mann, der mit Czarny in der Küche gesprochen hatte.

Er musterte Grazyna und mich durchdringend, drehte sich dann um und marschierte über die Brücke zur Hauptstraße. Wenige Minuten später hörten wir einen Motor aufheulen und in Richtung Görlitz verschwinden.

Als ich Grazyna ansah, bemerkte ich, daß sie noch immer zitterte. »Der Mann«, sagte sie gepreßt, »der Mann, ist er noch immer da?«

»Er ist weg«, beruhigte ich sie.

Sie schloß die Augen und flüsterte. »Das war Borowski.«

»Bist du sicher?«

»Ja, und er erkannte mich ebenfalls.«

Ich nahm ihre Hand und zog sie auf die Füße. »Wir müssen zurück und Bill Bescheid sagen.«

Als wir durch den steinernen Torbogen in den Hof traten, blieb sie stehen, schlang mir die Arme um den Hals und sagte: »Das war wohl für lange Zeit unser letzter friedvoller Spaziergang. Nun fangen die Sorgen für dich wieder an.«

Bill stand neben Czarny, und sobald er mich sah, rief er: »Ich habe schlechte Nachrichten.«

»Du bist nicht der einzige. Schieß los.«

»Ich hatte eine Nachricht von meiner Botschaft, daß Grabowski auspackte, knapp zwei Stunden nachdem sie ihn schnappten. Zwei der Agenten wurden bereits verhaftet. Es ist nur noch eine Frage der Zeit, bis sie hierher kommen.«

»Eine sehr kurze Zeit, fürchte ich. Grazyna wurde unten am Fluß von einem Mann namens Borowski erkannt, der die PZPR in Görlitz leitet. Ein einflußreicher Mann.«

Ich wandte mich an den Bauern. »Es war der gleiche Mann, der sich heute morgen mit Ihnen unterhielt.«

»Mir hat er gesagt, er sei von der Stadtverwaltung und wollte wissen, ob ich zahlende Gäste aufnehmen würde. Er muß bereits gewußt haben, daß ihr hier seid.«

»Es ist jetzt fast zwei Uhr«, sagte ich nach einem Blick auf meine Armbanduhr. »Er muß nach Görlitz zurückfahren, dann Warschau Bericht erstatten, sie geben ihm weitere Instruktionen, und er wird heute abend mit seinen Männern wieder hier sein. Ich glaube nicht, daß sie es bei Licht versuchen. weil wir alle Zugänge vom ersten Stock aus überblicken und leicht verschwinden können. Wahrscheinlich legen sie jetzt einen Zehn-Meilen-Kordon um das Gut herum, aber sie werden uns sicher nicht ausräuchern, bevor sie nicht alles vorbereitet haben.«

Ich wandte mich wieder an Czarny. »Wie es auch ausgeht, Sie stecken in der Tinte. Uns schadet es nicht mehr, wenn Sie zur Polizei in Görlitz gehen und ihnen erzählen, daß Sie zwei Verdächtige hier im Haus haben, die sich als Touristen ausgeben.«

Der Pole lächelte und schüttelte den Kopf. »Ich glaube, dafür ist es jetzt zu spät.«

Bill sagte sofort: »Würden Sie gern mit uns kommen und sich in

England oder Amerika niederlassen?«

»Das wäre nicht schlecht. Ich halte es für das Beste, aber ich muß im letzten Augenblick einem meiner Leute noch eine Nachricht zukommen lassen, weil die Kühe schrecklich leiden, wenn sie morgen früh nicht gemolken werden, und außerdem stehen zwei davon kurz vor dem Kalben.«

»Wie ist die PZPR hier organisiert?« fragte ich Grazyna.

»Ähnlich wie die deutsche Abwehr. Sie können sogar der Polizei und dem Militär Befehle erteilen.«

»Bis wann kann Wien uns abholen, Bill?«

Er verzog das Gesicht und schüttelte langsam den Kopf. »Ich glaube nicht, daß sie es machen können, Ted. Sie haben mir ganz klar gesagt, sie könnten bei Nacht nicht fliegen; ich werde noch einmal mit ihnen reden und sie über unsere Lage unterrichten, aber sie geben uns garantiert zur Antwort, wir sollten bis morgen früh aushalten.«

Ich versuchte ein optimistisches Lächeln. »Na schön, wir haben nur eine Automatik für uns vier und trennen uns deshalb am besten, denn hier im Haus können wir uns damit nicht verteidigen.«

Czarny hob die Hand und unterbrach mich. »Wäre es besser, wenn wir hierbleiben können?«

Ich nickte.

»Waffen könnte ich euch zur Verfügung stellen, mehr als genug«, erklärte er gedehnt.

»Wo sind sie?«

»Draußen auf einem Acker vergraben.«

»Seit wann?«

»Seit zehn Jahren.«

»Dann bekommen wir sie nie in funktionsfähigen Zustand. Wir brauchten Stunden, um sie zu zerlegen und zu entrosten.«

Er warf mir einen ungeduldigen Blick zu. »Wir brauchen sie nicht zu zerlegen. Sie funktionieren einwandfrei. Kommen Sie mit, ich zeige sie Ihnen.« Zehn Minuten später montierten wir die Wasserleitung zu einem Tank ab, der die Tröge für die Kühe versorgte. Wir entleerten den Tank und wuchteten ihn von seinem gemauerten Sockel. Die Erde darunter war trocken, und nach zwanzig Minuten Arbeit stießen unsere Spaten auf Widerstand. Die Metallkiste war in mehrere Lagen geteertes Segeltuch und Dachpappe eingeschlagen, und als wir den Deckel aufklappten, bot sich ein herzerhebender Anblick. Da gab es ein Bren-Maschinengewehr mit Zweibein, zwei Stens, eine Thompson-Maschinenpistole, eine Luger, zwei 38er Smith & Wesson, vier Lee-Enfield-Gewehre und mindestens ein Dutzend Schachteln Munition.

Ich blickte den Polen an. »Wieviel Schuß für das MG?«

»Vier- bis fünfhundert, jeweils hundert für die Stens und die Tommy-Gun und dreihundert für die Gewehre.«

Fünfundzwanzig Minuten später klapperte unser Handwagen über das Kopfsteinpflaster im Hof. Ich gab Grazyna die Luger und die Thompson. »Ich überprüfe die Tommy für dich, Grazyna. Es ist eine wunderbare Spritze, sie hat nicht so viele Ladehemmungen wie die Sten-Maschinenpistolen. Du brauchst nur den Abzug durchzudrücken.«

Ich sah die beiden anderen an. »Kennt ihr euch mit dem Bren-MG aus?« Sie schüttelten die Köpfe. »Okay, dann nehme ich das Baby. Ihr greift euch jeder ein Gewehr und eine Sten, und dann können wir unseren Freunden eine ganze Zeitlang einheizen.«

Wenig später herrschte ein höllisches Geklapper in der Küche, als jeder seine Waffen überprüfte und lud. Früher einmal konnte ich in dreißig Sekunden eine Bren mit verbundenen Augen zerlegen, aber diesmal brauchte ich zwei Minuten. Es gab sogar einen Reservelauf, so daß ich also weiterfeuern konnte, wenn der erste heiß wurde. Für die Bren gab es eine Schachtel Leuchtspurmunition, die ich bis zuletzt aufheben wollte, weil sie nur unsere Position verraten würde. Alle Waffen waren in einwandfreiem Zustand, und niemand hatte irgendwelche Klagen. Bill nahm noch einmal Kontakt mit Frankfurt auf, die die Lage aber offenbar nicht für so ernst ansahen und uns nur baten, ihnen sofort Bescheid zu geben, wenn sich etwas um den Hof herum rührte. Sie wollten versuchen, uns noch im Laufe des Nachmittags von Wien aus einen Hubschrauber zu schicken.

Ich suchte mir ein passendes Schlafzimmerfenster aus, baute das MG auf einem soliden Holztisch auf und stellte den Schwenkbereich so ein, daß ich das ganze Gebiet von der Steinbrücke bis zu einer kleinen Baumgruppe weiter stromaufwärts bestreichen konnte. In dem anderen Schlafzimmer half ich Bill und Czarny beim Zurechtlegen ihrer Munition und zeigte ihnen die beiden wahrscheinlichsten Bereiche, die ich gedeckt haben wollte. Grazyna sollte meine Feuerbefehle weitergeben und Verbindung zwischen den beiden Zimmern halten. Meine Niedergeschlagenheit war urplötzlich verschwunden. Es war ein wunderbares Gefühl, endlich wieder etwas Positives zu tun statt einfach nur auf der Flucht zu sein.

Die ablehnende Reaktion aus Frankfurt gefiel mir nicht besonders, und ich ließ Bill nochmals Verbindung mit ihnen aufnehmen und ihnen von unserem neuen Waffenarsenal berichten. Sie schienen beeindruckt zu sein, und genau damit hatte ich gerechnet. Niemand möchte sich gerne für einen sicheren Verlierer engagieren, denn so mußten wir ihnen vorher erschienen sein. Für Militärs ist es sowieso nicht einfach, sich mit unbekannten Zivilisten zu identifizieren, aber wenn man ihnen einmal von MGs und Tommy-Guns erzählt, horchen sie auf – diese Sprache verstehen sie.

23

Sie kamen um sieben Uhr abends. Ich saß in unserem Schlafzimmer neben der Bren, Bill stand an der Tür, rauchte eine dünne Zigarre und sagte gerade: »Das dauert noch Stunden, bis die hier sind und wir haben ...«

Die Fensterscheibe zersplitterte, und eine Kugel knallte in den Kleiderschrank. Die Schußbahn war ziemlich flach, unser Angreifer mußte also noch mindestens tausend Meter entfernt sein. Ich blickte in die Spiegel, die ich an den Fensterseiten aufgestellt hatte. Die Sonne war fast untergegangen, und die Ulmen in der Nähe warfen lange Schatten. Wo das Gelände zu den Wiesen am Flußufer abfiel, wirbelten Nebelschleier, der Fluß selbst war ganz im Abendnebel verschwunden. Die Steinbrücke konnte ich nicht erkennen. Der Schütze mußte über die Brücke gekommen sein und in einer der Gebüschgruppen Deckung gesucht haben. Es war nur ein einzelner Schuß gewesen, sollte also normalerweise ein Gewehr sein, aber mein Instinkt sagte mir, daß es ein cleverer Junge war, der sein MG auf Einzelfeuer gestellt hatte. Grazyna und der Pole kamen ins Zimmer und ich winkte sie in Deckung.

»Wenn Sie gehen wollen, Tadeusz, dann am besten gleich«, sagte Bill. »Sie haben bereits genug für uns getan.«

Czarny antwortete: »Ich bleibe.«

Ich ging in das andere Schlafzimmer, um die südliche Brücke zu beobachten, aber wirbelnde Nebel hatten sich dem Hof bis auf zweihundert Meter genähert. Das Bauernhaus mußte eine herrliche Zielscheibe abgeben, wie es klar sichtbar in der Abendsonne lag. Eine Amsel zwitscherte vor dem Fenster, dann donnerte eine Salve von fünf Schüssen, und die Fensterrahmen hatten plötzlich kein Glas mehr. Diesmal erkannte ich das Geräusch genau – sie verwendeten eine Schmeißer. Es war eine recht altmodische Waffe, aber für uns reichte sie vollauf. Ich hörte das Rasseln und Klappern von mindestens zwei leichten Kettenfahrzeugen unten am Fluß. Sie beeilten sich nicht – sie hatten uns hier ja in der Falle – aber sie gingen auch kein Risiko ein. Diese Schüsse sollten töten; an einer Gefangennahme lag ihnen nichts. Ich ging zurück zu den andern, wo Bill gerade seinen Sender installierte.

Er warf mir einen Blick zu. »Frankfurt soll zumindest versuchen, uns hier zu finden. Die Chancen sind nicht besonders günstig, ich möchte sie aber dazu überreden, es wenigstens zu probieren.«

Ich entschied, unsere Freunde wissen zu lassen, daß wir eine Bren hier hatten. Wir mochten wertvolle Minuten gewinnen, während sie ihren Angriffsplan umänderten. Ich stellte den Hebel auf vollautomatisches Feuer, überzeugte mich, daß der Lauf ordnungsgemäß eingerastet war und sandte einen kurzen Feuerstoß über den halben Schwenkbereich.

Das verursachte offenbar erhebliche Überraschung, denn es waren Rufe und Schreie zu hören, und dann klang es, als ob eines der Fahrzeuge in dem weichen Boden am Flußufer steckengeblieben sei. Der Fahrer hatte nicht viel Erfahrung, denn er ließ den Motor mit Vollgas laufen; der Wagen grub sich vermutlich in den weichen Boden und würde uns heute abend nicht mehr belästigen.

Bill hatte Verbindung mit Frankfurt aufgenommen und lauschte angespannt. Nach ein paar Minuten sah er zu mir herüber und meinte: »Ich glaube, sie riskieren es. Sie müssen erst den Commanding Officer fragen.« Er wandte sich rasch wieder dem Gerät zu, drehte an verschiedenen Abstimmknöpfen, lauschte und nickte sinnlos mit dem Kopf. Dann klappte er den Kasten zu, wickelte die Antenne wieder auf und erhob sich auf die Knie.

»Sie wollen gegen zweiundzwanzig Uhr hier sein, haben aber keine große Hoffnung, uns zu finden. Sie meinen, sie würden das Gut zwar finden, aber es sind immerhin dreihundert Hektar – wie sollen sie uns dann sehen? Für dich hatten sie eine Nachricht von Joe Steiner«, Bill grinste breit, »Joe sagte: ›Komm nach Hause, alles ist vergeben und vergessen.‹« Und merkwürdigerweise gab mir dieser dürftige Witz das Gefühl, wieder in den Klub aufgenommen worden zu sein.

Jemand rief uns mit einem Lautsprecher an: »Ihr seid umstellt. Kommt mit erhobenen Händen heraus. Wir werden nicht schießen.«

Diese blutigen Anfänger! Ich schickte ihnen einen weiteren kurzen Feuerstoß hinüber, und das schien ihnen gar nicht zu schmecken.

Während der nächsten zehn Minuten hagelte es Kugeln aus Gewehren und einem MG. Dachziegel fielen in den Hof hinunter, aber wirklich gefährdet wurden wir nur durch Querschläger. Dann hörte ich ein wohlbekanntes dumpfes Krachen, und wenige Sekunden später explodierte die erste Granate. Die ersten beiden trafen die Mauer an der Nordseite des Hofs, die nächsten drei demolierten das schwere Eichentor.

Die anderen besaßen keine Erfahrung in diesem Spielchen und machten ziemlich bedenkliche Gesichter, aber was ich bis jetzt gesehen hatte, gefiel mir außerordentlich. Diese Operation stand nicht unter dem Kommando eines erfahrenen Armee-Offiziers; es sah so aus, als würde die PZPR selbst die Einsatz- und Feuerbefehle geben. Sie hätten in den ersten zehn Minuten stürmen sollen, waren aber offensichtlich zu vorsichtig dazu.

Dann hörten wir Fußgetrappel auf dem Hof, und fünf oder sechs Männer – vermutlich die Landarbeiter – rannten mit einer weißen Fahne durch das Tor. Sie hatten fast den Rand der Nebelbank erreicht, als sie von einem Maschinengewehr niedergemäht wurden. Es fielen mindestens hundert Schuß, und ein Offizier, der hundert Kugeln brauchte, um ein halbes Dutzend unbewaffneter Zivilisten zu töten, verstand nichts von seinem Handwerk.

Ich hörte Tadeusz Czarny murmeln: »Mein Gott, mein Gott, das brauchten sie doch nicht zu tun!« Als ich ihm einen Blick zuwarf, sah ich Tränen in seinen Augen stehen und fragte mich, aus welchem Grund er die PZPR für sanfter als ihre Meister in Moskau hielt.

Ein einzelnes Kettenfahrzeug tauchte am Rand der Nebelbank auf; einen Moment lang konnte ich den Kommandanten und einen Funker erkennen, die beide mit dem Oberkörper aus dem Turm herausragten. Rasch justierte ich das Zielfernrohr, schätzte die Entfernung auf etwas über sechshundert Meter und drückte einige Sekunden lang auf den Abzug. Durch den erneut aufkommenden Nebel konnte ich nicht sehen, ob und was ich getroffen hatte, aber wir hörten laute Schreie und verworrenes Rufen, und es dauerte zwanzig Minuten, bevor sie wieder angriffen. Diesmal war jeder dritte Schuß ein Leuchtspurgeschoß, und wir konnten nichts weiter tun, als unsere Köpfe einzuziehen und die Einschläge zu zählen. Es gab zwei schwere MGs und sieben oder acht Gewehre, aber sie waren sich offenbar nicht sicher, ob wir uns überhaupt in dem Bauernhaus aufhielten, und beschossen daher den gesamten Gebäudekomplex.

In beiden Schlafzimmern gab es eine Menge Einschläge, aber sie schienen sich vor allem auf die alte Mühle zu konzentrieren. Das Gebäude war überwiegend aus Holz gebaut, und ich sah Türen und Fenster schief in den Angeln hängen. Mit den beiden Granatwerfern versuchten sie den schmalen Plankensteg zu zerstören, weil sie ihn offenbar als einen möglichen Fluchtweg ansahen; diese Fehleinschätzung war direkt herzerfrischend.

Ich sagte zu den anderen: »Sobald die Brüder eine Pause einlegen, möchte ich, daß jeder von euch loslegt, was die Knarren hergeben. Wartet auf meinen Feuerbefehl und schießt so lange, bis ich wieder schreie. Sucht euch jedes beliebige Ziel, von diesen Ulmen nördlich der Brücke, bis zur Brücke selbst, Visiere auf etwa tausend Meter eingestellt, eine von den Stens soll die Stelle bepflastern, wo wir den Spähwagen gesehen haben.«

Kaum hatte ich ausgesprochen, als auch die Schießerei schon aufhörte. Ich gab Bill und Tadeusz zwei Minuten, um sich in dem anderen Schlafzimmer häuslich einzurichten, dann schrie ich: »Feuer!«

Ich bestrich die Gegend, wo ich das Kettenfahrzeug gesehen hatte, und fast sofort gab es einen hellen gelben Schein, dann Flammen, und wenige Sekunden darauf hörten wir eine heftige Explosion, als der Tank in die Luft ging. Im Schein des Feuers sah ich ein gutes Dutzend Gestalten und zwei weitere Fahrzeuge, einen kleinen Armeelaster und einen Funkwagen. Ich korrigierte mein Visier und beglückte den Funkwagen mit dreißig Schuß. Wir besaßen keine Ferngläser, aber Grazyna berichtete mir von einigen Treffern, worauf ich die anderen das Feuer einstellen ließ.

In beiden Schlafzimmern stank es fürchterlich nach Kordit, und als ich zu Bill hinüberging, bemerkte ich erhebliche Schäden. Aus einer zerschossenen Leitung spritzte Wasser, und in einer Ecke kam bereits die Decke herunter. Nach weiteren zehn Minuten war es sowohl dunkel, als auch neblig. Als ich auf meine Uhr schaute, sah ich mit Schrecken, daß es gerade erst neun war. Es gab hundert Schuß Leuchtspurmunition für die Bren, die ich zusammen mit dem Ersatzlauf Bill überreichte und ihn bat, mir Deckung zu geben.

Wir marschierten über den Hof zur Nordmauer. Über dem Maschinenschuppen war eine Plattform, auf der etwa hundert Säcke Getreide und Saatgut lagerten, und nach einer kurzen Inspektionstour bemerkte ich zwei kreisrunde Fenster, die diesen Lagerraum mit Licht versorgten. Wir luden die Bren mit Leuchtspurgeschossen und belegten während der nächsten fünfzehn Minuten die Gegend, wo wir unsere Freunde vermuteten, mit Einzelfeuer. Anschließend zogen wir uns wieder in das Haus zurück.

Die nächsten zwanzig Minuten erhielten wir Dauerfeuer aus Norden; als sie schließlich Raketengeschosse einsetzten, gaben die Hofmauer und der steinerne Torbogen nach und nach ihre hundertjährige Standfestigkeit auf. Dann passierte fast zwanzig Minuten lang überhaupt nichts.

Wir hatten Zweidrittel unserer Munition aufgebraucht, und ich war nicht bereit, noch einmal anzufangen. Wenn sie sich in den Hof wagten, konnten wir sie wie die Kaninchen abschießen; wenn sie draußen blieben, waren wir im Augenblick sicher.

Inzwischen ging eine leichte Brise, und ich konnte eine Kirchturmglocke dreimal schlagen hören. »Wie weit ist diese Glocke entfernt?« fragte ich Czarny.

Er hob die Schultern. »Beinahe zwei Meilen«, dann hob er plötzlich die Hand. Er lauschte. »Kommt mit«, sagte er, »gehen wir in den Hof.«

Wir standen um ihn herum, während er den Kopf gesenkt hielt und die Augen geschlossen hatte, dann drehte er sich langsam herum und deutete nach Südwesten. »Da kommt ein Hubschrauber.«

Es dauerte noch weitere drei Minuten, bevor wir ihn hören konnten. Kurz darauf überflog er die Hofgebäude, hatte sie aber offenbar noch nicht entdeckt. Ich fragte den Polen nach einer Taschenlampe, um den Helikopter Zeichen zu geben, machte mir aber keine großen Hoffnungen.

Czarny schüttelte den Kopf. »Das sehen die nie von dort oben. Wir machen es anders. Ihr deckt die Hunde fünf Minuten lang ein und gebt mir Feuerschutz, während ich für ein Signal für den Hubschrauber sorge. In fünf Minuten geht ihr zur Südmauer und lauft rasch den Feldweg entlang, wo ich auf euch warten werde.«

»Was haben Sie vor, Tadeusz?«

Er lächelte grimmig. »Überlassen Sie das mir, Engländer. Ich weiß schon, was ich tue.« Und damit verschwand er in der Dunkelheit.

Ich ließ sie nicht alle Munition verschwenden, aber während der nächsten fünf oder sechs Minuten wechselten wir uns mit Dauerfeuer ab. Ich nahm Czarnys Sten-Maschinenpistole und seine restliche Munition, dann polterten wir die Treppe hinunter, durch die Küche und über den Hof zur Südwestecke des Gehöfts. Ich sah sofort, was der Pole getan hatte. Ein Weizenfeld stand bereits in Flammen, und der Wind fachte das Feuer weiter an. Als wir dort ankamen, standen bereits zwanzig Hektar in Flammen. Die ganze Gegend war hellerleuchtet; neben dem Feldweg lag ein Mann in Uniform ausgestreckt auf dem Boden, in den Händen eine Maschinenpistole. Er war tot.

»Sie haben anscheinend überall Posten aufgestellt«, sagte Czarny.

Er atmete schwer und hielt eine Hand krampfhaft auf die Brust gepreßt.

Der Helikopter schwebte etwa fünfzehn Meter über dem Boden, kreiste langsam, und hatte uns kurz darauf mit seinem Suchscheinwerfer entdeckt. Er landete, der Kopilot kletterte eine kurze Leiter hinab, sprang zu Boden und rannte zu uns herüber.

»Wer von euch ist Autenowski?«

Bill trat vor, kramte in seiner Tasche und zeigte ihm seinen Ausweis. Der Flieger betrachtete das Foto, sah dann Bill an und sagte: »Okay, wieviele Leute haben Sie?«

»Eine junge Dame, zwei weitere Männer und ich selbst.«

»Scheiße, damit sind wir überladen. Einer muß wohl zurückbleiben.« Er blickte Grazyna an. »Okay, Miss, Sie zuerst.«

Wir sahen beide zu dem Helikopter hin und warteten auf das Zeichen für den nächsten, der an Bord gehen sollte. Ich sagte zu Bill: »Lassen wir den Polen als nächsten gehen.« Er nickte, und ich wandte mich zu Czarny um.

Ich hatte gesehen, wie er die Hand auf die Brust preßte, und fragte ihn daher: »Sind Sie verletzt?«

Er nickte nur, und in seinem Gesicht lag etwas, das mich sehr beunruhigte.

»Macht nichts, Tadeusz. Die flicken Sie schon wieder zusammen.«

Er schüttelte langsam den Kopf. »Ich kann nicht gehen.«

»Warum nicht?«

Er nahm die Hand von der Brust. Darunter war ein Loch, ein riesengroßes Loch, und das Fleisch hing in Fetzen darum herum. Ich konnte zwei freiliegende Rippen sehen, sie waren sauber, strahlend weiß. Dahinter bildete sich rötlicher Schaum, Blut quoll aus der Wunde und rann ihm langsam die Brust hinunter.

Er stand einfach da, nicht länger ein Mann, sah mich nur an, und seine großen braunen Augen baten verzweifelt um ein Wunder. Nicht länger ein Mann, weil er aussah wie ein Kind, das seinen verletzten Finger zeigt und auf ein Stück Leukoplast wartet.

Ich blickte ihm ins Gesicht und wußte nicht, was ich tun sollte. Ich schlang beide Arme um ihn, drückte seinen Kopf an meine Schulter und küßte ihn wie ein kleines Kind auf die Stirn. Dann ließ ich ihn vorsichtig zu Boden gleiten, denn er war bereits tot.

Bill zog mich am Arm, und wir rannten beide zu dem Hubschrauber. Grazyna preßte ihr Gesicht an das Kabinenfenster, der Pilot hielt uns die Tür auf, und Bill kletterte hinauf, aber ich hatte plötzlich keine Kraft mehr, und sie mußten mich an den Armen in die Maschine hochziehen.

24

Angestrengt peitschten die Rotorblätter durch die Luft. Der Hubschrauber kippte alarmierend zur Seite, dann stiegen wir rasch. Während er die Lampen abschaltete, sagte der Pilot: »Ich fürchte, ihr werdet ziemlich durchgeschüttelt, weil wir die ganze Strecke dicht über dem Boden fliegen müssen, um der Radarüberwachung zu entgehen.« Und für zwei lange Stunden behielt er recht. Vom Boden her mögen Hubschrauber ja wie Libellen aussehen, aber für uns erschien es zwei Stunden lang eher wie eine Kreuzung zwischen einem Stierkampf und einem Rodeo. Dann flammten plötzlich die Lichter auf, und der Kopilot wandte sich um. »Ihr scheint es ja ganz gut überstanden zu haben. Jetzt ist das Gröbste geschafft. Die Grenze liegt bereits hinter uns, außerdem haben wir ein NATO-Nachtmanöver arrangiert, wodurch wir sicher sein können, daß die Brüder uns nicht über die Grenze hinweg verfolgen.«

Etwa fünfzehn Minuten später kippte er den Helikopter zur Seite und deutete nach unten. »Das ist Wien.« Und so war es tatsächlich. Man konnte beinahe die Musik hören. Wir landeten in einer dem Militär vorbehaltenen Ecke des Wiener Flughafens, und als wir über das Vorfeld marschierten, sagte der Pilot: »Ich bringe euch zu eurem Empfangskomitee, aber dann muß ich mich verabschieden und nach Linz zurückfliegen.«

Im Abfertigungsgebäude führte er uns in einen Korridor bis zu einer Tür mit einem Schild: »Flughafenpolizei Wien«.

»Klopft an und geht einfach hinein«, sagte er.

Drinnen wurden wir von einem freundlichen Zivilisten erwartet, der von seinem Schreibtisch aufstand und auf uns zukam. »Wer von Ihnen ist Bill Autenowski?«

Bill zeigte wieder seinen Ausweis und stellte uns vor.

»Okay, ich soll mich um Sie kümmern und in die nächste Maschine nach London setzen. Sie haben noch eine gute Stunde Zeit. Sie können sich frischmachen, baden, rasieren, etwas essen – ich habe alles vorbereitet.«

Bill warf mir einen Blick zu. »Ich hänge mich jetzt ans Telefon und beruhige unsere Freunde in London. Du nimmst am besten Grazyna mit, machst dich wieder präsentabel und gehst etwas essen; ich trinke dann Kaffee mit euch.« Als Grazyna und ich zur Tür gingen, fügte er mit leiser Stimme hinzu: »Denkt daran, daß ihr beide Sicherheitsrisiken seid, und das Risiko fängt an, sobald ihr auf den Flur hinausgeht. Möchtest du eine Pistole?«

Ich grinste. »Nein, danke. Ich habe Grazynas Luger behalten.« Bill schüttelte ungläubig den Kopf und schob mich durch die Tür.

Ich brauchte zehn Minuten, Grazyna zwanzig, aber danach sah sie schön und frisch wie der Morgen aus, sie hakte sich bei mir unter, und wir gingen zusammen in das Restaurant. Wir aßen Schnitzel, und bei der zweiten Runde Kaffee kam Bill an unseren Tisch. »Jim und Joe wollten euch ursprünglich in Heathrow in die Arme schließen, aber das wurde abgeblasen. Ihr bleibt beide heute nacht im ›Hilton‹, morgen früh werdet ihr dann abgeholt.«

Es war bereits zwei Uhr morgens, als die BAC-111 endlich startete. Bill hatte uns genaue Instruktionen gegeben, wo wir alle sitzen sollten – Grazyna am Fenster, ich neben ihr und Bill auf dem Sitz zum Mittelgang hin. Die Sitzreihen hinter uns und vor uns waren entfernt worden, und ich fühlte mich sehr erleichtert über all diese Sicherheitsvorkehrungen. Zur Feier des Tages bestellten wir bei der Stewardeß eine Flasche Champagner; als das Mädchen Bill das Wechselgeld zurückgab, sagte er: »Wecken Sie mich bitte eine Viertelstunde vor unserer Landung in Gatwick.«

Sie lächelte nachsichtig. »Tut mir leid, Sir, aber wir landen nicht in Gatwick. Dieser Flug geht nach Heathrow, und ich werde Ihnen fünfzehn Minuten vorher Bescheid sagen.«

Bill nickte und vertiefte sich in ein Buch. Knapp zwei Stunden später knackte es im Lautsprecher, und eine Stimme verkündete: »Hier spricht der Kapitän. Wegen schlechter Sichtverhältnisse über Heathrow-Airport wird dieser Flug nach Gatwick umgeleitet. Busse zum BEA-Terminal in Kensington stehen zur Verfügung. Wir werden in etwa fünfzehn Minuten landen.« Bill sah mich an und zwinkerte mir zu. Als die Stewardeß das nächstemal vorbeikam, warf sie Bill einen mordlustigen Blick zu.

Als wir die Paßkontrolle in Gatwick erreichten, wartete dort einer unserer Leute auf uns und winkte uns ohne Aufenthalt durch. »Ich habe eine Nachricht für Sie in unserem Büro«, sagte er dann.

Die Nachricht war für Bill, der London anrufen sollte, und als er aus dem inneren Büro zurückkam, erklärte er: »Ich habe gerade mit Joe Steiner gesprochen. Aus Sicherheitsgründen wurde dieser Flug nach Gatwick umgeleitet, weil der gesamte KGB in London aufgescheucht ist. Wir glauben nicht, daß sie schon einen Plan haben, andererseits möchten wir sie auch nicht auf dumme Gedanken bringen. Wenn ihr also nicht zu müde seid, würde ich euch gerne direkt nach Whitehall bringen.«

Ich blickte Grazyna an. »Wie fühlst du dich, Darling?«

»Hervorragend.«

»Okay, Bill.«

»Draußen steht ein Wagen für uns.«

Der Fahrer brachte uns in flottem Tempo nach London, wo er uns vor dem Verteidigungsministerium absetzte. »Zwei Minuten, Bill«, rief ich, nahm Grazyna bei der Hand und führte sie zu dem Kriegsdenkmal. Dort nahm ich ihren Kopf in beide Hände, gab ihr einen Kuß und sagte: »Weil Männer nie an so etwas denken – herzlich willkommen in England.« Sie lachte und erinnerte sich daran, was sie zu mir in Warschau gesagt hatte. Sie küßte mich noch einmal, blickte dann über den St. James Park zu der Silhouette irgendeines Gebäudes am Queen Anne's Gate und meinte: »Schau mal, das sieht genau wie der Kreml aus.« Und sie hatte recht, verdammt noch mal.

Als wir das Ministerium betraten, wartete Joe Steiner auf uns und begrüßte uns überschwenglich. Er führte uns dann in den ersten Stock in ein sehr vornehmes Büro. Dort befanden sich Jim Railton, ein junger Mann, den ich nie zuvor gesehen hatte, und eine Unmenge leerer Kaffeetassen. Jim Railton begrüßte Grazyna überaus freundlich, dann durften wir Platz nehmen.

Jim warf mir einen Blick zu. »Bevor ich anfange, habe ich zuerst einmal ein paar Kleinigkeiten für dich. Einen Paß«, er schob ihn über den Tisch, »und noch einen für Miss Kujawska.« Mit einem warmen, beinahe väterlichen Lächeln reichte er ihr den Paß und fuhr fort: »Natürlich bekommen Sie einen neuen, wenn sich Ihr Name ändert.« Dann warf er mir eine kleine Schachtel zu. Ich öffnete sie und fand darin einen herrlichen Brillant-Verlobungsring mit einer kleinen Karte: »Gestiftet von den dankbaren Steuerzahlern.« Als ich zögerte, sagte er ungeduldig: »Na los, steck ihn ihr an den Finger.« Ich tat es. Wenn sie sich darüber freute, warum, zum Donnerwetter, weinte sie dann?

Taktvoll wie immer räusperte Jim Railton sich und fuhr fort: »Wir hielten diesen Kriegsrat für notwendig, weil ihr beiden Zielscheiben für den KGB abgebt, falls wir nichts dagegen unternehmen. Ich hatte noch keine Zeit, mit Joe darüber zu sprechen, also stecken wir am besten gemeinsam die Köpfe zusammen. Der Grund, warum wir unseren Schlaf opferten, ist ganz einfach der, daß wir uns sehr rasch etwas einfallen lassen müssen, bevor die Brüder sich noch einen Plan zurechtlegen.«

»Wieviel weiß eigentlich die Presse davon?« fragte ich.

Er verzog das Gesicht. »Überhaupt nichts. Gestern hat einer unserer Freunde hier in London um politisches Asyl nachgesucht, wir nahmen die Gelegenheit wahr und erklärten knapp hundert Botschaftsangehörige zur ›Persona non grata‹. Wir haben damit einige Trümpfe für weitere Verhandlungen in der Hand, und die Zeitungen sind natürlich voll beschäftigt. Es gab einen ziemlichen Wirbel.«

Grazyna unterbrach ihn. »Meiner Ansicht nach müssen wir uns die meisten Sorgen um Samantha machen. Wie können wir sie schützen?«

Jim Railton wischte sich ein nicht vorhandenes Stäubchen vom Revers. »Wir wissen, daß sie im Augenblick ziemlich sicher ist; außerdem können wir erheblichen diplomatischen Druck ausüben, weil sie nach wie vor ein Mündel des englischen Vormundschaftsgerichts ist und die britische Staatsbürgerschaft besitzt. Wir können sie wissen lassen, daß wir Sammys Schicksal aufmerksam verfolgen werden.«

Grazyna schüttelte den Kopf. »Das reicht nicht aus. Wenn der KGB Edward oder mich unter Druck setzen will, schert er sich nicht um diplomatische Verwicklungen.«

Joe Steiner mischte sich ein. »Hört zu – warum überlaßt ihr nicht mir die ganze Sache? Ich kann sie euch in zehn Minuten vom Hals schaffen.«

Er stand auf und steckte die Hände in die Taschen, als sei er der ganzen Verhandlung überdrüssig und wolle nur die Kinder zu Wort kommen lassen, bevor Papa dann endgültig die Sache in die Hand nahm.

»Was hast du vor, Joe?« fragte Jim Railton.

Er grinste. »Berufsgeheimnis, Jim. Es braucht nichts weiter als ein kurzes Telefongespräch mit Moskau. Ich halte einen kleinen Plausch mit Yuri, und dann werden er und ich ein Abkommen treffen.«

»Was für ein Abkommen?«

»Ich hab dir schon gesagt – Berufsgeheimnis. Ich sage nichts weiter als daß es funktionieren wird und uns keinen Penny kostet. Ich weiß doch genau, was am Ende bei euch herauskommt. Irgendeine wachsweiche Drohung, daß ihr einen oder zwei ihrer Leute umlegen würdet, wenn Sammy oder Grazyna oder Ted etwas passiert. Das funktioniert nicht. Ich habe dieses Spielchen schon zu oft mitgemacht. Alle möglichen Leute werden abgemurkst, und jedem steht es bis obenhin, so daß man am Schluß überhaupt die Übersicht verliert, wer jetzt eigentlich dran ist. In der Zwischenzeit profitiert nur einer davon – der Bestattungsunternehmer. Überlaßt es doch einfach mir.«

»Okay, Joe, hier ist das Telefon. Das grüne.«

Er nahm den Hörer ab. »Geben Sie mir Yuri Andropow in Moskau. Persönlich, keine Sekretärin und kein Kindermädchen. Sagen Sie ihm, Joe Steiner aus London möchte ihn sprechen.«

Er legte wieder auf und bearbeitete seine Fingernägel mit einem kunstvoll geschmiedeten Brieföffner. Er wußte offenbar genau, was er tat und daß es klappen würde. Er machte sich nicht einmal Gedanken darüber, denn er drehte sich zu mir herum und sagte: »Nachher habe ich einige Post für dich. Wo gehst du von hier aus hin?« Aber bevor ich antworten konnte, klingelte das grüne Telefon.

»Hallo, Yuri! Wie ist das Wetter heute abend in Moskau – aber, aber, Yuri. Sie wissen doch, daß es eine alte englische Sitte ist, sich zuerst einmal nach dem Wetter zu erkundigen, bevor wir zum geschäftlichen Teil kommen – natürlich können wir das. Wie war das? – Richtig, ganz meine Meinung, die PZPR gehört endlich auf Vordermann gebracht, aber gehen Sie nicht gleich die Wände hoch. Die Burschen sind noch neu in der Branche und müssen eben noch lernen. – Richtig, die Wände hochgehen habe ich gesagt – das bedeutet, ärgern Sie sich nicht, machen Sie sich keine Sorgen – natürlich, ich weiß doch, Sie machen sich Sorgen. Okay, zur Sache. Bailey und das Mädchen sind hier in London – um Himmels willen, nein, wir behandeln sie nicht als eine Überläuferin – ich dachte, ihr Russen wärt so romantisch – es ist lediglich eine Romeo-und-Julia-Sache. Nein, natürlich erzählen wir der Presse nichts – warum sollten wir denn, verdammt noch mal?

– Was? – Ach, der Rausschmiß eurer Diplomaten? Das ist eine völlig andere Geschichte. Natürlich rechnen wir damit, daß ihr auch ein paar von unseren Leuten hinauswerft, aber schließlich ist unsere Botschaft in Moskau nicht einmal ein Viertel so groß wie euer Palast in Kensington. Außerdem ist das eine Sache für die Diplomaten – wir beide, Yuri, sind nur ehrliche und einfache Soldaten. Um mal einen Moment das Thema zu wechseln, wie geht es übrigens Ihrer hübschen blonden Gattin? – Wie war das? – Nein, nicht Olga, ich dachte, sie hieß Maryka – Yuri, ich bitte um Entschuldigung – in unseren Unterlagen taucht sie als Ihre Frau auf – ich hätte schwören können, daß Ihr Doppelzimmer im Claridge für Mr. und Mrs. war – natürlich, alter Freund – natürlich, verstehe. Ja, so etwas Ähnliches haben wir auch bei unserer Marine. Da gibt es einen speziellen Trinkspruch: ›Auf unsere Freundinnen und unsere Frauen, auf daß sie sich nie kennenlernen.‹ Nein, natürlich, das erfährt keine Menschenseele von mir. Yuri, das bleibt absolut unter uns, ich gebe Ihnen mein Wort darauf. – Nein, es geht nicht nur um Bailey und das Mädchen. Es handelt sich vor allem um Sammy, Baileys Tochter. Sie wissen, daß sie ein Mündel des englischen Vormundschaftsgerichts ist, und wenn eure Leute sie nicht in Frieden lassen, gibt es einigen diplomatischen Ärger – natürlich können wir uns einigen. – Okay, schießen Sie los, was möchten Sie gerne wissen? – Ob wir was? – Nur Mut, Yuri, kein Grund zur Schüchternheit. – Verstehe, Sie wollen wissen, ob wir mit den Amerikanern im Sicherheitsrat für die vorgeschlagenen israelischen Grenzkorrekturen stimmen werden.«

Joe warf Bill Railton einen bittenden Blick zu, worauf dieser mit dem Daumen nach unten deutete. »Okay, Yuri, wenn ich Ihnen das beantworte, kommen wir dann zu einer Einigung? – Prima. Wir stimmen nicht mit den Amerikanern – natürlich ist es möglich, daß unsere Leute es sich noch anders überlegen, aber ich betrachte es als Teil des Abkommens, daß ich Sie über alle Entwicklungen auf dem laufenden halte. Gut, dann sind wir uns einig, Yuri. Sie pfeifen hier Ihre Bluthunde zurück und sind mir außerdem für Sammy verantwortlich. Prima – sagen Sie mir nur Bescheid, wenn ich irgend etwas für Sie tun kann – Doswidanja.«

Er legte auf und ließ seinen Blick über unsere Runde schweifen. »Seid ihr alle zufrieden?«

Und ich sagte: »Joe, du bist einmalig.«

»Ich weiß, ich bin der Größte.«

Ted Allbeury

Operation Schneeball

(Snowball, 1974)

Deutsch von
Ursula Schottelins

Ullstein Krimi

1

Michèle Marlowe oder Ethel Bates – wie sie ihre Mutter gerufen hatte – war die stolze Besitzerin einer Oberweite von 96 cm, und im Augenblick etwas müde. Sie trat immer als letzte in der zweiten Spätvorstellung des Lotus-Striptease-Klubs auf, der vierte von der Ecke Soho Lane und Wardour Street aus gerechnet. Anders als bei ihren Kolleginnen im Showgeschäft war diese letzte Nummer nicht der Höhepunkt der Vorstellung, weil die wenigen letzten Gäste eigentlich mehr an einem freundlichen Beieinander als an den Künsten einer Nackttänzerin interessiert waren. Das soll nicht heißen, daß dienstfreie Portiers, Drogenhändler und das Gelichter von Soho einen anständigen Striptease nicht zu schätzen wußten, wenn er ihnen geboten wurde, aber Ethel neigte dazu, sich auf den Lorbeeren ihres strahlenden Charmes auszuruhen . . .

Es war beinahe zwei Uhr morgens, als sie in ihre Wohnung in der D'Arblay Street zurückkam, und gleich beim Lichtanknipsen sah sie das Geld auf dem Kaminsims. Vier Pfundnoten und neun 10-Pence-Münzen. Die zehnte Münze hatte sie in ihrer Tasche als ständige Mahnung an Londons Sündenpfuhl. Erst gestern nachmittag war einer ihrer Freunde – jeder, der auch nur eine Stunde bei ihr blieb, galt als Freund – knapp an Scheinen gewesen, hatte aber genug Kleingeld. Sie hatte die Münzen strahlend angenommen – »auch Kleinvieh macht Mist, mein Schatz« –, und als er gegangen war, hatte sie eine Münze in den Stromzähler gesteckt, und dabei war sie auseinandergebrochen. Es war gute Arbeit, innen ein Hohlraum, in dem ein kleines Stück Zelluloid steckte wie ein Sinnspruch in einem weihnachtlichen Knallbonbon. Aber Ethel gab mehr auf Papierhüte als auf Sinnsprüche und hatte gar nichts übrig für Scherze, bei denen anständige Geldstücke kaputt gingen.

Am frühen Sonntagabend hatte der Kriminalpolizist Lovejoy Ethel besucht. Lovejoy gehörte zur Londoner Sittenpolizei. Aber als typischer Leser des »New Statesman« hatte er ein Herz für die »von einer materialistischen Gesellschaft Ausgestoßenen, die in dem ungleichen Kampf resignierten« – und ein besonders warmes Herz hatte er für 96er Oberweiten. Es hieß zwar unter den Mädchen, daß wenn man sich erst einmal für einen Polypen hinlegte, kein Ende mehr abzusehen sei, aber Ethel stimmte doch mehr ihrer Mutter zu, daß man in der Not seine Freunde erkenne. Und zweifellos war der Kriminalbeamte Lovejoy ein bedürftiger Freund – meistens an Sonntagnachmittagen. Und wie Ethel zu sagen pflegte, »hinterher wollen sie nichts weiter als eine Tasse Tee«. Während sie also Tee miteinander tranken, zeigte Ethel Lovejoy die falsche 10-Pence-Münze. In zwei Sekunden dämmerte es ihm, was er da in der Hand hatte, und in weiteren fünf dachte er sich die Geschichte aus, die er in der Albany Street erzählen würde, wenn er seinen Fund vorzeigte. Er gab Ethel 50 Pence als Entschädigung.

In der Spalte, die in der letzten Ausgabe des »Evening Standard« vom Montag für nach Redaktionsschluß eingegangene Nachrichten reserviert war, hieß es in einem Vierzeiler, daß der zweite Koch des polnischen Passagierschiffes »Batory« in England um politisches Asyl nachgesucht hatte, »da ihn die sowjetrussische Politik abstoße«. Der Innenminister untersuche den Fall. Und obgleich die Nachricht in den meisten Exemplaren des »Evening Standard« fast unleserlich war, war sie doch – durchaus angebracht – rot gedruckt.

Zum vierten Mal in zwei Tagen untersuchte ein Mann das Metallschild, in einem Blumenbeet in Kensington Gardens, auf dem »Dianthus Barbatus« stand, und sagte zum vierten Mal »Cholera Przekleta«, was im Polnischen ein nicht gerade feiner Ausdruck ist.

Die polnische Botschaft in der Weymouth Street war hell erleuchtet. Der scheidende französische Botschafter sollte um acht Uhr eintreffen, und es gab noch viel zu erledigen. Der Botschafter selbst war bei diesen Gelegenheiten nie in bester Form und mußte sich immer eine halbe Stunde vorher in sein Büro zurückziehen, um einige schöne Redensarten in der für diesen Abend angemessenen Sprache vorzubereiten. Da er zwei Jahre Vertreter Polens bei den Vereinten Nationen gewesen war, hatte er in dem dortigen ruhigen Fahrwasser gelernt, daß eine treffende lateinische Redensart schlimmstenfalls überall akzeptiert wurde, außer bei den Amerikanern. Für die ersten zehn Minuten des heutigen Abends meinte er, mit »beatus ille qui procul negotiis . . . paterna rure bobus exercet suis« auszukommen, aber das klingt vielleicht doch etwas nach Chruschtschow, so daß er sich für »auspicium melioris aevi« entschied, worüber sich niemand aufregen konnte. Er hatte sich gerade eine Zigarre angezündet, als es energisch an die Tür klopfte. Seufzend sagte er »Herein«.

Erstaunt sah er seinen Chauffeur, Pawel Krezki, vor sich, und noch erstaunter war er, als sich Krezki, ohne auch nur um Erlaubnis zu fragen, setzte und mit der Faust auf den Tisch schlug.

»Was zum Teufel wird wegen des Mannes von der ›Batory‹ unternommen?«

Bis jetzt war Seine Exzellenz immer der Meinung gewesen, daß er einer der wenigen Botschafter von jenseits des Eisernen Vorhangs war, dessen Chauffeur tatsächlich ein Chauffeur war. Aber er war nun schon sieben Jahre Botschafter und merkte sofort, woran er war. Er sprach sehr ruhig.

»Genosse Krezki, ich meine, Sie sollten bedenken, mit wem Sie reden.«

Krezki sagte: »Wenn Sie Ihren Safe öffnen, Genosse, werden Sie einen versiegelten roten Umschlag sehen. Bitte öffnen Sie ihn.«

Einen Augenblick später lag er geöffnet auf dem Schreibtisch Seiner Exzellenz. Er enthielt nur einen Bogen guten, festen, weißen Briefpapiers. Alle Betroffenen konnten daraus entnehmen, daß der Genosse Chauffeur Pawel Krezki gleichzeitig auch Major Krezki von Z-11 war, der polnischen Variante des russischen KGB.

»Also, Major, Sie wollen wissen, was mit dem Überläufer geschieht? Wir haben beim britischen Innenminister protestiert und natürlich eine Unterredung mit ihm verlangt, mehr können wir im Augenblick nicht tun.« Er legte seine Hände auf die Tischplatte, als ob er gleich aufstehen wollte, aber Krezkis Gesicht war rot vor Wut.

»Borowski, ich will diesen Mann, und zwar hierher und sofort, und das fällt in Ihre Verantwortung. Ich möchte nichts Nachteiliges über Ihre Kooperationswilligkeit berichten müssen, und daher möchte ich diesen Mann.«

Aber auch Botschafter Borowski verfügte über einigen Einfluß sowohl in Moskau wie in Warschau und ließ sich auch nicht von Majoren des Nachrichtendienstes einschüchtern. Er stand auf, legte den Arm um Krezkis Schulter und schob ihn zur Tür. »Genosse Major, ein Botschafter hat viele Verpflichtungen – wir dürfen nicht übertrieben eifrig reagieren, oder die Engländer werden argwöhnisch.«

Am liebsten hätte er jetzt seinen Wagen verlangt, aber das hätte vielleicht zu provozierend gewirkt. Levitski in Paris war aus geringfügigerem Anlaß zusammengeschlagen worden.

Als der Kriminalbeamte Lovejoy seine kleine Versöhnungsgabe dem Kriminalinspektor Lowrie überreichte, hatte er doch zehn unangenehme Minuten durchzustehen.

»Und wie kamen Sie an einem Sonntagnachmittag ausgerechnet dorthin, Lovejoy?«

»Nun ja, Sir, das Mädchen hat mir schon mehrere Male bei Untersuchungen geholfen.«

»Das haben Sie doch wohl unter dem jeweiligen Datum bei Ihren Protokollen?«

»Ja, Sir.«

»Gut, zeigen Sie bitte her.«

Nach ein paar Minuten blickte der Inspektor von dem Notizbuch auf. »Ich werde Ihnen etwas sagen, Lovejoy. Für mein Gefühl sind hier verdammt viele Sonntage eingetragen.«

Er fuchtelte mit einem Bleistift Ihrer Majestät dem verlegenen Lovejoy vor den Augen herum. »Ich möchte Sie bloß warnen, mein Kleiner, lassen Sie das um Gottes willen sein, oder Sie finden sich eines schönen Sonntagmorgens in den verdammten ›News of the World‹ wieder, und zwar nicht mit einer Empfehlung des Polizeichefs. Ich möchte einen schriftlichen Bericht hierüber, ehe Sie heute abend den Dienst beenden.«

Eine Kopie des Berichtes und die Münze selbst gingen eine Stunde später an Commander Bryant von der Sonderabteilung.

2

Die drei Franzosen hatten in einem Abstand von je einer halben Stunde im Hilton Zimmer bezogen, alle auf dem gleichen Flur. Sie hatten sich als Pierre Firette, Kaufmann; André Prouvost, Schriftsteller, und Paul Loussier, Ingenieur, eingetragen. Später trafen sie sich im Tea-Room, und nachdem sie sich beim Kellner über die Qualität des Blätterteiggebäcks beschwert hatten, machten sie sich an das Geschäftliche. Prouvost zeigte sich überzeugt, daß »Le Monde«, bei Vorlage von Fotokopien, die Dokumente abdrucken würde. Alle drei waren sich einig, keine Verbindung mit der französischen Botschaft aufzunehmen. Und Firette sollte der Kontaktmann zu den Polen sein.

»Ich möchte einige Punkte aufschreiben, Miss Bates, Ethel Bates, nicht wahr?«

»Ethel Sandra Bates, ganz genau.«

»Wo wurden Sie geboren?«
»Abinger Gardens 72, Stepney.«
»Alter?«
»Zwanzig.«
Sie merkte, daß er zögerte, es hinzuschreiben, und als er aufblickte, sagte sie: »Nun ja, das ist mein Bühnenalter – gesetzlich sozusagen bin ich fünfundzwanzig, aber«, fügte sie hinzu, »es macht mir natürlich nichts aus, wenn Sie es wissen, Commander.« Der Commander gefiel ihr eigentlich, und die Sonderabteilung kam ihr überhaupt etwas schicker vor als die Sittenpolizei. »Berichten Sie nun bitte, was das für ein Mann war und was passierte – nur andeutungsweise natürlich«, fügte er hastig hinzu.
Als sie ihre Geschichte vorgetragen hatte, sagte er: »Sie haben sein Äußeres sehr gut beschrieben, wie war sein persönliches Auftreten?«
»Ja, ich würde sagen, er wirkte ausländisch – verbeugte sich oft und machte Kratzfüße. Zweimal küßte er mir die Hand – das war vorher natürlich –, und er wußte nicht richtig mit dem Geld Bescheid. Er kannte die Pfundnoten, aber bei den Münzen mußte ich ihm helfen.«
»Und Sie sind sicher, ihn noch nie zuvor gesehen zu haben?«
»Nein, er war mir völlig unbekannt.«
»Und wie lernten Sie ihn kennen?«
»Ja, ich ging die Treppe hinunter, um ein bißchen frische Luft zu schnappen, und er ging einige Male an mir vorbei, vielleicht vier- oder fünfmal, und ich merkte, daß er interessiert war, und dann kam er zu mir und sprach mich an.«
»Hatte er einen Akzent – was sagte er genau?«
Einen Augenblick schlug sie die großen blauen Augen nieder, aber dann sah sie ihn an und sagte: »Er sagte einfach – wieviel?« Commander Bryant klappte sein Notizbuch zu und sagte: »Sie haben uns sehr geholfen, Miss Bates, ich bin Ihnen sehr dankbar.«
Ein Strahlen ging über ihr Gesicht. »Wie wär's mit einem Schluck Tee, ehe Sie gehen?«
»Ich habe noch nie Tee ausgeschlagen, Miss Bates.«
Sie stand auf, strich ihren Rock herunter, so daß er beinahe ihr Hinterteil bedeckte, ergriff zwei Emaillebecher auf dem Kaminsims und ging auf eine halb geöffnete Tür zu. Sie ließ sie auf, und Commander Bryant war plötzlich vor eine jener Eignungsprüfungen gestellt, die auf der Polizeischule nicht gelehrt werden.

Als sich Miss Bates nach vorne beugte, wurde deutlich, daß sie nicht nur keinen Slip trug, sondern daß sie auch einen der entzückendsten Hintern besaß, die er je das Vergnügen gehabt hatte, anzuschauen. Aber die Initiative, die in solchen Tests verlangt wurde, hatte er zu beweisen, als ihm klar wurde, daß sie gerade an der Kette gezogen hatte und die beiden Becher zierlich im fließenden Wasser des WC-Beckens ausspülte. Eilig stand er auf. »Miss Bates, bei näherer Überlegung sollte ich Ihre freundliche Einladung doch nicht annehmen. Es könnte Gerede entstehen, und man weiß nie, was die Zeitungen sogar aus einer unschuldigen Tasse Tee machen.«

Gott sei gedankt für eine wachsame Presse, dachte er, wohin kämen wir ohne ihren Schutz.

Der Dritte Sekretär der polnischen Botschaft war als einziger des diplomatischen Stabes kein Parteimitglied, aber Botschafter Borowski hielt ihn für besonders nützlich, wenn es um Verhandlungen mit den Engländern ging. Der Dritte Sekretär Suslik war Kampfflieger eines polnischen Geschwaders der R.A.F. gewesen. Er schien die Engländer und ihre komplizierte Denkweise zu verstehen und erreichte dadurch manches, was sich auf normaler diplomatischer Ebene festfuhr. Als Suslik informell beim Außenministerium um ein Interview mit dem Überläufer von der »Batory« ersuchte, wurde er aufgefordert, ihn in Gegenwart eines älteren Beamten bei einer Tasse Tee zu sprechen.

Im Außenministerium war man an die Einschüchterungsversuche und Drohungen gegenüber den Familien während der Interviews von Diplomaten aus Ländern hinter dem Eisernen Vorhang mit ihren abtrünnigen Landsleuten gewöhnt, und daher machte Suslik einen guten Eindruck. Er hatte sofort erkannt, daß der Mann eine Art Mitarbeiter in einer der Z-11-Zellen in England war, aber er behielt den leichten und entspannten Unterhaltungston bei. Als er schließlich um fünf Minuten allein mit dem Überläufer bat, hörte man ihn wenigstens an.

»Was beabsichtigen Sie, Mr. Suslik?«

»Nun, ich bin eigentlich überzeugt, daß der Mann hier bleiben will, und unter dieser Voraussetzung glaube ich, meine Pflicht getan zu haben, und wir sollten uns zurückziehen. Seine Kritik ist nicht völlig unbegründet – mein Land hat viel durchgemacht, und wir kämpfen noch ums Überleben –, dennoch bin ich daran interessiert, seine wahren Gründe zu erfahren, weil ich überzeugt bin, bisher nur einen Teil der Geschichte gehört zu haben. Ich denke, er wird sich allein mit mir freier geben, ich möchte es wenigstens versuchen. Wir müssen ja zumindest die Dissidenten anhören, wenn wir die Verhältnisse verbessern wollen.«

Das Außenministerium war schon zu der Überzeugung gekommen, daß der Überläufer wahrscheinlich aus emotionalen Gründen gehandelt hatte und nicht zu Propagandazwecken benutzt werden konnte, so wurden Suslik seine fünf Minuten zugestanden. Als die Tür geschlossen war, lehnte er sich in seinem Stuhl zurück und sagte: »Also, Zygmund, nun sind wir unter uns, jetzt sagen Sie mir, worum es wirklich geht. Ich werde wahrscheinlich angeben, daß Sie persönlichen Kummer haben und daß Ihnen gestattet werden sollte zu bleiben. Wir können die Sache erleichtern, wie Sie wissen, oder erschweren.«

Zygmund Kujawski bedauerte schon beinahe seine impulsive Handlung und meinte nun eine Chance zu sehen, sich mit beiden Seiten gutzustellen. Er sprach so leise, daß es beinahe ein Flüstern war.

»Ich wurde angewiesen, zwei Münzen an gewissen Plätzen zu hinterlegen«, begann er und erzählte dann die Episode mit dem Mädchen und die Verwechslung der Münzen. Suslik prägte sich die Einzelheiten genau ein, und schließlich lachten sie beide darüber, wie törichte Zufälle das eigene Leben so verändern konnten. Er beruhigte Kujawski und erklärte dann dem Mann vom Außenministerium, daß offensichtlich eine törichte Affäre mit einem Mädchen schiefgelaufen war.

Die auf Band aufgenommene Unterhaltung war zwei Stunden später ins Englische übersetzt worden und befand sich kurz nach dem Lunch bei der Sonderabteilung.

Botschafter Borowski gab die schlechte Nachricht an Major Pawel Krezki weiter.

In einem Zimmer im 3. Stock am schäbigen Ende der King's Road riß Pawel Krezki das braune Streifband von einem Exemplar des »Paris Match« und schlug die erste Seite des Leitartikels auf. Er hielt die Seite schräg gegen das Licht, und da war er – ein glänzender Punkt. Er berührte ihn mit einer Rasierklinge, und er ließ sich leicht vom glänzenden Papier lösen. Es mag sein, daß es auch kommunistische Agenten gibt, die tatsächlich Körperpuder benutzen, denn alle haben eine Büchse davon bei sich. Es ist das KGB-Standardversteck des Lesegerätes für einen Mikropunkt.

Als er das Gerät zusammengesetzt und den Mikropunkt fixiert hatte, lenkte Krezki das Licht auf den dünnen Film, und der Text kam klar und scharf heraus. Es war ein Brief von seiner Frau Ilse, das übliche Gerede – wie sehr sie ihn vermißte, wie gut die Jungen in der Schule vorankämen, ob er noch 200 Zlotys mehr im Monat erübrigen könnte, und ob er ein weißes Kleid mit enganliegendem Oberteil und Ziermünzen an dem weiten Rock für sie aufgetrieben habe. Der KGB und das Z-11 achteten darauf, daß die Familien miteinander in Verbindung blieben, aber das war der zweite Brief, den er innerhalb von zwei Monaten von zu Hause bekommen hatte, und das war mehr als allgemein üblich. Er fragte sich, was das wohl zu bedeuten habe. Es konnte heißen, daß sie zufrieden waren, aber auch, daß sie Zweifel hatten. Aber sie hatten ihm diesen besonderen Posten gegeben – er arbeitete eigentlich für den KGB. Noch konnten sie nicht erfahren haben, daß der Kurier zu den Engländern übergelaufen war, es sei denn, dieser verdammte Botschafter hatte die guten Nachrichten schon weitergegeben. Solange er nicht im Besitz des Mikrofilms war, konnte er nichts unternehmen, noch nicht einmal mit den Franzosen in Verbindung treten. Er warf den Mikropunkt in den Ofen, selbst auf der heißen Kohle flammte er kaum auf.

In Fort George Meade in Maryland war es drei Uhr morgens, und Hank Peters parkte seinen Pariser Pontiac auf dem Personalparkplatz und gab seine Schlüssel an dem äußeren Checkpoint ab. Eine Wache prüfte seinen Paß und die Identitätskarte, während ein zweiter ein leichtes Maschinengewehr auf Peters Beine gerichtet hatte. Der Stacheldrahtzaun war drei Meter hoch. Die gleiche Prozedur fand bei dem zweiten Wachposten an einem ähnlichen Zaun statt.

Ex-Leutnant z. See Peters war Mathematiker und kein Seemann. Er arbeitete jetzt seit achtzehn Monaten in der Unterabteilung ADVA, eine der fünf Unterabteilungen von PROD, dem wichtigsten Teil der US-amerikanischen nationalen Sicherheitsbehörde. In der NSA wurde immer rund um die Uhr gearbeitet, und Peters war für einen besonders eiligen Auftrag einberufen worden und hatte sich Zeit an dem neuen Whirlwind-Computer reservieren lassen, der speziell für NSA als Zahlenknacker entwickelt worden war. Es hieß, daß Whirlwind einen Code innerhalb einer Stunde brechen konnte, wozu ein erstklassiger Mathematiker mindestens 300 Jahre brauchen würde.

Mit mehr als 2000 Funkauffangstationen verteilt über den ganzen Erdball können Funksprüche in jedem Land der Welt mitgehört werden. Armeen und Flotten müssen in Funkverbindung stehen, und ob chiffriert oder im Klartext, NSA hört und schneidet mit.

Es dauerte eine halbe Stunde, ehe Peters sein Terminal an Whirlwind anschließen konnte, und er beobachtete die Kolonnen von fünf Digitalzahlen auf dem 25×20 cm großen glänzenden Schirm. Zunächst war man versucht, an einen jener willkürlich zusammengesetzten Ein-Wort-Codes zu denken, aber seine Erfahrung lehrte ihn, diesem ersten Eindruck nicht zuviel Gewicht beizumessen. Er wußte bereits, daß es über CIA für die Engländer bestimmt war, und die Anweisungen besagten, daß, obwohl nur streng geheime Verschlußsache und als solche pure Routine, es doch 4 A's Priorität hatte. Das Ergebnis sollte direkt an das Hauptquartier der CIA in Langley, Virginia, gehen.

Dann blinkte seine rote Lampe auf, und er druckte die Basisdaten auf seinem Terminal aus, ließ dann die Programme 1, 2 und 3 durchlaufen, wodurch einige Milliarden gespeicherte Daten abgerufen wurden. Der Zeilendrucker arbeitete, verglichen mit normalen Computern, schnell, aber sogar bei dem Auswurf von 1000 Zeichen pro Sekunde war der Drucker noch nicht fertig, als alle drei Programme durchgelaufen waren. Peters hatte beinahe recht gehabt, es handelte sich um einen Zweiwort-Random-Code, aber irgend etwas daran war seltsam. Er überprüfte die Sprache, und es stellte sich heraus, daß es sich um einen Bastard handelte, nämlich einen Code, dessen Teile aus zwei verschiedenen Sprachen stammten. Er würde mindestens noch zwei weitere Stunden Computer-Zeit brauchen, er ersuchte um Verlängerung, die gewährt wurde.

Er brauchte doch noch drei Stunden, um den Code zu knakken. Es waren zwei Wortgebilde aus je 12 Buchstaben, die in zwei Sprachen das gleiche bedeuten, »pilkasniezna« auf Polnisch und »boule de neige« auf Französisch, was in beiden Sprachen »Schneeball« hieß. Er dechiffrierte die Buchstabengruppen sorgfältig, zog die Augenbrauen hoch, als er den endgültigen Text sah, und versiegelte das benutzte Material doppelt.

Zwei Boten brachten es zum CIA-Hauptquartier, ein normaler Routinevorgang. NSA wollte ganz sicher gehen, und alles, was aus dem Gebäude herausging, wurde von zwei Personen überbracht, die nicht voneinander wichen, ehe die Übergabe stattgefunden hatte.

Commander Bryant war beinahe oben an Sanderstead Hill angelangt, als er stehen blieb. Er war kein gefühlsbetonter Mann, aber als er zu den Sternen am tiefblauen Nachthimmel aufblickte, sagte er laut: »So ein dämlicher Schweinehund!« Eine Dame, die mit ihrem Pudel am Gartentor auftauchte, ging langsam wieder zurück.

Als er nach Hause kam, entschuldigte sich Bryant bei seiner Frau, die Kummer gewöhnt war, und rief sein Büro an. Der diensttuende Beamte schickte sofort einen Wagen los, und eine Stunde später ließ er den Fahrer in Shaftesbury Avenue halten mit der Anweisung, ihn an der gleichen Stelle nach einer Stunde wieder abzuholen.

Als er die D'Arblay Street erreichte, sah er kein Licht in der Wohnung des Mädchens. Er läutete und warf einen Blick auf seine Uhr – drei Uhr morgens. Er läutete noch einmal, wieder öffnete niemand, aber er glaubte, Stimmen zu hören. Mit Hilfe seiner Scheckkarte öffnete er das Schloß, ging die Treppe hinauf und horchte vor der Tür. Da waren Stimmen, aber zu undeutlich, um etwas verstehen zu können. Er klopfte und drückte dann die Klinke nieder. Die Tür ging auf. Die Nachttischlampe verbreitete ein sanftes rosa Licht, und im Radio lief das durchgehende Nachtprogramm von France-Inter. Anscheinend war auf der Straße Paris–Melun ein tödlicher Unfall passiert. Und hier offenbar auch. Das Mädchen lag nackt auf der Seite, die Hände umklammerten ihren auf dem Kissen liegenden Kopf. Der Mund stand offen, die Zähne waren entblößt, und als er sie sanft auf den Rücken drehte, entströmten der Wunde, einem Schnitt vom Brustbein zum Becken, Gase.

Er seufzte und wandte sich ab, um das zu überprüfen, was ihn hergeführt hatte. Die Pfundnoten lagen noch auf dem Kaminsims, aber nur noch acht Zehn-Pence-Münzen. Die Scheibe des Stromzählers war eingeschlagen, und auf dem Boden lagen vier Schillinge und eine alte Zwei-Shilling-Münze. Die Münzen auf dem Sims waren nicht mehr ordentlich aufgestapelt, und sie waren alle echt. Nach einem Anruf bei Scotland Yard blickte er sich um, für ihn war hier nichts mehr von Interesse. Am frühen Morgen würde die Voruntersuchung der Mordkommission vorliegen.

3

Die für 10 Uhr morgens angesetzte Kabinettsitzung wurde abgesagt, und der Premierminister fuhr nach Hampshire zu einem Haus in der Nähe von Petersfield. Das Haus lag in einem 50 Acres großen Parkgelände und gehörte der Electronics and Radio Engineering Limited, was die 70 Fuß hohe Antennenanlage neben dem Hauptgebäude erklärte. Von außen war es rein georgianischer Stil, innen mit Eisenbeton ausgekleidet und mit einem komplizierten Leitungsnetz versehen. Es war Hauptquartier und Operationszentrum des SIS, des geheimen Nachrichtendienstes.

Das Treffen fand in einem prächtig ausgestatteten Sitzungszimmer statt, und zwar zwischen dem Premier und dem Chef der Operationsabteilung von SIS. Nach kurzem einleitendem Geplauder sagte der PM: »Also, Sir John, ich nehme an, Sie wollen mit mir über ein bestimmtes Problem sprechen.«

»Prime Minister, wir haben ein sehr dringliches Problem, und ich muß Sie zunächst von der Vorgeschichte in Kenntnis setzen, vor allem darüber, daß keiner Ihrer Vorgänger seit Sir Winston etwas davon erfahren hat.«

Der PM zog seine wohlbekannten Augenbrauen hoch, und der Direktor fuhr schnell fort, ehe ihm Fragen gestellt werden konnten. »Sir Winston selbst hat uns diese Anweisungen gegeben, und es geht daraus hervor, daß Mr. Roosevelt und der kanadische Premier in ihren Ländern das gleiche veranlaßten. Die Angelegenheit geht auf den Sommer 1940 zurück.« Der Premier blickte ernst und betroffen drein und machte keine Anstalten mehr zu unterbrechen.

»Das Kriegsministerium hatte dem Pentagon und anderen verbündeten oder befreundeten Staaten als Routinemaßnahme Informationen über das Nazi-Unternehmen ›Seelöwe‹ zukommen lassen. Offenbar kam es daraufhin zu einem privaten Treffen zwischen dem Präsidenten und dem kanadischen Premierminister im August 1940. Dabei wurde für den Fall einer erfolgreich verlaufenen Operation ›Seelöwe‹ – mit anderen Worten, falls ein Teil von Großbritannien von den Deutschen besetzt werden sollte – beschlossen, daß die kanadische Regierung die Übersiedlung der britischen nach Kanada nicht gestatten würde. Darüber hinaus informierte der amerikanische und kanadische Staatschef Sir Winston, daß sie im Falle einer deutschen Besetzung den Status quo akzeptieren und sich in irgendeiner Form mit dem Dritten Reich arrangieren würden.«

Der Premierminister schwieg einige Minuten. »Das wäre unser aller Ende gewesen, das Ende ganz Europas, genaugenommen.«

»Das fürchte ich, Sir. Nur Sir Winston kannte diesen Beschluß. Er wurde ihm persönlich durch einen Sonderbeauftragten des Weißen Hauses und des Generalgouverneurs überbracht. Nur einige wenige Leute erfuhren von der Zusammenkunft und den dort getroffenen Entscheidungen.«

»Was sollte mit der königlichen Familie gesehehen?«

»Ihr sollte gestattet werden, nach Kanada zu gehen, genau so wie den anderen bereits im Exil lebenden königlichen Hoheiten und den führenden Politikern, deren Leben in Gefahr war. Dazu gehörte natürlich Sir Winston.«

»Was sagte Sir Winston dazu?«

»Es hieß, er habe sich zwei Tage krank ins Bett gelegt, und damit hatte es sich.«

Der PM seufzte: »Gott sei Dank ist es nie dazu gekommen«, und blickte Sir John erwartungsvoll an.

»Deswegen ersuchte ich Sie, hierher zu kommen, Sir, weil es möglich ist, daß jetzt alles herauskommt, das heißt veröffentlicht wird. Die Amerikaner waren uns behilflich, einen ziemlich komplizierten Code zu knacken, und obgleich wir bisher nur einen Teil der Informationen haben, sieht es so aus, als ob tatsächlich der Versuch unternommen werden soll, das Ganze, einschließlich der Kopien der Urkunden von dem Treffen und den persönlichen Briefen Roosevelts und Mackenzie Kings an Sir Winston, zu veröffentlichen.«

»Zu welchem Zweck?«

»Nun, zuerst dachten wir an eine neuerliche Gehässigkeit der Franzosen – die entschlüsselten Instruktionen machen deutlich, daß die Franzosen beteiligt sind, aber auch die Polen sind verwickelt und leiten wahrscheinlich die Operation. Die Franzosen würden es nur zu gerne sehen, wenn die Amerikaner in eine peinliche Lage kämen, und obgleich de Gaulle tot ist, braucht man nur an seine ›Vive le Québec libre‹-Rede zu denken, als er Trudeau besuchte. Sie würden es genießen, die Kanadier aufzuscheuchen, und die Franco-Kanadier würden gerne mitmachen, denn politisch könnte allerhand herausspringen.«

Der PM warf ein: »Auch hier gäbe es genug willfährige Hände, um den Topf am Kochen zu halten.«

»Genau. Wir sagten uns aber, daß die Franzosen das auch allein unternehmen könnten, und untersuchten die möglichen Gründe für die Beteiligung der Polen. Unsere Schlußfolgerung ist, daß es sich um eine großangelegte Operation handelt, und die französische Beteiligung nur der Anfang ist. Die Polen oder der KGB über die Polen wollen den Groll gegen die Amerikaner und Kanadier dazu benutzen, sie aus Europa zu vertreiben. Die ganze Operation ist darauf angelegt, die NATO platzen zu lassen, ein für allemal, jedes amerikanische Engagement in Europa auszuschalten, und nach dem soeben erstellten Bericht über die Stärke des Warschauer Paktes und der NATO könnten die Warschauer-Pakt-Staaten in drei Tagen bis zum Kanal vorstoßen, denn das Verhältnis beträgt auf allen Gebieten, außer dem Nuklearen, 3:1. Nur die amerikanische Beteiligung an der NATO hält sie zurück. Wenn die Amerikaner sich erst einmal zurückgezogen haben, glaube ich noch nicht einmal, daß die Sowjets einen Angriff starten müßten; jede Regierung in Europa würde ihr eigenes Geschäft – und zwar schnell – betreiben.«

Der PM liebte es nicht sonderlich, wenn Nicht-Politiker ihm erzählten, was Regierungen tun oder nicht tun würden, aber er war sich auch nur zu klar darüber, daß der SIS mehr über Politiker wußte als diese selbst. Er stand auf. »Was wollen Sie unternehmen? Wahrscheinlich zensierte Mitteilungen an die Presse.« – »Da rate ich ab, Sir – auf jeden Fall nicht sofort. Warum eine Kugel ins Rollen bringen, von deren Existenz noch niemand weiß. Der Präsident hat die Sache unter Verschluß, und sie haben drüben alles zu verlieren, wenn die Sache herauskommt. Ich wäre Ihnen dankbar, wenn Sie mit den Eigentümern der Zeitungen in Verbindung blieben – wahrscheinlich wird für diese Ware eine ganz schöne Summe verlangt werden, und das bedeutet gewöhnlich, daß die Verleger zustimmen müssen. Dann ist eine eventuelle Verwicklung der französischen Regierung zu bedenken, woran ich allerdings nicht glaube, jedenfalls nicht offiziell. Aber wir können nicht darüber hinwegsehen, daß sie nun schon über ein Jahr mit den Sowjets kokettieren. Wahrscheinlicher ist jedoch, daß sie wissen, es ist etwas im Busch, aber die Augen schließen. Ich schlage vor, Sir, einen einzigen Mann auf diese Geschichte anzusetzen. Er kann alle Unterstützung haben, die er braucht, aber er wird der einzige sein, der darüber Bescheid weiß. Ich würde auch vorschlagen, daß unsere Zusammenkunft hier offiziell nie stattgefunden hat. Wenn unbedingt nötig, soll gesagt werden, wir hätten die Operation ›Eis-Auge‹ besprochen.«

Beim Hinausgehen sagte der Premierminister: »Wenn Sie diese Leute fassen, werden wir doch noch Probleme mit Old Bailey bekommen. Die Richter Ihrer Majestät reagieren allergisch auf die vielen Fälle, die neuerdings unter Ausschluß der Öffentlichkeit zu verhandeln sind.«

»Diese Angelegenheit wird nicht vor Gericht kommen, Sir, dafür werden wir sorgen, die Verhandlungen würden nur dazu dienen, die Katze aus dem Sack zu lassen, was durchaus in ihr Programm paßte. Jeder Beteiligte wird einzeln vorgenommen werden – aber zunächst geht es um die Dokumente. Ohne sie würde keine Zeitung in der Welt die Sache drucken, und wenn, würde ihr kein Glauben geschenkt werden. Am Ende wird es keine Schwätzer geben, Sir.«

Sie blickten sich kurz an, aber der Operationschef SIS gab keine weiteren Einzelheiten. Sie wußten beide, was er meinte.

Am nächsten Tag brachte die »Humanité« einen langen Artikel über das unerhörte Vorgehen des britischen Nachrichtendienstes, der ein Mitglied der Besatzung des polnischen Passagierschiffes »Batory« gewaltsam zum Überlaufen veranlaßt hatte und dann diese brutale Tat als Gesuch um politisches Asyl eines polnischen Bürgers ausgab. Der »Figaro« brachte eine kürzere und weniger scharfe Notiz, und im »Monde« stand nichts davon. Sir John Walker, Operationschef SIS »Whisky«, öffnete die Akte aus seinem Archiv. Das erste Dokument war die Übersetzung einer Rede Hitlers vor dem Reichstag am Abend des 19. Juli 1940.

»Aus England«, sagte er, »höre ich nur einen einzigen Ruf – nicht von dem englischen Volk, wohl aber von den Politikern –, daß der Krieg weitergehen muß! Ich weiß nicht, ob diese Politiker schon eine genaue Vorstellung von der Fortführung dieses Krieges haben. Es stimmt, daß sie erklären, den Krieg weiterzuführen und, selbst wenn Großbritannien untergehen sollte, ihn von Kanada aus fortsetzen. Es ist wohl kaum anzunehmen, daß sie das englische Volk nach Kanada bringen wollen. Wahrscheinlich werden nur diese Herren, die daran interessiert sind, ihren Krieg fortzusetzen, nach Kanada gehen. Das Volk, fürchte ich, wird in England bleiben müssen und wird sicher den Krieg mit anderen Augen betrachten als die sogenannten Führer in Kanada.

Glauben Sie mir, meine Herren, ich verachte diesen Typ skrupelloser Politiker, die ganze Völker ruinieren. Ich empfinde fast

Schmerz bei dem Gedanken, daß ich von der Vorsehung bestimmt wurde, diesem System, das diese Herren schon ins Wanken brachten, den Todesstoß zu versetzen. ... Mr. Churchill ... ist zweifellos schon in Kanada, wo sich das Geld und die Kinder jener, die an diesem Krieg ein besonderes Interesse haben, bereits befinden. Mr. Churchill sollte mir vielleicht, wenigstens dieses eine Mal, Glauben schenken, wenn ich prophezeie, daß ein großes Reich zerstört werden wird, ein Reich, das zu zerstören oder auch nur anzutasten nie in meiner Absicht lag!«

4

Als Sir John Walker Anders über die Lage informiert hatte, fragte er: »Wollen Sie, Major Anders, die Sache übernehmen?«

Anders stand auf und sah aus dem Fenster. »Ich werde es übernehmen, Sir. Wir haben zwar nicht viele Anhaltspunkte, aber auf alle Fälle den übergelaufenen Polen und den Text des Mikrofilmes. Es sollte mich freuen, wenn ich an die Franzosen herankäme. Ist Farrow noch in Berlin?«

»Ja, er wird dort noch sieben Monate bleiben.«

»Wie soll ich berichten?«

»Mindestens täglich, aber wenn Sie noch Leute brauchen, können Sie sich jederzeit an mich wenden. Solange niemand merkt, was Sie suchen, besteht kein Grund, warum Sie nicht alle Hilfsmittel einsetzen sollten.«

Er hantierte mit den Papieren auf seinem Schreibtisch und sagte, aufblickend, mit ruhiger Stimme: »Ich möchte nicht, daß hinterher noch irgend jemand dieser Leute herumläuft, Anders – Sie verstehen.« Anders nickte.

Zehn Minuten später war er auf dem Wege nach London und zu Zygmund Kujawski.

Als Kujawski entdeckte, daß er die beiden Münzen verloren hatte, war er in Panik geraten. Er hatte sich einfach irgendwie in Sicherheit bringen wollen, aber nun, da er aus der Gefahr heraus war, fühlte er sich einsam und ängstlich. Er war kein schlechter Koch, und vielleicht konnte er in einem der polnischen Cafés in Fulham oder Soho eine Anstellung finden.

Es regnete, als er Wormwood Scrubs verließ, und er winkte einem Taxi, dessen Fahrer eine Zigarettenpause eingelegt hatte. Erst als er die Tür schon geöffnet hatte, sah er den Mann auf dem Rücksitz. Eine Waffe war auf ihn gerichtet. Der große Mann sagte »Siadaj«, und Kujawski setzte sich gehorsam hin. Der Fahrer schien den Weg zu wissen, und Kujawski fragte: »Wohin fahren Sie mit mir – wer sind Sie?« Die einzige Antwort war ein verächtlicher Blick. .

Nach ungefähr zwanzig Minuten hielt das Taxi, der Fahrer öffnete zwei große hölzerne Tore, und sie fuhren einen Abhang hinunter und hielten an. Kujawski erkannte lediglich ein weiträumiges Gebäude mit einer Tür, an der »Studio Jason« stand. Der große Mann stieß ihn mit der Waffe an, und er stieg aus. Der Fahrer öffnete die Tür, und sie kamen in einen erleuchteten Korridor. Dann betraten sie einen kleinen Raum, dessen Wände und Decke mit konischen Bauelementen bedeckt waren. Nur einmal hatte Kujawski bisher einen solchen Raum gesehen, in der Moskauer Zentrale am Kuznetsky Most, und er wußte, wozu sie dienten. Echolose Räume sind hervorragend für HiFi-Aufnahmen geeignet – und kein Schrei kann nach außen dringen. Ein großer hölzerner Stuhl stand in der Mitte, und der große Mann winkte ihn heran, nickte dem Fahrer zu, der hinausging und die Tür hinter sich schloß.

Der große Mann setzte sich auf den Stuhl neben ihn. »Nun, Kujawski, wir wollen zur Sache kommen, und ich warne dich, du kannst es auf die sanfte oder harte Tour haben, mir ist das egal.«

»Wer sind Sie, Sie sprechen polnisch – sind Sie Pole?«

»Also los – für wen arbeitest du?«

»Innenministerium.«

»Ach, um Himmels willen – für wen arbeitest du, wer ist dein Chef?«

»Antoni Shirilov.«

Der große Mann lachte. Shirilovs Leute waren das hinterletzte. Sogar der KGB nannte sie »shavki« – herrenlose Hunde, die sich bei den Mülltonnen herumtreiben. »Wo bist du ausgebildet?«

»Warschau und dann in der Moskauer Zentrale.«

»Wann?«

»Vor sechs Monaten.«

»Für diese Mission?«

»Zum Teil.«

»O.K. Erzähl mir von dieser Mission.«

Dann erfuhr Anders die Geschichte der präparierten Münzen, von denen eine in Kensington Gardens an das Metallschildchen in einem Blumenbeet geklebt und mit der anderen ein Tabakhändler in Archer Street für ein Päckchen Gauloises bezahlt werden sollte. Außerdem erfuhr Anders, daß es in London drei voneinander unabhängige sogenannte »apparats« gibt, die von einem Residenten geführt werden, den Kujawski nicht kannte. Aber er wußte, daß sein »apparat« Verbindungen zu Paris hatte. Er war angewiesen worden, die Münzen zu hinterlegen, nach Paris zu fahren und die Nummer KLEber 90-47 anzurufen und nach Monsieur Quebec zu fragen, der ihm weitere Instruktionen geben würde.

Anders fotografierte Kujawski einige Male und sagte dann: »In Ordnung, Kujawski, du bist ein guter Junge, ich will dir eine Ruhepause gönnen. Was möchtest du lieber – Tee oder Kaffee?«

»Tee.«

»Mit Milch?«

»Nein, etwas Zitrone.«

Anders rauchte eine Zigarette, während der Pole den Tee trank.

Ungerührt sah er zu, als Kujawskis Kopf zurückfiel und die Erstickungsanfälle begannen. Es dauerte nie länger als ein paar Minuten, und wenn man sterben mußte, war das eine der schnellsten und leichtesten Methoden, weil das zentrale Nervensystem in Sekunden gelähmt wurde.

Am nächsten Tag fand in einem besonderen Teil des Friedhofs in der Nähe von Kew Gardens ein Begräbnis ohne Trauergäste statt. Nur Major Anders und der Taxichauffeur. Es war noch beinahe dunkel, aber es regnete nicht und der Boden war locker.

Tadeusz Anders stammte aus Northumbrian, er war 1941 in Morpeth geboren. Sein Vater war Kavallerieoffizier in einem polnischen Eliteregiment und am 2. September 1939 in deutsche Gefangenschaft geraten. Drei Monate später war er Offizier der Freien Polnischen Armee, hatte sich in wenigen Wochen in ein englisches Mädchen verliebt, und sein gutes Aussehen und sein altväterischer Charme erreichten, daß sie eine der vielen Osterbräute des nächsten Jahres wurde. Tadeusz Anders wurde im darauffolgenden Jahr geboren. Sein Vater war beim Angriff auf Monte Cassino gefallen, und der junge Anders ging in dem täglichen Leben einer hübschen englischen Mittelstadt auf. Er hatte an der kleinen polnischen Schule, die die polnische Kolonie an Wochenenden betrieb, Polnisch und Russisch gelernt und war sowohl bei der polnischen wie der englischen Gemeinde beliebt. Seine Mutter war Lehrerin an der Volksschule, und der junge

Tadeusz war offensichtlich ihr Augapfel. Sie verwöhnte ihn nicht, aber behandelte ihn, als wäre er Ehemann und Sohn in einer Person.

Im Sommer nach seinem 18. Geburtstag erfuhren sie, daß er einen Platz an der Universität erhalten hatte, und kurz darauf sagte sie ihm, daß sie einen Farmer bei Alnwick heiraten würde. Sie erklärte, ihr Verhältnis zueinander würde sich dadurch nicht ändern, es würde so bleiben, wie es war. Die Hochzeit fand wenige Wochen später statt, und Tadeusz sollte während der kurzen Flitterwochen bei einer Tante bleiben. Beim Abschied sah er die Tränen in ihren Augen, aber er konnte nicht ertragen, daß sie dabei lächelte. Und ihr neuer Mann hatte den Arm um sie gelegt.

Seine ganze Habe, einschließlich der Orden seines Vaters, stopfte er in einen alten Armee-Seesack. Am gleichen Tag noch fuhr er nach London, und zwei Tage später begann er sein Rekrutenleben in der Garnison von Caterham. Erst als er Offizier wurde, sagte er seinen richtigen Namen.

In gewisser Hinsicht ist die Armee ein ganz angenehmes Waisenhaus, und der couragierte und fähige Leutnant, der so schnell alles aufnahm, war allgemein beliebt. Weil er Russisch und Polnisch konnte, wurde er zum Nachrichtendienst abgestellt und wurde auf der Ochsentour einer der erfahrensten und geschätztesten Offiziere des SIS. Zielstrebigkeit war die Eigenschaft, die die verschiedenen Vorgesetzten ihm immer wieder bescheinigten. Seine Mutter sah er nie wieder. Er sprach nie über seine Kindheit und es gelang ihm beinahe, auch nicht mehr daran zu denken. Seine Mutter hatte ihm in bezug auf Frauen einen Denkzettel gegeben, meinte er und war froh, ihn rechtzeitig erhalten zu haben. Keiner Frau würde es mehr gelingen, seine Glieder vor Kälte erstarren zu lassen, ihm dieses Gefühl von Dunkelheit und Wind einzujagen, das Gefühl, daß alle Lichter verloschen sind. Einsamkeit.

Er war bei Männern und Frauen beliebt. Trotz seines guten Aussehens, seiner Vitalität und offensichtlicher Intelligenz, betrachteten die Männer ihn nie als Rivalen. Aus den gleichen Gründen sahen ihn viele junge Frauen als möglichen Ehemann, aber nie als Liebhaber.

Um 9.30 war Anders in Commander Bryants Büro bei New Scotland Yard, und Bryant las laut Teile aus dem Leichenbericht von Ethel Bates vor.

»Todesursache Erdrosselung – die Wunde an Brust und Unterleib wurde nach eingetretenem Tode zugefügt.« Er blickte zu Anders hin. »Typisches Vorgehen eines kriminellen Psychopathen, obgleich sie gewöhnlich viele kleine Wunden verursachen. Das Opfer hatte zwei Stunden vor seinem Tode noch Geschlechtsverkehr, hatte ungefähr sechs Stunden nichts gegessen und hatte mit ungefähr 20 Jahren ein Kind – der Rest sind unwichtige Einzelheiten, das Übliche betreffend, gefärbtes Haar und Hammerzehen.«

»Fingerabdrücke oder ähnliches?«

»Ja, das ist ganz interessant. In so einer Bude bekommt man eine ganze Menge Besucher – wir haben neun verschiedene Abdrücke neben denen des Mädchens festgestellt.«

»Sind schon welche identifiziert worden?«

»Ja, drei. Die einen stammen von einem Kriminalpolizisten Lovejoy, die zweiten von einer Mrs. Palmer, einer alten Putzfrau, die täglich eine Stunde zum Aufräumen kam und wahrscheinlich Anrufe von Kunden annahm, wenn das Mädchen nicht zu Hause war. Und die dritten sind von einem bekannten Kriminellen, der ›Roter‹ Levi heißt.«

»Warum ›rot‹ – hat er rote Haare oder so etwas?«

Bryant lächelte. »Von der örtlichen Polizei weiß ich, daß es nichts mit seinem Aussehen zu tun hat, sondern mit seinen sportlichen Interessen. Als Dynamo Moskau hier kürzlich spielte, hat er sie mit seinen Rufen angefeuert. Jemand gab ihm den Spitznamen, und der blieb hängen.«

Anders schien in Gedanken versunken, dann tauchte er wieder auf.

»Kann ich Ablichtungen von allen haben?«

»Ja, ich habe gleich für Sie Kopien anfertigen lassen. Rufen Sie mich an, wenn ich Ihnen irgendwie behilflich sein kann.«

Anders saß in einem der hinteren Räume des Polizeireviers in Albany Street und las die Akte über Valentin Levi. Beide Eltern waren 1919 aus Odessa ausgewandert. Ihr einziger Sohn wurde 1925 in Whitechapel, London, geboren. Er war wegen kleinerer Diebstähle und Einbrüche verurteilt worden und weil er im Besitz von erwiesenermaßen gestohlenen Waren war. Keine Gewaltverbrechen. Anders notierte die bekanntgewordenen Adressen und die Helfershelfer.

Krezki hatte Seiner Exzellenz am Morgen mitgeteilt, daß er einige Wochen seine Chauffeurspflichten nicht wahrnehmen würde. Die Aufgaben eines Agenten nahmen zuviel Zeit in Anspruch, wenn eine Operation angelaufen war.

Es hatte 150 £ gekostet, die Münze zu bekommen, und ihm war klar, daß er bisher nur die Hälfte der Nachricht besaß. Er konnte mit den Franzosen Verbindung aufnehmen, aber er benötigte den Rest des Auftrages. Levi würde auch künftig von Nutzen sein. Diesen Job hatte er schnell und erfolgreich erledigt.

Er schraubte den Wasserbehälter des WC von der Wand ab und nahm die sechs losen Ziegel heraus. Der Sender war sehr klein, aber es waren 25 m Antennenkabel nötig, die aufgewickelt untergebracht werden mußten. Das Verschlüsseln brauchte mehr als eine Stunde, und zur Aufnahme auf Tonband benutzte er das Morsealphabet. Den ganzen Text ließ er noch zweimal zur Überprüfung durchlaufen. Er hatte ihn mit einer Geschwindigkeit von 15 Zoll pro Sekunde aufgenommen und übertrug ihn nun auf die schnellste Geschwindigkeit. Jetzt dauerte der ganze Bericht nur neun Sekunden und war bloß noch ein Mischmasch von Tönen. Britische Funküberwachungsstellen würden nur diese neun Sekunden zur Verfügung haben, um die zwei für eine Lokalisierung seines Senders nötigen Peilpunkte zu ermitteln. Er schloß das Tonbandgerät an den Sender an, wartete zehn Minuten, und beim letzten Piep des BBC-Zeitzeichens für die Neun-Uhr-Nachrichten drückte er dreißig Sekunden auf die Taste, und das war's. Als er den Sender wieder versteckt hatte, waren die Nachrichten fast beendet, aber er stellte das kleine Transistorgerät im großen Zimmer an.

Danach ging er fort und kaufte den »Evening Standard«, und da er im Augenblick ganz zufrieden mit sich und der Welt war, ging er in ein Pub, um etwas zu trinken. Während er einen langen Whisky schlürfte, las er zunächst die Fußballresultate auf der letzten Seite, und es dauerte zehn Minuten, ehe er die groß aufgemachte Schlagzeile auf der ersten Seite entdeckte: »Wahnsinniger Triebtäter schlägt in Soho zu.« Und dann folgte die Geschichte von Ethel Bates, und Krezki begann, trotz des warmen Miefs im Pub an diesem Samstagabend, zu frösteln. Der Artikel endete mit einer Warnung des stellvertretenden Chefs der Mordkommission und einer Versicherung, daß die Suche nach dem wahnsinnigen Täter mit äußerster Dringlichkeit aufgenommen würde.

5

Es gab einen durchgehenden gelben Strich auf der Soho Lane, aber die Straße war sehr eng, und obgleich Einbahnstraße, war kaum genug Platz für zwei Wagen nebeneinander. Der Polizist Evans sah das genau vor dem Lotus-Striptease-Klub geparkte Taxi und legte einen Schritt zu.

»Sie wissen, daß es verboten ist, auf einem gelben Strich zu warten, Fahrer. Soviel ich weiß, stehen Sie hier schon länger als fünf Minuten, also her mit den Papieren. Zuerst Ihre Konzession.« Und er legte seine Hand auf den offenen Fensterrahmen.

Der Taxifahrer griff in seine Innentasche, zog seine Briefmappe heraus und sagte: »Hoffentlich liest du nicht die ganze Nacht daran, Kumpel.«

Der Polizist Evans hatte eine ähnliche Karte auf seinem Ausbildungslehrgang gesehen, aber noch nie eine, die echt war. Er war sich noch nicht einmal sicher, was SIS bedeutete, wußte aber, daß man sie am besten in Ruhe ließ. Er nickte und klappte sein Notizbuch zu und wollte gerade weggehen, als der Fahrer sagte: »Steck's nicht weg, Kumpel, schreib irgend etwas hinein, egal was, denn sonst denken sie, ich warte hier auf die Königin oder so.«

Im Lotus war es ganz schön voll. Ethels Tod war nun schon drei Tage her, und der erste Schock war vorbei. Das Leben, wie das Showgeschäft, geht weiter. Der »Rote« Levi hatte noch nie einen Striptease gesehen und meinte, er hätte etwas verpaßt. Er wußte, daß alle Kleider ausgezogen wurden, aber konnte beim besten Willen nicht einsehen, warum sie so viel Zeit dazu brauchten.

»Ganz schön blöde«, sagte er, »warum nehmen sie nicht beide Hände?« und drehte sich, Zustimmung heischend, zu dem neben ihm sitzenden Mann. Dann sagte er nach Luft ringend: »He, das tut mir im Rücken weh«, dabei bemerkte er den Blick in den Augen des großen Mannes. Sie waren so kalt wie eine Straße in Moskau.

»Mach kein Theater, Levi, oder es passiert was. Dreh dich um und komm mit mir hinaus.«

Sein Mund zitterte. »Was willst du von mir, Chef? Bist du ein Polyp?«

Die Waffe stieß noch härter in seine Nieren. Das Taxi fuhr sie in eine Nebenstraße in Pimplico und zu dem Raum mit der konischen Wandverkleidung.

Als der große Mann russisch sprach, wußte Levi, daß die Lage heikel war.

»Levi, ich habe wenig Zeit. Was hast du mit der Münze gemacht?«

»Sind Sie einer von denen?«

»Einer von wem?«

»Nun, Sie wissen ja, was immer dieser Pole auch machen mag.«

»Welcher Pole?«

Levi schwieg. Er hatte die Geschichte mit dem Mädchen ganz vergessen, bis der große Mann ihn herausgeholt hatte. Aber der war kein Polyp. Was auch in den Zeitungen darüber stehen mochte, ein Polyp würde sich nie trauen so vorzugehen wie dieser Bursche. Und offensichtlich wußte er etwas über die Zehn-Pence-Münze. Er hatte sich schon gedacht, daß der Pole etwas im Schilde führte, sonst hätte er nicht so viel gezahlt, bloß um die Münze zurückzubekommen. Vielleicht war dieser Bursche hier der Freund des Mädchens oder ihr Bruder oder etwas ähnliches. Dann fuhr ihm die große Faust ins Gesicht, und Levi schrie: »Um Himmels willen, was wollen Sie von mir?«

»Den Namen des Polen.«

»Ich weiß seinen verdammten Namen nicht, Kumpel. Für mich klingen sie alle gleich. Ich weiß nur, daß er Pole ist und irgendwo in Chelsea oder Fulham wohnt.«

»Wo, genau?«

»Das weiß ich nicht – wir haben uns im Pub getroffen.«

»In welchem Pub?«

»Es heißt ›Bricklayers' Arms‹ – zwischen Fulham Road und King's Road.«

»Und dann solltest du die Münze stehlen? Wieviel hat er dafür gezahlt?«

»Hundert Pfund.«

»Hat er dir gesagt, du sollst das Mädchen umbringen?«

Levi hielt sein Gesicht, und seine Unterlippe zitterte. »Nein, das habe ich getan. Ich weiß nicht, warum, es kam so über mich, irgend etwas stimmte nicht, daß sie mich altes Schwein da ran ließ – und sie lachte noch darüber und . . .«

»Vergiß es. Was hast du mit der Münze gemacht?«

»Dem Polen gegeben, und er gab mir die noch fehlenden fünfzig Pfund.«

»Hast du die Münze geöffnet?«

»Ich hab' es versucht, aber es ging nicht, sie war zu fest zusammengepreßt. Der Pole hat sie aber aufgekriegt, ehe er mir das Geld gab. Ein Stück Plastik war darin.«

»Wie ist er auf dich gekommen?«

»Wahrscheinlich hat er irgend jemand auf dem Markt gefragt und gesagt, daß er jemand aus dem Metier brauchte«, er zuckte die Schultern, »sie kennen mich alle.«

Nachdem er dem Operationschef SIS berichtet hatte, fragte Anders: »Soll ich Levi der Polizei übergeben oder nicht?«

Lange Pause. »Das ist tatsächlich ein Problem – ich überlasse es ganz Ihnen.« Und dann hängte er auf.

Anders wußte, wenn einem solche Sachen überlassen wurden, bedeutete das, daß sie es nicht über sich brachten, laut zu sagen, was sie wirklich wollten. Aber er hatte verstanden. Es gab gute Gründe, Levi aus dem Weg zu räumen, er war ein Verbrecher, ein Psychopath, ein Mörder, und mit dem Mord an dem Mädchen käme die ganze Geschichte heraus, wenn die Sache vor Gericht gebracht würde. Aber Anders war sich nicht sicher. Er würde die Sache noch ein oder zwei Tage überlegen.

6

Die Trident wurde etwas unruhig im Gegenwind, und aus dem Lautsprecher hieß es: »Bitte schnallen Sie sich an, wir werden in Kürze auf dem Internationalen Flughafen Orly landen.« Anders nahm ein Taxi nach Paris und ließ sich am Ritz absetzen, wo er sich einen Whisky bestellte und ein Telefongespräch führte. Dann nahm er seine kleine Flugtasche, ging zum äußersten Ende der Place Vendôme, und einige Minuten später nahm er ein Zimmer in einem kleinen Hotel am Boulevard des Capucines. Er stieg gerade aus der Badewanne, als das Telefon läutete.

»Monsieur MacDonald vous attend au bar, m'sieur.«

Anders bat, ihn heraufzuschicken. Er freute sich, MacDonald wiederzusehen. Ihr letztes Treffen lag über ein Jahr zurück.

Beim zweiten Drink sagte Anders: »Hast du die Telefonnummer überprüft?«

MacDonald nickte. »Es ist eine Art Gästehaus der russischen Botschaft für VIPs, die länger als zwei Tage bleiben. Ein Haus in der Avenue Foch, hübsche Villa im eigenen Garten. Unwahrscheinliche Sicherheitsvorkehrungen, Posten, Hunde und sicher ein Haufen Elektronik.« Er grinste. »Kurz, ein Schlupfwinkel für den KGB.«

»Hat man eine Ahnung von der Besetzung?«

»Ein ständiger Wechsel, aber es gibt einige alte Hasen. Wir haben einen gewissen Zugang durch SMERT.«

»Ist das die alte Gruppe von Okolovich?«

»Ja, und sie sind im Augenblick die einzigen, die irgendwie das System der Sowjets infiltriert haben. Sie führen keine Operation oder Mission mehr für uns aus, aber kooperieren doch von Fall zu Fall – sie brauchen die Moneten.«

»Wie schnell kannst du mit deinem Kontaktmann im Haus Verbindung aufnehmen?«

»Nicht vor morgen Mittag.«

»O. K. Kannst du ihm sagen, daß ich diese Kléber-Nummer Punkt vier Uhr nachmittags anrufen werde? Er soll den Burschen, der den Anruf entgegennimmt, überprüfen und uns Hintergrundinformationen über ihn liefern.«

Der Anruf der Kléber-Nummer war kurz und wurde französisch geführt. Er hatte sieben Adressen erhalten, die er, wie in seinen Instruktionen aus Moskau vorgesehen, an die Franzosen weitergeben sollte, denen er im übrigen jede verlangte Unterstützung zu leisten hätte. An jedem geraden Datum sollte er telefonisch nach Paris berichten.

Macs Informant wußte nicht viel. Der Mann, der den Anruf entgegengenommen hatte, war Pole, ein jüngerer Offizier in Z-11, Sprengstoffspezialist, der erst fünf Wochen in Paris war. Machte keinen sehr umtriebigen Eindruck.

Anders telefonierte mit dem Herrensitz in Hampshire, um die Adressen überprüfen zu lassen, und bekam den Bericht kurz nach Mitternacht. Zwei waren die Adressen der amerikanischen Botschaft und des amerikanischen Informationsamtes in London, die fünf anderen bezogen sich auf das Canada House und die Londoner Zentralen großer kanadischer Firmen. Als der Bericht durchkam, war Mac noch bei ihm, und es war ziemlich deutlich, worauf es hinauslief. Es ging auf alle Fälle nicht nur um die Akten.

Schweigend trank er seinen Wodka, setzte das Glas ab und sagte: »Mac, habt ihr irgend jemand, den ich ausborgen könnte, der sich bei den Gaullisten auskennt und dort womöglich an die harten Leute herankommt?«

»Welche harten Leute? In Paris gibt es augenblicklich eine ganze Menge davon.«

»Politische Hartköpfe – Barbouze-Typen – ehemalige Armeeleute – Ex-Résistance-Typen, die noch immer mitmischen.«

»Das wird nicht einfach sein. Bestimmt habe ich niemand, der in allen diesen Kreisen zu Hause ist, und wenn ich ihn hätte, würde ich ihn bestimmt nicht hergeben. Ich könnte jemand auftreiben, der die Szene kennt, aber nicht selbst verwickelt ist – würde das genügen?«

»Vielleicht – aber es müßten doch mit dem Geschäft vertraute Leute sein.«

»Ich rufe dich morgen an, wenn ich meine Listen durchgesehen habe.«

Anders rasierte sich gerade, als am nächsten Morgen die Glokke an der Tür läutete. Beim Herein-Rufen fiel ihm ein, daß die Tür verschlossen war. Als er öffnete, sagte das Mädchen:

»Hallo, Tad.«

»Wer sind Sie?«

»Ihr Freund schickt mich her. Darf ich hereinkommen?«

Sein Telefon läutete, er zögerte und führte das Mädchen in das Wohnzimmer, schloß die Tür und hob den Hörer ab. Es war Mac.

»Tad, ich schicke dir ein Mädchen.«

»Gerade eben ist sie angekommen.«

»Sie ist genau das, was du brauchst. Ich hatte sie gestern ganz vergessen. Hier kann ich sie nicht gebrauchen, sie ist verpfiffen worden. Ich habe ihr einige sie betreffende Aufzeichnungen mitgegeben. Zur doppelten Kontrolle hat sie eine Losung. Du sagst ein paar Worte aus der Marseillaise, und sie wird fortfahren. Sie hat Erfahrung, ist intelligent und mutig. Teil mir mit, ob du sie willst, und wenn ja, dann nimm sie besser ganz auf deine Rechnung.«

Anders rasierte sich fertig, zog sich vollends an und versuchte, seine Gedanken in Ordnung zu bringen. Er wollte keine Frau für diesen Job, aber es hatte den Anschein, als ob er niemand anderen von dem Pariser SIS bekommen könnte. Er ging in das Wohnzimmer, setzte sich dem Mädchen gegenüber und sagte:

»Qu'un sang impur . . .«

Einen Augenblick runzelte sie die Stirn, lachte dann und fuhr fort: ». . . abreuve nos sillons.«

Anders war sich nie ganz klar gewesen über den Unterschied zwischen »schön« und »hübsch«. Aber für dieses Mädchen gab es ein Wort: sie war überwältigend. Groß, gut geschnittenes, lebendiges Gesicht. Sie trug ein schwarzes Chanel-Kostüm und eine einfache weiße Bluse aus Seide. Er verstand zwar nicht viel davon, aber vermutete, daß sie an den langen, wohlgeformten Beinen Nylonstrümpfe trug. Sie lächelte, und ihre weißen, ebenmäßigen Zähne schienen dazu geschaffen, in knackige Äpfel zu beißen.

Sie reichte ihm einen Umschlag. »Entschuldigen Sie, möchten Sie einen Drink?«

Sie schüttelte den Kopf, und ihr langes, blondes Haar bauschte sich wie auf einer Fernsehreklame für Haarwaschmittel. »Nein, danke, aber ich hätte gern eine Zigarette.« Als sie sich zurücklehnte und den ersten Zug tat, öffnete er den Umschlag, in dem zwei getippte Bogen waren.

Sie hieß Marie-Claire Foubert, war 27 Jahre alt, Tochter von Jean Foubert, einem Offizier bei den Gebirgsjägern und später in einer Sondereinheit, 1944 in Perpignan von der Miliz festgenommen und der Gestapo überstellt. Zwei Wochen später starb er im Gefängnis von Fresnes. Die Mutter stammte von den Seychellen, von der Hauptinsel Mahé. Sie war nun mit einem höheren Beamten der madegassischen Republik verheiratet und lebte in Diego Suarez.

Das Mädchen war als Journalistin ausgebildet, war freiberuflich tätig und recherchierte ab und an für andere Journalisten. Als sie zwanzig Jahre alt war, wurde sie für den SIS angeworben, war aber im letzten Jahr nicht eingesetzt gewesen. Ihre letzte Übung im Pistolenschießen waren 97 Punkte aus 25 Meter Entfernung, und sie besaß außerdem eine vollständige Ausbildung in Karate. Sprachen: Französisch, Englisch und Deutsch. Keine Strafverfolgung von seiten der Polizei oder Sicherheitsbehörden. Stand vor der Heirat mit einem Engländer, einem SIS-Mann, der vor 18 Monaten in Berlin umgekommen war, als er in der DDR ein Sendenetz aufbauen wollte. Emotional ausgeglichen, hervorragende Gesundheit. Bekam eine kleine Pension vom SIS. Nicht in Frankreich selbst, Algerien, Saigon oder Thailand einzusetzen. Blinddarmnarbe und eine Reihe Verbrennungsnarben am linken Oberarm und Schulter. Besuch des Gymnasiums in Lyon und später der Sorbonne, Funkausbildung gescheitert. Mit fünfundzwanzig Abort in London nach mehrmaliger Vergewaltigung in dem Militärgefängnis Nr. 7 in Saigon. Besaß ein Nummernkonto bei der Zürcher Landesbank Nr. 4937212. Weiß nicht, daß diese Tatsache dem SIS bekannt ist. Kontostand ungefähr 57 000 Dollar laut letztem Scheck (vor 14 Tagen), außerdem Depot und Girokonto an der Banque d'Indo-Chine mit 30 000 bzw. 27 875 neuen Franken. Pflegt Umgang mit Journalisten, Rundfunkleuten, nicht mit Politikern. Keine nahen Verwandten bekannt. Einziges Kind. Väterliche Verwandtschaft hat die Beziehung nach der Heirat abgebrochen.

Als er fertig war, blickte Anders zu dem Mädchen hinüber, und es gefiel ihm, sie einige Augenblicke anzusehen.

»Hat Ihnen Mac irgend etwas darüber gesagt, wozu ich Sie brauche?«

Sie schüttelte den Kopf. »Nein, er sagte nur, Sie wären vom SIS.«

»Gibt es außer den Ländern, die Ihnen verboten sind, irgendeine Arbeit, die Ihnen nicht liegt?«

»Sie meinen eine Arbeit für den SIS?« Er nickte und sie zuckte die Schultern und sagte: »Nein, ich habe schon allerhand für sie erledigt. Können Sie mir sagen, worum es bei dieser Operation geht?«

»Es ist besser, wenn Sie es nicht wissen – wenigstens in diesem Stadium. Ich bin mir auch noch nicht klar darüber, wie ich Sie einsetzen soll, aber in London ist eine Gruppe Franzosen, die infiltriert werden muß. Dabei könnten Sie helfen.«

Zwei Stunden später saßen sie in zwei weit voneinander entfernten Sitzen in der Abendmaschine nach London. Neben dem Mädchen saß ein Amerikaner, der ganz schön ranging. Anders hatte den Eindruck, daß er erfolgreich war.

7

Auf dem Markt am Ende der Rue Mouffetard ist immer viel Betrieb, und jeder, der über kein großes Budget verfügt, kann dort das einkaufen, was er zum Leben braucht: Wein und Nahrungsmittel, Kleider und Eisenwaren. Folgt man der ansteigenden Straße, stößt man auf die Rue Descartes. Und in dieser Straße liegt das Gymnasium Henri IV.

1949 war André Prouvost einer der Schüler dieses Gymnasiums. Da seine Familie in einer Dreizimmerwohnung in der Rue Mouffetard wohnte, wurde er von den eingebildeten Söhnen und Töchtern aus Pariser Kaufmannskreisen und zweitrangiger katholischer Botschafter etwas herablassend behandelt. Er machte seinen Weg bis zur Sorbonne, aber das Gymnasium vergaß er nie.

Weil er eher gescheit als intelligent war, brachte er seinen persönlichen Ärger in einem schon etablierten und traditionellen Protest unter. Diese Art Märtyrer verlangen nach Extremen, also mußte dieser Protest aus der ganz linken oder der ganz rechten Ecke kommen. Eigentlich hätte ihm die Linke mehr gelegen, weil er von Natur aus ein Zerstörer und kein Bewahrer war, aber bei einer solchen Entscheidung spielt oft der Zufall eine Rolle.

Wie so oft bei jungen Männern war bei André Prouvost ein Mädchen im Spiel, die lebhafte, hübsche Tochter eines Abgeordneten, eines Republikaners, damals noch ohne das Adjektiv »gaullistisch«. Die muntere Tochter hatte ihn in die weibliche Anatomie eingeführt, und der noch flottere Vater erzählte ihm von dem Leben im Freien Frankreich unter de Gaulle in London und Algier.

Wie ein spielendes Kind, das zwei Stück Plastilin miteinander verknetet, hatte er die auf dem Gymnasium erlittenen Beschimpfungen mit den Beleidigungen, die dem Mann aus Colombey-les-deux-Eglises zugefügt worden waren, vermischt. Die natürliche Folge war Haß auf die Engländer und Amerikaner, was hinwiederum nicht unbedingt hinderlich für eine Karriere zu sein brauchte, die irgendwie von Beziehungen zum Establishment abhängig war. Er hatte viele kleine Jobs gehabt, fand aber schließlich eine feste Stellung als Herausgeber einer Monatszeitung »Le Maquisard«, die die Geschichte des Maquis und anderer Gruppen der Résistance lebendig erhielt. Es war nicht leicht, die Beiträge der Kommunisten und der Engländer beiseite zu schieben, aber es war doch möglich. Und Prouvost brachte es fertig. Er schrieb als freiberuflicher Journalist für mehrere Pariser Zeitungen und Zeitschriften, immer dann, wenn eine scharfe Feder dem Präsidenten angenehm sein und den Amerikanern Nadelstiche versetzen sollte. Als die »Operation Schneeball« von anderen geplant wurde, bot sich André Prouvost als geeigneter Mitarbeiter an.

Die Nationalstraße 9 führt nach Süden und verläuft ab Béziers an der Küste des Mittelmeeres, durch Narbonne nach Perpignan und zur spanischen Grenze. Heute führen zwei gute, breite Straßen dorthin, aber 1941 gab es nur eine, die weder gut noch breit war. Aber 1941 gab es Leute in London, für die die schmale Straße von Perpignan wichtiger war als die Champs-Elysées. Wenn man aus irgendeinem Grunde verduften mußte, war Perpignan das Ziel.

Es gab eine gut organisierte Kette, die einen über die Pyrenäen brachte, und hatte man großes Glück, kam man gleich weiter von der spanischen Grenze nach Madrid, und dort veranlaßte die britische Botschaft das Weitere. Wenn man nicht so viel Glück hatte, kam man in das Lager Miranda und von dort aus nach London, aber das dauerte länger.

Viele Grenzgänger mußten sich wochenlang in der Stadt verstecken, ehe ein Führer gefunden wurde, und eines der Verstekke war das Haus eines Fleischers in einer schmalen Gasse in der Nähe der Festung. Der Sohn des Hauses war nie beim Militär. Er hatte ein Geräusch am Herzen, wie die Ärzte sagten. Es hörte sich romantisch an, war es aber durchaus nicht. Er hatte sein Leben viereinhalb Jahre aufs Spiel gesetzt, und 1946 wurde Pierre Firette nach Paris ins Elysée bestellt, wo ihm der General die Hand schüttelte und Firette seine Rosette der Ehrenlegion erhielt. Ein englischer Orden kam ein paar Monate später. Als er im »Paris Match« Auszüge aus de Gaulles Memoiren gelesen hatte und daraus erfuhr, wie Churchill und Roosevelt den Führer des Freien Frankreichs behandelt hatten, schickte er den Orden empört an die britische Botschaft zurück.

1949 verheiratete er sich mit einem Mädchen aus dem Ort. Glücklicherweise hatten sie keine Kinder, denn sie entwickelte sich zu einer Xanthippe, was auch tröstliche Seiten hatte. Er hatte Zeit genug, andere Talente zu entwickeln, wenn er ab und an ausrückte. Er war Boule-Champion im Departement Pyrenäen und hatte sich so tief mit der Politik eingelassen, daß er öfters nach Paris reisen mußte. Seine Begeisterung und Aufrichtigkeit führten ihn schließlich ins Londoner Hilton.

Paul Loussier war seinerzeit aktives Mitglied eines der SOE-Nachrichtennetze in Paris, als die Résistance ihre Anhänger noch nach Hunderten zählte, nicht nach Zehntausenden, die nach 1945 dazuströmten. Er war bei der SNCF, der französischen Staatsbahn, angestellt, und seine Berichte über deutsche Truppenbewegungen und ihre Fahrpläne waren unbezahlbar. Er war ein ruhiger Mann und froh, als alles zu Ende war, aber zwei oder drei seiner Kameraden aus dem »Réseau« hielten auch in den Nachkriegsjahren die Verbindung untereinander. Sie beobachteten den Ausverkauf an Coca-Cola, an IBM, das Überhandnehmen des »Drugstore« und des »Pub«. Sie kamen mit anderen Gruppierungen zusammen, als die »Schwarzfüße« und die rebellierenden Generäle in Algier mit Aufstand drohten. Und in dieser Zeit des Terrors, als die OAS sich an dem General selbst rächen wollten, schien es natürlich, daß die Gaullisten ihre Fähigkeiten aus den Kriegszeiten im Dienst des Präsidenten und der Fünften Republik einsetzten.

8

Zwei Tage lang hatte Anders den Pub »Bricklayers' Arms« im Auge behalten, zur Lunchzeit und nachts. Aber er hatte niemanden gesehen, auf den Levis Beschreibung des Polen zutraf. Am fünften Abend las er die Abendzeitung, als neben ihm jemand einen Wodka bestellte. Als er sich nach ein paar Minuten umsah, erblickte er ihn. Blue jeans, weiter schwarzer Pulli und alles andere stimmte mit der Beschreibung überein. Beinahe 1,80 m groß, helle, rötliche Haare und ein gebrochenes Nasenbein. Er saß allein in der Ecke und sah den vier Männern beim Pfeilwerfen zu. Anders ließ sich an der Bar nieder und wartete, bis der Wirt gerade nichts zu tun hatte.

»Chef.«

»Sir, was kann ich für Sie tun?«

Anders legte einen gewöhnlichen CID-Ausweis platt auf die Theke und sagte ruhig: »Ich gehe jetzt in Ihre andere Bar, den Saloon, und würde Sie dort gern einen Augenblick sprechen.« Er schob sich den Ausweis wieder in die Hand und sagte, dem Wirt zunickend: »Also gute Nacht, vielleicht bis morgen.« Der Wirt antwortete: »Jawohl, Sir, seien Sie vorsichtig.« Anders blieb einen Augenblick auf der Straße stehen und öffnete dann die Tür, auf der »Saloon« stand. Der Wirt nickte, und er ging hinein.

»Also, was kann ich für Sie tun?«

»Was wissen Sie über den rothaarigen Mann in der Ecke mit dem Bart, der den Wodka bestellt hat?«

Der Wirt überlegte mit gerunzelter Stirn. »In den letzten Monaten ist er einige Male hier gewesen, meistens Freitag abends oder sonnabends. In den letzten zwei bis drei Wochen war er öfter hier. Er ist wohl irgend ein Künstler oder Fotograf, in dieser Richtung jedenfalls. Redet nicht viel, ist natürlich Ausländer, keine Ahnung woher, sie kommen mir alle gleich vor. Er hat aber irgendeinen Akzent.«

»Haben Sie eine Ahnung, wo er wohnt?«

»Irgendwo hinter der New King's Road, in der Nähe der Autowerkstatt. Vielleicht täusche ich mich, aber ich glaube, dort ist es.«

»Sonst noch etwas?«

»Nein, Chef, das wär's.«

»Sehen Sie doch bitte nach, ob er noch da ist.«

Der Wirt ging wieder hinter die Bar, drehte sich um, und während er ein nasses Glas austrocknete, drehte er sich wieder zurück und nickte.

Anders wartete in der Dunkelheit auf der anderen Straßenseite, und kurz vor der Polizeistunde kam der Mann heraus. Er sah nicht in Anders' Richtung, sondern ging die Straße hinunter zur King's Road und wandte sich dort nach rechts. Er ging langsam. Er konnte nur zur Manor Street gehen, einer kurzen Straße mit schäbigen Häusern. Anders zog sein Taschentuch, und das Taxi tauchte aus der Dunkelheit auf, stand aber in der falschen Richtung. »Bitte wenden und zum anderen Ende der Manor Street, aber schnell.« Zwei Minuten später hielt das Taxi, schaltete das Licht ab, Anders stieg aus und ging um die Ecke in die Manor Street. Sie befanden sich an den entgegengesetzten Enden der Straße, und Anders konnte den Mann im Licht der Laternen sehen. Als sie beinahe auf gleicher Höhe waren, bog sein Wild in einen verwilderten Garten ein, ging den kurzen gepflasterten Pfad hinauf und verschwand in der Dunkelheit des Eingangs. Anders war unterdessen an dem Haus vorbeigegangen, aber er hörte die Vordertür zuschlagen. Der Mann war drinnen.

Anders ging langsam die wenigen Schritte bis zu dem Gartentor und blieb im Schatten eines der Pfeiler stehen. Es war Nummer 17. Aus dem Haus drang kein Laut, und nach ein paar Augenblicken schritt Anders langsam den Pfad hinauf, hielt inne und stieg dann vorsichtig die fünf Steinstufen hinauf. Irgend jemand ging pfeifend die Straße entlang und Anders wartete, bis alles wieder still war. Bedächtig betrat er die Eingangshalle und legte seine Hand behutsam auf den dicken Metalltürknopf. Als er diesen langsam drehte, berührte sein Arm einen warmen Körper, und dann sagte jemand neben ihm: »O. K., mach auf und geh hinein – und versuch nicht, ein Ding zu drehen.« Und um diesen Worten Nachdruck zu verleihen, legte ihm der Mann den kalten flachen Lauf einer automatischen Waffe an die Backe.

Als sie nach einer Reihe Stufen den kleinen Treppenabsatz erreichten, griff der Mann um Anders herum, hielt dabei die Waffe in der linken Hand und drehte den Schlüssel mit der rechten. Sie kamen in ein großes Zimmer mit einer modernen, offenen

Treppe, die zu einem oberen Stockwerk führte. Die Einrichtung bestand aus bequemen schwedischen Möbeln, und an den Wänden hingen große Fotos von Landschaften und Stilleben.

»Hände hoch und an die Wand.«

Der Mann leerte Anders' Taschen und tastete ihn fachgerecht nach einer Waffe ab. Er untersuchte seinen Fund, fand aber nichts, um Anders zu identifizieren, außer einer an der Spitze seines Parkers 52 eingravierten Nummer, und die prüfte er nicht sonderlich genau. Danach sagte der Mann: »Dreh dich wieder um, es ist O.K., aber wer bist du, und warum bist du mir gefolgt?«

»Ich glaube, Sie täuschen sich, ich bin Ihnen nicht gefolgt.«

Noch während er sprach, traf die Pistole sein Gesicht. Als er den Mann ansah, fühlte er das Blut über sein linkes, sofort zuschwellendes Auge rinnen, und er spürte den warmen salzigen Geschmack im Mund. Instinktiv wurde ihm klar, daß er entweder sofort mit diesem Mann fertig werden müßte oder es ihm überhaupt nicht gelingen würde.

Der Mann ging, Anders immer im Auge behaltend, zurück und öffnete eine Tischschublade in der Nähe des Fensters. Er zog einen langen, dünnen, schwarzen Zylinder heraus. Anders erkannte sofort, daß es ein Schalldämpfer für die Walther-Pistole war, die der Mann in der Hand hatte. Er wußte, daß dieser Schalldämpfer viel zu schwer für diese Waffe war, so daß es schwierig war, ihn aufzuschrauben, selbst wenn man nicht unter Zeitdruck stand. Er überlegte, daß der Mann für den Bruchteil einer Sekunde würde hinsehen müssen, um das richtige Gewinde zu finden. Ihm war klar, warum der Mann den Schalldämpfer aufschraubte. Sie standen eineinhalb Meter voneinander entfernt, aber der Dämpfer war noch nicht zur Hälfte eingeschraubt. Als Anders lossprang, zögerte der Mann, weil er wußte, daß es gefährlich war, mit einem lockeren Schalldämpfer zu schießen, und da hatte auch schon Anders die Pistole mit beiden Händen ergriffen. Der Dämpfer fiel polternd zu Boden. Die linke Hand des Mannes krallte sich in Anders' Gesicht, und die Waffe zielte nach unten zwischen seine Füße. Mit beiden Händen umgriff er jetzt des Mannes Handgelenk und warf sich hin. Der Mann ging mit ihm zu Boden, und als er auf ihn zutaumelte, fuhr ihm Anders' Schulter in den Magen, so daß er sich überschlug. Die Waffe hing an einem Finger und fiel dann herunter, aber Anders kümmerte sich zunächst um den Mann, der von ihm fortrollte. Als dieser sich umwandte, trat ihn Anders an die bestimmte Stelle hinter der Hüfte, wo der Ischias am wenigsten geschützt ist, und der Mann schrie auf, weil der Schmerz unerträglich und sein Bein wie gelähmt steif hochgezogen war. Anders bückte sich nach der Walther, schob den Schieber zurück, und eine scharfe Patrone fiel heraus. Er ließ den Verschluß zuspringen, und die Waffe war wieder schußfertig. Er wartete einen Augenblick, aber der andere war hilflos, alles Blut war aus seinem Gesicht gewichen, das rechte Bein zitterte und war nicht zu gebrauchen.

Anders telefonierte und setzte sich dann wartend hin. Es dauerte beinahe eine halbe Stunde, ehe er sie die Treppen hinaufkommen hörte. Commander Bryant betrat als erster den Raum, sah sich um und sagte zu seinen Leuten: »Sergeant, Sie halten diesen Burschen in Schach, und Sie beide führen eine gründliche Durchsuchung des Raumes durch.« Er legte eine Hand auf Anders' Arm, und mit einem Blick in sein Gesicht sagte er: »Das sollten wir zuerst reinigen.« Die zweite Tür, die er öffnete, war das Badezimmer, und während er die Schwellungen und Schnitte auf Anders' Gesicht betupfte, fragte er: »Wer ist der Junge, oder möchten Sie das für sich behalten?«

»Für ihn waren die Münzen bestimmt. Beinahe sicher, daß er zu Z-11 oder KGB gehört oder zu beiden. Ich habe ihn beschattet, aber er war mir über. Wahrscheinlich hat er mich schon in dem Pub ausfindig gemacht. Er spielte den alten Trick, schloß die Tür, als ob er hineingegangen wäre, und erwartete mich.«

Einer der Männer, die die Wohnung durchsucht hatten, steckte den Kopf durch die Tür. »Hier ist eine ganze Menge Zeug, Commander, Kurzwellensender, neues Modell, habe ich zum erstenmal vor die Augen gekriegt, voll eingerichtete Dunkelkammer mit Haufen von Negativen. Die übliche Talkumbüchse mit einem Mikropunkt-Lesegerät und das hier.« Er zeigte die beiden Hälften der falschen Münze.

Anders fragte schnell: »Steckte da etwas drin – Mikrofilme oder ähnliches?«

Der Mann von dem Sonderdezernat schüttelte den Kopf. »Nein, Sir, aber wir werden noch weiter suchen.«

Zehn Minuten später kam er zurück. »O. K., Sir. Ich denke, wir haben gefunden, was Sie suchen, es steckt noch im Vergrößerungsapparat. Er scheint es vergessen zu haben, denn es befand sich an der Kondensorlinse, deswegen haben wir es zuerst übersehen.« Er wandte sich an Commander Bryant. »Was soll mit dem ›Burschen‹ geschehen. Sir?«

Bryant sah Anders an. »Ich möchte ihn an einem sicheren Ort haben, im Studio.«

Bryant nickte dem Sergeant zu. »Würden Sie das bitte veranlassen? Übergeben Sie ihn Daniels im Taxi und fahren Sie mit.«

Anders sagte: »Könnten Sie den Mikrofilm vergrößern und ihn zu NSA zur Entschlüsselung schicken – es ist dringend.«

Bryant nickte: »Das wird nicht nötig sein. Sie schicken den Code gleich mit der Vergrößerung mit. Ich werde ihn der Chiffrierzentrale übergeben ...« Anders unterbrach: »Bitte nicht den Film selbst, nur eine Vergrößerung.«

Anders blieb noch eine Stunde allein in der Wohnung des Mannes. Er wollte sich ein Bild von ihm machen, ehe er ihn verhörte. Es war schon beinahe Morgen, als er in King's Road ein Taxi nahm und sich in Grosvenor Road Embankment absetzen ließ. Von dort aus ging er zu Fuß zum Studio. Der Mann befand sich in einer der kleinen Zellen. Durch das Guckloch betrachtet, wirkte er niedergeschlagen.

Anders ging zunächst zu seiner Wohnung, und dann erinnerte er sich an das Mädchen. Er klopfte an ihre Tür und ging auf ihre Aufforderung hinein. Die Nachttischlampe brannte, und das Mädchen lag im Bett und las. Er setzte sich auf das Bett, und sie legte das Buch hin. Es war »Lettres de mon Moulin«. Er fragte sich, warum ausgerechnet das.

»Hatten Sie alles, was Sie brauchten?«

Sie lächelte. »Ja, ich habe es mir gemütlich gemacht, und Mr. Daniels hat mir einen Sandwich und Kaffee gebracht. Haben Sie irgendwelche Medikamente hier?«

Als er sie erstaunt anblickte, lachte sie: »Für Ihr Gesicht – Sie brauchen Penicillin-Puder. Es ist ganz wund und Sie können sich infizieren.«

Als sie sein Gesicht versorgt hatte, stand er auf und sagte »Gute Nacht«. Das Mädchen sagte »dobranoc«, und er lächelte über ihr Polnisch. Sein Gesicht schmerzte zwar, aber er meinte doch, daß sie beide ein Lächeln brauchen könnten.

9

Am nächsten Mittag bekam Anders das Material von der Chiffrierzentrale zurück. Sein Büro in dem weiträumigen Gebäude entsprach dem Charakter seines Bewohners. Tatsache war, daß dieses Büro und ein kleines Schlafzimmer am Ende des Korridors sein Zuhause darstellten. Sein Leben war seine Arbeit, und aus dieser Welt konnte er sich nirgendwohin zurückziehen.

Eine Wand war voller Bücher, aufeinander gestapelt in Regalen. Daneben ein Stereo-Kassettenrecorder und ein Paar Tandberg-Lautsprecher. An einer anderen Wand waren Angelruten an Nägeln aufgehängt. Einige Fotos – die Tennismannschaft von 1962 des Defence College, zu der ein ernster Leutnant Anders gehörte, ein Zeitungsbild, das einen hysterisch grinsenden Hitler 1939 vor Warschau zeigte, eine Gruppe ernstblickender Offiziere vor dem Massengrab polnischer Offiziere in Katyn, eine eingerahmte Seite der »Saturday Evening Post« mit einer Seifenwerbung, die das Bild eines jungen Mädchens mit großen Augen, einem vollen weichen Mund und lockerem bauschigem blondem Haar zeigte, ein Porträtfoto von Wladimir Y. Semichastny, dem augenblicklichen und jüngsten Chef, den der KGB je gehabt hatte. Alle Wände waren weiß, und die vorherrschende Farbe der Vorhänge und Möbel war Rot.

Anders war 1,87 m groß, breitschultrig und kräftig. Sein Haar war schwarz und lockig, obwohl beinahe auf Bürste geschnitten. Er hatte slawische Backenknochen und bräunliche Haut, deren Tönung nicht nur von Sonne und Sport herrührte. Die Hände waren groß und kräftig wie die eines Rugbyspielers, obgleich er dieses Spiel nie ausgeübt hatte. Er hielt es für einen typischen englischen Zeitvertreib, sich aus Spaß Verletzungen beizubringen. Russen würden ihn für einen Russen halten, Polen für einen Polen, und den Engländern fiel überhaupt nichts Besonderes auf.

Die beiden Nachrichten auf dem Mikrofilm hatten die Namen der Franzosen enthüllt, ein Losungswort, ihren Aufenthaltsort und die vier Abschnitte der Operation: nämlich Kontaktaufnahme, Planung, Ausführung und feierliche Erklärung. Es wurden Kontaktpersonen in Kanada, den USA, Skandinavien und Deutschland genannt. Die Operation schien sich so auszuweiten, daß sie für Anders allein zu umfassend wurde, aber er beschloß, zunächst den KGB-Mann zu verhören, ehe er sich an den SIS wegen einer Neuorganisation wandte.

Krezki hatte nicht viel geschlafen. Er konnte sich nicht entschließen, welche Haltung er einnehmen sollte. Offensichtlich gehörten die Leute hier irgendwie zum britischen Sicherheitsdienst, aber wieviel wußten sie schon? In seiner Wohnung hatten sie nicht viel mehr als das Funkgerät und einige Nebensächlichkeiten gefunden, und damit war nichts zu beweisen. Er hatte als

Botschafterchauffeur diplomatische Immunität. Wahrscheinlich vermuteten sie, daß er zum Z-11 gehörte, aber über die Operation selbst wußten sie nichts, denn er selbst kannte ja erst die Hälfte der Geschichte. Schließlich beschloß er zuzugeben, daß er vom Z-11 war, und dann würden sie ihn wahrscheinlich als Persona non grata des Landes verweisen.

Wäre er nicht zufällig auf diesen besonderen Typ bei SIS gestoßen, wären seine Überlegungen gar nicht so abwegig.

Anders ließ ihn nachmittags um vier Uhr kommen.

»Name?«

»Krezki, Pawel.«

»Geboren?«

»Lemberg, 6. Januar 1925.«

»Beschäftigung?«

»Chauffeur Seiner Exzellenz Borowski, polnischer Botschafter in London.«

»Gehören Sie zum Stab der Botschaft?«

»Ja, ich habe volle diplomatische Immunität.«

Anders sah ihn an und lächelte beinahe. »Nun, wir wollen keine Zeit vertun. Wozu diente der Sender?«

»Ich bin Radio-Amateur.«

»Eingetragen?«

Krezki war nicht sicher, aber überzeugt, daß er gedeckt werden würde. »Ja.«

»Rufzeichen?«

Krezki zuckte die Schultern und gab auf. »Ich bin Offizier der polnischen Sicherheitskräfte und ich habe nicht die Absicht, weiter auszusagen.«

»Sie wollen sagen, daß Sie als Spion in diesem Land arbeiten?«

Krezki antwortete nicht. Anders stand auf, ging zum Schreibtisch und setzte sich Krezki gegenüber auf die Tischkante. Dann begann er zu dessen Entsetzen russisch zu sprechen. »Krezki, wir sind beide im gleichen Geschäft. Sie werden mir eine Menge berichten. Sie können es jetzt sofort tun, und ich werde mich Ihrer Kooperationsbereitschaft erinnern. Sie können es aber auch auf die harte Methode haben.« Anders zeigte auf die Pflaster an seiner linken Gesichtshälfte. »Mir ist es wirklich egal, welchen Weg Sie einschlagen – beide sind mir angenehm. Der eine ist leicht, der andere wäre ein Vergnügen.«

Krezki blickte in die grauen Augen und das harte Gesicht. Er hatte solche Gesichter in Moskau gesehen und er wußte, was sie zu bedeuten hatten. Dieser Mann war ein Killer. Keiner, der aus einer Gefühlsaufwallung tötete, der Lust dabei empfand, der aber auch kein Bedauern kannte, wenn es vorbei war. Er gehörte zu denen, die töteten, weil es nötig war und in den Plan paßte, so als ob ein Licht ausgeschaltet wurde. Sie suchten keine Entschuldigung, es gehörte zu einem Schachspiel. Wenn ihr Gegner einen bestimmten Zug tat, dann konterten sie automatisch und gewohnheitsmäßig. Das Opfer traf die Entscheidung, nicht sie. Anders machte keine Bewegung, während Krezki zu ihm aufblickte.

»Was geschieht, wenn ich kooperiere?«

»Das hängt davon ab, wie weit Sie kooperieren und in welcher Weise. Was sollte dann geschehen?«

Krezki seufzte tief und blickte wieder auf: »Hier bleiben, würde ich sagen.«

Anders nickte. »Wir werden sehen«, und ging damit zu seinem Sessel zurück. Er beugte sich vor, legte die Arme auf den Schreibtisch. »Berichten Sie mir über die Franzosen.« Und Krezki begann zu sprechen.

Marie-Claire Foubert nahm ein Zimmer im Hilton. Sie wollte im 15. Stock wohnen und bekam das Zimmer Nr. 1501. Als sie aus dem Fenster sah, war es schon ziemlich dämmerig und sie konnte die wie kleine Modelle aussehenden Autos auf der Park Lane fahren sehen. In der nächsten Stunde machte sie sich daran, das Hotel zu erkunden, wo sich die Bars und Restaurants befanden, die Läden, die Räume der Angestellten und die Ausgänge. Schließlich kaufte sie sich ein Paket Gauloises, den »Figaro« von heute morgen und die französische Ausgabe von »Vogue«. Sie hatte die drei Zimmer der Franzosen im 5. Stock ausfindig gemacht, und nun war es nur noch eine Frage der Zeit. Sie warteten nun schon fast zwei Wochen und würden wahrscheinlich allmählich gelangweilt und ungeduldig geworden sein.

Über eine Stunde saß sie in der Ecke der Hauptbar, las in ihren Zeitschriften und nippte an einem gut gemixten Martini. Während dieser Zeit wurde sie auf plumpe Weise von Arabern angesprochen, beinahe schwärmerisch von Schweden, mit jungenhaftem Charme von Amerikanern und von Engländern lediglich begierig und abschätzend gemustert. Sie hatte gerade ihren dritten Drink bestellt, als der Franzose hereinkam. Er war groß, schlank, blaß. Amerikanischer Anzug, Fliege, Hände in die Hüften gestemmt und offensichtlich sehr mit sich zufrieden. Er warf dem Mädchen einen Blick zu, sah dann weg, schnalzte mit den Fingern einem Kellner und bestellte einen Drink. Sie hielt ihn für einen Korsen oder einen Italiener aus dem Grenzgebiet – er wirkte plump und vulgär wie viele italienische Männer, aber ohne deren Charme. Das Fingerschnalzen war auf sie gemünzt, und während er auf seinen Drink wartete, musterte er sie und kam schließlich an ihren Tisch. »Ist hier noch frei?«

Sie nickte und las weiter. Als er seinen Drink bekam, gab er ein übertrieben großes Trinkgeld. Er verschlang ihren Pulli und ihre langen, wohlgeformten Beine mit den Augen.

Die Zufallsbekanntschaft war nicht sehr unterhaltsam, und während des Essens, zu dem er sie einlud, zeigte sie, daß sie sich langweilte. Danach ging er mit ihr an die Bar. Sie hatte keine Lust zu tanzen und verließ ihn um zehn Uhr, versprach aber, mit ihm am nächsten Tag Tee zu trinken. Er stellte sich als André Prouvost vor.

10

Man traf sich in einem der SIS-Häuser in Queen Anne's Gate. Um den großen runden Tisch saßen der Chef OPS (Operationen) SIS; Major Anders; der Verbindungsoffizier des Foreign Office zu SIS, James Kent; und ein Verbindungsmann der CIA, Jake Salis. Auf dem Tisch lagen keine Akten, und der Chef Operationen SIS eröffnete die Konferenz.

»Sie sind alle über den Stand der Angelegenheit unterrichtet worden, und da Major Anders darauf hinwies, daß die Sache nun über eine Ein-Mann-Operation hinausgewachsen ist, halte ich es für besser, Sie bei diesem Stand der Dinge zu unseren Beratungen zuzuziehen. Ich möchte zunächst unsere jeweiligen Aufgaben klarstellen. Major Anders wird die Operation auch weiterhin führen. James Kent vom Foreign Office ist hier, weil eventuell auf hoher Ebene diplomatische Maßnahmen notwendig werden und er uns dabei behilflich sein kann. Jake Salis ist von der CIA zu uns abkommandiert und vertritt auch die Sonderabteilung der königlich kanadischen berittenen Polizei. CIA und NSA-Einrichtungen stehen uns zur Verfügung, und es kann als sicher angenommen werden, daß Kanada und die USA genau so wie wir daran interessiert sind, diese Sache zu entschärfen. Bitte, Major Anders, informieren Sie uns über den Stand der Dinge auf.«

»Wir wissen jetzt, daß es sich um eine KGB-Operation handelt, unter Einschaltung des polnischen Nachrichtendienstes Z-11 und einer Gruppe Franzosen. Diese Operation ist ganz typisch nach KGB-Muster angelegt. Sie ist äußerst komplex konzipiert, und wir stoßen ziemlich schnell auf die einzelnen Elemente. Wir besitzen beide Teile der Instruktionen, aber es handelt sich nur um die ungefähren Absichten und Kontaktpersonen. Der nächste Schritt der Operation sollte durch den Polen Krezki vorgenommen werden. Den habe ich sichergestellt. Er ist gesprächig, aber aus Moskau stehen noch nähere Anweisungen aus. Die Franzosen, jedenfalls die augenblicklich aktiven, sind im Hilton, und das Mädchen hat mit ihnen Kontakt aufgenommen. Die NSA hat den KGB-Code geknackt. Ich habe jetzt die Sendezeiten aus Moskau und die Zeiten und Wellenlängen, die der Pole für seine Funkmeldungen benutzt hat. Bisher ist der Sender noch nicht oft in Gebrauch gewesen. Die Verbindung wurde meistens per Mikrofilm hergestellt, aber jetzt werden sie Funk einsetzen müssen, wenn die Dinge in Fluß kommen. Sie sind . . .«

Sir John Walker unterbrach und blickte auf den CIA-Mann.

»Jake, Sie wollten etwas fragen?«

»Ja, Sir, ich möchte Major Anders fragen, wie weit Krezki kooperieren will, ob wir ihn völlig umdrehen und dabei auch die Funkverbindung einschließen könnten.«

Anders warf Sir John einen Blick zu und erhielt ein zustimmendes Nicken. »Bis jetzt hat er kooperiert. Wenn ich ihn zu sehr antreibe mit der Funkangelegenheit, könnte er sich dagegen stemmen. Er wartet nun ab, was wir ihm für ein Geschäft vorschlagen.«

Jake Salis blickte hinüber zu Anders: »Haben Sie eine Ahnung, was er will?«

»Eine Pension. Ich meine, er würde mit 1500 bis 2000 Pfund zufrieden sein, dazu die nötigen Schutzmaßnahmen zu Beginn und wahrscheinlich später Wohnsitz in Australien.« Anders lächelte. »Noch ein ziemlicher langer Weg, von hier aus gesehen.«

Sir John lehnte sich zurück. »Scheint nicht allzu schwierig, Tad. Was macht er jetzt im Augenblick?«

»Er soll ein paar Tage in seinem Saft schmoren und den Eindruck gewinnen, daß wir ihn nicht allzu sehr brauchen, er wurde etwas kiebig. Ich denke, ich könnte ihn dazu bringen, mitzumachen, wenn ich auf der Basis einer Zahlung mit ihm verhandelte und die Fleischtöpfe Londons mit ins Spiel brächte.« Er hielt inne und sah in die Runde.

James Kent vom Foreign Office ergriff das Wort. »Ich werde einige Pressemitteilungen vorbereiten. Auf die Schwierigkeiten, ja Unmöglichkeiten hinweisen, die eine Invasion über 3000 Meilein Atlantik zur Befreiung Europas mit sich brächte. Und ohne irgendwie auf Einzelheiten einzugehen, sollen unsere Leute in den verschiedenen Ländern doch angewiesen werden, die Ohren offenzuhalten, wenn es irgendwo Gerede gibt, das unser Verhältnis zu den Vereinigten Staaten berührt.«

Sir John nickte zustimmend. »Also, Tad, welche Art Unterstützung brauchen Sie?«

»Ja, Sir, im Augenblick möchte ich Verbindung zu einem Sprengstoffexperten, von diesem Gebiet verstehe ich nichts, bin nicht auf dem laufenden, aber hauptsächlich deswegen, weil ich vermute, daß es sich hier um eine viel größere Operation handelt, als wir bisher aufgedeckt haben. Ich glaube, sie warten auf irgendein Ereignis, ehe sie die nächste Etappe in Angriff nehmen. Diese Operation wäre dann für die Sowjets der größte Coup seit der U-2-Affäre und würde sich noch weit besser auszahlen. Ich glaube, die Franzosen sind auf die Idee gekommen und haben sich wahrscheinlich an die Polen wegen der Finanzierung gewandt, und die Polen verkauften die Idee dem KGB, der sofort die Möglichkeit erkannte und die Sache nun viel größer aufziehen will, als die Franzosen ursprünglich wollten. Ich möchte eine regelrechte Unterstützungsoperation anregen, die alle meine Erkenntnisse begutachtet, die neu dazustoßenden Mitglieder diplomatischer Vertretungen an kommunistischen Botschaften und Missionen überprüft, volle Kontrolle des Funkverkehrs und der sowjetischen ›Schläfer‹ in Großbritannien übernimmt. Ich werde für die Infiltrierung und Überwachung Sorge tragen, aber es gehört mehr dazu, um wirklich ständig auf dem laufenden über alle Erkenntnisse aus anderen Quellen zu sein.«

Ehe Sir John antworten konnte, sagte James Kent: »Major, gibt es irgendeinen Grund, warum Sie sich nicht direkt mit diesen Franzosen auseinandersetzen?«

»Nun, im Moment wissen wir wenigstens, woher der nächste Schritt kommt. Wenn ich diese Gruppe ausschalte, wird deswegen die Operation nicht abgeblasen. Wir müssen zugeben, daß wir Glück hatten, dieses alles überhaupt aufzudecken. Wenn sie neu anfangen, können wir vielleicht die nächste Gruppe nie ausfindig machen und werden nur aus den Schlagzeilen der Zeitungen Neues erfahren, und die folgenden Sprengstoffanschläge werden dann noch mehr böses Blut machen.«

James Kent runzelte die Stirn. »Warum Sprengstoffanschläge – das höre ich zum ersten Mal.«

»Die Kontaktperson in dem KGB-Haus in Paris ist ein Sabotage- und Sprengstoffexperte. Das ist kein Zufall. Die Indiskretionen der Presse würden Spannungen hervorrufen, aber inszenierte Proteste – Demonstrationen, Explosionen usw. – bedeuteten eine wirkliche Eskalation und könnten darüber hinaus die Lage für Monate auf dem Siedepunkt halten. Ähnlich etwa wie bei den Arabern in Israel.« Dann wandte sich Anders an Sir John: »Sir, ich muß in meine Dienststelle zurück. Kann ich Ihnen und den anderen Herren überlassen, für meine Bitten Sorge zu tragen?«

»In Ordnung, wir bleiben über das Studio in Verbindung.«

Das Mädchen hatte beinahe eine halbe Stunde in Anders' Büro gewartet und sich dort umgesehen, um vielleicht Hinweise auf den Charakter dieses seltsamen Mannes zu finden. Kein Nachrichtendienst gestattet gefühlsmäßige Bindungen zwischen den ausführenden Personen, doch Sex war etwas anderes. Aber dieser Mann war seltsam, er interessierte sich für sie und war besorgt um ihre Sicherheit und ihre Stimmung, aber nichts weiter. Wie die meisten Männer, blickte er stets in ihr Gesicht, wenn er mit ihr sprach, als ob es ihm Freude machte, sie anzusehen, aber seine Augen glitten dann nicht auf ihren Pulli herunter, wie die der anderen. Vielleicht war er ein Homo? Aber wie Mac ihr erzählt hatte, gab es da Mädchen.

Und in einer entweder russischen oder polnischen Bibel lag ein kleines, zerknittertes und verblichenes Foto eines kleinen steinernen Ferienhauses, an dessen Gartenzaun eine junge Frau und ein kleiner Junge standen. Die Frau hatte ihre Hand auf der Schulter des Jungen, der in ihr lächelndes Gesicht aufblickte. Der Junge konnte sehr wohl Anders sein.

Das Zimmer war ruhig und friedlich, als ob ein Hund auf die Rückkehr seines Herrn wartete. Sie fühlte sich sicher und empfand es nicht als Störung, als Anders hereinkam, »hallo« sagte, seine Aktentasche auf den Schreibtisch warf und sich hinsetzte. Er sah zu ihr herüber und hatte die Arme auf die Stuhllehnen gelegt. »Sie sehen anders aus – schön wie immer – doch anders.« Sie lächelte und sagte nichts. Dann grinste er: »Sie haben eine andere Frisur und einen neuen weißen Pulli.«

Sie nickte. »Mein lieber Kleiner hat mir den Pulli geschenkt.« Dann fuhr sie fort, als ob sie das Gespräch über ihre Person abbrechen wollte: »Gestern und heute habe ich mit ihnen gegessen. Sie sind heute morgen aus Stockholm angerufen worden, und seither scheinen sie angespannt. Ich hatte den Eindruck, daß sie irgend jemand erwarten, irgend jemand wichtigen. Und sie wollten ein Haus mieten. Sie hatten Angebote von Maklern, die meisten im Themsetal gelegen. Morgen früh gehe ich mit meinem lieben Kleinen ein Haus besichtigen.«

»Wo?«

»Das weiß ich nicht, aber wir werden in einem Pub, das ›Der Bulle von Bisham‹ heißt, zu Mittag essen.« Anders schrieb sich den Namen auf, dann sagte das Mädchen: »Sie haben Wertsachen im Hotelsafe. Ich weiß nicht was, aber ich habe eine Quittung über fünf Päckchen gesehen.«

Nach einigen Schwierigkeiten erhielt Anders vom Hotelmanager die Genehmigung, zusammen mit dem Sicherheitsmann des Hilton die Päckchen im Hotelsafe zu prüfen.

Als dieser sagte: »Brauchen Sie einen Wasserkessel, Mr. Anders?« lachte Tad: »Nein, danke, das war früher einmal gut genug, aber wenn man mit einem Messer und Dampf den Verschluß öffnet, sieht man hinterher die Spuren der Schneide.«

Er nahm eine kleine Spraydose aus seiner Tasche und besprühte leicht die Klappen der Umschläge. Er fand fast 20 000 Dollar in American-Express-Reiseschecks, 30 000 Dollar in bar, dazu 25 000 Pfund in Noten der Bank von England, außerdem irische, britische und schwedische Pässe für jeden der drei Franzosen. Der letzte große Umschlag enthielt Fotos von Dokumenten. Einen Brief Präsident Roosevelts an Churchill, einen ähnlichen von Mackenzie King, ein Originaldokument aus dem Nazi-Forschungsamt, nämlich einen entschlüsselten Funkspruch Roosevelts an die amerikanischen Botschafter in Vichy und Moskau, und schließlich einen kurzen Bericht MacLeans aus Moskau mit Vorschlägen, wie man Verbindung zur britischen Presse aufnehmen könnte, dazu eine Anmerkung, wie das »D«-Nachrichtensystem funktioniert (»D« notice = Defense notice, Nachrichten, die von der Presse, weil der nationalen Sicherheit abträglich, freiwillig zensiert werden.)

Anders fotografierte die Dokumente und jede Seite der Pässe und steckte sie wieder in die Umschläge. Ehe er die Pässe hineintat, legte er einen dünnen Metallstab über die Fotos. Das hinterließ keinen Abdruck, aber falls die Pässe unter einer besonderen Lampe, wie sie sich an jedem Grenzübergang für Ausländer befanden, geprüft würden, käme ein breiter violetter Streifen ans Tageslicht.

Anders kaufte sich den »Evening Standard« am Kiosk im Hilton, und als er ins Foyer ging, sah er das Mädchen zusammen mit dem Franzosen. Als sie den Lift verließen, legte der Mann den Arm um ihre Taille, als ob sie zu ihm gehörte, und einen Augenblick lang empfand Anders einen Anflug von Eifersucht. Sie betraten eine Telefonkabine, Anders zögerte, ging aber dann langsam die Treppen hinunter, am Springbrunnen und am Blumengeschäft vorbei und aus dem Hintereingang hinaus. Als er an dem Schaufenster des Blumengeschäftes vorbeikam, fiel ihm eine große Vase mit herrlichen roten Rosen auf. Die Blüten von einem tiefen dunklen Orangerot auf langen anmutigen Stengeln erinnerten ihn irgendwie an das Mädchen. Einem Impuls folgend ging er durch die Schwingtür und kaufte die Rosen. Sie waren voll erblüht und dufteten, und auf dem Schildchen stand »Ein Dutzend Soraya«. Im Studio in Pimplico legte er sie auf ihr Bett.

Er benutzte das Verwürflungstelefon zum Haus in Hampshire und ließ dann Krezki kommen.

Es dauerte etwas, ehe er mit Krezki einig wurde, der 3000 Dollar für einen Funkspruch nach Moskau verlangte. Er ließ einen Codespezialisten und einen Funktechniker des Sicherheitsdienstes kommen, um die Sendung zu verschlüsseln und Krezki zu überwachen. Es gab keine Schwierigkeiten, und Moskau wurde die Nachricht zugespielt, daß Krezki aus Sicherheitsgründen die Botschaft verlassen, aber sichere Deckung habe und weitere Instruktionen erwarte. Die beiden letzten Wörter des Funkspruchs waren Kontrollzeichen, daß er beide Teile des Mikrofilms erhalten hatte.

Als Anders wieder allein war, legte er eine Kassette ein, und zwar Elgars Cellokonzert, gespielt von Jacqueline du Pré. Zu müde, um sich in einen bequemen Sessel zu setzen, lehnte er sich zurück und verschränkte die Arme hinter dem Kopf. Die Musik war typisch für alles, was er an den Engländern liebte. Aber er wußte, daß bei der Mischung der Gene seiner englischen Mutter und seines polnischen Vaters, die seinen Charakter und sein Temperament programmiert hatten, alle Antriebskräfte von seinem Vater kamen. Er war Engländer, aber ein anderes Selbst, ein Pole stand daneben und beobachtete. Der Pole handelte, der Engländer dachte – immer getrennt voneinander, nie gemeinsam. Er wußte, daß das keine glückliche Mischung war, ein Katalysator war nötig, um sie zusammenzuschmelzen.

Während des dritten Satzes öffnete sich die Tür, und das Mädchen kam herein. Sie sah ihn an und glitt dann in einen Sessel, legte den Kopf zurück und lauschte auch der Musik. Als sie zu Ende war, blickte sie zu ihm herüber, und er sah Tränen in ihren Augen.

»Gefiel Ihnen die Musik?«

Sie nickte. »Ja, aber die Rosen gefallen mir noch besser. Warum haben Sie das getan?«

Er zuckte mit den Schultern. »Ich hatte Sie gerade getroffen, dann sah ich die Blumen, die mich an Sie erinnerten, und ich kaufte sie – so einfach war das.«

Das Mädchen schwieg einen Augenblick und stand dann auf. Als sie die Tür öffnete, drehte sie sich um: »Sie haben einen Wagen gekauft, einen Jaguar, einen Gebrauchtwagen. Er wird morgen früh auf dem Hotelparkplatz angeliefert. Sie haben die Hausbesichtigung bis morgen verschoben, weil sie erst den Wagen haben wollten.«

»Welche Autonummer?«

»GBH 491 G – er ist weiß.« Einen Augenblick blieb sie stehen und sah ihn an, dann machte sie die Tür hinter sich zu.

Anders rief die technische Funkabteilung an und gab kurze Anweisungen und die Autonummer durch. Kurz nach Mitternacht hatten sie den Wagen im Ausstellungsraum von Henley in Piccadilly gefunden, und als sie weggingen, begann es zu dämmern.

Anders rasierte sich und merkte gar nicht, daß er ein kleines Lied von Jacques Brel summte: »Litanie pour un amour«. Ein neuer Tag begann.

11

Auf dem Straßenschild stand »Temple 3/4 Meile«, als der weiße Jaguar die Hauptstraße verließ und in einen kurvenreichen, schmutzigen Weg zu einer großen Toreinfahrt einbog, mit dem Namen »The Mill House«. Das Mädchen begleitete den Franzosen zur Hausbesichtigung. Früher war es eine Mühle gewesen, die ihre Wasserkraft aus der über das Temple-Wehr brausenden Themse bezog. Das Haus war groß und weiträumig, die Einrichtung alt, aber nicht wertvoll. Vom Garten aus ragte eine hölzerne Brücke auf Pfeilern über das Wasser bis zum Steg, der über das Wehr zu einer kleinen Insel führte, wo das Haus des Schleusenwärters zwischen zwei großen Ulmen stand. Der Franzose sah sich auch Ställe und Nebengebäude sehr gründlich an.

Sie aßen im »Bullen von Bisham« zu Mittag, und zwischen den Gängen studierte der Mann eine Karte in großem Maßstab des Gebietes von Temple und Marlow. Nach dem Essen fuhr er über die M 4 bis zur Straßenüberführung von Chiswick und zurück, wobei er jedes Mal die Fahrtzeit prüfte. Er bat das Mädchen, im Wagen zu bleiben, während er von einer Zelle vor dem Postamt in Marlow aus telefonierte. Zehn Minuten später, im Büro des Maklers, unterschrieb er nach genauem Durchlesen den Mietvertrag und bezahlte die erste Vierteljahresmiete in bar. Mit den Schlüsseln fuhren sie zu dem Haus zurück. Es wurde dämmerig, und sie beobachteten, wie sich die Boote auf der anderen Seite des Flusses stauten, um noch vor Einbruch der Dunkelheit durch die Schleuse zu fahren, die nachts geschlossen war.

Er stellte fest, daß die Rückfahrt bis zur Überführung, ohne Überschreitung der zulässigen Höchstgeschwindigkeit, 24 Minuten dauerte und dann noch weitere 34 Minuten bis zum Hilton. Später am Abend rief das Mädchen Anders an und gab die Einzelheiten des gemieteten Hauses durch, auch daß sie am nächsten Tag wieder mit ihm hinfahren würde, um das Haus mit allem Nötigen zu versehen. Die anderen Franzosen würden nachkommen, wenn der Mann, der aus Stockholm angerufen hatte, eingetroffen sei.

Auf der Kungsgatan in Stockholm befindet sich ein Laden mit einem kleinen Fenster und engem Eingang. Männer jeden Typs gehen da aus und ein, und nur wenige werfen einen Blick auf die im Schaufenster ausgelegten Magazine. Die eigentliche Ware befindet sich drinnen. Ob man Porno in Schwarz oder Weiß, als Vierfarbendruck, als Film oder Schallplatte in fünf Sprachen sucht, hierher kommen die Kenner Stockholms.

Der Mann hatte ein ledernes, verwittertes Gesicht, und von der Tweedjacke bis zu seinen gelbbraunen Wildlederboots war er der typische Engländer, wenn auch sein Bürstenhaarschnitt an einen Amerikaner denken ließ. Er blätterte in einem Magazin, legte es hin und sagte lächelnd zu dem Besitzer: »Vous avez quelque chose de bon en français?«

Dieser musterte ihn überrascht, faßte sich dann und antwortete achselzuckend: »Ça depend m'sieur – vous avez besoin de quelque chose?«

Der große Mann lachte: »Ah oui, une belle blonde avec les jambes jusqu'au derrière.«

Das war tatsächlich der richtige Mann, aber so hatte er sich ihn nicht vorgestellt. Der kleine Laden verdankte fast seinen ganzen Umsatz dem KGB. Er bot nicht nur perfekte Deckung, weil ständig männliche Kundschaft kam und ging, sondern der Kassaverkauf in vielen Währungen erleichterte Geldtransaktionen und erschwerte Nachprüfungen. Im allgemeinen jedoch waren KGB-Leute farblose Typen, so einen wie diesen hatte er noch nie gesehen, aber die Losungsworte stimmten, und man hatte ihm schon gesagt, daß dieser hier etwas Besonderes sei. Von einem Schlüsselring nahm er zwei Schlüssel und öffnete zwei Schlösser an der Tür im hinteren Teil des Ladens. Er stieß die Tür halb auf und ging hinter dem Russen hinein. Dort standen mehrere bequeme Sessel und auf einem kleinen Tisch ein Filmprojektor vor einem großen weißen Schirm. Und außerdem war da eine junge, hübsche Blondine, eine typische Schwedin, die nur einen winzigen Slip trug. Der Russe schlug die Hacken zusammen und verbeugte sich leicht lächelnd vor dem Mädchen.

»Ich sehe, Sie führen Filme vor, Mr. Heyerdal.«

Der Besitzer wandte sich zu dem Mädchen: »Du kannst jetzt gehen, Kirstin, und brauchst erst morgen wiederzukommen.«

Der Russe hob seine Pranke. »Aber ich bitte Sie, Mr. Heyerdal«, und dabei betrachtete er wohlgefällig das Mädchen, »unser Geschäft wird nicht viel Zeit in Anspruch nehmen, und ich würde mich über nette Gesellschaft heute abend sehr freuen.« Dann sprach er russisch weiter, und zwar etwas schärfer im Ton und nicht mehr ganz so charmant. »Ich nehme an, daß Sie das Päckchen und die Bilder bekommen haben.«

Der Besitzer nickte und antwortete auch russisch: »Ja, Genosse, möchtest du sie jetzt gleich?«

»Am besten, man bringt die Sache hinter sich.«

Der Schwede verschwand hinter einem Vorhang in der Ecke und kam mit einem dicken braunen Umschlag zurück, den er dem großen Mann reichte.

»Ist das alles?«

»Ja, Genosse.«

»Ich fahre morgen früh nach Bromma und werde die Nacht über hier bleiben, geht das?«

»Natürlich, wie du willst«, und dann sprach der große Russe wieder schwedisch und ging zu dem Mädchen hinüber. »Wie heißt du?«

»Kirstin Swenholm.«

Der Russe blickte lächelnd auf ihre vollen Brüste mit den rosa Warzen. »Und wirst du dich heute abend um mich kümmern, Kirstin?« Das Mädchen warf dem Schweden einen schnellen Blick zu und der nickte. Und dann hatte sie kaum noch Zeit, ja zu sagen, da griffen die großen starken Hände schon nach ihren Brüsten. Als der Ladenbesitzer die Tür hinter sich schloß, hörte er das Mädchen über irgend etwas lachen.

Das war der erste wirkliche Oberst des KGB, den er zu Gesicht bekam. Alle hatten gesagt, daß er etwas Besonderes sei, und das war er sicher. Sah aus wie ein gutsituierter Amerikaner, mit der Figur eines Berufsfußballers, seiner selbst so sicher, daß er noch nicht einmal das Päckchen nachprüfte, und dabei hatte es den KGB 10 000 Dollar gekostet plus Spesen. Liebenswürdig war er und umgänglich und machte sich schon an das Mädchen heran, ehe er das Zimmer verlassen hatte. Das taten noch nicht einmal die Stammkunden.

Aber das Mädchen war nicht erstaunt. Sie blieb ruhig stehen, als er sie betatschte, und lachte, als er sagte, sie solle den Slip ausziehen. Und sie war auch nicht verlegen, als er sich an den Tisch setzte und ihr zusah, wie sie aus dem Höschen herausstieg und nackt vor ihm stand. Aber dann war sie erstaunt, als er sie hinsetzen hieß und nach dem Umschlag auf dem Tisch griff. Sie bemerkte, daß mehrere blaue Wachssiegel darauf waren, die er vorsichtig aufbrach und die Teile in seine Tasche steckte. Er zog den Inhalt heraus und breitete ihn auf dem Tisch aus, es waren eine Menge glänzender Fotos und sechs oder sieben zusammengefaltete Bogen, die wie Baupläne aussahen mit roten Linien und Kreisen. Die Fotos waren nicht solche, wie sie sie kannte, sondern Räume mit hohen Decken, Korridore und Treppenhäuser. Es waren wohl über hundert, und der große Mann sah zufrieden aus. Als er alles wieder verstaut hatte, wurden die Verhältnisse wieder normal, und sie war wieder in ihrem Element. Seine Augen ergötzten sich an ihrem Körper, dann zog er sie zu sich heran, bis sie vor ihm stand. Alles, was er dann tat und sagte, war ihr vertraut. Mr. Heyerdal wechselte ihr am nächsten Tag die 200 Rubel.

Der große Russe holte auf dem Flugplatz in Bromma seine zwei Taschen aus dem Schließfach und flog mit einer planmäßigen Maschine nach Prestwick. Dort mietete sich Igor Rudenko, Oberst im KGB, einen Hertz-Wagen und fuhr nach Newcastle, wo er als der schwedische Architekt Sven Eklund einen normalen Flug nach London buchte. Er nahm sich ein Zimmer im Hotel Europa am Grosvenor Square und rief das Hilton an.

Die Abteilung C 11 des CID hatte das Gespräch mitgehört, und das Band ging zehn Minuten später, nachdem eine Kopie angefertigt worden war, an Anders.

12

Bei einer höheren Geschwindigkeit als 50 Meilen pro Stunde hatte die Funkabteilung des Sicherheitsdienstes Schwierigkeiten, die Unterhaltungen zu verfolgen, aber der kleine Sender, den sie hinter dem Kühlergitter des weißen Jaguar angebracht hatten, sendete ständig ein kräftiges Signal, so daß sie genau wußten, wo sich der Wagen auf der M 4 befand. Die Franzosen hatten offensichtlich dieses Haus genommen, weil es nicht nur abseits lag, sondern weil man über die M 4 leicht und schnell nach London hineinkam und auch der Londoner Flughafen nur 15 Autominuten entfernt lag.

Jeder Raum des Hauses und der Nebengebäude war fotografiert und das obere Stockwerk des Schleusenwärterhauses als Funküberwachungszentrale eingerichtet worden. Eine Video-Kamera mit einer 1000-mm-Linse bestrich den Garten und den größten Teil des Hauptzugangs zu dem Haus.

Weiter westlich, am Berkshire-Ufer der Themse, befand sich eine Reihe von Ponton-Bootsliegeplätzen. Auf Platz Nr. 5 lag ein 40 Fuß langes Bates Starcraft, das Motorschiff Donna Tomara, das Anders vom Bootsverleih gemietet hatte. Vom Haus aus war es nicht zu sehen, und die ein wenig längeren Antennen fielen in dem Antennenwald der anderen großen Boote nicht weiter auf.

Anders wartete geduldig in dem Boot, bis auch das letzte Dämmerlicht verschwunden war. Als er die große Zeder erreichte, zählte er die Schritte zu der hohen Mauer, die das Haus umgab, und dann die Entfernung zu der Einfahrt. Der Franzose und das Mädchen waren vor drei Stunden abgefahren, der Mann war im Hilton und das Mädchen im Studio in Pimplico.

Anders probierte die Schlüssel zu den drei Außentüren und ging dann durch das große Hauptportal hinein. Er kam in eine weite Halle mit Steinboden und vier weißen Säulen und einer breiten Treppe, die in den oberen Teil des Hauses führte. Von jeder Seite der Halle gingen mehrere große Räume ab, deren Möbel von Versteigerungen aus der ländlichen Umgebung zu stammen schienen. Es gab eine große Küche mit einem Ölofen, der aber nicht brannte. Im zweiten Stock war das Treppenhaus mit eingebauten Eichenschränken und sechs große eingerichtete Schlafzimmer sowie zwei Bäder. Der Garten reichte mit einer Schneise bis an den Fluß. Dort war ein Dinghi am Ufer vertäut, und in einer Ecke konnte er gerade noch das Geländer der Holzkonstruktion erkennen, die über die tosenden Wasser des Wehrs führte. Er blickte hinüber zu dem Haus des Schleusenwärters, aber von den Beobachtern war nichts zu sehen.

Als er wieder auf seinem Boot war, machte er einige Eintragungen auf der großmaßstäblichen Karte und fuhr zwanzig Minuten später auf der M 4 nach London zurück. Er überlegte, daß es keinen Grund mehr gäbe, Levi zu behalten, er brauchte ihn nicht mehr.

Das Mädchen hatte fast zwei Stunden gewartet, ehe sie zurück ins Hilton ging. Gerade als sie das Zimmer Nr. 1501 betrat, läutete das Telefon. Der Franzose lud sie zum Abendessen ein. Sie möchte doch bitte nicht vor 20.30 Uhr kommen.

Seit der Ankunft des Mannes aus Stockholm wirkten die Franzosen ausgesprochen nervös. Die beiden älteren, Firette und Loussier, hatten ihn schon begrüßt, und André Prouvost schien der Ansicht zu sein, daß sie jetzt wohl nicht mehr zusammen die Mahlzeiten oder Drinks einnehmen könnten. Es gäbe viel Geschäftliches zu besprechen, erklärte er, aber er hoffte, sie ab und zu zwischen den Besprechungen sehen zu können.

Um 20.45 Uhr läutete sie an der Suite der Franzosen, und André öffnete. Die beiden anderen erhoben sich, als sie hereinkam; der große Mann stand schon und führte gerade ein volles Glas an die Lippen. Er wandte beiläufig den Kopf und sah sie an, und der Blick sagte ihr, wie kalt, wie gefährlich und wie stark er war. Dann funkelten die grauen Augen, und sein breites Gesicht legte sich in Falten: »Bitte, André, stell mich deiner Freundin vor.« Und als er ihre Hand ergriff, war sie sich seiner Anziehungskraft bewußt – er war beinahe wie ein zweiter Tad.

Es hatte den Anschein, als ob der Zweck seines Hierseins eine Besprechung mit irgendeinem Ministerium über schwedische Baumethoden sei. »Und was machen Sie hier, meine Liebe?« Während sie ihre Tarngeschichte erzählte, lächelte er die ganze Zeit.

Er konnte natürlich auch zu dieser Sorte Mann gehören, die einer Frau überhaupt nichts glauben, das war schwer zu entscheiden. Es war auch nicht eigentlich ein Verhör, hätte sie nicht gewußt, wer er war. Sie sprachen über Servant-Schreibers »Die Amerikanische Herausforderung«, dann stand er auf, verabschiedete sich und ging.

13

Anders hatte den Eindruck, Sir Johns Gedanken seien ganz woanders, während er ihm berichtete, aber Sir John gab den Ball doch zur rechten Zeit zurück. »Haben Sie irgendeine Vermutung, wann sie die Operation starten werden?«

»Ich würde denken, ziemlich bald. Die Anmietung des Hauses und Rudenkos Ankunft weisen darauf hin. Aber sie scheinen es noch nicht eilig zu haben.«

»Wie steht's mit Krezki?«

»Bisher noch keine Nachricht aus Moskau.«

»Und der Verbindungsmann in dem Haus in Paris?«

»Er ist jeden zweiten Tag angerufen worden, aber offensichtlich wartet er auf Moskau.«

»Ich wollte Ihnen das eigentlich gar nicht zeigen, wenn Sie anderer Ansicht sind, aber ich denke, sie sind beinahe startklar.« Er holte einen Aktendeckel aus einer Schreibtischschublade und schob ihn Anders hin. »Lesen Sie das Zeug, und sagen Sie mir dann Ihre Meinung.«

Der Aktendeckel enthielt nur Zeitungsausschnitte, ungefähr fünfzig, alle aus den letzten zehn Tagen, und zwar aus allen großen Zeitungen, einigen Fachzeitschriften und den wichtigsten Provinzblättern.

Das »Sunday Times«-Magazin brachte ein drei Seiten langes Feature über Joseph Kennedy, den amerikanischen Botschafter in London 1939 und 1940. Sein Defätismus wurde besonders hervorgehoben und die Prophezeiung, daß Hitler bis zum 15. August in London sein und Amerika Großbritannien seinem

Schicksal überlassen würde. Seine ständige Mahnung an Washington, keine Mittel durch Unterstützung der Engländer zu verschwenden, wurde schließlich gegenstandslos durch seinen Abschied und schnelle Rückkehr nach den USA, nachdem London den ersten Monat ständiger Luftangriffe überstanden hatte.

Am gleichen Wochenende brachte der »Observer« einen langen und fundierten Artikel über den großen und ständig wachsenden amerikanischen Einfluß in der britischen Industrie. In einigen Industriezweigen beherrschten amerikanisch finanzierte Gesellschaften bereits 80 Prozent des britischen Marktes. In einer Computerfachzeitung wurden auf einer ganzen Seite die Geschäftsmethoden von IBM scharf angegriffen und schließlich sogar davor gewarnt, anzunehmen, daß in Kriegszeiten britische und amerikanische Interessen die gleichen sein müßten. Eine Reihe von Artikeln befaßte sich mit dem unheilvollen Einfluß amerikanischer Autohersteller in Großbritannien auf die englische Wirtschaft und schloß mit der Empfehlung, britisch zu kaufen – »und wir wollen damit sagen, nicht nur in Großbritannien hergestellte Wagen, sondern auch britisch finanzierte«. Zwei Frauenzeitschriften brachten einen medizinischen Bericht über die Ausnutzung von Kindern als Konsumenten durch die Hersteller gefährlicher amerikanischer Limonaden in Flaschen und Dosen. Eine wissenschaftliche Zeitschrift verzeichnete die vielen britischen Erfindungen und Entdeckungen vom Penicillin bis zum Düsenmotor, die von den Amerikanern gewinnbringend ausgewertet wurden ohne Beteiligung der Engländer.

Es gab auch fünf verschiedene Artikel über kanadische Themen, von dem übertrieben vorsichtigen Einsatz kanadischer Truppen im Zweiten Weltkrieg zum Nachteil britischer Soldaten bis zu einer sorgfältigen Analyse der engen wirtschaftlichen und militärischen Beziehungen zwischen den USA und Kanada, in die London nicht einbezogen war. Es handelte sich stets um gut geschriebene Artikel, die oft auch noch von offiziellen Statistiken gestützt wurden. Die meisten waren nicht persönlich gezeichnet, sondern von einem »Sonderkorrespondenten«. Nichts war direkte Lüge, es war mehr eine Frage der Betonung als der Verdrehung.

Fast alles hatte man in den letzten fünfzehn Jahren schon einmal irgendwo gelesen, aber das ganze Material jetzt innerhalb von zehn Tagen zu veröffentlichen, bedeutete entweder eine Kampagne oder einen erstaunlichen Zufall. Und wie der Chefausbilder des nachrichtendienstlichen Schulungszentrums zu sagen pflegte: »Bei nachrichtendienstlicher Arbeit gibt es keinen Zufall.«

Als Sir John zurückkam, fragte er Anders: »Also, was halten Sie davon?«

»Hat man irgendeine Vorstellung, woher sie stammen?«

»Ja, die meisten Artikel, die überhaupt zurückverfolgt werden können, kommen aus Paris. Es handelt sich um verschiedene Mitarbeiter, aber die Quelle ist ein Laden, der ›Agence Presse Lorraine‹ heißt. Er wurde vor drei Monaten gegründet und hat die gleiche Adresse wie Prouvosts Zeitung ›Le Maquisard‹. Es sieht ganz so aus, als ob die Franzosen die publizistische Seite betreiben und die Russen den Knall dazu liefern würden.«

In Nr. 27a Victoria Road, Aston, Birmingham, wohnte Sean O'Malley, dreißig Jahre alt. Er arbeitete am Montageband eines Zulieferbetriebes in der Nähe, der für die großen Autowerke in den Midlands Karosserien baute. Drei Generationen der O'Malleys hatten in Nr. 27a gewohnt, die Miete hatte zuerst zwei Shilling wöchentlich betragen und lag jetzt bei sieben Pfund. Sean O'Malley war in keiner politischen Partei und ging nie zu einer Wahl. An Gewerkschaftsversammlungen nahm er teil, hatte aber schon zweimal abgelehnt, in den Betriebsrat zu gehen, trotzdem hatte er mehr Einfluß auf das Montageband Nr. 2 als irgend jemand anderer. Er war eher gerissen als intelligent, vom Temperament her ein Einzelgänger, und es war ihm recht, daß seine Frau auch arbeitete. Er verdiente pro Woche im Durchschnitt 32 £. Einmal wöchentlich berichtete er über die Stimmung im Betriebsrat, und zwar dem Besitzer eines Antiquariats in der Nähe des alten Repertoiretheaters, und einige Male im Jahr bekamen sie beide Instruktionen von der russischen Botschaft in Kensington. Er wußte nicht, daß es im Gebiet von Birmingham-Coventry vierunddreißig gleichgesinnte Seelen gab. Bei der letzten Zählung war man auf 158 KGB-Mitarbeiter gekommen und 27 Mitglieder des GRU – das ist der selbständige Nachrichtendienst der russischen Armee –, die in Großbritannien arbeiten und zusammen mit ihren Kontaktpersonen über jeden Bereich des britischen Lebens berichten. Zusammengefaßt würden sie das Wembley-Stadion füllen, und mindestens ein Drittel von ihnen wären entsetzt, wenn sie wüßten, daß sie in der Kartei des KGB erfaßt sind. Ungefähr fünfzig von ihnen waren sogenannte »Schläfer«, erklärte Kommunisten, die den Auftrag hatten, irgendeine Abteilung oder Organisation zu infiltrieren und dann weitere Instruktionen zu erwarten, was Jahre dauern konnte.

Beim letzten Labour-Parteitag in Blackpool war das Wetter ganz unprogrammäßig gut gewesen. Trotzdem war der Konferenzraum bei der Schlußsitzung brechend voll. Die Partei war jetzt schon sechs Jahre in der Opposition und noch kein Ende abzusehen.

Ein Mann saß bequem zurückgelehnt auf seinem Sitz. Er lächelte in sich hinein, als er die neben dem Redner stehenden Parteiführer betrachtete. Helle Jungens, direkt von der Universität, die in ihrem Leben noch nicht einen Tag richtig gearbeitet hatten, Boys aus der Arbeiterklasse, die sich über die eine oder andere Gewerkschaft hochgedient hatten, z. B. mit Wochenendberatungen in ihren Wahlkreisen. Verdammte Narren alle zusammen! Keiner von ihnen wählte tatsächlich die Labour Party, die eine Hälfte wählte den »New Statesman« und die andere den »Daily Mirror«. Bei dem Gedanken, was diese Leute an Zeit und Geld verschwendet hatten, wurde ihm ganz elend. Aber er sah äußerst wohlwollend drein – sie nannten ihn Onkel Arthur –, und wenn es in einem Wahlkreis galt, eine harte Schlacht durchzukämpfen, dann wandten sie sich wegen der Organisation und Verwaltung an ihn. Onkel Arthur hatte mehr Kontakte und Einfluß bei den Arbeitern im ganzen Land als irgendein anderer Labour-Politiker. Er verdiente ungefähr 2500 £ im Jahr plus Spesen und bekam noch einmal das Doppelte vom KGB.

Philip Fayne-Waring war 37 Jahre alt. Als er die Tür seines Hauses zuschloß, blickte er zum Himmel, morgen würde es wohl kalt werden. Die Sterne funkelten so hell, daß man beinahe erwartete, sie knistern zu hören. Aber sein Mini wurde bald warm, und als er so dahinfuhr, dachte er, daß sich die Dinge eigentlich sehr gut anließen. Zum ersten Mal war er nächste Woche bei einer Diskussion dabei – einer der beiden »Unpolitischen« –, und je nach der zeitlichen Koordinierung könnte er wahrscheinlich die Ouvertüre und sicher noch den ersten Akt der »Verkauften Braut« hören, die von der Tschechischen Staatsoper aufgeführt wurde. Die Botschaft hatte ihm die Plattenaufnahme nach seinem auf Band für Radio Moskau aufgenommenen Vortrag über »Charles Dickens und seine Zeit« geschenkt, was eigentlich sehr nett war, weil er vermutete, daß die Polen mit den Tschechen nicht so ganz einig waren.

Als er zum Fernsehzentrum kam, fühlte er sich geschmeichelt, vom Portier gleich erkannt zu werden. »Ach, n'Abend, Professor – parken Sie gleich dort drüben an Ihrem Stammplatz« – nicht schlecht für den Anfang. Obgleich er tatsächlich der jüngste Regiushistoriker war und der einzige, der fließend russisch sprach.

Das heutige Podiumsgespräch hieß: »Wenn das britische Empire eine Antwort darstellte – wie lautete dann die Frage?«, und eigenartigerweise hatte er in der letzten Woche eine sehr interessante Analyse darüber bekommen, wie die letzten Empire-Staaten, Australien, Neuseeland und Kanada ihre wirtschaftlichen und politischen Bande zu den USA auf Kosten Großbritanniens verstärkt hatten. Er hoffte, einiges daraus zitieren zu können; vor allem, da die Polen nur statistisches Material der Vereinten Nationen verwandt hatten, konnte er sich auf völlige Unparteilichkeit berufen.

Sein plötzlicher Ruhm im Fernsehen und die zustimmenden Zuschauerbriefe machten ihm großes Vergnügen. Er war bescheiden genug, um sich zu fragen, wie alles so schnell gekommen war. Es schien fast, als ob die kleine Cocktailparty bei dem Botschafter in der Weymouth Street ihm Glück gebracht hätte.

In der wissenschaftlichen Vorbereitungsgruppe für die Sendung »Man kann ruhig darüber sprechen« war ein kleines Mädchen, Tamara Resniak, die hätte ihm seine Fragen beantworten können. Aber niemand fragte sie.

14

Schließlich erhielt Krezki aus Moskau die Anweisung, Verbindung mit einem Mr. Sven Eklund im Hotel Europa aufzunehmen. Eine Woche lang hatte die Kléber-Nummer in Paris nicht geantwortet. Wahrscheinlich war Kujawskis Überlaufen bekannt geworden. Die Operation Schneeball war nun »scharf« und stand unter Führung des KGB. Krezki gab diese Nachricht weiter an Eklund im »Europa« und an Firette im »Hilton«.

Einige Schafe werden wegen der Wolle gezüchtet, einige des Fleisches wegen, und es heißt, daß die Schafe von Romey Marsch in Kent nur fürs Überleben gezüchtet werden.

Das einzige Gebäude auf dem kleinen Hof, außer einer Hütte

aus Holzlatten, war ein halb verfallenes Trockenhaus. Der schwere Laster kämpfte sich durch den Schlamm, um zu der Darre zu gelangen. Den Jaguar hatten sie an der Hütte gelassen.

Es dauerte zwei Stunden, den Inhalt der Kisten zu prüfen und sie auf den Dreitonner zu laden. Dann gingen die Franzosen zur Hütte zurück und bezahlten dem Pächter die vereinbarte Summe.

Die Kisten wurden in das Haus in Temple gebracht und in einem Raum mit vergitterten Fenstern und einem neuen Türschloß abgestellt. Der Laster wurde zu der Autovermietung in High Wycombe zurückgefahren.

Das Mädchen saß im Büro, als Anders zurückkam. Er sah blaß und angestrengt aus und sie hoffte, daß ihre Nachrichten ihn freuen würden. Er blickte zu ihr hinüber und lächelte: »Sie sehen aus, als ob Sie gute Nachrichten für mich hätten.«

Sie nickte: »Habe ich, soll ich anfangen?« Er stellte das Tonbandgerät ein und nickte ihr zu.

»Die Franzosen haben Dokumente, die sie verkaufen oder einfach verteilen wollen – sie sind sich noch nicht ganz einig –, und zwar an die Presse, den Rundfunk und das Fernsehen. Wahrscheinlich wissen Sie das schon. Es handelt sich um sehr geheime Dokumente, aus denen hervorgeht, daß die Amerikaner und Kanadier bereit waren, sich mit Hitler zu verständigen.« Sie hielt inne, aber da er nichts sagte, fuhr sie fort: »Der Schwede im ›Europa‹ ist ein Russe, ein Oberst im KGB, er führt die Operation und benutzt dazu Leute vom polnischen Z-11.«

»Warum brauchen die Franzosen einen Russen für diese Operation?«

»Es sieht so aus, als hätten sie sich zuerst an die Polen gewandt, weil sie Geld brauchten, und die Polen haben die Russen eingeschaltet.«

»Warum?«

Sie zögerte: »Das weiß ich nicht.«

»Tut nichts zur Sache. Haben Sie die Dokumente gesehen?«

»Sie sind in dem Safe im ›Hilton‹, aber eines habe ich gesehen.«

Er blickte auf. »Erzählen Sie.«

»Ich glaube, die meisten dieser Dokumente sind Fotokopien, und sie befürchten, daß die Zeitungen sie für Fälschungen halten könnten, also haben sie ein Original, und das habe ich gesehen.«

»Was ist es?«

»Es ist auf einem Amtsbogen des Weißen Hauses geschrieben und ist das Protokoll eines Treffens zwischen Roosevelt und MacKenzie King vom 19. August 1940. Es besteht aus vier Absätzen und bestätigt, daß das Treffen in dem Sitzungszimmer von Eastman-Kodak in Rochester stattfand. Die Chefs der Generalstäbe beider Länder wären einstimmig der Ansicht, daß es unmöglich sein würde, eine Invasion zur Befreiung Europas zu starten, wenn das Vereinigte Königreich nicht voll und ganz als Operationsbasis zur Verfügung stände. Beide Staatsmänner stimmten dem zu und würden Sir Winston Churchill davon in Kenntnis setzen und ihn außerdem wissen lassen, daß, wenn die Deutschen einen größeren Teil Großbritanniens besetzten, sie nach einigen Monaten mit der deutschen Regierung einen Vertrag aushandeln würden.«

»Unterschriften?«

»Ja, die des Präsidenten und MacKenzie Kings, dazu eine maschinengeschriebene Anmerkung, daß es sich hier um Nr. 2 von zwei Originalen handelt.«

»Sah es echt aus?«

»Ja, mir kam es sehr echt vor.«

Er lehnte sich in seinem Stuhl zurück und blickte zur Decke. Nach ein paar Minuten des Schweigens seufzte er und sagte: »Wo ist es?«

»André Prouvost hat es.«

»Hat er Ihnen das alles erzählt?«

»Ja, er zeigte mir das Original, als ich ihm sagte, daß die Zeitungen sich von den Fotokopien allein nicht überzeugen lassen würden. Das Original ist das Kronjuwel, der Rest nur eine Bekräftigung.«

Er stand auf, ging um den Schreibtisch zu dem kleinen Schrank. Er nahm zwei Gläser heraus und hob eine Weinflasche hoch. »›Château Margaux‹, damit wollen wir anstoßen.«

Er schenkte ein und setzte sich dann auf einen Stuhl neben sie. Als er langsam trank, überlegte er. Das Foreign Office und das Weiße Haus würden beweisen können, daß die Fotokopien Fälschungen waren. Aber mit dem Original würden die Franzosen keine Schwierigkeiten haben. Jede Zeitung könnte die Schreibmaschinentypen, das Papier und die damaligen Reisen des Präsidenten nachprüfen, und Graphologen würden die Echtheit der Unterschriften bestätigen. Wahrscheinlich handelte es sich um das kanadische Original. Dem Protokoll nach waren die USA die Nummer eins. Unwillkürlich schüttelte er sich wie ein Hund, der aus dem Wasser kam. »Wo ist das Original?«

»Prouvost hat es. Es ist in einem gewöhnlichen Umschlag, den er immer bei sich trägt. Ich glaube, die Franzosen werden von den Russen benutzt.«

»Wie?«

»Das weiß ich nicht. Sie sind nicht dumm, und in gewisser Hinsicht sind sie zähe Burschen, aber sie sind nicht vom gleichen Kaliber wie der Russe. Er ist ein Professioneller, keine Halbtagskraft wie sie, und ich kann mir nicht vorstellen, daß er hierher gekommen wäre, wenn die Operation aus nichts weiter bestünde als der Veröffentlichung dieser Dokumente.«

Er legte seine Hand auf ihre. »Du hast völlig recht, Mädchen«, und er erzählte ihr von der Rolle der Russen in diesem Plan. Als er fertig war, sagte sie:

»Mein Gott, ich bin sicher, die Franzosen haben davon keine Ahnung. Dabei können ja Menschen umkommen.«

»Es werden Menschen umkommen, und es wird Demonstrationen und Proteststreiks geben, Firmen in amerikanischem Besitz werden wahrscheinlich schließen, die Amerikaner werden prompt Europa verlassen, keine Handelsbeziehungen mehr, keine militärische Unterstützung – nichts. Alle europäischen Staaten werden darunter leiden. Alle die alten Haßgefühle Deutschland gegenüber werden wieder erwachen, und die Russen brauchen nicht ein Wort darüber zu verlieren. Wenn sie die Zündschnur angezündet haben, können sie bequem abwarten, und sie werden nicht lange warten müssen. Alle ihre Helfershelfer in Europa werden sich jetzt bezahlt machen.« Er stand auf und reckte die Arme. »Lassen Sie uns noch eine Flasche aufmachen.«

Als die zweite Flasche halb leer war, stand das Mädchen auf und beugte sich über die Kassetten. Sie nahm eine heraus. »Kann ich die auflegen, Tad?«

Er lächelte: »Natürlich, was ist es?«

Sie antwortete nicht sofort, aber einen Augenblick später ertönten volle Geigenklänge in »La Mer«, nicht von Debussy, sondern von Charles Trenet.

Sie sah weiter die Titel der Kassetten durch, und plötzlich hielt er den Anblick ihrer langen, wohlgeformten Beine nicht mehr aus, trat wie unter Zwang hinter sie und umfaßte mit beiden Händen ihre Brüste. Einen Augenblick sagte das Mädchen kein Wort, als seine Finger das feste Fleisch betasteten. Dann wandte sie sich langsam um und sah ihn an. Ihre Augen waren geschlossen, und sie zitterte, als sie fragte: »Willst du mich, Tad?«

Seine Hände berührten sanft ihr Gesicht, und er sagte leise: »Öffne die Augen und sieh mich an.«

Als sie sie öffnete, küßte er ihren Mund, und nach einigen Augenblicken sagte sie: »Komm, wir gehen in mein Zimmer.«

Als sie den weißen Pulli ausgezogen hatte, ließ sie die Arme herunterfallen, so daß er ihre festen vollen Brüste sehen konnte, und als sich seine Hände um sie schlossen, beugte er sich vor, um ihren Nacken zu küssen, und er stöhnte laut auf, als er die vielen Verbrennungsnarben auf ihrer Schulter sah. Das Mädchen drängte sich wild an ihn: »Sieh nicht hin, Tad, bitte nicht, liebe mich.«

Aber er hatte diese Art Narben schon vorher gesehen, und er konnte beinahe die Zigaretten auf seinem Arm und seiner Schulter brennen fühlen. Sie müssen es ziemlich lange getan haben, daß so viele und nachhaltige Narben zurückblieben. Er liebte sie ganz sanft und zärtlich, weil ihm auch sanft und zärtlich zumute war. Und im Laufe der Nacht wurde ihm klar, daß er zum ersten Mal richtig liebte. Es war nicht nur Technik, nicht nur Sex, es war der verzweifelte Wunsch, alles das gut zu machen, was andere Männer diesem Mädchen mit dem schönen Gesicht und dem sinnlichen Körper angetan hatten. Dieses neue Gefühl des Glücks und des Wunsches, zu trösten und zu beschützen, machte Anders selbst verwundbar. Er hatte einen Teil seiner Stärke verloren. Von jetzt an würde auch er des Trostes und des Schutzes bedürfen, und nur dieses Mädchen könnte ihn gewähren. Zuletzt schlief das Mädchen, aber Tad duschte und zog sich an für einen neuen Tag.

Sie frühstückten zusammen im Grosvenor House, und er sagte ihr, wie sie in den Besitz des Dokumentes kommen würden. Als sie wegging, drehte er sich noch einmal um, um ihr zuzuwinken. Sicher hätte es ihn traurig gemacht zu sehen, daß sie weinte. Aber er hätte auch nichts daran ändern können.

15

Mendoza, Agent im FBI, wartete, bis der kleine Taschenbuch- und Spielzeugladen leer war, ehe er hineinging. Der grauhaarige alte Mann hinter dem Ladentisch blickte auf. Langjährige Erfahrung sagte ihm, daß er keinen Kunden vor sich hatte. Anzug und Haarschnitt deuteten eher auf FBI unter Hoover. »Was kann ich für Sie tun, Chef?« fragte er.

»Sind Sie Mr. Charles Parker?«

Der alte Mann trat nervös von einem Fuß auf den anderen, versuchte ein krampfhaftes Lächeln und sagte dann: »Soll wohl sein, ja, ich bin Charlie Parker.«

»Mr. Parker, der Chef hat mich beauftragt, bei Ihnen vorbeizusehen und Ihnen auszurichten, daß er Sie gerne möglichst bald in Washington sprechen möchte, am besten noch heute abend.«

Der alte Mann sah ängstlich aus. »Washington – heute abend? Das verstehe ich nicht. Ich habe in Washington nichts zu tun, nie . . .«

Mendoza unterbrach ihn: »Irgend jemand in Washington braucht Ihre Hilfe, Mr. Parker. Ich bin beauftragt, Sie hinzufahren. Meiner Meinung nach wird dabei etwas für Sie herausspringen. Ich werde dort auf Sie warten und Sie wieder zurückbringen.«

Der alte Mann schlief, als der Polizeiwagen vor dem großen weißen Gebäude hielt. Der Posten steckte seinen Kopf durchs Fenster. »Mendoza, New York, ich werde erwartet.«

Der Marineinfanterist zeigte auf einen Parkplatz. »O. K., Bruderherz, stell den Wagen dort ab, und ich werde durchtelefonieren.«

Nicht ganz eine Stunde später brachen sie wieder auf, und Charlie Parker hatte 2000 Dollar bar und ein Lob von dem Mann bekommen, dessen Foto er schon in den Zeitungen gesehen hatte.

Er mußte einen Eid unterschreiben, alles geheimzuhalten, und außerdem noch ein halbes Dutzend berühmte Unterschriften auf mehreren Bogen amtlichen Papiers pinseln. Sie hatten ihm nur gesagt, welche Federn er nehmen sollte und ihn dann allein gelassen. Die verlangten Unterschriften – große, kunstvolle Schnörkel – machten Charlie wenig Mühe. Aber er hätte es nicht für möglich gehalten, den Tag zu erleben, an dem er dafür bezahlt wurde, und dabei hatte er für weit weniger zehn Jahre bekommen.

Der kleine Amerikaner sah ein bißchen wie Harry Truman aus, aber er sprach mit texanischem Akzent und war begeistert von seinem Thema. Die beiden Schriftstücke lagen an je einem Ende eines kleinen Tisches, und dazwischen stand ein Vergrößerungsglas auf einem Gestell, ein Mikrometer, ein fein graduiertes Stahllineal, ein Stechzirkel und eine Infrarotlampe. Tad hörte dem Mann aufmerksam zu. »Nun, Mr. Anders, können Sie mir sagen, welches das Original ist?« Anders betrachtete beide Bogen, nahm dann das Vergrößerungsglas zur Hilfe, aber er konnte keinen Unterschied erkennen. Er schüttelte den Kopf, und der drahtige kleine Mann sagte: »Ich habe einen Bericht über das ausgetauschte Dokument abgefaßt und ihn notariell beglaubigen lassen. Er befindet sich jetzt bei Ihrem Kollegen Mr. Kent im Foreign Office.«

»Das ist gut, Mr. Lake, aber ich würde gerne noch einmal die einzelnen Punkte mit Ihnen besprechen. Ich weiß nicht, ob dazu viele technische Einzelheiten nötig sind, aber ich wäre Ihnen für nähere Erklärungen dankbar.«

»Natürlich, Mr. Anders. Wir wollen uns Punkt für Punkt vornehmen. Zunächst das Papier. Der Ersatz ist wenig, aber doch meßbar dicker, und eine Untersuchung durch Papierfachleute würde ergeben, daß er nicht älter als fünf Jahre sein kann. Er sieht genau so alt aus wie das Original, aber die chemische Zusammensetzung konnte es 1939 noch nicht geben, als das Originalpapier hergestellt wurde. Wir haben das Ersatzdokument genau so gefaltet wie das Original, und im Labor hat man Staubpartikelchen darüber verteilt, so daß die Kniffe genauso aussehen.

Nun kommen wir zur Maschinenschrift, und hier haben wir einige Veränderungen vorgenommen. Wir konnten dieselbe Schriftart benutzen, aber haben auf einer Kugelkopfmaschine geschrieben, und das bedeutet, daß der Eindruck viel tiefer ist. Die Sekretärin des Präsidenten hat nie auf einer solchen Maschine geschrieben, denn tatsächlich war die Kugelkopfmaschine bis nach Kriegsende nur ein vages Forschungsobjekt. Beide Briefe scheinen mit doppeltem Abstand zwischen den Zeilen geschrieben zu sein, aber tatsächlich ist der Abstand unterschiedlich. Glücklicherweise haben wir noch die Schreibmaschine von FDR (Franklin Delano Roosevelt) in unserem Museum, so daß ein Vergleich durchaus vorgenommen werden könnte.

Beim Schriftbild ist die Adresse 5 mm nach links gerückt worden. Es ist nicht zu erkennen, aber leicht nachzumessen, und schließlich ist der Aufdruck des Briefkopfes an zwei Stellen verändert worden, hier an der Kralle des Adlers und dort an den Federn der Schwingen.« Er sah Anders an und grinste. »Wir sind damit zufrieden, Mr. Anders, sehr zufrieden.«

Anders hatte sich das Zimmer neben dem des Mädchens genommen. Sie mußten zwei Tage auf den Anruf warten. Die Franzosen waren alle in dem Haus in Temple, aber André Prouvost fieberte, das Mädchen zu sehen, und Anders hatte richtig vermutet, daß er früher oder später mit ihr Verbindung aufnehmen würde. Als sie den Hörer auflegte, sagte sie: »Also, er kommt heute abend und bleibt über Nacht. Gegen acht Uhr wird er hier sein.«

Anders nickte. »O. K., vergiß nicht, daß er schon ziemlich betrunken sein muß, ehe du sein Glas präparierst, sonst schöpft er beim Aufwachen Verdacht.«

In seinem Zimmer nahm Anders den Umschlag aus seiner Jakke. Er faltete den Brief noch einmal auseinander und war mit der geleisteten Arbeit zufrieden. Dann steckte er ihn wieder in die Innentasche seiner Jacke. Es war beinahe 20.30 Uhr, als er hörte, wie an der nächsten Tür geläutet wurde, und Stimmen ausmachte, aber nicht verstand, was sie sagten. Er las den Bericht des Bewachungsteams in dem Haus des Schleusenwärters vom Vortag. Sie hatten den Versuch, in der letzten Nacht in das Haus zu gelangen, um den Inhalt der Kisten zu überprüfen, aufgegeben.

Anders zog die Vorhänge zurück und sah hinab auf die Park Lane und Hyde Park Corner. Die Lichter glitzerten und funkelten, und London war dabei, sich für den Abend zu rüsten. Er fühlte sich einsam, weil er zum Nichtstun verurteilt war. Alle anderen hatten etwas vor, nur er mußte warten. Wenn alles vorbei war, würde er zusammen mit dem Mädchen ein paar Wochen Sonne und Ruhe genießen. Sie könnten sich eine Wohnung in Portofino oder Santa Margherita mieten.

Es klopfte zweimal an die Verbindungstür, und er sah auf die Uhr: Mitternacht vorbei. Er stellte sich hinter die Tür, eine Hand am Pistolengriff unter seiner linken Achsel. Die Klinke bewegte sich langsam, dann ging die Tür auf, und das Mädchen stand da. Sie war nackt unter ihrem Pulli, den sie über die Brüste hochgezogen hatte. Sie war blaß und wirkte teilnahmslos. Mit einem Blick in seine Augen sagte sie: »Er ist jetzt hinüber«, und trat zur Seite, um ihn vorbei zu lassen.

Er streifte die leeren Weinflaschen und die Zigarettenkippen mit einem Blick und dann den Mann, der mit dem Kopf auf seiner Schulter im Sessel lag und die Beine weit von sich streckte.

Er trug nur einen Bademantel. Anders stand hinter dem Stuhl und horchte auf den Atem. Er war flach, aber regelmäßig, und als er ein Augenlid zurückzog, war die Pupille erweitert, und der Mann bewegte sich nicht.

Seine Jacke lag auf dem Bett, und Anders' Hand ertastete sofort den Umschlag und zog ihn heraus. Dann entnahm er den Brief, prüfte ihn, ging damit in sein eigenes Zimmer und legte ihn in das Waschbecken. Darauf ergriff er den nachgemachten Brief, schob ihn in den Umschlag und steckte ihn wieder in die Jackentasche des Franzosen. Im Badezimmer spülte er die beiden Weingläser gründlich aus, schenkte sie dann halb voll mit dem übriggebliebenen Wein und machte die Tür leise hinter sich zu, als er in sein Zimmer zurückging.

Das Mädchen stand am Fenster und sah hinaus. Ihr Rücken leuchtete golden im Licht der Nachttischlampe, aber ihr Gesicht und die Vorderseite ihres Körpers schimmerten beinahe silbern im Mondlicht. Er spürte, daß sie nicht angesprochen werden wollte, und ging in sein Badezimmer. Nach einem letzten Blick auf das Originaldokument zündete er es an einer Ecke an und hielt es in der Hand, bis es zu seinem Finger und Daumen heruntergebrannt war. Das letzte kleine Dreieck verbrannte er auf einer Nadel. Dann ließ er das Becken mit warmem Wasser volllaufen, und allmählich löste sich das verkohlte Papier in Staubteilchen auf, die das Wasser grau färbten. Sie hatten keine Substanz mehr. Er ließ die graue Flüssigkeit ablaufen und spülte aus beiden Hahnen einige Minuten nach.

Als er in das Zimmer zurückkam, war sie noch da, hatte aber den Pulli ausgezogen. Ihm wurde klar, daß sie ihn anbehalten hatte, um die verräterischen Brandnarben auf ihrem Arm und Schulter zu bedecken. Der Franzose wäre sicherlich mißtrauisch geworden. Gegen die Gedanken, die Major Tad Anders durch den Kopf gingen, war nichts einzuwenden, obgleich er sich täuschte.

Als Anders gegangen war, kehrte das Mädchen in ihr Zimmer zurück und zog sich an. Der Franzose wachte um sechs Uhr auf. Er war nicht mißtrauisch und rief die anderen an, um zu sagen, daß er in einer Stunde zurück sein würde, und machte sich dann schnell auf den Weg.

Zehn Minuten später verließ auch das Mädchen das Hotel und ging durch den Green Park die Mall entlang und dann weiter zur Westminster Bridge. In der Nähe der Festival Hall setzte sie sich auf eine Bank und blickte über die Themse. Kaum zu glauben, daß der gleiche Fluß an dem Haus in Temple vorbeifloß, und sie fragte sich, wie alles wohl enden würde.

Es war zum ersten Mal seit Saigon, daß sie mit einem Mann geschlafen hatte. Ehe Anders kam, hatte sie immer gewußt, daß jedes Mal, wenn sie mit einem Mann im Bett lag, der brutale Alptraum aus dem Saigoner Gefängnis zurückkehren würde, als die Männer abwechselnd über sie herfielen. Ehe sie bewußtlos wurde, konnte sie sich nur noch an die blutrote Bougainvillea vor dem Fenster erinnern. Vor Anders hatte noch kein Mann außer den Ärzten die Narben auf ihrer Schulter und dem Arm gesehen. Sie hätte nicht die richtigen Worte gefunden, um sich herauszureden. Kein gewöhnlicher Mann würde diese Gefühle verstehen, sie konnte sie oft selbst nicht begreifen. Aber sie hatte gespürt, daß Tad anders war, er war vom Bau und kannte die Gefühle von Ekel und Niederlage, und sie ahnte, daß auch er Narben hatte, an denen er schwer trug. Sie wußte, er würde verstehen. Sie haßte die vorbereitete Verführung des Franzosen, aber weil sie es für Anders tat, verdrängte sie dieses Gefühl. Durch ihren Beruf und ihr Training hatten sie beide Menschenkenntnis erworben, und sie wußte über Anders Bescheid und sorgte sich und liebte, aber sie wußte auch, daß jede Ablenkung vor Beendigung dieser Arbeit sie beide ins Unglück stürzen könnte. Als sie zum Hotel zurückkam, wartete der Russe auf sie.

16

Kurz vor Mitternacht gingen in dem Haus in Temple die letzten Lichter aus. Anders wartete noch zwei Stunden auf dem Boot, ehe er sich in Bewegung setzte und vorsichtig zu dem Kiesweg unter den Bäumen schlich. Unter der riesigen Zeder blieb er stehen und beobachtete das Haus. In dem Schleusenwärterhäuschen war kein Licht, aber er wußte, daß jemand auf Beobachtungsposten war.

In der großen Einfahrt waren keine Tore, nur hohe Pfeiler aus Ziegelsteinen mit verwitterten Steinlöwen und massiven Angeln für das gußeiserne Tor, das wahrscheinlich im Laufe der Jahre abhanden gekommen war. Der weiße Jaguar stand startbereit vor dem Tor, und Anders vermerkte bei sich, daß sie sich nicht etwa unbekümmert verhielten. Langsam bewegte er sich im Schatten einer Häuserwand und erreichte mit einem großen

Schritt das Haus. Er spritzte einen Tropfen Öl in das Schlüsselloch der großen Eingangstür und wartete einige Augenblicke, ehe er den Schlüssel hineinschob. Er ließ sich leicht drehen, und als er die Tür hinter sich wieder geschlossen hatte, stand er ruhig und unbeweglich in der Halle. Im einfallenden Mondlicht erkannte er die weißen Säulen und auch die Tür, die zu dem Raum mit den Kisten führte.

Das Türschloß war ausgewechselt worden, ließ sich aber mit dem Dietrich leicht öffnen. In dem hellen Mondlicht erkannte er zwei lange schmale Behälter und vier viereckige Kisten. Keine war verschlossen. Aus dem ersten Behälter nahm er eine SLR, FN, neuestes belgisches Modell aus der Fabrique Nationale d'Armes de Guerre. Es handelte sich um eine der modernsten automatischen Waffen, die der Truppe ständig zur Verfügung stand und bis zu 700 Schuß pro Minute feuern konnte. Sie war fabrikneu. Er schätzte, daß in jedem Behälter zehn Gewehre untergebracht waren. Außerdem waren da Dutzende von 60-Schuß-Magazinen, einige wenige 20-Schuß-gestaffelte Magazine und eine Menge 5-Schuß-Ladestreifen und zehn Infrarot-Zielgeräte, von denen er wußte, daß sie zur Zeit von der NATO geprüft wurden und noch der Geheimhaltung unterlagen. Im ganzen handelte es sich ungefähr um 30 000 Schuß.

Die vier quadratischen Kisten trugen den Namen einer bekannten britischen Konstruktionsfirma, aber Anders war über ihren Inhalt sehr erstaunt. In der ersten fand er reihenweise Sprengkapseln, Rollen dünnen Drahtes, fachmännisch hergestellte Zeitzünder. Die anderen enthielten nur Sprengstoff, von Dynamit bis Super-Plastik, genug, um eine Mittelstadt in die Luft zu jagen. Die Franzosen waren offensichtlich voll in die Operation eingestiegen.

Der Russe saß im Foyer des Hilton, und als das Mädchen hereinkam, ging er zum Lift und wartete dort auf sie. Als sie ihn erblickte, blieb sie stehen. Das großflächige, gutaussehende Gesicht lächelte, aber die Augen waren die eines Tieres.

»Mademoiselle Foubert, ich hoffte, Sie hier zu treffen.«

»Ja, warum?«

»Ich wollte mit Ihnen sprechen – vielleicht könnten wir in Ihr Zimmer gehen, um ungestört zu sein.«

Sie lächelte ein wenig und schüttelte den Kopf. »Die Bar ist geöffnet, wir können dorthin gehen, Mr. Eklund.«

Als sie in einer Ecke saßen und die bestellten Drinks gebracht worden waren, verlor er keine Zeit. »Was halten Sie von dem jungen Prouvost?«

Sie hob die Augenbrauen. »Ich pflege nicht zu klatschen, Mr. Eklund«, und um die Abfuhr etwas zu mildern, fügte sie hinzu: »Auch nicht unter Freunden.«

Aber so einfach war er nicht abzufertigen. Er schnippte mit den Fingern und zuckte die Schultern. »Was macht Ihre Arbeit?«

»Nicht schlecht, aber ich wollte mich ja hier von allem etwas ausruhen.«

Der Russe kam wieder zum Thema: »Die anderen sind sehr ärgerlich auf Prouvost. Soviel ich weiß, weil er ohne Erlaubnis die Nacht bei Ihnen verbrachte.«

Er sah sie unverwandt an, und sie hielt den Blick aus.

»Wessen Erlaubnis?«

Er antwortete nicht. »Wir möchten vermeiden, daß ihm irgend etwas zustößt – oder Ihnen«, fügte er hinzu und wartete, wie sie darauf reagieren würde.

Sie holte tief Luft. »Sie sind beleidigend, Mr. Eklund«, sagte sie und machte Anstalten aufzustehen. Aber lächelnd ergriff er sie am Handgelenk, so daß sie sich wieder setzen mußte. »Mademoiselle Foubert, wir glauben, Sie wissen zuviel. Prouvost war zu gesprächig. Was sollen wir also tun?« Sie antwortete nicht, und seine Augen waren wie die eines Raubvogels.

»Wieviel hat er Ihnen erzählt?«

»Warum fragen Sie ihn nicht?«

»Das habe ich bereits getan.«

»Also?«

»Mit ihm haben wir uns befaßt, und nun sind Sie dran.«

Er ließ ihr Handgelenk los und lehnte sich in seinem Stuhl zurück. Er war beunruhigt, weil sie nicht erschreckt zu sein schien, so wie die meisten Frauen, auch die meisten Männer übrigens.

Sie unterbrach seine Gedanken. »Mr. Eklund, ich gehe jetzt, und wenn Sie mich irgendwie aufzuhalten versuchen, schreie ich das ganze Haus zusammen.«

Ohne ein Lächeln sah er sie an. »Tun Sie, was Sie wollen, Mademoiselle, aber es wäre klüger, jetzt mit mir zu reden, es könnte uns allen viele Unannehmlichkeiten ersparen.«

Sie stand auf, strich ihren Rock glatt, nickte ihm zu und ging durch das Foyer. Er machte keine Anstalten, ihr zu folgen, aber sie hatte den Ausdruck seiner Augen gesehen. Er war nicht gewöhnt, eine Abfuhr zu erhalten.

Ungefähr zehn Minuten später läutete das Telefon. Sie lauschte beinahe drei Minuten lang, ehe sie aufhängte. Prouvosts Schreie gellten in ihren Ohren. Sie waren echt. Sie hatte solche Schreie schon vorher gehört, auch ihre eigenen. Aber alles, was er zwischen Wimmern und Stöhnen sagen konnte, war nur immer: »Tu, was sie sagen, um Gottes willen, tu, was sie sagen.«

Sie wollte gerade Anders anrufen, als es an ihre Tür klopfte. Ihr war klar, wer es war, und als sie öffnete, stand der Russe davor. Eine Hand hatte er in der Jackentasche, aber nicht, um sie warm zu halten. Sie sah ihn einen Augenblick an und sagte: »Kommen Sie lieber herein.«

Er stieß die Tür gegen die Wand und machte sie dann zu. Er sah hinter die Vorhänge, unter das Bett, untersuchte das Bad, ging dann zum Fenster und blickte hinaus. Dann durchwühlte er die Schubladen ihres Toilettentisches, des Schreibtisches und die Kleider im Schrank. Schließlich öffnete er ihre Handtasche und kippte den Inhalt auf den Tisch. Lange Zeit las er in ihrem Paß, untersuchte besonders die Visa-Stempel. Dann blickte er sie an: »Was haben Sie in Saigon gemacht?«

»Für Agence France Press gearbeitet.«

»Was?«

»Über den Krieg berichtet.«

Dann warf er den Paß auf den Tisch und drehte das Radio auf. Wahrscheinlich vermutete er immer noch, daß Wanzen in dem Zimmer waren. Er setzte sich hin und winkte ihr zu, den anderen Stuhl zu nehmen. »Was halten Sie von dem Plan der Franzosen?«

»Dämlich.«

»Warum?«

»Kein routinierter Pressemann wird sich mit Fotokopien zufriedengeben – da muß schon Besseres geliefert werden.«

Er sah sie forschend an und kam zu dem Schluß, daß sie nichts von dem Original wußte. »Warum haben Sie sich London zur Erholung ausgesucht?«

Sie zuckte die Schultern. »Billig, ich kannte es noch nicht, keine weite Reise.«

»Was halten Sie davon, mit mir zusammenzuarbeiten?«

»Ich bin eigentlich nicht daran interessiert. Es kommt mir sehr dilettantisch vor.«

»Wir würden Sie gut bezahlen.«

Sie schüttelte den Kopf, aber ihr war klar, daß er sie mit ins Spiel ziehen oder sie umbringen mußte.

»Sagen wir einen schönen Fuchspelz?«

Sie machte ein interessiertes Gesicht und sagte lächelnd: »Sibirischen Fuchs?«

Er kniff die Augen zusammen. »Der Franzose hat von mir gesprochen?«

Sie nickte. Er fluchte auf russisch und stand dann auf. »Ich möchte nur, daß Sie mit mir zusammen einige Gebäude ansehen.«

Sie lächelte. »Ach so, ein hübsches Mädchen, als Ablenkungsmanöver.«

»Wie kommen Sie darauf?«

»Es ist ein uralter journalistischer Trick.«

»Also, wie ist es?«

Sie stand auf. »Also, ein Fuchspelz von normaler Länge.«

Er grinste und streckte seine große Pranke aus. »Abgemacht.«

Der Polizeiinspektor, der genaue Anweisungen erhalten hatte, sagte: »Ich fürchte, es ist kein sehr angenehmer Anblick, Eure Exzellenz«, und zog das Laken ab. Borowski blickte auf Krezkis wächsernes, zerschlagenes Gesicht und sagte nach einer Weile: »Wie ist es passiert?«

»Sie werden einen offiziellen Bericht bekommen, Sir, aber soweit wir wissen, ist er von einem Auto angefahren worden. Einer der Zeugen sprach von einem Taxi.«

»Wird Anklage erhoben werden?«

»Sehr unwahrscheinlich, Sir, es gibt keine direkten Zeugen. Der Taxifahrer hat offensichtlich gar nicht gemerkt, daß er ihn angefahren hat. Es war stockdunkel, als es passierte.«

»Wo passierte es?«

Der Inspektor zog ein Notizbuch aus der Tasche. »Offensichtlich in der Grosvenor Road, Sir, dort wo die Straße am Fluß entlang führt in Pimplico.«

In der »Evening Mail« von Slough war zu lesen: »Zwei Angler entdeckten heute morgen die Leiche eines Mannes in der Themse. Ein Sprecher der Polizei sagte unserem Reporter, daß man kein Verbrechen vermute, aber jeder, der etwas zur Aufklärung beitragen könne, solle sich an die Polizei in Reading wenden. Die Leiche ist die eines Mannes, Mitte bis Ende Dreißig. Gesicht und

Körper weisen Verletzungen auf. Er scheint schon einige Zeit im Wasser gelegen zu haben. Er wurde in der Nähe des Wehrs bei Marsh Lock gefunden. Anwohner haben schon des öfteren eine Umzäunung des Wehrs reklamiert, die aber bisher wegen der hohen Kosten nicht durchgeführt wurde.«

Anders' Beobachtungsteam in dem Schleusenwärterhäuschen hatte gesehen, wie die Franzosen Prouvosts Leiche auf den Rücksitz des Jaguar gelegt hatten, und der kleine Sender hinter dem Kühlergrill hatte ihnen und der Funkabteilung des Nachrichtendienstes die Route angezeigt. Der Ortspolizist von Marsh Lock hatte ruhig zugesehen, wie der Körper durch das hohe Gras an das Flußufer getragen wurde. Er hatte nicht gesehen, wie er ins Wasser geworfen wurde, wohl aber, daß die drei Männer zurückkamen und der Jaguar wieder abfuhr. Es ging gegen seine Polizisteninstinkte, nichts zu unternehmen, aber er führte seine Anweisungen durch und gab seinen Bericht telefonisch an den Polizeichef in Reading weiter.

Der große dünne Mann beschattete sie, da gab es gar keinen Zweifel, und das Mädchen ließ ihr Taxi bei Simpsons halten. Ohne den Kopf zu drehen, konnte sie sehen, daß der Mann sein Taxi dreißig Meter weiter die Piccadilly abwärts auch bezahlte. Aus der Telefonzelle sah sie, daß der Mann die Auslagen betrachtete. Dann sprach sie mit Anders.

»Tad, ich kann nicht zu dir kommen, ich werde beschattet.«

»Was wolltest du hier?«

»Der Russe versucht mich anzuwerben.«

»Als was?«

»Als Ablenkung bei seinen Unternehmungen, die übliche Rolle für Frauen. Sie haben Prouvost zusammengeschlagen, und ich glaube, der Russe kann sich noch nicht entscheiden, was er mit mir machen soll. Er würde mich gerne beseitigen, weiß aber nicht genau, was dann erfolgen würde.«

»Beschreib mir den Beschatter.«

Sie beschrieb ihn von Kopf bis Fuß.

»Wo ist er jetzt?«

»Bei Simpsons in der Nähe der Lederwarenabteilung.«

Lange Pause, dann sagte er: »Jetzt hör gut zu. Nimm ein Taxi und fahr zum Royal Court Theatre in Sloane Square. Schick das Taxi weg. Wenn der Kartenverkauf geöffnet ist, kauf eine Karte für irgendeine Vorstellung in der nächsten Woche. Wenn er zu ist, mach ein erstauntes und bestürztes Gesicht. Beim Theater werden zwei Taxis stehen, nimm das erste und es wird dich zum Hilton zurückbringen. Ruf mich in zwei Stunden aus deinem Zimmer an. Nimm dir Zeit, und sieh dich in Ruhe bei Simpsons um, sonst ahnt er, daß du nur anrufen wolltest, und ich brauche etwas Zeit, um alles zu organisieren. *Sois sage minouche.*« Dann hängte er auf. Sie hielt die Muschel noch eine Weile an ihr Ohr, um sich über die letzten Worte zu freuen.

Der Mann kaufte sich eine Zeitung vor der Untergrundstation am Sloane Square, und dann kam das Mädchen aus dem Theater und steckte irgend etwas in ihre Handtasche, ging dann auf das erste Taxi zu, der Chauffeur nickte, und sie stieg ein. Er warf dem vorbeifahrenden Auto keinen Blick zu, gab seinem Taxifahrer aber eine Pfundnote und sagte: »Folgen Sie bitte diesem Taxi dort und verlieren Sie es nicht aus den Augen.« Er stieg ein, der Fahrer zog das Freizeichen herab, bewegte einen Hebel unter dem Armaturenbrett und fuhr an. Die Taxis trennten sich an der Battersea Bridge, und der große dünne Mann brüllte und klopfte, ohne etwas zu erreichen.

Der Taxifahrer schloß die großen Doppeltüren, und der dünne Mann sah das Schild »Studio Jason«. Er behielt seine linke Hand auf der Waffe in der Tasche. Als der Fahrer in das Gebäude ging, hämmerte der Dünne mit dem Lauf auf die Fensterscheiben. Die Wandverkleidung am Haltegriff ging kaputt, aber die Fenster blieben unbeschädigt. Dann breitete sich ein schwacher Hyazinthenduft aus, und zwei Minuten später lag der Mann unbeweglich mit nach vorne hängendem Kopf an der Tür.

Der bewußtlose Beschatter wurde hineingetragen, und Anders hob die Pistole und die Stücke der zerbrochenen Wandverkleidung auf, und wartete, daß der Mann zu sich kam.

Als die Pupillen beinahe wieder normal aussahen, begann er.

»Wie heißen Sie?« Der Mann schüttelte den Kopf und lächelte. Aber als Anders sagte: »Kak nazywajesia?«, wich alles Blut aus des Mannes Gesicht, und er wollte aufstehen. Anders stieß ihn in seinen Stuhl zurück und wiederholte seine Frage. Die Tatsache, daß Anders russisch zu ihm sprach, war der einzige Anhaltspunkt für den Mann, er hatte schon von solchen Situationen gehört, wenn ein »Apparat« sich verdächtig machte oder ein Mitglied des KGB ein anderes ausschaltete und man nie wußte warum. Dann fühlte er plötzlich eine Hand in seinem Haar, und Anders stieß seinen Kopf zurück, bis er kaum mehr Luft holen konnte, und stellte die Frage noch einmal.

»Komlosy.«

»Für wen arbeiten Sie?«

Der Mann zitterte heftig, weil er glaubte, es wäre bald aus mit ihm.

»Rudenko.«

»Warum haben Sie das Mädchen beschattet?«

»Er wollte sie kontrollieren.«

»Wo halten Sie sich hier auf?«

»Highgate.«

»Im Haus der Handelsmission?«

»Ja.«

»Unter welcher Deckung arbeiten Sie?«

»Verkauf von photographischen Artikeln – Kameras und Zubehör.«

»Für wen arbeiten Sie normalerweise?«

»Apparat sieben.«

»Wann sollen Sie sich wieder bei Rudenko melden?«

Der Mann sah auf die Uhr: »Vor einer halben Stunde.«

Anders befragte den Mann noch eine weitere halbe Stunde und ging dann in sein Büro, um zu telefonieren.

»Sneddon? Hier spricht Tad Anders. Ich habe einen Russen namens Komlosy aufgetan. Ich bin fertig mit ihm, aber er arbeitete für einen der ›apparats‹ des KGB. Ich brauche ihn nicht mehr, aber vielleicht wüßte er eine ganze Menge, was euch interessierte. Wollen Sie ihn?« Anders hörte ihm aufmerksam zu. »O. K., lassen Sie ihn abholen, er ist hier bei mir, aber wenn Sie fertig mit ihm sind, dann hat's sich für ihn erledigt, ist das klar?« Er schüttelte wütend den Kopf, als er dem anderen zuhörte, und platzte schließlich heraus: »Außer der meinen ist keine Genehmigung mehr nötig. Hören Sie zu, wenn Sie den Burschen befragen wollen, dann werden Sie es hier tun. Ich werde mich hinterher seiner annehmen. Sie haben vierundzwanzig Stunden und nicht mehr.« Und dann knallte er den Hörer auf. Sein Nervenkostüm wurde allmählich etwas strapaziert.

17

Das Mädchen hatte in zwölf Minuten zwölfmal auf die Uhr gesehen, und immer noch mußte sie zehn Minuten warten, ehe sie Anders anrufen sollte. Da klopfte es an die Tür, sie sprang hoch und riß sie auf. Der Russe lehnte am Türrahmen, in scheinbar lässiger Haltung, aber er wollte nur die Waffe in seiner linken Hand verstecken. Er stieß die Tür auf und kam herein. Das Mädchen ging rückwärts, bis sie an die Couch stieß. Sie setzte sich und beobachtete jede Bewegung, während er die Tür schloß.

»Packen Sie Ihre Sachen, alles.«

»Warum?«

Sie duckte sich, aber seine flache Hand traf seitlich auf ihren Kopf, und sie fiel halb bewußtlos auf ihr Bett. Er ergriff den oberen Rand ihres Pullis und zog sie daran hoch, bis sie wieder aufrecht saß. Als sie wieder klar blicken konnte, erkannte sie an seinem Gesicht, wie wütend er war, und als er noch einmal herausstieß: »Packen Sie schnell«, bedurfte es nicht mehr des Winks mit der Waffe, um zu gehorchen. Sie fragte sich, was wohl die Ursache dieses Ausbruchs war, und hoffte, Anders würde vor ihrem Weggehen anrufen. Aber er tat es nicht.

Der Russe blieb dicht hinter ihr, als sie ihre Rechnung bezahlte, nahm dann ihren Koffer und Mantel, der die Waffe in seiner Hand verbarg. Ein Wagen mit Diplomatenkennzeichen hielt draußen, der Chauffeur ergriff ihr Gepäck und half ihr beim Einsteigen. Eineinhalb Stunden später hielt der Wagen vor dem Haus in Temple.

Igor Rudenko war ein erfahrener Operationsleiter, und als der Beschatter sich zwei Stunden nach der festgesetzten Zeit noch nicht gemeldet hatte, zählte er zwei und zwei zusammen, nämlich den Überläufer von der »Batory« und Krezkis Tod und dazu die nicht eingegangene Rückmeldung Komlosys. Die Antwort gefiel ihm gar nicht, und sein Instinkt sagte ihm, daß irgendwo eine undichte Stelle war. Prouvost hatte die Franzosen durch die Affäre mit dem Mädchen gefährdet, und als die Routinebeschattung jetzt nicht klappte, wurde er argwöhnisch.

Anders hatte das Mädchen im Hilton angerufen, und als sie sich nicht meldete, an der Rezeption festgestellt, daß sie zwei Stunden vorher abgereist sei. Kurz danach erhielt er den Bericht des Beobachtungsteams im Schleusenwärterhäuschen. Vor einer Viertelstunde sei Mademoiselle Foubert in einem Wagen der russischen Botschaft eingetroffen und verschiedene Gepäckstücke seien den beiden Franzosen übergeben worden. Es wäre zwischen Rudenko und Loussier zu einer Auseinandersetzung gekommen, und schließlich sei Rudenko wieder abgefahren.

Anders war sicher, daß, wenn die Franzosen oder der Russe

in dem Mädchen mehr als eine zufällige undichte Stelle gesehen hätten, weil Prouvost ihr in seinen verliebten Gesprächen zuviel erzählt hatte, sie sofort umgebracht worden wäre. Außerdem waren sie sich wohl über die Auswirkungen ihres eventuellen Todes nicht ganz klar, weil sie nicht wußten, ob und welche Rolle sie spielte. Bisher hatten sie sie als eine Zufallsbekanntschaft angesehen, aber vermißt gemeldete Mädchen, besonders wenn sie hübsch waren, brachten immer Unannehmlichkeiten, und Rudenko hatte sogar die üblichen Sicherheitsmaßnahmen nicht beachtet und einen Wagen von der Botschaft eingesetzt. Anders wollte nicht riskieren, sie aus dem Haus in Temple herauszuholen, denn dann wüßten sie genau, daß sie gefährlich war, aber er konnte doch mit einer kleinen Pressenotiz etwas Druck ausüben.

Über den Manager des Hilton ließ er den Dritten Sekretär an der französischen Botschaft von der etwas übereilten und offensichtlich nicht ganz freiwilligen Abreise von Mademoiselle Foubert aus Paris in einem Wagen der russischen Botschaft unterrichten.

Als Anders an seinen Schreibtisch zurückkam, fand er eine Anzahl Berichte vor, die er sorgfältig durchlas. Da war zunächst eine Routinezusammenstellung über den abgehörten Funk- und Telefonverkehr des Hauses in der Avenue Foch und ein ausführlicher Bericht des Beobachtungsteams im Schleusenwärterhäuschen mit Fotos und einem Videoband. Außerdem lag Material vom Nachrichtendienst über die Aktivitäten im Highgate-Haus, dem Sitz der russischen Handelsmission, vor. In den letzten drei Tagen war Rudenko mehrmals kurz dagewesen. Die britische Botschaft in Moskau berichtete, daß ihr Militärattaché von einer Kontaktperson in der Roten Armee einen Hinweis erhalten hatte, daß seine Verbindungen zum KGB nicht genehm seien und er zur Persona non grata erklärt werden würde, wenn er sie nicht aufgab. Vor zwei Tagen war eine Funkmeldung von Moskau an Rudenko, im »Schneeball«-Code verschlüsselt, mitgehört worden, Phase zwei sei sofort einzuleiten. MacDonald berichtete aus Paris, daß der Sprengstoffexperte aus dem Haus in der Avenue Foch mit BEA nach London geflogen sei. Die Sonderabteilung hatte ihn in Heathrow identifiziert und war ihm zu einem Haus in Chiswick gefolgt, wo er jetzt ständig bewacht würde.

Von der Hafensicherheitsbehörde lag ein Bericht vor, daß vier Männer das russische Fischereischiff »Pyotr Illych« zu einem

Landgang in Cardiff verlassen hatten und nicht wieder an Bord gekommen waren. Eine Nachrichtenzusammenstellung der Funkstation des amerikanischen Sicherheitsdienstes in Wales hob hervor, daß ein Sowjet-U-Boot vor Fishguard Rendezvous mit einem großen Fischereischiff gehabt hat. Die NSA hatte das U-Boot als das K 97 aus der »Sverdlowsk«-Klasse identifiziert, das für weitreichende Überwachung eingesetzt wurde. Zwei Männer von der »Pyotr Illych« waren als KGB-Leute identifiziert worden, die vorher in der Irischen Republik eingesetzt waren. Alle vier waren nach London gefahren und dort getrennt beschattet worden. Einer begab sich zu einem Laden in Shepherd Market, der andere zu einer Pension in der Nähe von Victoria Station, der dritte zu einem Landhaus in der Nähe von Oxford und der vierte zu einem Haus in Birmingham. Auf Anders' Anweisungen wurden alle rund um die Uhr überwacht. Nach einer Reihe von Telefonaten hatte Anders gerade den Hörer aufgelegt, als ihm die erste Ausgabe des morgigen »Daily Express« hereingereicht wurde. Auf der Frontseite war eine Spalte über eine vermißte französische Journalistin und eine mögliche Verbindung zu einer Ostblock-Botschaft. Es war nicht viel, aber an der russischen Botschaft würde man die Spalte lesen, und das konnte zusätzliche Sicherheit für das Mädchen bedeuten. Nachdem er zu Bett gegangen war, konnte er lange nicht einschlafen, und dann träumte er von einer Frau, die ihm mit einem Blumenstrauß aus einem Auto zuwinkte. Sie lächelte unter Tränen, und es war Marie-Claire Foubert.

Morgens um sechs Uhr saß er schon über den in der Nacht eingegangenen Berichten, und in dem Überblick betreffend nicht identifizierten Funkverkehr hatte jemand einen Hinweis auf schwache Funksignale im Themsetal auf einer Kurzwellenfrequenz unterstrichen, die manchmal vom SIS benutzt wurde. Dazu kam, daß der Aussender einen Marinenotruf funkte und einen noch nicht identifizierten Code benutzte. Bisher waren aus dem Haus in Temple noch keine Funkmeldungen abgesetzt worden.

Plötzlich ging ihm ein Licht auf, und er erinnerte sich an den kleinen Sender, den er dem Mädchen gleich am Anfang gegeben hatte. Er war in einer echten Fassung eines Lancôme-Lippenstiftes untergebracht, und der winzige Apparat war in einem Umkreis von zwei Meilen zu hören. Zwanzig Minuten später war Anders in seinem Funkkontrollraum und hörte die aufgenommenen »verdächtigen und nicht identifizierten« Funksendungen ab. Dabei mußte er lächeln und erinnerte sich an MacDonalds Aufzeichnungen in Paris. Kein Wunder, daß das Mädchen bei ihrer Funkausbildung durchgefallen war. Die Morsezeichen kamen stockend und stoßweise und mit langen Pausen. Sie benutzte den Marinenotruf PAN als ihr Rufzeichen, und zwar unverschlüsselt. Es war schlechtes Morsen in Französisch. Sie teilte ihren Aufenthaltsort mit. Anders konnte nicht mit ihr in Verbindung treten, weil an dem kleinen Sender des Mädchens kein Empfänger war. Er überspielte einen Mitschnitt MacDonalds in Paris, der bestätigte, daß es sich um das stockende Morsen des Mädchens handelte. Gegen Mittag hatte ein Patrouillenboot der Londoner Hafenbehörde das Funkzeichen als einen Mißbrauch des PAN-Rufzeichens gemeldet, das nur Schiffen und Flugzeugen in Notfällen zustand. Anders konnte nichts unternehmen, auch als SIS sich etwas über seine offensichtlich unfähigen Amateurmitarbeiter aufregte. Ihm war, als ob die ganze Welt zuhörte, aber die Funkzeichen des Mädchens waren eine brauchbare zusätzliche Sicherheit. Der Funkspruch, den er später in der Nacht bekam, belohnte alle Mühe. Er war kurz: »PAN, PAN, PAN. Morgen große Zusammenkunft ohne mich. Minouche.«

Am gleichen Abend war Rudenko auf seinem Weg zu einem Block von Luxuswohnungen gegenüber Putney Heath beschattet worden. Er hatte mit einem Portier gesprochen, der auf eine Tür im Hauptblock gezeigt hatte.

18

Nach drei kalten sonnigen Tagen herrschte wieder typisches Moskauer Oktoberwetter. Der Himmel war verhangen, und in dem scharfen Wind waren Mantel und Hut unerläßlich. Der Mann, der das Zim verließ, knöpfte seinen Mantel zu und hielt den Hut fest. Oberst Gouzenko stand in dem Ruf, eher stark und hart als intelligent zu sein, aber er hatte alle Säuberungen und Nahkämpfe seit Ende des Zweiten Weltkrieges überlebt. Einige behaupteten, weil er in dreißig Jahren nur zwei Mal befördert worden war, andere wieder, weil er viel heller als die hellen Jungens des KGB und GRU war. Sie waren für die Masse der Soldaten viel zu politisch, und Oberst Gouzenko war der Verbindungsoffizier zwischen der Roten Armee und dem KGB und GRU, wenn es um Armeeangelegenheiten ging.

Ausländer haben die Rolle der Sowjetarmee nie richtig begriffen. Sie waren Zeugen der Degradierung oder Hinrichtung von Marschällen, Generalen und Obersten, und sie hielten die Partei für die höchste Gewalt in Rußland, aber dem war nicht so und auch seit 1953 nie gewesen. Die von der Bildfläche Verschwundenen waren meistens von der Armee ausgestoßen worden und nicht die Opfer von Politikern. Die Rote Armee stand immer wie ein Riese im Hintergrund und beobachtete das Gezänk der Politiker. Nichts war schriftlich festgelegt und sehr selten wurde darüber gesprochen, aber alle Protagonisten wußten, wo die wirkliche Macht lag. Die Armee hatte nur zwei Aufgaben – Rußland zu verteidigen und jeden Fußbreit Boden auf der ganzen Welt, dessen sie habhaft werden konnte, nicht mehr herauszugeben.

Gouzenko begab sich in die Gebäude der Lubyanka, wo der KGB sein Hauptquartier hatte. Er betrat einen großen Raum mit altmodischen Dekorationen an den mit Schnitzereien verzierten Holzwänden und Seidentapeten. An der Decke hingen drei große Lüster. Die Fenster waren hoch und schmal, auf dem Boden lag ein Buchara, und der schöne lange Tisch stammte aus einer Villa des Zaren. Um einen niedrigen runden Glastisch, auf dem eine Schale mit Früchten stand und eine flache Schüssel mit Nüssen und Zuckerwerk, waren sieben bequeme Sessel gestellt.

Als Gouzenko eintrat, wandten sich die beiden Männer am Fenster um. Einer war Yessow, ein Zivilist im KGB und schon sehr lange im Dienst, und der andere war Georg Levin, ein Oberst im GRU. Yessow hielt ein Glas hellen Weißweins in der Hand, und Levin hatte sich gerade eine dünne Zigarre angezündet.

Gouzenko ging hinüber zum Fenster und nickte Yessow zu, den er verachtete. Der KGB betrachtete sich als Avantgarde, die neue Maßstäbe setzte, und Yessow war ein typischer Vertreter dieses neuen Stils.

Yessow schwenkte sein Glas: »Wie wär's mit einem Glas für dich, Nikita?«

Gouzenko blickte ruhig und ohne zu lächeln in das selbstzufriedene Gesicht des anderen. »Wenn wir fertig sind, Yessow, und die vorliegenden Nachrichten gut sind.«

Yessow lächelte Levin zu und sagte: »Es ist wohl besser, wir fangen an, Levin«, und deutete mit einer Handbewegung auf die Sessel. Autoritätsbewußt begab er sich zu dem runden Tisch, schließlich befanden sie sich im KGB-Hauptquartier, er war der Gastgeber und sie die Gäste. Und das beste war, daß die eingegangenen Meldungen positiv klangen und die Generale nicht vorausblickend genug gewesen waren. Wenn die Operation Schneeball beendet war, konnte die Armee drastisch reduziert werden, denn die Politiker würden bewiesen haben, wie man die Welt ohne Soldaten erobern konnte. Dem großen braunen Bären könnte man einen Topf voll Honig schenken und ihn mit einem Klaps auf den Rücken entlassen, während sein Herr und Gebieter die Führung übernahm.

Die drei Männer setzten sich in ihren Sesseln zurecht, aber Gouzenko bekam es auch dabei noch fertig, militärisch auszusehen. Er beugte sich aufmerksam vor und hielt die Hände gefaltet zwischen den Knien. Ohne Kommentar hörte er zu, als Yessow die verschiedenen Berichte vorlas und sie über den Stand der Operation ins Bild setzte. Es dauerte beinahe eine Stunde, ehe er zum Ende kam und einen dicken Aktenordner auf den niedrigen Tisch legte.

»Wir müssen nur noch entscheiden, wann wir Rudenko das Startzeichen geben wollen. Hat einer von Ihnen etwas dazu zu sagen?« Levin zündete sich eine weitere Zigarre an und sagte, sich zurücklehnend: »Aus Botschafter Borowskis Bericht geht hervor, daß nach seiner Meinung die Nachrichten über eine geplante Zusammenarbeit der Amerikaner und Kanadier mit den Nazis zwar eine gewisse Verärgerung hervorrufen würden, aber nichts weiter.«

»Botschafter Borowski kennt nur einen Teil der Operation, den die Franzosen entwickelt haben, und der ist nur der Startschuß.« Levin spitzte den Mund. »Die andere Sache, die mich beschäftigt, ist, daß Rudenko eine ganze Menge verspricht. Wieviel ist denn dabei nur Wunschdenken?«

Yessow ergriff den Aktenordner und zog einige Amtsbogen heraus. »Hier ist eine Analyse des Direktors von ›Apparat 7‹ in England, und er ist nicht gerade Rudenkos Freund, wie Sie vielleicht schon aus den früheren Berichten ersehen haben. Die Aussichten sind wirklich gut, wenn man nur berücksichtigt, was als sicher vorausgesetzt werden kann. In der ersten Woche werden die Veröffentlichungen in der Presse erscheinen und danach mehrere tausend Leserbriefe, die die Empörung der Öffentlichkeit zum Ausdruck bringen. Am Ende dieser Woche werden die ersten Artikel gebracht, die darauf hinweisen, daß die Amerikaner immer noch ihre Verbündeten ausbeuten.

In der zweiten Woche werden in London und sieben Provinzstädten Massenprotestversammlungen veranstaltet, dazu zwei Fernsehsendungen, die die Folgen der Dollarkrise auf die britische Inflation aufzeigen. Gleichzeitig kommt ein Taschenbuch heraus, in dem amerikanische Interessen oder Besitzrechte an britischen Industrie- und Handelskonzernen zusammengestellt sind.« Er sah Levin und Gouzenko an. »Am Ende der zweiten Woche werden Veranstaltungen in mehr als 200 Betrieben stattfinden, und man schätzt, daß wir fast eine Million Arbeiter für einen zweitägigen Proteststreik gewinnen können. Es werden Demonstrationen auf dem Trafalgar Square gegen das Kanada-Haus stattfinden und auf dem Grosvenor Square gegen die amerikanische Botschaft. Wir haben eine Sondereinheit zusammengestellt, die den amerikanischen Botschafter täglich und stündlich, wo er sich auch aufhält, belästigen wird, und bei diesem Stadium wird es ähnliche Proteste in den anderen NATO-Staaten geben. Was unsere Operation so stimmig macht, ist die Tatsache, daß während der letzten sechs Monate alle Informationen darauf hinweisen, daß die Amerikaner selbst nur zu gerne ihre Truppen aus der NATO zurückzögen.«

Gouzenko unterbrach: »Ihre Investitionen in Großbritannien werden sie aber nicht zurückziehen.«

Yessow nickte. »Das ist richtig, aber es ist für die Operation unerheblich. Diese ganze Unternehmung hat nur ein Ziel: eine Situation zu schaffen, die einen Rückzug der Amerikaner aus der NATO begünstigt oder daß man sie herauswirft, alles andere ist unwichtig.«

»Glauben Sie nicht, daß die andere Seite die Situation analysieren wird und doch bleibt, um das Gleichgewicht zu halten?« fragte Levin. Gouzenko lehnte sich zurück. »Mein lieber Levin, es gibt kein Gleichgewicht, sogar wenn die Amerikaner in der NATO bleiben.« Er zog eine Aufzeichnung aus der Tasche und überflog sie kurz, ehe er fortfuhr: »Die Warschauer-Pakt-Staaten haben mindestens eine Übermacht von drei zu eins gegenüber der NATO in allen Funktionen: Truppenstärke, Waffen, Flugzeuge und Schiffe, außer atomgetriebene U-Boote, und zwar schon seit Sommer 1972. Die ganze NATO ist eine Verschwendung von Zeit und Geld, und jedes NATO-Mitglied weiß das, und nach dieser Operation werden es die Völker auch wissen.«

Levin beugte sich vor. »Sie werden sich erheben, wenn sie die Tatsachen kennen und ...« Yessow lächelte: »Sie werden sich nicht erheben, weil sie zu sehr an ihren Farbfernsehern hängen, an neuen Autos und Tiefkühltruhen und allem übrigen. Unsere Operation würde nicht gelingen, wenn es nur um Enthüllungen über die NATO ginge. Rudenko wird sie zum Erfolg führen, weil man die Amerikaner beneidet und haßt und wir gute, vernünftige und ehrliche Gründe liefern, dies auch laut auszusprechen.« Yessow wartete auf die Meinung der beiden anderen. Als keiner etwas sagte, fuhr er fort: »Stimmen Sie zu, daß wir die Lage, wie sie sich nach der Operation Schneeball ergeben wird, analysieren sollten?« Gouzenko wartete, ob Levin etwas sagen würde. Als er schwieg, sah er Yessow an und klopfte mit seinen dicken Fingern auf den Tisch, während er sprach: »Genosse Yessow, ich empfehle Ihnen nachdrücklich, sich mit Ihren Überlegungen auf die Operation Schneeball zu beschränken. Sie befindet sich erst in der Anfangsphase, und wenn sie gelaufen ist, können Sie versichert sein, vom Oberkommando die nötigen Anweisungen zu erhalten.« Dann stand er auf, blähte seine Backen, und seine kleinen Schweinsaugen lächelten. »Vielleicht fügen Sie dann noch einen Absatz an Ihre Beurteilung der Lage an, Genosse Yessow, nämlich, wie das KGB-Budget verkleinert werden kann, wenn wir Europa beherrschen. Denken Sie mal darüber nach, Genosse!« Und er klopfte Yessow mit seiner sehr harten Hand auf die Brust.

Yessow betrachtete seinen Drink und schwenkte ihn langsam im Glas. Dann sah er auf und sagte: »Stimmen wir darin überein, daß Rudenko jetzt die zweite Phase startet?« Gouzenko zog sich seinen Mantel an und schnallte das Koppel um: »Einverstanden«, sagte er, grüßte und ging hinaus.

Er begab sich zum Militärmuseum, einem weißen, leuchtenden Gebäude, das etwas orientalisch wirkte. Das Museum war seit zwei Stunden geschlossen. Es waren keine Wagen draußen geparkt, aber er wußte, daß wenn etwa in der nächsten Stunde eine Bombe auf das Gebäude geworfen würde, die führenden Köpfe des Oberkommandos der Streitkräfte ausradiert wären.

Seine Stiefel hallten auf dem spiegelnden Parkettboden, und als er sich am Ende des Ganges der Flügeltür näherte, sah er eine brennende Zigarette. Nach einigen Schritten erblickte er das gutgeschnittene schwermütige Gesicht von Marschall Rokossovski, dem Helden vom Don, von den Polen jedoch als Verteidigungsminister hinausgeworfen, weil sie in ihm trotz seines Namens einen Russen sahen, bis in die Spitzen seiner Stiefel. Er legte die Hand auf Gouzenkos Arm und beugte sich vor, um die

Tür zu öffnen. »Sie warten auf Sie«, sagte er.

Neun Männer in Uniform waren anwesend, der einzige Marinemann war ein Admiral, die anderen nur Oberste, und alle hatten graue Haare. Sie saßen um einen langen Tisch, und die drei Lichtquellen im Raum hatten grüne Schirme, so daß die Gesichter der Männer wie Ölporträts wirkten. Rokossovski stand über seinen Stuhl gelehnt am Kopfende des Tisches; alle Augen waren auf ihn gerichtet. »Ich möchte Sie daran erinnern, meine Freunde, daß wir heute abend hier zusammengekommen sind, um uns mit dem gescheiterten Einsatz der motorisierten Pioniereinheit in der Dnjepr-Operation zu befassen.« Er hielt kurz inne und blickte in ihre bewegungslosen Gesichter. Sie wußten, warum sie zusammengekommen waren und kannten die zur Tarnung dienende Geschichte nur zu gut. Schließlich sagte jemand am unteren Ende des Tisches: »Wir wissen Bescheid, Konstantin, wir wissen Bescheid.« Rokossovski ging um seinen Stuhl herum und setzte sich. Dann wandte er sich Gouzenko zu und sagte: »Also, Nikita, was gibt es Neues?«

Gouzenko blickte in die Runde, ehe er begann: »Erstens, die Operation Schneeball geht heute nacht in die zweite Phase, in alleiniger Verantwortung des KGB. Zweitens: die erste Phase ist – meiner Ansicht nach erfolgreich – durchgeführt worden. Drittens: weder im KGB noch im GRU hat man eine Ahnung, worum es in der Operation Schneeball wirklich geht.«

Rokossovski nickte anerkennend und sagte: »Also, meine Herren, so ist die Lage. Wir sprechen hier über die vierte Phase der Operation Schneeball: die tatsächliche Besetzung Europas von der Ostsee bis zur Adria. Ich glaube, keiner von uns hat noch einen Zweifel über die vierte Phase. Wir haben in zwei Jahren Planung und Durchführungsmöglichkeiten bis hin zu den Einsatzbefehlen beraten. Die Operation wird im ungünstigsten Fall nach sieben, im besten nach drei Tagen beendet sein. Für uns spielt das keine Rolle, aber . . .«, und er drohte mit dem Finger, um seinen Worten Nachdruck zu verleihen, »wir müssen heute nacht genau festlegen, wie erfolgreich Phase drei von Schneeball ablaufen muß, ehe wir mit Phase vier beginnen können.« Er lehnte sich zurück und wartete.

Ein Panzeroberst erhielt von Rokossovski das Wort und begann: »General, wir sind unabhängig von diesem politischen Plan, wir können morgen unsere Aufgabe durchführen, wenn Sie den Befehl geben.«

Rokossovski blickte in die Runde, ob jemand das Wort ergreifen wollte, aber niemand sprach, aller Augen waren auf ihn gerichtet. »Mein Freund hat recht, wir könnten Europa in vier blutigen Tagen erobern, aber indem wir die verschiedenen Phasen der Operation Schneeball benutzen, können wir mehrere positive Schritte für uns verbuchen. Wenn ich von vier blutigen Tagen sprach, ist mir bewußt, daß auch unser Blut dabei sein wird. Je mehr die örtliche Bevölkerung erkennt, wie selbstsüchtig und unzuverlässig die Amerikaner sind, um so einfacher wird unsere Operation verlaufen und um so einfacher wird auch die Organisation der darauf folgenden Besetzung sein. Natürlich werden wir in Guerillakämpfe verwickelt werden, aber wenn sie wissen, daß die Amerikaner bereit waren, sich mit den Nazis einzulassen, werden sie daraus ihre Schlüsse ziehen. Ich bin auch darauf hingewiesen worden und stimme völlig überein, daß die Reaktionen des amerikanischen Volkes nicht so heftig sein werden, wenn sie schon vorher durch die Europäer ernüchtert worden sind. Es sind sorgfältige Analysen vorgenommen worden, und man hat mir gesagt, daß es wichtig ist, besonders in Großbritannien für innere Unruhen zu sorgen.«

Er hielt inne und fuhr dann mit einem leichten Lächeln fort. »Bedenken Sie auch, daß wenn Schneeball in den ersten Phasen keinen Erfolg hat, wir einen Grund mehr haben, uns mit dem KGB auseinanderzusetzen. Wir dürfen nicht vergessen, daß der KGB den Sowjets zeigen will, daß er Europa ohne die Rote Armee erobern kann. Die Parteibonzen haben da ihren festen Plan, und wenn er funktioniert, dann täuschen Sie sich nicht, meine Freunde, wären wir dran.«

Er stützte seine dicken behaarten Hände auf die Tischplatte. »Sie haben meine Versicherung, daß jede Einheit der russischen Streitkräfte hinter uns steht, sonst wären wir nicht hier. Wir wollen unsere Pläne wie vereinbart durchführen – wir haben nichts zu verlieren –, wenn die ersten drei Phasen auch nur teilweise erfolgreich sind, haben wir auf alle Fälle Material gespart und Leben gerettet. Wir tun nichts weiter, meine Freunde, als uns der Beute zu bemächtigen, für die wir bezahlt haben und die die Politiker 1945 weggeworfen haben.« Mit einem schnellen Blick in die Runde vergewisserte er sich der allgemeinen Zustimmung. Ruhig und gelassen fuhr er fort: »Nun wollen wir die Lage noch einmal genau prüfen.«

Er wandte sich einem Mann am unteren Tischende zu: »Gregor, wenn ich richtig verstehe, weist General Susloparow auf das Problem des Nahrungsmittelnachschubs und der Verteilung in Sizilien und auf den schleswig-holsteinischen Inseln hin. Der Stab der Vierten Armee und die Offiziersstudenten im letzten Jahr der Akademie haben beide kürzlich dieses Problem untersucht. Außerdem gibt es überarbeitete Verfügungen für Paris und Brüssel, dort möglichst wenig Gebäude zu zerstören, die für Armee-Hauptquartiere benötigt werden. Darüber hinaus wurde beschlossen, die in einiger Entfernung von der Küste liegenden Inseln, einschließlich der Kanalinseln nicht zu besetzen. Bis hinunter zu den Divisionsstäben werden Adressenlisten der Kollaborateure verfügbar sein. Sie sind streng geheim . . .«

Sie sprachen und berieten bis in die frühen Morgenstunden des nächsten Tages und gingen dann einzeln oder zu zweien weg. Als Gouzenko das Haus verließ, blickte er zu den tief hängenden, schnellziehenden Wolken herauf. Er hoffte, der neunten und vierzehnten Armee zugeteilt zu werden, die einige alte Rechnungen in Westdeutschland begleichen würden.

19

Draußen begann plötzlich Schneetreiben, und als Yessow aus dem Fenster sah, dachte er, daß er wahrscheinlich nicht mehr oft an Wochenenden in seine Datscha nach Penickow würde fahren können. Winter auf dem Lande mochte für Familien ganz angenehm sein, aber nicht für wohlhabende Junggesellen. Das Treffen mit Gouzenko anläßlich der Operation Schneeball lag vier Tage zurück, und irgend etwas, was Gouzenko gesagt oder getan hatte, ging ihm nicht aus dem Kopf, aber er konnte sich nicht mehr genau erinnern, was es gewesen war. Wahrscheinlich würde es ihm wieder einfallen, wenn er aufhörte, darüber nachzugrübeln.

Er ließ sich ein Auto aus dem KGB-Wagenpark zur Verfügung stellen, leistete seine Unterschrift, holte dann sein Gepäck aus der Wohnung und fuhr ostwärts in Richtung Orekhovo.

Er hatte gehört, daß er nach der Operation Schneeball befördert und mit den dazugehörigen Auszeichnungen versehen nach Paris versetzt werden würde. Er kannte Paris gut und würde alte Verbindungen wieder aufnehmen und neue anknüpfen können. Einige der Mädchen müßten jetzt beinahe dreißig sein, wahrscheinlich verheiratet mit Kindern.

Während des Sommers hatte Yessow die meisten Wochenenden auf seiner Datscha verbracht, eine alte Frau aus dem Dorf räumte auf und sah nach dem Haus, wenn er nicht da war. Jetzt war es hell erleuchtet, und als er den Fußweg hinaufging, kam die alte Dame heraus, um ihm mit dem Gepäck zu helfen. Zehn Minuten später ging sie, und er war allein.

Er hatte sie gebeten, an das Fenster des Mädchens zu klopfen und während er wartete, aß er von dem Schinken und dem Salat, den sie für ihn vorbereitet hatte. Sie hatte den Ofen angezündet, das Zimmer war warm und es roch angenehm nach Holz.

Yessow genoß diese Wochenenden auf dem Lande mit seinen Büchern und ohne den Streß der Stadt und des Berufs. Das Mädchen paßte in das Haus und zu dem hiesigen Lebensrhythmus. Einige Monate, nachdem ihm diese Datscha zugeteilt worden war, hatte sie ihm an der Tür frische Eier verkauft und war dann die ganze Nacht bei ihm geblieben. Das war erst ein knappes Jahr her, und damals war sie siebzehn. Sie besaß nicht die Erfahrung der Moskauer Mädchen, die ab und zu sein Lager teilten, aber sie war viel hübscher und auf vorbehaltlose und unschuldige Weise willfährig. Sie ließ alles mit sich geschehen, nicht widerwillig, sondern natürlich und ungeniert wie ein schönes junges Tier. Ab und zu gab er ihr Geld und brachte ihr kleine Geschenke aus Moskau mit, die ihr noch besser gefielen. Es war eine unbeschwerte, erholsame Verbindung, und sie kam nur, wenn er sie holen ließ.

Er hatte ihr einen hellen Strohhut mit Korn- und Mohnblumen auf der Krempe mitgebracht und freute sich schon darauf, wie er ihr gefallen würde. Als sie eine halbe Stunde später kam, setzte sie sich auf das Bett und probierte den Hut gleich auf. Mit ihren langen blonden Haaren und den hellen blauen Augen sah sie beinahe schwedisch aus, und als sie die Arme hob, um den neuen Hut zurechtzurücken, sah er ihre großen vollen Brüste und konnte es kaum mehr erwarten, sie zu nehmen. Das Mädchen hatte seine Augen gesehen und lachte ihn an mit dem Hut auf dem Kopf. Sie wußte, was er wollte, und ein paar Sekunden später stand sie nackt vor ihm, mit einer Hand den Hut haltend, während die andere locker herabhing. Das Angebot war nicht zu übersehen, und als er sie zu sich heranzog, lachte sie, warf den Hut auf das Bett und machte keinen Versuch, ihre Bereitwilligkeit zu verbergen, als er sich ihr näherte.

Zwei Stunden später lag Yessow entspannt in den Kissen. Das

Mädchen hatte ihre vollen Brüste in seine Leistengrube geschmiegt und aß einen Apfel, während sie sich unterhielten. Sie lachte, als Yessow bei ihren Bewegungen sagte: »Bleib ruhig liegen, Mädchen, du bringst mich sonst wieder in Fahrt«, und antwortete: »Dann laß uns über Friedhöfe sprechen, und du wirst dich wieder abregen.«

Er grinste. »Wir wollen lieber über dich sprechen. Wie geht es deinem schneidigen Artillerieleutnant?«

Der Leutnant befehligte ein im Dorf stationiertes Bataillon. Er war 28, sah gut aus und wollte das Mädchen heiraten. Seit einem Jahr machte er ihr den Hof und wußte nichts von Yessow und seiner Beziehung zu dem Mädchen. Yessow sagte nie etwas Unfreundliches über den jungen Mann und wußte auch, daß er keinen Grund zur Eifersucht hatte. Das Mädchen kam zu ihm, so oft er es haben wollte, und verwehrte ihm nichts, und der Leutnant bekam nur züchtige Küsse, und das auch nicht allzu oft.

Das Mädchen sagte: »Er ist ein sehr netter Junge, und ich glaube, wir werden bald heiraten.« Yessow beugte sich vor und zog sie herauf, so daß sie auf ihm und ihr Mund auf dem seinen lag. »Du wirst ihm eine sehr gute Frau sein«, murmelte er. Aber sie wußte aus Erfahrung, was sie zu tun hatte, setzte sich rittlings auf ihn und küßte ihn leidenschaftlich, während er in ihr war. Beiläufig fragte er dabei: »Warum glaubst du das?«

»Er wird bald versetzt werden, und wenn alles gutgeht, wird er zum Hauptmann befördert und bekommt die Heiratserlaubnis.« – »Wohin wird er versetzt?« – »Nach Hannover.« – »Wann?« – »Das wissen wir nicht genau, aber die Einheit ist in Alarmbereitschaft, also wird es wohl nicht mehr lange dauern.«

Er setzte sich auf: »Was soll das heißen: in Alarmbereitschaft? Willst du damit sagen, alle werden versetzt? Das ist unmöglich.« »Es ist nicht unmöglich, er weiß Bescheid. Sie haben besondere Befehle bekommen.«

»Aber Hannover liegt in Westdeutschland. Dort sind keine Einheiten der Roten Armee stationiert, du hast da etwas falsch verstanden.« Das Mädchen errötete und sagte: »Das hat er mir jedenfalls gesagt, und die Offiziere lernen jeden Abend deutsch.«

Sie lehnte sich zurück und blickte auf ihn herunter und lächelte überlegen, als sie seine Augen auf ihren Brüsten sah. Auch wenn sie erst achtzehn war, wußte sie doch, daß sie damit das letzte Wort hatte.

Es war schon nach Mitternacht, als sie aßen, und während

des Essens hörte er eine Rundfunkübertragung von Rachmaninows »Toteninsel«. Aber irgend etwas brummte wie eine gereizte Fliege in seinem Kopf. Irgend etwas hatte das Mädchen gesagt, was keinen Sinn gab. Er nahm sich gerade einige Trauben aus einer Schale, als es bei ihm funkte.

»Hast du vorhin gesagt, daß das Artilleriebataillon in Alarmbereitschaft ist und daß die Versetzung von Dauer sein würde, wenn alles gutgeht?«

Sie nickte.

»Wenn was gutgeht?«

Sie zuckte die Schultern: »Wenn – nun ja, was die Soldaten so tun, gutgeht, die Schlacht oder so.«

Er band sich ein Handtuch um die Hüften und ging zum Telefon. Sogar hier draußen hatte er einen Verwürfler, aber für seinen ersten Anruf bei der »Gefechtsordnung« = Abteilung des KGB benutzte er ihn nicht. Es stellt sich heraus, daß die Artillerieeinheit in dem Dorf die Kompanie B von Bataillon 17 war, die dienstlich der Angriffsdivision »Rostow« unterstand, und daß das Losungswort des Tages »Dynamo« lautete. Für das zweite Gespräch benutzte er den Verwürfler, und nachdem er die Losung gegeben hatte, ließ er sich mit der operativen Führung verbinden. Als sich der Teilnehmer meldete, sagte er: »Geben Sie mir die Einsatzbefehle der nächsten Woche für die Kompanie B des Bataillons 17, das der Angriffsdivision Rostow untersteht. Losungswort: Dynamo.«

»Einen Augenblick, Genosse.«

Dann hörte er: »Die Kompanie hat Routinearbeit in der nächsten Woche.«

»Und in der übernächsten Woche?«

»Einen Augenblick, bitte.«

Er hatte das Gefühl, irgend etwas auf der Spur zu sein, trotz der bisher negativen Auskünfte. Jetzt meldete sich eine andere Stimme am Telefon, schärfer und autoritärer: »Haben Sie sich über eine Einheit der Angriffsdivision Rostow erkundigt?«

»Ja, Genosse.«

»Was ist der Zweck Ihrer Anfrage?«

Yessows Stimme wurde schärfer. »Kein besonderer Zweck, Genosse, nur Losungswort Dynamo, und darf ich Sie erinnern, daß laut Absatz acht verboten ist, die Gründe für eine Nachfrage zu verlangen, wenn das korrekte Losungswort gegeben ist. Beanstanden Sie ›Dynamo‹?«

»Nein, Genosse, ich nehme an, daß Sie KGB-Verbindungsstelle sind und bitte Sie zu warten, während ich nachsehe. Diese Einheit ist auf dem Ausdruck nicht aufgeführt.«

»Warum, Genosse?«

»Keine näheren Angaben, aber ich werde nachsehen.«

Plötzlich war wieder eine andere Stimme am Telefon, entspannt, aber schroff: »Guten Tag, Genosse, kann ich Ihnen helfen?«

»Ja, Genosse, es geht um eine einfache Frage.«

»Hier spricht Genosse General Marow. Es wird ungefähr eine Stunde dauern, bis alles überprüft ist. Die Einheit scheint nicht auf dem Hauptcomputer zu sein, wir müssen die Unterlagen auf der nächsten Befehlsebene prüfen. Ist es sehr wichtig?«

»Nein, überhaupt nicht. Soll ich Sie morgen wieder anrufen?«

»Ausgezeichnet, Genosse, tun Sie das.«

Yessow legte den Hörer langsam auf. Irgend etwas war da im Busch. Generale, die Routinefragen beantworteten und Ausreden gebrauchten, um keine Information geben zu müssen. Die Möglichkeit, daß eine Angriffsdivision wie die Rostow nicht auf dem Einsatzcomputer ist, war so abwegig, daß man keinen Gedanken mehr darauf zu verschwenden brauchte. Er wußte, daß er irgend etwas entdeckt hatte, was ein General verbergen wollte. Entweder Korruption oder Verrat, darunter tun es Generale nicht.

20

Er brachte das Mädchen ins Dorf zurück, und als er wiederkam, schüttete er Kohle im Kachelofen nach und setzte sich an den kleinen Tisch. Nachdem er eine Liste von Namen und Telefonnummern zusammengestellt hatte, zog er sich das Telefon heran und begann, die Reihe herunterzutelefonieren. Eine Stunde später hatte er bei vier Ministerien und dem Sekretariat des Präsidiums verschiedene Informationen überprüft. Seine bewußt vorsichtig formulierten Anfragen hatten weder Neugier noch Verdacht erregt.

Was ihm dabei zu Ohren gekommen war, ergab keinen Sinn, es sei denn, irgendwo wäre wirklich etwas ganz Schreckliches im Busch. Und wenn seine Befürchtung zuträfe, dann bliebe ihm nicht sehr viel Zeit, das herauszufinden und einen Entschluß zu fassen. Vierundzwanzig Angriffsdivisionen waren nicht auf dem zentralen Computer, und das seit einer Woche. Das konnte

Übungseinsätze oder Neuaufstellung bedeuten. Dort wo er näher nachgefragt hatte, bei fünf Divisionen, war er immer bis zur nächsthöheren Ebene weitergereicht und dort abgefertigt worden, was an sich schon verdächtig war, weil solche Routineanfragen normalerweise von dem Divisionsverbindungsstab behandelt wurden. Divisionskommandeure pflegten nicht ihre Zeit mit solchen Angelegenheiten zu verschwenden, es sei denn, sie wollten die Frager einschüchtern. Und warum waren sie nicht mehr auf dem zentralen Kontrollcomputer, der jeden Funkspruch und Befehl aufzeichnete? Es stand keine militärische Übung bevor, da das Planspiel »Dnejpr« gerade erst zu Ende gegangen war. Er hätte Gouzenko als offiziellen Verbindungsoffizier zwischen der Roten Armee und dem KGB anrufen können, aber irgendein Instinkt hielt ihn zurück. Als er jedoch nachforschte, wo sich Gouzenko aufhielt, erfuhr er, daß er in Ost-Berlin war, und das schien auch merkwürdig.

Er zögerte lange, ehe er, beinahe unbewußt, seine Pistole aus der Aktentasche nahm und ins Dorf fuhr. Die Artillerieeinheit war bei einer verfallenen hölzernen Mühle stationiert, die jetzt das Schild trug »Kompanie B Hauptquartier«. Einen Augenblick blieb er am Wagen stehen und sah sich um. Es standen Geschütze da, die mit den modernsten Tarnnetzen zugedeckt, von bewaffneten Soldaten bewacht waren. Er bemerkte, daß sie die Seitengewehre aufgepflanzt hatten, und fragte sich, ob das normal sei. Während er so dastand, kam ein großer, schlanker Leutnant auf ihn zu. Er trug keine Mütze, und sein blondes Haar wehte im böigen Wind. Er hatte sehr blaue Augen und Sommersprossen, und es war leicht einzusehen, daß viele Dorfmädchen ihn sehr erstrebenswert fanden. Ehe der junge Mann zu sprechen anfing, zeigte ihm Yessow seinen Ausweis. Die blauen Augen verglichen sein Gesicht mit dem Foto und lasen die Beschreibung gründlich durch. Dann erhielt er die Karte zurück.

»Kann ich Ihnen behilflich sein, Genosse Yessow?«

»Können wir in Ihr Büro gehen, Genosse Leutnant, und dort miteinander reden?«

Der junge Mann ging voraus und sagte einem Sekretär, daß sie nicht gestört werden wollten. An den Wänden hingen Karten und Tagesbefehle in Stahlhalterungen an Nägeln. Daneben ein Foto Lenins, ein farbiges Poster von Breschnew und ein Marschall der Roten Armee in seiner ganzen Herrlichkeit. Beim näheren Hinsehen erkannte er den alten Haudegen Rokossovski.

Der Leutnant wies auf einen Stuhl an dem Kartentisch und setzte sich ihm gegenüber. Yessow lehnte sich zurück und betrachtete schweigend sein Gegenüber. Die blauen Augen hielten seinem Blick freimütig stand. Yessow vermutete, daß alles, was in dieser Kompanie geschah, auf Befehl des Divisionskommandos erfolgte. »Sie sprechen ganz gutes Deutsch«, sagte Yessow langsam und musterte bei diesen Worten scharf das Gesicht des anderen. Der junge Mann lächelte und zuckte die Schultern: »Leider bin ich kein Fachmann der deutschen Sprache – trotzdem bin ich ...« Dann hielt er inne und fuhr russisch fort: »Warum sprechen wir deutsch, Genosse?«

Yessow sah ihn an und schwieg eine Weile. »Mir liegen Berichte vor, daß Angehörige Ihrer Einheit Sicherheitsbestimmungen mißachtet haben.«

»In welcher Hinsicht, Genosse?«

Yessow lehnte sich zurück und ließ die Augen nicht von des jungen Mannes Gesicht. »Sie haben von Hannover erzählt, Leutnant.« Es funktionierte, die blauen Augen waren zusammengezuckt, und langsam wurde der Leutnant rot. Er stand auf und ging hinüber zum Ofen. Dann drehte er sich plötzlich um und sagte:

»Wenn Sie mir die Namen sagen, werde ich dafür sorgen, daß sie entsprechend bestraft werden.«

Yessow lächelte: »Ich fürchte, so einfach ist das nicht, Genosse.«

»Warum nicht?«

»Wann erhielten Sie Ihre Befehle betreffs Hannover, Genosse?«

»Am 30. September.«

»Schriftlich oder mündlich?«

»Die Übung war schriftlich – die Befehle wurden telefonisch durchgegeben.«

»Von wem?«

»Hauptquartier Moskau.«

»Wer gab sie?«

»Ein General Gouzenko.«

»Haben Sie Zeit und genaue Formulierung eingetragen?«

»Ja.«

»Zeigen Sie mir Ihre Aufzeichnungen.«

»Ich habe es gewissermaßen nur im Kopf notiert.«

Jetzt sah Yessow den Leutnant an und lächelte nicht mehr.

»Genosse, Sie kennen die Strafe für den, der mit Zivilisten über Einsatzbefehle redet.«

Der junge Mann begann zu zittern. »Ja, Genosse, ich weiß, was soll ich tun?«

Er sah aus, als ob er ohnmächtig werden würde, und Yessow winkte ihm, sich wieder hinzusetzen.

»Wie lauten die mündlichen Befehle, Leutnant?«

Der Mann schloß die Augen, um sich zu konzentrieren, und sagte dann langsam: »Übung gilt als Einsatz am 30. Oktober, 24 Uhr.«

»Die Übung war mit schriftlichen Befehlen gedeckt?«

»Ja, Genosse.«

»Zeigen Sie sie mir.«

Sein Gesicht war verstört, und er mußte sich beim Aufstehen stützen, als er zu dem bei der Truppe üblichen Safe ging. Er schloß ihn mit zwei Schlüsseln auf, und ein dünner Aktendeckel lag obenauf. Seine Hand zitterte, als er ihn Yessow reichte. Das erste Blatt war eine gedruckte Inhaltsangabe mit der Überschrift »Operation Schneeball«. Dann folgten zwölf enggetippte Seiten mit Darstellungen und detaillierten Befehlen. Obgleich ihm klar war, daß irgend etwas fürchterlich falsch war, vermochte Yessow dem Augenschein noch nicht zu trauen und die richtigen Folgerungen daraus zu ziehen. Er wies schließlich den jungen Offizier an, den Safe zu schließen und sagte dann ruhig: »Genosse Leutnant, ich übernehme diese Dokumente und schlage vor, daß Sie meinen Besuch niemandem gegenüber erwähnen, haben Sie verstanden?«

21

Gegen Mittag war Yessow wieder in Moskau, und unterwegs hatte er sich einen ungefähren Plan für sein Vorgehen überlegt. Sollten seine Nachforschungen in den nächsten zwei Stunden positiv sein, würde er seine eigene Flucht vorbereiten. Aber er war sich noch nicht klar, wohin er fliehen sollte. London und New York boten sich an, waren aber schwierig zu erreichen. Paris, Stockholm oder Helsinki wären einfacher. Berlin kam nicht in Frage, dort hätte er keine Chance.

Eine halbe Stunde später wußte er schon genug, er hatte die KGB-Verbindungsoffiziere von zehn der 24 Divisionen, die nicht mehr auf dem Zentralcomputer waren, angerufen. Keiner war zu sprechen. Krankenurlaub, Urlaub aus familiären Gründen, Versetzung wegen Beförderung zu anderen Truppenteilen, Wochenendurlaub – jede mögliche Entschuldigung oder Begründung, wie sie bei allen Armeen der Welt üblich sind, außer Tod oder Überlaufen, wurden angeführt, um ihm zu erklären, warum er den KGB-Mann nicht sofort sprechen konnte. In keinem Fall hatte er insistiert. Alles war eitel Freude und Wohlwollen.

Er ging den langen Gang in der Lubyanka von seinem Büro zur Transport- und Reiseabteilung hinunter und suchte sich dort mehrere Verbindungen heraus, prüfte die Fahrpläne, und als er wieder gehen wollte, kam plötzlich eine Ordonnanz. Er sollte sich an den Offizier vom Dienst wenden. Der diensthabende Offizier habe einen Funkspruch von der Funksicherheit bekommen: »Bestimmt für den dienstältesten Offizier.« Yessow hielt den hellgelben Umschlag in der Hand und wandte sich an seinen Kollegen: »Haben Sie festgestellt, daß ich im Augenblick der dienstälteste Offizier hier bin?«

»Ja, Sir. Genosse Laski wird um vier Uhr hier sein, aber eine Meldung von der Funksicherheit muß sofort bearbeitet werden.«

Yessow nickte, öffnete gleichgültig den Umschlag und las die Meldung. Er blickte zu dem jüngeren Offizier hinüber und sagte: »Ich werde mich der Sache annehmen, tragen Sie es ein unter dem heutigen Datum, 13.17 Uhr Nr. 1023.«

Der Offizier antwortete: »In Ordnung, Genosse, Sie überlassen mir dann bitte rechtzeitig das Original.«

»Natürlich – notieren Sie noch folgende Beschreibung des Inhalts: Routinemitteilung über aufgefangene Funkmeldung.«

»Danke, Genosse.«

Yessow ging absichtlich langsam in sein Büro zurück. Er hatte sich die ganze Zeit über ein Zeichen gewünscht, irgend etwas, das ihn in die eine oder andere Richtung drängen würde. Hier war es.

Er setzte sich an seinen Schreibtisch und las die Meldung noch einmal. Sie lautete:

»Meldung KGB 19771023 von Funküberwachung an dienstältesten Offizier Lubyanka Sekretariat Stop Funkverkehr heute von Kompanie – Bataillon 17 – Angriffsdivision Rostow erwähnt direkte Fühlungnahme Kommandeur mit 3. Armee, wiederhole 3. Armee Stop Berichtet Besuch von möglicherweise KGB-Offizier ungenannt Stop Erwähnt beträchtliche Beunruhigung 3. Armee Hauptquartier Stop Verlangen Beschreibung

KGB Stop Verbindungsaufnahme 3. Armee diesbezüglich mit 5. und 19. wiederhole 5. und 19. Armee Stop Keine Verbindung zu einer KGB-Einheit per Funk aufgenommen Stop Erbitten Überprüfung ob andere Verbindungen zu KGB Stop Wort Schneeball viermal gebraucht, möglicherweise Codewort nicht auf unserer internen Liste Stop Fortfahren Funküberwachung aber annehmen in Frage stehende Personen übergehen zu Telefon oder Multi-Relais-Funk Stop Erbitten Weisung Kommandeur Funküberwachung Moskau Territorial Streitkräfte Gutschov. Meldung Ende.«

Also hatte der junge Leutnant doch Angst bekommen, und zwar so sehr, daß er eine strenge Bestrafung seiner Indiskretion riskierte. Aus irgendeinem Grunde hatte er sich direkt an die nächsthöhere Ebene gewandt und sein Bataillonshauptquartier mit dem der Division und des Armeekorps kurzgeschlossen. Kein Zweifel mehr, daß die Rote Armee heimlich die Operation Schneeball übernommen hatte und daraus ein militärisches Unternehmem machen wollte. Und wenn sie den KGB ausgeschlossen hatten, hieß das, daß auch die Partei ausgeschlossen war, und das wiederum bedeutete einen großen Knall, wenn der Oberste Sowjet informiert werden würde. Schließlich ginge wohl die Rote Armee als Sieger hervor, aber das ganze Kontrollsystem wäre zerstört und ein Wiederaufbau würde Jahrzehnte brauchen. Alles hing davon ab, wie sich die Operation Schneeball in den letzten Phasen entwickelte. Wenn er seine Entdeckung einer der beiden Seiten mitteilte, würde ihm wahrscheinlich der Leninorden verliehen werden – posthum.

Er faltete die Meldung zusammen und steckte sie in seine Innentasche, dann öffnete er den kleinen Wandsafe, nahm seinen Paß heraus, dazu den besonderen KGB-Paß für Übersee und einen Block mit Reisegenehmigungen, die er nacheinander mit dem Dienststempel versah. Dann läutete er und sagte der Ordonnanz, er möge Suchow herschicken. Als Suchow klopfte und eintrat, teilte ihm Yessow mit, daß er 10 000 Dollar in bar brauchte. Zehn Minuten später hatte er das Geld in zwei Umschlägen. Er unterschrieb den Empfangsschein, und als Suchow das Zimmer wieder verlassen hatte, schrieb er auf zwei Blatt Papier nur das Datum und die Worte »Operation Schneeball«. Er faltete sie zusammen und adressierte einen an »Oberst Gouzenko Verbindungsoffizier Rote Armee – KGB« und den anderen an »Oberst Levin, Verbindungsoffizier GRU – KGB«. Beide Umschläge legte er in die oberste rechte Schublade seines Schreibtisches.

Der riesige TU-104-Jet hatte sechzig bequeme Armsessel, braune und goldene Tapeten, Spitzenvorhänge, Porzellanfigurinen unter Glasstürzen und schwere Mahagonitische. Yessow wurde als VIP behandelt, und die Zeit verging wie im Flug – buchstäblich –, ehe sie auf der Hauptrollbahn in Gatow landeten. Es war früh am Abend, aber in dem Flughafengebäude herrschte reger Betrieb. Yessow kaufte einen Rasierapparat, einige Toilettensachen und ein paar Taschenbücher. Zwei Männer beobachteten ihn von einer Galerie aus, ein Stockwerk höher, und als er durch einen der Hauptausgänge ging, nickten sie einem Mann in der Nähe des Zeitungskiosks zu. Um ein Taxi zu bekommen, mußte man Schlange stehen, aber Yessow hatte es nicht eilig. Zehn Minuten später ging er zu dem letzten Taxi, und, schon mit einer Hand am Türgriff, nickte er dem Fahrer zu und sagte: »Vier Jahreszeiten, bitte.« Der Mann nickte und Yessow öffnete die Tür.

Erst in diesem Augenblick sah er den Mann mit der Waffe. Der klopfte auf den Sitz neben sich und sagte lächelnd: »Kommen Sie herein, mein Lieber, setzen Sie sich.« Yessow wollte zurückspringen, aber auch hinter ihm standen zwei Männer. Der Mann im Taxi lächelte noch, aber die Mündung der Waffe schwankte nicht. Widerstrebend setzte sich Yessow, der Mann sagte etwas auf Deutsch zu dem Fahrer, und sie fuhren los.

Der Mann schob die Waffe in seine Manteltasche und wandte sich Yessow zu. Seine Augen waren fast gelb, und zusammen mit der geraden Nase erinnerte er Yessow an einen Geier, den er im Moskauer Zoo gesehen hatte. In holprigem Deutsch sagte Yessow: »Wer sind Sie, und was zum Teufel haben Sie vor?« Der Mann sah ihn nachdenklich an und schwieg. Schließlich fuhren sie durch ein gußeisernes Tor, das der Chauffeur geöffnet hatte, und hielten vor einem großen, altmodischen Haus. Der Mann stieg aus und hatte die Waffe wieder in der Hand. Dieses Mal sprach er russisch: »Steigen Sie aus, Yessow, und gehen Sie langsam zu der grünen Tür.«

Drinnen war das Haus ordentlich und sauber. Im Hintergrund hörte man Stimmen und das Geklapper von Tellern. Die Waffe wies ihn die breite Treppe hinauf, und schließlich kamen sie in einen Raum, dessen eine Wand mit Büchern bedeckt war. Außerdem waren da vier Sessel und gewöhnliche schwedische Büromöbel. Der Mann übergab die Waffe dem Chauffeur und ging hinaus, und der Fahrer bedeutete Yessow, sich zu setzen.

Der Mann war ins Erdgeschoß gegangen und hatte sich in einen kleinen Raum eingeschlossen. Auf dem Boden waren rote Fliesen, und er kniete sich hin und fuhr mit einer dünnen Klinge zwischen zwei Fliesen unter einem Mahagonitisch. Mit einer ruckartigen Bewegung des Messers hob er vier Fliesen heraus und entnahm dem Hohlraum ein Funkgerät in einem Metallgehäuse und machte es betriebsbereit. Nach einigen Bemühungen flackerte ein rotes Lämpchen auf, und der Mann begann zu sprechen.

»Ihr Verwürfler zeigt nicht an, wiederhole zeigt nicht an«, und als er sprach, leuchtete ein zweites rotes Licht auf. »Hier Kontrolle, hier Kontrolle, wie ist die augenblickliche Lage?«

»Wie befohlen haben wir ihn auf dem Flughafen abgefangen.«

»Haben Sie schon mit dem Verhör begonnen?«

»Nein, wir sind eben erst eingetroffen, aber ich sehe da keine Schwierigkeiten.«

»Warum nicht?«

»Ich weiß nicht, vermutlich Instinkt. Ist Anders informiert worden?«

»Ja, er ist hier. Möchten Sie ihn sprechen?«

Anders schaltete sich ein. »Wie geht es, Ed?«

»Gut, Tad. Wir haben den KGB-Mann, und wir erwarten die Einzelheiten dieses Schneeball-Jobs in der nächsten halben Stunde. Was möchtest du wissen, irgend etwas Besonderes?«

»Alles, Ed, alles, was du herauskriegen kannst. Schildere nur noch einmal kurz, wie ihr auf den Jungen gekommen seid. Man hat mir mitgeteilt, was du ihnen vorhin gesagt hast, aber ich würde es gerne noch einmal von dir hören.«

»Am späten Nachmittag wurde ich vorgewarnt, kam wohl aus zweiter oder dritter Hand. Das Mädchen wußte nicht viel, aber sie sagte uns den Namen Yessow und daß er KGB sei und gab uns die Flugnummer und sagte: ›Teilt Yessow mit, daß der Schneeball schmilzt.‹ Das war's. Mehr wollte sie nicht sagen, und ich glaube auch nicht, daß sie mehr wußte.«

»Hast du eine Ahnung, in wessen Auftrag sie mit dir Fühlung aufnahm?«

»Das könnte KGB oder GRU sein. Sie ist eine Hure von der besseren Sorte, die in der Nähe des KGB-Gästehauses in der Leinestraße herumlungert. Als sie mich verließ, ging ihr jemand nach, und obgleich sie sich zuerst noch hier ein bißchen herumtrieb, begab sie sich dann zum Hauptquartier der Roten Armee in Pankow und berichtete einem Oberst Gouzenko. Wahrscheinlich kannst du bei dir besser feststellen, wer das ist. Wir haben ihn nicht in unseren Akten, aber West-Berlin könnte etwas wissen.«

»Was glaubst du, worum es geht?«

»Nun, ich denke, daß dieser Schneeballjazz für euch von Bedeutung ist.«

»Stimmt. Es ist eine KGB-Operation. Streng geheim und ganz heiß.«

»Es könnte ja sein, daß die Armee oder der GRU die Operation verhindern will oder auch nur Yessow ausschalten.«

»Erinnerst du dich an den Mann mit dem Codenamen Butler?«

»Klar, der KGB-Typ, der Burgess und MacLean beim Überlaufen behilflich war.«

»Das ist er. Er war nicht behilflich, er tat es. Das ist Yessow.«

»Soll ich mich darauf konzentrieren?«

»Nein, Ed, das ist nur der Hintergrund. Es kommt auf die Operation Schneeball an. Mich interessiert alles, was du herauskriegen kannst, besonders der Zeitplan. Wenn du es für nötig hältst, komme ich auch herüber, aber ich habe hier ganz schön zu tun. Ich schlage vor, du verhörst ihn jetzt nicht länger als zwei Stunden, und dann berichtest du stündlich.«

»O. K., Tad. Verstanden. Fertig.«

»Verstanden.«

Oben im Zimmer nickte der Mann dem Fahrer zu und streckte seine Hand nach der Waffe aus. Der Fahrer ging und schloß leise die Tür hinter sich. Der Mann blickte zu Yessow hinüber. Er erinnerte ihn an irgend jemand, wußte aber nicht an wen. Er hatte ein schmales, gutgeschnittenes Gesicht, man registrierte scharfen Verstand und wache Augen, denen nichts entging. »Nun, Genosse Yessow, ist Ihnen die Sache klargeworden?« Yessow lehnte sich zurück und zuckte nervös mit einer Schulter, als er lächelte. »Ich glaube, ja. Sie sind offensichtlich SIS. Wenn ich mich richtig an die Akten erinnere, müssen Sie Ed Farrow sein. Sie kamen im letzten Dezember hierher. Wenn ich das sagen darf, sehen Sie jünger aus als Sie sind – wie es jedenfalls in Ihren Akten angegeben ist.«

Farrow rollte einen Bleistift auf der Armlehne des Stuhls entlang. Ohne aufzublicken sagte er ruhig: »Wie sollen wir vorgehen, Ihrer Meinung nach, Yessow?« und dabei sah er dann doch auf und beobachtete das Gesicht seines Gegenübers. Yessow spitzte den Mund und sagte: »Wie meinen Sie das?«

Ohne Zögern antwortete Farrow: »Ich meine, wollen Sie die rauhe Methode, oder wollen wir uns unterhalten?«

Yessow zuckte die Schultern. »Von mir aus, unterhalten wir uns, Mr. Farrow, und ich möchte Ihnen zu Ihrem Russisch gratulieren.« Er zögerte einen Augenblick und fuhr dann fort: »Wenn ich mich recht erinnere, heirateten Sie ein sehr schönes georgisches Mädchen. Aber Ihr Akzent deutet auf Moskau.« Farrow drückte den Bleistift in das Sesselpolster. »Nein, ich habe sie nicht geheiratet, Yessow. Ihre Leute in Ost-Berlin brachten sie um, einen Monat bevor ich Urlaub bekam. Meine Mutter stammte aus Leningrad, aber die beiden KGB-Leute, die unsere Russischkenntnisse aufpolieren, kommen beide direkt aus Moskau.«

Farrow klopfte mit dem Bleistift an seine Vorderzähne. »Warum sind Sie hier, Yessow?«

»Also gut. Haben Sie schon von der Operation Schneeball gehört?«

Farrow nickte. Yessow sah bestürzt aus.

»Wann haben Sie zuerst davon gehört, Mr. Farrow?«

Farrow schloß halb die Augen. »Genosse, Sie erzählen, Sie sind dran.«

»Kann ich Ihnen vorher noch eine Frage stellen?«

Farrow richtete sich auf und nickte: »Natürlich.«

»Wer gab Ihnen den Tip in bezug auf mich?«

»Ihre eigenen Jungens.«

»Wer genau, KGB oder ...« Er sprach nicht weiter und biß sich auf die Unterlippe. »Mr. Farrow, ich glaube nicht, daß es unser Nachrichtendienst war. Ich denke, es handelt sich um einen Oberst Gouzenko.«

Farrow lachte vor sich hin und legte den Bleistift weg. »Nun lassen Sie uns anfangen, Yessow.« Und das taten sie.

Er wartete nicht erst zwei Stunden ab, sondern war schon nach zwanzig Minuten wieder an seinem kleinen Funkgerät. Anders war nicht anwesend, und so hinterließ Farrow eine Botschaft.

»Sagt Anders, Schneeball ist ganz real, die nachrichtendienstliche Operation ist eine Falle. Es ist eine militärische Operation, und alles ist zum Losschlagen bereit.«

Als Anders um 19 Uhr in das Studio Jason zurückkam, lag ein Stapel Papier auf seinem Schreibtisch. Berichte und aufgefangene Meldungen und ein Exemplar der letzten Ausgabe des »Evening Standard«. Die Balkenüberschrift lautete: »Wessen große Stunde«, und der Leitartikel wurde auf der dritten Seite fortgesetzt, und auch in der letzten Spalte ging es noch um die Amerikaner und Kanadier, und daß Dokumente vorgelegt werden würden, die bewiesen, wie sie ihre europäischen Verbündeten in der Stunde höchster Gefahr verrieten. Er schaltete das Radio ein, und auch in den Nachrichten der BBC um 19 Uhr war man immer noch bei dieser Angelegenheit. Offensichtlich ging die Sache los. Er drehte ab und las die Berichte.

Nun waren achtzehn Russen bei den Franzosen in Temple, sie hatten vier Autos und einen Landrover. In einer Garage in Marlow standen drei weitere Wagen und noch einer in einem Haus in Chiswick. Die Funküberwachung hatte eine Nachricht an Rudenko über die polnische Botschaft abgefangen mit der Anweisung, die Phasen zwei und drei der Operation Schneeball zu beschleunigen.

Noch vor Farrows Meldung hatte Anders instinktiv geahnt, daß die Operation beschleunigt wurde und daß sich dahinter eine andere Unternehmung verbarg. Er hatte Farrows Bericht um 21.20 Uhr bekommen, und schon um diese Zeit brachte die BBC Sondermeldungen über Vorstände von Betriebsräten bei Chrysler in Coventry, die Proteststreiks gegen die kapitalistische Verschwörung empfahlen und besonders gegen die Machenschaften der USA in Großbritannien.

Anders begab sich zum House of Commons und zeigte dem diensthabenden Feldwebel seinen Ausweis. Sir John war schon im Foyer, und zusammen gingen sie in das Büro des Premiers. Der Innenminister war bei ihm und übersah Anders und Sir John. Der Premier las eine PA-Reuter-Meldung aus Berlin. Die Russen beklagten sich, daß der britische Nachrichtendienst einen sowjetischen Beamten am hellichten Tage gekidnappt hätte. Der Premier sah nicht sehr gnädig aus, als er Sir John anblickte.

»Was bedeutet das alles, Sir John?«

»Unser Mann in Ost-Berlin bekam einen Tip von den Russen. Es ging um einen Mann namens Yessow, ein höherer KGB-Zivilbeamter, der zuständig für die Operation Schneeball war. Ich glaube, wir können diese Meldung vergessen, Sir. Wahrscheinlich haben sie sie als Routinetarnung ausgegeben, als eine Art Versicherung, wenn irgend etwas schieflaufen sollte.«

»Was zum Beispiel, Sir John?«

»Als die Einzelheiten der Operation Schneeball herauskamen, erkannte Yessow, daß die Armee dahinterstand, und so ließen sie ihn einem unserer Männer in Berlin in die Hände laufen, um uns zu veranlassen, ihn zu benutzen und dann verschwinden zu lassen.«

Der Innenminister zuckte etwas übertrieben zusammen, und der Premier sagte zu Anders: »Dieser Rudenko: welche Befehle wird er ausführen, wenn der KGB und die Armee gegeneinander stehen?«

»Er wird die KGB-Befehle ausführen, Sir, aber wenn die Armee ihn ausschalten will, wird sie jemanden herschicken, der hoch genug im Rang steht, um ihn zu steuern.«

Es klopfte an die Tür, und der parlamentarische Staatssekretär des Premiers legte eine Nachricht auf den Schreibtisch. Als der Premier sie gelesen hatte, schob er sie Sir John zu. Sie lautete: »Chef der Londoner Polizei an Premier. Sprengstoffanschlag auf US-Botschaft am Grosvenor Square. Südeingang und Hauswand schwer beschädigt. Keine Opfer. Demonstranten haben sich versammelt, aber sind unter Kontrolle. Ende.«

Sir John reichte es Anders herüber, der es las, aber nicht erstaunt schien.

Der Premier sagte: »Sir John, sollten wir scharf durchgreifen oder abwarten, bis sich die Lage beruhigt?«

Sir John sah Anders fragend an. Anders zögerte und sagte dann: »Ich denke, wir sollten jetzt mit ihnen Schluß machen, aber ich schlage vor, die Sache als Teil meiner Operation zu belassen, und daß die Polizei nur dann eingreift, wenn es sich um öffentliche Ruhestörungen handelt.«

Der Premier stand auf. »Sir John, zwei Tage haben Sie noch freie Hand. Ich stimme Anders zu. Wenn er damit fertig wird, können wir uns eine Menge diplomatische Verwicklungen ersparen. Wenn Sie innerhalb von zwei Tagen nicht damit fertig werden, Anders, werde ich die Sache der Armee übergeben. Eigentlich ist es schon jetzt ihre Angelegenheit, aber wenn wir Soldaten einsetzen, werden im Unterhaus Anfragen gestellt werden, und im Augenblick würde ich das gerne vermeiden. Heute abend noch werde ich den Führer der Opposition unterrichten.«

Anders fuhr zum Grosvenor Square. Es waren noch kleine Gruppen von Demonstranten da und Grüppchen von Neugierigen, die durch die Lichter und Fernsehkameras angezogen worden waren. Er sah Commander Bryant mit einem Polizeiinspektor und ging zu ihnen hinüber. Als Bryant ihn erblickte, sagte er: »Hallo Anders, die Sache hier gehört wohl zu Ihrer Operation.« Anders nickte. »Haben Sie einige identifiziert?« Bryant lachte: »Ja, drei oder vier waren alte Bekannte. Zwei gehörten zu denen, die wir für Sie beobachtet haben, und Rudenko fuhr vor ungefähr zehn Minuten hier vorbei.« Er sah Anders fragend an: »Läuft ein bißchen aus dem Ruder, was?« Anders antwortete nicht, als er die Menge musterte. Dann sagte er: »Ich hätte gern, daß wir uns morgen früh um 6 Uhr bei mir treffen, wenn es Ihnen möglich ist, Bryant.« Bryant nickte. »Ich werde da sein, Anders.«

Die BBC-Nachrichten um Mitternacht brachten, daß in Birmingham spontane Versammlungen stattgefunden hatten und 10 000 Arbeiter von British Leyland einen zweitägigen Sympathiestreik mit den Arbeitern von Chrysler veranstalten würden. Die Produktion des nur für den Export bestimmten neuen Jaguar-Sportmodells würde ruhen. 19 Millionen Pfund würde der Verlust in Longbridge betragen. Der amerikanische Luftwaffenstützpunkt in East Anglia war von einem Mob aus dem Dorf gestürmt worden. Zwei Verhaftungen. Der Wagen des amerikanischen Botschafters sei angegriffen worden, als er ein von der anglo-amerikanischen Handelskammer veranstaltetes Abendessen im Hotel Dorchester verließ. Der Schaden war so beträchtlich, daß Seine Exzellenz den Wagen stehen lassen und unter Polizeischutz in das Hotel zurückkehren mußte. Studenten hatten gegen einen amerikanischen Professor demonstriert, der einen Vortrag vor einem Studentenclub hielt. Er mußte abbrechen. Anders stellte das Radio ab und ging in die Funk- und Operationsabteilung.

Als Rudenko die Anweisung erhielt, die Phasen Zwei und Drei zu verkürzen, hatte er um eine Bestätigung ersucht, die er eine halbe Stunde später erhielt. Loussier hatte die Geschichte und die Dokumente dem »Evening Standard« gegeben, wobei er keine Bezahlung verlangte und auch keine erhielt. Rudenkos Instruktionen lauteten, die Geschichte so schnell wie möglich in Druck zu bringen, selbst in etwas abgeschwächter Form. Rudenko brauchte nur diesen Vorwand, gewissermaßen den Haken, an dem er die Demonstrationen und die Sprengstoffanschläge aufhängen konnte.

Die harten Jungens hatte er alle in das Haus in Temple beordert. Die drei Sprengstoffleute waren in drei verschiedenen Häusern im Gebiet von Großlondon untergebracht. Die einzige Sache, die Rudenko beunruhigte, war, daß ihm ein neues Rufzeichen und eine neue Frequenz zugeteilt worden waren, und zwar innerhalb des Wellenbandes, das von der Roten Armee benutzt wurde, nicht vom KGB. Aber alles andere war pure Routine und verlief normal.

22

Anders hatte die ganze Nacht durchgearbeitet. Um 5.30 Uhr ging er aus dem Studio in den abschüssigen, kopfsteingepflasterten Hof. Die kalte Luft verschlug ihm den Atem, und der morgendliche Nebel legte sich feucht auf sein unrasiertes Gesicht. Anders wußte, daß Yessows Enthüllungen rege diplomatische Maßnahmen auf höchster Ebene zur Folge haben würden. Zu diesem Zeitpunkt würden schon alle NATO-Regierungen benachrichtigt sein und in ganz Europa Truppen Gewehr bei Fuß stehen, in der Annahme, daß es sich um ein überraschend angesetztes Manöver handelte.

Aus der Ferne hörte er die Schläge Big Bens. Er hatte noch eine Viertelstunde, um zu duschen und sich zu rasieren. Als seine Schritte auf dem Pflaster hallten, ließ er seinen Gedanken an das Mädchen freien Lauf. Wenn er Glück hatte, würde sie morgen nacht frei sein. Er schob diesen undisziplinierten Gedanken von sich, es war keine Frage des Glücks, seine Geschicklichkeit und seine präzise Planung würden sie retten.

Lächelnd betrat er den Raum und winkte dem halben Dutzend Männern zu, auf den gewöhnlichen Holzstühlen um den Kartentisch Platz zu nehmen.

Er blickte in die Runde und sagte: »Ich glaube, jeder kennt hier jeden mit der möglichen Ausnahme von Jake Salis. Jake ist unser Verbindungsmann zur CIA, sowohl hier in London wie direkt nach drüben. – Sie sehen hier eine Karte von Großbritannien, auf der die Standorte der kommunistischen Hintermänner mit Nadeln oder Fähnchen bezeichnet sind. Die rosa Nadeln bedeuten gelegentliche Mitarbeiter und die roten hauptamtliche. Blau heißt, zur Zeit für den KGB tätig und gelb für den GRU. Diejenigen, die über die Tätigkeit von GRU nicht Bescheid wissen, können sich in den ausliegenden Xerox-Kopien eines Berichtes informieren.

Diese Karte hier ist ein Ausschnitt des Gebietes Temple an der Themse, und links davon sind Fotos des ›Mill House‹ in Temple mit Grundrissen und Angaben über Belegung mit Personen, Waffen und Munition. Dieses Haus ist die Operationsbasis der Gegenseite. Die kleinen Fotos stellen die bekannten Personen dar, zu denen zwei Franzosen gehören, das große Foto ist von Rudenko, dem KGB-Mann, der auf ihrer Seite die Operation Schneeball leitet. Das Mädchen gehört zum SIS und ist von Paris überstellt. Sie infiltrierte die französische Gruppe, aber, wie Sie wissen, wurde sie von Rudenko aufgegriffen und mitgenommen.

Als diese Operation begann, hielten wir sie zuerst für ein kombiniertes Unternehmen zwischen sowohl anti-englischen wie antiamerikanischen Franzosen und dem polnischen Sicherheitsdienst Z-11 zusammen mit dem KGB. Zunächst schien es darum zu gehen, in der NATO Mißstimmung gegen die USA und Kanada zu erregen, mit dem Ziel des Rückzuges der amerikanischen Truppen aus der NATO. Jetzt wissen wir, daß die Operation Schneeball ganz real gemeint ist. Von einem Überläufer haben wir die tatsächlichen Einsatzbefehle für eine Einheit der Roten Armee bekommen, die den kriegerischen Vormarsch auf Hannover bedeuten. Ähnliche Befehle sind an viele andere Truppenteile gegangen – vielleicht an alle –, das wissen wir in diesem Stadium noch nicht genau. Der KGB und sein Mann hier – Rudenko – kennen diese Phase Vier von Schneeball noch nicht, und wir wissen bis jetzt nicht, wie sie reagieren werden, wenn sie es erfahren. Unsere Anweisungen lauten, die Operation an diesem Punkt anzuhalten, und das bedeutet eine koordinierte Durchsuchung bei dreiundvierzig Männern und sieben Frauen. Dabei wird sich die Gelegenheit ergeben, auch mit den Kollaborateuren irgendwie abzurechnen, aber das ist alleinige Angelegenheit der Sonderabteilung.

Nun kommen wir zu Oberst Fellows, der dafür eine Spezialtruppe der Infanterie zur Verfügung stellt. Diese Männer sind bestens ausgerüstet, und das Mill House gleicht schon einer belagerten Festung. Oberst Fellows, Jake Salis von CIA, James Kent und Roger de Freitas vom Foreign Office, Commander Bryant von der Sonderabteilung, Blair Logan, Downing Street, Wing Commander Pallin, Verteidigungsministerium, Leutnant Sander von der Funkabteilung des Sicherheitsdienstes und Bill MacDonald vom SIS Paris und Frankreich, ohne Überseeprovinzen.

Ich werde Ihnen jetzt meine Planung vortragen, die aber durchaus kurz diskutiert werden kann. Commander Bryant wird sich der registrierten Kollaborateure und Aktivisten annehmen, die entweder als Residenten tätig oder als Diplomaten hier akkreditiert sind. Ich werde als Koordinator fungieren und mit Unterstützung von Oberst Fellows meine besondere Aufmerksamkeit den Russen zuwenden. James Kent und Roger de Freitas übernehmen die Verbindung mit den ausländischen Regierungen und werden uns über die Maßnahmen des Foreign Office unterrichten. Den Wing Commander möchte ich bitten, in Zusammenarbeit mit dem Foreign Office und M 16 den Stand der Dinge in Moskau im Auge zu behalten. Mr. Sander wird seine üblichen Aufgaben erfüllen, und Mac wird mir zur Seite stehen.

Auf den Tischen an der Wand finden Sie Kopien der Akten betreffend die uns bekannten Leute, die in diese Operation verwickelt sind. Wenn Sie keine besonderen Fragen zu diesem Stadium jetzt haben, würde ich vorschlagen, daß Sie sich an Hand des ausliegenden Materials einen Überblick verschaffen und«, er sah auf die Uhr, »daß wir uns hier Punkt zehn Uhr wieder treffen. In Ordnung? Noch Fragen?«

Jake Salis blickte in die Runde und lehnte sich zurück. Nach einigen Augenblicken sagte er: »Der Präsident hat sein ›Elektronengehirn‹ mit Höchstgeschwindigkeit auf diese Lage angesetzt, als wir über Ihren SIS-Mann in Ost-Berlin davon unterrichtet wurden. Nach ihrer augenblicklichen Lagebeurteilung hat die Rote Armee noch nicht unwiderruflich die Phase Vier der Operation Schneeball eingeleitet. Wenn Yessow in Moskau keine undichte Stelle hinterlassen hat und bei Ihrer Mannschaft in Ost-Berlin nichts durchsickert, so wenig wie bei uns hier, und wenn wir Rudenko und seine Jungens ausschalten können, ehe hier eine Situation geschaffen wird, die der Roten Armee so verführerisch erscheint, daß sie versucht ist einzugreifen, dann werden sie die Phase Vier nicht beginnen. Der springende Punkt ist herauszufinden, welches Ereignis so entscheidend wäre, daß es den Generalen wert wäre, dieses Ende von Phase Drei abzuwarten. Wir sind der Ansicht, daß sie vernünftigerweise auf ein allgemeines Chaos warten wollen, und zwar besonders in Großbritannien, und darauf, daß die Anti-Yankee-Proteste einen Höhepunkt erreichen.« Er zuckte die Schultern. »Wir wären sehr interessiert, andere Meinungen zu hören.«

Anders nickte. »Danke, Jake, das Büro des Premierministers ist für die Lagebeurteilung zuständig. Du kannst dich direkt mit ihnen in Verbindung setzen. Wenn sie dich hinhalten wollen, laß es mich wissen.«

Während Jake Salis sprach, war Anders klargeworden, daß in der amerikanischen Lagebeurteilung ein großes Loch war. Gouzenko hatte ja Yessow in die Falle gelockt, der KGB würde das herausfinden und sich auf den alten Tiger stürzen, wenn er nach Moskau zurückkam, und obgleich sie nicht wissen konnten, worum es im einzelnen ging und warum er Yessow in die Pfanne gehauen hatte, würden sie es schließlich doch herausbekommen, und dann wäre der Teufel los.

Das allgemeine Stühlerücken unterbrach Anders' Gedanken, aber nachdem er MacDonald ein Zimmer angewiesen hatte, ging er in die Funkabteilung und winkte Leutnant Sander zu sich. »Sandy, ich möchte mit Ed Farrow in Berlin sprechen. Wie lange wird das dauern?«

»Morse oder Sprechfunk?«

»Telefon.«

»Ich kann die Verbindung in ungefähr vier Minuten herstellen, aber sie ist nicht ganz sicher.«

»Wer kann mithören?«

»Jeder oder niemand. Ich glaube nicht, daß sie sich schon daran zu schaffen gemacht haben, aber wenn sie erst einmal daran herumbasteln, wird es ihnen keine großen Schwierigkeiten machen.«

»Dann wollen wir es probieren, Sandy.«

Zwei Minuten später lief das Gespräch. »Ed, du hast einen Oberst Gouzenko erwähnt, der Bursche, der deinen KGB-Freund hereingelegt hat. Wird er noch beobachtet?«

»Ja, Tad. Er ist übrigens der offizielle Verbindungsoffizier zwischen Roter Armee, KGB und GRU, und zwar schon lange bevor man sich den Schneeball ausgedacht hat.«

»Sehr gut, Ed. Ich möchte, daß Gouzenko durch die Mangel gedreht wird. Ist das klar?«

»Du meinst, nach allen Regeln der Kunst, Tad?«

»Ja, wenn es nötig ist und sobald wie möglich, mit nicht zu scharfen Ecken, wenn es geht. Und wenn er nicht ganz sauber herauskommt, darf die Sache nicht dem KGB in die Schuhe geschoben werden, dann lieber uns. Ist das klar?«

»Ja, sag West-Berlin Bescheid, sie möchten mir alle Unterlagen über Gouzenko geben, alles, was wir haben und was mir weiterhelfen kann.«

»Melde dich, wenn du fertig bist, Ed.«

»O. K., Tad, wie steht's bei euch drüben?«

»Unter Kontrolle. Gespräch Ende.«

Dann ging Anders zurück in sein Büro und hörte zum Schluß der BBC-Nachrichten die Meldungen in Schlagzeilen. Alle großen Zeitungen hatten die Geschichte aus dem »Evening Standard« auf den Titelseiten übernommen, nur der »Morning Star« erwähnte sie überhaupt nicht. Ein Foto zeigte Churchill vor einem BBC-Mikrofon mit der Überschrift »Wir werden an unseren Stränden kämpfen«. Der »Daily Express« hatte an diesem Tag eine Million Exemplare mehr abgesetzt, weil er mitten auf der Titelseite in Originalgröße das in Frage stehende Dokument brachte. In einem großen Kasten waren die Kommentare von Offiziellen und Sachverständigen aus aller Welt zusammengestellt. Daneben waren drei kurze Absätze im Druck besonders hervorgehoben. Auf persönliches Ersuchen des Premierministers hatte die Beaverbrook-Presse den Originalbrief und andere Dokumente dem Kabinett zur Verfügung gestellt. Ein Papierfachmann aus Bowaters hatte einigen Zweifel an der Echtheit des Papiers, auf dem der Brief getippt war, geäußert. Die USA-Botschaft hatte offiziell bestätigt, daß die Unterschrift des Präsidenten echt zu sein schien, aber alle waren sich einig, daß nur Untersuchungen in Gerichtslabors die Angelegenheit endgültig klären könnten.

Eine Million Arbeiter sollten heute über einen Proteststreik abstimmen. Die Musikergewerkschaft hatte scharf dagegen protestiert, daß eine amerikanische Sopranistin die Rolle der Madame Butterfly in der nächsten Opernsaison singen sollte. In Birmingham hatte es am Bahnhof Bombenalarm gegeben, und der sowjetische Botschafter war am frühen Morgen ins Foreign Office bestellt worden. Der amerikanische Botschafter hatte jeden Kommentar abgelehnt, und sowohl das Pentagon wie das Weiße Haus hatten erklärt, daß sie noch nicht Gelegenheit gehabt hätten, die Geschichte zu lesen, und daher keine Meinung äußern könnten. Die Zeitungsverleger stellten einen ungewöhnlich hohen Eingang von Leserbriefen fest, und einige hatten schon herausgefunden, daß die Briefe besonders aus fünf oder sechs bestimmten Gebieten kamen. Die Fernsehgrößen, die gerade aus Amerika und Europa auf Besuch in England waren, hätten leider noch keine Zeit gehabt, die Geschichte zu lesen, aber sie beteuerten ihre Liebe zu England, den weißen Klippen von Dover und den Londoner Bobbys.

23

Innerhalb einer Stunde erhielt Farrow Fotokopien der Gouzenko-Akte. Es waren nur zwei Bogen im Querformat. Darauf waren seine Beförderungen verzeichnet und einige Posten, die er während seiner langen Laufbahn in der Roten Armee innegehabt hatte. Er war verheiratet gewesen und hatte zwei Söhne gehabt. Seine Frau und beide Söhne waren von den Deutschen umgebracht worden. Er war zu seiner Zeit ein sehr vielseitiger Sportler gewesen und jetzt Präsident der Boxvereinigung der Roten Armee. Geboren im Oktober 1909 in Kasachstan, lebte bescheiden in der Kremlgarnison, wenn er sich in Moskau aufhielt. Viele Freunde, alle aus der Roten Armee, trank viel, war aber nie betrunken, möglicherweise homosexuell. Reiste selten außerhalb der Sowjetunion, und dann nur dienstlich.

Farrow las auch den Bericht über Gouzenkos Bewegungen in den letzten vierundzwanzig Stunden. Er hatte den Morgen in der Garnison der Militärpolizei verbracht, wo er offensichtlich sein Hauptquartier in Ost-Berlin eingerichtet hatte. Nach dem Mittagessen war er in einer offiziellen Armee-Limousine mit seinem Gepäck ungefähr vier Kilometer außerhalb in ein typisches Vorstadthaus gebracht worden, das von der Roten Armee für Besuche aus Moskau und Ostblockstaaten übernommen worden war. Gewöhnlich hielt ein Soldat Wache, aber offensichtlich mehr Routine und Höflichkeit als eine Schutzmaßnahme. Farrow beschloß, sich noch mehr Hintergrundmaterial über Gouzenko zu beschaffen, ehe er ihn aus dem Haus herausholte. Anders hatte es offensichtlich eilig, aber die Information, die er herausbekommen sollte, war entscheidend und nur von Nutzen, wenn sie genau stimmte. Aus den Befragungen würde sich ergeben, wie Gouzenko und Yessow die Lage einschätzten, wenn ihre jeweiligen Herren entdeckten, daß sie verschiedene Ziele im Auge hatten und daß diese Tatsache ihren Feinden im Westen bekannt war. Yessow hatte sich gesprächig gezeigt, als er gemerkt hatte, daß ihn Gouzenko absichtlich und ohne Skrupel verraten hatte.

Während des nächsten Gesprächs mit Yessow kam dieser sehr schnell auf den entscheidenden Punkt. »Es ist nicht nötig, Mr. Farrow, darum herum zu reden, früher oder später werden Sie mich sowieso über den Genossen Gouzenko befragen.«

Farrow lehnte sich zurück und lächelte: »Wissen Sie denn Bescheid über ihn, Yessow?«

»Niemand weiß Bescheid über ihn.« Er lachte kurz auf. »Wahrscheinlich, weil es nicht viel zu wissen gibt.«

»In unseren Berichten wird angedeutet, daß er homosexuell sein könnte.«

Yessow schüttelte den Kopf. »Nein, das bestimmt nicht.« Er grinste. »Tatsache ist, daß er für sein Alter ziemlich scharf rangeht.«

»Woher wissen Sie das?«

»In allen Machtbereichen Sowjetrußlands und besonders in der Armee trägt man der Tatsache Rechnung, daß auch ältere Leute sexuelle Bedürfnisse haben, und allen Beteiligten, besonders der Armee ist lieber, ihre Leute können diese befriedigen, ohne sich wie Idioten mit jungen Mädchen aufzuspielen. Also gibt es dafür eine Vermittlungsstelle.«

»Und Gouzenko bedient sich ihrer?«

»Ja, ich möchte nicht übertreiben, aber er war sozusagen ein Stammgast.«

»Und wenn ihm der Sinn nach jungen Männern stand?«

Yessow zog die Brauen hoch. »Wenn er sie wollte, konnte er sie haben.«

»Wie steht's mit Geld? Hatte er Kapital?«

»Er wird sicher einen ganz schönen Betrag beiseite gebracht haben. Er ist wohlhabend, nicht reich. Er verbraucht sehr wenig.« Dann sagte Yessow fast schüchtern: »Ich nehme an, Sie suchen nach einem schwachen Punkt, um ihn zu erpressen. Es ist bestimmt nicht Geld, auch nicht Frauen, Familie hat er nicht, damit wird das Feld ziemlich eingeengt.«

Farrow stand auf und blickte durch das Fenster in den Garten. Die Sonne war weg, es wurde dämmerig, eine Drossel sang. Farrow sagte, ohne sich umzudrehen: »Und wie steht es mit Ihnen, Yessow? Was muß ich einsetzen, um Ihre Mitarbeit zu gewinnen?« Yessow legte den Kopf zur Seite und blickte in sein Weinglas. »Mr. Farrow, ich glaube, wir haben alle die gleichen Schwächen. Geld, hübsche Mädchen, Macht, dafür sind wir schwach. Wir nehmen es, das Geld und die Mädchen, weil wir die Macht schon haben. Aber in Wirklichkeit hatten Sie doch wohl keine Zweifel, Mr. Farrow? Ich werde kooperieren, weil die Wendung, die die Operation Schneeball genommen hat, zu einer Katastrophe führen wird. Die Rote Armee, die Partei und der KGB werden einander bekämpfen, und das würde eine Katastrophe bedeuten, beinahe genau so schlimm, als wenn die Rote Armee in NATO-Länder einmarschiert. Also, was wollen Sie?«

»Ich möchte von Gouzenko erfahren, was die Rote Armee tun wird, wenn herauskommt, daß alle NATO-Regierungen die Phase Vier kennen und bereitstehen. Müssen wir diese Information der Partei zukommen lassen, damit die Angelegenheit zwischen ihnen ausgefochten wird?«

Yessow schlug die Beine übereinander und zündete sich eine Zigarette an. »Das wäre das Ende, Kamerad.« Und er blickte Farrow mit kalten, harten Augen an. »Machen Sie sich nicht vor, daß Sie als Zuschauer bei dem Blutvergießen danebenstehen könnten, Sie würden hineingezogen werden. Wer immer auf russischer Seite den Sieg davonträgt, würde sich gegen die NATO wenden und sie vernichten müssen, es sei denn, Peking mischte sich ein, und das wäre unser aller Ende. Wer wären dann die Barbaren? Nein, Sie haben keine Wahl, genauso wenig wie Genosse Gouzenko. Er muß die Rote Armee dazu bringen, den Plan aufzugeben.« Und er hob den Zeigefinger: »Und es muß ein freiwilliges Aufgeben sein, kein demütigendes, sonst können wir uns schon in Ihrem Garten unser Grab schaufeln.«

»Wie sollen wir das anstellen?«

Yessow schüttelte den Kopf und spitzte die Lippen. »Weiß Gott, Kamerad Farrow, das muß ich Ihnen überlassen. Sie wissen ja, was Sie für Karten in der Hand haben, ich nicht.«

Und das stimmte, und Farrow wußte auch, daß nur noch wenig Zeit blieb. Sie mußten Gouzenko ausheben, und zwar schnell.

Oberst Gouzenko wurde unruhig, als der Schein einer Taschenlampe seine Augen traf. Farrow mußte ihn schütteln, daß er überhaupt wach wurde. Und dann setzte sich der alte Krieger im Bett auf, blinzelte in das Licht und sagte gereizt: »Machen Sie, daß Sie herauskommen, Soldat, und tun Sie draußen Ihre Pflicht.«

»Ziehen Sie sich an, Genosse Gouzenko.« Erst jetzt merkte Gouzenko, daß irgend etwas nicht stimmte. Er hob die Hand an die Augen: »Wer zum Teufel sind Sie? Das kann verdammte Unannehmlichkeiten geben, wenn ich ...« Dann sah er die Luger. Er schwang die Beine aus dem Bett und stand auf. Farrow hielt sich noch im Dunkeln, leuchtete aber Gouzenko, damit dieser in seine Kleidung fand und sich anziehen konnte.

Dann sagte er leise: »Oberst, wir gehen hinaus, durch den Garten zu einem Wagen. Es besteht keine Veranlassung, Sie hart anzufassen, wenn Sie keinen Fluchtversuch machen oder Alarm schlagen. Beides hätte keinen Erfolg, würde aber bedeuten, daß wir Sie betäuben müßten. Ist das klar?«

Der alte Knabe fuhr sich mit der Hand über den Mund. »Sie machen hier einen ganz gewaltigen Fehler, und daraus werden Ihnen ernste Folgen entstehen, mein Junge, wer auch immer Sie sein mögen.«

Gouzenko sah nicht gerade gut aus, als er Farrow in dessen Büro gegenübersaß. Farrow schickte die Wache hinaus und schenkte zwei harte Whiskys ein, schob ein Glas dem Oberst zu, der zunächst daran roch und dann den Inhalt herunterkippte. Farrow wartete, bis er wieder Farbe bekam.

»Oberst, wir haben viel zu besprechen. Sollen wir anfangen?« Die vorstehenden Augen waren blutunterlaufen und feucht, aber um den Mund lag ein kampfbereiter Zug. »Wer sind Sie, junger Mann? So wie Sie sprechen, könnte ich noch nicht einmal sicher sagen, ob Sie Russe sind. Sie haben irgendeinen Akzent.« Farrow lächelte: »Genosse, nichts macht mir so viel Spaß, als wenn ein anständiger Kriegsmann aus dem autonomen Staat von Kasachstan von anderen Leuten behauptet, sie seien keine Russen.«

Der alte Knabe lachte, legte den Kopf auf die Seite und musterte Farrow mit einem ziemlich durchtriebenen Blick. Er nickte: »Also Sie wissen, wo ich geboren bin, Genosse.«

»Oberst, ich bin Offizier des britischen Nachrichtendienstes, und ich muß Ihnen mitteilen, daß wir über die Operation Schneeball informiert sind.«

Gouzenkos kluge kleine Augen waren sehr aufmerksam auf Farrow gerichtet, der fortfuhr: »Und über Phase Vier wissen wir auch Bescheid.« Gouzenkos Kopf fuhr hoch und er sagte: »Das muß Yessow gewesen sein, dieser Hund von Yessow ...«, dabei runzelte er die Stirn: »Er muß es also gewußt haben, schon als er nach Berlin kam?«

Farrow nickte: »Ja, er wußte es.«

»Dann hat er also die Partei oder den KGB nicht informiert?«

»Sobald er den Verdacht hatte, kam er hierher, um Sie zu sprechen, aber noch ehe er Gelegenheit dazu hatte, haben Sie gewisse Leute informiert, die mich informierten, und er wurde aufgegriffen.«

»Wieviel weiß Yessow?«

»Von der Phase Vier?«

»Ja.«

»Genug, Oberst, genug.«

Er bedeckte sein Gesicht mit beiden Händen und wiegte seinen Oberkörper langsam vor und zurück. Farrow sagte ruhig: »Genosse Oberst, ich glaube, wir sollten uns unterhalten.«

Gouzenkos Gesicht wirkte erschöpft und hager. Seine Hand zitterte, als er nach dem Glas griff. Farrow schenkte noch einmal ein und sagte: »Wollen Sie, daß die Sache zwischen ihnen mit Waffengewalt ausgetragen wird?«

»Wer kämpft, mit welchen Waffen?«

»Wollen Sie, daß der KGB und die Partei sich als Schutzmaßnahme gegen die Rote Armee wenden?«

Der alte Mann seufzte. »Natürlich nicht. Vierundzwanzig Stunden später hätten wir die Chinesen auf dem Hals.« Er sah Farrow an: »Sie wollen den KGB benachrichtigen oder Yessow zurückschicken?«

»Würde man Yessow Glauben schenken?«

»O ja, sie würden ihm glauben. Sie würden gar nicht mehr auf Glauben angewiesen sein, denn so kurz vor dem Losschlagen ist nicht mehr viel zu verbergen, wenn die andere Seite Verdacht geschöpft hat. Hat er es wirklich für sich behalten?« Farrow überging die Frage. »Warum, glauben Sie, ist er nach Ost-Berlin gekommen?«

Gouzenko zuckte die Schultern und ließ seine Hände auf die Knie sinken.

»Um den Westen zu informieren, Ihre Leute, unsere Feinde.«

»Tatsache ist, daß er herkam, um mit Ihnen zu sprechen, um dadurch diese Massenvernichtung zu verhindern.«

Gouzenko schien wie erschlagen, als ihm plötzlich die Lage klar wurde, und schließlich sagte Farrow: »Oberst, welche Ereignisse im Verlauf der Phase Drei machen den Beginn der Phase Vier unvermeidlich?«

»Was beabsichtigen Sie? Warum sollte ich Ihnen das sagen? Sie wollen die Lage nur verschärfen.«

»Oberst Gouzenko, wenn Sie in Ruhe über alles dies nachdenken werden, wird Ihnen klar sein, daß wir nicht mit Ihnen sprechen würden, wenn wir die Lage verschärfen wollten. Ein Telefonanruf an Ihren Botschafter in London oder direkt nach Moskau würde genügen. Also informieren Sie mich über Phase Drei von Schneeball.«

»Die Phase Vier wird erst nach einigen Tagen des Aufruhrs in den NATO-Ländern wegen der geplanten Übereinkunft Amerikas mit Hitler beginnen.«

»Wie viele Tage haben Sie dafür angesetzt?«

»Mindestens fünf bis sechs, höchstens zehn.«

»Wer soll entscheiden, daß die Lage soweit herangereift ist?«

»Rudenko sollte den Botschafter in London informieren, wenn seiner Ansicht nach Phase Drei weit genug vorgeschritten ist, danach läge die Entscheidung beim Marschall.«

Farrow hakte schnell nach: »Welcher Marschall?«

Gouzenko zögerte und sagte dann: »Offensichtlich sind Sie darüber nicht unterrichtet.«

Farrows Stimme wurde hart: »Und wenn schon, Sie Narr – also sagen Sie mir schon – welcher Marschall?«

»Rokossovski.«

Farrow ging ans Fenster und blickte hinaus. Der Morgen dämmerte herauf, der Mond war fast untergegangen. Ein leichter Wind kam auf, und hinter einigen Fenstern gingen schon die Lichter an. Die braven Bürger der DDR begannen sich für eines neuen Tages Arbeit fertig zu machen. Dann funkte es bei Farrow. Er fuhr herum: »Genosse Oberst, ich möchte den Marschall informiert haben, daß Phase Vier aufgedeckt worden ist, und zwar zufällig durch einen höheren Funktionär des KGB. Sagen Sie ihm, daß im Westen nur ein halbes Dutzend Männer Bescheid wissen, nicht mehr. Sie haben kein Interesse daran und sehen keinen Vorteil für irgend jemand, wenn die Lage sich zuspitzt. Bis heute mittag, Greenwich-Zeit, möchten wir eine Zusicherung haben, daß alle Einheiten der Roten Armee, außer denen an der Ostgrenze, zurückgezogen sind. Wir verlangen, daß der Marschall persönlich eine Nummer anruft, die ich Ihnen geben werde, und persönlich versichert, daß diese Forderung ausgeführt wurde. Stimmen Sie dem zu?«

»Natürlich.«

»Sie werden den Marschall auch davon informieren, daß alle strategischen Einheiten von uns abgehört werden, daß wir zusichern, keine Information an die Moskauer Behörden weiterzugeben.« Gouzenko nickte und fröstelte.

Als Gouzenko mit Marschall Rokossovski sprach, stellte sich heraus, daß Rokossovski schon über eine mögliche undichte Stelle bei einem unbekannten KGB-Mann beunruhigt war. Nach dem Ultimatum fragte Rokossovski Gouzenko nach seiner Meinung und Lagebeurteilung. Der Oberst gab sich kurz und bündig. Danach war eine Minute Schweigen, so daß man bei der Funküberwachung schon an einen Zusammenbruch der Verbindung glaubte, dann hatte der Marschall mit fester und deutlicher Stimme gesagt, daß er den Bedingungen zustimme mit gewissen Einschränkungen, die er nur mit der angegebenen Person unter der Sondernummer besprechen würde.

Er war sofort mit Anders in Pimplico verbunden worden. Anders sprach zunächst polnisch und nicht russisch. Der Marschall schien leicht belustigt zu sein. Dann stellte er seine Bedingungen. Erstens müsse akzeptiert werden, daß er keine Möglichkeiten hatte, Phase Drei von Schneeball abzubrechen, da es sich um eine Operation des KGB und des Präsidiums handele und nichts mit dem Verteidigungsministerium zu tun habe. Wurde akzeptiert. Zweitens, daß Gouzenko freigelassen werden sollte, als eine Höflichkeitsgeste, die den Generalen die Sache erleichtern würde. Wurde akzeptiert. Die dritte Bedingung lautete, daß Yessow jetzt eine akute Belastung für beide Seiten darstellte und es auch immer bleiben würde. Er sollte unter Umständen ausgeschaltet werden, die weder die Partei noch die Rote Armee in Mißkredit brächten. Der KGB wurde nicht erwähnt. Auch dieser Punkt wurde akzeptiert.

Schließlich wurde Anders gefragt, ob irgendeine Phase oder Abschnitt der Operation Schneeball an Peking weitergegeben worden sei, was Anders verneinte, aber zugleich mitteilte, aus aufgefangenen Funkmeldungen gehe hervor, daß die Chinesische Armee von der kurz bevorstehenden Verlegung von fünfundzwanzig Sowjetdivisionen in Warschauer-Pakt-Staaten unterrichtet war. Mit einigen Höflichkeitsfloskeln wurde das Gespräch beendet. Wenige Augenblicke war noch ein Zischen der Trägerwelle zu hören, dann Stille.

Sir John Walker stand nach dem Funkgespräch auf und sagte ruhig zu Anders: »Also, das wär's. Ich werde den Premier sofort informieren. Was Rudenko angeht, möchte ich, daß Sie alles, was möglich ist, aus dieser Situation herausholen. Spannen Sie das Netz so weit Sie wollen, und was die Russen und Polen angeht, so robust Sie wollen. Sie haben es so gewollt, nun sollen sie es haben!«

Für den KGB in Moskau gewann die Operation die vorgesehene Stoßkraft.

24

In den BBC-Nachrichten kam, daß gegen Mittag eine zweistündige Kabinettssitzung stattgefunden hätte. Bei Demonstrationen in London, Birmingham, Coventry und Liverpool waren fünfunddreißig Festnahmen erfolgt. Drei Polizisten mußten ins Krankenhaus. Bombendrohungen hatte es in den Geschäftsstellen von PanAm in Piccadilly gegeben, und ein Reporterteam der »Daily Mail«, das den einströmenden »Leserbriefen« nachgegangen war, hatte herausgefunden, daß in vielen Fällen falsche Namen und Adressen angegeben worden waren.

Überall im Land begannen Leute jetzt das Geld, das sie viele Jahre hindurch bekommen hatten, zu verdienen, indem sie die erhaltenen Anweisungen durchführten.

Der sowjetische Botschafter in London beklagte sich bitter beim Foreign Office, daß in dem Gebäude der sowjetischen Handelsmission in Highgate eine polizeiliche Razzia stattgefunden hatte. Eine Entschuldigung des Innenministers wurde vom Foreign Office weitergeleitet.

Anders überflog schnell die aufgefangenen Funkmeldungen und stellte fest, daß Rudenko jetzt das Mill House in Temple als Hauptquartier benutzte und von dort aus in Funkverbindung mit Moskau, Birmingham, Paris und Cardiff trat. In Brüssel und Stockholm hatte man Sympathieproteste angeregt. Eine Funkmeldung aus Moskau wies Rudenko an, an »allen Fronten, sowohl materiellen wie psychologischen« auf größtmögliche Wirkung auszugehen und nur noch zwei Tage für Phase Drei in Rechnung zu stellen.

In Moskau benachrichtigte Rokossovski zweihundert Offiziere im Range von Obersten und darüber. Der KGB hatte Yessows Schreibtisch durchsucht und die beiden Umschläge mit Inhalt gefunden. Man sah in ihnen einen Beweis für geistige Überanstrengung. Nach Durchsuchung der Datscha ergab der Labortest Spuren sexueller Betätigung. Dann fand man Yessows Wagen am Flughafen, und eine großangelegte Suchaktion endete in Berlin am Flughafen, was dem KGB nicht gefiel. Die Erleichterung war allgemein und grenzte schon fast an Schadenfreude, als Yessows Leiche in der Nähe eines Bordells in einem besseren Viertel von Ost-Berlin gefunden wurde. Aber das war erst gegen Mitternacht, und in der Zwischenzeit war es zu Spannungen mit der Regierung der DDR gekommen.

Gouzenko war von Farrow am Flugplatz freigelassen, aber so lange bewacht worden, bis er in einer Maschine nach Moskau saß.

25

Um 22 Uhr hatte Anders die letzten Befehle herausgegeben und gebeten, um drei Uhr morgens geweckt zu werden. Nach einem letzten Blick in die Runde, als ob sein Zimmer nie mehr das gleiche sein würde, legte er sich ins Bett. Anders betete nicht, hatte es nie getan, weil er Beten für die Rückversicherung eines Feiglings hielt, aber als er jetzt die Augen schloß, sagte er: »Bitte, laß es ihr gutgehen.« Dann schlief er ein.

Der Konvoi von sechs Fahrzeugen nahm seinen Weg über die Embankment zur King's Road Richtung Fulham. Bei der Chiswick-Überführung stieß ein Polizeikrad zu ihnen.

Die Lichter des Londoner Flughafens leuchteten blaß aus der Dämmerung, etwas weiter konnte man südlich der M 4 die Umrisse von Schloß Windsor erkennen. Beim Kreisverkehr in Marlow war die Straßensperre schon errichtet und mit Soldaten besetzt. Kurz danach erkannte man den Wegweiser nach Temple.

Weiter oben war die Kettenbrücke bei Marlow und die Straße nach Cookham abgesperrt. Auf dem Hügel gegenüber dem Mill House war an der Umgehungsstraße ebenfalls eine Straßensperre errichtet, aber unter tiefhängenden Zweigen verborgen. Die Farm von Temple war mit zwanzig Soldaten besetzt, die jedoch unsichtbar waren. Auf dem anderen Flußufer standen Truppen hinter den ungefähr 400 m von der Uferböschung entfernten Hecken.

Die Themse-Kontrollbehörde hatte flußabwärts die Schleuse geschlossen unterhalb des Hotels »Zum vollständigen Angler«. Das Hotel selbst war geräumt und nun Anders' Operations- und Verbindungsstelle. Auch flußaufwärts war die Schleuse geschlossen und beide Ufer von Soldaten besetzt.

Etwas nördlich von Marlow lag Booker, ein ehemaliger Flugplatz der R.A.F., der nur noch für leichte Maschinen benutzt wurde. Jetzt befanden sich dort zwei Hubschrauber und eine mobile Funkeinheit in einem Caravan.

Es war fast sieben Uhr dreißig, als Anders die Offiziere der Infanterieeinheit eingewiesen hatte. Bill MacDonald kam mit den letzten Berichten des Überwachungsteams in dem Schleusenwärterhäuschen. Anders fiel auf, daß das Mädchen drei Tage lang nicht gesehen worden war und daß sich am letzten Abend außer den beiden Franzosen fünfundzwanzig Männer in dem Mill House aufgehalten hatten. Rudenko war beobachtet worden, wie er offensichtlich die Grenzen des Besitzes überprüfte. Er hatte mehrere Male mit dem Fernglas nach dem Schleusenwärterhäuschen und dem Steg über das Wehr hinübergesehen.

An dem Bootsliegeplatz bei der Marlow-Brücke besichtigten Anders, MacDonald und zwei der Infanterieoffiziere ein 32 Fuß langes Fjord-Diplomat-Motorboot mit zwei Volvo-Motoren von je 150 PS. Auf offener See konnte es leicht 27 Knoten machen, auf dem Fluß gab es eine Geschwindigkeitsbeschränkung von 7 Knoten. Im Cockpit befand sich ein Funkgerät, zehn Männer konnten sich dort aufhalten, ohne die Steuerung zu beeinträchtigen.

Von dem Bootsliegeplatz ging Anders über die leere Hauptstraße zurück zum »Vollständigen Angler«. Auf dem großen Parkplatz sah er mehrere gepanzerte Fahrzeuge, mit leichten Maschinengewehren ausgerüstet.

Er rief die Pimplico-Nummer an, und Sanders sagte, daß zwischen dem Mill House und Moskau und auch zur russischen Botschaft in London Funkverkehr gewesen sei. Er sei noch nicht dechiffriert.

Am Ende des langen Tisches war eine Schalttafel aufgebaut, und Anders schaltete die Lautsprecher ein. Die Truppe benutzte Telefon und nicht Morse, und man versuchte auch nicht, die Berichte und Befehle zu verschlüsseln. Von einem dem Mill House gegenüberliegenden Waldrand berichtete ein Offizier von ersten Lebenszeichen im Haus. Plötzlich wurde die Stimme leiser, aber schneller: »Alpha ruft Delta. Einer von ihnen steigt in einen Wagen, einen weißen Mini, Nummer Oscar Tango Yankee sieben sechs neun vier, wiederhole Autonummer ...«

Noch während Anders zuhörte, kam der Mini aus der großen Ausfahrt und bog nach rechts in die Straße nach Marlow. Sie stoppten ihn erst auf der Brücke und winkten ihn auf den Parkplatz des »Vollständigen Angler«. Anders ging zum Fenster und sah den Mann mit einem jungen Hauptmann debattieren, während der Unteroffizier zusah. Es war Loussier, und der Hauptmann nahm ihn beim Arm und führte ihn zum Hoteleingang.

Anders befahl, den Mann in das kleine Nebengebäude zu bringen, wo er ihn von dem Hauptmann übernahm.

»Setzen Sie sich, Loussier.«

»Ich protestiere. Warum werde ich festgehalten? Ich bin ein Tourist und ich verlange . . .«, er schrie auf. Es war kein heftiger Stoß gewesen, aber er war gerade an der Innenseite der Kniescheibe gelandet. Anders wartete, bis der Mann sich gefaßt hatte.

»Wohin wollten Sie gehen?«

Loussier blickte auf, sein Gesicht war von Schmerzen und Angst verzerrt. »Was bedeutet das alles, was geht hier vor?«

»Es ist das Ende der Operation Schneeball, Loussier. Sie sind verhaftet, und es werden Ihnen eine Reihe strafbarer Handlungen vorgeworfen. Jetzt möchte ich einige Informationen von Ihnen und ich denke, Sie sind alt genug, um keine Ausflüchte mehr zu machen. Wir haben nicht die Absicht, Sie besonders zu malträtieren, werden aber nicht davor zurückschrecken, wenn Sie nicht kooperieren.«

Loussier sagte kein Wort, aber sein Mund stand offen, und er atmete schnell und flach.

»Wohin wollten Sie gehen?«

»Zur Post.«

»Warum?«

»Um Post abzuholen.«

»Wer hat den Oberbefehl im Mill House?«

»Der Russe.«

»Sie meinen Rudenko?«

Loussier blickte erstaunt und noch erschrockener, daß Anders den Namen wußte. Er nickte: »Ja, Rudenko.«

»Was soll heute passieren?«

»Das weiß niemand. Rudenko ist argwöhnisch. Er glaubt, jemand beobachtet uns aus dem Haus auf dem Wehr.«

»Wo ist das Mädchen?«

Loussier fuhr mit der Hand zum Mund und sagte ruhig: »In einem Keller auf der Rückseite des Hauses, wo es zum Fluß hinunter geht.«

»Ist sie ständig bewacht?«

Er nickte. »Jetzt ja. Rudenko ist ihr gegenüber sehr mißtrauisch. Er hat gesagt, wenn irgend etwas schiefläuft, beweist das, daß sie uns untergeschoben worden ist.«

»Ist sie allein?«

»Meistens, außer einer Wache.«

»Wo hält der sich auf?«

»Er sitzt in dem Raum.«

»Wie oft wird er abgelöst?«

»Alle zwei Stunden.«

»Wie kommt man in den Keller?«

»Es gibt in dem Gang bei der Küche eine Tür und eine Treppe.«

»Wie viele Männer sind augenblicklich in dem Haus?«

»Ich habe keine Ahnung. Alle Zimmer sind voll belegt, und es gibt längst nicht genug Betten.«

»Wo schläft Rudenko?«

»Er hat ein Zimmer auf dem Boden. Dort schläft und arbeitet er.«

»Sind sie alle Russen?«

»Es sind einige Polen darunter, zwei Iren, ein Engländer und noch ein Franzose.«

»Sie meinen Firette?«

Loussier nickte.

»Wann werden Sie zurückerwartet?«

»Ich bin meistens nicht länger als eine Stunde weg.«

Ungefähr um elf Uhr dreißig verließen vier Männer das Haus und fuhren in einem grauen Volvo weg. Die Soldaten hielten ihn erst an, als er schon beinahe an der Umgehungsstraße war. Ein Mann sprach schlechtes Englisch, und als er aussteigen sollte, zog ein anderer auf dem Rücksitz einen Revolver und legte ihn auf den Rand der Tür. Dabei stieß er einige Worte auf Russisch aus, die der Soldat nicht verstand. Der Unteroffizier, der von hinten an den Wagen herangetreten war, drückte die Mündung seines Gewehres und den scharfen Schulterriemen auf den Finger des Mannes und quetschte sie an die Metalltür. Einer der Insassen rannte auf das Flußufer zu und wurde von einem Scharfschützen getroffen. Er starb, ehe er in den Krankenwagen gebracht wurde. Die anderen Männer wurden zu Anders geführt. Er musterte sie nacheinander und schickte sie dann in einem Polizeiwagen ins Gefängnis von Reading.

Offensichtlich waren die Männer ausgeschickt worden, um nach dem Mini zu suchen. Man hatte ihnen Waffen gegeben und sie angewiesen, Widerstand zu leisten, wenn sie von der Polizei gestoppt würden. Keiner hatte ihnen gesagt, was sie tun sollten, wenn sie von Soldaten angehalten würden. Der eine auf dem Rücksitz mit der Luger konnte nicht die Uniform eines Soldaten von der eines Polizisten unterscheiden, was er mit seinen vier zerquetschten Fingern beweisen konnte.

Um 12 Uhr 30 traten zwei Männer aus dem Eingangstor und blickten den Weg hinauf zu der Straße nach Marlow. Ab und zu fiel ein Wort, und dann stampften sie mit den Füßen auf, als ob ihnen kalt wäre. Sie blickten über die Felder, den Hügel hinauf zu der Hauptstraße und gingen dann langsam den Pfad hinunter zu der Bootsanlegestelle, von wo sie einen freien Blick auf das Wehr hatten. Dann gingen sie gemächlich zwischen den geparkten Wagen zum Haupteingang zurück.

Fünfzehn Minuten später erschien Rudenko an den oberen Fenstern. In jedem Zimmer blickte er durch den Feldstecher und suchte Felder, Wege und Hecken ab. Zehn Minuten nach dieser Inspektion war hinter jedem Fenster ein bewaffneter Mann postiert. Anders stellte fest, daß dazu ungefähr die Hälfte der Besatzung nötig war. Ein Mann hatte in einem geparkten Wagen Posten bezogen und ein anderer drehte langsam seine Runden über den Rasen mit einem Maschinengewehr über der Schulter.

Im Laufe des Nachmittags rief Commander Bryant an und teilte mit, daß alle Zivilisten und Diplomaten auf Anders' Liste verhaftet worden seien. Bisher seien noch keine Beschwerden weder von der polnischen noch der russischen Botschaft eingegangen. Weder im Rundfunk noch im Fernsehen wurden die Straßensperrungen im Themsetal erwähnt.

Der militärische Einsatzleiter empfahl Anders und MacDonald, vor morgen früh nichts zu unternehmen. »Sie sind nun alarmbereit, und das bedeutet, daß mindestens die Hälfte von ihnen morgen müde ist. Jetzt kämen wir in die Dunkelheit, und dafür bin ich nicht, es sei denn, Sie sähen es als absolut notwendig an.«

»Wie lange, glauben Sie, wird es dauern, mit ihnen fertig zu werden?«

»Da ist das Problem der großen Menge Sprengstoff. Wenn das nicht wäre, könnten wir in zehn Minuten drinnen sein und aufräumen. Aber wir können nur kleine Waffen einsetzen, und das bedeutet drei bis vier Stunden, wenn wir unsere Ausfälle niedrig halten wollen. Außerdem soll doch ein Mädchen gefangengehalten werden – könnte sie als Geisel benutzt werden?«

»Ja, das würden sie machen.«

»Und wie sollen wir uns da verhalten?«

MacDonald sah, wie Anders nachdachte, und überließ es ihm zu sprechen. »MacDonald und ich werden das Mädchen herausholen, ehe Sie angreifen.«

»Schön und gut, Major Anders, wenn Sie das wollen. Wir werden mit dem ersten Tageslicht angreifen, ungefähr um 7 Uhr 05. Wie lange wollen Sie in dem Haus bleiben?«

»Das kann ich noch nicht sagen. Wir werden rote Leuchtmunition schießen, wenn wir das Haus verlassen haben. Wenn Sie bis 7 Uhr 05 noch kein Zeichen erhalten haben, dann greifen Sie trotzdem an.«

»Gut, wir werden hier unsere Uhren um 2 Uhr vergleichen, wenn es Ihnen recht ist.«

Die einzige Möglichkeit für Anders und MacDonald, sich dem Haus zu nähern und das Mädchen aus dem bewachten Keller herauszuholen, konnte nach Lage der Dinge und Anlage des Hauses nur vom Fluß aus geschehen. Man beschloß, einen der typischen flachen grünen Themsekähne zu nehmen und ihn hinter einer Flußbiegung, vom Haus nicht einsehbar, ins Wasser zu lassen.

Ehe es dunkel wurde, fuhr Anders zu der Stelle und untersuchte das Flußufer, das sie in der Dunkelheit würden passieren müssen. Es gab viele überhängende Äste, die gute Deckung boten, aber auch sehr hinderlich sein könnten, wenn sie zu tief hingen.

Auf dem Rückweg machte Anders in Marlow halt. Polizisten und Soldaten patrouillierten in den Straßen, um Plünderungen zu verhindern. Der Premierminister hatte persönlich die örtlichen Behörden veranlaßt, die Stadt zu evakuieren. Die Kinder hatten schulfrei bekommen, und alle Läden waren geschlossen. Die Straßen waren leer.

Als er zu seiner Kommandostelle im »Vollständigen Angler« zurückkam, lag ein Bericht aus dem Schleusenwärterhäuschen vor. Einer der Russen hatte in eine Fensterscheibe geschossen, und die Video-Kamera war getroffen worden. Man hielt es für eine Trotzreaktion eines Russen, der in einem tief einfallenden Strahl der untergehenden Sonne die Spiegellinse der Kamera hatte aufblitzen sehen, als sie in eine neue Position geschwenkt wurde. Es war nicht zurückgeschossen und auch kein Versuch gemacht worden, die Scheibe zu ersetzen.

Während Anders und MacDonald aßen, meldete ein Leutnant, daß zwei Russen an zwei verschiedenen Stellen gefangen worden waren. Offensichtlich waren sie ausgeschickt worden, um zu erkunden, wo die nächsten Patrouillen postiert waren. Der eine hatte das Pech, in einer Hecke an der Straße nach Marlow auf ein Marineinfanteriekommando zu stoßen. Ihm wurde lautlos und säuberlich die Kehle durchschnitten. Er hatte ein geschwärztes Gesicht und trug keine Papiere bei sich. Der andere war sozusagen unter Freunde gefallen und hatte nur einen gebrochenen Arm davongetragen. Anders ließ ihn sich vorführen.

Er war einer der KGB-Männer, die in Cardiff an Land gegangen waren. Der gebrochene rechte Arm hing schlaff herunter, und sein Khakihemd war blutig. Offensichtlich hatte er Schmerzen, Schweißtropfen standen auf seiner Stirn. Anders zeigte auf einen Stuhl, aber der begleitende Unteroffizier hielt seine Waffe auf ihn gerichtet.

Anders sprach ihn russisch an. »Was war Ihre Aufgabe?«

»Die Soldaten finden und Bericht erstatten.«

»Rudenko?«

Der Mann blickte erstaunt. »Ja, kennen Sie ihn?«

»Was geht im Hause vor?«

»Alle Männer sind bewaffnet, und jeder Raum wird verteidigt. Sie werden großen Schaden anrichten. Man erwartet Sie.«

»Wo hält sich Rudenko auf?«

Der Russe schüttelte den Kopf. »Er bleibt nicht an einem Ort, er ist sehr aktiv und geht von einem Raum in den anderen. Er hat eine Reihe guter Fighter dabei.«

»Wann erwarten Sie den Angriff?«

»Zuerst dachte er heute bei Sonnenuntergang. Nun glaubt er, morgen früh bei Tagesanbruch.«

Anders sah den Unteroffizier an. »Danke, Unteroffizier. Sagen Sie auch dem Leutnant meinen Dank, und dieser Mann hier sollte in das Krankenhaus von Wormwood Scrubs gebracht werden.«

Als der Mann aufstand, hatte Anders irgendwie den Eindruck, als ob er ein längeres Verhör erwartet hätte. Vielleicht wußten sie ja nicht, wieviel schon bekannt war, aber sein Instinkt ließ ihn noch eine weitere Frage stellen.

»Was sollten Sie sagen, wenn Sie abgefangen würden?«

Der Mann lehnte sich schwer gegen einen Tisch an der Wand. »Heute nachmittag brachte Rudenko allerhand aus dem Mädchen heraus, und er sagte: ›Sagt ihnen, daß sie mit uns sterben wird, und zwar beim ersten Angriff.‹ Das ist alles.«

»Was hat er herausgefunden?«

Der Mann zuckte die Schultern. »Ich weiß keine Einzelheiten. Ich weiß nur, daß er herausfand, daß sie ein britischer Spion ist.«

Schweigend sah Anders den Mann eine Weile an. Er konnte die Frage nicht über die Lippen bringen, aber er mußte die Antwort wissen, und schließlich fragte er: »Wie hat es Rudenko herausgefunden?«

Der Mann blutete noch aus dem Mund und schluckte, bevor er antwortete. Er sprach leise und langsam, es war beinahe ein Flüstern: »Er setzte die Männer auf sie an, die sie viele Male mißbrauchten. Dann redete sie.«

26

Man hatte den Kahn bis zur Kirchhofsmauer von Bisham gebracht. Uhren waren verglichen und synchronisiert worden, und MacDonald und Anders hatten ein paar Stunden geschlafen.

Der Fluß war spiegelglatt, kein Wind. Ein paar Vögel flatterten und piepten, und ab und zu sprang ein Fisch mit einem Plumps hoch. Das leise Brausen des Wehrs schien aus weiter Ferne zu kommen.

MacDonald hatte ein kleines, aber starkes Polizeisprechfunkgerät und eine Pistole mit sechs Leuchtpatronen. Eine Luger und die dazugehörige Munition lagen auf einer der Querbänke. Ein kleiner Außenbordmotor befand sich im Fischbehälter des Kahns, und MacDonald würde ihn anbringen, während Anders an Land war, damit sie schnell in den Schutz der Schleuse gelangen konnten.

Auch Anders hatte eine Pistole und ein am rechten Bein festgebundenes Messer. Sie saßen eine Weile ruhig im Boot, und dann sagte Anders: »Also, Mac, los!«

Sie stießen sich mit den Paddeln vom Ufer ab und machten dann ruhige, tiefe Schläge. Es waren nur ungefähr vier Kilometer zurückzulegen, aber sie brauchten dazu eine Stunde, ehe sie an der Stelle waren, wo der Garten des Mill House mit einem schmalen Stück bis ans Wasser reichte. Das Wehr rauschte nun laut und ununterbrochen. Mac sprach dicht an Anders' Ohr: »Viel Glück, Tad, aber warte, bis sich deine Ohren an dieses Getöse gewöhnt haben.« Anders nickte, und Mac hielt mit dem

Kahn aufs Ufer zu. Vorsichtig stand Anders auf und ging an Land. Regungslos blieb er unter einer Weide stehen. Er konnte die Lichter im Haus sehen. Jeder Raum war erleuchtet, und er konnte sogar Geräusche hören, als ob dort eine Party wäre. Vorsichtig bewegte er sich auf dem weichen Rasen auf das Haus zu. Dann hörte man Radio, und er konnte die russischen Nachrichten von Radio Moskau verstehen. Er war stehengeblieben, und da geschah es. Die Waffe wurde ihm in den Rücken gestoßen und eine Stimme sagte auf russisch: »Keine Bewegung, Freund. Hände hoch und langsam auf die Tür zugehen, dort die offene Tür an der Rückseite des Hauses.«

Anders machte zwei große Schritte, und die Waffe blieb fest gegen seine Nieren gepreßt, und da wußte er, daß er davonkommen würde. Der Mann war nicht trainiert. Sie hatten eine Woche geübt, wie man mit einer Waffe im Rücken loskommt, und während der beiden letzten Tage wurde scharfe Munition verwandt. Und dann ist es leicht, man muß nur die Mündung fest im Rücken haben, schon 30 cm entfernt wird es schwieriger, und bei einer Entfernung von einem Meter muß man eine ganz andere Technik lernen. Aber diese Waffe steckte fest in seinem Rücken. Anders drehte sich um, umschloß mit einer Hand den Arm des Mannes mit dem Gewehr und legte mit der gleichen schnellen Bewegung seine andere Hand auf des Mannes Luftröhre. Mit der linken Hand fuhr er ihm dann über den Mund und drückte hart gegen den Mittelknorpel seiner Nase. Man hörte ein ersticktes Geräusch, und dann flüsterte Anders: »Wo ist das Mädchen, Genosse?«

Der Mann wehrte sich wie rasend, und Anders bog den Arm mit der Waffe so weit hoch, daß er am Ellenbogen oder an der Schulter zu brechen drohte. Er stöhnte bei jedem Atemzug, und Anders lief es kalt den Rücken herunter, weil ihm plötzlich klar wurde, warum der Mann solche Angst hatte. Er zog den Arm höher, und es knackte wie ein Hühnerbein, laut und widerlich. Halb erstickt brachte der Mann heraus: »Sie ist tot, Genosse. Sie haben sie vor einer Stunde umgebracht.« Anders zog weiter, aber es war sinnlos, denn das Schultergelenk war herausgesprungen und wurde nur noch von den Bändern gehalten. »Wo ist sie, verdammter Kerl? Wo ist sie?«

Der Mann zitterte. »Vor einer Stunde haben sie sie ins Wehr geworfen«, sein Kopf fiel nach vorn. Als sein Körper zusammensackte, trat Anders zurück und ließ ihn fallen. Im Mondlicht sah man sein weißes Gesicht mit den starren Augen und dem weit offenen Mund. Anders kniete hin, legte seine große linke Hand über den Mund des Mannes und stieß sein Messer in den linken Brustkorb. Er mußte sich zwingen, nicht immer wieder zuzustoßen. Er stand auf und legte sein Gesicht gegen die kühle glatte Rinde eines Baumes. Er fühlte sich so elend, daß er am liebsten die Augen nie mehr aufgemacht hätte. Dann hörte er aus der Nähe Macs Rufe.

»Tad, bist du da?« Dann erkannte er Tad. »Um Gottes willen, Tad, was ist los? Was ist geschehen?«

Tad richtete sich auf und blickte zum Mond empor. »Sie haben sie umgebracht, Mac, sie haben sie umgebracht und ins Wehr geworfen.«

»Weißt du das bestimmt, Tad?«

»Ganz bestimmt, Mac.« Seine Arme hingen herunter und er hielt noch das Messer in der Hand. »Gehen wir, Mac. Die Leuchtpatronen können wir sparen. Wir brauchen sie nicht, wir können einfach zu der Schleuse hinüberstaken.«

Und fünfzehn Minuten später half man ihnen die eisernen Sprossen an der tiefen Schleusenkammer empor.

Das Team in dem Schleusenwärterhäuschen telefonierte mit der Kommandostelle im »Vollständigen Angler«. Fünf Minuten später gingen Leuchtpatronen über Marlow in die Luft und schienen dort eine lange Weile stehenzubleiben. Dann hörte man, wie die ersten Geschosse das Mill House trafen, und Anders beobachtete, wie Leuchtspurmunition ihren Weg zu den oberen Räumen fand. Männer, die in Panik in den Garten gerannt waren, brachen in dem hämmernden Maschinengewehrfeuer vom anderen Flußufer zusammen. Aber die Männer an den Fenstern schossen zurück, und es gab keine Anzeichen, daß sie sich ergeben wollten. Alle Fensterscheiben an dem Schleusenwärterhaus waren zerschossen, und die Ziegel flogen vom Dach. Dann nahm einer der Funker seine Kopfhörer ab und reichte sie Anders. »Sie wollen Sie persönlich sprechen, Sir.«

Anders nahm einen Hörer und drückte ihn ans Ohr, den anderen ließ er herunterhängen. Er nahm ein Handmikrophon und drückte auf den Knopf: »Hier spricht Anders.«

»Hier ist Oberst Gray, Major Anders. Über Funk wurde mir gerade aus Marlow gemeldet, daß der Polizeichef dort einen Mann sah, den er nicht kannte. Er hielt ihn an, aber der Mann schlug ihn nieder und entkam. Nach der Beschreibung könnte es der Bursche Rudenko sein, und wir dachten, daß wir es Ihnen lieber mitteilen. Wir möchten ihn nicht über den Haufen schießen, wenn Sie ihn vielleicht lebendig wollen.«

Anders' Gesicht war unbeweglich. »Wie lange ist das her?«

»Ungefähr sechs bis sieben Minuten.«

»Wo?«

»In der High Street, im Eingang zu der Wiener Kaffee-Bar. Der Mann war naß bis zu den Knien.«

»In Ordnung, Oberst. Überlassen Sie ihn mir. Teilen Sie Ihren Leuten mit, daß ich hinkomme, ich möchte, daß niemand auf der Straße ist. Wenn sich jemand bewegt, werde ich annehmen, es ist Rudenko und schießen.«

»Wollen Sie Feuerschutz von uns, Major?«

»Besteht die Möglichkeit, daß er die Absperrung durchbricht?«

»Nicht die geringste, es wird ja jetzt jede Minute heller.«

»Also dann überlassen Sie ihn mir. Ich werde mich mit Ihnen in Verbindung setzen, wenn ich Hilfe brauche.«

»Verstanden. Aus.«

Während des Gesprächs hatte Anders erkannt, was geschehen war. Rudenko wollte nicht riskieren, geschnappt zu werden. Er war also flußabwärts gegangen, noch gedeckt von dem Nebel, und hatte das Dinghi genommen, das in der kleinen Bucht vertäut war.

Anders ließ sich von Mac zu der ersten Straßensperre in West Street bringen. Der Hauptmann dort ließ sie zur Seite räumen, und sie fuhren weiter bis zu einem Platz in der Mitte der Stadt. Den Einheiten dort war per Funk mitgeteilt worden, daß sie kamen.

Als sie zu dem Kommandoposten hinübergingen, blieb Anders plötzlich stehen und wandte sich zu MacDonald: »Mac, willst du etwas für mich tun?« Mac nickte und sagte: »Ja, Tad, ich soll das Mädchen suchen.« Anders nickte und ging dann alleine zu der Gruppe an dem Funkgerät. Ein etwas dicklicher älterer Hauptmann nahm nach einer Weile die Kopfhörer ab und sagte mit einem breiten Lächeln: »Eben kam durch, daß die Sache am Mill House zu Ende ist. Sieben sind tot, zehn reif fürs Krankenhaus und die anderen haben nichts abgekriegt. Wir haben keinen Ausfall, war eine gelungene Sache, würde ich sagen.« Sein Lächeln verging, als er Anders' Gesicht sah, und er sagte schnell: »Ich soll Ihnen sagen, daß sie den Russen bei dem Kino ausgemacht haben.«

Anders ließ sich eine Walther-Pistole mit zwei zusätzlichen Magazinen geben und wandte sich an den Hauptmann: »Ich möchte nicht, daß irgend jemand eingreift, Hauptmann. Geben Sie diesen Befehl weiter.« Und damit ging er.

Die Hauptstraßen der Stadt verliefen wie ein T, und Anders ging jetzt den kurzen westlichen Balken entlang. An der Post blieb er stehen und lauschte, kein Laut war zu hören. Dann kam er zu einer Seitenstraße, und ungefähr dreihundert Meter entfernt lag das Kino. Er duckte sich und streckte vorsichtig den Kopf vor, um zu sehen, ob die Straße frei war. Nichts bewegte sich, und mit einem Sprung war er auf der anderen Seite. Als er sich an den Hauswänden entlang schob, pfiff eine Kugel durch das Laubwerk des wilden Weins und zerschlug eine große Glastür des Kinos. Dann sah er Rudenko, der eine schmale Sackgasse hinunter zum Fluß gelaufen war, wo an einem seicht abfallenden Ufer Dinghis vertäut werden konnten. Er stand über ein Boot gebeugt und versuchte mit einer Hand einen kleinen Außenbordmotor in Gang zu setzen, während die andere die Waffe hielt.

Er zog an der Leine, aber der Motor stotterte nur und verstummte wieder. Anders' erster Schuß war zu hoch und traf nur den Zylinderblock des Motors. Auch der zweite war noch zu hoch, aber eine schwarze Rauchwolke stieg auf und danach eine kleine orangefarbene Flamme. Der nächste Schuß traf das Boot genau an der Wasserlinie, und es begann schnell zu sinken. Rudenko schoß zweimal zurück, aber weit daneben. Dann kletterte er das Ufer hoch über eine niedrige Gartenmauer. Anders ahnte, wohin er wollte, und lief durch eine Seitenstraße zur Pfarrkirche und auf den Friedhof, wo er sich hinter einen Grabstein hockte.

Zehn lange Minuten mußte er warten, bis sich Rudenko bewegte und links von Anders ein Stein herunterfiel. Er verhielt sich noch eine Weile unbeweglich und sah dann durch eine schützende Wand von hohem Gras und wilden Scabiosen, daß Rudenko nur ungefähr fünfzig Meter von ihm entfernt war. Er blickte in die andere Richtung, weil er annahm, daß Anders ihm durch die kleine Straße und über die Gartenmauer gefolgt war. Rudenkos rechte Hand ruhte mit der Waffe auf einem marmornen Grabstein, während er die lange niedrige Mauer im Auge behielt. Gerade als er über die Schulter zurückblicken wollte, schoß Anders. Der erste Schuß ging in Rudenkos rechte Hand, und die Pistole fiel trudelnd einige Meter entfernt in das hohe

Gras. Der zweite traf den Stein, und ein Marmorsplitter schlitzte Rudenkos Backe auf. Er schien des herausstürzenden Blutes nicht zu achten, sondern ließ Anders nicht aus den Augen, der auf ihn zukam. Vielleicht hatte er das Aufblitzen des Messers gesehen, ehe es in ihn hineinfuhr, aber das war alles. Anders war wie ein wildes Tier und schien taub gegenüber Macs Rufen, der durch den Friedhof auf ihn zugelaufen kam. Er hielt Rudenko immer noch fest, als Mac ihn erreichte und den Arm wegriß: »Nicht weiter, Tad, nicht mehr, es ist schrecklich«, und er blickte in Anders' wildes verzerrtes Gesicht, über das die Tränen strömten. Dann führte er ihn am Arm heraus, über die Brücke in ein Hotel. »Raus«, schrie er die gaffenden Soldaten an, »raus, ihr Idioten.«

An den Tilbury Docks war eine Reihe Fahrzeuge längsseits der »Batory« aufgefahren, die für eine Ostseekreuzfahrt bis Leningrad Passagiere an Bord nahm. Ein Arzt übergab Krankenberichte von vier nicht gehfähigen Verletzten. Commander Bryant übergab den Inhalt von zwei grünen Minnas. Die Särge waren schon früher an Bord gebracht worden, damit die Passagiere nicht beunruhigt würden. Niemand war sehr gesprächig, aber es gab auch keine Reibereien.

MacDonald hatte einige unmißverständliche Worte in die verschiedensten Richtungen losgelassen, was einem Soldaten alles passieren würde, der behaupten wollte, er hätte unmögliche Dinge gesehen. Und er hatte Anders wieder in Form gebracht, ihn in eine Uniform gesteckt und ihm einen Schuß Amphetamine verpaßt. Sir John Walker hatte alle Beteiligten beglückwünscht und Anders einige Wochen Urlaub vorgeschlagen.

Um zwei Uhr nachts lief der Apparat noch, aber die Musik war schon vor zwei Stunden zu Ende gegangen. Anders schlief, und ein Arm hing aus seinem Bett heraus. Er war nicht in seinem Zimmer, sondern nebenan. In der Nähe seiner Hand lag ein Zettel auf dem Boden, auf dem stand: »Ich habe getan, worum du mich gebeten hast. Es ist besser, du fragst nicht weiter nach. Grüße Mac.«

Auf dem Nachttisch stand eine Vase mit einem Dutzend roter Rosen. Einige Blütenblätter waren schon heruntergefallen, und die Rosen ließen die Köpfe hängen. Sie waren schon verwelkt, aber noch nicht ganz.

Ted Allbeury

Quadrille mit tödlichem Ausgang

(Moscow Quadrille, 1976)
Deutsch von Ute Tanner

Ullstein Krimi

1

Das gelbe Kornfeld war von rotem Mohn durchzogen, und am Weg blühten weiße und blaue Kornraden. Die Stadtmitte Moskaus war nur dreißig und der Äußere Ring weniger als zehn Kilometer entfernt. Sie saßen am Feldrain unter Ulmen und Buchen. Das Mädchen trug ein gelbes Sommerkleid mit weißen Borten. Der lange, weite Rock war ihr bis zu den Hüften hochgerutscht, die weißen Knöpfe am Ausschnitt standen offen. Während er ihre Brüste streichelte, trank sie Wodka aus der Flasche.

Sie hatte den Kopf zurückgelegt. Das dichte, blonde Haar fiel ihr in weichen Wellen über die Schultern. Sie war fast zwanzig, aber ihr Gesicht trug einen Ausdruck kleinmädchenhafter Unschuld, als sei sie sich ihrer Reize gar nicht recht bewußt. Die großen, blauen Augen waren fast geschlossen, weil die Sonne sie blendete, die langen Wimpern warfen weiche Schatten auf die Wangen. Krasin staunte wieder einmal, daß ein so bescheidenes, unscheinbares Elternpaar diese kleine Schönheit hervorgebracht hatte. Der Vater – seit fünf Jahren tot – war, nach den Fotos zu urteilen, ein blasser kleiner Angestelltentyp gewesen. Von der Mutter konnte sie nur die blauen Augen und die vollen Brüste geerbt haben.

Mit einem tiefen Zug leerte sie die Flasche und warf sie in das wogende Kornfeld hinter sich. Sie schaute ihn an. Er war mehr als doppelt so alt wie sie – ein gut aussehender, schon ein wenig verbrauchter Mann. Augen, in denen immer ein leiser Spott zu stehen schien. Mund und Kinn fest und voll. Das schwarze Haar noch kaum von grauen Strähnen durchzogen. Sie hatte einmal einen Film mit einem englischen Filmstar gesehen, einem gewissen Rex Harrison, dem er sehr ähnlich sah. Viktor Krasin besaß den gleichen unzerstörbaren Charme.

Es war heiß. Müde vom Wodka und von der Sonne legte sie sich zurück und ließ ihm sein Vergnügen. Seit ihrem fünfzehnten Lebensjahr wurde sie von Männern begehrt und hatte sie gewähren lassen, wenn sie sich ab und zu mit einem kleinen Geschenk revanchierten oder ihr einen Gefallen taten. Von Gefühlen war dabei bisher nie die Rede gewesen, aber das störte sie nicht weiter. Bei Krasin hatte sie allerdings manchmal den Eindruck, daß er sie wirklich mochte. Gelegentlich nahm er sie mit nach Moskau, sie erlebte ihn auf der Bühne, bei Fernseh- oder Funkaufnahmen. Auch zu Parties nahm er sie mit. An Annäherungsversuchen fehlte es dort nicht, aber sie wies alle anderen Bewerber ab, obgleich Krasin sich durchaus nicht als ihr alleiniger Herr und Meister aufspielte. In Moskau war sie auf ihn angewiesen, denn sie besaß keine Aufenthaltsgenehmigung für die Stadt und konnte sich deshalb dort weder ein Zimmer mieten noch allein in einem Hotel übernachten. Krasin war es auch gewesen, der ihr einen Platz an der Schauspielschule besorgt und sie getröstet hatte, als sie dort nach zwei Semestern an die frische Luft gesetzt worden war. Für eine Schauspielerlaufbahn, hatte die hohe Direktion befunden, sei sie wegen ihrer schwankenden Stimmungen denkbar ungeeignet. Ganz umsonst aber war die Ausbildung nicht gewesen. Zu ihrer natürlichen Geschmeidigkeit war eine harmonische Eleganz der Bewegungen gekommen, und es hatte sich eine außerordentliche Begabung für Englisch und Französisch gezeigt, die sich weiter ausbauen ließ.

Selbst mit geschlossenen Augen sah sie die orangefarbene Scheibe der Sonne. Sie mußte an ein Bild denken, das sie in Krasins Wohnung gesehen hatte. Nur der Vorname des Malers – Vincent – war ihr in Erinnerung geblieben. Wie eine große gelbe Blume hatte die Sonne auf dem Druck ausgesehen.

Eine Stunde später begleitete Krasin sie zurück ins Dorf, trank noch einen Tee bei ihr zu Hause und fuhr zurück nach Moskau. Sie solle heute abend Radio Moskau einschalten, sagte er ihr zum Abschied. Es gab wieder einmal eine Funkfassung von *Onkel Wanja.*

Der Mann war schon Anfang Fünfzig, aber er hatte eins jener glatten schottischen Gesichter, die ewig jung wirken. Das rote Haar paßte zu den frischen Wangen, den blauen Augen, den Sommersprossen und dem Schnurrbärtchen. Sir James Hoult saß auf der Kante des Doppelbettes und blätterte in dem neuen Angelkatalog. Die neuesten Wurfangelmodelle reizten ihn, aber die Preise waren gesalzen. Er klappte den Katalog zu und legte ihn neben sich aufs Bett. Vielleicht konnte man beim nächsten Urlaub mal in Alnwick vorbeifahren und versuchen, die Leute ein bißchen herunterzuhandeln.

Er stand auf und ging zum Spiegel, um die Smokingschleife zu binden. Dann zog er die Smokingjacke an. Ohne Schuhe war er ein bißchen klein für den Spiegel, aber die Größe reichte aus, um die beiden Reihen hübscher bunter Ordensbänder zu erkennen. Es überraschte ihn immer wieder, wie sehr die Russen Gesellschaftskleidung, Orden und Ehrenzeichen liebten. Die Wertschätzung von Kriegsauszeichnungen allerdings konnte er ihnen nachfühlen. Für Sir James zerfiel die Welt – eine rasche und unkomplizierte Einteilung – in zwei Gruppen:

In diejenigen, die im Zweiten Weltkrieg gekämpft und in die anderen, die ihn als Drückeberger in der Heimat verbracht hatten.

Er war dabei, sich die Schnürsenkel zuzubinden, als seine Frau das Zimmer betrat. Sie war schon längst fertig. Während sie seine im Zimmer verstreuten Sachen aufhob und aufräumte, sagte sie lächelnd: »Leg die Schuhe nicht aufs Bett, Jamie! Schade, daß ich dich nie in Uniform gesehen habe. Der Kilt muß sehr schick an dir ausgesehen haben.«

Sie setzte sich in einen der Gobelinsessel. Adèle Hoult, geborene de Massu, war eine sehr elegante Botschafterfrau, und Seine Exzellenz wußte, daß ohne sie das Moskauer Gesellschaftsleben während seiner Amtszeit ein neues Tief erreicht hätte. Wenn man Kindheit und Jugend in einem Haus in der Avenue Foch und auf einem Schloß an der Loire verbracht hat, wird man mit der Moskauer Botschaft spielend fertig.

Während sie etwas in ihrer Handtasche suchte, betrachtete er sie liebevoll. Das Licht fiel auf ihr glänzendes, schwarzes, zu einem eleganten Knoten geschlungenes Haar, auf den kindlich-zarten Nacken, die weißen Schultern. Sie sah auf.

»Warum lächelst du?«

»Weil du schön bist.«

Sie schüttelte den Kopf. »Das ist eine Diplomatenantwort. Die Wahrheit dürfte schmuckloser, aber netter sein.«

Er nickte. »Du hast recht, wie immer. Du siehst aus wie ein sehr junges Mädchen, das zu seiner ersten Gesellschaft geht.«

Ein paar Sekunden sah sie ihn schweigend aus nachdenklichen braunen Augen an. »Erstaunlich scharfe Augen hast du«, sagte sie dann leise. Sie hakte sich bei ihm ein, und zusammen gingen sie zur Tür. Sie liebte ihren Mann. Alle sagten, er sei der zäheste Schotte in einer zähen Bande, aber sie wußte es besser. Er hätte Pfarrer werden sollen statt Offizier. Und nie und nimmer hätte er Diplomat werden dürfen.

Der KGB-Leutnant beobachtete das Steuerpult. Es war kurz vor Mitternacht. Auf der Bank vor ihm standen sechs Tonbandgeräte, Revox-Maschinen mit supergroßen Spulen. Sie waren alle angeschlossen, aber nur zwei Spulen drehten sich, in Bewegung gesetzt durch Laute aus den in der Botschaft versteckten Mikrophonen. Nummer drei nahm gerade eine Unterhaltung auf, die der Handelsattaché in seinem Büro mit einem durchreisenden Geschäftsmann führte. Er war mit dem britischen Diplomaten auf dem Empfang der französischen Botschaft gewesen und erkundigte sich jetzt nach dem Moskauer

Nachtleben. Er bekam die üblichen Tips und Warnungen. Auf Nummer fünf diktierte der Botschafter seiner Sekretärin Aktennotizen, in denen Neuigkeiten und Klatschnachrichten festgehalten wurden, die er auf dem Empfang erfahren hatte. Die Sekretärin war neu. In dem russischen Überwachungsteam hatte es unter den englischsprachigen Experten heftige Auseinandersetzungen über ihren Akzent gegeben. Entschieden hatte den Streit der Phonetik-Professor der Universität Leningrad: Sie stammte aus der Gegend von Birmingham. Aber auch er hatte sich erst nach einer oszilloskopischen Prüfung endgültig festlegen können.

Wie alle anderen diplomatischen Vertretungen wurde auch die britische Botschaft rund um die Uhr abgehört. Normalerweise fiel diese Aufgabe in die Zuständigkeit von Abteilung III. Erst seit vier Wochen hatte Abteilung I, die Überwachung übernommen, und ein englischsprachiges Expertenteam war für die Operation abgestellt worden. Was hier eigentlich gespielt wurde, hatte man den Fachleuten allerdings nicht verraten.

Der Artikel mit Foto prangte auf der Titelseite des *Kent* Messenger. Das Foto zeigte Piers Hoult, Sir James Hoults Ältesten, bei der Übergabe des blauen Zulassungsbuches für eine Zwölf-Meter-Fiberglasjacht an den Leiter der Pfadfinder von Medway. In dem Artikel hieß es, die Jacht sei ein Geschenk der sowjetischen Handelsmission an Sir James als Dank für seine Hilfe bei der Absatzförderung für diese in der Sowjetunion gebauten Boote in Großbritannien. Er wiederum habe das Boot den Pfadfindern geschenkt und den jungen Leuten damit offenbar eine große Freude gemacht.

Der KGB-Komplex war zwar schon seit längerer Zeit in den klotzigen Neubau am Äußeren Ring umgezogen, aber gelegentlich wurde, besonders von den hohen Tieren, das alte Hauptquartier am Dsershinsky-Platz noch benutzt. Die alten Hasen fühlten sich dort wohler. Das galt besonders für kleinere Sitzungen.

Der Raum war eine Mischung aus Empire und Jugendstil: Weinrote Samttapete, hohe, schmale Fenster. Die Läden waren zurückgeschlagen, und ein sanfter Herbstwind spielte mit den Säumen der langen Tüllgardinen. An einem Ende des Raums stand vor einem großen Kamin ein runder Tisch mit Obst und Nüssen, um den acht bequeme Ledersessel gruppiert waren. Über dem Kaminsims hing ein altes Leninplakat im

Ahornholzrahmen. Am anderen Ende des Raums stand ein Konferenztisch mit glänzender Mahagoniplatte: vor fünf Stühlen lagen Papier und Bleistifte.

Dort saßen bereits vier Männer. Einer sah von seinen Notizen auf, als sich die Tür öffnete, nickte dem Eintretenden zu und schrieb weiter. Er spürte, daß die anderen drei sich über die Verspätung ärgerten, aber er selbst fühlte keinen Zorn. Dieser Auftritt war typisch Krasin. Gleich darauf legte er den Stift aus der Hand und schob die Akten zur Seite. Er sah auf, sein Blick streifte über die mit ihm am Tisch Sitzenden.

»Tee und Kaffee, Obst und so weiter stehen hinten auf dem Tisch. Bedient euch. Während der Sitzung können Notizen gemacht werden, sie müssen aber zerstört werden, ehe wir das Haus verlassen. Das Thema dieser Besprechung ist streng geheim.«

Er wartete nicht auf eine Bestätigung. Oberst Solowjew hatte das nicht nötig. Er rollte den Stift ein paarmal auf dem grünen Aktendeckel hin und her, dann schob er ihn beiseite und lehnte sich zurück, die Augen geschlossen, um sich besser konzentrieren zu können. Er sprach mit deutlichem georgischen Akzent.

»Vor etwa acht Wochen bekamen wir einen Bericht von unserer Londoner Botschaft. Der wesentliche Punkt war, daß man den derzeitigen britischen Botschafter in Moskau in etwa acht Monaten nach London zurückberufen wird.« Er öffnete die Augen, stützte die Arme auf den Tisch und lehnte sich vor.

»Das wäre von jetzt ab in einem halben Jahr. Der Bericht unserer Leute in London wird durch ein Gespräch bestätigt, das Gromyko vor zwei Wochen in der britischen Botschaft in Paris geführt hat. Die Briten haben bei diesem Gespräch – sozusagen als Versuchsballon – den Namen des Mannes in die Debatte geworfen, den sie als seinen Nachfolger vorgesehen haben, übrigens ein durchaus akzeptabler Mann. Gromyko machte die üblichen schmeichelhaften Bemerkungen über den derzeitigen Botschafter und bekam deutliche Hinweise darauf, daß auf Seine Exzellenz ein neuer Aufgabenbereich wartet. So wie es aussieht, ist geplant, ihn zum persönlichen Berater des Premierministers für außenpolitische Fragen zu ernennen.«

Er legte eine wirkungsvolle Pause ein und fuhr dann fort: »Wir hätten diesen Mann gern auf unserer Seite. Sechs Monate haben wir Zeit, um das zu erreichen. Deshalb habe ich diese Sitzung einberufen.«

Er zog sich die Akten heran und griff nach dem umfangreichsten Ordner. »Zunächst die Personalien. Name: Sir

James Fletcher Hoult. Geboren 1920. Besuch der Manchester Grammar School. Mäßige schulische Erfolge. Sechs Jahre lang, von 1939 bis 1945, Dienst in einem schottischen Infanterieregiment. Im Rang eines Majors aus dem Militärdienst entlassen. Leitende Posten in der Kontrollkommission in Hannover, dann Sonderberater für Westeuropa im Foreign Office. Kein Familienvermögen. Eheschließung mit einer Französin, Adèle de Massu, Tochter eines reichen und einflußreichen Finanzmannes. Nach der Heirat Eintritt in eine Londoner Handelsbank, wo er als Investmentberater für europäische Anlagen tätig war. Vor zweieinhalb Jahren zum britischen Botschafter für die Sowjetunion ernannt.« Er sah auf und lehnte sich zurück. »Das wär's in Kürze. Wir haben einen fünfseitigen Bericht über ihn, den ihr später lesen könnt. Ich möchte gern hören, was Viktor uns zu sagen hat.« Er deutete auf Krasin, der mit leichtem Lächeln dasaß. Aufgrund seiner Doppelrolle als Schauspieler und KGB-Mann konnte er sich schon mal einen Ausbruch aus der strengen Dienstroutine leisten.

»Ich kenne sie beide gut, Alexander. Sie ist eine äußerst charmante Frau. Sehr interessiert an kulturellen Dingen – Theater, Malerei, Dichtung – und sehr, sehr attraktiv. Was ihn anbetrifft – tja, ich würde sagen, daß er uns weder haßt noch liebt. Ohne seine Berichte nach London gesehen zu haben, schätze ich, daß er immer ziemlich neutral geblieben ist.«

Solowjew nickte und sah den Mann an, der ihm gegenüber saß. »Lesen Sie uns vor, was wir noch an Hintergrundmaterial über ihn haben, Sergei.«

Sergei Kusnezow schätzte diese Phase der Gespräche nicht, in der man den Bereich der Fakten verließ und sich auf das Gebiet der Spekulationen begab. Er sah über seinen Brillenrand erst Krasin, dann Solowjew an, dann beugte er sich über seine Papiere.

»Zuerst die Frage des neuen Aufgabenbereichs. Wir haben in den letzten vierzehn Tagen Fotokopien von Dienstanweisungen des Umweltministeriums bekommen, mit denen bestimmte bauliche Veränderungen und Renovierungsarbeiten am Dienstsitz des Premierministers angeordnet werden. Das sieht ganz danach aus, als sollte hier ein wichtiger Mitarbeiter des Regierungschefs einziehen. Als Fertigstellungstermin ist der Februar festgesetzt worden. Das entspricht dem Zeitpunkt, zu dem Hoult für eine neue Aufgabe verfügbar wäre. Seine Exzellenz hat nie einer politischen Partei angehört, ist aber seit seiner Schulzeit ein persönlicher Freund des Premierministers. Sie haben den Kontakt – von der Kriegszeit einmal abgesehen – nie abreißen lassen. Aus vielen unserer Berichte geht hervor, daß der Premier häufig Hoults Rat in innen- und außenpolitischen Fragen eingeholt hat. Trotzdem steht er der Partei des Premierministers nicht besonders positiv gegenüber. Wir wissen, daß Hoult sich über beide großen Parteien verschiedentlich sehr kritisch geäußert hat. Aber zweifellos geht seine Berufung zum Botschafter in Moskau auf das Drängen des Premierministers zurück. Die Karrierediplomaten und Beamten waren alles andere als erfreut darüber.

Gedient hat er bei der *Black Watch*, einem schottischen Regiment, in dem noch der Kilt getragen wird. Wir haben in unseren Akten Fotos der Uniformen und auch Bilder von Hoult als Offizier.

Über Hobbys, sportliche Betätigungen oder außereheliche sexuelle Aktivitäten liegt uns nichts vor.«

Er schob seine Brille auf die Stirn. »Wir haben seine Finanzen überprüft. Er hat ein Konto bei einer Zweigstelle der Barclays Bank in Tunbridge Wells. Vor vier Tagen hatte er 7400 Pfund auf seinem Spar- und 710 Pfund auf seinem Girokonto. Er besitzt ein Haus in einem Dorf bei Tunbridge Wells, das auf 35 000 Pfund geschätzt und von einer Haushälterin und einem Teilzeitgärtner betreut wird. Wenn er in den Ruhestand tritt, erwartet ihn – in heutigem Wert – eine Pension von 7000 Pfund im Jahr.«

Er hielt inne und sah Solowjew an, doch dieser schwieg.

»Haben wir schon mal versucht, ihn uns mit Geld zu angeln, Solowjew?« fragte Krasin.

Dieser nickte. »Natürlich. Zu dem ersten Geburtstag, den Madame in Moskau verlebte, haben wir ihr eine Kamera geschenkt, zum letzten Jahrestag der Revolution eine goldene Uhr und zu ihrem vergangenen Geburtstag eine wertvolle Ikone. Unsere Leute in London sind der Sache nachgegangen. Sämtliche Geschenke sind pflichtschuldigst dem Foreign Office gemeldet worden, ebenso alle offiziellen und inoffiziellen Geschenke, die Seine Exzellenz erhalten hat.

Wir hatten ihn um seine Hilfe bei der Absatzförderung unserer Glasfiberboote gebeten. Eine der Jachten ließen wir auf seinen Namen eintragen und zahlten für drei Jahre einen Liegeplatz in Medway. Er gab das mit der gebührenden Dankbarkeit in der Öffentlichkeit bekannt und schenkte das Boot den örtlichen Jugendorganisationen in Chatham.

Es gibt da noch ein paar Anläufe, aber meiner Ansicht nach steht fest, daß wir ihn mit Geld nicht bekommen. Er ist sehr vorsichtig und gewissenhaft.«

Krasin nickte. »Das würde ich auch sagen. Und homosexuell ist er auch nicht, für so etwas habe ich eine feine Nase.« Er blies sich eine unsichtbare Staubflocke vom Ärmel und sah Solowjew offen an. »Es wird gut sein, Alexander, wenn du jetzt deine Karten auf den Tisch legst, sonst verirren wir uns womöglich noch auf Nebenwege.«

Solowjew stand auf, trat an den Tisch mit dem Obst heran und betastete die großen Birnen, bis er eine gefunden hatte, die ihm behagte. Er biß hinein, ging zum Konferenztisch zurück und blieb hinter seinem Stuhl stehen.

»Das zuständige Unterkomitee des Präsidiums wünscht, daß dieser Mann uns entweder wohlgesinnt ist oder sich uns gegenüber verpflichtet fühlt. Bei allem, was wir tun, um dieses Ziel zu erreichen, ist es wichtig, äußerst diskret vorzugehen. Personelle und finanzielle Mittel stehen uns unbegrenzt zur Verfügung. Die Operation hat auf dem nichtmilitärischen Sektor absolute Priorität. Der Botschafter interessiert uns nicht nur wegen seines Einflusses auf den Premierminister, sondern wegen der derzeitigen Situation in Großbritannien.« Er wischte sich den Birnensaft von der Hand und deutete auf den vierten seiner Mitarbeiter.

»Levin hat eine ausführliche Auswertung der politischen Lage in Großbritannien vorbereitet. Für diese Sitzung genügt zunächst eine Zusammenfassung.«

Er gab dem untersetzten Mann in der Uniform eines KGB-Majors einen Wink. Dieser nickte und fing an zu sprechen, ohne einen Blick in seine Akten zu werfen.

»Mit dem, was ich sage, gebe ich die Ansichten der Abteilung Sondereinsätze wieder. Man ist dort der Meinung, daß Großbritannien zur Zeit der marxistisch am stärksten beeinflußte Staat Westeuropas ist. Zu dieser Entwicklung ist es allmählich, aber nicht unbedingt auf Wunsch der Bevölkerung gekommen.

Von 1973 ab konnten wir unseren Einfluß in den Gewerkschaften, in den Medien und bei den Politikern zunehmend verstärken. Die Einstellung zur Kontrolle der Betriebe durch die Arbeitnehmer, zu den hohen Steuern, der Verstaatlichung ganzer Industriezweige, zur Zensur und Steuerung der Presse hat sich durch geschickte Gesetzgebung geändert. Es zeigen sich allerdings zur Zeit gewisse Zeichen des Widerstandes von seiten des Parlaments und der Bevölkerung. Seit vielen Jahren verteilen sich die Stimmen in Großbritannien jeweils zur Hälfte auf die beiden großen Parteien; das ist nach wie vor der Fall, aber es zeichnet sich eine zunehmende Verstimmung über die in letzter Zeit erlassenen Gesetze ab. Die Opposition bekommt in Nachwahlen und Kommunalwahlen wachsende Unterstützung.

Der Premierminister konnte allem Anschein nach bisher immer erfolgreich zwischen dem rechten und dem linken Flügel seiner Partei vermitteln. Fast zwei Jahre lang war die Opposition zerstritten, aber jetzt kann sie eine steigende Zahl von Anhängern verzeichnen. Die Presse schießt aus allen Rohren gegen die Linken, und nach Meinung der Abteilung für Sondereinsätze ist es durchaus denkbar, daß dieser Druck in einem Jahr den Premierminister zwingen könnte, abzudanken oder Neuwahlen auszuschreiben. Der Botschafter soll ihn bei der Stange halten. Wir brauchen noch etwa eineinhalb bis zwei Jahre, um unsere Position zu stabilisieren.«

Nachdenklich musterte er Krasin, den Außenseiter. Dieser machte schmale Lippen und zuckte die Schultern.

»Sind denn die Briten so wichtig für uns, Genossen?«

Es war Solowjew, der sich rasch einschaltete.

»Allerdings, mein Freund. Wir haben große kommunistische Parteien in Italien und Frankreich, aber was erreichen wir mit denen? Rein gar nichts. In London haben wir mehr Fortschritte erzielt als in ganz Europa zusammengenommen. Die Kontrolle sämtlicher Energiequellen, sämtlicher Medien, sämtlicher Verkehrsmittel ist zum Greifen nahe. Zugegeben, der Parteiapparat, über den wir dort verfügen, ist nicht der Rede wert, aber darauf kommt es gar nicht an. Wir könnten in Großbritannien durch eine offene Revolution in zwei Monaten an die Macht kommen, aber der Preis, den wir dafür zu zahlen hätten, wäre hoch. Über Nacht hätten wir damit das übrige Europa verloren. Wenn die Machtergreifung still und unbemerkt kommt – und das ist bereits angebahnt –, geht ganz Europa früher oder später freiwillig denselben Weg. Alles, was wir brauchen, ist Zeit.

Der Botschafter wird nicht unsere einzige, aber er könnte die entscheidende Waffe sein. Wenn schwache, ehrgeizige Männer unter Druck geraten, kann ein scheinbar neutraler Ratschlag den Ausschlag geben. Das Komitee hat entschieden, daß alle Anstrengungen gemacht werden müssen, diesen Mann auf unsere Seite zu ziehen.«

Es gab eine kleine Pause. Dann fragte Krasin: »Soll er *wirklich* auf unserer Seite stehen, oder genügt es, wenn er sich von uns steuern läßt?«

Solowjew nickte ihm anerkennend zu. »Du hast es erfaßt, Viktor. Eine echte Loyalität wäre uns natürlich am liebsten, aber wir würden uns auch damit zufriedengeben, ihn unter unseren Einfluß zu bringen – freiwillig oder unfreiwillig. Die besten Kräfte sollen für diese Aufgabe mobilisiert werden. Deshalb bist du hier, Viktor. Wir werden alle Anstrengungen unternehmen, den Botschafter von unserer Politik zu überzeugen. Vorsichtshalber aber werden wir uns auch bemühen, eine Verpflichtung zu schaffen, der er sich nicht entziehen kann.«

Krasin stand auf und streckte sich. »Es gibt noch einen Punkt, an dem wir ansetzen könnten, Alexander.«

»Nämlich?«

Krasin wandte sich ihm lächelnd zu. »Wie steht es mit Madame? Sie dürfte wesentlich leichter zu beeinflussen sein als Sir James«

»Hm – da ist wahrscheinlich Vorsicht geboten. Auf keinen Fall dürfen wir auffallen. Aber das können Sie wahrscheinlich am besten beurteilen, mein Freund.«

Krasins Lächeln wurde breiter. »Heißt das, daß Sie mir die Regie antragen?«

»So ist es. Ich bitte um Vorschläge.«

Krasin ließ sich wieder in seinen Sessel fallen und streckte die langen Beine aus. Die Hände hatte er tief in die Taschen geschoben. Nachdenklich kaute er an der Unterlippe.

»Es läuft also auf die ›Schwalben‹ heraus«, meinte er schließlich. »Mit Geld erreichen wir nichts, mit hübschen Knaben auch nichts – also müssen die Mädchen her. Wer käme da in Frage? Sie sollte im Typ seiner Frau möglichst ähnlich sein, würde ich sagen. Elegant, gebildet, unabhängig, talentiert. Eine ausgesucht schöne Brünette. Männer fliegen entweder auf denselben Typ in einer jüngeren Ausgabe oder auf das genaue Gegenteil. Bei Sir James tippe ich darauf, daß ihn derselbe Tip reizt.«

»An wen denkst du?«

Ausnahmsweise einmal machte Krasin ein ernstes Gesicht. Er hatte die Hände wie im Gebet zusammengefügt, die Fingerspitzen berührten seine Lippen. Eine Weile wiegte er sich leicht auf seinem Stuhl hin und her und sah in tiefer Konzentration vor sich hin. Dann saß er lange ganz still. Schließlich legte er die langen, schmalen Finger in einer entschlossenen Bewegung fest zusammen und wandte sich wieder seinen Kollegen am Tisch zu.

»Ich schlage Lydia vor. Lydia Uspenskaja.«

Er lächelte zufrieden. Es war Solowjew, der als erster das Wort ergriff. »Ist das die junge Frau, die in der vorigen Woche die Fernsehsendung über moderne Filme moderiert hat?«

»Genau. Ich habe die Sendung nicht gesehen, aber Lydia wird seit fast zwei Jahren eingeschaltet, wenn wir mit den Amerikanern und Engländern über gemeinsame Filmprojekte verhandeln.«

»Was sind das für gemeinsame Filmprojekte?« Kusnezow zog ein mißbilligendes Gesicht, und Krasin machte es Spaß, ihn noch mehr in Rage zu bringen.

»Der Tschaikowski-Film wurde zusammen mit den Amerikanern, ›Das rote Zelt‹ in Zusammenarbeit mit den Engländern gedreht. Der männliche Star war ein Engländer, ein gewisser Peter Finch.«

»Stimmt das, Solowjew?«

»Wenn Genosse Krasin es sagt, wird es schon stimmen. Für Filme ist er zuständig. Was wird sie verlangen, Viktor?«

Krasin zuckte lächelnd die Schultern. »Geld und gute Worte – und unablässige Bewunderung.«

»Sie ist sehr schön. Hat sie Erfahrung;«

»Sie meinen – im Bett?«

»Im Bett – und auch sonst in solchen Operationen.«

»Große Erfahrung sogar. Sie war mit mehreren Generälen und einer Handvoll Diplomaten liiert, und Schauspieler hat sie natürlich schon jede Menge durchprobiert. Im übrigen würde sie bei dieser Aktion tun, was ich ihr sage. Sie wäre die Idealbesetzung.«

Solowjew sah die anderen an. »Irgendwelche Einwände?«

Sie schwiegen.

»Gut, Krasin, Sie übernehmen die Oberleitung. Eine gute Regie, verstanden? Und keine falschen Töne.«

2

Krasin war allein zurückgeblieben und hatte sich in die Akten vertieft. Er las sie mit einer Gründlichkeit, die seine Kollegen – außer Solowjew – überrascht hätte. Es war schon nach Mitternacht, als er auf der kleinen Vortreppe stand und über den Roten Platz sah.

Die Lichter spiegelten sich in den tiefhängenden Wolken, und als er über den Swerdlow-Platz ging, sah er die weiße, in Scheinwerferlicht getauchte Fassade des Bolschoi-Theaters und die jungen Leute, die sich dort die Fotos und Programme in den Glaskästen anschauten. Auch das Ausländerhotel National war hell beleuchtet. Einen Augenblick lockte es ihn, wieder unter vergnügten, lebhaften Menschen zu sein, aber die Regung war gleich wieder vorbei. Er ging die Gorkistraße hinauf zu dem Wohnblock, in dem er seine zwei Zimmer hatte.

Er machte Licht und sah sich im Wohnzimmer um. Der Instinkt des Einzelgängers trieb ihn, stets die ganze Wohnung zu inspizieren, ehe er sich entspannte. Irgendwann, bei einer neuen Nacht der langen Messer, würde er heimkommen und feststellen, daß die falsche Seite gewonnen hatte. Dann würden die Möbel zerschlagen, die Tapeten von den Wänden und die Bodenbeläge vom Fußboden gerissen sein, die Schläger von der Fünften Hauptabteilung würden ihn angrinsen und darauf warten, daß er sich umdrehte und die Flucht ergriff. Aber heute war alles in Ordnung.

Er zog sein Jackett aus, goß sich einen Whisky ein und trank ihn schluckweise. Dann stellte er das Glas auf dem Fensterbrett ab und setzte sich an den Flügel.

Er war kein Profi, aber seine Leistungen als Hobbypianist waren beachtlich. Er schob die Ärmel zurück. Eine Weile glitten seine Finger wie suchend über die Tasten, dann erwachte seine Linke zum Leben, sein kleiner Finger griff die Dezimen, die ihn so faszinierten. Aus dem Kontrapunkt von *Manhattan* glitt er in Chaminades *Plaisirs d'Amour* und spielte dann ein Chanson, in dem es in einer Zeile hieß: »le chaland qui passe...« An die nächsten Worte konnte er sich nicht mehr erinnern. Er stand auf und schaltete das Radio ein. Die Klänge von *Kalinka* erfüllten den Raum. Das war in dieser Woche jetzt schon das dritte Mal um diese Zeit... Wahrscheinlich ein Kode von Abteilung 13 an einen einsamen »Illegalen« in Paris, Hamburg oder London. Die Programmzusammenstellung in den frühen Morgenstunden war manchmal recht sonderbar.

Er griff nach seinem Adreßbuch, schlug eine Nummer nach und wählte. Er ließ es drei, vier Minuten lang läuten, aber niemand meldete sich. Wahrscheinlich war sie bei dem blonden Generalmajor – wie hieß er doch gleich? Der Name fing mit S an. Simonow, Sinjowski... Ja, das war's. Andrei Sinjowski. Ein aufgeblasener Bursche, er hätte ihr Großvater sein können, aber weiter als bis zum Generalmajor hatte er es nicht gebracht. Krasin ließ sich vom Moskauer Hauptquartier Sinjowskis Nummer geben. Nach langem Warten meldete sich eine heisere Männerstimme.

»Sinjowski. Wer ist dort?«

»Ich hätte gern Lydia Uspenskaja gesprochen, Genosse General.«

»Wer, zum Teufel, spricht da?«

Krasin lächelte vor sich hin, aber er schwieg. »Wer ist dort?« wiederholte der General merklich lauter.

»Ich möchte die Uspenskaja sprechen.«

Es gab eine kleine Pause, und dann sagte die Stimme vorsichtig: »Sie ist nicht greifbar.«

Krasin grinste. Bei diesen dickschädeligen Militärs brauchte man nur zu warten, bis sie sich in ihrer eigenen Schlinge gefangen hatten.

»Verstehe. Dann fragen Sie sie doch bitte mal nach der Nummer ihrer Moskauer Aufenthaltsgenehmigung. . .«

Am anderen Ende der Leitung hörte man schweres Atmen, dann die gurrende Schlafzimmerstimme des Mädchens.

»Hier Lydia Uspenskaja. Wer ist dort?«

»Krasin, mein Schatz. Ich muß dich sprechen. In meiner Wohnung.«

»Jetzt?«

»Jetzt.«

»Aber es ist fast halb drei, Viktor.«

»Und?«

»Wo ist Jelena? Habt ihr euch gestritten?«

Krasin seufzte. »Es ist dienstlich, Lydia. Bitte zieh dich an und komm gleich her. Er soll dich vor der Haustür absetzen, ich warte oben.« Er legte auf.

Selbst in dieser grauen Morgenstunde wirkte sie modisch-schick und sehr gelassen. Das schwarze Kostüm im Chanel-Look stammte sichtlich aus Paris. Nur die hohen Wangenknochen verrieten ihre slawische Herkunft. Die klare, hohe Stirn, die schmale, vollendete Nase, die dunkelbraunen Augen hätten auch einer anderen internationalen Schönheit gehören können. Der Mund war schön geschwungen und hatte an jeder Seite ein tiefes Grübchen, auch wenn sie nicht lächelte. Die langen Beine hatte sie übereinandergeschlagen.

Sie schüttelte den Kopf, als Krasin ihr eine Zigarette anbot, und wartete gespannt auf eine Erklärung. Die Mitglieder des weiblichen Stabes, der zur Verführung von Ausländern bereit stand, hießen im KGB-Jargon »Schwalben«. Auch Lydia Uspenskaja war eine Schwalbe, aber sie wurde nur ausnahmsweise eingesetzt, weil ihre Talente sonst anderweitig genutzt wurden. Nur für besondere Gelegenheiten griff man auf ihre Dienste zurück. Ihre lockere, aber anhaltende Beziehung mit Krasin fußte auf ihrer Tätigkeit im künstlerischen wie auch im KGB-Bereich. Sie sah in ihm einen Freund und vertraute ihm, soweit man in diesen Kreisen von Vertrauen sprechen konnte. Wie viele schöne und intelligente Frauen in Moskau fand sie ihn sowohl geistig als auch körperlich anziehend. Es gab Hunderte von attraktiven Männern in der Stadt, aber Krasin nahm entschieden eine Sonderstellung ein. Druck von oben schien ihm gleichgültig zu sein, und bei den unvermeidlichen Zusammenstößen mit den Parteibonzen schien er stets einen Schutzengel zu haben. Bei den Ausländern war er beliebt, ja, sie sahen in ihm fast einen der ihren. Aber darin, das wußte Lydia, irrten sie sich. Hinter dem Charme und dem schillernden Schauspielergehabe verbarg sich unerschütterliche Parteitreue. Er selbst riskierte die gewagtesten politischen Witze, aber wenn er die Namen derer nicht verriet, die darüber am lautesten gelacht hatten, dann wohl deshalb, weil sie ihm zu unbedeutend waren.

Sie hatte zweimal mit ihm geschlafen und hatte – obgleich sie das natürlich nicht beweisen konnte – das Gefühl gehabt, daß er sie nur ausprobierte. Daß er Lust dabei empfunden hatte, bezweifelte sie nicht, aber selbst den Höhepunkt hatte er mit geöffneten Augen erlebt, sie unablässig beobachtend.

Jetzt setzte er ihr über eine Stunde lang seine Pläne in allen Einzelheiten auseinander und gab ihr ausführliche Anweisungen. Warum der Botschafter so wichtig war, verriet er ihr nicht.

Krasin versprach, ihr eine Moskauer Aufenthaltsgenehmigung und eine kleine Wohnung am Majakowski-Platz zu besorgen. Im KGB-Lohnbüro im Ministerratsgebäude des Kreml sollte ihr ein Konto eingerichtet werden. Sie bekam einen einfachen Wortkode, den sie beim Telefonieren benutzen sollte, und zwei Telefonnummern. Die eine war für Routinemitteilungen, die andere für Notfälle bestimmt.

In den nächsten drei Tagen hörte sich Krasin die Bänder mit den belauschten Botschaftsgesprächen an. Er unterhielt sich lange mit zwei der Hausmädchen und dem Botschaftsfahrer. Ende der Woche stand der Zeitplan für die Aktion. Ein Team sollte sich eine der englischen Sekretärinnen vornehmen, ein anderes es beim Handelsattaché versuchen. Inzwischen hatte Lydia Uspenskaja bereits an zwei diplomatischen Empfängen teilgenommen, die auch der Botschafter besucht hatte. Krasins Anweisungen folgend hatte sie keinen Versuch gemacht, einen direkten Kontakt herzustellen.

Mitte der darauffolgenden Woche wurden Sir James und seine Frau zu einer Cocktailparty des Bildungsministeriums in den Kreml eingeladen. Krasin hatte Hoults Reaktionen genau beobachtet, als Lydia den Exzellenzen vorgestellt wurde. Sie waren über konventionelle Höflichkeitsbezeugungen nicht hinausgegangen.

Nach Aussage aller Botschaftsangestellten war die Ehe der Hoults harmonisch. Madame kümmerte sich um die gesellschaftlichen Verpflichtungen, ihr Mann machte pflichtschuldigst, aber ohne große Begeisterung mit. Im ersten Monat des Einsatzes waren Krasin, Lydia, manchmal auch Jelena zwei- oder dreimal in der Woche mit dem Botschafter zusammen. Lydia war dabei nur eins von mehreren hübschen Mädchen in dem Kreis um Krasin, und erst in der sechsten Woche war sie erstmals kurz mit dem Botschafter allein.

Es war ein typischer Moskauer Herbstabend mit einem samtblauklaren Sternenhimmel. Hinter den gleißenden Scheinwerfern, die auf das Spielfeld und die Ehrentribünen gerichtet waren, verschwand die Zuschauermenge bis auf die kurzen Augenblicke, in denen ein Streichholz aufflammte, um eine Pfeife oder Zigarette anzuzünden. Das Stadion war voll, obgleich es sich nur um ein Freundschaftsspiel handelte. Hinter dem Tor auf der rechten Spielfeldhälfte wogten und schwankten, von willigen, aber unsicheren Armen hochgehalten, die blauen Fahnen Schottlands.

In der VIP-Loge befanden sich, bis auf Lydia und Jelena, nur Männer. Lydia saß zwischen dem Botschafter und Krasin, auf Krasins anderer Seite saß Jelena. Lydias schönes Gesicht umrahmte ein Silberfuchspelz, in der Kälte war ihre Haut rosig angehaucht und die Sterne spiegelten sich in ihren Augen. Zur Halbzeit stand das Spiel noch null zu null. Lydia hatte den Wunsch geäußert, die Gastmannschaft kennenzulernen. Krasin und dem Botschafter gelang es, sie bis zum Spielende zu vertrösten. Als der Schlußpfiff ertönte, hatte die Moskauer Mannschaft zwei Tore geschossen. Die Zuschauer waren auf ihre Kosten gekommen. Der Botschafter sah, wie die Polizei einige seiner Landsleute verhaftete, die mit wehenden Schals, Flaschen in der Hand, aufs Spielfeld gelaufen waren.

Der Präsident der Schottischen Fußballvereinigung begleitete Hoult und die Uspenskaja in die Garderoben. Umgeben von Dampf und dem Geruch nach Schweiß und Massageöl schüttelten sie den Spielern die Hand, und Lydia Uspenskaja hatte trotz ihrer ausgezeichneten Englischkenntnisse kaum ein Wort verstanden. Draußen wurden sie von Krasin, Jelena und einem Uniformierten erwartet. Der stellvertretende Moskauer Polizeichef meinte, daß man vielleicht darauf verzichte, die schottischen Schlachtenbummler einzusperren, wenn der Botschafter bereit wäre, ihnen ein paar deutliche Worte zu sagen.

Die große Zelle war auf der anderen Seite des Stadions. Der Krach, den die Ranger-Fans veranstalteten, war beträchtlich. Auf dem Gang roch es nach Erbrochenem. Sir James gab den Mädchen einen Wink, mit Krasin vor der Tür zu warten. Aber Krasin tat, als habe er ihn nicht bemerkt. Sie standen direkt hinter dem Schotten, als er seinen Landsleuten gegenübertrat. Sie wußten, was ein Russe in so einem Fall getan hätte, und waren gespannt auf Houltons Reaktion.

Er blieb ruhig in der Tür stehen, und es wurde langsam still im Raum. Er musterte die Gesichter. Wie gut er sie kannte... Die Männer der Black Watch, der Highland Light Infantry, sie alle hatten solche Gesichter gehabt. Als niemand mehr sprach, begann er:

»Guten Abend miteinander. Ich heiße Hoult, Jamie Hoult. Ich bin euer Botschafter hier in Moskau und freue mich, euch alle zu sehen. Es war ein tolles Spiel und ein faires Ergebnis. Es ist schön, daß ihr die lange Reise nicht gescheut habt, und ich wünsche euch allen eine gute Heimkehr. Schotten sind heute abend ein bißchen dünn gesät hier. Um so wichtiger ist es, daß ihr euch anständig benehmt.« Er machte eine halbe Drehung zur Tür, dann wandte er sich noch einmal um.

> Kämpft der Mann und wird nicht trunken,
> kämpft und läßt sich nicht erschlagen,
> küßt der Mann ein schönes Mädchen,
> darf er stets zurück sich wagen.«

Einen Augenblick blieb es still, dann erhob sich donnernder Beifall, und der kleine, korrekte Sir James ging reihum und schüttelte den rauhen Burschen die Hand.

Die Russen hatten nur halb verstanden, was sich hier abgespielt hatte. Aber soviel hatten sie begriffen: Hier war ein Profi am Werk gewesen.

Zu viert waren sie dann zu einer kleinen Feier in Krasins Wohnung gezogen. Seine Exzellenz hatte einen Toast auf den Sieg der Dynamo-Mannschaft ausgebracht. Es war Jelena gewesen, die die peinliche Frage stellte:

»Betrinken sich alle Schotten so?«

Der Botschafter stellte das Glas ab und sah das Mädchen an. Er dachte einen Augenblick nach, dann sagte er mit leicht schräggelegtem Kopf, als horche er auf etwas nur ihm Vernehmliches: »Wer für einen Hungerlohn schuften muß, wer weder richtig lesen noch schreiben kann, wer in menschenunwürdigen Verhältnissen lebt, der trinkt – oder zettelt eine Revolution an.« Er lächelte ein wenig. »Und wer von uns würde es wagen zu entscheiden, welches die bessere Lösung ist...«

Krasin brach das Schweigen.

»War das, was Sie vorhin zitierten, ein Gedicht?«

Hoult nickte. »Ja. Ein Gedicht von Robert Burns, den Sie in Moskau so verehren.«

»Erzählen Sie uns von ihm«, bat Lydia lächelnd, und er kam ihrer Bitte gern nach.

Zwei Stunden waren vergangen, als sie nach dem Botschaftswagen telefonierten. Seine Exzellenz setzte Lydia Uspenskaja vor der Tür ihres Wohnblocks ab.

In der nächsten Woche machte sich Lydia auf Krasins Geheiß in der diplomatischen Szene ein bißchen rar. Dafür besorgte er Adèle Hoult eine persönliche Einladung Gromykos und seiner Frau zu einer Sondervorstellung im Bolschoi-Theater, während ihr Mann auf zwei Tage mit dem Marineattaché nach Leningrad geflogen war.

Krasin fuhr Mrs. Hoult höchstpersönlich zur Botschaft zurück, und sie sprachen bis zum frühen Morgen über Musik. Natürlich wußte er, daß auch ein kleiner Flirt hier und da zum diplomatischen Rüstzeug einer Botschaftersgattin gehört. Aber er registrierte, daß sie ihm aufmerksam zuhörte und in ihre Gastgeberinnenrolle einen Hauch persönliche Wärme einfließen ließ.

In der nächsten Woche wurde für die Damen der französischen und britischen Botschaft eine Bootsfahrt arrangiert, bei der Krasin charmant und zweisprachig den Gastgeber spielte. Auch Gastgeschenke gab es, hohe, silbergefaßte Trinkgläser mit Gravur, sorgsam in Seidenpapier eingewickelt und mit rosa Bändchen verschnürt.

Als Adèle Hoult abends ihr Päckchen auswickelte, lächelte sie über die Inschrift. »Belle dame – bel jour. Moscou.«

Für die folgende Woche war eine kleine Feier in Leningrad geplant. Das Eremitage-Museum hatte der Royal Academy in London sechs französische Impressionisten als Leihgabe zur Verfügung gestellt, und der Direktor hatte den britischen Botschafter eingeladen, vor der Abnahme der Gemälde die Galerie zu besichtigen, mit den Kuratoren des Museums Tee zu trinken und ein Fernsehinterview zu geben.

Ausnahmsweise waren unter den Teilnehmern keine bekannten Gesichter, sondern nur Fremde. Aber als die Förmlichkeiten fast vorbei waren, rückte das Fernsehteam mit Scheinwerfern und Geräten an, und am Ende der großen Halle erschien Lydia Uspenskaja, umgeben von einer Gruppe junger Männer, ein Klemmbrett mit Notizen in der Hand. Der Botschafter spürte, wie sich seine Spannung löste, als er ihr bezauberndes Lächeln sah. Er war wieder unter Freunden. Sie brachte ihn dazu, ganz unbefangen über sich und sein Leben in Moskau zu sprechen. Als die Scheinwerfer erloschen, wurde ihm klar, daß ihm zum ersten Mal im Leben ein Fernsehinterview richtig Spaß gemacht hatte.

Sie waren zusammen nach Moskau zurückgefahren, und es war Mitternacht, als sie vor ihrer Wohnung hielten.

Krasin hatte den Anruf entgegengenommen, ohne Fragen zu stellen. Er wußte, Lydia würde ihm sobald wie möglich persönlich Bericht erstatten. Eine halbe Stunde später war sie da. Er bot ihr einen bequemen Sessel an und goß ihr einen Drink ein.

»Wie ich höre, hast du heute deine Sache gut gemacht«, meinte er mit belustigtem Lächeln.

»Soll das heißen, daß du mich ständig beobachten läßt?«

»Natürlich.«

»Ich habe nichts gemerkt.«

Er lachte. »Das wäre auch schlimm, mein Schatz. Und jetzt erzähle!«

»Aber du weißt doch sicher schon alles. Hat man dir nicht die Bänder vorgespielt?«

»Ich möchte es von dir hören.«

»Sehr viel gibt es nicht zu erzählen, Viktor. Ein paar Küsse, eine zärtliche Hand. . .«

»Weiter!«

»Dein Plan hat gut geklappt. Er hat sich, glaube ich, wirklich gefreut, als er mich in Leningrad sah. Es war sonst kein Bekannter von ihm da. Er ist mit mir zum Essen ins Metropol gegangen. Wir sind im Lenin-Park herumgeschlendert, und hinterher sind wir ins Kino gegangen. Es gab einen Breitwandfilm. Unter dem einfachen Volk schien er sich sehr wohl zu fühlen. Er selbst ist ein einfacher Mann geblieben hinter der Diplomatenfassade. Dann hat er mich in seinem Dienstwagen nach Moskau mitgenommen, und ich habe ihn zum Kaffee in meine Wohnung gebeten. Ja, das war's eigentlich schon.«

»Wie hast du ihn in Gang gebracht?«

»Eigentlich brauchte ich überhaupt nichts zu tun. Oder – vielleicht doch. . . Ich fragte ihn nach dem schottischen Dichter, den er neulich zitiert hat. Er hat ein paar von seinen Gedichten für mich gesprochen. Zuletzt eins, das sehr hübsch war und von einer roten Rose handelte. Dann hat er mich geküßt. Und so weiter.«

»Wo geschah das?«
»Im Wohnzimmer.«
»Wo genau?«
Sie seufzte ein bißchen. »Ich hatte mich an die Tür gelehnt.«
»Und er?«
»Er hatte sich an mich gelehnt.«
»War er erregt?«
»Ja.«
»Und wie ging es weiter?«
»Er hat mich angefaßt.«
»Deine Brüste?«
»Nein, nicht meine Brüste. Ist das so wichtig, Viktor? Er begehrte mich, willst du dich nicht damit zufriedengeben?«
»Hast du ihn ermutigt?«
»Ich habe ihn weder ermutigt noch entmutigt. Ich habe es einfach geschehen lassen.«
»Und – war er zufrieden?«
Sie sah ihn ein wenig ungeduldig an. »Ja. Ich habe ihn auch angefaßt.«
»Was hat er getrunken?«
»In der Eremitage nur Tee, und zum Essen etwa zwei Glas Wein.«
»Habt ihr euch wieder verabredet?«
»Nein. Aber er ruft mich morgen an.«

Am nächsten Tag ließ Krasin die Bänder ablaufen und sah sich den Film an. Lydias Schilderung war korrekt gewesen. Nach seinen früheren Erfahrungen rechnete er damit, daß sich die Geschichte wie geplant weiterentwickeln würde.
Am späten Vormittag rief er bei Lydia an.
»Hat er sich schon gemeldet?«
»Nein.«
»Am Telefon wird er wahrscheinlich sehr vorsichtig sein. Er weiß, worum es geht. Du mußt ganz cool bleiben. Geh auf seine Vorschläge ein. Für den Fall, daß wir uns vor eurem Treffen nicht mehr sprechen können, Lydia: Sieh zu, daß du ihn ins Schlafzimmer bekommst. Im Wohnzimmer ist es zu dunkel. Und beim nächsten Mal muß er sich voll engagieren. Verstanden?«
»Verstanden, Viktor.« Sie legte auf.
Am Abend hörte sich Krasin im Kontrollraum an, wie Sir James Hoult mit Lydia Uspenskaja telefonierte.
Sie war schon fast zehn Minuten im Freilicht-Puppentheater, ehe er sich zu ihr setzte. Der Ismailow-Park erstreckt sich

über eine Fläche von fast dreitausend Morgen und ist von Kiefernwäldchen durchzogen. Es war vier, als sie das Café verließen, und die Schatten auf dem federnden Rasen waren schon lang und schwarz.

Als sie das Kiefernwäldchen betraten, hielt Krasin das Überwachungsteam zurück. Es wäre zu auffällig gewesen, wenn sie das Pärchen weiter verfolgt hätten. Er war nicht einmal unzufrieden mit dieser Entwicklung. Ihr Mann war vorsichtig. Er begehrte das Mädchen, aber er dachte nicht daran, deswegen eine Dummheit zu machen.

Später trat Hoult allein aus dem Gehölz. Es war fast dunkel. Gemächlich schlenderte er zu dem Parktor am Narodny Prospekt. Krasin rief Lydia an, sobald sein Team ihm berichtet hatte, daß sie wieder in ihrer Wohnung war.

»Schieß los, Lydia!«

»Er ist voll engagiert.«

»Was ist geschehen?«

»Er hat mich gehabt, das ist alles.«

»Irgendwas Außergewöhnliches?«

»Nichts. Typische Moskauer Routine. Ich erzählte ihm, der Park habe einst den Romanows gehört. Eine schöne, romantische Geschichte. Er hörte sich das höflich an, war aber offenbar nicht deswegen gekommen. Ich habe die Zeit nicht gestoppt, aber ich würde sagen, daß es ungefähr drei Minuten gedauert hat.«

Krasin lachte leise. »Sonst noch etwas? Irgendwelche neuen Erkenntnisse?«

»Meiner Meinung nach ist er einsam. Das gesellschaftliche Leben läßt ihn kalt, er verachtet die Empfänge, die höfliche Konversation, das Partykarussell. Ich glaube, daß er so leicht niemanden in sich hineinsehen läßt. Er hat offensichtlich Spaß am Sex mit mir und möchte gern noch mehr davon, aber in gewisser Weise habe ich den Eindruck, daß diese Affäre fast so etwas wie eine Rache an seiner Frau ist, weil sie den gesellschaftlichen Rummel mag.«

»Wann trefft ihr euch wieder?«

»Übermorgen. Madame fliegt für drei Tage zu ihrer Mutter nach Paris.«

»Und wo?«

»Um neun in der Lenin-Bibliothek, in der Abteilung für alte Manuskripte. Nach einer Cocktailparty in der Ägyptischen Botschaft. Wahrscheinlich kommt er danach mit zu mir.«

Diese Nacht bescherte dem KGB das benötigte Beweismaterial. Am nächsten Morgen trommelte Krasin alle Beteiligten zu einer Sitzung zusammen und gab einen Lagebericht.

Solowjew nickte ihm anerkennend zu und lehnte sich vor, die Ellbogen auf den Tisch gestützt.

»Wegen der langfristigen Bedeutung dieser Operation sind wir angewiesen worden, auf das übliche Programm zu verzichten. Wir werden den eifersüchtigen Ehemann produzieren und Hoult hierher zum Dsershinsky-Platz bringen lassen. Ich werde mit ihm sprechen. Wir werden auf jeden Druck verzichten, werden uns ganz auf seine Seite stellen. Von Drohungen, von einem Kuhhandel wird nicht einmal andeutungsweise die Rede sein. Wir werden ihn ganz einfach wieder laufenlassen. Alles wird seinen gewohnten Gang gehen, und wir werden dafür sorgen, daß er für den Rest seiner Amtszeit mit ausgesuchter Höflichkeit behandelt wird. Soweit alles klar?«

Die anderen nickten, und Solowjew fuhr fort:

»Den Retter in der Not wirst du spielen, Viktor. Wir lassen die Affäre noch etwa sechs Wochen weiterlaufen, dann schlagen wir zu. Wie ich höre, kennst du den Ehemann des Mädchens. Am besten bereitest du die Konfrontation schon langsam vor. Keine Gewaltanwendung, nur Verbalinjurien, so daß wir eine strafbare Handlung daraus konstruieren können. In sechs Wochen, so um Neujahr herum, läßt du dir grünes Licht von mir geben.«

»In Ordnung. Kann ich die Personalakte des Ehemannes haben?«

Solowjew klingelte und ließ sich die Akte bringen. Krasin vertiefte sich eine Stunde lang in die Unterlagen.

Drei Wochen lang gehörten ein halbes Dutzend hübscher Mädchen und zwei junge KGB-Hauptleute zu dem Kreis um Krasin, Lydia und Jelena. Sie tauchten bei Theaterpartys und diplomatischen Empfängen auf und wurden allmählich dem britischen Botschafterehepaar vertraut.

Einmal in der Woche traf sich der Botschafter mit Lydia, und Krasin saß oft, nachdem alle anderen Gäste fort waren, noch allein mit Madame im Salon, ohne daß es allerdings zu Intimitäten kam.

Manchmal begaben sich die Hoults mit Krasin, Lydia und Jelena auf kleine Erkundungsfahrten, die normalerweise Diplomaten nicht möglich waren. Adèle genoß es besonders, beim Film, Ballett oder im Funk hinter die Kulissen zu sehen. Häufig saßen sie zu viert im Kontrollraum, wenn Krasin oder Lydia in Funk oder Fernsehen zu hören und zu sehen waren.

Bald bestand eine stillschweigende Übereinkunft, daß der kleine Kreis keine besonderen Einladungen brauchte, und Krasin zeigte sich allen drei Damen gegenüber gleich liebenswürdig. Sir James hielt es ganz ähnlich.

In der Woche vor dem für die Konfrontation festgesetzten Zeitpunkt flog Krasin nach Warschau, um Lydias Mann zu informieren, der zu den Leitern der Krakauer Filmschule gehörte.

Sie trafen sich in der KGB-Ausbildungsstätte am Rande der Stadt, und der Jüngere hörte sich mit leicht amüsiertem Gesicht an, was Krasin ihm zu sagen hatte. Lydia und er gingen seit über zwei Jahren getrennte Wege. Daß sie andere Männer hatte, war für ihn selbstverständlich. Nikolai Glasunow war ein gut aussehender Mann, dem es an hübschen Mädchen nie fehlte. Daß ausgerechnet er die traditionelle Rolle des gehörnten Ehemannes spielten sollte, belustigte ihn.

Er saß auf dem Tisch und baumelte mit den langen Beinen. Nach einer Weile unterbrach er Krasin: »Zusammenzuschlagen brauche ich ihn doch hoffentlich nicht? Dabei würde ich mir wirklich lächerlich vorkommen.«

»Natürlich nicht. Aber du mußt in Wut geraten. Und du mußt mit der Polizei drohen.«

»Wer ist denn der Glückliche?«

»Der britische Botschafter.«

Glasunow zuckte gleichmütig die Schultern. »Und wie heißt der Mann?«

»Sir James Hoult.«

Die langen Beine hörten plötzlich auf zu baumeln. Glasunow rutschte vom Tisch herunter und starrte Krasin an. »Hast du den Verstand verloren, Viktor? Ich kenne den Mann – und seine Frau auch. Es sind gebildete Leute, diesen Trick durchschaut er doch sofort. Er weiß, wie es um unsere Ehe steht.«

Krasin überlief es eiskalt, aber in seinem Gesicht rührte sich nichts.

»Ich war Kulturattaché in Paris, als ich ihn kennenlernte«, fuhr Glasunow fort. »Damals war er noch Direktor in einer Bank, die eine Zweigstelle in Paris hat. Adèle und ihre Eltern kenne ich schon seit Jahren. Ich bin in Paris auf die Kunstakademie gegangen.«

»Wie gut kennst du die beiden?«

»Wir waren jahrelang befreundet, haben regelmäßig Briefe gewechselt. Und James Hoult schläft mit Lydia, sagst du? Das ist ja nicht zu glauben.«

»Wieso sagst du das?«

»Tja, wie soll ich das erklären... Lydia ist bildschön, aber sie ist hart, spröde. Ein bißchen wie Adèle. Doch das ist vielleicht des Rätsels Lösung: Lydia ist einfach eine jüngere Ausgabe seiner Frau. Ich habe mich oft gefragt, wie das wohl zwischen den beiden funktioniert hat.«

»Wie meinst du das?«

Glasunow fuhr sich mit den Fingern durch das dichte blonde Haar und preßte nachdenklich die Lippen zusammen.

»Hoult ist ein eigenartiger Mensch, sehr introvertiert. Adèle besitzt eine natürliche Heiterkeit, die ihm völlig abgeht. Den ganzen gesellschaftlichen Rummel hat er immer nur ihretwegen mitgemacht. Viel Sex ist bei ihm nicht drin, würde ich sagen, oder höchstens eine Neigung zu Perversitäten, Sadismus, Masochismus, so in der Richtung. Ich staune, daß er mit Lydia geschlafen hat. Möglich, daß ihn Adèles Dominanz erbost und er sich deshalb an Lydia schadlos hält. Du solltest einen eurer Seelenheinis auf ihn ansetzen.«

»Dazu ist es zu spät, Niko.«

»Warum habt ihr nicht gleich mit mir geredet?«

»Das ist mir jetzt selbst ein Rätsel. Es wäre das Naheliegendste gewesen.«

»Sucht ihm doch ein anderes Mädchen.«

»Wir haben nicht mehr genug Zeit. Um ihn später in London unter Druck setzen zu können, müssen wir hieb- und stichfeste Beweise haben.«

Domodjedowo ist wahrscheinlich der größte Flughafen der Welt. Er liegt 45 km südwestlich von Moskau an der Kashirastraße. Der Hubschrauber setzte Krasin auf einem der Landeplätze der Roten Armee ab, und er ging zum Empfangsgebäude.

Dort saß er lange, einen Whisky vor sich, und starrte mit leerem Blick über die dunkle Rollbahn. Die großen, schnellen Jets starteten zu den entferntesten Teilen der Sowjetunion. Bauernfamilien saßen, umgeben von ihren Flechtkörben und Pappkoffern, in Grüppchen beieinander. Hohe Ministerialbeamte standen fachsimpelnd zusammen. Krasin spürte, wie Neid in ihm aufstieg – ein Gefühl, das ihm sonst fremd war. Er hätte viel darum gegeben, mit den Bauern oder den Bürokraten tauschen zu können. Eine KGB-Operation der höchsten Dringlichkeitsstufe war an einem einzigen Nachmittag in Scherben gegangen. Glasunow konnte ungerührt und wahrscheinlich belustigt über die Pleite wieder an seine Arbeit gehen. Ein dummer Zufall hatte die monatelangen Mühen Krasins und seiner

Mitarbeiter zunichte gemacht. Und es ging ja nicht nur darum, daß Zeit und Geld nutzlos vertan worden waren. Die Operation war unwiederholbar.

Fröstelnd schlug er den Mantelkragen hoch und ging zu einer Telefonzelle. Er rief Lydia an. Sie sollte Jelena bitten, sich bereitzuhalten, heute abend mit ihm aufs Land zu fahren. Morgen früh, wenn er Zeit gehabt hatte, mit der Katastrophe fertig zu werden und sich seine Verteidigungstaktik zurechtzulegen, würde er sich seinen Richtern stellen.

Krasin, noch im Mantel, hockte, einen großen Wodka vor sich, in einem Sessel in Lydias kleinem Wohnzimmer, die beiden Mädchen saßen ihm gegenüber auf der Couch. Seit fast einer Stunde versuchten sie, ihn aufzuheitern, ohne den Grund für seine Niedergeschlagenheit zu kennen. Sie glaubten, es handelte sich um eine jener Depressionen, die alle kreativen Menschen gelegentlich überfallen. Schließlich gab er sich einen Ruck, stand auf und zog den Mantel aus.

Vielleicht war es wirklich besser, sich auszusprechen. Er erzählte ihnen von seiner Unterhaltung mit Glasunow, die das Ende der so sorgfältig geplanten KGB-Operation bedeutete.

»Kannst du nicht mit einem anderen Mädchen einen neuen Anfang machen, Viktor?« fragte Lydia.

»Dazu reicht die Zeit nicht. Die Beziehung muß so eng sein, daß man auch später etwas damit anfangen kann.«

»Wieviel Zeit ist denn noch? Wann reist er ab?«

»In sechs oder sieben Wochen, ganz genau weiß ich es nicht. Hat er zu dir etwas gesagt?«

»Nein. Er ist nicht sehr gesprächig.«

»Nicht einmal im Bett?«

Sie schüttelte den Kopf. »Am wenigsten im Bett. Er nimmt mich, und damit hat sich's. In dieser Beziehung ist er sehr russisch.«

Und dann ließ Jelena die Bombe platzen. Sie beugte sich eifrig zu Krasin vor. »Wie wäre es denn mit mir, Viktor?«

Er tätschelte lächelnd ihr Knie.

»Wir haben nicht mehr genug Zeit, Kleines. Sonst würdest du deine Sache bestimmt sehr gut machen.«

»Aber er mag mich.«

Krasin nickte. »Sicher, jeder mag dich. Du bist ja auch sehr süß.«

»Aber nicht jeder sagt zu mir, daß er mich begehrt.«

Krasin gab es einen Ruck.

»Sag mal, wovon redest du da eigentlich?«

Sie zuckte die Schultern. »Ich sag bloß, daß er mich mag. Daß er mit mir zusammen sein will.«

Er richtete sich langsam auf. »Wie kommst du darauf?«

»Er hat es mir gesagt.«

»Was hat er genau zu dir gesagt, Jelena?

Sie runzelte die Stirn und machte eine ungeduldige Handbewegung. »Er hat sich öfter mal mit mir unterhalten. Er mag mich. Und mein Körper gefällt ihm.«

Krasins Stimme war beherrscht, aber Lydia Uspenskaja hörte die Unruhe heraus. »Wann hat er zum ersten Mal mit dir gesprochen?«

»Als wir alle in diesem polnischen Restaurant auf dem Oktoberplatz waren.«

»Du meinst das *Warshawa?«*

»Ja, richtig, so hieß es.«

»War das an dem Abend, als du dich betrunken hattest?«

»Ja. Du hast mit Lydia getanzt, und seine Frau war zu den Leuten von der polnischen Botschaft herübergegangen. Da hat er gesagt, daß er sich am liebsten auch betrinken würde. Er hat keinen Spaß an diesem Leben, hat er erzählt. Und dann hat er mich gefragt, ob ich mich mit ihm treffen würde.«

»Weiter.«

»Ja, und dann haben wir uns ein paarmal getroffen. Er hat mir auch schon Geschenke mitgebracht.«

Krasin warf Lydia einen Blick zu, aber ihr schönes Gesicht war ausdruckslos.

»Wo habt ihr euch getroffen?«

»Manchmal sind wir zu mir nach Hause gefahren. Zweimal habe ich mich mit ihm in Leningrad getroffen. Die Botschaft hat dort eine Datscha.«

»Was für Geschenke hat er dir mitgebracht?«

»Blumen, Bücher, Geld und so weiter.«

Sie öffnete den vorderen Reißverschluß ihres Kleides. Um den Hals hatte sie eine dünne goldene Kette, an der zwischen ihren Brüsten ein blanker goldener Sovereign hing. Lydia brach das Schweigen.

»Ich denke, du hast ihn observieren lassen, Viktor?«

Er schüttelte den Kopf. »Seit Beginn der Aktion sind die Beschatter abgezogen worden, damit er keinen Verdacht schöpft. Nur seine Kontakte mit dir wurden observiert.«

»Ich habe den Eindruck, daß Jelena das Unternehmen noch retten könnte.«

»Den Eindruck habe ich auch, mein Schatz.«

Jelena strahlte, und auch Krasin schien wieder Mut zu fassen. Er stand auf.

»Haben wir Whisky, Lydia?«

»Leider nein, Viktor. Der Botschafter bringt manchmal welchen mit, aber er langt selbst auch ganz schön zu.«

Krasin sah zu Jelena hinüber. »Wie findet deine Mutter den Botschafter?«

»Schrecklich nett. Er nimmt seinen Schlips ab und setzt sich zu ihr und trinkt Tee, und ich muß die Unterhaltung zwischen den beiden dolmetschen.«

»Hast du mit ihm geschlafen?«

»Nein.«

»Warum nicht?«

Sie zuckte die Achseln und machte eine für sie typische Handbewegung. »Ich dachte, er gehört Lydia.«

Er nickte. »Du übernachtest am besten heute bei Lydia. Ich schreibe dir eine Genehmigung aus und melde mich morgen bei dir.«

Er kritzelte ein paar Zeilen auf das Vorsatzblatt eines Buches, riß es heraus und setzte seine Unterschrift darunter.

Langsam ging er durch die leeren Straßen heim. Sein Gesicht war naß von Tränen. Er wußte jetzt, daß er Jelena gern hatte, aber er wußte auch, daß es zu spät war. Er hatte sie schon verloren. Die Unterhaltung in Lydias Zimmer war in der vom KGB gemieteten Nachbarwohnung auf Band genommen worden.

Solowjew hörte sich in frostigem Schweigen an, was Krasin zu sagen hatte. Offensichtlich war er bereits vorab durch das Observierungsteam informiert worden.

»Es ist unverzeihlich, Krasin, daß sich niemand genauer mit dem Privatleben der Uspenskaja befaßt hat. Ganz und gar unverzeihlich. Daß das Unternehmen noch nicht geplatzt ist, haben wir nur einem Zufall zu verdanken. Sie kennen diese Jelena gut?«

»Ja, Genosse. Wir sind seit fast zwei Jahren gute Freunde.«

»Sehen Sie Probleme?«

»Leider ja.«

Solowjew hob gereizt den Kopf. »Wollen Sie sich nicht ein bißchen deutlicher ausdrücken?«

»Kennen Sie das Mädchen, Genosse?«

»Nein.«

»Sie ist gerade zwanzig geworden. Sehr hübsch. Sehr verantwortungslos.«

»In welcher Beziehung?«

»Sie trinkt zuviel, und mit dem Wort Autorität kann sie nicht viel anfangen. Sie ist ein Bauernmädchen. Gesetze, Vorschriften, Ordnung und dergleichen bedeuten ihr wenig.«

»Dann muß sie eben lernen, was Disziplin ist.«

»Davor warne ich, Genosse Oberst. Damit könnten wir auch noch den Rest unserer Aktion aufs Spiel setzen. Als wir überlegten, für welchen Mädchentyp er sich entscheiden würde, sagten wir, daß es entweder eine jüngere Ausgabe seiner Frau oder ein völlig entgegengesetzter Typ sein müßte. Damals war ich der Meinung, daß wir mit einem Mädchen, das seiner Frau möglichst ähnlich ist, wahrscheinlich am meisten Erfolg haben würden. Ich gebe gern zu, daß ich mich geirrt habe. Er will Jelena.«

Solowjew schien wenig beeindruckt. Er musterte Krasin scharf, verschränkte die Hände hinter dem Kopf und lehnte sich zurück.

»Das müssen Sie mir schon ein bißchen näher erklären, mein Freund.«

»Alle, die den Botschafter kennen, sind sich darüber einig, daß er ein introvertierter Einzelgänger ist, den der gesellschaftliche Trubel anödet. Andererseits haben wir gesehen, wie gut er mit den Schlachtenbummlern im Dynamo-Stadion fertiggeworden ist. Für solche Menschen hat er Verständnis. Er hat Verständnis für Bauern, weil er unter dem Diplomatenlack vielleicht selber einer ist. Ein sehr schlauer Bauer, aber trotzdem... Er hat sich für Lydia interessiert, hat mit ihr geschlafen. Sex spielt also für ihn durchaus noch eine Rolle. Aber bei Jelena scheint darüber hinaus so etwas wie ein echtes Gefühl im Spiel zu sein. Er besucht sie daheim, bringt ihr Geschenke mit. Er fühlt sich zweifellos zu ihr hingezogen.«

»Warum, zum Teufel, hat sie Ihnen das nicht schon längst erzählt?«

»Warum sollte sie? Ich hatte sie nicht in unseren Plan eingeweiht. Sie war bisher lediglich Kulisse und hat wohl seinem Interesse keine Bedeutung beigemessen.«

Solowjew stand seufzend auf. »Zunächst muß das Präsidium informiert werden. Wenn Sie nicht eine so gute Nummer bei uns hätten, Krasin, wären Sie heute schon in der Provinz. Ich warne Sie: Ein falscher Schritt – und Sie können irgendwo in Sibirien versauern.«

Krasin hatte Mühe, seinen Ärger zu unterdrücken, während er Jelena seine Anweisungen gab. Es war, als rede er gegen eine Wand. Ihr Interesse war nur wachgeworden, als er ihr gesagt hatte, er habe ihr eine kleine Wohnung in Moskau gemietet. Für den Fall, daß die Operation mit Erfolg durchgezogen werden konnte, hatte er ihr eine ständige Aufenthaltsgenehmigung versprochen.

Sie schien kaum zuzuhören. Allerdings stellte sich heraus, wenn er sich die eine oder andere Instruktion wiederholen ließ, daß ihr kaum etwas entgangen war.

Sie saß in seinem Zimmer und sah ihn an wie eine brave Schülerin. Aber die Aufgabe, einer Sonnenblume aus Papier die Blütenblätter auszuzupfen und sie ordentlich nebeneinander auf die Sessellehne zu legen, schien ihr wichtiger zu sein als seine Worte. Das Licht, das durch das Fenster fiel, umfloß das blonde Haar wie ein Heiligenschein. Als sie spürte, daß sein Blick auf ihren Brüsten ruhte, lächelte sie nachsichtig. Sie wußten beide, daß ihr Körper nicht mehr für ihn da sein durfte. Sie war jetzt etwas Besonderes, ein Mädchen mit einer KGB-Nummer und der vermutlich dünnsten Personalakte im ganzen Dienst.

In einer kurzen Notiz auf Seite 7 der *Prawda* war nachzulesen, daß Lydia Uspenskaja wegen hepatitisartiger Leberbeschwerden in eine Klinik am Schwarzen Meer geflogen worden war. Um etwaige Zweifler zu überzeugen, wurde sie in der sonst von ihr moderierten Fernsehsendung gezeigt, wie sie matt, aber tapfer von einer Trage, die gerade in ein Sanitätsflugzeug gehoben wurde, den Zuschauern zuwinkte. Die Kamera fuhr dicht an ihr schönes Gesicht heran und hielt die Maschine bis zum Start im Bild fest. Nach 20 Kilometern landete das Flugzeug auf dem Militärflughafen Schelkovo.

Krasin hatte den Plan immer wieder mit Jelena durchgesprochen. Er hätte schwören können, daß sie überhaupt nicht zuhörte, aber als er sie abfragte, hatte sie sämtliche Antworten fehlerlos parat. Und dann gab es plötzlich nichts mehr zu sagen.

Sie trug dasselbe gelbe Kleid mit der weißen Borte wie damals am Feldrain, und er sah, daß sie lächelte. Sie wußte, was er dachte.

Jelena stand an der Ecke Karl-Marx-Boulevard und Puschkin-Straße und wartete auf eine Lücke im Verkehr. Die grüne Tünche des Dom Sojusa hinter ihr schimmerte feucht an den Stellen, wo der Rauhreif in der Herbstsonne geschmolzen war. Sie ging durch die Unterführung unter der Gorkistraße zur Herzenstraße. Eine halbe Stunde später betrat sie die Wohnung in der kleinen Straße, die vom Puschkinplatz abging.

Sie legte den Schlüssel auf den einfachen Holztisch und sah sich um. Es war eine altmodische Wohnung, in der braune Farben dominierten. Aber die Möbel waren solide und wirkten bequem. Im Schlafzimmer waren die alten Gasrohre an der Wand belassen worden. Wahrscheinlich waren dort die Mikrophone und Kameras untergebracht, die in den nächsten Wochen ihr Leben aufzeichnen würden.

Krasin hatte ihr KGB-Coupons zum Einkauf in den Berjoska-Läden gegeben, und sie hatte schon ein paar Sachen erstanden. Sie packte die Tüten mit dem hübschen Silberbirkenaufdruck aus und setzte sich aufs Bett, umgeben von Röcken und Pullovern, zwei Kleidern und Coupons.

Sie würde mit der üblichen Clique am Empfang des Außenministers für die beiden sowjetischen Nobelpreisträger teilnehmen. Gromyko würde da sein und auch der britische Botschafter. Madame war erkältet und lag im Bett.

Es war acht Uhr, als der Wagen Krasin und Jelena am Borowitski-Turm absetzte. Sie gingen an der Rüstkammer entlang über den Hof und durch das kleine Tor in dem schmiedeeisernen Gitter. Der große Kremlpalast war hell erleuchtet. Soldaten öffneten die Fahrzeuge der Diplomaten, die Fahrer wurden auf den Hauptparkplatz eingewiesen.

Krasin und Jelena gingen langsam die Freitreppe zum ersten Stock hinauf, wo sich die Gäste zum Empfang aufreihten. In dem großen Saal waren die sechs berühmten vergoldeten Kronleuchter angezündet worden, und auf dem langen Tisch in der Mitte standen Fotos der Preisträger und der Forschungsstation im Ural, wo sie ihre Arbeit vollendet hatten. Die Preise waren willkommener Balsam für die sowjetische Landwirtschaft nach der Lysenko-Katastrophe, und die schwedische Botschaft wurde entsprechend hofiert. Der neue Hybridweizen für kalte Klimazonen sollte in Erinnerung an den Preis Svenska Nobel 193 genannt werden.

Jelena entdeckte den Botschafter in einer Gruppe von Kanadiern, und er winkte ihr und Krasin zu. Erst eine Stunde später fand er Zeit, kurz mit ihr zu sprechen. Sie sah, wie er, an den Spiegeltüren stehend, die zur Wladimir-Halle führten, unauffällig, aber aufmerksam die Gesichter der Gäste musterte, offenbar auf der Suche nach ihr. Sie konnte ihm nur schnell ihre neue Adresse und ihre Telefonnummer geben. Wenig später brachte Krasin sie heim.

Eine halbe Stunde später verließ auch der Botschafter den Empfang.

3

Er stand auf der obersten Stufe der kleinen Vortreppe und hatte die Finger leicht auf den weißen Klingelknopf aus Porzellan gelegt. Aber dann ließ er die Hand langsam wieder sinken und wandte sich um. Auf der Straße herrschte noch ziemlich viel Verkehr, und die Reifen rollten mit einem schleifenden Geräusch über die nasse Straße. Eine Gruppe Halbwüchsiger kam vorbei, sie brüllten irgend etwas, als sie ihn sahen. Ein Jumbo-Jet flog mit blinkenden Positionslichtern über die Stadt in Richtung Scheremetjewo, und nachdem er vorbei war, ließ ein Schlepper auf dem Fluß sein klagendes Signal ertönen. Der Wind spielte in Hoults Haar, und er spürte den Nieselregen auf seinem Gesicht. Es war wie in Glasgow am Sonntagabend, wenn die Menge sich verlaufen hatte. Aber sie waren nicht in Glasgow, sie waren in Moskau. Und irgendwo in diesem roten Backsteinbau wartete das Mädchen auf ihn. Wenn er den weißen Klingelknopf drückte, veränderte er damit das Leben vieler Menschen. Noch war er nicht gebunden. Er hatte sich nur gelegentlich mit ihr unterhalten, hatte ihr ein paar Kleinigkeiten geschenkt. Sie mußte gespürt haben, daß er sie begehrte – ebenso wie er spürte, daß sie bereit war, sich ihm zu geben. Aber sie hatten nie von Lust oder Liebe, nicht einmal von Zuneigung gesprochen. Er sah zu dem dunkelblauen Himmel auf, seufzte ein wenig und klingelte.

Er blieb, noch immer mit hochgeschlagenem Mantelkragen, die Hände tief in den Taschen vergraben, mitten im Zimmer stehen und sah Jelena an, die ihn lächelnd betrachtete. Das dichte blonde Haar hing ihr bis zu den Schultern, das kalte Licht der nackten Glühbirne tat ihrer Schönheit keinen Abbruch. Aber nein – Schönheit war nicht der richtige Ausdruck. Lydia und Adèle waren schön. Jelena war hübsch anzusehen. Snobs der Oberschicht seines Landes hätten sie als »Ladenmädchenschönheit« bezeichnet. Große blaue Augen, kecke kleine Nase, voller, ein bißchen trotziger Mund. Sie trug ein anthrazitfarbenes Kleid, und der eine weiße Knopf am Hals schien den tiefen Ausschnitt noch zu betonen, der ihren Brustansatz zeigte.

Er wollte etwas sagen, aber es war, als habe irgendein Rädchen in seinem Gehirn ausgesetzt. Dann streckte sie ihm die Hände hin. Aber da hatte er sie schon in die Arme genommen, seine Lippen lagen auf den ihren. Einen Augenblick war da nur das gegenseitige Begehren. Dann machte er sich los, die Hände zu Fäusten geballt.

»Ich bin gekommen, um mit dir zu reden, Jelena.«

Sie legte ihm sanft die Hand auf den Mund und knöpfte ihm mit der anderen Hand den Mantel auf. Er legte ihn auf den Tisch, ein Knopf streifte die Gläser auf dem Tablett und brachte sie zum Singen.

»Setz dich, Jamie.«

Sie goß für sie beide Whisky ein und reichte ihm ein Glas, während er sich befangen in den Korbstuhl setzte. Sie nahm einen Schluck und betrachtete den korrekten, schlanken Mann mit dem ernsthaften, sommersprossigen Gesicht. Die Nase war zu groß und zu lang und der Mund zu klein, aber die leicht vorstehenden braunen Augen, die das Gesicht beherrschten, machten ein harmonisches Ganzes daraus. Um seinen Mund lagen Lachfältchen, aber nicht um die Augen – verräterische Spuren des routinierten Diplomatenlächelns, das nie seine Augen erreicht hatte. Er drehte das Glas in seinen langen Fingern, während er sie ansah.

»Wir brauchen uns nichts vorzumachen, Jamie...«

Er nickte abwartend.

»Ich bin gern mit dir zusammen, Jamie, und ich glaube, dir geht es ebenso. Und außerdem möchtest du mit mir schlafen. Wenn ein Mann sich nach einer Frau sehnt, kann er leicht Fehler machen und Dinge sagen, die er hinterher bedauert.«

Er schüttelte den Kopf. »Das mag auf einen jungen Mann zutreffen. Aber nicht auf mich.«

Sie lächelte zärtlich. »Im Gegenteil, Jamie. Je älter der Mann, desto größer ist für ihn die Gefahr, einen Fehler zu machen.«

»Vielleicht.«

»Siehst du... Deshalb wollte ich dich bitten, daß wir uns erst lieben und dann reden...«

Sie langte mit ihrem schlanken Arm nach hinten, ein Reißverschluß schnarrte, das Kleid glitt an ihr herunter, sie war nackt.

Sie wandte sich zu ihm, ohne jede Befangenheit. Ihre großen, festen Brüste bebten ein wenig, wenn sie sich bewegte, die langen Beine waren gespreizt, und nackt wirkte sie noch jünger als zuvor.

Das altmodische Bett war weiß lackiert. Sie hatte die Kissen beiseite geschoben und sah ihn an, während seine Hand über ihren Körper glitt und Erregung sich zur Zärtlichkeit, Zärtlichkeit sich zur Lust wandelte. Es hatte fast eine Stunde gedauert, bis er zu ihr gekommen war. Jetzt lag er zwischen ihren langen

Beinen, sein Gesicht an ihre Wange gelegt, mit einer Hand ihre blonden Haarsträhnen umfassend. Seine Züge waren ganz jung geworden.

»Jetzt können wir reden, Jelena«, sagte er leise.

Sie schüttelte lächelnd den Kopf.

»Warum nicht?« fragte er ein bißchen gereizt.

»Nicht, solange du deine Hand dort hast.«

»Jetzt hör mir einmal ernsthaft zu. In fünf Wochen reise ich zurück nach London. In dieser Zeit möchte ich dich täglich sehen, soweit das möglich ist.«

»Ist das eine Bitte oder ein Befehl?«

»Eine Bitte.«

Sie legte ihm sanft die Hand auf die Schulter. »Natürlich kannst du mich täglich sehen. Komm einfach her, wenn du dich freimachen kannst.« Sie stieg aus dem Bett, ging ins Wohnzimmer hinüber und kam mit der Whiskyflasche und den beiden Gläsern zurück. Sie machte zwei Drinks zurecht und legte sich wieder neben ihn. Er hob sein Glas. *»Slainte.«*

»Was heißt das?«

»Dasselbe wie *na sdarowje*. Es ist gälisch.«

»Slainte«, wiederholte sie und kippte den Whisky in einem Zug. Er legte seine Hand über eine ihrer großen Brüste. Sie spreizte die langen Beine. Seine Finger strichen sanft über das blonde Haarbüschel, das ihr Geschlecht eher betonte als verbarg. Ihr weicher Mund kam ihm leidenschaftlich entgegen, während er sie mit wachsender Erregung streichelte.

Es regnete in Strömen, als er das rote Backsteinhaus verließ. Der Botschaftswagen wartete an der Ecke Twerskoi Boulevard auf ihn.

An manchen Tagen – aber das waren die Ausnahmen – hinderten die Dienstpflichten den Botschafter an seinen Besuchen bei Jelena.

Drei Wochen lang verbrachten sie ziemlich regelmäßig ein, zwei Stunden zusammen, entweder in ihrer Wohnung oder im Haus ihrer Mutter auf dem Land. Krasin gab sich große Mühe, Parties und Empfänge zu organisieren, zu denen das Mädchen diskret mit eingeladen werden konnte.

Wenn sie allein waren, schien Hoult entspannt und glücklich, und wenn sie einander in der Öffentlichkeit begegneten, gelang es ihm aufgrund seiner diplomatischen Routine, Jelena gegenüber einen freundlich-neutralen Ton anzuschlagen. Doch ihr fehlte eine solche Routine.

Die ersten dunklen Wolken erschienen auf einem Botschaftsempfang, den Sir James Hoult für seinen Außenminister und den ihn begleitenden Minister für Kunst und Wissenschaft gab. Die Gäste von Theater, Film und den Medien waren diesmal gegenüber den Vertretern der Roten Armee und der Bürokratie in der Überzahl.

Ein neuer Bolschoi-Star sang Rachmaninow-Lieder. Mitten in das schöne, sanfte Lied vom Flieder ertönte das Klirren von splitterndem Glas, und man hörte eine laute, heftige Mädchenstimme: »Komitet Gosudarstvennoi besopastnosti – schawki.« Die Sängerin zögerte einen Augenblick und verstummte, der Begleiter spielte zaudernd noch ein paar Takte und hielt dann auch inne. In einer Ecke hatten mehrere Gäste ein wild um sich schlagendes, offensichtlich betrunkenes junges Mädchen gepackt. Der Botschafter ging hinüber. Es war, wie er befürchtet hatte: Das Mädchen war Jelena.

Sie trug ein enges Abendkleid aus schwarzem Samt, das blonde Haar war zerzaust. Hoult drängte sich zu der Gruppe durch, er sah, daß ihr Tränen übers Gesicht liefen und die schönen blauen Augen glasig waren. Sie hatte den Kopf zurückgelegt und weinte laut. Er legte ihr eine Hand auf die Schulter.

»Jelenka«, sagte er leise. »Jelenka- - -« Sie sah auf und verstummte, aber sie zitterte jetzt wie ein gefangenes Tier. Der rote Mund versuchte zu lächeln. »Jamie«, flüsterte sie. »Liebster Jamie. . .« Dann sank sie zu Boden. Krasin beugte sich zu ihr nieder und hob sie auf. Die Menge teilte sich schweigend vor ihm, während der Botschafter zu seinen Gästen zurückging.

Es war fast Mitternacht, und das Botschafterehepaar trank noch einen letzten Brandy mit den Ministern und ihren Frauen. Der Außenminister hatte es sich in dem bequemen Sessel gemütlich gemacht, die Krawatte gelockert, die Schuhe halb ausgezogen.

»Was war eigentlich mit dem Mädchen los, das vorhin diesen Krawall gemacht hat, Jamie?« fragte er Hoult.

»Sie hatte zu viel getrunken.«

»Und du hast, wie üblich, die Situation gerettet. Jeder Zoll ein Diplomat. Was rief sie denn da?«

»Sie hat etwas Unfreundliches über den KGB gesagt.«

»Alle Achtung. Was denn?«

»Sie hat die KGB-Leute *schawki* – Hunde – genannt, Köter, die um Abfallhaufen herumschnüffeln.«

»Hast du eine Ahnung, weshalb sie so aus dem Häuschen war?«

»Zu viel Streß, zu viel Alkohol. . .«

»Furchtbar, dieser Streß, der schlaucht uns alle heutzutage. Das habe ich neulich auch dem Premierminister gesagt. Seit wir im Amt sind, habe ich keine zwei Tage Urlaub gehabt. Nicht zwei Tage in eineinhalb Jahren, das muß man sich mal vorstellen. Hallo, da ist ja unser Schauspieler!«

Ein Diener führte Krasin herein. Er war blaß und mühsam gefaßt. Hoult bot ihm einen Sessel an.

»Setzen Sie sich, Krasin. Trinken Sie etwas?«

»Ich bin gekommen, um Sie offiziell um Entschuldigung zu bitten, Exzellenz. Wir bedauern den Zwischenfall außerordentlich.« Er wandte sich an den Außenminister. »Es tut uns besonders leid, Sir Edward, daß so etwas ausgerechnet während Ihres Besuches geschehen mußte.«

»Keine Ursache, mein Lieber. So etwas passiert überall mal. Setzen Sie sich, nehmen Sie einen Drink.«

Krasin nippte an seinem Whisky und sah, daß der Botschafter ihn ohne Freundlichkeit beobachtete. Der Minister hob sein Glas.

»Wie heißt es bei euch? Ra sdrowje?«

Krasin ging rasch auf seinen leichten Ton ein. Daß die Aktion nun endgültig gescheitert war, lag auf der Hand. Jetzt ging es zunächst nur darum, die Situation zu entschärfen.

»Was passiert mit dem Mädchen? Nach Sibirien schickt ihr eure Leute ja wohl nicht mehr?«

Krasin lachte. »Nein, Herr Minister. Nach Sibirien gehen heute nur Ingenieure und Techniker, die dort viermal soviel verdienen wie in Moskau.«

Während Hoult seine Gäste hinausbegleitete, blieb Adèle Hoult bei Krasin sitzen. »Ist sie dein Mädchen, Viktor?«

»Wir sind gute Freunde, mehr nicht.«

»Wie nennst du sie?«

»Jelena.«

»Bedeutet Jelenka dasselbe?«

»Das ist eine Verkleinerungsform. Wie bei euch Nell für den Namen Helen.«

»Was wird mit ihr geschehen?«

»Das weiß der Himmel. Denk nicht mehr daran.«

»Sie war ja ganz aufgelöst.«

»Du hast sie gesehen?«

»Ja, ich unterhielt mich gerade mit deinem Freund vom Moskauer Künstlertheater. Ich stand nur ein paar Meter von ihr entfernt.«

Ihre Blicke trafen sich einen Augenblick. Fröstelnd erhob

sich Adèle. »Ich bin jetzt doch froh, wenn wir erst wieder zu Hause sind.«

»Sag das nicht, Adèle. Wir haben uns große Mühe gegeben, es dir hier so schön wie möglich zu machen.«

Sie lächelte. »Das ist wahr, Viktor. Ich werde es dir nicht vergessen.«

Sie wollte offenbar noch etwas sagen, zögerte, dann lehnte sie sich vor und küßte ihn auf die Wange. Sie gingen zur Tür. Dort blieb sie noch einmal stehen.

»Ich habe das Gefühl, Viktor, daß wir heute abend beide Angst haben.«

»Angst? Wovor?«

Sie seufzte. »Das weiß ich nicht. Aber ich fühle mich nicht mehr sicher.«

Die Wachen salutierten, als Krasin aus dem Wagen stieg und langsam die breiten Stufen hinaufging. Oben blieb er stehen und sah noch einmal über den Platz. Der Schnee lag zwölf Zentimeter hoch, ein heller voller Mond hing am Himmel und ließ die Fassade der KGB-Zentrale kalkig weiß erscheinen. Auf dem Platz war kein Verkehr, und ein Strom warmer Luft wehte ihn aus den hohen Türen an. An der Pforte lagen zwei Nachrichten für ihn. Er sah auf die Uhr. Es war fast halb drei. Aber die Vorfälle dieses Abends hatten so viel Adrenalin in ihm freigesetzt, daß er keine Müdigkeit spürte.

Die anderen waren schon da. Als sechster war Tschebrikow vom Politbüro zu ihnen gestoßen. Schweigend warteten sie, bis Krasin seinen Mantel aufgehängt hatte. Sobald er saß, legte Solowjew los.

»Haben Sie inzwischen erfahren, was den Ausbruch des Mädchens ausgelöst hat, Krasin?«

»Nein. Sie ist noch nicht ansprechbar.«

»Wo ist sie?«

»In der Ljubljanka.«

»Wie erklären Sie sich diese Panne?«

»Ich habe von Anfang an darauf hingewiesen, daß sie trinkt und schwer zu steuern ist und –«

Solowjew ließ seine Faust dröhnend auf den Tisch niedersausen. »Verdammt noch mal, Krasin, es war Ihre Aufgabe, sie zu steuern!«

Krasin sah Solowjew an. Die anderen schwiegen. »Genosse Oberst, Sie haben das Wesentliche nicht begriffen.«

Solowjew hatte Speichelbläschen vor dem Mund.

»Vielleicht sind Sie so freundlich, uns arme unwissende Bauern in Ihre intellektuellen Geheimnisse einzuweihen!«

Das war ein Rückzieher, stellte Krasin fest. Solowjew appellierte an seine Kollegen, ihm moralische Unterstützung zu geben. Sein Gesicht war puterrot vor Zorn, aber man sah seinen Augen an, daß er eine Falle witterte.

»Das Mädchen liebt Hoult, Genosse Oberst. Sie ist verzweifelt über den Verrat, den sie gezwungenermaßen an ihm begangen hat.«

»Blödsinn. Erzählen Sie mir nicht, daß man eine Zwanzigjährige nicht lenken kann!«

Der Mann vom Politbüro legte Solowjew beschwichtigend die Hand auf den Arm und nickte Krasin zu. »Ihre Meinung bitte, Genosse«, sagte er leise und ruhig.

Krasin lehnte sich zurück. Sein Gesicht war jetzt blaß und erschöpft. »Wir können die Aktion abblasen und Hoult laufenlassen, oder wir können das Beweismaterial einsetzen, das wir schon haben. Sonst ist die ursprüngliche Operation geplatzt.«

»Wie war die Reaktion heute abend in der Botschaft?«

»Cool. Sehr cool. Der Außenminister hat meine Entschuldigung entgegengenommen und den Vorfall heruntergespielt. Aber Hoult hat mir einen Blick zugeworfen, als hätte er mich am liebsten auf der Stelle erwürgt. Seine Frau wittert offenbar schon etwas.«

»Und was wird Hoult Ihrer Meinung nach jetzt tun?«

»Er wird – das steht für mich so gut wie fest – jeden Kontakt zu Jelena abbrechen. Die Szene heute abend dürfte ihm genügt haben.«

»Was empfehlen Sie, Krasin?«

»Wir machen weiter wie geplant. Wir konfrontieren ihn mit dem Beweismaterial, behaupten, Jelena sei durch ihre Beziehung zu ihm so aus den Fugen geraten – und dann lassen wir ihn laufen und können nur hoffen, daß er uns dankbar ist für das, was wir für ihn getan haben.«

»Und was haben wir für ihn getan?«

»Wir haben ihm Ärger und einen politischen Skandal erspart, wir haben praktisch seine Karriere gerettet.«

»Wann sollten wir uns Hoult vornehmen?«

»Sobald das Mädchen wieder nüchtern ist. Wir stellen sie vors Bezirksgericht. Ich gebe der ausländischen Presse einen Tip, und Jelena kann – natürlich ohne Namen zu nennen – andeuten, daß hinter dieser Geschichte ein Mann steckt. Dann sprechen wir Hoult an und tun so, als hätte Jelena uns alles erzählt. Das Gericht unterbricht die Verhandlung mitten in der Beweisaufnahme, und wenn Hoult so reagiert, wie wir hoffen, wird der Prozeß ganz abgebrochen, und wir können die Kleine aus Moskau abschieben.«

Kusnezow grinste hämisch. »Damit du sie selber wieder bumsen kannst, was?«

Solowjews große Tatze fing Krasins Schlag gerade noch rechtzeitig ab. »Sie gehen zu weit, Kusnezow. Genosse Krasin hat schon gegen die Deutschen gekämpft, als Sie noch die Schulbank gedrückt haben. Wir vertagen die Entscheidung auf morgen, Krasin. Legen Sie sich jetzt erst mal ein bißchen hin.«

James Hoult war, nachdem er seine Gäste auf ihre Zimmer begleitet hatte, noch einmal in sein Büro gegangen. Er schaltete das Radio an und stellte die BBC, ein. Radio 4 hatte sein Programm schon beendet, Radio 3 brachte eine Testsendung, in Radio 1 gab ein jugendlicher Dummkopf, der mit einem seiner Hits in die Schlagerparade gekommen war, seine Ansichten über Sex, Religion und Abtreibung zum Besten. Ärgerlich schaltete Hoult das Gerät wieder aus. Hier fand er keinen Trost, keinen Festpunkt für ein verunsichertes Leben. Er nahm die Dimple-Haig-Flasche aus dem Barfach, goß sich einen Drink ein und setzte sich an seinen Schreibtisch.

Was bist du für ein Mensch? Ein Puritaner, gab er sich selbst zur Antwort. Kein schottischer Puritaner, sondern ein Puritaner von Natur und Neigung her. Und doch... Er dachte an das, was Adèle einmal gesagt hatte. Sie hatte eine Platte aufgelegt, als er das Zimmer betreten hatte, und er war stehengeblieben, um zuzuhören. Als die Musik verstummt war, konnte er kaum sprechen vor Bewegung. Sie hatte ihn überrascht angesehen. »Jamie, Liebster, manchmal bist du mir ein Rätsel. Unter deiner Kühle und Korrektheit steckt, glaube ich, ein Romantiker. Wehe uns, wenn er eines Tages losgelassen wird. Übrigens – es war das Violinkonzert von Mendelssohn.«

Die Russen waren Puritaner, sie würden sich wohl fühlen in Edinburgh und Cardiff. Aber darüber hinaus waren sie auch Bauern geblieben. Er holte ein kleines Foto aus der Brieftasche. Es war in der Mitte geknickt, aber man erkannte das hübsche Gesicht, das hochfrisierte blonde Haar, die großen, sanften Augen, den weichen, lächelnden Mund. Er sehnte sich nach ihr. Sehnte sich nach den großen, schweren Brüsten in seiner Hand. Den langen, schlanken Beinen, dem liebevoll-amüsierten Lächeln, wenn sie die Beine spreizte, um ihm die Erregung ihres Schoßes zu zeigen. Er hatte nie geglaubt, daß Liebe und Lust den gleichen Quellen entspringen konnten, das hatte er erst bei

Jelena gelernt. Sie schenkte sich ihm großzügig, rückhaltlos, so wie man Blumen oder Obst verschenkt. Und er sehnte sich nicht nur danach, mit ihr zu schlafen, sondern einfach danach, bei ihr zu sein. Trotz ihrer unterschiedlichen gesellschaftlichen Stellung waren sie sich im Grunde genommen sehr ähnlich. Beide ließen sich nicht vom Intellekt, sondern von bäuerlicher Weisheit, von der Freude an den einfachen Dingen im Leben leiten.

In dem Rosenholzschreibtisch lagen Briefpapier und Umschläge. Er nahm ein Blatt heraus und schrieb ein paar Worte. Dann klingelte er, faltete das Blatt und schob es in einen Umschlag. Der rote Siegellack zischte und flammte auf, während der Bote hereinkam und wartend stehenblieb. Hoult streckte die Hand nach dem Dienstsiegel der Botschaft aus, zögerte, zog sie wieder zurück. Er drehte den Umschlag um, schrieb schwungvoll einen Namen darauf und sah den Boten an.

»Ah, Sie sind's, Borton. Geben Sie das dem Fahrer, er soll es sofort abliefern.«

Es war vier Uhr früh und schneite noch immer.

4

Krasin schlief den unruhigen Schlaf der Erschöpfung. Er hörte die Klingel, ehe er begriff, was der Laut zu bedeuten hatte.

Er erkannte den Botschaftswagen und den russischen Fahrer, einen jungen KGB-Leutnant. Im Hausflur war es zu dunkel, um den Brief zu lesen, auf dessen Umschlag sein Name stand. Er trat vor die Tür, bis an die Knöchel im Schnee versinkend, und hielt das Blattt unter den Lichtkreis der Straßenlaterne. Es waren nur wenige Zeilen:

»Ich muß unverzüglich Andropow sprechen. Schlage als Treff 8.00 Uhr vor, Dsershinski-Platz. Hoult.«

Krasin sah den Chauffeur an. »Was hat er für ein Gesicht gemacht, als er Ihnen den Brief gab?«

»Ich habe den Botschafter nicht gesehen, der Bote hat mir den Brief gegeben.«

»Wartet er auf Antwort?«

»Nein.«

Als er wieder in seiner Wohnung war, sah Krasin auf die Uhr. Es war 4.25 Uhr. Er griff sich das Telefon.

Jurij Wladimirowitsch Andropow schob die Frühstückssachen beiseite und griff wieder nach den Akten. Er erinnerte sich daran, daß die Aktion vor acht Monaten in einer Präsidialsitzung zur Sprache gekommen war. Er hatte ihr keine großen Chancen eingeräumt. Vor ein paar Jahren hatte der KGB etwas Ähnliches bei dem damaligen französischen Botschafter versucht. Die praktische Seite war ein voller Erfolg gewesen, aber die erhofften Ergebnisse hatten sich nicht eingestellt. Allerdings konnte er verstehen, daß die Versuchung, einen neuen Vorstoß zu machen, in diesem Fall besonders groß gewesen war. Großbritannien war ein wichtiges sowjetisches Zielgebiet, und die Aussicht, an höchster Stelle prosowjetischen Druck ausüben zu können, war schon einigen Schweiß wert.

Er griff zu seinem roten Telefon und bat Malygin, sich über Krasin mit dem Botschafter in Verbindung zu setzen. Er war mit dem Treffen um acht Uhr einverstanden.

Als neuer Vorsitzender des KGB hatte Andropow neue Spannungen geschaffen. Die Arbeitsnormen waren erhöht, andererseits die Privilegien ausgeweitet worden. Als sein Wagen auf den Dsershinski-Platz einbog, sah er, daß sich trotz der frühen Stunde schon ein Strom von Mitarbeitern durch die sechs Eingänge der KGB-Zentrale drängte. Offiziell begann der Dienst erst um neun, aber wer früher erschien, konnte in den Restaurants im Keller und im achten Stock ein gutes, billiges Frühstück bekommen.

Die Haupttreppe war gekehrt. Andropow ging, den vor ihm salutierenden Wachen zunickend, vorsichtig die Stufen hinauf. Sein Leibwächter behielt den Verkehr im Auge, bis der Chef in den Lift gestiegen war.

Auf dem massigen Schreibtisch blinkte die Direktleitung zum Kreml. Er hob ab, noch ehe er den Mantel ganz ausgezogen hatte. Der Kreml wünschte einen auf den neuesten Stand gebrachten Bericht über Illegale in den Vereinigten Staaten, und ein Mitglied des Präsidiums hatte die in einer KGB-Studie genannten Zahlen über die türkischen Flugzeugersatzteile in Frage gestellt. Nachdem er aufgelegt hatte, diktierte er eine Notiz auf Band, dann bat er die Zentrale, keine Gespräche mehr durchzustellen, bis er seine Unterredung mit dem britischen Botschafter beendet hatte.

Es klopfte, und Krasin betrat zusammen mit Hoult das Zimmer. Andropow registrierte, daß sie beide erschöpft und verkrampft wirkten.

Hoult hatte sich Andropow anders vorgestellt. Er war ein hochgewachsener Mann mit einem Gelehrtengesicht und einem liebenswürdigen Lächeln. Sein Englisch war fast perfekt.

»Guten Morgen, Exzellenz. Setzen wir uns doch hier herüber, da haben wir es bequemer.« Er deutete auf die Gobelinsessel. Krasin blieb stehen. »Ich glaube, wir brauchen unseren Freund Krasin nicht länger zu bemühen. Oder legen Sie Wert auf seine Anwesenheit?«

»Ich halte es für besser, wenn wir unter vier Augen miteinander sprechen«, gab Hoult kühl zurück. Andropow nickte Krasin verabschiedend zu und bot dem Botschafter eine Zigarette an. Dieser schüttelte den Kopf. Er saß bolzengerade in seinem Sessel, und Andropow merkte, daß er tief Luft holte, ehe er anfing zu sprechen.

»Seit einem reichlichen halben Jahr hat Ihre Organisation sehr viel Geld, sehr viel Zeit und sehr viel Kraft darauf verwandt, eine Situation zu schaffen, die es Ihnen ermöglicht hätte, Druck auf mich auszuüben.«

Hoult hielt, vielleicht auf Widerspruch gefaßt, einen Augenblick inne, aber Andropow schwieg mit höflich-unverbindlicher Miene.

»Ich beglückwünsche Ihre Leute zur ihrer Beharrlichkeit«, fuhr Hoult fort. »Besondere Raffinesse kann ich ihnen allerdings nicht bescheinigen. Offensichtlich versprach man sich vom Einsatz Ihrer jungen Damen die größten Erfolge. Weshalb Lydia Uspenskaja plötzlich zurückgepfiffen wurde, ahne ich nicht, aber es ist auch nicht wichtig. Noch ehe sie von der Bildfläche verschwand, lernte ich ein anderes junges Mädchen kennen, Jelena Markowa. Ich ging davon aus, daß sie etwas mit Ihrer Organisation zu tun haben müßte, weil sie in Krasins Clique war. Der Unterschied bestand lediglich darin, daß nicht Krasin die Wahl für mich traf, sondern daß ich sie mir ausgesucht habe.

Es war mir klar, daß Ihre Organisation, wie das in solchen Fällen üblich ist, versuchen würde, Beweismaterial über meine Beziehungen zu dem Mädchen in die Hand zu bekommen, Fotos, Filme, die üblichen Erpressertricks. Auch daß man mich vor meiner Rückkehr nach London auf irgendeine Art mit diesem Material konfrontieren würde, um mich zu einer Zusammenarbeit mit Ihren Leuten zu zwingen, habe ich erwartet.«

Andropow lehnte sich ein wenig zu ihm herüber. »Sir James, wir sind beide erfahrene Männer, wir kennen uns aus in der Welt der Geheimdienste, und es ist möglich, daß das, was Sie eben sagten, im wesentlichen stimmt. Natürlich könnte ich das offiziell niemals zugeben, selbst wenn sich Ihre Behauptungen nach Prüfung der Fakten als zutreffend erweisen sollten. Aber ich kann nicht glauben, daß Sie mir nur deshalb einen Besuch abstatten, um mir zu sagen, daß meine jungen Leute sich ungeschickt benommen haben.«

»Genosse Vorsitzender, Sie wissen sicher bereits, daß es gestern abend in meiner Botschaft einen Zwischenfall gegeben hat. Jelena Markowa hat dort in betrunkenem Zustand eine Störung verursacht. Krasin hat sie mitgenommen. Vermutlich erwartet sie eine harte Strafe, weil sie Ihnen das Konzept verdorben hat. Ich verlange, daß sie sofort freigelassen wird und die Genehmigung erhält, nach London auszureisen, wenn ich dorthin zurückkehre.«

Es gab eine lange Pause. Andropow musterte nachdenklich Hoults eingefallenes Gesicht. »Eine Frage, Sir James: Wie denken Sie über die Sowjetunion?«

»Nach Auflösung des KGB ließe sich ganz gut darin leben.«

Andropow lächelte ein wenig. »Mindestens zwei Mitglieder des Politbüros würden sich Ihrer Meinung anschließen, möglicherweise mit der Einschränkung, daß sie eine Exekution der gesamten KGB-Leitung der Auflösung vorziehen würden. So, jetzt aber zu Ihrem Problem.« Er hob die Hand, als er sah, daß Hoult etwas sagen wollte.

»Einen Moment bitte, Sir James. Wir werden uns in dieser Angelegenheit selbstverständlich völlig nach Ihren Wünschen richten. Nur eins würde mich interessieren: Was geschieht, wenn die junge Dame in London ist?«

»Sie meinen, daß sich das machen läßt?«

»Aber natürlich. Erstaunt Sie das? Sie sehen aus, Sir James, als hätten Sie sich darauf vorbereitet, schweres Geschütz aufzufahren.« Er klopfte dem Botschafter ermunternd aufs Knie. »Erzählen Sie mir von der Kleinen. Ich kenne sie nicht. Sie soll ja bildhübsch sein.«

»Ja, sie ist hübsch, aber –«

Andropow unterbrach ihn wieder mit einer Handbewegung. »Sir James, Sie wollten gerade wieder Genosse Vorsitzender zu mir sagen. Muß das sein? Sie sind mir sympathisch, wir werden sicher gute Freunde werden. Ich heiße Jurij und werde Sie James nennen. An dieser Geschichte macht mir nur eins Sorgen...«

»Nämlich?«

»Ich glaube, es war Oscar Wilde, der einmal gesagt hat: ›Warum haßt er mich? Ich habe ihm nie etwas Gutes getan.‹ Werden Sie uns hassen, weil ich Ihnen geholfen habe?«

»Darf ich ganz deutlich werden?«

Andropow breitete die Hände aus. »Aber natürlich, mein Freund. Heraus mit der Sprache.«

»In jedem anderen Land würde ich nicht um Ihre Hilfe bitten müssen, da könnten wir tun und lassen, was wir wollen.«

Andropows Gesicht verschattete sich sekundenlang, dann lachte er. »Das ist natürlich ein bißchen überspitzt ausgedrückt, wie Sie genau wissen. Aber ich verstehe schon, was Sie sagen wollen. Gut, damit wäre dieses Problem gelöst. Jetzt zu den praktischen Erwägungen. Ich werde dafür sorgen, daß die junge Dame – falls man sie festgehalten hat – sofort entlassen wird. Krasin soll ihr ein Zimmer in einem der zentral gelegenen Hotels besorgen. Das Visum beschaffen Sie ihr über London?«

Er schüttelte Hoult die Hand. »Zögern Sie nicht, sich an uns zu wenden, wenn Sie noch irgendwelche Wünsche haben. Vielleicht sehen wir uns noch einmal vor Ihrer Abreise, aber auf alle Fälle möchte ich Ihnen schon jetzt viel Erfolg für Ihren neuen Posten wünschen. Versuchen Sie, uns in guter Erinnerung zu behalten.«

Vor der Revolution war das Gebäude die Zentrale der Allrussischen Versicherungsgesellschaft gewesen. Jetzt war es die Lubljanka, das Sondergefängnis des KGB.

Hoult ging an Krasins Seite durch die düstern Gänge. Der Kontrast zwischen Krasin, dem Schauspieler-Charmeur, und Krasin, dem KGB-Mann, der sich offensichtlich in dieser grausigen Umgebung auskannte, erschreckte ihn.

Jelena saß auf einer hölzernen Pritsche und hatte die Hände vors Gesicht gelegt. Sie trug noch immer das schwarze Samtkleid. Es hatte Risse und Flecken von Erbrochenem. Als sie den Kopf hob, sah Hoult, daß ihr Gesicht geschwollen war und sich Blutergüsse über den schlanken Hals bis auf die Schultern zogen. Sie schluckte und versuchte vergeblich aufzustehen.

»Jamie«, flüsterte sie, »haben sie dich auch erwischt?«

Hoult wandte sich an Krasin. Seine Stimme war brüchig vor Zorn. »Sie sind also offenbar der Botenjunge in diesem schmutzigen Geschäft. Unsere Kontakte werden sich in Zukunft auf das Allernotwendigste beschränken. Zwischen uns ist alles aus. Besorgen Sie ihr einen Wagen und lassen Sie sie ins Hotel National bringen.«

Es war kein Glückstag für Krasin. Das ganze Team war in Andropows Büro zusammengetrommelt worden und mußte sich stehend seine Standpauke anhören. Am meisten aber mußte Krasin einstecken.

»Er hat es von Anfang an gewußt, Krasin, man stelle sich das einmal vor. Wie blutige Anfänger müssen sich Ihre Leute benommen haben. Und jetzt haben wir die Bescherung. Er vergnügt sich mit zwei unserer Schwalben und will eine sogar mit nach England nehmen. Und Sie, Solowjew, frage ich: Lag denn über den Mann vor Beginn der Operation kein psychologisches Gutachten vor? Ich bin mir vorgekommen wie ein Kerl, der ihm ein Mädchen für eine Nacht andient. Es fehlte nur noch der Zigeuner, der ›Schwarze Augen‹ fiedelt. . .«

Er hielt sekundenlang inne, um Atem zu holen. Dann fuhr er mit gefährlich leiser Stimme fort: »Aber merkt euch eins: Von jetzt ab behalte ich persönlich die Fäden in der Hand. Was geschieht, bestimme ich allein. Ihr Idioten habt mir keine andere Wahl gelassen. Krasin, Sie tun, was er verlangt, und informieren mich laufend. Notfalls jede Stunde. Solowjew, Sie sorgen dafür, daß Hoult zu sämtlichen wichtigen Empfängen eingeladen wird, bis er abreist. Er muß glauben, daß er sich heute früh in allem durchgesetzt hat. Alles klar?«

Mit einer ungeduldigen Handbewegung scheuchte er sie aus dem Zimmer wie eine lästige Taubenschar. Als sie fort waren, sagte er in die Gegensprechanlagegg »Malygin? Prüfen Sie, ob wir in London eine wirklich gute Kraft haben. Nicht zu alt, die Aktion ist langfristig angelegt. Falls es dort noch keinen brauchbaren Mann gibt, machen Sie mir zwei Vorschläge für eine Versetzung.«

5

Hoult lag auf dem Rücken. Er war wach. Jelenas schlankes Bein lag quer über seinem Leib, ihr Arm über seiner Brust. Die Vorhänge vor dem großen Fenster waren nicht zugezogen, und er sah den watteleichten Schnee, der hoch auf den Fenstersimsen lag. Von Zeit zu Zeit hörte er den leisen Laut eines Orchesters, der aus einem der unteren Geschosse des Hotels kam. Und ganz weit weg hörte er einen Zug pfeifen.

Adèle war nach England geflogen, um das Haus in Ordnung zu bringen. In zwei Wochen war ihre Moskauer Zeit abgelaufen. Er schlief jetzt jede Nacht mit Jelena und empfand eine nie gekannte Freude am Leben. Er hatte sich nie für sexuell verklemmt gehalten, begriff aber jetzt, daß er es gewesen war. Die Verbeugungen vor der Wohlanständigkeit, die ständige Rücksichtnahme, die gängige Auffassung, die Frauen auf ein Podest mit dem Schild »Nicht berühren« stellte – das alles hatte den Geschlechtsverkehr für ihn zu einer leeren Formel gemacht. Und jetzt begegnete ihm, dem Mann in den Fünfzigern, ein junges, hübsches Mädchen, das ihn wieder das Vergnügen am Sex gelehrt hatte und das ihn liebte.

Zum ersten Mal in seinem Leben wurde er um seiner selbst willen geliebt und bewundert. Nicht als der tapfere Major der Black Watch, nicht als der gerechte Verwalter in Feindesland, nicht als der clevere Bankier, und ganz gewiß nicht als Diplomat. Manchmal kam ihm das alles vor wie ein verrückter, unglaublicher Traum.

Andropow hatte nach Krasin und Solowjew geschickt. Sie saßen jetzt in den bequemen Gobelinsesseln, die ein bißchen nach Mottenpulver rochen. Neben Andropow saß ein brünetter Mann mittleren Alters miit hohen Wangenknochen und Bürstenhaarschnitt. Der dunkelblaue Anzug war gut geschnitten, die eleganten Schuhe stammten sichtlich aus dem Ausland. Um den Hals hatte er ein goldgerändertes Monokel an einer schmalen Kordel.

»Professor Simonow hat einige Jahre in Leningrad verbracht«, stellte Andropow den Fremden vor. »Sein Spezialgebiet sind die psychiatrischen Bedingungen in Westeuropa im Zusammenhang mit Vernehmungen unter starkem Druck. Habe ich das richtig ausgedrückt, Professor?«

Der Wissenschaftler sah auf. »Ich begann mit Untersuchungen an heimgekehrten Kriegsgefangenen. Dabei interessierten mich die Auswirkungen der überstandenen Streßsituation auf ihre Psyche und das Ausmaß ihrer Wiedereingliederung ins normale Leben.

Man hat mich dann gebeten, einen Ausbildungsgang für KGB und GRU auszuarbeiten, der es den Mitarbeitern ermöglichen sollte, Feindverhören besser standzuhalten. Davon ausgehend beschäftigte sich meine Abteilung mit Verfahren zur Verbesserung unserer eigenen Verhörmethoden feindlicher Agenten. Hiermit war natürlich eine ausgedehnte Erforschung der Reaktionen von Amerikanern und Westeuropäern auf alle möglichen Arten von Streß verbunden.«

Andropow sah seine anderen beiden Besucher an. »Ich habe Professor Simonow um eine Analyse des britischen Botschafters gebeten.«

Simonow griff nach einem Klemmbrett, das er an seinen Sessel gelehnt hatte. »Ich muß betonen, meine Herren, daß dies nur eine allgemeine Stellungnahme sein kann, die Ihnen helfen soll zu entscheiden, wie man diese Situation am besten in den Griff bekommt. Ich habe Ihre Filme gesehen, habe mir Ihre Bänder angehört und mich in Ihre Berichte vertieft. Der Vorsitzende Andropow hat mir auch einiges über die Vorgeschichte des Falles erzählt.

Zusätzlich lagen mir Fotokopien von Hoults medizinischen Untersuchungsbefunden vor, die allerdings nichts Aufschlußreiches ergaben. Physisch hat er keine Probleme, er ist kerngesund.

Ich muß betonen, daß ich mich bisher hauptsächlich mit Amerikanern beschäftigt habe. Sie wissen, daß es gewaltige Unterschiede zwischen Russen und Amerikanern gibt, vom Temperament und von der Lebenseinstellung her, aber auch Amerikaner und Briten unterscheiden sich in dieser Hinsicht beträchtlich. Meine Erfahrungen mit Briten sind sehr begrenzt. Bei unserem Mann handelt es sich außerdem noch um einen Schotten, was die Sache noch weiter kompliziert.« Er lächelte. »Immerhin – er ist ein Mensch aus Fleisch und Blut, und damit können wir doch schon einiges anfangen.

Er stammt aus bescheidenen Verhältnissen, seine schulischen Leistungen waren nicht bedeutend, Erfolgserlebnisse hatte er erst als aktiver Soldat. Fast sechs Jahre lang ist er im Militärdienst. Nach diesem Aufstieg wird er Verwaltungsbeamter im besetzten Deutschland. Wir können davon ausgehen, daß es die Ehe mit der Tochter eines einflußreichen Mannes war, der er die Stellung bei der Bank verdankt. Schließlich wird er, ein alter Freund des Premierministers, Botschafter in Moskau.

Aus seiner Militärzeit wissen wir, daß er körperlichen Mut besitzt. Wir haben gewisse Hinweise darauf, daß er auch moralisch tapfer ist. Obgleich er hautnah mit Politik zu tun bekommt, tritt er nicht in eine Partei ein. Er gibt als Bankier profranzösische Ratschläge, mit denen er sich bei seinen Geschäftsfreunden nicht gerade beliebt gemacht haben dürfte. Nach allem, was uns über ihn vorliegt, erscheint er als ein Mann, der sich nicht nur mühelos einer neuen Umgebung anpaßte, sondern auch erfolgreich auf vielen verschiedenen Gebieten war.

Und was geschieht jetzt? Dieser angepaßte Mann scheint mit Anfang Fünfzig plötzlich den Kopf verloren zu haben.« Er sah seine Zuhörer einen Augenblick wartend an. Als niemand etwas sagte, fuhr er fort:

»Nun zu meiner Beurteilung. Er ging gleich nach seinem neunzehnten Geburtstag in den Militärdienst. In diesem Alter pflegen viele junge Leute, besonders Europäer, über die Stränge zu schlagen. Ich habe amerikanische und britische Untersuchungen über die Scheidungs- und Promiskuitätswelle gelesen, die etwa zehn Jahre nach Kriegsende über diese Länder schwappte. In diesen Arbeiten wurde gefolgert, daß die Dreißigjährigen mit einem Rückfall in Teenagerverhalten jenen Teil ihres Lebens nachzuholen suchten, den ihnen der Krieg versagt hatte. Ausbrechen aus gewohnten Gleisen und Familienbindungen, der Beginn der Drogenwelle und ähnliche Erscheinungen sind typisch dafür. Aber unser Mann war damals fest in seine Pflichten eingebunden. Und jetzt, lange danach, in einem fremden Land, fern von diesen Zwängen, verlangt die Natur ihr Recht. Auch er sehnt sich unbewußt nach jenen Jahren zurück.

Ich glaube auch, daß ihm seine Karriere aufgezwungen wurde, daß er sich durch die Verhältnisse von einer Aufgabe zur anderen hat schieben lassen. Es ist denkbar, daß ihm deshalb Erfolg nicht so viel bedeutet wie anderen Männern.«

Er sah Andropow an. »Fragen? Stellungnahmen?« fragte dieser die anderen.

»Wie läßt sich diese Analyse nach Meinung von Professor Simonow für uns auswerten?« erkundigte sich Solowjew.

Simonow sah Andropow fragend an. Als dieser nickte, lehnte er sich vor.

»Wenn Sie auf diesen Mann unverhüllten Druck ausüben, wird er Sie zum Teufel schicken. Er ist bereit, auf alles zu verzichten – nur nicht auf das Mädchen. Helfen Sie ihm nach Kräften. Langsam, ganz langsam wird sich dieser Mann selbst zerstören. Seine Frau wird ihn wahrscheinlich verlassen, und wenn Sie die Möglichkeit dazu haben, sollten Sie diese Entwicklung beschleunigen. Sein Freundeskreis wird sich allmählich zurückziehen. Er hat Kraft genug, damit fertigzuwerden, aber er wird in Zukunft sehr verwundbar sein. Nach und nach wird er auch privat immer unsicherer werden, wird versuchen, das durch verstärkte Anstrengungen in seiner politischen Sphäre auszugleichen. Er wird Rückenstärkung nötig haben, und da können Sie einspringen. Nicht nur mit Ihren eigenen Leuten, sondern auch mit den anderen Europäern. Man sollte den Eindruck gewinnen, daß er nicht nur bei den Sowjets, sondern allgemein in Europa ein einflußreicher Mann ist. Das ist die Taktik, die ich verfolgen würde.«

»Wie weit, glauben Sie, können wir ihn uns nutzbar machen?« Das war wieder Solowjew.

Simonow lehnte sich zurück und strich nachdenklich sein Hosenbein glatt.

»Es gibt zwei Möglichkeiten, aber wenn Sie beide Wege gehen wollen, müssen Sie sehr vorsichtig sein. Er wird Vorschlägen zugänglich sein, sich für unseren Standpunkt einzusetzen, sofern Sie ihn gründlich und allmählich davon überzeugen können. Und Sie werden ihn bei sorgfältiger Vorbereitung auch praktisch einsetzen können.«

»Sie meinen – als Agenten?«

»Genau das meine ich.«

6

Hoult, der wußte, daß Adèle nach einem Heim für sie suchte, das sie doch nie zusammen bewohnen würden, war sich darüber klar, daß er es ihr sagen mußte. Er war nicht der Typ, der sich ohne größere Gewissenskonflikte gleichzeitig eine Frau und eine Geliebte leisten konnte.

Drei Tage nach seinem Gespräch mit Andropow bat er noch einmal um eine Unterredung mit dem KGB-Chef. Sie trafen sich auf einem Empfang für die sowjetischen Turner vor deren Abreise zu einer Südamerika-Tournee.

Andropow kehrte seine charmanteste Seite heraus und bat ihn zu einem tiefen Ledersessel am offenen Kamin. »Ich habe den Genossen Solowjew gebeten, an unserem Gespräch teilzunehmen. Formalitäten, Dokumente – all das ist sein Ressort.«

»Darüber wollte ich gerade mit Ihnen sprechen. Es handelt sich um die Dokumente für Miss Markowa. Ich wäre Ihnen dankbar, wenn Sie dafür sorgen könnten, daß sie einen Paß bekommt.«

»Kein Problem, James. In einer Stunde kann sie ihn haben.«

»Allerdings sollte es ein amerikanischer Paß sein.«

Solowjew warf Andropow einen raschen Blick zu, den dieser ignorierte. »Können wir ganz offen miteinander reden?« fragte er.

»Sicher«, gab Hoult zurück.

»Wäre es nicht einfacher für Sie, wenn wir das Mädchen pro forma in den Stab unserer Handelsmission aufnehmen würden?«

»Vielleicht habe ich mich nicht klar genug ausgedrückt. Ich werde sie heiraten.«

Andropow griff mit bewundernswerter Gelassenheit nach seinem Glas. »Wird das Ihrer Meinung nach Auswirkungen auf Ihren neuen Posten haben?«

»Nicht, wenn sie amerikanische Staatsbürgerin ist.«

Jetzt endlich sah Andropow seinen Mitarbeiter an. »Sie wollten etwas sagen?«

Solowjew wandte sich an Hoult. »Ich verstehe, worauf es Ihnen ankommt, aber es ist denkbar, daß sie von Leuten wiedererkannt wird, die sie in Moskau gesehen haben. Sehr wahrscheinlich ist es nicht, weil sie wenig mit Ausländern zusammenkam, aber man muß damit rechnen. Ich würde vorschlagen, daß wir sie zu einer Amerikanerin polnischer Herkunft machen. Damit läßt sich vieles erklären.«

Hoult nickte. »Einverstanden. Sie werden das in die Wege leiten?«

Jetzt schaltete sich Andropow wieder in das Gespräch ein. »Natürlich. In diesem Falle dauert es natürlich etwas länger, aber dafür haben Sie sicher Verständnis. Bei einer Eheschließung müssen die Dokumente echt wirken. Was brauchen wir, Solowjew?«

»Paß, Geburtsurkunde, Steuerbeleg, Visum und Gesundheitsbescheinigung. Sie müßte für etwa eine Woche in die USA reisen, nach New York oder vielleicht nach Pittsburgh. Noch besser wären zwei Wochen.«

»Wie kommt sie dorthin?«

»Moskau – Dublin, Dublin – Montreal. Von dort bringen wir sie über die Grenze zu einem Stützpunkt in Albany.«

»Brauchen Sie Unterstützung wegen des englischen Visums?«

Solowjew lächelte ein wenig und öffnete schon den Mund zu einer Antwort, aber Andropow hob die Hand.

»Ich halte es für besser, wenn wir uns um diese Formalitäten selbst kümmern, James.« Er goß sich noch einen Drink ein. Solowjew verabschiedete sich und zog ab. »Haben Sie es Ihrer Frau schon gesagt?« wollte Andropow wissen.

»Nein. Ich werde es ihr sagen, sobald ich in London bin.«

»Weiß es der Premierminister?«

»Dem sage ich es ebenfalls nach meiner Rückkehr.«

»Welche Reaktion erwarten Sie von ihm?«

»Überraschung. Es wird ihm leid tun – für uns beide.«

»Kein Schock?«

Hoult lächelte. »Er ist selbst zum dritten Mal verheiratet. Und ich habe den Eindruck, daß für ihn das Privatleben anderer Leute tabu ist.«

»Richtig, daran hatte ich im Augenblick nicht gedacht.«

Der Chef des KGB hatte sehr wohl daran gedacht. Aber er war erleichtert, daß Hoult das Problem offensichtlich von allen Seiten durchdacht hatte.

Ein Wagen des Foreign Office holte Sir James in Heathrow ab und brachte ihn in die Stadt. Er nahm sich ein Zimmer im Reform Club. Adèle hatte er über die genaue Zeit seiner Ankunft im unklaren gelassen. Er beschloß, sich morgen telefonisch bei ihr anzumelden und das Gespräch so schnell wie möglich hinter sich zu bringen.

In der Charing Cross Station waren schon die Weihnachtsdekorationen angebracht, stellte er fest, als er zum Bahnsteig 5 ging. Die Sonne kam hervor, als der Zug Sevenoaks hinter sich ließ, aber die Obstgärten wirkten düster und kahl, als hätten sie sich seiner Stimmung angepaßt. Am Bahnhof in Tunbridge Wells nahm er ein Taxi.

Adèle war nicht zu Hause gewesen, als er angerufen hatte, und er hatte Mrs. Hoskin, der Haushälterin, Bescheid gesagt, die ihm jetzt auch öffnete. Adèle war noch zum Einkaufen im Dorf. Schon fühlte er sich fremd in seinem eigenen Haus. Er versuchte sich die Erinnerung an frühere Weihnachtsfeste zurückzurufen, aber es gelang ihm nicht. Sie gehörten zu einem anderen Leben.

Er saß auf dem breiten Doppelbett im Schlafzimmer, als Adèle eintrat. Sie hatte noch den Mantel an und trug eine Pelzmütze. Ihr Gesicht war frisch und rosig von der kalten Luft. Er stand auf, als sie zu ihm herüberkam, ihm einen Kuß gab und sich in den Sessel mit dem bunten Chintzbezug setzte. »Ich habe schon auf dich gewartet, Jamie.«

»Wie – meinst du das?«

Sie seufzte. »Ich habe darauf gewartet, daß du mir endlich sagst, was mit uns geschehen soll.«

»Du hast es gewußt?«

Sie schüttelte nachdenklich den Kopf. »Nein, Jamie, ich habe es nicht gewußt. Aber ich bin eine Frau. Ich habe gespürt, daß es nicht mehr stimmt zwischen uns – und habe mir das übrige gedacht. Und ich wußte, daß du es mir erzählen würdest, wenn du soweit bist. Es ist diese Jelena, die damals auf dem Empfang war, nicht?«

»Ja. Ich möchte sie heiraten.«

»Hast du schon mit Travers gesprochen?« Travers war der Anwalt der Familie.

»Nein, ich habe es außer dir noch niemandem gesagt.«

»Wird das deine Karriere behindern?«

»Warum sollte es?«

»Weil sie Russin ist.«

»Ich werde es nicht herumerzählen.«

»Das sieht dir nicht ähnlich, Jamie.«

Er lächelte ein wenig. »Du wirst die einzige sein, die mein Geheimnis kennt.«

»Und wie machen wir es mit der Scheidung?«

»Darum kann sich Travers kümmern.«

»Ich kann also nichts tun, damit du es dir noch anders überlegst?«

Er schüttelte stumm den Kopf.

»Ob du es mir glaubst oder nicht, Jamie – ich wünsche dir von Herzen, daß du in deinem neuen Leben glücklich wirst. Als ich in den letzten Wochen hier allein war, habe ich viel über uns nachgedacht. Und dabei ist mir zum ersten Mal klar geworden, wie sehr ich dich vermissen werde.«

Sie sah ihn an, wie er, die Hände in den Taschen, auf der Bettkante saß. Er wirkte irgendwie jünger, fand sie. Und er machte ein Gesicht, als hörte er sich die guten Ratschläge einer älteren Schwester an.

»Was wirst du tun, Adèle?«

»Ich werde wieder nach Paris ziehen.«

»Es tut mir sehr leid.«

»Schon gut, Jamie. Soll ich es unseren Söhnen sagen?«

»Ja. Danke.«

»Willst du etwas essen? Oder kann ich dir einen Drink anbieten?«

Er brachte es nicht fertig, auf ihren leichten Ton einzugehen. »Ich bestelle mir ein Taxi.«

»Nein, ich bringe dich hin.«

Am Bahnhof nahm sie seine Hand und hauchte ihm einen Kuß auf die Wange. »Keine Angst, die Nachstellungen der traditionellen Ehefrau, die ihren Mann schlechtmacht, weil die Ehe nicht gehalten hat, bleiben dir erspart, Jamie. Erinnere dich manchmal an mich, wenn du glücklich bist, und denk daran, daß ich versucht habe, dir zu helfen. Und ich werde auch an dich denken.«

»Wann wirst du an mich denken?«

Sie legte den Kopf an die Lehne des Wagensitzes und schloß die Augen. »Wenn ich einen schottischen Tonfall höre. Wenn ich Soldaten sehe. Wenn es Nacht ist. Und wenn Mendelssohns Violinkonzert gespielt wird.«

Er beugte sich zu ihr herüber, gab ihr einen Kuß und stieg rasch aus.

Das Gespräch mit dem Premierminister verlief erwartungsgemäß. Der Regierungschef hatte die Nachricht überrascht und voller Anteilnahme aufgenommen und dann die Rede auf seine bevorstehende Moskau-Reise gebracht. Andeutungsweise war von einem Platz im Oberhaus gesprochen worden. Aber man brauchte ja nichts zu überstürzen.

In Moskau war es Winter geworden und Jelena befand sich bereits in New York. Hoult verbrachte die letzten acht Tage damit, die Geschäfte an seinen Nachfolger zu übergeben. Der Abschiedsempfang fand in der polnischen Botschaft statt. Für den Tag seiner Ankunft in New York hatten die Polen eine Party vorgesehen. Auf dieser Party würde er offiziell Jelena kennenlernen.

Er hatte einen Direktflug von Moskau gebucht. In Goose Bay waren sie vier Stunden festgehalten worden. Der Nebel war gerade lang genug aufgerissen, um den Start der Maschine zu ermöglichen. Aber Hoult störte das alles nicht. In Gedanken war er schon bei der Frau, die er liebte.

Washington hatte ihn im Waldorf untergebracht, und die Einladung der Polen erwartete ihn am Empfang. Die Party fand im UN-Gebäude statt.

Ein Wagen holte ihn kurz nach acht ab. Er sah Jelena sofort, und auch sie hatte ihn gleich entdeckt. Aber erst zwanzig Minuten später wurde er Miss Helen Markowa förmlich vorgestellt. Um zehn verließen sie getrennt die Gesellschaft, trafen sich am Haupteingang wieder und gingen zu Fuß die East Avenue hinauf. Während der Wind an ihren Sachen zerrte, blieben sie stehen und genossen es, sich in aller Öffentlichkeit umarmen zu können.

Sie verbrachten eine Woche miteinander, besuchten Theater und Konzerte, und die Klatschkolumnisten sorgten dafür, daß ihr häufiges Zusammensein nicht unbemerkt blieb.

Bei der Beschaffung des britischen Visums hatte es keine Schwierigkeiten gegeben. Zwei, drei Pressefotografen erwarteten sie, als sie in Heathrow zum Empfangsgebäude gingen. Am nächsten Tag brachten die Zeitungen ein, höchstens zwei Absätze darüber. Das war schon alles.

7

In der Garderobe roch es nach nassen Mänteln. Der Geruch erinnerte ihn etwas an die Army, aber er war nicht typisch für den Reform Club. Um 12.45 Uhr hatte es einen jener kurzen, aber heftigen Aprilschauer gegeben, und nur die Industriebosse, die ohne Mantel gekommen waren, weil ihre Fahrer sie bis vor die Tür brachten, waren ihm entgangen.

Um 15.30 Uhr waren die meisten Mäntel verschwunden. Hoult und sein Gast standen vor den großen Waschbbecken und wuschen sich die Hände. Eine halb aufgerauchte dicke Zigarre rauchte auf der Spiegelablage vor sich hin. Während

Lord Tutin sich die Hände abtrocknete, griff er nach dem Glimmstengel und klemmte ihn sich wieder zwischen die Zähne.

»Mein Wagen steht draußen, Jamie. Soll ich Sie ein Stück mitnehmen?«

»Nein, danke. Ich muß noch einmal telefonieren.«

Tutin griff sich seinen Regenschirm. »Ich werde dem Vorstand Bericht erstatten. Toby wird sich bestimmt bei Ihnen melden. Ohne Ihre Hilfe hätten wir dieses Geschäft nie durchziehen können. Seit sieben Monaten sitzt ein Mann von uns in Prag, aber er ist nicht einmal vorgelassen worden. IBM, CDC, Univac, sie alle haben wenigstens ein Angebot abgeben können, aber wir sind gar nicht so weit gekommen. Das ist bisher unser größter Auftrag, und es ist ein guter Einstieg für weitere Ostgeschäfte. Wir werden dafür sorgen, daß bekannt wird, wem wir es zu verdanken haben.«

Hoult nahm seinen Arm und ging langsam mit ihm zur Tür. Tutin blieb noch einen Augenblick stehen und zögerte. Dann kam es. »Tut mir leid, die Sache mit Ihnen und Adèle. Aber so etwas kommt eben heutzutage immer wieder vor. Passen Sie auf sich auf, alter Junge.« Vorsichtig stieg er die Stufen hinunter zu dem wartenden Wagen.

James Hoult ging wieder ins Haus und bestellte sich noch einen Kaffee. Nach der Scheidung – das war inzwischen schon wieder drei Monate her – hatte er häufiger solche Reden über sich ergehen lassen müssen. Die kurz vor der Hochzeit in *Private Eye* erschienene Notiz, er habe sich offenbar mit einer jungen Blondine über seine zerbrochene Ehe hinweggetröstet, hatte dann – obgleich er in den Klatschpostillen niemals namentlich erwähnt worden war – noch einmal Anlaß zu mitfühlenden Äußerungen gegeben.

Es war fast fünf, als er wieder in die Garderobe kam. Sein Mantel war inzwischen getrocknet. Er schob die Hand tief in die rechte Tasche. Das kleine Päckchen war tatsächlich verschwunden. Müßig überlegte er, wen sie sich im Reform Club wohl als Boten geangelt hatten.

Er blieb am Fernschreiber stehen, während er auf das Taxi wartete. Der Dockarbeiterstreik ging in die siebente Woche. Das gekidnappte Flugzeug stand noch immer in Heathrow – die Regierung war nicht bereit, die vier Iren freizulassen, die das St. George Hospital in die Luft gesprengt hatten. Die Verhandlungen dauerten an. Der Goldpreis war durch sowjetische Verkäufe in Zürich und Kairo um acht Punkte gefallen. Der Premierminister war zu einem Gespräch mit den streikenden

Nordseeöl-Roughnecks zusammengekommen. Der zuständige Minister leugnete, daß Pläne für eine Benzinrationierung bestanden. Der Kongreß überprüfte die Mitgliedschaft der Vereinigten Staaten in der NATO. Und ein Schulmädchen in Wiltshire hatte Vierlinge zur Welt gebracht.

Hoult hatte nie einen großen Freundeskreis gehabt, und kaum einer seiner Bekannten war überrascht, als es hieß, die Ehe sei in die Brüche gegangen, weil er den gesellschaftlichen Trubel nicht mochte. Hoult hatte keine offizielle Planstelle, sondern gehörte zum persönlichen Stab des Premierministers. Die Presse gewährte ihm während und unmittelbar nach der Scheidung die übliche Schonzeit, und weil er mit seiner Arbeit im Hintergrund blieb und sich nicht nach Publicity drängte, geriet er bei den Medien allmählich in Vergessenheit.

Tatsächlich gingen er und Jelena jetzt häufig zu Konzerten, ins Theater und ins Ballett, und er genoß diese Abende mit ihr. Die Gäste, die sie sich – selten genug – einluden, waren meist Industrielle, die seinen Rat in Exportgeschäften haben wollten. Öffentliche Empfänge besuchten sie nicht. Er hielt keinen Kontakt mit der Welt der Diplomaten, und diese Welt war ganz froh, ihn loszusein.

Kurz nach acht verließ er das Haus in der Downing Street und ging zu Fuß durch den milden Frühlingsabend zu seiner Wohnung in der Ebury Street zurück. Adèle hatte auf Unterhaltszahlungen verzichtet, und er war finanziell recht gut gestellt. Das Haus in Lamberhurst gehörte ihm noch, er war aber dabei, es zu verkaufen. Die Dörfler waren nach der Trennung von Adèle nicht direkt unfreundlich gewesen, aber sie hatten sich doch deutlich von ihm distanziert.

Jelena und er waren jetzt ein halbes Jahr verheiratet. Es war eine stille Trauung im Standesamt von Chelsea gewesen. Hinterher waren sie nach Edinburgh geflogen. Er hatte ihr das Haus in Methil gezeigt, wo er geboren war, und ein paar Leute, die ihn erkannten, hatten ihm zugenickt und schüchtern gelächelt.

Als er den Schlüssel ins Schloß steckte, läutete das Telefon. Er gab Jelena einen Kuß und hob ab. Es war die Sekretärin des Premierministers. Hoult hatte sie gebeten, ihm noch einmal den Entwurf des Berichtes vorzulesen, in dem er seine Empfehlungen an den Premierminister zu der von den Sowjets gewünschten Handelsanleihe formuliert hatte. Er hatte sich für eine taktvolle Ablehnung ausgesprochen und führte dafür vernünftige und wohlabgewogene Gründe ins Feld. Sir James hörte sich das Manuskript an, strich ein paar Wiederholungen und bat die Sekretärin, den Bericht zu tippen und so schnell wie möglich dem Premierminister vorzulegen. Er sollte am nächsten Tag im Kabinett besprochen werden.

Ihre Routinesitzung lag erst drei Tage zurück. Trotzdem berief Andropow eine Sondersitzung ein, nachdem er den Bericht aus London gelesen hatte.

Bei der Begrüßung der Teilnehmer war er verbindlich wie immer, aber Solowjew kannte ihn gut genug, um zu spüren, daß er verärgert war. Deshalb überraschte es ihn nicht, daß der KGB-Chef loskollerte, sobald sie am Tisch saßen.

»Jetzt sehen Sie sich das an, Solowjew! Er hat Schluß gemacht, behauptet, daß unsere Forderungen überzogen sind. Seit Monaten warne ich Sie! Ich habe mir unsere derzeitige Wunschliste einmal angesehen. Der NATO-Bericht. Zahlen über das Nordseeöl. Die Drohung der USA, aus der UNO auszutreten. Nicht zu reden von einem halben Dutzend Belanglosigkeiten. Er hat auch noch andere Ministerien von uns bedient. Und jetzt hat er uns die Mitarbeit aufgekündigt.« Er holte kurz Atem, ließ aber die anderen nicht zu Worte kommen. »Das Subversionsprogramm in Großbritannien ist startbereit. Und ausgerechnet jetzt bringen wir einen Mann, dessen Rat dort Gewicht hat, gegen uns auf, statt ihn auf unserer Seite zu haben.«

Andropow lehnte sich zurück und sah Solowjew an. »Was tun wir jetzt?«

»Was hat er als Grund für seine Weigerung angegeben?«

»Daß unsere Forderungen übertrieben sind. Mehr nicht.«

»Könnte es sein, daß es noch andere Gründe gibt, die er uns nicht verraten hat? Zum Beispiel könnte die britische Abwehr auf ihn aufmerksam geworden sein.«

Andropow griff nach einem Block und machte sich eine Notiz. »Wird geprüft. Noch etwas?«

»Frauengeschichten?«

Andropow schüttelte nachdenklich den Kopf. »Nein, die beiden scheinen gut miteinander auszukommen.« Er nickte den anderen Gesprächsteilnehmern verabschiedend zu. »Das ist alles, Genossen.«

Als sie gegangen waren, zündete er sich eine Zigarette an und setzte sich bequem zurecht, mit einer Hand das goldene Feuerzeug an der Kante des Blocks hin und her schiebend. »Unsere Leute dort haben vorzügliche Arbeit geleistet, Solowjew. Innerhalb von zwei Jahren haben sie Presse und Rundfunk durch neue Gesetze praktisch gelähmt. Es kann nicht eine Zeile in Druck gehen, mit der unsere Leute nicht einverstanden sind. Einen gewissen Spielraum lassen wir den Medien natürlich – aber nur da, wo es nicht wichtig ist. Die Verkehrsmittel – Eisenbahn, Häfen und so weiter – sind fest in unserer Hand.«

»Geht das über die Gewerkschaften?«

Andropow schüttelte lächelnd den Kopf. »Nein, die sind für uns seit 1974 abgemeldet. Wir brauchen sie nicht. Die Arbeiter werden von unseren eigenen Leuten gesteuert. Aber weiter... Die Engländer haben die wirtschaftliche Depression noch nicht überwunden, und zwischen Management und Arbeiterklasse, zwischen Arbeiterklasse und Mittelschicht bestehen schwere Spannungen. Allerdings ist die Mittelschicht jetzt langsam aufgewacht. Sie fängt an zu begreifen, wohin das alles treibt. Es gibt eine Gruppe einflußreicher Leute aus den beiden großen Parteien, die den Premierminister dazu bringen will, zurückzutreten und das Volk in einer Wahl entscheiden zu lassen. Nach unseren Informationen würde die Opposition mit fliegenden Fahnen gewinnen. Sie würde die Gesetze aufheben, die unseren Leuten so gut in den Kram passen, und jahrelang würde eine reaktionäre Diktatur herrschen.

Wenn wir den Premierminister noch mindestens einen, besser zwei Monate am Ruder halten können, wäre für diese Reaktionäre der Zug abgefahren. Hoult könnte das für uns erreichen. Wenn er es nicht schafft, dann schafft es keiner. Und dann wären Jahre des Planens und der Mühe nutzlos vertan.«

Solowjew ließ eine kleine Pause eintreten, damit es so aussah, als überlege er. Dann meinte er ruhig: »Es mag sich verrückt anhören – aber ich schlage vor, daß wir Krasin einsetzen.«

Andropow hob überrascht den Kopf. »Das hört sich tatsächlich reichlich verrückt an, Genosse Oberst. Wenn ich mich recht erinnere, verdanken wir es Krasin, daß unser ursprünglicher Plan gescheitert ist.«

»Da muß ich widersprechen, Genosse Vorsitzender. Daß der Mann der Uspenskaja die Hoults kannte, war ein dummer und nicht vorhersehbarer Zufall. Und bei der zweiten Panne waren wir alle froh, einen Sündenbock zu haben. Krasin hatte uns gewarnt, daß die Kleine gelegentlich einen über den Durst zu trinken pflegt. Und ein echter Schlag ins Wasser ist die Aktion ja auch nicht geworden. Wir haben aus Hoult beträchtlichen Nutzen gezogen. Erst jetzt wird er zum Problem.«

Andropow drückte langsam und sorgfältig seine Zigarette

aus. »Es ist ein gutes Argument, aber ich glaube, Krasin war nicht nur für uns, sondern auch für Hoult ein willkommener Sündenbock. Haben Sie noch andere Gründe für Ihren Vorschlag?«

»Hoult schickt Krasin private Neujahrsgrüße. Außerdem hat Krasin sich ein bißchen um Jelenas Mutter gekümmert.«

»Hängt die Tochter sehr an ihr?«

»Eigentlich nicht. Es ist mehr der Form halber – aber wir lassen ihm den Spaß.«

»Haben wir in den nächsten Tagen Gastspieltourneen in London?«

»Wir könnten innerhalb von vierundzwanzig Stunden etwas auf die Beine stellen.«

»Einverstanden, Solowjew. Heute abend um sieben treffen wir uns wieder hier.«

Hoult und Jelena, Toby und Lucy Marr und der Privatsekretär des Premierministers saßen noch lange nach dem Essen am Tisch zusammen. Es war Toby Marr, der durch eine harmlose Bemerkung eine Diskussion über die Sowjetunion auslöste.

»Im Ministerium soll ja nach der Vertragsunterzeichnung durch die Tschechen eine kleine Fete steigen. Bringst du die schöne Helena mit, Jamie?«

»Wann ist es denn?«

»Übermorgen, am Dienstag.« Er wandte sich an den Sekretär des Regierungschefs. »Meinst du, man könnte den Alten dazu bekommen, sich kurz dort zu zeigen?«

Tim Hart war Journalist gewesen, ehe der Premier ihn übernommen hatte, und die Industriebosse mutmaßten, daß er mit dem Herzen noch immer in der Fleet Street war. Er tat nichts, um sie von dieser Meinung abzubringen. Das war bequemer, als wenn er hätte zugeben müssen, daß er gern geadelt werden wollte.

»Kommt drauf an, wie lange es dauert. Um drei ist Fragestunde im Unterhaus, aber gegen vier könnte er sich vielleicht für eine Viertelstunde freimachen.«

Lucy Marr war berühmt für ihre bissigen Bemerkungen. Keiner war deshalb überrascht, als sie verächtlich sagte: »Es ist wirklich weit gekommen mit uns, wenn wir schon bei den Tschechen betteln gehen müssen. Muß das denn auch noch gefeiert werden?«

Ihr Mann, an ihre Ausbrüche gewöhnt, lächelte ihr liebevoll zu. »Dieser Auftrag erhält vielen Menschen – übrigens auch deinem Mann – den Arbeitsplatz, Liebling.«

Aber so leicht ließ sie sich nicht besänftigen. »Ist denn das der einzig wichtige Gesichtspunkt? Müssen wir mit Tyrannen paktieren, um zu unserem täglichen Brot zu kommen?«

»Hast du Angst, es könnte Schule machen, Lucy?« Tim Hart hob der zornigen Dame lächelnd sein Glas entgegen.

»So wie ich es sehe, hat es längst Schule gemacht. Unser Land ist das reinste Gefangenenlager. Wenn ein Verleger etwas drucken will, was den Gewerkschaften nicht gefällt, muß er sich von irgendeinem Ministerium die Genehmigung dazu geben lassen. Uns haben sie gezwungen, unser kleines Grundstück an der Algarve zu verkaufen. Angeblich wegen der Devisen. In Wirklichkeit geht es ihnen wahrscheinlich nur darum, die letzten Schlupflöcher zuzumauern. In diesem Jahr jagt ein Streik den anderen –«

Ihr Mann gab ihr einen sanften Rippenstoß. »Die Arbeitsniederlegungen kannst du den Gewerkschaften nicht anlasten, Schatz. Meist sind es wilde Streiks.«

»Das ist mir ganz egal. Jedenfalls treiben sie unser Land in den wirtschaftlichen Zusammenbruch.«

Hoult versuchte erfolglos, das Gespräch auf ein anderes Gleis zu bringen. »Spiel nicht den Diplomaten, Jamie. Davon habe ich allmählich genug. Nächstens wird man schon bestraft, wenn man nur Kritik laut werden läßt.« Tim Hart lachte ein bißchen, aber sie fuhr ihn zornig an. »Das ist nicht zum Lachen, Tim. Deine lieben Parteifreunde haben das private Gesundheitswesen abgeschafft, um sich bei den kleinen Leuten beliebt zu machen, aber der Volksgesundheit haben sie damit keinen Gefallen getan. Im Gegenteil – auf eine Operation muß man jetzt ein Jahr warten. Es ist schon wie in Rußland.«

Hoult fuhr sich mit seiner Serviette über den Mund, legte sie locker gefaltet auf den Tisch und lehnte sich vor. »Es ist leider nicht wie in Rußland, Lucy. In der Sowjetunion gibt es mehr Ärzte als bei uns.«

»Dort gibt es ja auch mehr Menschen.«

»Nein, ich meine im Verhältnis zur Bevölkerungszahl. In der Sowjetunion kommt ein Arzt auf vierhundert Menschen, bei uns einer auf neunhundert.«

Lucy Marr machte ein verblüfftes Gesicht. »Aber bist du nicht gegen den Kommunismus, Jamie? Ich habe oft genug gehört, wie du Kritik an ihnen geübt hast.«

»Ich bin weder gegen noch für die Kommunisten, Lucy, ich bin einfach für Fakten.«

Sie zögerte einen Augenblick. Dann beendete sie von sich aus die Diskussion. »Du hast uns noch immer nicht verraten,

Jamie, ob Helen zu der Fete kommen wird.«
Jelena nickte lächelnd.

Doch Hoult und Jelena waren nicht dabei, als der Vertrag feierlich unterzeichnet und gebührend begossen wurde. Am Sonntagabend wurde Sir James nach Chequers gerufen. In einem der Unterkomitees der Vereinten Nationen war Kritik über die britische Innenpolitik laut geworden. Zwanzig oppositionelle Parlamentsabgeordnete und einige Anwälte hatten ein Dossier vorgelegt, das von dem zuständigen Unterkomitee an den Ausschuß für Menschenrechte zur Prüfung weitergegeben worden war. Das Dossier enthielt eine lange Liste angeblicher Verstöße gegen die UN-Charta. Ein Unterabschnitt wurde an den internationalen Gerichtshof weitergeleitet, weil darin Verstöße gegen die Verfassung, Einparteienherrschaft, Diskriminierung am Arbeitsplatz sowie Druck der Regierung auf Justiz und Medien angeprangert worden waren.

Die Unterzeichner des Dossiers hatten seinerzeit ihre Absicht, die Unterlagen an die UNO zu geben, öffentlich angekündigt, doch der Premierminister hatte das als leere Drohung angesehen. Die britischen Vertreter bei den Vereinten Nationen hatten nach Einsicht in die Unterlagen sofort den Regierungschef angerufen und ihm eine Zusammenfassung gegeben. Der Premier tobte. Als Hoult eintraf, saß er mit seinen Rechtsberatern zusammen.

Seine Anweisungen waren eindeutig. Hoult sollte unverzüglich nach New York fliegen und beim Generalsekretär der UNO förmlichen Protest anmelden. Wenn die amerikanischen Medien Wind von der Sache bekamen, sollte er eine Pressekonferenz geben, und es konnte nicht schaden, dabei ganz diskret einfließen zu lassen, die Unterzeichner des Manifests seien eine Bande von Faschisten. Der Premier war offensichtlich betroffen. Er hatte sogar die Möglichkeit geprüft, Verleumdungsklage zu erheben, aber davon hatte ihn sein Justizminister taktvoll wieder abgebracht.

Ein Dienstwagen hatte die Hoults vom Kennedy-Flughafen zum Waldorf gebracht. Hoult saß auf dem Doppelbett und hatte sich in eine lange Namensliste vertieft, während Jelena duschte.

Als sie aus dem Badezimmer kam, sah er ihr zu, während sie sich abtrocknete. Ihr Körper hatte noch nichts von seinem Zauber für ihn verloren. Sie sah womöglich noch jünger aus als an jenem Tag, an dem er sie zum ersten Mal gesehen hatte. Damals hatte er noch nicht einmal gewußt, daß Krasin ein falsches Spiel spielte.

Er deutete auf die Blätter, die vor ihm lagen. »Schau dir die Liste einmal an, Jelenka, und sag mir, ob dir der eine oder andere Name bekannt vorkommt. Es ist das Verzeichnis des sowjetischen Stabes in den Vereinten Nationen.«

Langsam fuhr sie mit dem Finger Zeile für Zeile nach. Dann sah sie auf und zuckte die Schultern.

»Zwei Namen kenne ich, glaube ich, aber wiedererkennen würde ich die Leute nicht. Vielleicht ist es besser, wenn ich dich nicht begleite. Wie lange bleiben wir in New York?«

»Zwei, höchstens drei Tage.«

Das Unterkomitee hatte zu besänftigen versucht. Nachdem der Schwarze Peter weitergegeben worden war, konnte man es sich leisten, Entgegenkommen zu zeigen. Im Generalsekretariat waren sie sehr kühl und förmlich gewesen.

Hoult stand am Haupteingang und wartete auf seinen Wagen, als er Krasin in Begleitung eines anderen Mannes sah. Sie waren an ihm vorbei die Stufen hinaufgegangen. Er wandte sich halb um, Krasin ließ seinen Begleiter stehen und kam zu ihm herunter. Einen Augenblick zögerten sie beide, dann schüttelten sie sich die Hand.

»Jamie! Was tust du hier?«

»Ich protestiere. Wieder einmal.«

»Wie lange bleibst du hier?«

»Einen, höchstens zwei Tage.«

»Können wir uns sehen?«

»Wäre das klug?«

»Nein, du hast recht, wahrscheinlich nicht. Aber ab Donnerstag bin ich für eine Woche in London. Vielleicht klappt es dort?«

»Schon besser. Ruf mich in der Downing Street an. Deine Botschaft hat ja die Nummer.«

Krasin sah ihn aus seinen großen braunen Augen ernsthaft an. »Es hat mir sehr leid getan, Jamie, daß es damals in Moskau diesen Mißklang gegeben hat.«

»So was kommt vor. Schwamm drüber.«

Hoult winkte ihm noch einmal zu und ging dann hinunter zu dem wartenden Rolls.

8

Der uniformierte Portier kam hinter seinem Schreibtisch in der Halle hervor. Dann blieb er lächelnd stehen und tippte an seine Mütze. »Ach, Sie sind's, Mr. Kenny. Ich hatte Sie im Augenblick gar nicht erkannt.«

Der breite, schwere Mann lachte. »Ich komme direkt aus dem Büro.«

Der Portier ging zum Aufzug und drückte den Knopf zum siebzehnten Stock. »Sie sind schon alle oben«, sagte er.

Hank Kenny schob ihm unauffällig einen Fünf-Dollar-Schein zu.

Es war gegen alle CIA-Regeln – aber Pokerfans haben ihre eigenen Gesetze, und das alle vierzehn Tage stattfindende Pokerspiel fiel nur während einer echten Krise aus, im Kriegsfall zum Beispiel oder wenn einer von ihnen gerade eine neue Freundin aufgerissen hatte, die er noch nicht allein zu Hause lassen konnte.

Die anderen saßen schon am Tisch, in Pullis, Jeans und Sandalen, umgeben von einer dichten Rauchwolke, berieselt von Country und Western aus der HiFi-Anlage. Sie verulkten Kenny ein bißchen wegen seines ernsthaften dunkelblauen Anzugs und holten eine frische Packung Bier aus dem großen Kühlschrank.

Alle vier waren leitende CIA-Beamte und trafen sich seit fast zwei Jahren zum Poker. Jeder wußte in etwa vom anderen, welchen Aufgabenbereich er betreute, aber Fachsimpeln war an diesen Abenden verpönt. Hier und da gab es mal einen kleinen Gedankenaustausch, der aber nie über das hinausging, was sie auch notfalls auf dem Dienstweg hätten erledigen können.

Wie immer machten sie um Mitternacht eine Sandwich- und Kaffeepause. Es war Lew Malins, der mit dem Klatsch anfing. »Hat einer von euch den UN-Bericht über die Briten gelesen?«

Con Hallows, der Ire aus Boston, spuckte Salami in seinem Eifer, eine Antwort zu geben. »England hat heute förmlichen Protest eingelegt. Sie haben extra einen Mann herübergeschickt. Es war im Fernsehen. Erst ein Interview im Waldorf, dann eine Szene, wie er mit dem britischen UN-Vertreter im VIP-Raum spricht.«

Malins nickte. »Seine Begleiterin haben sie auch gezeigt. Seine Frau, nehme ich an. Ganz schön was in der Bluse. Bildhübsch und blutjung. Dabei hat er schon graue Haare.«

Steve Kowalski grinste. »Laß man, vielleicht kriegst du auch so was Knuspriges, wenn du graue Haare hast.«

Malins starrte nachdenklich in sein Bier. »Ich habe einen Artikel in der *Times* gelesen. Sie soll ja eine Landsmännin von dir sein, Steve. Amerikanerin polnischer Herkunft.«

Kowalski schwenkte sein Sandwich. »Na klar! Gehört sich auch so.«

Malins sah Kenny an. »Glaubst du, die Briten kriegen einen Tritt in den Hintern, Hank?«

»Vielleicht, aber nur einen ganz kleinen.«

»Warum haben sie dann diesen Lord rübergeschickt?«

»Er ist kein Lord, nur ein Sir.«

»Meinetwegen auch das. Warum so viel Aufwand?«

Kenny sah auf. »Interessiert dich das offiziell, oder willst du dich nur an die hübsche Puppe ranmachen?«

»Tauschgeschäft gefällig?«

»Immer.«

»Okay, dann rufe ich dich morgen an. Gleich früh.«

Um acht meldete sich Krasin telefonisch bei dem Mann von der Werbeagentur. »Alles geht leichter mit Coca-Cola«, sagte die Stimme am anderen Ende der Leitung.

»Kontakt aufgenommen«, erklärte Krasin und legte auf.

Eine Stunde später war die Nachricht über Kurzwelle in Moskau angekommen. Andropow war bei den Allrussischen Schachendspielen, als sie ihn erreichte.

Hoult war schon drei Stunden in London, ehe er eine Gelegenheit hatte, Kontakt aufzunehmen. Er ging von der Wohnung in der Ebury Street aus zu Fuß zur Victoria Station und las die Kritzeleien in der dritten Telefonzelle. Da war es, zwischen den Lobeshymnen auf Arsenal und Queen's Park Rangers. »Junges Modell 01-087-4840.« Er drehte die letzten sieben Zahlen um, wählte und wartete.

»01-0484-780. Kann ich Ihnen helfen?«

»Ich bin in New York angesprochen worden. Ist es offiziell?«

»Ja, das geht in Ordnung. Gute Nacht.«

Er legte auf, dann trieb ihn irgendeine verrückte Eingebung, die richtige Nummer zu wählen.

»Sie ist wirklich bildschön«, sagte eine Mädchenstimme. »Fünf Große für eine Spezialbehandlung, alles inklusive. Wir sind in der Warwick Road, ganz dicht bei –.« In düsterster Stimmung legte Hoult auf.

Der Premierminister hatte die leitenden Köpfe der neu gegründeten Britischen Initiativgruppe – Rädelsführer nannte er sie – in die Downing Street gebeten, um mit ihnen über das der UNO vorgelegte Dossier zu sprechen. Auseinandersetzungen mit hartnäckigen Journalisten und Politikern war er nicht mehr gewöhnt. Die Medien wußten, daß allzu eingehende Fragen zu einer sofortigen Beendigung des Interviews zu führen pflegten. Und sie wußten auch, daß sie in solchen Fällen bei der nächsten Gebührenerhöhung oder dem nächsten Streik allein dastehen und ein paar Spezis des Premiers ernste Gesichter machen und über »alternative Managementstrukturen« reden würden.

Doch diese Besucher waren keine Spezis. Auch sie waren Politiker, alle drei, aber allem Druck gegenüber immun. Der eine war Anwalt für internationales Recht, die beiden anderen hatten Einkommen aus Auslandsinvestitionen. Er mußte Hart mal sagen, daß er ein paar Artikel über gewissenlose Bürger, die ihr Geld im Ausland anlegten, in die Presse lancieren sollte.

Während der Sprecher die Argumente umriß, sah der Premier seine drei Gesprächspartner an, ohne mit der Wimper zu zucken. Das war wichtig, wenn es darum ging, das Image unbeugsamer Entschlossenheit zu schaffen. Als er seine gepflegte Hand hob, um den Sprecher zu unterbrechen, war seine Stimme gedämpft, verständigungsbereit.

»Lassen wir mal einen Augenblick die Einzelheiten beiseite, Mr. Price-Waters. Haben Sie sich ernsthaft überlegt, welchen Schaden Sie unserem Land in den Augen der Welt zufügen?«

»Der Schaden ist längst angerichtet, Herr Premierminister. Und zwar durch Ihre Regierung. Wir haben keine freie Presse mehr, sie wird vom Arbeitsministerium gesteuert. Gesundheits- und Erziehungswesen lassen keine Privatinitiative mehr zu. Sie haben uns den Marxisten ausgeliefert, Herr Premierminister, und wir werden Ihnen das Handwerk legen.«

Der Premierminister zögerte einen Augenblick. Sein Instinkt riet ihm, dieses Gespräch sofort zu beenden. Aber diese Männer sahen aus, als könnten sie Erfolg haben. Sein politischer Ruf beruhte darauf, daß er eine Partei, die von der extremen Linken bis zu streng protestantischen Kreisen reichte, führte und zusammenhielt.

Er lächelte nachsichtig. »Was Sie sagen, läuft doch im Grunde darauf hinaus, daß Sie mit gewissen Gesetzen, die das Parlament verabschiedet hat, nicht einverstanden sind und sie ändern möchten. Das ist das gute Recht jeder demokratischen Bewegung. Aber dafür ist unser Parlament da, nicht die UNO.«

»Ihre Partei, Herr Premierminister, hatte einmal eine hauchdünne parlamentarische Mehrheit. Inzwischen stehen Sie einer Minderheitsregierung vor und haben extreme Gesetzesvorlagen durchgepeitscht, die das Land zerstören und spalten.«

»Das hört sich an wie eine aufgewärmte Version der Horrorgeschichte von den Roten unter dem Bett.«

»Sie sind nicht mehr unter dem Bett, sie sind *im* Bett, und es wird höchste Zeit, sie da wieder herauszuholen.«

Der Premierminister sah auf die Uhr. »Meine Herren, wir müssen uns bald wieder einmal treffen, aber jetzt habe ich leider noch andere Verpflichtungen.« Als sie gegangen waren, lächelte er, denn ihm war eine Lösung für das Problem eingefallen. Er würde einen Untersuchungsausschuß einsetzen. Das bedeutete mindestens ein Jahr Ruhe. Diesen Entschluß würde er in einem seiner berühmt gewordenen Fernsehauftritte ankündigen. Er sprach probeweise ein paar einleitende Sätze vor sich hin, während er mit dem Wagen in Richtung Paddington rollte. »Es gibt einige unter uns. . « Nein, besser: »Es gibt Elemente unter uns. . .« Vielleicht klang das »unter uns« zu behaglich. Vielleicht einfach: »Es gibt Elemente, die –« Dann stieg er in den Zug und wandte sich anderen Problemen zu.

9

Das Boot wiegte sich träge an dem schmalen hölzernen Anlegesteg. In der ersten Aprilwoche hatte es noch geschneit, der Fluß führte von Oxford bis Penton Hochwasser.

In der Kabine saßen sich zwei Männer gegenüber. Zwischen ihnen lagen dicke Aktenordner. Der Große war der derzeitige Leiter des SIS, der britischen Abwehr. Er war in jeder Beziehung ein großer Mann: Breite Schultern, große Hände, massiger Kopf mit dichtem, welligem grauen Haar. Er hatte den Mund leicht geöffnet, während sein Gegenüber den letzten Absatz eines getippten Berichtes vorlas. Dann machte er den Mund zu und sah aus dem Fenster. Ein Fischreiher hockte auf dem Warnschild vor der Schleuseneinfahrt.

»Die große Frage ist jetzt, ob wir den Bericht dem Premierminister so zeigen, wie er ist«, meinte er.

»Sehen Sie eine Alternative?«

»Wir könnten einiges mildern, die heiklen Stellen aussparen, oder wir könnten ihm sogar sagen, daß wir noch mehr Zeit brauchen.«

»Glauben Sie, er würde uns den Bericht so, wie er ist, vor die Füße werfen?«

»Nein, das ist nicht seine Art. Aber Sie müssen bedenken, daß diese Leute seine alten Spezis sind. Sie haben alle zusammen angefangen. Für ihn ist es unfaßbar, daß einer von ihnen versuchen könnte, das Land zum totalen Stillstand zu bringen. Und was wir hier festgehalten haben, ist ja noch kein Beweis dafür, daß sie ihn seit zwei Jahren als Marionette benutzen. Man erkennt deutlich, daß eine subversive Bewegung vorhanden ist, daß die Macht dem Parlament entgleitet und in die Hände von Einzelgruppen und Cliquen gerät. Aber man kann nicht behaupten, daß die gesetzlich vorgeschriebenen Wege dabei nicht eingehalten worden sind. Er kann dagegenhalten, daß diese Leute gewählt wurden, um Reformen durchzuführen, und daß es sich dabei um eben diese Reformen handelt.«

»Aber der angerichtete Schaden ist deutlich zu erkennen. Millionen verlorener Arbeitstage durch wilde Streiks, Angriffe auf die Presse selbst bei harmloser Kritik. Die Docks, die Bergwerke, die Elektrizitätswerke, praktisch alle Schlüsselpositionen in den Händen des Pöbels.«

»Das ist nur eine Auslegung, Jock. Es gibt andere. Und vielleicht möchte er es selber so haben.«

»Das glaube ich nicht. Ihm geht es vor allem darum, im Amt zu bleiben. Bei seiner letzten Wiederwahl mußte er viel Macht an die Linke abgeben, um sich ihre Unterstützung zu sichern. Er hat sich eingebildet, daß sie sich an die Regeln halten würden. Es war ein Irrtum. Sie haben sich nicht von ihm steuern lassen.«

»Irgend jemand hat mal gesagt: ›Die Inflation haßt jeder, aber alle sind sehr einverstanden mit den Verhältnissen, die sie ausgelöst hat.‹ Erzählen Sie mal dem Mann auf der Straße, daß wir praktisch schon eine Diktatur haben. Er wird Sie auslachen. Er hat mehr Geld und mehr Macht, als er je gehabt hat.«

»Was tun wir also?«

»Wir übergeben ihm den Bericht so, wie er ist. Dazu sind wir da.«

»Und erwarten ergeben den Rausschmiß?«

Der Große schüttelte lachend den Kopf, während er die Akten zuklappte.

»Nein, das brauchen wir nicht zu befürchten. Dazu sind wir zu unentbehrlich. Aber stellen Sie sich mal vor, wie ihm zumute sein muß. Wenn er jetzt nicht handelt, weiß er, daß seine Tage gezählt sind; die Machtübernahme steht kurz bevor. Wenn er entsprechende Schritte einleitet, wenn er ihnen die Flügel beschneidet, die Machtbefugnisse allmählich wieder nach Whitehall und Westminster verlagert, wo sie hingehören, bekommen sie ihn auch früher oder später zu fassen.«

»Sie meinen also, er kann im Grunde genommen gar nichts machen?«

Der Große seufzte. »Eins könnte er schon tun. Er könnte uns den Befehl zum Aufräumen geben. In zwei Wochen wäre der ärgste Dreck beseitigt, in einem halben Jahr wäre die Regierung wieder sauber. Es gibt genug Hinterbänkler, die gern bereit wären, ein Amt zu übernehmen. Er hätte mehr Freunde, als er jetzt hat. So, und jetzt gehen wir erst mal zum Essen.«

Hank Kenny hatte sein Tauschgeschäft mit Lew Malins getätigt. Zwei Tage später flog er nach London. Beim Zoll ging er durch den Ausgang für anmeldefreie Ware, wurde aber zu einer Stichprobenkontrolle angehalten.

Über die Schulter hatte er sich zwei Anzüge in Plastikhüllen gelegt, sonst hatte er nur noch eine mittelgroße Reisetasche bei sich. Der Zöllner untersuchte alles sorgfältig. Dann deutete er auf die Kamera, die Kenny um den Hals gehängt hatte.

»Was ist das für ein Apparat?«

»Eine Nikon F2S.«

»Wert?«

»Vor zwei Monaten habe ich knapp über fünfhundert Dollar dafür bezahlt.«

»Wo?«

»Cambridge Camera Exchange, Seventh Avenue, New York City.«

»Sie wissen, daß es verboten ist, Waren nach Großbritannien einzuführen?«

»Sicher, aber der Apparat ist ja sozusagen Eigenbedarf. Ich nehme ihn wieder mit zurück.«

Der Zöllner lächelte. »Alles klar.« Als Kenny sich wieder in Bewegung setzte, rief der Mann hinter ihm her: »Haben Sie Schlüssel in der Hosentasche?«

»Ja. Wieso?«

»Die geben Sie bitte mir, Sie bekommen sie auf der anderen Seite der Schranke zurück, sonst schlägt das Alarmsignal an. Eine Schutzmaßnahme gegen Flugzeugentführungen.«

Kenny reichte ihm die Schlüssel. So dumm, wie sie aussehen, sind die Briten eben doch nicht, dachte er.

Krasin nahm über das Büro des Premierministers mit Hoult Kontakt auf, und sie trafen sich im St. James Park. Bei ihrer ersten Fühlungnahme hatten sie Hoult nur um seine Ansicht zu ganz unwesentlichen Aspekten der anglo-sowjetischen Beziehungen gebeten. Einige Monate später hatten sie dann schon die Meinung anderer – des Kabinetts, der Opposition, des Premierministers – wissen wollen. Hoult hatte zwar nie besonders ausführlich berichtet, hatte aber mit seinen Auskünften doch einige sehr wesentliche Bausteine für die Puzzlespiele des KGB geliefert. Nie war auch nur angedeutet worden, er könne ihnen verpflichtet sein, und von den Vorfällen in Moskau war nicht die Rede gewesen.

Zum ersten Mal kompromittiert hatte er sich in einer ganz unbedeutenden Angelegenheit. Er hatte seinen Namen als Referenz für eine junge Frau hergegeben, die sich um einen Posten in der Visaabteilung der Paßstelle beworben hatte und schon die Empfehlungen eines Staatsbeamten und ihres Pfarrers vorweisen konnte.

Als sie ihn um Einsicht in ein Kabinettspapier gebeten hatte, hatte es sich nicht unmittelbar um britische Sicherheitsfragen gehandelt. Es ging um die Beurteilung der türkischen Marine durch das britische Marineministerium. Bei der Weitergabe der Studie des Generalstabs über mögliche alliierte Reaktionen auf eine Einnahme Berlins durch die Sowjets hatte er gewisse Skrupel gehabt, aber das Ereignis schien sowieso unwahrscheinlich. Die Informationen über die Chinesen sah er als unbedeutend an. Bei der Korrespondenz zwischen dem US-Präsidenten und dem Premier hatte er ernsthaft überlegt, ob er ablehnen sollte, aber als sie ihm eröffneten, was sie bereits wußten, hatte er sich gesagt, daß es kaum noch ins Gewicht fiel, wenn er ihnen den genauen Wortlaut lieferte.

Endgültig abgelehnt hatte er die Weitergabe der SIS-Studie über die derzeitigen KGB-Aktivitäten in Großbritannien. Vier Tage später hatte Jelena einen Brief von ihrer Mutter bekommen. Er war in der Nacht durch den Briefschlitz geschoben worden und trug weder Briefmarke noch Poststempel. Sie schrieb, daß man ihr die kleine Rente, die sie bezog, zu entziehen drohte, weil in den Moskauer Akten zwar die Verhaftung ihrer Tochter, aber kein gültiges Gerichtsurteil festgehalten war. Es sei alles ein Irrtum, hieß es in dem Brief, und würde sich bestimmt bald aufklären. Aber Jelena und Hoult hatten die Warnung begriffen. Hoult hatte den sowjetischen Botschafter angerufen, der ihm versicherte, die Angelegenheit würde sofort geregelt werden.

Das war jetzt ein Vierteljahr her. Seitdem hatten sie kaum noch etwas von Hoult verlangt. Seine Ablehnung war auf überraschendes Verständnis gestoßen, und Hoult hatte sich eine Weile wieder sicher gefühlt. Wahrscheinlich hatten sie begriffen, daß er sich für ihre Gefälligkeit mehr als revanchiert hatte.

Krasin berichtete Hoult über den neuesten Moskauer Klatsch, während sie auf der Bank unter einer der großen Ulmen saßen. Eine halbe Stunde später legte der Schauspieler ihm bittend die Hand auf die Schulter.

»Könntest du mir helfen, Jamie? Mir persönlich?«

»Kommt drauf an, Viktor.«

»Wir glauben, daß eure Geheimdienste dem Premier über die derzeitige politische Situation berichtet haben und daß dieser Bericht den Beziehungen zwischen unseren beiden Ländern schaden könnte. Wir müssen unbedingt wissen, welche Empfehlungen eure Leute ausgesprochen haben.«

»Das ist wohl kaum noch eine persönliche Bitte, Viktor. . .«

»Als damals die Sache mit dir und Jelena passierte, hat man mir die Schuld gegeben. Seitdem habe ich mich ziemlich mühsam durchschlagen müssen. Jetzt hat man mir diese Chance gegeben. Sie haben darauf bestanden, daß ich dich frage.«

»Ich habe den Eindruck, Viktor, daß deine Freunde in unserem Land zu schnell zu weit gegangen sind.«

»Steht das in dem Bericht?«

»Mehr oder weniger.«

»Und was geschieht jetzt?«

Hoult spürte, wie sich alle Konflikte seines Lebens in dieser Situation bündelten. Ohne Krasin hätte er Jelena nicht kennengelernt. Und ohne Jelena hätte es für ihn keine Ruhe, keinen Frieden und kein Glück gegeben. Alle sahen in seiner Beziehung zu ihr nur die Gier eines alternden Mannes nach jungem, straffem Fleisch. Niemand ahnte, welche Sicherheit ihm Jelenas Liebe gab. Bei ihr brauchte er nicht den Sieger zu spielen, sich nicht in hohlen gesellschaftlichen Trubel zu stürzen. Durch seine wachsende Gleichgültigkeit der Außenwelt gegenüber war er im letzten Jahr zu einer Objektivität gekommen, die von einflußreichen Männern bewundert wurde. Für sie war es Weisheit – aber er wußte es besser. Es war nicht schwierig, in den Bestrebungen der Sowjets auch Gutes zu sehen, denn es gab dieses Gute. Auch in England gab es Gutes, aber ebenso gab es in beiden Ländern auch Heuchelei und Mißstände. Was spielte es schon für eine Rolle, welche Wertvorstellungen überwogen? Ihm ging es nur darum, daß man ihn und Jelena in Ruhe ließ. Vaterländer, Glaube, Dogmen – das alles war für ihn nicht mehr wichtig.

Hoult sah die echte Sorge in Krasins Augen. Die späte Nachmittagssonne ließ die Falten in dem Gesicht des Schauspielers tiefer erscheinen. Dies war der Mann, den er voller Bewunderung hatte Shakespeare und Wordsworth rezitieren hören. Aber es war auch der Mann, der sich ungezwungen in den düsteren, feuchten Kellergewölben der Ljubljanka bewegte.

»Die Geheimdienste haben gewisse Pläne vorgelegt. Den schriftlichen Bericht habe ich nicht gesehen.«

»Wirst du ihn zu sehen bekommen?«

»Wahrscheinlich.«

»Wirst du mich auf dem laufenden halten?«

Hoult stand auf. Die Spatzenschar, die sich um sie gesammelt hatte, flatterte auf. Er schüttelte den Kopf. »Das geht entschieden zu weit, Viktor. Damit mußt du es schon bei deinen anderen Freunden versuchen.«

10

Selbst an einem schönen Frühlingstag war die Ackers Row in Pimlico ein Anblick, der höchstens das Herz eines Abrißkommandos oder eines ehrgeizigen Stadtplaners höher schlagen ließ. Die Kommunalbehörden hatten die Straße vor zwölf Jahren zum Abriß verurteilt. Zweimal im Jahr wurde im Bauausschuß über die Sanierung diskutiert, immer mit dem gleichen Ergebnis. Die bei jeder Diskussion erneut gestiegenen geschätzten Baukosten wurden zur Kenntnis genommen, und man beschloß einstimmig, den Plan aufzuschieben, bis finanziell bessere Zeiten gekommen waren.

Inzwischen hatten sich hier die verschiedensten, mit kurzfristigen Mietverträgen ausgestatteten Geschäfte und Kleinbetriebe niedergelassen. Zwischen den stinkenden Räumen eines Händlers für Häute und Felle und einer Minifabrik für Autodachträger führte eine Doppeltür zu einer schrägen, kopfsteingepflasterten Rampe, diese wieder zu einem Büro, in dessen großen Spiegelglasscheiben das Schild »Layton Studios« prangte.

Der Empfangsraum war mit Grünpflanzen und einem Zierteich ausgestattet. An den Wänden hingen großformatige Vergrößerungen von Werbefotos. Hinter dem Empfangsraum lagen zwei Büros, ein großes Studio mit hoher Decke und zwei Dunkelkammern. Eine Stahltür führte von der zweiten Dunkelkammer zu zwei Schlafzimmern und einem großen holzgetäfelten Raum mit schwarzen Ledersesseln.

Dort saßen sich der Große von der SIS und die beiden Amerikaner gegenüber. Auf dem runden weißen Tisch standen Flaschen und Gläser. Zwar bestanden derzeit keine offiziellen

Kontakte zwischen SIS und der amerikanischen Botschaft, aber die inoffizielle Verständigung klappte gut und sparte stattliche Summen an Steuergeldern. Bei heiklen Themen bestand die stillschweigende Vereinbarung, zunächst hier zu einem Meinungsaustausch zusammenzukommen, ehe der Fall an die Spitzen der SIS oder den Direktor der CIA weitergegeben wurde.

Der Große hob lächelnd sein Glas. »Okay, Pete, legen Sie los.«

Der kleine, untersetzte Amerikaner saß auf der äußersten Sesselkante. »Mein Begleiter heißt Hank Kenny und arbeitet für uns in New York. Ich hätte ihn natürlich auch allein herschicken können, aber ich lege Wert auf die Feststellung, daß unsere ungeschriebene Regel in diesem Fall durchbrochen werden mußte. Der Direktor der CIA ist bereits informiert. Es handelt sich nämlich um eine Entdeckung, die wir in New York gemacht haben. Allerdings betrifft die Sache eure Leute. Deshalb wurde uns gesagt, daß wir Kenny mit Ihnen persönlich zusammenbringen sollten. So, und jetzt ist Hank am Zuge.«

Kenny fühlte sich in seinem blauen Geschäftsanzug und angesichts der Brisanz seines Themas denkbar unbehaglich.

»Wenn Sie gestatten, Sir... Vor einigen Tagen war ich mit einem Russen, einem gewissen Krasin, auf dem Weg ins UN-Gebäude. Auf den Stufen zum Haupteingang sah er einen Mann, den er offensichtlich gut kannte. Er ließ mich einige Minuten stehen, um diesen Mann zu begrüßen. Es handelte sich um Sir James Hoult, der in offizieller britischer Mission nach New York gekommen war.

Ich habe Sir James auch im Fernsehen gesehen, unter anderem einmal in Begleitung seiner Frau. Ich habe seine Frau wiedererkannt und bezweifele, daß sie das ist, was sie zu sein vorgibt.«

»Vielleicht können Sie ein bißchen deutlicher werden, Mr. Kenny? Gießen Sie sich doch noch einen Whisky ein. Und lassen Sie ruhig die Förmlichkeiten beiseite.«

»In *Who's Who* und allen anderen Nachschlagewerken«, fuhr Kenny fort, »ist ihr Mädchenname als Helen Mackay angegeben. In den Zeitungsartikeln heißt es, sie sei Amerikanerin polnischer Abstammung. Aber ich habe sie zum ersten Mal in Moskau gesehen, wo ich zwei Jahre lang stationiert war. Dort habe ich sie verschiedentlich mit Krasin zusammen beobachtet. Das ist der Russe, der mit Sir James Hoult gesprochen hat.«

»Sie haben vermutlich die Unterlagen geprüft?«

»Ja, Sir. Die Geburtsurkunde, die Steuerbelege und alle anderen Unterlagen, die vorgelegt werden müssen, um einen Paß zu bekommen, waren gefälscht. Wir haben den Fälscher aufgespürt. Er hat uns eine eidesstattliche Versicherung abgegeben.«

»Wie heißt die Dame also in Wirklichkeit?«

»Ich weiß es nicht, Sir. Fest steht nur, daß sie russische Staatsbürgerin war, als ich sie kennenlernte.«

Der Große kratzte sich nachdenklich am Kinn. »Was hatte dieser Krasin in Moskau für eine Funktion?«

»Er ist ein bekannter Schauspieler und wird häufig in Funk und Fernsehen beschäftigt. Außerdem ist er Oberstleutnant im KGB.«

»Haben Sie schon in Moskau Nachforschungen angestellt?«

»Nein, Sir. Meine Anweisungen lauteten, alle weiteren Recherchen bis zu meinem Gespräch mit Ihnen zurückzustellen.«

»Und wie interpretieren Sie Ihre Entdeckung, Mr. Kenny?«

Hank Kenny warf seinem Begleiter einen bittenden Blick zu, aber dieser reagierte nicht.

»Tja, Sir, bei großzügiger Auslegung der Tatbestände hat das Mädchen zumindest ihren Mann über ihre Nationalität getäuscht. Es ist natürlich auch denkbar, daß er Bescheid wußte, und sie beide ihre Umwelt täuschen wollten.«

»Warum?«

»Vielleicht, weil er keinen Vertrauensposten bekommen hätte, wenn bekannt geworden wäre, daß er mit einer Russin verheiratet ist.«

»Nein, Hank, das zieht nicht. Wir hatten einen Sowjetbotschafter in London, der eine Engländerin geheiratet hat. Seiner Karriere hat das nicht geschadet. Er wurde sowjetischer Außenminister.«

»Wenn seine Frau vorher die Geliebte eines Geheimdienstmannes gewesen wäre, hätte der Fall vielleicht anders ausgesehen.«

»Haben eure Leute eine Akte über Krasin?«

»Ja.«

»Haben Sie die Akte gesehen?«

»Ja, Sir. Es steht fest, daß er vom KGB den Auftrag hatte, sich um ausländische Diplomaten, besonders um Briten, Franzosen und Amerikaner, zu kümmern.«

»Was wollte Krasin in New York?«

»Er führte Vorgespräche über eine Gastspielreise des Leningrader Symphonieorchesters und einiger sowjetischer Solisten durch die USA.«

»Und Ihre Rolle?«

Kenny lächelte ein wenig. »Ich war zu seiner Unterstützung abgestellt.«

Der Große wandte sich an den zweiten Amerikaner. »Und wie ist die offizielle Meinung der CIA, Pete?«

»Wir glauben, daß Sie in der Tinte sitzen. In einer ziemlich dicken Tinte sogar.«

»Ist das Weiße Haus informiert?«

»Ja. Und deshalb sind wir hier, Matt. Mit Downing Street haben wir noch nicht gesprochen, dafür seid ihr zuständig. Aber ich habe Anweisung, Sie in jeder Weise zu unterstützen. Immer vorausgesetzt natürlich, daß ihr die Sache ernst nehmt.«

»Ich würde vorschlagen, Pete«, meinte Matthew Layton, »daß wir zunächst Downing Street noch nicht informieren. Geben Sie mir vierundzwanzig Stunden Zeit, um mich ein bißchen umzuhören, dann treffen wir uns wieder. Gleiche Zeit, gleiche Stelle.«

»Krasin ist heute früh in London angekommen.«

»Auch das noch! Gut, dann treffen wir uns schon heute abend um sechs. Alles wir gehabt. Einverstanden?«

»Okay, Matt.«

»Wo kann ich Sie erreichen?«

»In der Botschaft. Die Sekretärin des Botschafters weiß Bescheid.«

Layton lächelte vor sich hin. Er wußte bereits, daß Pete Maddox in dem »sicheren Haus« der CIA in Hampstead abgestiegen war.

Die beiden Amerikaner mußten am Abend eine halbe Stunde auf Layton warten. Als er endlich kam, hatte er einen großen braunen Umschlag bei sich.

»Schauen Sie sich bitte zunächst diese Bilder an.« Er nahm vier Vergrößerungen aus dem Umschlag und legte sie nebeneinander auf den Tisch.

Hank Kenny prüfte sie sorgfältig. Dann sah er Layton an. »Die erste, zweite und vierte Aufnahme zeigt meiner Meinung nach Lady Hoult, bei dem dritten Bild bin ich mir nicht sicher. Die Augen sind anders.«

Layton nickte. »Stimmt genau. Auf dem dritten Foto ist Anita Ekberg, da war sie etwa so alt wie Lady Hoult jetzt ist.« Er wandte sich an den älteren Amerikaner. »Ich habe rasch einmal prüfen lassen, was Hoult an der Öffentlichkeit über die Russen hat verlauten lassen. Dinnerreden, Interviews in Funk, Fernsehen und Presse und dergleichen. Alles in allem hat er sich ihnen gegenüber eher kritisch als wohlwollend geäußert.«

»Wundert Sie das? Die wirklich wichtigen Leute machen das alle so. Er wäre schön dumm, wenn er an die große Glocke hängen würde, was er wirklich vorhat.«

»Das ist wahr. Und was hat er Ihrer Meinung nach vor?«

»Da gibt es viele Möglichkeiten. Schlimmstenfalls ist er ein Agent, der ihnen sämtliches Material beschafft, das sie verlangen. Zweitens wäre es denkbar, daß er nur seinen Einfluß ausnutzt, um gelegentlich ein gutes Wort für sie einzulegen, wenn eine Entscheidung auf der Kippe steht. Drittens kann es sein, daß er ihnen nur hier und da einen guten Tip gibt.«

»Wenn aber nun keine dieser Möglichkeiten zutrifft? Vielleicht war es nur Ehrgeiz, vielleicht wollte er nur nicht auf seinen einflußreichen Posten verzichten. In ein, zwei Jahren ist ihm ein Aufstieg ins Oberhaus sicher...«

»Wenn das hier so weitergeht, Matt, gibt es – und das wissen Sie ganz genau – in ein, zwei Jahren kein Oberhaus mehr. Aus unseren Berichten geht hervor, daß der kritische Punkt bei euch fast erreicht ist. Hoult besitzt eine Schlüsselposition, er hat großen Einfluß auf den Premierminister. Um so einen Mann reißen sich doch die Russen! Er war drei Jahre in Moskau, er ist mit einer Russin verheiratet, die jung genug ist, um seine Tochter zu sein, und von der wir wissen, daß sie eng mit einem zur Diplomatenbetreuung eingesetzten KGB-Mann liiert war. Es tut mir leid, Matt – aber die Sache stinkt drei Meilen gegen den Wind.«

»Ich habe Anweisungen gegeben, daß in Moskau recherchiert wird. Die Ergebnisse erwarte ich noch heute abend.«

»Warum greift ihr euch eigentlich nicht Krasin? Der muß doch wissen, was gespielt wird.«

»Das gäbe einen entsetzlichen Skandal.«

»Nicht so entsetzlich, als wenn ihr euch Hoult vornehmen müßtet oder als wenn er sich rechtzeitig nach Moskau absetzen würde. Ich brauche euch wohl nicht zu erzählen, was hier los ist. Galoppierende Inflation, eineinhalb Millionen Arbeitslose und Streiks am laufenden Band. Mehr öffentliche und private Gewalttätigkeit als in jedem anderen Land Europas. Sympathisanten in allen strategisch wichtigen Stellen bei den Gewerkschaften und im politischen Leben. Eine vor Angst schlotternde Presse. Und der Mann auf der Straße werkelt weiter in seinem Gärtchen und tut, als ginge ihn das alles nichts an. Wenn das Chaos sich noch weiter verschlimmert, schlagen sie zu. Sie rufen Moskau zu Hilfe, und damit ist die Sache gelaufen.«

Layton fand keinen Trost in der Überlegung, daß der Amerikaner nur das aussprach, was seit einem Jahr in seinen Berichten stand. Die Politiker wollten es nicht hören, er predigte seit langem tauben Ohren.

»Ich bleibe noch ein bißchen hier, Pete. Sobald sich etwas tut, melde ich mich.«

»Okay, Matt. Aber denken Sie daran – wir sind jederzeit für Sie da. Offiziell oder inoffiziell, ganz wie Sie wollen. . .«

Der Engländer tat Pete Maddox leid. Seit Kriegsende ging es abwärts mit den Briten. Das alte Empire hatte sich in Wohlgefallen aufgelöst, ein völlig neues Rassenproblem war entstanden, die Wirtschaft taumelte von einer Pleite in die andere, und sie hatten nicht genug Kraft, sich mit dem Problem auseinanderzusetzen. Er konnte sich vorstellen, wie schwierig es in einer solchen Situation war, Chef des SIS zu sein. Da mußte über Subversion berichtet werden, die von den Vorgesetzten als Zeichen der Demokratie angesehen wurde, über Gewalttätigkeit, die als »Volkswille« galt, über eine absichtliche und rücksichtslose Zerschlagung der Wirtschaftsstruktur, die unter dem Begriff »Umverteilung der Güter« lief. Vielleicht verdienten sie nichts besseres als die Russen. Aber galt das auch für die Vereinigten Staaten? Und die würde die Sowjetunion anschließend aufs Korn nehmen. Seit dem Ende der Vietnam-Tragödie hatten die Verbündeten der USA angefangen, ihr Russisch aufzupolieren. Seine längsten Schatten hatte das Dominoprinzip über Amerikas europäische Allierte geworfen. Jetzt war sich jeder selbst der Nächste.

Als Krasins Gespräch mit Hoult nach Moskau berichtet worden war, hatte Andropow vor Wut geschäumt. Zwei Stunden später waren Solowjew und eine Begleitmannschaft am Flughafen. Gefrühstückt hatten sie schon in Paris. Vier flogen weiter nach Dublin, zwei fuhren mit Solowjew nach Calais. Am frühen Nachmittag landeten sie als Tagesausflügler in Dover. Örtliche Parteimitglieder standen bereit, um an ihrer Stelle die Rückfahrt anzutreten. In dem Haus in Twickenham warteten sie, bis die vier aus Dublin mit der Fähre eingetroffen waren. Alles war glattgegangen.

Krasin hatte gegen Vorauszahlung von drei Monatsmieten ein kleines Haus in Mayfairs Queen Street gemietet. In Zweiergruppen begaben sie sich nach Anbruch der Dunkelheit dorthin. Solowjew schritt mit Krasin die Umgebung ab und machte sich mit den Straßen und Plätzen vertraut. Am nächsten Morgen durften alle bis halb sieben schlafen.

Nach dem Frühstück – Kaffee und Brötchen – schlossen Solowjew und Krasin die große Flügeltür, die den Wohn- vom Eßraum trennte, und setzten sich an den gläsernen Couchtisch. Solowjew ließ sich noch einmal über Krasins Gespräch mit Hoult berichten. Aber es bestand kein Zweifel daran, daß Hoult nicht bereit war, ihrer Forderung nachzukommen.

»Haben Sie einen Vorschlag, Krasin?« fragte Solowjew gereizt.

»Ehe ich dazu etwas sage, möchte ich erst hören, wie Moskau darüber denkt«, antwortete Krasin zurückhaltend.

»Der Bericht wird in den nächsten drei Tagen benötigt. Wir haben schon andere Möglichkeiten versucht, aber die SIS-Leute haben alles dichtgemacht. Hoult ist unsere einzige Hoffnung. Wie bringen wir ihn dazu, daß er mitzieht?«

Krasin wußte, was hinter dieser Frage stand. Trotz des freundlichen, sonnigen Wetters fröstelte er plötzlich. Er warf Solowjew einen scharfen Blick zu. »Woran denkt man in Moskau?«

»An seine Frau. Wir könnten sie entweder entführen oder drohen, sie zu beseitigen.«

Krasin machte ein ungläubiges Gesicht. »Wenn wir sie umbringen würden, könnten wir ebensogut gleich zurückfliegen. Wenn seiner Frau etwas passiert, Solowjew, wird Hoult auspacken, und dann wären unsere Leute hier erledigt.«

»Dann müssen wir sie eben entführen.«

Krasin biß auf seinem nikotinverfärbten Daumen herum und versuchte, sich zu konzentrieren. Aber Solowjew unterbrach seinen Gedankengang. »Wie würde er Ihrer Meinung nach darauf reagieren?«

Krasin tat, als habe er nicht gehört. Langsam ging er zum Fenster. Auf der anderen Straßenseite war ein Schaufenster, in dem bunte Kleider und Blusen ausgestellt waren.

In den letzten zwanzig Jahren waren durch seine Schuld Menschen ins Gefängnis geworfen, gefoltert und in einigen Fällen ermordet worden. Manchmal Bekannte, ja, aber nie Freunde. Jelena zu ermorden – das war für ihn ein gleichsam undenkbarer Gedanke. Und doch wußte er, daß dieser Schritt durchaus im Bereich des Möglichen lag, wenn Moskau sich davon schnelle Erfolge versprach. Er konnte sich einfach nicht konzentrieren, ließ sich immer wieder von Nebensächlichkeiten ablenken. Er wandte sich wieder zu Solowjew um – und da kam ihm die rettende Idee.

»Ich würde zu größter Vorsicht raten, wenn es um Jelena

geht. Wenn ihr etwas geschieht, haben Sie ihn endgültig gegen uns.«

»Wie kommen Sie darauf?« meinte Solowjew, sichtlich unbeeindruckt.

»Wenn wir seine Frau töten, besteht für ihn kein Anlaß mehr, uns zu helfen. Und wenn wir sie entführen, würde er nur eins im Kopf haben – uns zu zerstören. Die Moskauer Affäre eignet sich meiner Meinung nach nicht als Druckmittel. Er hat keinen ernst zu nehmenden Versuch gemacht, seine Beziehung mit Jelena in Moskau zu vertuschen. Und seinerzeit hat er uns gesagt, daß er uns von Anfang an durchschaut hatte. Er hat sich benommen, als habe er nichts zu verlieren. Ich glaube, es hätte ihn völlig kalt gelassen, wenn wir ihn bloßgestellt hätten. Und es muß uns daran liegen, uns seine Unterstützung auch über diesen Bericht hinaus zu sichern. Denn noch sind wir ja nicht am Ziel.«

Solowjew zuckte ungeduldig die Schultern. »Was schlagen Sie also vor?«

»Daß wir seine erste Frau, Adèle de Massu, kidnappen.«

Solowjew starrte ihn entgeistert an. Eine Weile blieb es ganz still. Dann fragte er: »Glauben Sie, daß ihm an ihr mehr liegt als an Jelena?«

»Ganz und gar nicht. Aber wenn wir das Mädchen ins Spiel bringen, wird er wild. Bei Adèle appellieren wir an sein schlechtes Gewissen, wecken sein Verantwortungsgefühl.«

Auf Solowjews Zügen stritten sich Zweifel und Überraschung. Krasin geriet langsam in Schwung.

»Seine Verantwortung Menschen gegenüber, die seiner Obhut anvertraut sind, nimmt er sehr ernst. Das war auch bei Jelena so. Hier geht es um eine Frau, die er ohne triftigen Grund, nur aus selbstsüchtigen Motiven, verlassen hat. Und jetzt ist sie in Gefahr – seinetwegen. An Jelena ist er emotional gebunden. Wenn wir ihr etwas tun, reagiert er nur mit Zorn und Wut. Bei Adèle liegt die Sache anders. Natürlich wird er ihr helfen wollen, aber erst nach ruhiger, wohlabgewogener Überlegung. Und in dieser Verfassung würde er meiner Meinung nach wahrscheinlich mit sich reden lassen.«

Solowjew musterte Krasin scharf. »Wenn Moskau einverstanden ist, müßten Sie die Sache in die Hand nehmen.«

Krasin nickte seufzend. »Ich weiß, was auf mich zukommt, Genosse.«

Der Premierminister hätte eigentlich längst schlafen sollen. Statt dessen saß er hier, um sich anzuhören, was Layton ihm zu sagen hatte. Ein sonderbarer Mann, dieser Layton. In seinen Berichten hielt er mit Kritik an der Gesetzgebung, an Neuernennungen, an Kollegen und Mitarbeitern des Premiers nie zurück, und doch schien ihn das alles innerlich kalt zu lassen. Nie war ihm Enthusiasmus, Engagement anzumerken. Selbst seine Kritik war eigentlich immer nur eine sachliche Stellungnahme. Wie so viele seines Typs war er von Eton, Oxford und der Army geprägt. Sie sahen träge aus, diese Männer, und wirkten fast langweilig, aber man hatte immer das unangenehme Gefühl, daß sich hinter der unscheinbaren Fassade ein erbarmungslos scharfer Beobachter verbarg. Der Regierungschef nahm einen Schluck Milch und zerbröselte langsam seinen Verdauungskeks, während er den Bericht las. Schließlich sah er auf. Layton stellte fest, daß sein Gesicht blaß war wie schmutziger Plätzchenteig, mit dem ein Kind herumgespielt hat. Der Premier schob die Blätter über die polierte Tischplatte.

»Ich habe mit meinem Stellvertreter, dem Außenminister und dem Justizminister gesprochen. Sie sind der Meinung, daß Sie weitermachen sollten.«

Layton wartete einen Augenblick. Dann fragte er leise: »Und Sie, Sir?«

»Ich schließe mich ihrer Ansicht – wenn auch schweren Herzens – an. Aber ich stelle eine Bedingung. Niemand wird verhaftet oder unter Anklage gestellt, bis Ihr Material den Oberstaatsanwalt davon überzeugt hat, daß er den Fall vor Gericht bringen und – den Prozeß gewinnen kann.«

Layton verlagerte sein Gewicht, und der Sessel knarrte protestierend unter ihm. »Damit können wir uns nicht einverstanden erklären, Sir. Auch gegen Philby hätten wir keine hundertprozentigen Beweise beibringen können.«

»Sie verlangen also freie Hand?«

»Nein, Sir. Es sollte genügen, wenn wir dem Oberstaatsanwalt Material vorlegen können, das ihn und den Justizminister davon überzeugt, daß die Verhaftung gerechtfertigt war.«

Der Premierminister schwieg. Layton lehnte sich vor und sagte mitfühlend: »Dann kann nämlich hinterher niemand behaupten, daß besondere Bedingungen gestellt wurden, daß es Vorurteile oder Bevorzugung gegeben hätte. Das könnte später wichtig sein.«

Der Premierminister schob die Kekskrümel auf dem Teller zu einem kleinen Häufchen zusammen. Langsam sah er auf. »Sie haben vollkommen recht, Layton. Wir müssen auch an die Zukunft denken. Treffen Sie die nötigen Maßnahmen.«

Er stand schwerfällig auf, das rundliche Gesicht hatte wieder etwas Farbe bekommen. Wer weiß, vielleicht war er danach doch noch im Amt – der starke Mann, der Ritter ohne Furcht und Tadel. Er nickte dem SIS-Mann verabschiedend zu und klingelte nach seinem Sekretär.

Nachdem Moskau grünes Licht gegeben hatte, flog Krasin über Amsterdam nach Paris. Er nahm ein Taxi zum Quai St. Michel und ging langsam bis zur Rue des Ecoles. Vor der Larousse-Buchhandlung blieb er einige Minuten stehen und betrachtete das Standbild von Montaigne, dann drehte er sich um und betrat das Geschäft. Zehn Minuten später kaufte er ein Exemplar von Servan-Schreibers *Amerikanische Herausforderung* und schwatzte noch ein bißchen mit dem jungen Mann, der das Buch kassierte. Noch ehe Krasin das Geschäft verlassen hatte, griff der junge Mann zum Telefon.

Eine halbe Stunde später schlenderte Krasin über den stillen Innenhof der Sorbonne. An der Galerie Richelieu kam ein Mädchen aus einem der Klassenzimmer und reichte ihm mit belustigtem Lächeln einen Schlüssel. Er bedankte sich und ging davon.

Krasin wandte sich wieder in Richtung Fluß. An der Ecke der Rue de la Huchesse blieb er stehen und sah hinüber zur Ile de la Citè, wo Notre Dame ihre abendlichen Schatten über die Seine warf. Doch der Anblick des filigranzarten Maßwerks und der mächtigen Strebepfeiler ließ ihn kalt. Der Gesamteindruck der Kathedrale war eher düster und unheilverkündend, was ihn unliebsam an den Zweck seines Parisbesuchs erinnerte.

Er bog in die Rue de la Huchesse ein. Fast direkt gegenüber der Diskothek sah er die schwere Holztür. Während er aufschloß, stieg ihm aus der danebenliegenden Patisserie der warme Duft von siedendem Zucker und Karamel in die Nase. Die schmale Treppe führte hinauf zu einem Gang, von dem eine Reihe weiß gestrichener Türen abging. Er öffnete die zweite. Die Abendsonne fiel in einen großen Wohnraum mit schönen Möbeln und limonengrünem Teppich.

An den Wänden hingen moderne Drucke, das Zimmer wirkte hell und heiter. Es war eins der »sicheren Häuser« des KGB in Paris. Normalerweise wohnte hier der junge Mann aus der Buchhandlung mit seiner Freundin aus der Sorbonne.

Krasin setzte sich, griff nach dem Telefon und wählte die Sondernummer der Botschaft. Das Gespräch wurde auf Ukrainisch geführt, Namen wurden nicht genannt. Die Einladung war angenommen, die erforderlichen Vorbereitungen waren getroffen worden.

Im Maison de la Radio gab es ein Konzert vor geladenen Gästen, und danach hatte die russische Botschaft fünfzig Zuhörer zu einem Empfang gebeten. Igor Oistrach hatte seit dem Tod seines Vaters nicht mehr öffentlich in Paris gespielt. Heute abend hatte er seinem Publikum das Violinkonzert von Glasunow und als Zugabe sein eigenes Arrangement des Bach-Arioso geboten. Sie wollten ihn gar nicht wieder weglassen, aber dann war er doch mit einer letzten lächelnden Verbeugung hinter dem Samtvorhang verschwunden.

Die Polizei lenkte die Wagenauffahrt vor der Botschaft. Als der Mercedes vorfuhr, half Krasin Adèle aus dem Auto. Der Botschafter unterhielt sich lange mit ihr, er machte sie mit dem Solisten und den führenden Orchestermitgliedern bekannt und verschaffte ihr Autogramme der Künstler für ihr Programmheft. Krasin stand höflich neben ihr und versorgte sie mit Sekt und Canapés, während sie mit den Berühmtheiten und mit ihren Bekannten plauderte. Auch Krasin wurde von verschiedenen Seiten begrüßt.

Es war fast Mitternacht, als sie über den Place d'Etoile gingen. Es war noch viel Verkehr, und sie versuchten vergeblich, ein Taxi heranzuwinken. Adèle hatte sich bei ihm eingehakt, und als sie unter einer der verschnörkelten Straßenlaternen stehenblieben, legte er einen Arm um sie.

»Komm mit zu mir, dort können wir uns noch ein bißchen unterhalten.«

Sie zögerte nur kurz. »Gern. Wir haben uns lange nicht mehr gesehen.«

Endlich erwischten sie doch ein Taxi, das sie an der Place St. Michel absetzte.

Sie wirkt noch sehr jugendlich, stellte er fest. Dabei mußte sie über vierzig sein. Er hob sein Glas. »A toi, Adèle, jusqu'au bout de ma vie.«

»Du hast dich nicht geändert, Viktor«, lachte sie. »Immer noch der unverbesserliche Charmeur.«

Er nickte. »Wie geht es dir?«

Sie zuckte die Achseln. »On existe, Viktor, on existe.«

»Kein neuer Ehemann in Sicht?«

Sie schüttelte traurig den Kopf. »Bedaure, nein. . .«

»Aber sicher viele Verehrer?«

»Einige. Aber es sind nur gute Freunde.«

»Und der Schmerz ist noch da?«

»Es ist mehr Bedauern als Schmerz.«

»Was bedauerst du? Den Verlust deines Mannes? Oder deines früheren Lebens?«

Sie seufzte. »Wir sitzen da wie zwei feindliche Generäle, die nach dem Krieg ihre Erinnerungen austauschen.«

»Ich war nie dein Feind, Adèle, bitte glaub mir das.«

»Vielleicht nicht bewußt, obgleich ich auch da nicht so sicher bin. Du warst der Auslöser, Viktor.«

»Er fehlt dir noch?«

Er sah die Tränen in ihren Augen.

»Natürlich fehlt er mir, aber was mich besonders schmerzt, ist meine Dummheit.«

Er zündete Zigaretten an. »Erzähle!«

»Es tut mir bitter weh, daß ich ihn erst dann wirklich verstanden habe, als es zu spät war. Vielleicht sagen das alle geschiedenen Ehefrauen, aber in meinem Fall stimmt es. Alles wäre leichter, wenn ich die Gekränkte spielen könnte, aber das wäre ungerecht, denn ich war blind und dumm.« Sie stellte seufzend ihr Glas ab und sah Krasin an. »Selbst das stimmt nicht, Viktor. Ich glaube, insgeheim habe ich es die ganze Zeit gewußt. Aber ich habe getan, als merkte ich es nicht. Die Trennung hat weh getan, sie tut noch immer weh. Aber er hat viel mehr gelitten, unser ganzes gemeinsames Leben lang.«

Krasin hörte schweigend zu, und sie fuhr – fast im Selbstgespräch – fort: »Jamie ist ein typisches Beispiel dafür, daß die Umwelt das Leben eines Menschen zerstören kann. Er hatte nie eine Wahl. Von Anfang an haben ihn andere Menschen oder die Umstände in eine Rolle gedrängt. Nie konnte er selbst entscheiden, immer schien der nächste Schritt unvermeidlich. Und er hat immer sein Bestes gegeben. Er hatte immer Erfolg. Ohne den Krieg, ohne mich wäre vielleicht alles anders gekommen.«

Krasin schenkte ihr nach. Sie fröstelte ein wenig. »Er hat keine besonders gute Ausbildung gehabt und hatte auch später keine Möglichkeit, sich weiterzuentwickeln. Er mußte Soldat werden – und er wurde ein guter Soldat. Später ging er in die Militärverwaltung und blieb auch dort ein halber Soldat. Er heiratete mich, und die Familie machte einen Bankier aus ihm. Niemand fragte ihn danach, was er werden wollte, er hatte ja keine Qualifikationen. Und weil er stets sämtliche Hürden im ersten Anlauf nahm, setzten wir als selbstverständlich voraus, daß er mit seinem Schicksal zufrieden war. Er hatte Mut, viel Mut, aber wir haben ihn mit tausend Trivialitäten zermürbt. Er muß sich während der Zeit unserer Ehe ständig wie ein Zirkustier vorgekommen sein, das sich brav in die Manege stellt, um seine Nummer abzuziehen. Wie oft hat er gesagt, daß ihm der gesellschaftliche Trubel zuwider war. Ich habe das nie ernst genommen, weil ich Spaß daran hatte.«

Sie kippte den Brandy herunter. Das Glas klirrte leise, als sie es abstellte. Sie lehnte sich zurück. »Hast du ihn inzwischen mal gesehen, Viktor?«

»Ja, Adèle. Ich habe ihn kürzlich in New York getroffen und vor ein paar Tagen in London.«

»Wie geht es ihm?«

Er zögerte, und sie lachte bitter auf. »Die Wahrheit, Viktor!«

»Ich glaube, daß er glücklich ist«, sagte er leise. »Es ist schwer zu sagen.«

»Und du? Wie hast du überlebt?«

»Ich bin vielleicht nicht gerade der Lieblingssohn der Partei, aber ich komme schon durch.«

»Und wer ist die derzeitige Dame deines Herzens? Kenne ich sie?«

Er schüttelte den Kopf. »Hier und da eine Gespielin, aber mehr ist nicht drin.«

Sie lächelte. »Und jetzt muß ich gehen, Viktor. Es ist spät geworden.«

Er sah sie an. »Das geht leider nicht.«

»Was soll das heißen, Viktor?«

Die sanften braunen Augen musterten sie, wie schon einmal zuvor damals in der britischen Botschaft in Moskau.

»Wir haben ein Problem mit Jamie, Adèle. Und wir werden dich als Druckmittel benutzen müssen. Es tut mir leid, und ich versichere dir, daß dir nichts geschehen wird. Aber du wirst vorläufig hierbleiben müssen.«

Ihr Gesicht war weiß geworden. »Du willst mich benutzen, um Jamie zu drohen?«

»Genauso ist es.«

Einen Augenblick war sie wie versteinert. Dann vergrub sie das Gesicht in den Händen und fing an zu schluchzen. Nach einer Weile hob sie das nasse Gesicht zu Krasin auf. »Warum mich? Warum nicht Jelena?«

»Weil er bei ihr spontan reagieren würde, ohne Nachdenken. Über dich wird er nachdenken. Und wir glauben, daß er uns helfen wird.«

Sie wiegte sich hin und her in ihrer Verzweiflung und schauerte zusammen wie ein weinendes Kind. »Mein Gott, wie er uns alle hassen muß.«

»Ich glaube nicht, daß er hassen kann, Adèle.«

»Dann wird er es jetzt lernen. Das Leben mit Jelena ist ihm gewiß sehr kostbar. Er ist ja nicht mehr jung. Stammt diese

Idee von dir, Viktor?«

»Ja. Die Alternative wäre sehr viel schlimmer gewesen.«

»Und du erwartest, daß ich um unserer alten Freundschaft willen mitmache. . .«

»Es steht sehr viel auf dem Spiel, Adèle. Es geht um dich, um Jamie, um mich und –« Er brach ab.

»– und um Jelena.«

»Ja.«

11

Layton hatte die Ergebnisse der Zusammenarbeit zwischen SIS und Oberstaatsanwaltschaft ausführlich mit den Beteiligten durchgesprochen. Jetzt war der Justizminister eingetroffen, um über den ersten Teil der SIS-Operation zu entscheiden. Er hatte die Akten durchgesehen und hatte eine schwierige Unterhaltung mit dem Premier hinter sich, der plötzlich wieder Bedenken vorgebracht hatte.

Sir Lincoln Evans war seit 1960 Abgeordneter für einen Wahlkreis in den Midlands. Sein Sitz war ihm so sicher, daß er gegen Druck aus Wähler- und Abgeordnetenkreisen praktisch immun war. Er war immer bereit, sich andere Meinungen anzuhören, hielt sich aber im allgemeinen genau an die Regeln. Als Mitglied einer alten Anwaltsfamilie gab es für ihn keinen Zweifel daran, auf welche Seite er gehörte: Auf die Seite des Rechts. Sein Ton war manchmal schroff, und er hegte offensichtlich den Verdacht, daß Unkenntnis juristischer Zusammenhänge entweder Absicht oder ein Zeichen geringer Intelligenz war. Einige fürchteten, wenige haßten ihn, aber alle, die in der Gesetzgebung und Rechtsprechung des Landes tätig waren, wußten, daß sie es mit einem durch und durch lauteren Charakter zu tun hatten.

»Ich habe die Unterlagen nach der Wichtigkeit geordnet, Mr. Layton. Nicht nach der Wichtigkeit im Hinblick auf den Sicherheitsaspekt, sondern nach der Wichtigkeit der Hauptakteure. Schauen wir mal, was wir haben. Einen Spitzenmann des TUC, des britischen Dachverbandes der Gewerkschaften. Zwei Kabinettsminister. Einen persönlichen Berater des Premierministers. Am besten nehmen wir sie uns in dieser Reihenfolge vor.« Er hielt einen Augenblick inne, als warte er auf die Zustimmung seiner Gesprächspartner. Aber diese schwiegen.

»Frank O'Hara. Mitglied des TUC-Rates. Sekretär einer der größten Gewerkschaften des Landes. Mitglied der Kommunistischen Partei seit dem Spanischen Bürgerkrieg. Wenn das schon belastend wäre, Layton, säße das halbe Kabinett, ja, die halbe Labour Party im Gefängnis. Schriftliche Beweise, daß er über die Tschechische Botschaft zweitausend Pfund monatlich erhalten hat. Seit wann ist so was strafbar? Als ich noch als Rechtsanwalt arbeitete, bekam ich ein stattliches Beraterhonorar von der polnischen Regierung. Bin ich dadurch zum Verdächtigen geworden?«

»Ist dieses Honorar an Sie in bar auf einer Brücke im St. James Park, am Leicester Square und in einem Pornoshop in Victoria Station übergeben worden?«

Evans schüttelte den Kopf. »Bedaure. Das mögen ungewöhnliche, vielleicht sogar verdächtige Methoden sein. Aber verboten ist das nicht. Weiter führen Sie Gespräche mit KGB-Offizieren an. Wissen Sie, was ein Verteidiger aus diesem Vorwurf machen würde? Nein? Dann will ich es Ihnen sagen. Er würde von Ihnen Beweise verlangen, daß es sich tatsächlich um KGB-Mitarbeiter handelte. Und wenn es Ihnen gelänge, diesen Beweis zu führen, würde er Sie fragen, warum die Leute noch immer hier ihr Unwesen treiben. Falls Sie die KGB-Männer ebenfalls verhaften, kommt es zu einem internationalen Zwischenfall, und dann sind wir geplatzt.« Er streckte die Arme, als müßte er eine Anwaltsrobe zurechtschütteln. »Sie sprechen von den durch Streiks seiner Gewerkschaft verlorengegangenen Arbeitstagen. In den meisten Fällen handelt es sich um wilde Streiks, er wird also sagen, er sei von Anfang an dagegen gewesen. Dann die Rundfunkreden, in denen er die Streikenden in Schutz nahm. Unbrauchbar. Natürlich muß er sie in Schutz nehmen. Mag sein, daß er subversive Gründe dafür hatte, aber sein Verteidiger wird darauf hinweisen, daß er mit den Arbeitern ja auch nach Beendigung des Streiks zurechtkommen muß. Er wird dafür bezahlt, ihre Interessen zu schützen, selbst wenn er nicht derselben Ansicht ist wie sie.« Er schob die Akte zur Seite. »Nein, der ist nicht vielversprechend, Layton.«

»Er hat sich gestern mit einem KGB-Major getroffen. In der Tate Gallery.«

»Und?«

»Wir haben den KGB-Mann später verhaftet. Er hatte Dokumente bei sich, die die nationale Sicherheit gefährden. Einen Plan zur totalen Arbeitsstillegung in den Midlands. Einen Plan für den Streik der Gewerkschaft für Druck und Papier, der das Erscheinen der überregionalen Tageszeitungen verhindert hätte. Eine Liste von Parlamentsabgeordneten, die bereit sind, mit den Gewerkschaften zusammen einen Antrag zur Auflösung des Parlaments zu unterschreiben.«

»Warum wurde mir das nicht gesagt?«

»Wir haben unsere Untersuchungen gerade erst abgeschlossen.«

Evans lehnte sich zurück und heftete seine blaßblauen Augen auf Layton. »Es war riskant für Sie, sich den KGB-Mann zu schnappen. Sie haben ihn auf Verdacht hochgehen lassen, nicht aufgrund von Beweismaterial?«

»Wir sahen, daß Schriftstücke ausgetauscht worden sind.«

»In welcher Form?«

»Ein Stück Mikrofilm. Er lag in einem Katalog.«

»Haben Sie schon etwas gegen die beiden Minister unternommen?«

»Nein, sie werden nur rund um die Uhr observiert.«

»Und Sir James Hoult?«

»Desgleichen.«

»Der Fall Hoult ist meiner Ansicht nach äußerst heikel. Er hat seine Kollegen über die Nationalität seiner Frau getäuscht. Er hat offenbar absichtlich die Geheimdienstler in die Irre geführt. So etwas würde zweifellos seine Entlassung rechtfertigen, aber ich möchte meinen, daß es dabei mehr Wirbel geben würde, als die ganze Sache wert ist.« Aber in seiner Stimme schwang eine leise Frage.

»Wir halten es für möglich, daß von ihm Unterlagen an die Sowjets weitergegeben wurden.«

»Das behaupten Sie auch von den Ministern.«

»Es kommen nur diese drei Personen in Frage. Und wir tippen auf Hoult.«

»Warum?«

»Wir wissen seit langem, daß es ziemlich hoch oben in der Regierung undichte Stellen geben muß. Bis wir die Information über Hoults Frau bekamen, richtete sich der Verdacht gegen die Minister, da die Themen, um die es ging, ihre Ressorts betrafen. Hoult hat zu allen Unterlagen ebenso unbeschränkt Zugang wie der Premierminister. Er könnte den Sowjets alles beschaffen, was sie verlangen.«

»Er hat nie einen prosowjetischen Eindruck gemacht. Seine Ratschläge gelten als vernünftig und zuverlässig.«

»Eine bessere Tarnung könnte man sich nicht wünschen, Sir Lincoln.«

Evans ließ seinen Blick einmal um den Tisch wandern, dann sah er wieder Layton an. »Ich schlage vor, daß wir ein paar Worte unter vier Augen miteinander sprechen.«

Als die anderen sich zurückgezogen hatten, zündete Evans sich eine Zigarre an und lehnte sich vor, die Arme auf den Tisch gestützt. »Haben Sie spezielle Instruktionen des Regierungschefs, Layton?«

»Nur, daß wir die Verdächtigen einkreisen sollen. Der Premier legt aber Wert darauf, daß wir den Oberstaatsanwalt davon überzeugen, daß hinreichende Gründe für eine Verhaftung bestehen.«

»Sie setzen den Special Branch für die Verhaftungen ein, nicht wahr?«

»Wir bedienen uns der normalen Verfahren.«

»Wann werden die Medien Wind davon bekommen?«

»Erst in einigen Tagen. Wir nehmen uns zuerst die andere Seite vor.«

»Hat es in dieser Beziehung schon Ärger mit dem Foreign Office gegeben?«

»Bisher noch nicht.«

Evans stand auf und verstaute die Akten wieder in seiner Tasche. »Lange Reden kann ich mir wohl ersparen, Layton. Ich habe den Eindruck, daß Sie wissen, was Sie tun, und daß Sie auch die Gefahren sehen. Denken Sie daran, daß am Dienstag, spätestens am Mittwoch, die Abgeordneten im Unterhaus nach einer Notstandsdebatte schreien werden.«

Sie waren im Kino gewesen. Es gab *Le Bonheur* und *Un homme et une femme* in einer gekoppelten Vorstellung. Als sie herauskamen, blendete sie die Sonne auf dem Leicester Square. Sie nahmen sich ein Taxi zum Belgrave Square und gingen dann zu Fuß nach Hause.

Hoult trat an die HiFi-Anlage und schob eine Kassette mit Strauß-Walzern ein. Als er sich zu Jelena umschaute, sah er, daß sie blaß war und fröstelte.

»Was ist los, Jelena? Was hast du?«

»Der Mann, Jamie«, flüsterte sie. »Der Mann. . .«

»Was für ein Mann?«

»Er stand in der Tür des Antiquitätengeschäftes. Und vor dem Kino hat er auf uns gewartet. Er ist KGB, Jamie.«

Hoult ging zum Fenster und spähte vorsichtig hinaus. Draußen stand ein Mann, der gerade auf die Uhr sah. Ein typischer KGB-Erfüllungsgehilfe. »Wie kommst du darauf, Schatz?« fragte er.

Ein Schauer überlief sie. »Ich weiß es, Jamie.«

Hoult griff zum Telefon, aber da läutete es. Er hob ab und nannte ihre Nummer.

»Sir James Hoult?«

»Am Apparat.«

»Mr. Krasin hat mich gebeten, Sie anzurufen, Sir James.«

»Ja?«

»Er fragt, ob Sie ihm nicht doch bei dem Problem helfen könnten, über das er mit Ihnen gesprochen hat.«

»Meine Antwort habe ich ihm bereits gegeben. Sie lautet: Nein. Und ziehen Sie gefälligst den schäbigen Typ da draußen ab. Wenn er in einer Stunde noch hier herumlungert, rufe ich die Polizei.«

»Mr. Krasin sagt, daß er zu einem Tauschgeschäft mit Ihnen bereit wäre, Sir James. Er schlägt vor –.«

Hoult legte auf.

Eine Viertelstunde später holte ein schwarzer Botschaftswagen den Mann vor dem Antiquitätengeschäft ab.

Gegen zwei Uhr früh wurde ein flaches Päckchen bei den Hoults durch den Briefschlitz gesteckt und fiel mit dumpfem Laut auf den Parkettboden in der Diele. Niemand hörte es.

Jelena wickelte sich in ihren Morgenrock, während Hoult die Kassette einschob. Ein paar Sekunden herrschte Stille, dann hörte man ein Klicken und unverkennbar Krasins Stimme:

»Es tut mir leid, Jamie, aber es muß sein. Wir brauchen diese Information, und zwar sofort. Ich habe Adèle. Sie ist bei mir in Sicherheit. Noch. Aber ich habe gewisse Instruktionen. Wenn du Zweifel hast, kannst du ja versuchen, sie telefonisch zu erreichen, aber mach es bitte diskret. Wir wollen ihre Freunde und Bekannten nicht unnötig beunruhigen. Du mußt begreifen, daß mein Einfluß Grenzen hat. Wir benötigen die Information in den nächsten vierundzwanzig Stunden. Sobald du sie hast, rufst du die Kontaktnummer an und läßt dir Solowjew geben. Von ihm bekommst du weitere Anweisungen. Wenn er bis morgen früh um neun nichts von dir gehört hat, bist du für Adèles weiteres Schicksal verantwortlich. Und dann könnte auch auf andere Menschen Druck ausgeübt werden. Dagegen kann dann auch ich nichts mehr machen. Weitere Kontakte erfolgen nicht. Die Entscheidung liegt jetzt bei dir.«

Hoults Blick ruhte auf Jelena, aber er wußte, daß er sie nicht sah. Nach geraumer Zeit stand er langsam auf. »Pack ein paar Sachen für uns zusammen, Jelena. Ich muß noch telefonieren. Sobald das erledigt ist, verlassen wir das Haus.«

Hoult buchte unter falschem Namen eine Suite im Hilton. Nachdem sie sich dort eingerichtet hatten, fuhr er mit dem Lift in die Halle hinunter.

Er setzte sich in einen Sessel, von dem aus er den Haupteingang im Auge behalten konnte, und beobachtete eine halbe Stunde lang die Taxis, die ihre Fahrgäste draußen absetzten. Dann stand er auf, ging zum Zeitungsstand und kaufte die erste Ausgabe des *Evening Standard.* »Der Premier schlägt zu«, schrie ihm eine fette Schlagzeile entgegen. Darunter waren die Bilder von sechs Verhafteten und ein ziemlich großes Foto des Premierministers, der vor der Downing Street Nummer zehn in seinen Wagen stieg. Hoult hatte gerade angefangen, den kurzen dazugehörigen Artikel zu lesen, als er Layton durch die Drehtür kommen sah. Langsam folgte er ihm hinauf in den ersten Stock.

Dort war zum Frühstück gedeckt, und der Pianist klimperte ein Medley aus *Salad Days.* Das Restaurant war gut besucht. Damen, die eine Pause in ihrem vormittäglichen Einkaufsbummel einlegen wollten, Geschäftsleute mit dicken Aktentaschen.

Layton steuerte einen Tisch an der Wand an. Als Hoult sich näherte, deutete er einladend auf einen Stuhl neben sich. Er winkte einem Ober, bestellte Kaffee und sah sich um. »Erstaunlich, wie viele Leute es gibt, die es sich leisten können, am hellen Vormittag hier die Zeit totzuschlagen.«

»Wahrscheinlich Touristen«, sagte Hoult mit einem freudlosen Lächeln.

Der Ober setzte das Tablett ab und legte die Rechnung vor Hoult hin, der sie zur Seite schob. Er goß für sie beide den Kaffee ein und reichte Layton den Zucker.

»Ich habe ein Problem, Layton, das in Ihr Gebiet fällt. Deshalb habe ich Sie hierhergebeten.«

Layton hob die Augenbrauen. »Schießen Sie los, Sir James.«

»Wie ich sehe, ist zur Zeit eine Art Säuberungsaktion im Gange. Ich habe die Schlagzeilen in der Zeitung gesehen, hörte aber schon vor zwei Tagen davon.«

Layton hob den Kopf. »Von wem? Hat es Ihnen der Premierminister erzählt?«

»Nein. Er hat mir kein Wort davon gesagt. Ich habe es von einem Russen.«

Layton setzte langsam seine Tasse ab. »Um wen handelt es sich, Sir James?«

»Der Mann heißt Krasin, Viktor Krasin. Ich kenne ihn von Moskau her. Er ist ein bekannter Schauspieler. Und ich glaube, daß er auch KGB-Offizier ist.«

Layton machte ein undurchdringliches Gesicht und schwieg.

»Er sagte mir, seine Chefs in Moskau hätten Wind davon bekommen, daß bei uns Pläne bestehen, Sympathisanten und dergleichen Typen auszuräuchern.« Hoult wartete.

»Und?«

»Er bat mich um meine Hilfe.«

»In welcher Form?«

»Er verlangte Einzelheiten über die Operation.«

»Wieso kam er gerade auf Sie?«

»Dafür gibt es diverse Gründe, Layton. Ich war, wie Sie wissen, Botschafter in Moskau. Meine Bekanntschaft mit Krasin begann dort. Er besitzt gewisse Informationen über mich, die mich – das ist jedenfalls seine Überzeugung – in Schwierigkeiten bringen könnten. In der Nacht wurde mir in meiner Wohnung eine Kassette zugestellt. Es ist eine Bandaufnahme, eine Nachricht von Krasin. Sie haben meine erste Frau entführt.«

»Haben Sie das nachgeprüft?«

»Unter ihrer Pariser Nummer meldet sich niemand.«

»Sollen wir uns mit den Franzosen in Verbindung setzen?«

»Ich wollte Sie um etwas anderes bitten. Ich habe eine Kontaktnummer von ihnen bekommen und wäre bereit, mich mit den Leuten in Verbindung zu setzen, damit Sie mit ihnen verhandeln können.«

»Und die Gegenleistung?«

»Ich verlange Schutz für meine Frau.«

Layton sah Hoult lange Zeit schweigend an, aber dieser hatte offenbar seinen Worten nichts hinzuzufügen. Schließlich lehnte er sich vor und fragte leise: »Und auf welcher Seite stehen Sie, Sir James?«

Hoult lächelte bitter. »Auf der Seite meiner Frau, Layton. Ich fühle mich auch meiner früheren Frau gegenüber verantwortlich, aber darum kümmere ich mich selbst. Von Ihnen verlange ich lediglich Schutz für Jelena.«

»Und für Sie persönlich?«

Hoult schüttelte den Kopf. »Für mich verlange ich nichts mehr.«

»Kennen Sie den Namen Ihres Kontaktmannes?«

»Ja. Es ist ein gewisser Solowjew.«

»Kennen Sie ihn persönlich?«

»Ich glaube nicht, allerdings ist es denkbar, daß er mir in Moskau irgendwann einmal über den Weg gelaufen ist.«

»Dafür kennen wir ihn um so besser. Oberst im KGB. Spezialist für subversive Tätigkeiten.«

»Sie haben mir eine Frist gesetzt.«

»Wie lange?«

»Vierundzwanzig Stunden, so hieß es in der Nachricht auf der Kassette, und die haben wir heute früh bekommen.«

»Können Sie mich in mein Büro begleiten, Sir James?«

»Wie steht es mit dem Schutz für meine Frau?«

»Wo ist sie?«

»Hier im Hotel.«

Layton stand langsam auf. »Sie hat ein Recht auf unsere Hilfe, Sir James. Wie jeder ganz normale britische Staatsbürger. Ich rufe meine Leute an. Wir warten hier, bis sie jemanden geschickt haben.«

Sie saßen in der Halle, bis zwanzig Minuten später Layton erklärte: »Unser Mann ist jetzt eingetroffen, Sir James. Wir können gehen. Es dauert nicht lange.«

»Wird er meine Frau erkennen?«

Layton nickte mit einem kaum merklichen Lächeln. »Darauf können Sie sich verlassen. Aber er wird nur im Notfall persönlichen Kontakt mit ihr aufnehmen.«

Ein Dienstwagen wartete vor dem Eingang. Zehn Minuten später waren sie in Laytons Büro.

Lucas und sein Team saßen in dem verdunkelten Projektionsraum. Auf dem Pult brannte ein schwaches Leselicht. Von unten angestrahlt wirkte Laytons Gesicht fast unheimlich. Er hob die Hand, der Vorhang gab langsam die große Leinwand frei, ein Motor begann zu summen, und plötzlich war die Leinwand in das gleißende Licht des Projektors getaucht. Layton hüstelte und begann:

»Unsere Einweisungszeit ist sehr knapp bemessen. Ich möchte sie daher bitten, Fragen erst zum Schluß zu stellen.« Er wandte sich halb um, als das erste Dia kam. »Das ist Sir James Hoult. Die Akte können Sie später noch lesen. Sieht nicht übel aus, der Bursche. Er erinnert mich an jemanden, ich weiß nur nicht an wen. Es –«

»David Niven«, unterbrach Lucas.

»Richtig, John. Hier ist er in voller Lebensgröße, hier neben dem Premierminister. Hier haben wir ihn im Profil, und hier ist sein derzeitiges Paßbild – Kopien sind an die Häfen und Flugplätze gegangen. Hier ist er mit seiner Frau. Jetzt kommt ein Enface-Bild von seiner Frau – sie spricht übrigens Englisch, Französisch und Russisch, das steht nicht im Bericht. Robins und Matthews werden sie vorläufig nicht aus den Augen lassen.

Dies ist Solowjew. Wir haben reichlich Material über ihn, ich habe Ihnen die wesentlichen Punkte zusammenstellen lassen.

Er ist sehr routiniert, hat Einsätze in Amerika geleitet und war zwei Jahre lang an der Londoner Botschaft für die ›Legalen‹ zuständig. Die Anweisungen, die Hoult bekommen hat, lassen darauf schließen, daß sich Solowjew im Lande, wahrscheinlich in London, befindet. Unter diesem Namen ist er nicht eingereist. Er wird auch nicht als Botschaftsangehöriger geführt.

Hoult wird die ihm angegebene Nummer anrufen und sich bereit erklären, die Dokumente zu übergeben. Er wird versuchen, eine Fristverlängerung zu erreichen, um uns eine sorgfältige Planung zu ermöglichen.

Wer verdächtig ist, an der Übergabe der Dokumente beteiligt zu sein, wird von Ihnen festgenommen. Wir haben eine Akte über bekannte tote Briefkästen der Sowjets in London, aber ich glaube kaum, daß sie die einsetzen werden.«

Als das Licht anging, meldete sich eine Stimme zu Wort:

»Ist zu befürchten, daß der Abholer die Dokumente prüft und die Operation abbricht, wenn er feststellt, daß sie lückenhaft sind?«

»Nein, damit brauchen Sie nicht zu rechnen. Die Dokumente werden völlig authentisch aussehen.«

Lucas stand auf. »Wenn es noch weitere Fragen gibt, werde ich versuchen, sie zu beantworten. Der Chef muß jetzt weg.« Er sah Layton an. »Danke, Sir.«

Im Hilton las Hoult die Abendausgabe des *Standard.* Sie enthielt einen ausführlicheren Bericht über die Verhaftungswelle. Das Ausmaß der Aktion schien viel umfangreicher zu sein, als man nach dem Artikel in der ersten Ausgabe hatte erwarten können. Der Leitartikel ließ keinen Zweifel daran, daß die Zeitung sich rückhaltlos hinter den Premierminister stellte.

»Während aus allen Teilen des Landes Meldungen über die Verhaftungen durch die Polizei und den Special Branch eingehen, wird klar, daß die mutige Entscheidung des Premierministers die volle Unterstützung der Öffentlichkeit hat.

Nie seit der Volksabstimmung über den Eintritt Großbritanniens in die EG hat die Redaktion so viele Anrufe von Lesern bekommen, die sich mit den Maßnahmen der Regierung einverstanden erklären.

Schon viel zu lange wissen wir, daß es im Parlament, in den Gewerkschaften, ja, auch in den Medien selbst, einflußreiche Leute gibt, die ein Interesse daran haben, alles das zu zerstören, worauf unser Land mit Recht stolz war: Wirtschaftlichen Erfolg, politische Toleranz, Wahl- und Redefreiheit.

Wir haben es erlebt, wie aufgehetzte Massen sich rücksichtslos über die Wünsche der arbeitenden Bevölkerung hinweggesetzt haben, wie unter den fadenscheinigsten Vorwänden unser geordneter Tagesablauf gestört und die Klassen gegeneinander aufgebracht wurden.

Schon gibt es Anzeichen dafür, daß die äußerste Linke noch immer die Hoffnung hegt, den Interessen ihrer Herren in Moskau zu dienen, indem sie die Autorität der Regierung und des Premierministers in Frage stellt. Aber im Namen unserer Leser rufen wir diesen Elementen zu: Das Spiel ist aus, Genossen!«

Hoult las die Namen der Verhafteten. Für ihn bot die Aufzählung kaum Überraschungen, aber für den Mann auf der Straße mußte sie ein schwerer Schock sein. Parlamentsabgeordnete, drei Minister, zwanzig Staatsbeamte, Schriftsteller, Schauspieler, zwei TV-Persönlichkeiten, ein Redakteur und ein Dutzend Journalisten, eine Handvoll Gewerkschaftsführer und eine ellenlange Liste bisher Unbekannter.

Es hieß, daß die Linke die Bevölkerung zu einem Marsch zur Downing Street und zum Parlament aufrufen wollte. Man sprach von einer Notstandsdebatte. Die Fenster der sowjetischen Botschaft waren verbarrikadiert worden, der *Morning Star* hatte sein Erscheinen eingestellt. Für Militär und Polizei war Urlaubssperre verhängt worden, Truppen wurden von Ulster nach England verlegt. BBC und ITV unterbrachen ihre Programme laufend mit Sondermeldungen. Der Premierminister wollte sich um acht Uhr mit einer Rede an die Bevölkerung wenden.

Hoult legte die Zeitung aus der Hand und sah zu Jelena herüber. Sie lag unter der dünnen Decke und schlief. Als er sich aufs Bett setzte, öffnete sie die Augen, richtete sich auf und strich sich das Haar zurecht. Schlaftrunken lächelte sie ihn an.

Sie sah ihm zu, während er sich auszog, und nahm ihn in die Arme.

Sie hatten geschlafen, als das Telefon läutete. Hoult schreckte hoch und tastete im Dunkeln nach dem Hörer. Es war Layton. »Sie sollten ihn jetzt anrufen, Sir James. Wenn wir zu lange warten, schöpfen sie sonst womöglich Verdacht. Viel Glück.«

»Danke, Layton«, sagte er tonlos. In der Finsternis spürte er eine leise Regung von Furcht. Er fröstelte, und als seine Augen sich an die Dunkelheit gewöhnt hatten, legte er seine Hand auf das dunkle Dreieck zwischen Jelenas langen Beinen. Er lehnte sich über sie und küßte sie sanft, bis sie aufwachte.

Dann zog er die Vorhänge zurück und kleidete sich an, und

während Jelena badete, bat er die Zentrale, ihn mit der Nummer zu verbinden, die Krasin ihm genannt hatte. Layton hatte gemeint, daß das besonders echt wirken würde.

Das Telefon läutete. »Ihr Gespräch, Sir«, sagte das Mädchen von der Zentrale.

»Solowjew?«

»Am Apparat, Sir James.«

»Ich habe die Papiere.«

»Ausgezeichnet. Von wo sprechen Sie?«

»Vom Hilton.«

»Haben Sie dort ein Zimmer?«

»Ja.«

»Welche Nummer?«

»1704.«

»Ich rufe zurück.«

»Es ist nicht unter meinem Namen gebucht.«

»Dann nenne ich die Zimmernummer.« Er legte auf.

Zwei Minuten später läutete das Telefon wieder.

»Sir James?«

»Ja?«

»Kennen Sie die Festival Hall?«

»Sehr gut sogar.«

»Schön. Sie holen zwei Karten für Ihre Frau und sich an der Kasse ab. Loge G. G wie Golf. Die anderen Plätze in der Loge sind nicht besetzt. Die Karten sind bereits bezahlt. Sie nehmen die Papiere mit und lassen sie unter dem äußersten Sessel links liegen. In der Pause verlassen Sie die Festival Hall. Wenn alles zu unserer Zufriedenheit verlaufen ist, rufen wir Sie heute abend gegen zehn an. Wir werden inzwischen unseren Freund in Paris informieren. Die Dame kann Ihnen dann selbst bestätigen, daß sie sich auf freiem Fuß befindet. Alles klar?«

»Loge G. Äußerster Sessel links. In der Pause gehen.«

»Genau.«

Hoult sah auf die Uhr. Layton hatte gesagt, er solle nach Möglichkeit zehn Minuten mit seinem Anruf bei ihm warten.

Fünf Minuten später klingelte es wieder. »Ein Gespräch für Sie, Sir.«

»Wer ist da?«

Eine Pause – dann klickte es, die Leitung war tot. Sie hatten, wie Layton vorausgesagt hatte, nachgeprüft, ob er telefonierte.

Er hatte die Zentrale gebeten, den Zimmerkellner heraufzuschicken. Minuten später war Lucas, Laytons Mann, bei ihm, und ließ sich berichten. Hoult solle sich peinlich genau nach Solowjews Anweisungen richten und dann ins Hotel zurückkommen. Sie sollten das dritte Taxi am Stand vor der Festival Hall nehmen. Der Taxifahrer würde ihn mit »Hallo, Jamie!« begrüßen.

»Du wirst doch keine Dummheiten machen, Adèle? Um Hilfe schreien zum Beispiel. Oder einen Fluchtversuch machen. . . Das wäre sehr unangenehm für uns alle.«

»Sag mir eins, Viktor: Hat Jamie deinen Leuten geholfen, seit er wieder in London ist?«

Er zuckte mit den Schultern. »Comme ci, comme ça. Er hat uns ein paar Informationen verschafft, aber nichts Wichtiges.«

»Und du glaubst, jetzt wird er meinetwegen tun, was ihr verlangt?«

»Davon bin ich überzeugt.«

»Aber warum?«

»Er hat ein schlechtes Gewissen wegen der Scheidung und so weiter. Er fühlt sich für dich verantwortlich, besonders in so einer Situation.«

»Ich glaube, diesmal bist du zu weit gegangen.«

Sie erkannte den Zweifel in seinem Blick, die aufdämmernde Erkenntnis, daß sie unter Umständen die Situation falsch eingeschätzt hatten.

»Wie kommst du darauf, Adèle?«

»Man kann Jamie überreden, man kann ihn mitziehen, aber wenn man ihn in die Enge treibt, schlägt er zurück. Denk an Moskau. Genaues habe ich ja nie erfahren, aber bestimmt hat er damals nicht das getan, was deine Leute von ihm erwarteten.«

Sie sah ihm an, daß sie ins Schwarze getroffen hatte, und wartete schweigend auf seine Reaktion. Er zupfte an den Fransen der Tagesdecke herum, dann sah er auf. Sie war noch immer sehr schön, ihr Gesicht weich und glatt wie das eines jungen Mädchens. Die großen braunen Augen waren so klar, so lebendig wie an jenem Abend in der Botschaft. Eine Frau wie sie konnte man nicht hinters Licht führen. »Was sollen wir nur tun, Adèle?« fragte er leise.

»Wie lauten deine Instruktionen?«

Er zögerte einen Augenblick. »Ich sollte dich töten, Adèle.« Er sah eine Ader an ihrem schlanken Hals klopfen.

»Und wie würdest du das anstellen?« erkundigte sie sich sachlich.

Er schüttelte hilflos den Kopf. »Ich habe einen Revolver.« Sie sah in sein aufgewühltes Gesicht und spürte die Leere, die in ihm war. Die Leere des Verlierers.

»Könntest du das, Viktor?«

Er hatte Tränen in den Augen. »Nein, Adèle. Eher bringe ich mich um. Aber das rettet euch unter Umständen nicht vor den anderen.«

»Wie bist du eigentlich an den KGB geraten?«

»Es war nützlich für meine Karriere, ich bekam Kontakt zu einflußreichen Leuten, ich hatte viele Privilegien. Es war okay, als ich noch jung war. Aber jetzt sieht es anders aus.«

»Warum?«

»Ich weiß nicht... Vielleicht liegt es am Alter. Ich bin jetzt mehr für das ruhige Leben.«

»Warum gibst du dann nicht auf?«

Er lachte bitter. »Beim KGB kündigt man nicht, Adèle. Allenfalls lassen sie dich fallen.«

»Warum gehst du dann nicht fort?«

Sie merkte, daß er sich diese Frage schon selbst gestellt hatte. »Wohin denn? Was soll ich tun?«

»Du könntest in Frankreich bleiben und als Schauspieler arbeiten oder in irgendeinem anderen Theaterberuf.«

Er lächelte. »Keine Angst, Adèle, ich werde dich nicht umzubringen brauchen. Jamie wird tun, was man von ihm verlangt.«

Sie schüttelte den Kopf. »Das tut er nicht. Er wird versuchen, deine Leute fertigzumachen.«

»Das wäre das Ende für uns alle.«

»Wenn er es doch tut – darf ich dir dann helfen, dir hier ein neues Leben aufzubauen, Viktor?«

»Sie würden mich erwischen, Adèle. Sie würden mich ermorden.«

»Das würden sie nicht wagen. Du bist ja nicht nur ein KGB-Mann, du bist eine bekannte Persönlichkeit. In Frankreich setzt man auf Entspannung.«

Er wirkte jetzt verstört. »Warten wir erst einmal ab...«

»Aber wenn es so kommt, wie ich gesagt habe, würdest du es dann tun?«

Er seufzte und hob die Arme in einer sehr französischen Geste. »Es würde mir nichts anderes übrigbleiben, Adèle. Umbringen könnte ich dich nicht, das steht fest. Und wenn ich zurückginge, wäre ich in jedem Fall erledigt.« Gewaltsam versuchte er seine trübe Stimmung abzuschütteln. »Noch ein Drink und dann essen wir etwas, ja?«

Das Telefon läutete, als er die Drinks eingoß. Er griff rasch nach dem Hörer. Dann nickte er. »Ja gatow, spasibo.« Er sah Adèle an. »Gott sei Dank, deine Voraussage ist nicht eingetroffen. Jamie hat mit ihnen Kontakt aufgenommen. Er will ihre

Forderung erfüllen.«

Sie griff nach ihrem Glas. »Noch haben wir es nicht hinter uns, Viktor.«

»Du scheinst deiner Sache sehr sicher zu sein.«

»Das bin ich auch.«

12

Lucas hatte sein Team frühzeitig zur Festival Hall geschickt und ständigen Funkkontakt mit seinen Leuten gehalten. Er konnte Loge G erkennen, wenn er sie vom Projektionsraum aus mit seinem Fernglas anvisierte. Außer Hoult und seiner Frau hatte niemand sie betreten. Am Pult stand Neville Marriner, das Northern Symphony Orchestra spielte, und die Festival Hall war nicht so voll, wie die Künstler es verdient hätten. Aber als die Lichter zur Pause angingen, ernteten sie dankbaren Applaus.

Er sah, wie die Hoults aufstanden und die Loge verließen. Die Orchestermitglieder nahmen bereits wieder ihre Plätze ein, als eine Frau die Loge betrat, sich bückte, sich wieder aufrichtete und hinausging.

Dann begannen die Funkmeldungen einzulaufen. Die Frau war in die Toilette gegangen und wenige Minuten später wieder herausgekommen. Sie hatte einen Umschlag mit offener Klappe in der Hand. Demnach hatte sie den Inhalt schon kurz geprüft. Während sie langsam am Flußufer entlangging, wurde die Toilette durchsucht. Gefunden wurde nichts. Die Frau ging dann zum Parkplatz und fuhr in Richtung Waterloo Station davon. Am Kreisel überquerte sie die Waterloo Bridge und fuhr weiter zum Strand. Am Trafalgar Square war einer von Lucas' Leuten nur drei Wagen hinter ihr.

Ein zweiter Wagen des SIS wartete am Green Park, ein dritter am Berkeley Square. Der dritte folgte der Frau bis zum Parkplatz des Hilton, und zwei Beobachter beschatteten sie, als sie vom Shepherd Market zur Curzon Street und wieder zurück zu einem Kino ging, in dem der neue Fellini lief. Vor der Kasse stand eine Schlange, aus der jemand der Frau zuwinkte. Sie entschuldigte sich bei den Umstehenden und trat zu dem Mann.

Die Bewacher waren jetzt zu dritt, einer an jedem Ende der kurzen Straße, Lucas selbst am Kinoeingang. Als das Pärchen sich dem Kopf der Schlange näherte, sah Lucas, daß der Mann nicht zum ständigen Stab der Botschaft gehörte. Doch die Frau hatte er, zumindest auf Fotos, schon gesehen. Wie sie hieß, wußte er nicht mehr, aber er erinnerte sich, daß sie an der London School of Economics studierte. In den Akten stand, daß sie die Freundin eines Iren war, der sich häufig in Amsterdam mit tschechischen Waffenhändlern traf. Der dicke, braune Umschlag war nicht zu sehen.

Im Kino saß das Paar zusammen und sah sich die letzten fünfzehn Minuten des Hauptfilms an. Als das Licht anging, stand der Mann auf und ging zu den Toiletten. Dort blieb er, bis es wieder dunkel geworden war, dann schritt er langsam zum Ausgang. Im Kino waren die Bewacher über Funk nicht zu erreichen, aber für solche Fälle stand das Vorgehen fest: Einer blieb zur Observierung der Frau zurück, ein breitschultriger, untersetzter Mann folgte dem Iren.

Dieser lief ein paarmal durch die Nebenstraßen von Shepherd Market und ging dann über die Curzon Street zur Queen Street. Aus einem Automaten vor der Post zog er sich eine Briefmarke und ging dann bis zum Ende der Straße. Dort sah er sich in einem Mary-Davies-Shop Blusen und Kleider an und blickte sich dann rasch um. Als keine Passanten in Sicht waren, schlenderte er über die Straße und ging die kleine Vortreppe zu einem Haus hinauf. Die Tür öffnete sich von innen, und er verschwand darin.

Lucas forderte über Funk bei der Zentrale nähere Einzelheiten über das Haus an.

»Versucht es in der Planungsabteilung des Londoner Stadtrates oder einer der großen Wohnbaugesellschaften. Cadogan vielleicht oder Westminster.«

»Es ist Samstagabend, Chef, da ist kein Mensch greifbar.«

»Verdammt, immer passiert so was am Wochenende. Was können wir sonst noch machen?«

»Schwer zu sagen. Wie sieht es aus?«

»Wie ein Privathaus.«

»Und das Haus daneben?«

»Völlig gleich, nur anders angestrichen. Dort hängt ein Anwaltsschild.«

»Ich kann euch einen Schlüsselexperten schicken. Ihr könntet euch mal im Nebenhaus umsehen.«

»Wie lange würde das dauern?«

»Fünf, höchstens zehn Minuten.«

»Okay, schicken Sie mir den Mann.«

Lucas hatte die Queen Street dichtgemacht. Einen Hintereingang oder einen Garten schien es nicht zu geben, aber da die Hinterfront des Hauses an einen Club grenzte, war es denkbar, daß ein Durchgang vorhanden war.

Ein Taxi blinkte am Zebrastreifen in der Curzon Street. Lucas ging hinüber. Der Schlosser war ein früherer Polizist aus Portsmouth. Er ließ sich von Lucas informieren. Dann ging er in Begleitung eines Mädchens zu dem Nebenhaus, blieb mit ihr einen Augenblick auf den Stufen stehen und betrat wenige Minuten später das Haus. Lucas und seine Leute näherten sich vom anderen Ende der Straße. Die Tür stand einen Spaltbreit offen. Sie traten ein.

Sie verbrachten zehn Minuten damit, sich mit dem Grundriß der drei Stockwerke vertraut zu machen. Der Umbau zu Büroräumen war nicht recht gelungen, man konnte die ursprüngliche Anlage noch erkennen.

Lucas rief ein Team zusammen. Es fehlte nur der Mann, der die Frau aus der Festival Hall beschattete, und ein Beobachter, den sie in der Queen Street zurückgelassen hatten.

»Die Burschen dürfen uns nicht entkommen – ist das klar? Ich möchte sie lebend haben und möglichst unversehrt. Sie sind wichtig und werden uns interessante Informationen geben können. Wenn wir es geschickt anstellen, lassen sie sich vielleicht sogar als Zeugen verwenden. Aber falls es nötig ist, wird scharf geschossen. Ohne Warnung. Wenn wir aus irgendeinem Grund getrennt werden, fahrt ihr zurück ins Amt. Sollte die Polizei euch schnappen, zeigt ihr eure Ausweise, gebt aber keinerlei Erklärung ab, sondern verweist die Kollegen an Layton persönlich. Wenn er nicht greifbar ist, sollen sie sich an den Diensthabenden vom Special Branch wenden. Noch Fragen?«

»Wie viele sind es, und haben wir eine Vorstellung davon, um wen es sich handelt?«

»Weder noch. Aber ich schätze, daß Solowjew dabei ist. Und dieser verdammte Ire natürlich.«

»O'Malley.«

»Richtig, der Name war mir entfallen.« Er hob die Hand und steckte den Ohrhörer fester. »Das Mädchen hat das Kino verlassen und steuert das Hilton an. Hierher dürfte sie demnach kaum kommen.« Er stand auf und ging zur Tür. »Burrows, Sie versuchen sich an der Tür. Vielleicht können wir sie überrumpeln.«

Als Burrows die Tür aufbrachte, war der Ire halb die Treppe hinunter. Sekundenlang war er wie versteinert, dann drehte er sich um, rief etwas und wollte die Treppe wieder hinaufrennen. Aber da hatte ihn einer schon am Bein gepackt. Der große, starke Kerl schlug wie wild um sich, wollte sich am Treppengeländer festhalten, griff daneben, fiel hintenüber und kollerte mit dem Kopf voran die Treppe herunter zur Tür, wo er unbeweglich liegenblieb.

Inzwischen war Lucas die Treppe hinaufgestürzt und betrat ein Zimmer, in dem er Licht brennen sah. Zwei Männer standen am Fenster und sahen hinaus. Einer war Solowjew. Er wandte sich hastig um. Sein Gesicht war rot vor Zorn.

»Was, zum Teufel, soll das? Was wollen Sie?«

»Polizei, Mr. Solowjew. Keine Bewegung.«

Solowjews Hand ging automatisch zur Brust, dann schrie er auf, griff nach seinem Ellbogen, und ein dünner Rauchfaden stieg aus dem Schalldämpfer von Lucas' Pistole auf.

Der andere Mann hob die Hände und ergab sich.

Nach zehn Minuten hatten sie fünf Mann aufgestöbert und waren auf dem Rückweg nach Pimlico. Einer fehlte ihnen noch, aber das wußten sie nicht.

Später kamen noch zwei Russen, die ebenfalls festgenommen wurden. Sie gehörten beide zum Stab der sowjetischen Botschaft, und Layton ließ sie kurz vor Mitternacht wieder laufen.

Der für zehn Uhr zugesagte Anruf kam nicht. Gegen zwei Uhr morgens erfuhr Hoult von Layton, daß seine Leute Solowjew veranlaßt hatten, Krasin unter einer Pariser Nummer anzurufen, damit Adèle unverzüglich freigelassen werden konnte. Einer seiner Mitarbeiter, der fließend Russisch sprach, hatte das Gespräch mitgehört und bestätigte, daß die Anweisungen korrekt durchgegeben worden waren.

Krasin ließ sich in seinen Sessel zurücksinken und legte den Kopf in die Hände. »Was ist, Viktor?« fragte Adèle erschrokken. »Was hat er gesagt?«

Krasin, die Augen rotgerändert vor Erschöpfung, das Gesicht verfallen vor Müdigkeit und Anspannung, sah auf.

»Das war Solowjew, der Einsatzleiter. Er hat mir Anweisung gegeben, dich freizulassen.«

»Warum bist du dann so bestürzt?«

»Er sprach unter Druck. Sie müssen ihn erwischt haben.«

»Woher willst du das wissen?«

»Es ging deutlich aus dem hervor, was er sagte. Er hat mir erklärt, Hoult habe getan, was man von ihm verlangt hat, ich könne also die Frau freilassen. Aber er sagte nicht *dewuschka,* sondern *dewka.*«

»Wo ist da der Unterschied?«

»*Dewuschka* ist das korrekte Wort für Mädchen. *Dewka* ist Slang, wie ›Baby‹ oder ›Puppe‹. Es ist das vereinbarte Zeichen dafür, daß man unter Druck spricht. In dienstlichen Mitteilungen ist sonst Slang streng untersagt. Es war eine Warnung.« Er sah in Adèles blasses Gesicht. »Was sollen wir nur tun?«

»Wir packen unsere Sachen und verlassen so schnell wie möglich Paris.«

»Wohin sollen wir denn fahren?«

»Ich habe ein Ferienhaus in Honfleur.«

»Dort wird man dich sehr rasch finden.«

»Nein, ich habe es eben erst für ein halbes Jahr gemietet. Niemand weiß etwas davon.«

»Und wie kommen wir dorthin?«

»Wir nehmen uns ein Taxi zum Place Vendome und bestellen uns von dort aus telefonisch bei Hertz einen Leihwagen. Wir können vom Ritz aus telefonieren.«

Krasin stand langsam auf und fuhr sich mit der Hand über das sich lichtende Haar.

»Gut, dann aber schnell, sonst erwischen sie uns doch noch.«

Sie machte den Mund auf, wollte sichtlich noch etwas sagen – und schwieg dann doch. Es gab wenig zusammenzupacken, und eine halbe Stunde später saßen sie im Ritz bei einer Tasse Kaffe und warteten auf den bestellten Wagen.

Mittags war das Londoner Fiasko in Moskau bekannt geworden, und Andropow hatte bereits Störaktionen gegen die britische Botschaft in die Wege geleitet.

Hoult hatte mehrfach bei Adèle angerufen, aber dort hatte sich niemand gemeldet. Er setzte sich mit Layton in Verbindung, der versprach, sich einzuschalten.

Hoult wartete mit Jelena im Hotel auf Laytons Rückruf. Aber erst gegen Abend läutete das Telefon. Adèle war nicht in ihre Wohnung zurückgekehrt und schien sich auch nicht bei ihren Freunden oder bei ihrer Familie gemeldet zu haben. Layton hatte einen Mitarbeiter in Paris auf die Sache angesetzt.

»Ich werde selbst hinfliegen müssen, Jelena. Ich muß wissen, was geschehen ist.«

»Traust du Laytons Leuten nicht?«

»Nachdem sie Solowjew und die anderen haben, ist ihnen diese Sache nicht mehr wichtig. Zur Zeit haben sie so viel am Hals, daß sie sich wegen einer vermißten Französin nicht allzu sehr ins Zeug legen dürften.«

»Aber für dich ist der Fall wichtig, Jamie?«

Er setzte sich neben sie aufs Bett. »Ja, mein Liebling. Adèle ist mir fremd geworden, mein Leben mit ihr scheint mir schon so fern wie der Krieg. Aber ich fühle mich verantwortlich. Meinetwegen ist sie als Geisel genommen worden. Seit unserer Trennung hat sie nie versucht, sich in mein Leben zu drängen, und umgekehrt habe ich es ebenso gehalten. Aber jetzt bin ich – wenn auch sehr gegen meinen Willen – wieder in ihr Leben getreten, und es ist meine Pflicht, mich um sie zu kümmern.«

»Kann ich mitkommen?«

»Es wäre besser, wenn du hierbleiben würdest. Und sicherer. Aber ich wäre sehr unglücklich ohne dich.«

»Wann reisen wir?«

»Ich muß noch Vorbereitungen treffen und ein paar Telefonate erledigen. Sagen wir morgen früh.«

»Glaubst du, sie würden ihr etwas antun?«

»Es kommt darauf an, wer sie festhält. Krasin traue ich es kaum zu. Aber bei den anderen kann man nie wissen. . .«

Er legte einen Augenblick seinen Kopf an ihre Schulter. Dann nahm er sich zusammen, stand auf und griff zum Telefon. Ihr war das Herz schwer, aber sie konnte nichts tun, was ihm hätte helfen können. Wie so oft in seinem Leben tat er das, wozu die Umstände ihn zwangen.

Hoult schlief unruhig in dieser Nacht. Immer wieder wurde er wach, und dann erinnerte er sich an die Nacht mit Jelena in dem Moskauer Hotel. Erneut hatten ihn Zweifel und Unsicherheit erfaßt. Wieder ein Hotelzimmer, wieder eine Krise, und wieder eine Entscheidung, was Vorrang hatte, und die Überlegung, was für ein Mensch er wirklich war.

Kurz nach eins ging Kusnezow an Bord der Aeroflot-Maschine nach Paris. Laytons Mann hatte sich eine Liste der Grundstücke beschafft, die der Familie de Massu gehörten, und ein paar diskrete Erkundigungen beim französischen Sicherheitsdienst auf dem Boulevard Mortier eingezogen.

In London gaben die Redakteure letzte Meldungen für die Morgenzeitungen in Druck. Sie beneideten ihre Konkurrenz von der Abendpresse, die ausführlich über den vom Premierminister um Mitternacht ausgerufenen nationalen Notstand würde berichten können.

13

Adèle saß am Steuer des weißen 2 CV, Krasin hockte neben ihr auf dem Beifahrersitz. Sie waren in die Rue de la Huchesse zurückgefahren, hatten die Betten abgezogen und die Lebensmittel aus dem Kühlschrank geräumt. Vom Quai waren sie links in den Boulevard Saint Michel abgebogen. Es herrschte kaum Verkehr, und sie waren schnell auf der M-13. Auf der Höhe des Hubschrauberlandeplatzes war Krasin eingeschlafen. Adèle hatte einen schnellen Blick flußabwärts geworfen, während sie über die Seine rollten. Der Morgen zog herauf. In der Rue de la Reine waren Straßenarbeiten im Gange. Als sie Sèvres erreicht hatten, begann es leicht zu regnen, und sie mußte Gas wegnehmen.

In Nantes war es hell genug, um ohne Licht zu fahren, und in Louviers setzte der Sonntagsverkehr ein. An dem großen Autobahnkreuz in Pont Audemer war der Verkehr so dicht geworden, daß sie die Autobahn verließ und sich für die Landstraße entschied, die an der Eisenbahn entlang nach Honfleur führte.

Als sie am Jachthafen anhielt, schlief Krasin noch immer. Leise stieg sie aus. Sie zog den schwarzseidenen Abendmantel enger um sich, beugte sich zurück in den Wagen und schüttelte Krasin. Er lächelte, als er die Augen aufschlug und sie sah. Dann kam die Erinnerung zurück. Kopfschüttelnd fuhr er sich über das stoppelige Kinn. Sie hatte unterwegs Lebensmittel und Zigaretten, einen Rasierapparat mit Klingen und zwei Liter Milch gekauft.

Das Ferienhaus lag nahe der Flußmündung. Als sie durch das offenstehende Tor fuhr, konnte sie hinter dem Seenebel nur mit Mühe seine Konturen erkennen.

In jeder großen Stadt gibt es Bezirke, deren romantisch klingende Namen Hoffnungen wecken, die sich nicht erfüllen. Dazu gehört Belleville in Paris. In Belleville zieht die Industrie ihre schmutzige Spur über Stahl und Eisen, junge Männer träumen von einem neuen Mai '68, und die örtliche Kommunistische Partei hat soviel Zulauf, daß sie bei der Aufnahme neuer Mitglieder wählerisch sein kann. Zwei, die Gnade vor ihren Augen gefunden hatten, waren Jacques und Alain Janin, Vater und Sohn.

Kusnezow und die beiden Janins saßen in dem kleinen Vorderzimmer, wo dem Besuch zu Ehren die Schonbezüge abgezogen worden waren. Janin senior war Schweißer, sein Sohn arbeitete als Telefonist im Fernamt. Er hatte die Botschaft verständigt, als der junge Mann aus der Buchhandlung Krasin in der Wohnung in der Rue de la Huchesse nicht erreicht hatte.

Andropows Instruktionen waren klar und eindeutig. Kusnezow hatte den Auftrag, Krasin und Madame de Massu aufzuspüren und zu beseitigen. Die Pariser Botschaft sollte die Aktion decken und ihm mit Rat und Tat zur Seite stehen. Kusnezow war ein robuster junger Mann, aber er sprach schlecht Französisch, und seine Stärke war die Gewalttätigkeit, nicht die Diplomatie.

Alain hatte die Gebührenzettel für die Gespräche geprüft, die in die Wohnung in der Rue de la Huchesse vermittelt worden waren; auch Solowjews Gespräch spät in der Nacht war darunter. Danach waren von diesem Anschluß aus weder Gespräche geführt noch entgegengenommen worden. Ein Zwei-Mann-Team von der sowjetischen Botschaft beobachtete Adèle de Massus Wohnung, xin Journalist hatte es übernommen, gegen ein Honorar diskrete Erkundigungen bei der Familie und im Bekanntenkreis anzustellen. Kusnezow, durch die nahezu unbegrenzten Möglichkeiten des KGB verwöhnt, hatte nur mit Mühe seinen Ärger darüber unterdrücken können, daß er sich als Außenseiter in einer fremden Stadt befand, in der er praktisch keinen Einfluß und jämmerlich geringe Handlungsfreiheit hatte.

Laytons Mann war ein alter Hase, der sich seine Geheimdienstsporen im Krieg verdient hatte. In seinem jetzigen Geschäft als Verkäufer von Jaguars kam ihm das rosa Band der Ehrenlegion gut zustatten. Er fühlte sich in Paris heimischer als in England, und sein einziges Zugeständnis an seine Landsleute war, daß er sich nicht für die französische Rugby-Mannschaft heiserbrüllte, wenn England im Stade de Colombes spielte. Seine Tarnung – die Jaguar-Konzession – sicherte ihm ein gutes Auskommen, und von Layton wurde er nur für Sonderaufgaben eingesetzt. In diesem Fall hatte man sich an ihn hauptsächlich wegen seiner guten Beziehungen zu Kreisen der Pariser Gesellschaft und Geschäftswelt gewandt.

Er saß an dem kleinen, aufgeräumten Schreibtisch, das Telefon vor sich, die Liste der de-Massu-Grundstücke auf der Schreibunterlage. Als Paul Beresford hatte er mit dem Angebot eines 1970er XJ 6 für knapp über 10 000 Francs einen hinreichenden Vorwand, um sich mit Adèle in Verbindung zu setzen. Es wurde wirklich Zeit, daß Madame sich von ihrem alten Mark IX trennte.

Drei Stunden lang telefonierte er herum, doch ohne Ergebnis. Niemand wußte, wo sie steckte, aber niemand schien sich über ihr Verschwinden besondere Sorgen zu machen. Ihre Söhne waren im Ausland, vielleicht nahm sie die Gelegenheit wahr, um irgendwo ein paar Tage Ferien zu machen. Layton hatte ihm eingeschärft, die Angehörigen nicht zu beunruhigen. Aber wie sollte er weiterkommen, wenn er nicht andeuten konnte, daß er sie dringend sprechen mußte?

Nach dem Essen hatte ihn einer seiner Kontaktleute vom Geheimdienst angerufen. Bei einer Routineüberprüfung der Veranstaltungen in der sowjetischen Botschaft hatte sich herausgestellt, daß Adèles Name auf einer Gästeliste für ein Konzert gestanden hatte. Dieses Konzert hatte an dem Tag vor Krasins Nachricht an Hoult stattgefunden. Zwischen der Anzahl der offiziellen Gäste und der Anzahl der von den Sowjets besetzten Plätze bestand eine Diskrepanz. Beresford kombinierte, daß Krasins Name möglicherweise auf der Gästeliste unterschlagen worden war. Die Pariser Kollegen baten, weiter auf dem laufenden gehalten zu werden.

Beresford überlegte, ob er sich bei dem einen oder anderen Botschaftsfahrer nach Adèle erkundigen sollte, aber das hätte ihn vermutlich auch nicht weitergebracht. Sie mußte mit Krasin weggefahren sein. Er mußte sich ihre Wohnung ansehen. Das bedeutete einen ausgewachsenen Einbruch, und dazu brauchte er grünes Licht von Layton und ein Stillhalteabkommen mit der Polizei, das ihm die Pariser Kollegen vom Dienst vermitteln sollten.

Er rief in London an, aber Layton war nicht zu sprechen. Er beschloß, trotzdem alles Notwendige in die Wege zu leiten. Die Spur wurde schon kalt, und Layton hatte angedeutet, daß die Vermißte unter Umständen auch von anderer Seite gesucht werden könnte.

Hoult hatte sich und seine Frau in einem kleinen Hotel an der Rue des Capucines eingemietet, dessen altmodischer Eingang auf die Place Vendôme hinausging. Er hatte keine Spur, keine Unterstützung, und er wußte, daß ihm nichts anderes übrigbleiben würde, als sich an die Familie de Massu zu wenden. Adèles Vater war kurz nach der Scheidung gestorben, und ihre Mutter hatte das große Stadthaus nicht behalten. Sie hatte jetzt ein Apartment über einem der vornehmen Geschäfte im Faubourg St. Honoré.

Madame de Massu bat ihn, mit Jelena zum Tee zu kommen. Hoult wäre lieber allein hingegangen, aber es wäre unhöflich gewesen, die gutgemeinte Geste abzulehnen. Sie hatte ihn immer gern gehabt. Als es zum Bruch gekommen war, hatte sie ihm einen herzlichen Brief geschrieben.

Der Raum war elegant und sehr feminin. Sie saß in einem hochlehnigen Sessel, ihren Stock neben sich, ein Bein auf einem bestickten Fußbänkchen. Sie bedeutete ihnen, Platz zu nehmen, und drückte den Klingelknopf auf einem Beistelltischchen.

»Ihr bekommt einen englischen Tee, Jamie.«

Sie lehnte sich ein wenig mühsam zu Jelena hinüber und lächelte. »Als er noch an der Bank arbeitete, hat er mich manchmal besucht. Gegessen hat er wie ein Scheunendrescher. Er muß halb verhungert sein in seiner kleinen Bude auf der anderen Seite des Flusses.« Sie bedeutete dem Mädchen, das Tablett abzustellen. Als der Tee eingeschenkt war, lehnte sie sich zurück und legte die Hand wie haltsuchend auf ihren Stock. Sie sah Hoult an.

»Was kann ich für dich tun, mein Lieber?«

»Ich mache mir Sorgen um Adèle, *maman.* Ich glaube, sie ist in Gefahr.«

Die alte Dame sah ihn leicht verwirrt an. Aus einem Höflichkeitsbesuch drohte eine peinliche Situation zu werden. Er fuhr rasch fort: »Man hat mir gesagt, daß Adèle gefährdet wäre, wenn ich nicht täte, was von mir verlangt wird.«

»Hast du die Polizei verständigt?«

»Die Londoner Behörden haben sich eingeschaltet und werden sicherlich inzwischen ihre Kollegen informiert haben.«

»Warum hat man sich noch nicht an mich gewandt?«

»Wahrscheinlich, weil man nicht unnötig Alarm schlagen und einen Skandal vermeiden will.«

Dieser Begriff ging der alten Dame ohne weiteres ein. Um einen Skandal zu vermeiden, konnte man sehr weit gehen.

»Haben sie dich gebeten, es mir beizubringen, Jamie?«

»Nein, ich kam, weil ich helfen wollte. Aber dazu brauche ich dich. Ich möchte mir gern Adèles Wohnung ansehen. Vielleicht finde ich doch irgendwelche Hinweise auf ihren Aufenthaltsort.«

Sie nickte. »Das ist kein Problem. Marie hat den Schlüssel. Sonst noch etwas?«

»Weißt du, wo sie stecken könnte?«

Sie lächelte ein wenig. »Wir sehen uns höchstens alle vierzehn Tage. Sie spricht nie über ihr Leben. Wir plaudern nur.«

Sie wandte sich an Jelena. »Sie machen ein trauriges Gesicht, meine Liebe. Vielleicht fürchten Sie sich vor all diesem Rummel um die andere Frau? Beruhigen Sie sich.« Sie lächelte mit offensichtlicher Anstrengung. »Er schaut jetzt glücklicher aus, als ich ihn je gesehen habe. Das machen nur Sie. Es mag kein Trost sein, aber ich habe meine Tochter nie ein böses Wort über ihn sagen hören. Adèle hat mir von Ihrer Schönheit erzählt. Sie hat recht gehabt.«

Seufzend stand Madame de Massu auf. Das Gespräch war zu Ende. Sie hinkte mit ihnen – ein Zeichen besonderen Wohlwollens – noch bis zur Tür.

Es war fast zehn. Hoult bog in die Rue du Sentier ein und wandte sich nach links in einen kleinen, kopfsteingepflasterten Hof. Nicht weit von hier hatten sie in der ersten Zeit ihrer Ehe gewohnt. Ob es Adèle wohl deshalb wieder in diese Gegend gezogen hatte? Er erkannte das Haus sofort. Die hellblauen Fensterläden, die Pelargonien, Lobelien und das Steinkraut, all das verriet Adèles Hand. Die blaßgrünen Blätter zweier junger Platanen wirkten fast durchsichtig im Licht der Straßenlaterne.

Der Schlüssel drehte sich leicht im Schloß, und er trat ein. Auf der Treppe roch es nach Äpfeln, und als er Licht machte, sah er ein Foto der Jungen an der Wand. Er betrachtete es nachdenklich. Es schien ihm fast unerlaubt, hinter ihrem Rücken in Adèles Haus einzudringen. Er hob den Deckel des Louis-Seize-Schreibsekretärs und öffnete die Schubladen. In den Fächern lagen sauber gebündelte Quittungen, Briefe von Freunden und Verwandten, Theater- und Konzertprogramme, Versicherungspolicen in Sichthüllen aus Plastik. Im obersten Schub fand sich Schreibpapier nebst allem, was zur Korrespondenz gehörte, im zweiten Fach ein versiegeltes Dokument – ihr Testament. Daneben lag ein ledergebundenes Tagebuch mit Messingschließen, aber kein Schlüssel. In einem Alkoven hingen vier Bücherbretter. Müßig streifte sein Blick über die Titel. Typische Frauenliteratur, bis auf einige historische Biographien. Kaum englische Werke, nur ein paar abgegriffene Krimis und Lehrbücher.

In dem schlichten Schlafzimmer fanden sich keinerlei Hinweise. An Bedrucktem lagen nur die französische Ausgabe von *Vogue* herum und die *Illustrated London News,* die letztere noch in ihrem Postumschlag.

Er kehrte zu dem Schreibsekretär zurück und setzte sich. Unter den Papieren hatte er einen Notizblock mit Einkaufslisten und Telefonnummern entdeckt. Er versuchte, das Tagebuch zu öffnen, aber das Schloß gab nicht nach. Noch brachte er es nicht fertig, es gewaltsam aufzubrechen. Wieder ging er die einzelnen Fächer durch, fand aber nichts Brauchbares. Er mußte sich gestehen, daß er auch nicht recht wußte, was er suchte. Langsam ging er zum Fenster. Er hatte Sehnsucht nach Jelena, aber es wäre ihm irgendwie unrecht vorgekommen, sie hierher mitzunehmen. Am Rande des Lichtkreises, den die Straßenlaterne warf, erkannte er einen Mann, der zu ihm hinaufsah und dann auf das Haus zuging. Gleich darauf klingelte es. Hoult zögerte. Es klingelte wieder, der Klang war beharrlich, ungeduldig.

Er machte auf. Der Mann lehnte an der Wand, eine Zigarette zwischen den Lippen. Hoult spürte seinen aufmerksamen Blick. Ehe er etwas sagen konnte, stellte der Besucher fest: »Sie sind sicher Hoult.«

»Und wer sind Sie?«

»Mein Name ist Beresford. Ich bin ein Freund von Layton. Es ist besser, wenn ich hereinkomme.«

»Sie sind Engländer?«

»Walliser.«

Hoult trat beiseite, und Beresford ging die Treppe hinauf. Im Wohnzimmer blieb er stehen. »Sie ist nicht da?«

»Nein.«

»Haben Sie eine Ahnung, wo sie sein könnte? Haben Sie etwas gefunden?«

»Leider nein.«

Beresford setzte sich an den Schreibsekretär und holte sämtliche Papiere heraus. Er griff nach dem Tagebuch. »Haben Sie einen Schlüssel dafür gefunden?«

»Nein.«

Er sah die Papiere durch, dann ging er in die Küche und holte sich ein Messer. Er schob die Klinge unter den Riegel, bewegte sie hin und her und drückte sie dann nach unten. Das Schloß gab nach und brach am Scharnier ab. Beresford zündete sich eine neue Zigarette an und blätterte das Tagebuch durch. Nach zehn Minuten klappte er es zu, legte es beiseite und griff nach dem Notizblock.

»Haben Sie die Telefonnummern überprüft?«

»Nein.«

Beresford wählte die erste Nummer, aber dort meldete sich niemand. Die zweite Nummer war ein Restaurant, bei den nächsten beiden Anschlüssen meldete sich niemand.

Er holte ein dünnes blaues Heft aus seiner Jackentasche, schlug es auf und wählte wieder. Er ließ sich einen Inspektor Mollet geben und bat ihn, die Liste der Telefonnummern zu prüfen. Zum Schluß gab er ihm Adèles Nummer und erbat seinen Rückruf.

In den nächsten zehn Minuten durchsuchte er sehr gründlich und professionell die ganze Wohnung. Als er fertig war, machte er es sich in einem Sessel bequem. Das Telefon stellte er vor sich auf den Boden.

»Haben Sie von hier aus schon Kontakt mit Layton aufgenommen, Sir James?«

»Nein, ich bin inoffiziell hier.«

»Wo wohnen Sie?«

»Im Hotel Duval, Rue des Capucines.«

»Sind Sie allein?«

»Nein, meine Frau hat mich hierher begleitet.«

»Und Sie suchen nach Adèle de Massu?«

»Ja.«

Das Telefon läutete. Beresford hob ab und machte sich Notizen. Dann sah er auf. »Klingt vielversprechend. Ein Anwalt. Fangen wir mit ihm an. Jouvet, Charles Jouvet. Er wohnt draußen in Neuilly.«

Er wählte. »Monsieur Jouvet?«

»Am Apparat.«

»Guten Tag, Monsieur, ich versuche, Madame Adèle de Massu zu erreichen. Soweit ich weiß, hat sie sich vor kurzem mit Ihnen in Verbindung gesetzt. Vielleicht können Sie mir helfen?«

»Wer spricht denn dort?«

»Mein Name ist Beresford. Ich habe die Jaguarvertretung in der Nähe der amerikanischen Botschaft. Aber im Augenblick rufe ich im Auftrag ihres früheren Ehemannes, Sir James Hoult, an. Es handelt sich um eine dringende Privatangelegenheit.«

»Es tut mir leid, da kann ich nicht helfen. Haben Sie es schon in ihrer Wohnung versucht?«

»Natürlich. Sir James und ich sind im Augenblick dort.«

»Haben Sie dazu die Erlaubnis?«

»Einen Moment, Monsieur. Haben wir die Erlaubnis, uns hier aufzuhalten, Sir James?«

»Ihre Mutter hat mir den Schlüssel gegeben.«

»Ja, Monsieur, Madame de Massu – ich meine Adèles Mutter – hat Sir James den Schlüssel zur Verfügung gestellt.«

»Schon gut. Trotzdem kann ich Ihnen nicht helfen.«

»Darf ich fragen, Monsieur, in welcher Angelegenheit sich Adèle de Massu an Sie gewandt hat?«

»Bedaure, das ist vertraulich. Aber ich glaube nicht, daß es für diesen Fall relevant ist.«

»Würden Sie die Entscheidung darüber bitte mir überlassen? Oder soll ich Inspektor Mollet bitten, Sie anzurufen? Allerdings lege ich wenig Wert auf Publizität.«

Einen Augenblick blieb es still. »Das ist wirklich sehr ungebräuchlich. Am besten kommen Sie morgen zu mir in die Kanzlei.«

»Monsieur, darf ich ganz offen sein? Es ist möglich, daß Adèle aus politischen Gründen unter Druck gesetzt worden ist. Ich bin für die zuständigen Behörden als Berater der Familie tätig.«

»Verstehe. Nun ja, es handelte sich um eine Kleinigkeit. Den Pachtvertrag für ein Ferienhaus. Ich habe ihn geprüft, er war völlig korrekt abgefaßt. Es tut mir leid – aber das war alles.«

»Wo befindet sich das Haus?«

»In Honfleur.«

»Erinnern Sie sich noch an die Adresse?«

»Da muß ich überlegen. Einen Augenblick. Ferme de. . . und irgend etwas Meteorologisches. Richtig, jetzt habe ich es. Ferme des Brumes.«

»Hat sie das Haus genommen?«

»Das weiß ich nicht. Ich hatte den Eindruck, daß sie nicht abgeneigt war, aber die Verhandlungen wollte sie mit der Besitzerin direkt führen.«

»War das zufällig eine Madame Saint Clair?«

»Ich glaube ja.«

»Vielen Dank, Monsieur.«

»Keine Ursache.«

Beresford nickte Hoult zu. »Ich glaube, wir kommen der Sache langsam näher. Guten Abend, kann ich bitte Madame Saint Clair sprechen?«

»Einen Moment bitte.«

»Juliette Saint Clair. Wer ist dort?«

»Guten Abend, Madame. Es geht um Ihr Haus in Honfleur. Ich hörte von Adèle de Massu, daß sie es für ein paar Monate nehmen wollte. Sollte sie es sich anders überlegt haben, würde ich mich dafür interessieren.«

»Bedaure, sie hat es bis September gemietet. Aber ich habe noch ein Haus in Lisieux, wenn sie sich das mal ansehen wollen. . .«

»Honfleur wäre mir lieber, Madame. Wo liegt das Haus eigentlich genau?«

»Sie kennen Honfleur?«

»Leider nicht.«

»Sie fahren in nördlicher Richtung, am Stadtpark vorbei, aus der Stadt heraus und lassen den Westdeich hinter sich. Nach sechs Kilometern biegen Sie an einer alten Scheune links ab. Ein kleiner Weg führt direkt zum Haus.«

»Herzlichen Dank, Madame.«

Beresford legte nachdenklich auf. »Dort wird sie sein, Sir James. Das bedeutet, daß sie die Situation in der Hand hat. Weshalb Krasin sie nach Solowjews Anruf nicht freigelassen hat, ist mir schleierhaft, aber das werden wir jetzt nicht klären. Ich schlage vor, daß ich gleich hinfahre und versuche, sie zu finden. Es könnte Schwierigkeiten geben, wenn die beiden Sie sehen. Ihre Anwesenheit ist erst dann wirklich nützlich, wenn wir uns größere Klarheit über die Sachlage verschafft haben. Wir haben schon so genug Probleme.«

»Zum Beispiel?«

»Layton ist weder für Krasin noch für Ihre geschiedene Frau zuständig. Sie sind Ausländer in einem fremden Land. Jetzt müssen die Franzosen sich um die Sache kümmern.«

Hoult stimmte widerstrebend Beresfords Vorschlag zu. Dieser notierte sich Hoults Adresse und Telefonnummer und versprach, sich so bald wie möglich zu melden.

Es war fast zehn, als Beresford den Wagen abstellte. Beim Frühstück hatte er einen schönen Blick auf die Place St. Catherine. Schon hatten sich die ersten Touristengruppen eingestellt, um die alte Kirche zu besichtigen. Die ungeduldigen Zimmerleute von Honfleur hatten die Kirche, mit der sie Gott für den Frieden und den Abzug der Engländer nach dem Hundertjährigen Krieg hatten danken wollen, aus Holz gebaut. Die Sonne legte einen tiefen Glanz auf die braunen Wände. Es versprach ein heißer Tag zu werden, und um den Platz herum stellte man zusätzliche Tische auf.

Er bat um ein Telefonbuch und suchte vergeblich den Namen Saint Clair darin. Wahrscheinlich hatte das Ferienhaus keinen Telefonanschluß.

Von Adèle de Massu besaß er den schlechten Abzug eines alten Fotos, von Krasin nur eine Beschreibung. Er versuchte sich vorzustellen, was sich in diesem Augenblick in dem Ferienhaus abspielen mochte, während er langsam an der Mole entlangfuhr. Bald wurde die Bebauung spärlicher, und die Straße schlängelte sich durch offenes Land. Einen Kilometer hinter der Scheune stieg er aus und ging zu Fuß weiter. Die Hitze lag flimmernd über den Feldern, die schwerfälligen Rinder der Normandie grasten friedlich auf den saftigen Wiesen. Früher als er erwartet hatte kam er zu dem Zaun und dem halb eingesunkenen geöffneten Tor.

Von dem Ferienhaus war nichts zu sehen. Der weiße Nebel lag dicht über einem ungepflegten Obstgarten. Vergeblich versuchte er sein Glück mit dem Fernglas. Es war der Nebel, nicht die Entfernung, der das Haus seinen Blicken entzog.

Fast eine Stunde später tauchten die Umrisse des Hauses aus dem Dunst hervor. Beresford legte sich hinter einem der knorrigen Obstbäume auf den Bauch und richtete sein Glas auf das lange, niedrige Gebäude. Es war ganz aus Stein gebaut, um Eroberern und den Winterstürmen der Normandie trotzen zu können. Fenster und Tür waren geschlossen. Nichts rührte sich.

Zwei Stunden lag er im feuchten Gras, ehe sich etwas regte. Es war eine Frau. Er erkannte sie sofort. Sie ging zur Scheune, und er sah den kleinen Wagen, als sie die schwere Tür öffnete. Man hatte nicht den Eindruck, daß sie sich als Gefangene fühlte. Dann kam Krasin heraus. Auch ihn erkannte er nach der Beschreibung. Er sagte etwas zu der Frau und lehnte sich gegen die Scheunentür. Sie sah zu ihm auf und lachte.

Laut Layton und Hoult war Krasin Adèles Entführer und Gefangenenwärter gewesen. Von Solowjew hatte er den Befehl bekommen, sie freizulassen. Und nach den Unterlagen der Franzosen war Krasin überhaupt nicht in ihr Land eingereist. Aber mit diesem Durcheinander sollte sich gefälligst Layton befassen.

Langsam ging Beresford zurück zu seinem Wagen. Niemand begegnete ihm. Er fuhr durch Honfleur hindurch südlich bis Barneville, wo er sich in der *Auberge de la Source* ein Zimmer nahm. Es dauerte eine Stunde, bis er die Verbindung mit Layton bekommen hatte, der versprach, mit den Kollegen in Paris Kontakt aufzunehmen.

Eine Stunde später meldete sich Layton wieder. Die Franzosen konnten sich nicht entscheiden, welche Stelle für den Fall zuständig war. Mit einer Antwort war erst am nächsten Tag zu rechnen. Die Sicherheitsbehörden legten keinen gesteigerten Wert darauf, sich mit Krasin zu befassen. Die Entspannungspolitik gegenüber der Sowjetunion war dem Quai d'Orsay wichtiger. Außerdem arbeitete ja Krasin nicht gegen die Franzosen. Weshalb sollten also die französischen Sicherheitskräfte für die britische Abwehr die Kastanien aus dem Feuer holen? Layton hatte vorsichtig angedeutet, bei weiterer Hinhaltetaktik würde er Beresford Anweisung geben, sich direkt mit Adèle de Massu in Verbindung zu setzen. Ein weiteres Problem bestand darin, daß aus den Akten nicht klar hervorging, ob Adèle de Massu ihre durch die Heirat mit Hoult erworbene britische Staatsbürgerschaft beibehalten hatte oder nicht. Man bezweifelte von französischer Seite die Zuständigkeit der britischen Abwehr. Der Fall drohte sich zu einem jener wütenden internationalen Gerangel auszuwachsen, von denen die Öffentlichkeit nie erfährt, die aber über Jahre schweren Schaden anrichten können.

Beresford rief Hoult an, erstattete ihm kurz Bericht und versuchte ihn davon zu überzeugen, daß bisher alles wunschgemäß lief.

Ein Mann vom französischen Geheimdienst SDECE rief eine bestimmte Nummer in der sowjetischen Botschaft in London an. Zehn Minuten später ging eine chiffrierte Kurzwellenbotschaft über Funk an die sowjetische Botschaft in Paris. Der Botschafter befand sich in einer Sondervorstellung von *Phèdre* im Théâtre de France, und ein KGB-Major wurde zu seinem Chauffeur geschickt, der die Erlaubnis erhalten hatte, den Wagen im Jardin de Luxembourg zu parken. Aber es wurde Mitternacht, ehe der Botschafter den Empfang im Theater verließ. Er las die Meldung auf der Rückfahrt zur Botschaft, und der Major bekam seine Anweisungen. Er hatte seinen Wagen an der Metrostation Belleville abgestellt und ging zu Fuß durch die engen Straßen zum Haus. Dort klingelte er. Lange. Um zwei Uhr morgens liegen die meisten Menschen im Tiefschlaf. Es dauerte etliche Minuten, ehe oben in einem Zimmer Licht gemacht wurde. Jemand, der Pantoffeln an nackten Füßen trug, schlurfte die Treppe hinunter.

»Qui est là?« fragte eine rauhe Stimme.

»Les amis de la France«, antwortete er leise. Er mußte noch einmal eine Weile warten, bis die vorgelegte Kette rasselnd ausgehakt wurde. Der Alte musterte ihn genau, mit offenem Mund, dann trat er zurück und bat ihn hinein.

Kusnezow, nur mit Hemd und Hose bekleidet, fröstelte, während er die Instruktionen entgegennahm. Zum Schluß übergab ihm der Mann von der Botschaft die Meßtischblätter, die Luger und die drei Schachteln Munition.

Kusnezow prüfte die Waffe. Es war die kurze PO 8, die Patronen hatten einen Zinküberzug über einem Bleikern. Tödlich, aber nicht auf Anhieb. Wenn man seinen Mann traf, konnte der immer noch zurückschießen, ehe er starb. Er bedauerte, daß sie ihm nicht einen Revolver gegeben hatten. Resigniert nahm er die Sachen mit hinauf und legte sich wieder hin. Es würde morgen ein langer Tag werden, und er mußte fit sein. Es war nicht das erste Mal, daß er tötete, aber bisher war es immer im Nahkampf und unbewaffnet geschehen. Ich hätte beim Unterricht über Handfeuerwaffen besser aufpassen sollen, dachte er, während ihm die Augen zufielen.

Jelena hörte zu, als Hoult mit Beresford telefonierte. Krasin und Adèle zusammen in einem einsamen Haus am Meer – das hörte sich an wie eine Operettenhandlung. Sie spürte, daß keine Gefahr bestand. Und weil sie eine Frau war und Krasin kannte, fragte sie sich, ob er mit der geschiedenen Frau ihres Mannes geschlafen hatte. Damit hätte sich der Kreis – auf sinnlose, abscheuliche Art – geschlossen.

Erleichtert stellte sie fest, daß Hoult offenbar nicht mehr so deprimiert war. Er ging mit ihr in ein kleines Restaurant zum Essen, dabei war er fast heiter.

»Bist du wieder glücklich, Jamie?«

Er griff lächelnd nach ihrer Hand.

»Es ist bald zu Ende. Adèle wird ihre Freiheit wieder erlangen, wenn sie nicht schon frei ist. Und damit endet meine Verantwortung.«

»Wirst du zu ihr fahren?«

Er legte den Kopf zur Seite, und sie mußte plötzlich an Moskau denken, an jenen Abend, als er sich für die betrunkenen Schlachtenbummler eingesetzt hatte.

»Wir fahren morgen nach Honfleur und werden uns davon überzeugen, daß alles in Ordnung ist. Dann verreisen wir ein paar Wochen und überlegen uns, wo wir in Zukunft leben wollen.«

»Nicht in England?«

Er schüttelte den Kopf und mied ihren Blick. »Nein. Mein Anwalt kann dort alles Notwendige erledigen. Wo möchtest du gern leben, Liebes?«

»Könnten wir in Frankreich bleiben?«

»Das wäre gar nicht so dumm. Du sprichst ja hervorragend Französisch. Und wo?«

»In Paris könnte ich mich sehr wohlfühlen.«

Er streichelte leise ihre Hand. »Gut, Liebes. Dann ist es schon entschieden.«

14

Beresford hörte sich die Acht-Uhr-Nachrichten der BBC an. Der nationale Notstand würde um Mitternacht auslaufen. Den manipulierten Genossen in den Gewerkschaften war es nicht gelungen, einen Generalstreik durchzusetzen. Die Masse der Arbeiter hatte jetzt endgültig genug. Zwei Kabinettsminister waren zurückgetreten. Das BBC-Fernsehen, das vierundzwanzig Stunden lang ausgefallen war, würde ab Mittag wieder senden. Das Pfund hatte über Nacht an der New Yorker

Devisenbörse den fast unglaublichen Kurs von 2,50 Dollar erreicht. Und Boycott war zum Kapitän des letzten Testspiels gegen die Australier ernannt worden.

Kurz nach zehn rief Layton an. Die französischen Sicherheitsbehörden waren nicht bereit, sich an Krasin die Finger zu verbrennen. Wenn SIS etwas unternehmen wollte, würde man beide Augen zudrücken. Falls er illegal das Land betreten hatte, sollte man es darauf ankommen lassen, daß er im Netz der Polizei hängenblieb. Adèle de Massu war durch ihre Eheschließung britische Staatsbürgerin geworden und damit für die Franzosen uninteressant.

Layton hatte sich inoffiziell mit dem französischen Kollegen beraten, der in London die SIS-Operation gegen die Subversionskräfte beobachtet hatte. Dieser hatte trocken darauf hingewiesen, daß der französische Industrieminister sich zur Zeit in Moskau aufhielt, um einen Handelsvertrag im Wert von 500 Milliarden Francs zu unterzeichnen. »Seien Sie vorsichtig, Beresford«, sagte Layton. »Sehen Sie zu, daß Sie nicht mit der Ortspolizei in Konflikt kommen. Wir brauchen nur festzustellen, ob Madame de Massu sich tatsächlich frei bewegen kann – mehr nicht. Wenn Sie Zweifel haben, können Sie ihr ja anbieten, sie nach Paris zurückzubegleiten.«

»Soll ich Hoult informieren?«

»Kann nicht schaden. Aber geben Sie ihm bitte nur die Fakten. Tun Sie so, als ob wir ihn hier freundlich aufnehmen würden, und lassen Sie ihn bis zu seiner Rückreise beobachten.«

»Wollen Sie ihn verhaften?«

»Allerdings. Er gehört hinter Schloß und Riegel, genau wie die anderen.«

Adèle de Massu war eine Lady, was sie allerdings nicht daran hinderte, sich unbewußt darüber zu freuen, daß Krasins Zärtlichkeiten das Konto wieder ausgeglichen hatten. Es war nicht der Grund dafür, daß sie auf seine Annäherungsversuche reagiert hatte. Das hatte sich ganz selbstverständlich in dieser ersten Nacht im Ferienhaus ergeben. Daß er es nicht erwarten konnte, bis sie sich ausgezogen hatte, war für eine Frau von vierzig schmeichelhaft; er erregte sie in einer Weise, wie es ihrem Mann nie gelungen war.

Sie sah ihn an, während er schlief. Das wellige Haar, der sinnliche Mund, das Gesicht, in dem die Erfahrung ihre Spuren hinterlassen hatte – ja, er war zweifellos ein gutaussehender Mann. Ein wenig erinnerte er sie an Charles Boyer. Jetzt drehte er sich um, ein Sonnenstrahl, der durch die Fensterläden fiel, traf sein Gesicht, und er öffnete langsam die Augen und griff nach ihr. An James Hoult dachte sie nicht mehr, während sie sich leidenschaftlich an den Mann aus Moskau klammerte.

Später aßen sie eine Kleinigkeit und gingen in der Mittagshitze zum Watt. Tausend kleine Rinnsale liefen hinter der zurückweichenden Flut her, und die Sonne setzte goldene und silberne Glanzlichter auf den welligen Sandboden, über den sie mit nackten Füßen gingen.

Krasin sah, wie schön sie war, wie ihre Augen glänzten. Ja, vielleicht konnte man hier in Frankreich wirklich überleben. Sie strahlte ihn an wie ein verliebtes junges Mädchen.

»Sag mir, was du denkst, Viktor.«

»Ich überlegte gerade, ob es schwierig wäre, einfach hierzubleiben. Und ob ich Arbeit finden würde.«

»Ach, da gibt es bestimmt keine Probleme. Du hast Talent und viel Erfahrung, und wir haben ja auch einen gewissen Einfluß. Die Bank finanziert Filme und hat ihre Finger in allen möglichen künstlerischen Unternehmungen. Überlaß nur alles mir.«

Adèle de Massu überlegte bereits, ob der Bischof von Angoulème, der um zwei Ecken herum ihr Onkel war, es möglich machen würde, daß sie zum zweiten Mal in Weiß heiraten konnte.

Wenn man ein Fahrrad auf den Rücksitz eines Fiat 500 bugsieren will, muß man die Lenkradmutter lösen und ziemlich heftig schieben und jonglieren. Ein Spaß ist das nicht.

Zweimal hatte Kusnezows Wagen auf der langen Fahrt von Paris hierher gestreikt. Er hatte einen neuen Ventilatorriemen und bei der zweiten Panne neue Zündkerzen kaufen müssen. Da er eine Stunde Verspätung hatte, rollte er ohne Aufenthalt durch Honfleur und parkte hinter dem Deich nördlich der Stadt.

Er aß im Wagen seine belegten Brote und trank eine Dose Bier dazu. Dann schaltete er das Radio ein und versuchte, den Nachrichten zu folgen, aber mit seinem Französisch kam er nur zurecht, wenn er die Zeichensprache zu Hilfe nehmen konnte. Immerhin ließ sich der häufigen Erwähnung von Worten wie *Londres, Moscou* und *provocateurs* entnehmen, daß dort nicht alles so lief, wie es laufen sollte. Er drehte an der Skala herum, erwischte aber keine Sprache, die er verstehen konnte. Dann schaltete er auf die Langwelle um und stellte die BBC ein. Die Nachrichten waren vorbei, sie wiederholten gerade noch einmal die wichtigsten Meldungen. Zum ersten Mal seit drei Tagen war er froh, nicht in Moskau zu sein. Das Politbüro würde Andropow die Hölle heiß machen. Sie hatten den Londoner Botschafter »zu Beratungen« abberufen, und das Leningrader Symphonieorchester war von seiner auf sechs Wochen geplanten Gastspielreise nach nur einem Konzert in die Heimat zurückbeordert worden.

Kusnezow nahm alle Patronen aus den Schachteln und säuberte sie sorgfältig mit einem geölten Lappen. Dann lud er das Magazin, schob es in den Schaft zurück und ließ die erste Kugel in den Lauf gleiten.

Zum letzten Mal studierte er das Meßtischblatt, maß die Entfernung zwischen Scheune und Tor, zwischen Tor und Haus. Müßig sah er hinaus aufs Meer, und dabei fiel ihm noch etwas ein. Er holte den Plastikumschlag aus dem Handschuhfach. Laß noch einmal vierundzwanzig Stunden verstreichen, hatten sie gesagt, und schlag dich dann nach Le Havre durch. Mit den gefälschten Papieren sollte er als Seemann auf einem sowjetischen Holzfrachter anheuern, der gerade im Hafen gelöscht wurde.

Sie waren schon fast wieder am Haus, als sie stehenblieb und ihn ansah. »Wollen wir morgen nach Paris zurückfahren? Du kannst in meiner Wohnung warten, während ich deine Papiere in Ordnung bringen lasse.«

»Und dann?«

»Du kannst bleiben, solange du willst«, flüsterte sie.

Er legte ihr die Hand auf die Schulter. »Weißt du, was du da sagst, Adèle?«

»Ja, das weiß ich.«

»Und deine Mutter, deine Freunde?«

»Sie werden dich herzlich aufnehmen, Viktor, darüber brauchst du dir keine Sorgen zu machen. Wir werden ein ganz normales Paar sein. Endlich fühle ich mich wieder lebendig.«

Er seufzte. »Du darfst nicht noch einmal enttäuscht werden.«

»Ja, würdest du mich denn enttäuschen?«

Er schüttelte lächelnd den Kopf. »Nein, nie...«

»Komm, gehen wir zurück.«

Sie öffneten eine Flasche Wein und schmiedeten Zukunftspläne. Dann ging Krasin ins Schlafzimmer und legte sich hin. Er hatte das Gesicht zum Fenster gedreht, wo die Efeublätter, von einer leichten Brise bewegt, Schattenrisse auf die Fensterläden zeichneten. Wie ruhig es war, wie friedlich, wie schön. Er schloß die Augen und schlief sofort ein.

Fluchend zerrte Kusnezow das Rad vom Rücksitz. Als er den Lenker wieder angebracht hatte, schwang er sich in den Sattel, radelte bis zur Scheune, bog links ab und fuhr bis zum Ende des holperigen Weges. Ohne den Kopf zu wenden, fuhr er am Tor vorbei und einen kleinen Hügel hinunter. Dort lehnte er das Rad gegen ein Steinmäuerchen, setzte sich und zündete sich eine Zigarette an. Zuerst sah er über das Watt auf die See hinaus, dann folgte er mit den Blicken dem Flug einer Möwe, bis er das Haus sehen konnte. Die Tür war angelehnt, aber innen rührte sich nichts.

Er wartete fast eine Stunde, dann sah er einen Mann, der einen Augenblick an der Scheune stehengeblieben war und dann das Haus durch die geöffnete blaue Tür betrat. Kusnezow ging wieder zu seinem Fahrrad.

Hoult atmete erleichtert auf, als sie die Scheune gefunden hatten. Er lehnte sich noch einmal zu Jelena hinüber und gab ihr einen Kuß. »Bin gleich wieder da, Liebes. Hab' keine Angst.«

Er ging mit schnellen Schritten durch die sonnendurchglühte Landschaft, eine kleine Staubwolke hinter sich aufwirbelnd. An der Wegbiegung drehte er sich noch einmal um, winkte Jelena zu, und dann war er verschwunden.

Gras überwucherte die unterste Stange des eingesunkenen Tores. Es sah aus, als habe seit Monaten niemand daran gerührt. Hoult hatte die Sonne im Rücken. An der Fassade des Hauses rankten Efeu und wilder Wein. Die blaue Tür war angelehnt, an der Hausmauer stand eine verwitterte Bank. Ob sie ihn beobachtet hatten?

An der Tür zögerte er einen Augenblick, dann trat er ein. Gegen die gleißende Helle draußen kam ihm das Zimmer dunkel vor. Aus einem Nebenraum hörte er das Klappern von Geschirr. Dort mußte die Küche sein. Gleich darauf kam Adèle herein, ein Brot in der Hand. Sie blieb mit weit aufgerissenen Augen und geöffnetem Mund stehen.

»Ich bin es nur, Adèle. Ich bin gekommen, um nach dir zu sehen.«

Sie schloß einen Augenblick die Augen und seufzte tief auf. Einen Augenblick fürchtete er, sie könnte ohnmächtig werden. Aber dann ging sie langsam zum Tisch und legte das Brot hin. »Du hast mir einen schönen Schrecken eingejagt, Jamie«, sagte sie. »Wie ein Gespenst bist du dahergekommen.«

Er lächelte. »Alles in Ordnung, Adèle?«

»Ja, Jamie. Er hat nicht getan, was sie verlangten.«

»Wo ist er?«
Sie deutete mit einer Kopfbewegung zu der geschlossenen Tür. »Er schläft.«
»Was ist geschehhen?«
»Ein Russe rief uns aus London an. Es hieß, ich sollte freigelassen werden. Aber er hat irgendein Kodewort benutzt, aus dem hervorging, daß er unter Druck sprach. Und das bedeutete, daß Viktor mich eigentlich hätte umbringen müssen.«
»Und?«
»Er ist kein Killer, Jamie. Jetzt ist er auf der Flucht. Ich werde ihm helfen.«
»Und du? Wie steht es mit dir?«
»Mir geht es gut, ich –.« Durch die Tür fiel ein breiter Streifen Sonnenlicht, und er sah, wie sich Adèles Augen vor Schreck weiteten. Ihr Mund öffnete sich zu einem Schrei, sie hob die Hand, als wolle sie einen Schlag abwehren – und das war das letzte Bild, das Hoult in seinem Leben sah. Zwei Kugeln schlugen in seinen Rücken, eine in seinen Hinterkopf ein.

Beresford hielt neben Hoults Wagen an. Er erkannte Jelena sofort nach der Beschreibung, stieg aus und trat zu ihr heran.
»Sie sind sicher Lady Hoult, Madame.«
»Ja, und wer sind Sie?«
»Ein Freund Ihres Mannes. Mein Name ist Beresford. Wo ist er?«
Eine plötzliche, unerklärliche Furcht erfaßte sie. »Er ist zum Haus gegangen.«
»Ist er allein?«
»Ja. Ich sollte hier warten.«
»Dann kommen Sie doch mit mir. Ich gehe jetzt auch hin. Wir könnten –« Sechs Schüsse zerrissen die Sommerstille, erst drei, dann noch einmal drei.
»Verdammt! Rücken Sie beiseite!« Beresford setzte sich ans Steuer, gab Gas, raste auf das Haus zu, rollte durch das geöffnete Tor. Sie waren fast angelangt, als ein Mann herausgetaumelt kam, barfuß, nackt bis zu den Hüften, das Gesicht weiß und verzerrt. Während sie anhielten, brach er zusammen und stürzte zu Boden. Beresford sprang aus dem Wagen und kniete neben ihm nieder. Der Mann versuchte, sich aufzurichten und deutete zum Haus. »Großer Gott«, stöhnte er. »Großer Gott.« Dann fiel er wieder zurück. Beresford setzte sich in Bewegung. »Bleiben Sie hier«, rief er Jelena zu. »Steigen Sie nicht aus.« Im Laufen zog er einen Revolver aus der Innentasche seiner Jacke.
Die Tür stand weit offen. Hoult lag mit dem Gesicht nach

unten, die Arme nach der Frau ausgestreckt. Adèle de Massau war von einer Kugel in den Mund, einer zwischen die Augen, einer in den Hinterkopf getroffen worden. Ihre Kleidung war blutüberströmt.

Beresford durchsuchte das Haus, schaute in die Schränke, unter die Betten, in jeden Raum, umkreiste zweimal das Gebäude, sah in die Scheune, in den Wagen. Kein Mensch war zu sehen. Der Mann, der ihnen entgegengekommen war, mußte Krasin sein. Er hatte demnach Hoult ermordet. Aber warum? Hätte Hoult vorgehabt, Gewalt gegen Krasin anzuwenden, hätte er nie seine Frau mitgebracht. Vielleicht hatte Krasin den Kopf verloren. Oder –

Beresford ging rasch zurück ins Haus, beugte sich über die Frau und zog kurz ihren Rock hoch. Dann ging er über den holprigen Weg zurück.

Jelena kniete neben Krasin und wischte ihm mit einem kleinen Taschentuch das Gesicht. Beresford trat zu ihnen. »Sie sind Viktor Krasin?« Der Mann nickte.

»Kommen Sie bitte mit ins Haus.«

Er stützte den Taumelnden, und Jelena folgte ihnen, ehe er sie zurückhalten konnte. Er hörte sie aufschreien und schob Krasin ins Schlafzimmer.

Jelena kniete neben Hoult nieder und streichelte ihn. Sie schüttelte langsam den Kopf, und zwischen ihren Schluchzern vernahm er russische Worte. Sie hörten sich an wie ein Gebet.

Er beugte sich über sie und griff nach ihrer Hand. Sie sah auf. »War es Krasin?«

»Mit ziemlicher Sicherheit nicht. Ich glaube, daß er zu der Zeit im Schlafzimmer war und schlief.«

Sie nickte. »Aber es waren die Russen?«

»Ich glaube ja.«

Er half ihr behutsam auf. Ihre Lippen zitterten. »Wann werdet ihr endlich die Wahrheit über diese Schweine in Moskau erkennen?« flüsterte sie.

»Einige von uns haben sie längst erkannt, Lady Hoult.«

»Was geschieht jetzt? Mit Jamie, meine ich.«

»Wenn es Ihnen recht ist, kümmere ich mich um die notwendigen Formalitäten.«

»Wird er ein ordentliches Begräbnis bekommen? Ein kirchliches, meine ich?«

»Natürlich. Es wäre vielleicht am besten, wenn er hier in der Nähe begraben werden könnte.«

Sie nickte, und die Tränen begannen wieder zu fließen. Dann langte sie mit einer Hand nach hinten und löste den Verschluß der Kette mit dem goldenen Sovereign. »Ich möchte, daß er das mitbekommt.«

Beresford schob das Schmuckstück schweigend in die Tasche. »Sie kennen Krasin gut, Lady Hoult?«

Sie nickte stumm.

»Er wird Probleme haben. Wir werden versuchen, uns mit Moskau zu einigen, aber er wird lange Zeit sehr verstört sein. Würden Sie ihm in den nächsten Tagen helfen?«

Sie sah seufzend zum Fenster. »Ja«, sagte sie schließlich. »Ich werde ihm helfen.«

Sie ging mit dem Engländer ins Schlafzimmer. Krasin zitterte heftig. Beresford wickelte ihn in eine Decke, obgleich das Zimmer heiß war wie ein Brutkasten.

»Sagen Sie mir, was geschehen ist.«

»Ich schlief. Ich hörte Schüsse. Zuerst habe ich gedacht, ich träume, dann bin ich aufgestanden, um nach Adèle zu sehen. Und dann habe ich sie gefunden. . .«

»War Hoult hier, ehe Sie sich schlafenlegten?«

»Nein, wir waren ganz allein.«

»Haben Sie jemanden kommen oder gehen hören?«

»Nein. Ich schwöre, daß ich nichts gehört habe als die Schüsse.«

»Wie viele Schüsse haben Sie gehört?«

»Zwei oder drei.«

»Haben Sie nach einer Waffe gesucht?«

»Nein. Ich habe die Nerven verloren und bin hinausgelaufen.«

»Wo wollten Sie denn hin?«

»Hilfe holen.«

»Wo?«

»Ich weiß es nicht. Irgendwo eben. . .«

»Haben Sie eine Waffe, Krasin?«

»Ja.«

»Wo ist sie?«

»In meiner Jacke.«

»Und wo ist die?«

Er sah sich ratlos um, dann deutete er auf einen Korbsessel in der Ecke.

Beresford tastete die Jacke ab und fand eine Walther PPK. Er schnupperte am Lauf. Kein Geruch. Er ließ das Magazin herausgleiten. Es war voll. In der Federnute saß sogar ein bißchen Staub. Er nahm alle Patronen heraus. Sie waren trocken und stumpf. Aus dieser Pistole war seit Monaten nicht mehr geschossen worden. Sie war ungepflegt. Kein Killer würde sich mit einer solchen Waffe auf den Weg machen.

Beresford prüfte die Reifen des 2 CV. Sie waren ziemlich abgefahren. Wahrscheinlich ein Leihwagen. Er ging zurück zu seinem eigenen Fahrzeug und näherte sich dann wieder langsam dem Haus, im Gehen die Fußabdrücke betrachtend. Er verfolgte die Reifenspuren, die zur Haustür und dann zurück zum Tor gingen. Das war etwas für die Polizei. Langsam ging er zurück ins Haus.

Krasin hatte sich angezogen und gekämmt. Sein Gesicht hatte wieder etwas Farbe.

»Haben Sie hier ein Fahrrad benutzt?«

Krasin schüttelte den Kopf.

»Hat jemand Ihnen etwas geliefert? Milch, Lebensmittel oder dergleichen?«

»Nein, es war niemand hier.«

»Doch, es war jemand hier. Heute. Wie lautete die Kodenachricht über Adèle de Massau?«

»Ich hatte von Anfang an Order, sie zu töten, und die Kodenachricht war eine Bestätigung dieser Anweisung.«

»Und warum haben Sie diese Order nicht ausgeführt?«

Krasin hob die Schultern. »Ich habe es nicht fertiggebracht. Statt dessen sind wir hierhergefahren.«

Beresford seufzte. Er hatte seiner Familie versprochen, heute abend wieder zurück zu sein, aber es gab noch viel zu klären.

»Was hatten Sie für Pläne, Mr. Krasin?«

»Ich wollte mir neue Papiere beschaffen und mir in Paris einen Job suchen.«

»Und jetzt?«

»Es muß wohl dabei bleiben.«

Beresford nickte und wandte sich an Jelena. »Können Sie den Wagen fahren, in dem Sie gekommen sind, Lady Hoult?«

»Ich denke schon.«

»Gut. Nehmen Sie meinen Wagen und fahren Sie damit bis zu der Stelle, an der Ihr Fahrzeug steht. Dann steigen Sie in Ihr Auto um. Fahren Sie durch Honfleur hindurch und folgen Sie dem Schild nach Barneville-la-Bertan. In der *Auberge de la Source* nennen Sie meinen Namen und lassen sich für eine Woche ein Zimmer geben. Wir treffen uns dort gegen acht oder neun.«

Jelena stand auf und ging zur Tür. »Mr. Krasin kommt gleich nach«, sagte Beresford noch. Sie ging langsam und schwankend, wie betäubt.

»Noch eine Frage, Krasin. Haben Sie mit Adèle de Massu geschlafen?«

»Ja.«

»Heute?«

»Ja.«

»Okay. Gehen Sie jetzt. Und verlassen Sie Ihr Hotelzimmer nicht, bis ich komme.«

Beresford hatte die Patronenhülsen gefunden, ein tschechisches Fabrikat. Er ging zurück zu seinem Wagen und fuhr nach Honfleur. Von einer öffentlichen Telefonzelle aus meldete er sich bei Inspektor Mollet. Eine der Segnungen einer Beinahdiktatur ist es, daß sich solche Dinge »arrangieren« lassen. Mollet hörte ihn an, ohne ihn zu unterbrechen, und steckte dann die »Entscheidungsparameter« ab, wie er es nannte. Sie hatten nicht die Absicht, Moskau in der gegenwärtigen Situation noch mehr aufzubürden. Krasin würde neue Papiere bekommen, damit er seinen Unterhalt verdienen konnte. Da immerhin damit zu rechnen war, daß die Russen, nachdem sie den Falschen erwischt hatten, endgültig reinen Tisch machen wollten, würde man dem sowjetischen Botschafter einen diskreten Tip geben, den Mann lieber in Ruhe zu lassen. Die derzeitige Lady Hoult war britische Staatsbürgerin, sie konnte hierbleiben oder das Land verlassen, ganz wie sie wünschte. Um Hoult und Adèle de Massu mußte sich London kümmern. Nach Ansicht des französischen Geheimdienstes war sie nach wie vor Britin. Er persönlich, meinte der Inspektor, würde eine kurze Leichenschau in Honfleur empfehlen, die Möglichkeit eines Selbstmordpaktes konnte angedeutet werden. Bei geschickter Handhabung würde das kaum Staub aufwirbeln. Die britischen Medien hatten zur Zeit genug Material und würden für den Fall kaum zwei Absätze übrighaben. Aber das mußte Layton entscheiden.

In der *Auberge de la Source* wartete Beresford ungeduldig auf Laytons Rückruf. Es war fast elf, ehe er sich meldete. Ja, sie waren mit Mollets Plan einverstanden.

In knapp fünf Minuten hatte er Krasin und Lady Hoult die Situation erläutert; sie waren geistig und körperlich zu erschöpft, um etwas dazu zu sagen.

Beresford ging über den Gang zu seinem eigenen Zimmer, nahm den Schlips ab, knöpfte den Hemdkragen auf und legte sich aufs Bett. Immer erwischen Typen wie Hoult die hübschesten Mädchen, dachte er. Bildschön, die verwitwete Lady Hoult – die blauen Augen, die kecke kleine Nase, der volle, sinnliche Mund, die langen, langen Beine. Vielleicht brauchte sie einen Mann, und dann... Aber da war er schon eingeschlafen.

Hoult wurde auf dem Friedhof von Honfleur begraben. Seine Söhne waren von Kalifornien herübergekommen, ein paar ernsthafte Herren waren da, die Jelena nicht kannte, und das war alles. Man hatte sie in das Hotel in Pont l'Evèque zurückgefahren, wo Krasin auf sie wartete.

Sie hatten sich für ein paar Tage im *Aigle d'Or* in der Rue de Vaucelles eingemietet. Krasin hatte seine Papiere bekommen und eine Stellung im französischen Rundfunk ORTF in Aussicht. Er hatte lange Gespräche mit den beiden französischen Sicherheitsdiensten geführt, von denen er, nachdem er ein paar Namen genannt und ein bißchen Hintergrundinformation geliefert hatte, glimpflich behandelt worden war. Trotzdem war seine Stimmung düster. Während seine praktischen Schwierigkeiten abnahmen, wurde seine Abhängigkeit von Jelena immer stärker.

An diesem Abend gingen sie nach dem Essen über die Felder, an den Hecken entlang, und setzten sich ans Flußufer, mit Blick auf ein Kornfeld. Er sah sie nicht an. »Willst du bei mir bleiben, Jelena?«

Sie griff nach seiner Hand. »Ja, ich bleibe bei dir, Viktor.«

Er zupfte lange Grashalme ab und fuhr mit den Fingerspitzen über ihre scharfen Kanten. »Wir sind wie die Überlebenden eines grausigen Krieges. Die einzigen Überlebenden. Nur wir beide wissen, was geschehen ist. Wir haben sonst niemanden, mit dem wir darüber sprechen können.«

Er sah sie an, und ihr kam ein Gedanke, den sie nicht aussprach. Er war alles, was ihr von Jamie Hoult geblieben war.

Nachwort

Ted Allbeury: IM DICKICHT DES GEHEIMDIENST DSCHUNGELS
VON FRIEDER MIDDELHAUVE

Ted Allbeury brauchte drei Jahre, in denen er drei Bücher schrieb, um in die Spitzengruppe angelsächsischer Thrillerautoren vorzustoßen. Sein erster Roman »A Choice of Enemies« (Agenten sind treue Feinde), 1972 bei St. Martin's Press, New York, verlegt, wurde von der »New York Times« unter die besten zehn Thriller des Jahres gewählt. Ein Kuriosum aus zweierlei Gründen: zum einen, weil es ein amerikanischer Verlag war, der Allbeurys Erstling herausbrachte, zum anderen, weil mit »Agenten sind treue Feinde« ein eher konservativer Thriller von der »Times« ausgezeichnet wurde. Sätze, wie: »An die nächsten vierundzwanzig Stunden erinnere ich mich nur höchst ungern. Ein erfahrenes Schlägerkommando des NKWD drehte mich durch die Mangel und versuchte mich zum Reden zu bringen«, lassen sich ebenso in den Matt-Helm-Romanen Donald Hamiltons finden. Vierundzwanzig Stunden Dresche, die man einfach so mir nichts dir nichts wegsteckt? Man möchte das bezweifeln. – Andererseits darf man natürlich nicht vergessen, daß Ian Fleming, der Schöpfer James Bonds, erst acht Jahre tot war und John le Carré seinen Roman »Dame, König, As, Spion« noch nicht geschrieben hatte.

Nein, von menschlicher Tiefe, dem Ausloten einzelner Charaktere, das Allbeurys spätere Romane auszeichnen sollte – insbesondere »Die andere Seite des Schweigens« – ist in seinen drei ersten Werken noch nichts zu spüren. Allbeury selbst sagte, einmal auf dieses Manko angesprochen: »Wie die meisten Schriftsteller habe ich mich in meinen frühen Büchern hauptsächlich auf Plot und Handlungsablauf konzentriert. Ich hoffe jedoch, daß in meinen späteren Romanen die Charaktere tiefer und ausdrucksvoller gestaltet sind.« Dem ist nichts hinzuzufügen, außer, daß wenn der Autor sich auf die Plots konzentriert hat, diese Konzentration durchaus Früchte trug. Vergleicht man die Handlungskonstruktionen bei Ted Allbeury mit denjenigen Flemings und Hamiltons, dann erkennt man unschwer, daß Allbeury der Konkurrenz, was die Kunstfertigkeit der Plots angeht, weit überlegen ist.

Ted Allbeury, oder besser Theodore Edward le Bouthillier Allbeury, so sein vollständiger Name, wurde am 24. Oktober 1917 in

Stockport, Cheshire, England, geboren. Er wuchs in recht ärmlichen Verhältnissen in Birmingham auf; sein Vater starb, als Allbeury selbst zwei Jahre alt war. Der reine Frauenhaushalt, in dem er seine Jugend verbrachte, ließ ihn jene weilbliche Intuition adaptieren, von der er meint, daß sie für die Tätigkeit in einem Geheimdienst unverzichtbar sei. – Beim Geheimdienst war Ted Allbeury in der Tat! Aufgrund seiner guten Sprachkenntnisse – er hatte aus Neigung Deutsch und Französisch gelernt – wurde er zu Beginn des Zweiten Weltkrieges vom Intelligence Corps übernommen, dem er in den Jahren 1940 bis 1947 angehörte. Allbeurys militärische Karriere war enorm erfolgreich. 1940 als Soldat in den Service eingetreten, verließ er den Dienst nur sieben Jahre später als Lt. Colonel, als Oberstleutnant. Ein Aufstieg, der umso erstaunlicher ist, da Allbeury nichts von den Voraussetzungen mitbrachte, die normalerweise für unabdingbar gehalten werden: Familie, entsprechende Boarding School, Oxbridge. Von Haus aus schon so etwas wie ein schwarzes Schaf unter den Zöglingen Etons, Harrows und der Eliteuniversitäten, formuliert Allbeury sein Verhältnis zum Establishment des SIS in »Agenten sind treue Feinde« so: Durch ihre akademische Ausbildung schien sich ihr Denken nur in festen, vorgezeichneten Bahnen bewegen zu können, während meine Unkenntnis mir notfalls eine völlige Kehrtwendung erlaubte.« Schöpferische Phantasie und das nonchalante Hinwegsetzen über so manche Konvention zeichneten konsequenterweise auch Allbeurys Zivilleben aus. Er betätigte sich in der Werbung, war kaufmännischer Direktor zweier Industrieunternehmen und leitete zeitweilig den Piratensender Radio 390 – nicht zu vergessen seine Tätigkeit im Beirat der BBC. Allbeury ist seit 1971 mit Grazyna Maria Felinska verheiratet, mit der er zwei Töchter hat; zwei weitere Kinder stammen aus vorangegangenen Ehen. Die Familie lebt in einer alten, umgebauten Scheune in Lamberhurst, Kent, unweit von Turnbridge Wells.

Ein Mann, dem es gelingt, die eigenen Erfahrungen, sowie profunde Sachkenntnis in seine Erzählungen einzubringen. Ganz deutlich wird dies in seinem ersten Buch. Ted Bailey, wie auch Allbeury selbst, ist Werbefachmann und, darüberhinaus, ehemaliger Spion. Die Tatsache, daß Baileys Freundin Grazyna heißt, verstärkt noch den Eindruck, daß Allbeury in der Geschichte so manche Anleihe aus dem eigenen Leben gemacht hat. Der Autor selbst vertritt die Auffassung, daß bei Menschen, die mit Spionage oder Geheimdiensttätigkeit zu tun haben, eine Trennung zwischen Beruf und Privatleben nicht möglich ist. Da liegt es nahe, daß der Konflikt zwischen Beruf und privater (Zu-)neigung häufig zu einem traurigen Ende führt. Sowohl in »Snowball« (Operation Schneeball), als auch in »Palomino Blonde« (Der Omega-Minus-Prozeß) scheitert die mühsam aufgebaute zwischenmenschliche Beziehung der Protagonisten am Alltag des Spionagegeschäfts. Im Krieg verliert jeder – der Sieger, wie der Besiegte. Und das Spionagegeschäft ist »Krieg im Frieden«. Für Allbeury ist das Risiko des Spions vergleichbar dem des Soldaten auf dem Schlachtfeld.

Allbeurys Romane haben den Kommunismus und das KGB im Visier. Doch bei aller Gegnerschaft verliert der Autor nie aus den Augen, daß auf der Gegenseite Menschen handeln. Auch KGB-Agenten haben Wünsche und Sehnsüchte und Allbeurys Verdienst ist es, die grundsätzliche Austauschbarkeit des »Spionagepersonals« erkannt zu haben. Liest man unter diesem Gesichtspunkt »Operation Schneeball«, den zweiten, 1974 erschienenen Roman Allbeurys, dann gibt es kaum einen Unterschied zwischen Tad Anders und einem Killer des KGB. Für Anders genügt eine Bemerkung des Ministers, um in Aktion zu treten – Parallelen zur Ermordung Thomas Becket's, des Erzbischofs von Canterbury, im Jahre 1170 drängen sich geradezu auf. Auch damals war lediglich ein Hinweis Heinrichs II. notwendig. Ebenso übereifrig haben möglicherweise die Bulgaren auf einen Wink aus Moskau reagiert – beim Attentat auf den Papst 1982.

Seine unreflektierten moralischen Standpunkte, die Vertretbarkeit von Aktionen der eigenen Regierung betreffend, verläßt Ted Allbeury auch noch nicht in »Der Omega-Minus-Prozeß« – obwohl sich hier bereits erste Zweifel eingeschlichen haben. Nicht ohne Absicht hat Allbeury das Ende der Geschichte so gestaltet, daß keine Regierung, kein Land, auch nicht das eigene, eine Erfindung in die Hand bekommt, die das militärische Machtgefüge der Welt grundlegend verändern würde.

Der Gedanke, daß der Osten nicht von Horden blutrünstiger Angehöriger der verschiedenen kommunistischen Parteien bewohnt wird, sondern zum überwiegenden Teil von Menschen, die, ebenso wie die Bevölkerung im Westen, Angst vor einem weiteren Krieg haben, ist so neu nicht. Logischerweise mußte dieser Gedanke früher oder später auch in der Spionageliteratur auftauchen – und Ted Allbeury gebührt das Verdienst, hier Neuland betreten zu haben. Die Fragen, ob Loyalität unveränderbar sein muß, ob sich Überzeugungen nicht wandeln können, ob die persönliche Entwicklung Einfluß auf das individuelle politische Bewußtsein haben kann, beschäftigen Ted Allbeury in seinen späteren Romanen. Die direkten Aktionen mit dem Ziel der Machtübernahme – wie in »Operation Schneeball« – weichen der intellektuelleren Planung in »In der Hand des Kreml«. Ein amerikanischer Präsidentschaftskandidat wird von Moskau mit dem Versprechen auf erfolgreiche Abrüstungsverhandlungen geködert und entsprechend beeinflußt. – Ist politische Naivität bereits Verrat?

Ted Allbeury entwickelte seine Plots in den nach 1974 erschienenen Büchern noch mit derselben Raffinesse, doch mehr und mehr wandte er dabei sein Interesse den Menschen zu, den Agenten, die sich für die Politiker abmühen und deren Ideale Freiheit, Demokratie, Pflichterfüllung und Vaterland sind. Er versucht Verständnis für die Sorgen der Befehlsempfänger hüben und drüben zu wecken. Am eindrucksvollsten ist ihm dies in »Die andere Seite des Schweigens« gelungen. Hier entwickelt er eine ganz neue Deutung der Philby-Affäre. Kim Philby ist eine historische Gestalt: Anfang des Zweiten Weltkrieges in den englischen Secret Service eingetreten, stieg er schnell auf und wurde nach 1945 Leiter der Abteilung Gegenspionage MI 6. Zu Beginn der fünfziger Jahre erhärtete sich der Verdacht, daß Philby seit Jahren Material höchster Geheimhaltungsstufe an die Russen geliefert hatte. Kim Philby wurde aus dem Dienst entlassen, ohne daß Straf- oder Disziplinarmaßnahmen ergriffen wurden. Danach lebte er fünf Jahre als Auslandskorrespondent in Beirut. Vollkommen unerwartet, scheinbar ohne Motiv, wechselte er dann in den Osten über. – Dies sind die Fakten, die Allbeurys Roman zugrunde liegen. Mehr als zwanzig Jahre nach dem Philby-Skandal soll ausgerechnet John Powell, Angehöriger des SIS, eine Empfehlung darüber abgeben, ob dem Superspion von einst die Rückkehr nach England gestattet werden soll. Philby, ein Mann der Russen, oder ein Agent des SIS, der in Moskau »eingeschleust« wurde? Die Aktenlage läßt jede Deutung zu. Doch das Problem erschließt sich erst in der Person des Flüchtlings: Philby weiß nach all den Jahren selbst nicht mehr, wem seine Loyalität gilt. Die Umwelt prägt den Menschen, den Agenten...

Der Weg, den Ted Allbeury von »Operation Schneeball« bis hin zu »Die andere Seite des Schweigens« zurückgelegt hat, ist lang. Zehn Jahre liegen zwischen zwei so grundsätzlich verschiedenen Geschichten. »Snowball« ist eine gute Spionage-Story, die alles besitzt, was man schätzt: Spannung, Action, Raffinesse – doch Ted Allbeury hat gezeigt, daß er mehr kann. Er bringt es fertig, die machiavellistische Denk- und Arbeitsweise der Geheimdienste darzustellen – und gerade dadurch Verständnis für »seine« Agenten beim Leser zu wecken. Die Spionage, ein menschenverachtendes Geschäft? Geahnt hat man's zwar – doch jetzt weiß man's sicher!

Ted Allbeury: Die in Deutsch erschienenen Titel

1. »Agenten sind treue Feinde« (A Choice Of Enemies, 1972) Ullstein Krimi Nr. 1884
2. »Operation Schneeball« (Snowball, 1974) Ullstein Krimi Nr. 1923
3. »Der Omega-Minus-Prozeß« (Palomino Blonde, 1975) Ullstein Krimi Nr. 1970
4. »Quadrille mit tödlichem Ausgang« (Moscow Quadrille, 1976) Ullstein Krimi Nr. 1909
5. »Phantomhirn für den Präsidenten« (The Man With The Presidents Mind, 1977) Ullstein Krimi Nr. 1947
6. »Vergangenheit ist nie zu Ende« (The Lantern Network, 1978) Ullstein Krimi Nr. 10003
7. »Die Alpha Liste« (The Alpha List, 1979) Ullstein Krimi Nr. 10053
8. »Die Saat der Angst« (Consequence Of Fear, 1979) Ullstein Krimi Nr. 10083
9. »In der Hand des Kreml« (The Twentieth Day Of January, 1980) Ullstein Krimi Nr. 10067
10. »Die andere Seite des Schweigens« (The Other Side Of Silence, 1981) Ullstein Krimi Nr. 10150
11. »Seitenwechsel« (The Secret Whispers, 1981) Ullstein Krimi Nr. 10192
12. »Schatten der Spione« (Shadow Of Shadows, 1983) Ullstein Krimi Nr. 10216
13. »Jeder Spion hat seinen Preis« (Pay Any Price, 1983) Ullstein Krimi Nr. 10287

Ed McBain

Mordgespenster

Krimi mit dem
87. Polizeirevier

Ullstein Buch 10115

ein Ullstein Krimi

Der berühmte Schriftsteller Gregory Craig liegt tot in seinem Schlafzimmer. Die Hände sind ihm mit einem Drahtbügel hinter dem Rücken gefesselt, und sein Körper weist neunzehn Stichwunden auf. Schmuck im Wert von 84 000 Dollar ist verschwunden. Ein klarer Fall von Raubmord.
»Gregs Mörder war kein Einbrecher«, sagt Hillary, die Freundin des Toten. »Es war ein Gespenst!«
Die Beamten des 87. Polizeireviers halten das Mädchen für verrückt. Doch bald zweifeln sie an ihrem eigenen Verstand. Denn das Gespenst mordet weiter ...

»In ›Mordgespenster‹ ist der meisterhafte Ed McBain in Spitzenform.«
THE PAPERBACK BUYER